CH. L.

dtv premium

Nancy Bilyeau

Der Gobelin des Königs

Historischer Roman

Deutsch von
Mechtild Sandberg-Ciletti

dtv

Von Nancy Bilyeau sind bei dtv erschienen:
Die letzte Nonne (dtv 21560)
Die Prophezeiung der Nonne (dtv 21581)

Alle Romane von Nancy Bilyeau sind auch als
E-Book erhältlich.

MIX
Papier aus verantwortungsvollen Quellen
FSC® C083411
FSC www.fsc.org

Deutsche Erstausgabe 2016

Titel der amerikanischen Originalausgabe: ›The Tapestry‹
(Touchstone/Simon & Schuster, New York 2015)

Umschlaggestaltung: Katharina Netolitzky unter Verwendung
von Motiven von Arcangel Images und bridgemanart.com
Satz: Druckerei C.H.Beck, Nördlingen
Gesetzt aus der Minion, 10,25/13
Druck und Bindung: CPI – Ebner & Spiegel, Ulm
Gedruckt auf säurefreiem, chlorfrei gebleichtem Papier
Printed in Germany · ISBN 978-3-423-26103-6

Den Nonnen und Mönchen im England der Tudor-Zeit zum Gedächtnis

Kapitel 1

Jemand sagte mir einmal, immer wenn ich den Absichten eines anderen misstraue, sei der Verdacht auch noch so vage, solle ich mich auf meinen Instinkt verlassen. Doch da der Rat von einem Mann kam, der versucht hatte, mich zu töten, und dabei beinahe Erfolg gehabt hätte, war es für mich schwer zu beurteilen, wie viel Gewicht dieser Empfehlung beizumessen war.

Mein Instinkt meldete sich genau an dem Ort, an dem alle anderen Menschen sich vollkommen wohlzufühlen schienen: im Whitehall-Palast in London, als ich einem Pagen durch die hohen, glanzvollen Räume folgte, in denen sich die reichsten und angesehensten Untertanen König Heinrichs VIII. ein Stelldichein gaben. Jeder andere hätte diesen Ort gewiss als den sichersten in ganz England angesehen.

Nur ich nicht. Nein, niemals.

Ich hatte erst vor acht Tagen das Schreiben erhalten, das mich nach London zurückrief, in die Stadt, in der ich unendlich viel Grausamkeit und Tod erlebt hatte, und ich las es in meinem kleinen Haus an der High Street in Dartford, dem Städtchen, in dem früher das Kloster der dominikanischen Schwestern gestanden hatte. Ursprünglich hatte mich mein Wunsch hierher geführt, in den Orden einzutreten und nach einer angemessenen Zeit als Novizin die Profess abzulegen. Ich wollte eine Braut Christi werden. Doch vor zwei Jahren war unser Kloster auf Befehl des Königs dem Erdboden gleichgemacht und damit all seinen Insassen die Heimat geraubt worden.

»Das Schreiben kommt vom Kronrat, Schwester Joanna.« Gregory drückte es mir so hastig in die Hand, als hätte er sich die Finger daran verbrannt. Der ehemalige Pförtner unseres Klosters bekleidete jetzt den Posten eines Gemeindeschreibers und war, seit er kurz nach Mariä Lichtmess die Tochter des Weinhändlers geheiratet hatte, so feist geworden wie ein Jagdhund, wenn er nach dem Ende der Saison an die Kette gelegt wird. Doch Gregory nahm weiterhin Anteil an meinem Leben und nannte mich »Schwester« wie eh und je. Und als der Brief mit dem königlichen Siegel bei der Gemeinde für mich eintraf, ließ er es sich nicht nehmen, ihn mir persönlich zu überbringen.

Ich dankte ihm und schloss die Tür zur lärmerfüllten High Street. Meine Finger wollten mir kaum gehorchen, als ich nach einem Messer griff, um das Siegel zu erbrechen. Der runde Abdruck aus hellbraunem Bienenwachs zeigte das Bild eines mit Schwert und Schild bewaffneten Reiters, um das sich kreisförmig die Inschrift zog: »Heinrich VIII., von Gottes Gnaden König von England, Frankreich und Irland, Verteidiger des Glaubens und Oberhaupt der englischen und der irischen Kirche auf Erden«.

Ich strich das dicke, cremefarbene Pergament auf dem Tisch glatt. »Betreffend die Bestellung von Tapisserien ergeht an Miss Joanna Stafford, Tochter von Sir Richard Stafford, hiermit die Aufforderung, sich in der dritten Aprilwoche A. D. 1540, im Whitehall-Palast einzufinden und dem Obergewandkämmerer Seiner Majestät König Heinrich VIII. ihre Aufwartung zu machen, um die Befehle des Königs entgegenzunehmen.«

Ich war bestürzt, aber nicht überrascht. Ich wusste, dass meine Tapisserien die Aufmerksamkeit des Königs gefunden hatten. Bischof Stephen Gardiner hatte mir mit diesem so milden Blick, der stets eine versteckte Drohung barg, berichtet, König Heinrich sei angetan von meiner Tapisserie *Der Wiedergeborene Phönix*, der ersten, die ich nach der Vertreibung aus dem Kloster selbstständig angefertigt hatte. Ich hatte sie Anna von Kleve verkauft, die den weiten beschwerlichen Weg von Deutschland nach England gekommen war, um Heinrichs vierte Ehefrau zu werden, und ihm den Bildteppich zum Geschenk machte. Bischof Gardiner bemerkte später zu mir: »Seiner Majestät missfällt alles an seiner neuen Königin bis auf das Geschenk der Phönix-Tapisserie, das sie ihm gemacht hat.«

Eine Woche, nachdem ich das vom Bischof gehört hatte, erreichte mich das erste Schreiben aus dem Königspalast, eine schlichte Aufforderung, ohne Unterschrift und ohne Siegel, mich zu einem Gespräch über Tapisserien bei Hof einzufinden.

Wäre ich leichtblütigerer Natur gewesen, hätte ich vielleicht das Groteske daran sehen können. Heinrich VIII. wünschte eine Tapisserie aus der Werkstatt einer Frau, die ihn nicht nur einmal, sondern gleich zweimal verraten hatte. Dass der König noch am Leben war, hatte er meinem Handeln zu verdanken, – oder, genauer gesagt, meinem Nicht-Handeln. Doch das würde er niemals erfahren, er würde niemals erkennen, wie eng unser beider Geschicke verflochten waren. Nein, für Heinrich war ich nur eine entfernte Verwandte mit einer faszinierenden Begabung für die Bildwirkerei.

Und in der Tat plante ich bereits einen weiteren Bildteppich. Ich hatte in Brüssel eine Vorlage von *Der Gram der Niobe* bestellt, sie allerdings noch nicht auf den Webstuhl gespannt. Ich wollte dieses Werk nicht an das Königspaar verkaufen. Das war einer der Gründe, weshalb ich die erste königliche Ladung unbeantwortet gelassen hatte. Mit seiner missglückten Ehe hadernd und von Gerüchten über eine bevorstehende Invasion seines Reiches geplagt, würde Heinrich mich, so glaubte ich, sicherlich vergessen.

Doch ich hatte mich offensichtlich geirrt.

Die zweite Ladung war nicht nur nachdrücklicher formuliert, sie war auch unterzeichnet. Beim Anblick der präzisen, schräg geneigten Schriftzeichen auf dem Pergament wurde mir beklommen zumute. Heinrich hatte die Aufforderung natürlich nicht eigenhändig zu Papier gebracht. Sie war von einem seiner Sekretäre abgefasst. Doch die Unterschrift stammte von einer anderen Hand, klar und deutlich traten die eigenwillig geschwungenen Lettern hervor, alle genau von gleicher Höhe: *Thomas Cromwell, Lordsiegelbewahrer*. Er war einer der höchsten Minister des Königs, niemand im Reich, nicht einmal der König, wurde von uns, den Gläubigen der Heiligen Kirche Gottes, mehr gehasst und gefürchtet.

Ich brauchte Rat.

Die Ladung war von rechtlichem Gewicht, doch den Rat Geoffrey Scovills, Constable von Dartford, konnte ich gerade jetzt nicht einholen. Er hatte vor kurzem einen schweren Verlust erlitten und war noch in Trauer. Erst drei Monate war es her, dass ich neben ihm am Grab seiner Frau Beatrice gestanden hatte. Als ich einige Wochen später versucht hatte, ihm Trost zu spenden, war ich auf eisiges Schweigen gestoßen. Und wenn man meinen Anteil daran bedachte, wie sich die Dinge für ihn entwickelt hatten, war ihm sein Verhalten nicht übelzunehmen. Er war meinetwegen nach Dartford gekommen. Ich wusste, dass er mich heiraten wollte, und bezeiten hatte er starke Gefühle in mir hervorgerufen – Begierde und Scham zu gleichen Teilen –, doch allzu oft waren unsere Temperamente hart aufeinandergeprallt. Ich entschied mich schließlich, den ehemaligen Dominikanerbruder Edmund Sommerville zum Gemahl zu nehmen, einen feinfühligen und hochgelehrten Mann. Geoffrey heiratete daraufhin Beatrice, meine Freundin und frühere Mitnovizin im Kloster Dartford, die ihn liebte, seit sie ihm zum ersten Mal begegnet war. Jetzt war Edmund verschwunden, und Beatrice war tot. Geoffrey Scovill und ich waren allein und einsam, und doch fiel es uns nicht ein, beieinander Trost zu suchen.

Wie sollte ich mich auf die königliche Ladung hin verhalten? Ich betete stundenlang an diesem Tag, bis weit in die Nacht hinein, ohne zu essen und zu trinken. Wenn nur diese innere Gewissheit sich einstellen würde, die allein die Gnade Gottes uns schenken kann. Sie wurde mir nicht zuteil, ich war unwürdig. Als es tagte, eilte ich die High Street hinauf zur Dreifaltigkeitskirche. Dort vielleicht würde sich mir der richtige Weg zeigen.

Ich setzte mich wie stets in die Nähe der Votivkapelle. Einem Finger gleich, der aus Gewohnheit den Wulst einer Narbe erkundet, glitt mein Blick zur Rückwand der kleinen Seitenkapelle, die früher eine bildliche Darstellung des Heiligen Georg geschmückt hatte. Vor mehr als einem Jahr, als man den Altar entkleidet und seine Kerzen für immer gelöscht hatte, war das Gemälde übertüncht worden, doch wenn ich die Augen zusammenkniff, konnte ich immer noch die Umrisse des Heiligen entdecken, mit erhobenem Schwert hoch zu Ross im Kampf mit dem Drachen.

Die Predigt Pfarrer William Motes, dem es aufgegeben war, die neue Lehre zu verbreiten, war nüchtern und vorsichtig in der Wortwahl. Mit der Verabschiedung des Statuts der Sechs Artikel im Jahr 1539 hatte England Martin Luther die Gefolgschaft aufgekündigt. Zu meiner Enttäuschung jedoch war auf eine Rückkehr unter die Fittiche Roms nicht zu hoffen. England begab sich nun auf einen unbegreiflichen Mittelkurs. Von Priestern und Großgrundbesitzern bis hinunter zu gemeinen Handwerksleuten und Knechten konnte niemand erkennen, in welche Richtung unser Schiff steuerte. Doch eins wussten wir alle: Selbst der geringste Verstoß gegen die neue Glaubenslehre konnte grausame Strafen nach sich ziehen; der Verlust einer Hand durch das Beil war noch die mildeste Konsequenz.

Pfarrer William Motes Stimme schwoll an, um den letzten Worten der Predigt Nachdruck zu verleihen. »Viel zu wenige von euch haben die Große Bibel aufgeschlagen, die auf Anweisung des Lordsiegelbewahrers, Thomas Cromwell, und des Erzbischofs von Canterbury, Thomas Cranmer, hier neben dem Altar liegt.« Mit donnernder Faust, die beinahe das mächtige Buch selbst getroffen hätte, schlug er auf das Lesepult. Das wenigstens wusste er mit Sicherheit. »Ihr vergeht euch gegen Gott, den Schöpfer aller Dinge, wenn ihr nicht dem Bösen, der Unwissenheit und dem Götzendienst abschwört und dafür aus den tiefen Quellen der Weisheit der Heiligen Schrift schöpft, die hier eigens in englischer Sprache vor euch liegt.«

Es gab ein paar Seufzer, ein Achselzucken hier und dort. Die Bewohner von Dartford waren keine Aufrührer, sie waren bereit, sich dem Willen des Königs zu beugen, doch kaum eine Handvoll unter ihnen war des Lesens mächtig. Viele konnten ihren eigenen Namen schreiben und Zahlen addieren. Lange Texte jedoch, wie die in der Bibel, blieben ihnen verschlossen.

»Herr erlöse uns«, flüsterte eine Frau zu meiner Linken.

Es war Schwester Eleanor, die ihren Unwillen über Pater Williams Ausbruch nicht beherrschen konnte. Sie gehörte zu den sechs Ordensschwestern, die nach der Schließung unseres Klosters durch die Beauftragten des Königs nicht von ihrer Berufung lassen wollten und sich in einem Haus außerhalb des Dorfes zu einer frommen Gemeinschaft zusammengetan hatten. Sie stand der kleinen Gruppe nicht vor – offizielle klösterliche Ämter gab es nicht mehr –, doch sie war die Älteste unter den Schwestern.

Nach dem Gottesdienst winkte ich ihr im Vorbeigehen,

mir zu folgen. Verblüfft zögerte sie einen Moment. Sie fühlte sich nie wohl in meiner Gegenwart, das war von Anfang an so gewesen. Ich war ihr in ihrer Strenge allzu eigensinnig. Doch gerade diese Strenge brauchte ich jetzt.

Draußen regnete es. Wir drückten uns an die Kirchenmauer unter das vorspringende Dach, um uns zu schützen. Ich reichte ihr die Ladung.

Sie schlug das Kreuz, nachdem sie das Schreiben gelesen hatte. »Der König will Eure Dienste in Anspruch nehmen?«, fragte sie.

»So scheint es, Schwester.«

»Aber Euer Talent am Webstuhl ist eine Gottesgabe«, sagte sie. »Den Palast eines Ketzers mit einem Eurer Kunstwerke zu schmücken – ein unerträglicher Gedanke.«

»Wenn ich König Heinrich den Gehorsam verweigere, wird das Konsequenzen haben«, versetzte ich. »Vielleicht erscheinen dann Hofbeamte bei mir. Vielleicht schickt man sogar Soldaten.«

Schwester Eleanor umfasste meine Hände. Ihre Finger, rau und schwielig von der landwirtschaftlichen Arbeit auf dem Hof der Nonnen, drückten hart auf meine Haut. »Verlasst euer Haus im Ort und kommt zu uns, Schwester Joanna«, drängte sie. »Ihr wisst, dass Ihr wieder bei uns leben solltet – wir sind nur in der Gemeinschaft sicher.«

»Ich möchte euch nicht solche Gefahr ins Haus tragen, Schwester.«

»Ihr würdet unsichtbar bleiben, als befändet Ihr Euch in klösterlicher Klausur«, erklärte Schwester Eleanor. »Der König und seine Leute wüssten nicht, wo Ihr Euch aufhaltet.« Ohne meine Hände loszulassen, trat sie einen Schritt zurück, ungeachtet des Regens, der auf ihre Haube herunterprasselte. »Doch selbst wenn sie Euch aufspüren sollten, wären wir an Eurer Seite. Gott der Allmächtige wird uns beschützen. Wir werden uns *nicht* beugen.«

Behutsam entzog ich ihr meine Hände. »Dank Euch für Euren kostbaren Rat, Schwester. Mögen Christus und die Heilige Jungfrau mit Euch sein.«

Meine Entscheidung war schon gefallen, als ich über die schnell anschwellenden Pfützen zur anderen Straßenseite hinübersprang. Niemals würde ich die Schwestern von Dartford in Gefahr bringen. Diese heiß brennende Empörung in Schwester Eleanors Blick konnte nur so unbedacht aufwallen, weil sie den Zorn des Königs noch nie aus erster Hand zu spüren bekommen hatte. Im Gegensatz zu mir.

Allein und ohne Hilfe dem König Trotz bieten – sollte ich das wirklich wagen? Warum nicht? Es wäre nicht das erste Mal. Doch diesmal? Nein. Es gab einen zwingenden Grund, mich dem königlichen Willen zu beugen. Es ging um Arthur, den verwaisten Sohn meiner Cousine Margaret Bulmer. Ich wollte ihn unbedingt wieder in meine Obhut nehmen, um ihn in ihrem Sinne großzuziehen.

Ich hatte unzählige Briefe an Lord Henry Stafford, Margarets Bruder und Oberhaupt unserer Familie, geschrieben und darum gebeten, Arthur, der mittlerweile acht Jahre alt war, wieder zu mir nach Dartford zu senden. Ich hatte den Jungen vor meiner Abreise aus England meinen Verwandten auf Stafford Castle, oben im Norden, anvertraut. Doch nun fehlte er mir sehr, auch wenn seine Erziehung keine leichte Aufgabe war. Ich sehnte mich nach seinem unbefangenen Lachen, nach seinem zielsicheren Schritt in meinem stillen Haus. Soweit man in diesen chaotischen Zeiten überhaupt planen konnte, plante ich ein Leben in Stille: Ich wollte Teppiche weben, mich meinen Freunden widmen und Gottes Willen folgen. Das wäre ein ehrenhaftes Leben, wie es sich für die Tochter Sir Richard Staffords und Isabella Montagnas geziemte. Lebensgefährliche Missionen und Verschwörungen sollte es nicht mehr geben. Ich hoffte inbrünstig, ich würde das Wort »Prophezeiung« nie wieder hören und mich nie wieder unter Spionen, Sehern und Geisterbeschwörern finden. Das war eine Welt der Furcht und der Finsternis. Ich wollte nur Helligkeit und Licht.

Mich der Sorge um das Wohlergehen eines Mitmenschen zu verschreiben, um Arthurs Wohlergehen, vorausgesetzt, es gelang mir, ihn zu mir zu holen, wäre wahres Glück. Ich war die Einzige, die das Geheimnis seiner Herkunft kannte und sah es als meine Aufgabe an, ihn zu lehren, welch ein kostbarer Mensch seine Mutter gewesen war, wie groß in ihrer Güte, wie unerschrocken in ihrem Mut. Sonst, fürchtete ich, würde die Erinnerung an ihren grauenvollen Tod – sie war in Smithfield vor einer grölenden Menge wegen Hochverrats auf dem Scheiterhaufen verbrannt worden – Arthurs ganzes zukünftiges Leben überschatten.

Zunächst gab mein Cousin Henry mir eine abschlägige Antwort. Er habe nie verstanden, betonte er, warum mein Vater mir Arthur anvertraut habe, einer unverheirateten Frau ohne Perspektiven, statt ihm – Henry – mit seiner großen Familie. Neuerdings jedoch schien er nicht mehr ganz so starr an seiner Auffassung festzuhalten. In einem seiner Briefe schrieb er sogar, dass Arthur mich vermisse. Wenn ich mich als Leiterin meines eigenen aufstrebenden Geschäftsunternehmens mit Aufträgen vom königlichen Hof ausweisen könnte, würde er vielleicht nachgeben. Er verabscheute den Handel, doch Erfolglosigkeit verabscheute er noch mehr.

Schwester Beatrice hatte einmal von »Ungestüm und Aufbrausen« gesprochen, um mein Naturell zu beschreiben. Doch für diesen kleinen Jungen würde ich mein Ungestüm zähmen. Nun, da ich den Sieg Heinrichs und Thomas Cromwells akzeptieren musste, würde es keinen Anlass zu Zusammenstößen geben. Ich würde nach Whitehall reisen, beim Obergewandkämmerer vorsprechen, dem die Pflege der königlichen Tapisserien oblag, und danach, von allen anderen unbemerkt, nach Hause zurückkehren.

So plante ich diese Reise. Woher hätte ich wissen sollen, dass nicht ein schlichter Auftrag auf mich wartete, sondern ein Tanz? Ich war im Begriff, den ersten Schritt auf einem riesigen Tanzboden zu tun und von der anderen Seite würde mir aus den finstersten Schatten ein Partner entgegentreten, der nichts sehnlicher wünschte als meinen Tod.

Kapitel 2

Nicht einmal Minuten nachdem ich beschlossen hatte, den königlichen Hof aufzusuchen, klopfte jemand an meine Haustür. Es war meine frühere Novizinnenmeisterin Schwester Agatha, inzwischen mit Oliver Gwinn, dem wohlhabendsten Bauern der Gemeinde verheiratet und von jeher mit einem starken Hang zu Klatsch und Tratsch gesegnet.

So fragte sie denn auch sogleich neugierig: »Was hattet Ihr denn mit Schwester Eleanor zu besprechen?«

Als ich ihr berichtete, dass ich vorhatte, nach Whitehall zu reisen, zeigte sie sich, im Gegensatz zu Schwester Eleanor, entzückt. Sie war bei mir gewesen, als der Page Annas von Kleve mich aufgesucht hatte, um die Phoenix-Tapisserie für seine Herrin zu erwerben. Agatha war damals begeistert gewesen – und sie war es jetzt wieder.

Doch ihre Begeisterung sorgte für Komplikationen. Sie bestand darauf, mich zusammen mit ihrem Gatten und einer kleinen Dienerschar nach Whitehall zu begleiten. Meine Proteste wurden einfach weggefegt. »Ihr könnt nicht allein nach London reisen – eine Frau ohne Begleitung! Das ist ausgeschlossen!«

Ich hatte das schon einmal getan, damals war ich noch Novizin im Kloster Dartford gewesen. Ich hatte mich ohne Genehmigung auf die Reise begeben, um Margaret in der Stunde ihres Todes auf dem Scheiterhaufen in Smithfield beizustehen, und war dort verhaftet worden. Als ich Monate später ins Kloster zurückgeschickt wurde, war die Novizinnenmeisterin unter denen gewesen, die mich für mein Vergehen bestraften. Vielleicht hatte Agatha das vergessen. Unser aller Leben hatte sich in den letzten drei Jahren von Grund auf verändert.

Bei Morgengrauen brachen wir zu Pferd nach London auf, und schon als wir die Apfelpflanzungen von Dartford hinter uns ließen, hob sich der Nebel. Es versprach ein wolkenloser Tag zu werden. »Ein gutes Omen für unsere Reise«, erklärte Agatha, die neben ihrem Mann ritt. Oliver Gwinn hob ihre dralle Hand an die Lippen und küsste sie.

Die Gwinns konnten sich glücklich preisen, dass sie die königliche Genehmigung erhalten hatten, ihre Ehe fortzuführen. Wie einige andere Ordensschwestern hatte Agatha nach der Abschaffung der Klöster geheiratet. Doch dann waren die neuen königlichen Glaubensgesetze erlassen worden. Eine Vorschrift im Rahmen des Statuts der Sechs Artikel untersagte jedem, der das Keuschheitsgelübde abgelegt hatte, für alle Zukunft die Eheschließung. Bei Zuwiderhandlung drohte der Galgen.

Hätte auch Edmund und mich, einen ehemaligen Ordensbruder und eine ehemalige Novizin, dieses Schicksal ereilt, wenn wir im letzten Jahr geheiratet hätten? Wir waren schon auf dem Weg zum Traualtar gewesen, als die Nachricht vom Erlass der Sechs Artikel Dartford erreichte und uns aufhielt. Uns in eine von einem König geschaffene Hölle stürzte.

In der Nacht vor dem Aufbruch nach Whitehall sah ich Edmund im Traum. Es schienen die frühen Tage unserer Bekanntschaft zu sein, wieder waren wir untrennbar aneinandergebunden, von Bischof Stephen Gardiner mit einer gefährlichen Mission beauftragt, wussten nicht, wem zu trauen war und wem nicht. Jetzt waren die Traumbilder geborsten wie Eis auf einem Fluss bei Tauwetter, und ich war froh darüber. Sie hatten den ganzen Schmerz zurückgebracht, den ich so dringend überwinden wollte.

Wir ritten an wilden Wiesen und Wäldern vorbei, dann lichteten sich die Bäume zu Ackerland. Ein Ochsengespann zog einen Pflug durch die dunkle Erde, um sie für die Aussaat zu lockern und zu wenden. Hinter dem Pflug ging ein junger Mann, doch nicht allein. Er wurde von einer rothaarigen Frau begleitet, die in einem um ihren Körper geschlungenen Tuch einen Säugling trug. Sie lachte über irgendetwas, und das Kind nahm die Laute auf und gab sie krähend wieder. Eine ausgelassen wedelnde kleine Hand streckte sich aus dem Tuch.

Ich wandte mich ab und richtete den Blick fest auf die Straße nach London.

Früher als mir recht war, machten wir Rast, um zu essen. Wäre es nach mir gegangen, so wären wir bis Southwark geritten, wo Mr. Gwinns Verwandter wohnte. Eigentlich hatten wir erst dort rasten und über Nacht bleiben wollen, um am nächsten Morgen in aller Frühe den Rest des Weges nach Whitehall zurückzulegen. Doch Agatha und ihr Gatte, die beide den leiblichen Genüssen nicht abhold waren, bestanden auf einem Picknick, und so wurde ein geeignetes Fleckchen gesucht. Die Knechte packten eine aufgeschnittene Hammelkeule, Kapaunpastete und Weizenbrot für uns aus.

»Ihr seid viel zu dünn geworden«, stellte Agatha tadelnd fest, als sie mir eine Scheibe Brot hinschob.

Ich zwang mich, ein wenig zu essen, während ich dem Geplauder der Gwinns zuhörte. Agatha war noch nie in London gewesen; den größten Teil ihres Erwachsenenlebens hatte sie hinter den Mauern unseres strengen Dominikanerinnenklosters verbracht. Sie überschüttete ihren Mann mit Fragen, die dieser, wenn er nicht gerade konzentriert kaute, häufig mit einem liebenswürdigen, »Warte nur, du wirst es bald genug sehen«, beantwortete. Ich saß neben ihnen auf der Decke unter einem ausladenden Baum mit grünenden Knospen und sog mit allen Gliedern die Wärme der Sonne auf. Ich würde immer abseits stehen, das wusste ich. Ich war neunundzwanzig Jahre alt, niemals würde ich an der Seite eines Mannes über einen frisch gepflügten Acker gehen oder ihm Brotkrümel aus dem Bart wischen, wie Agatha es gerade bei ihrem Gatten tat. Doch immerhin konnte ich diese friedlichen Momente der Freundschaft genießen. Das musste genug sein.

Die Beschaulichkeit des Augenblicks wurde zerstört, als Mr. Gwinn seinen Krug mit Ale absetzte und zu seiner Frau sagte: »Es wird nicht einfach werden, einen neuen Constable von Scovills Format zu finden.«

»Geoffrey Scovill verlässt uns?«, fragte ich erschrocken.

»Ja, Ende des Sommers.«

»Aber warum?«

Mr. Gwinn antwortete: »Er nannte weder Grund noch Ziel. Er sagte nur, dass er gehen wird. Vielleicht ist es ganz gut so, denn einige Leute murren schon über einen Constable, der sich fast nie im Dorf blicken lässt.«

Ich sprang empört auf. »Besitzen diese Leute denn überhaupt keinen Anstand? Wissen sie nichts vom Verlust seiner Frau und seines totgeborenen Kindes?«

Die Augen mit fettglänzender Hand gegen die Sonne abgeschirmt, sah Mr. Gwinn zu mir hinauf. »Wir alle würdigen den Verlust des Constable, zumal die unter uns, die selbst eine Ehefrau verloren haben.« Agatha tätschelte seinen Arm. »Aber in einem neuen Bezirk, fern den schlimmen Erinnerungen, kann Scovill seinen Pflichten vielleicht besser nachkommen.«

Am liebsten wäre ich in diesem Moment auf mein Pferd gesprungen und nach Dartford zurückgeritten, um Geoffrey zu trösten, Wiedergutmachung zu leisten, *irgendetwas* für ihn zu tun. Doch der Impuls verflog rasch. Ich konnte Geoffrey Scovill keine größere Wohltat erweisen, als ihm fernzubleiben.

Als die Gwinns ihr Mahl endlich bis auf den letzten Krumen verzehrt hatten und die Sonne sich ihrem höchsten Stand näherte, saßen wir wieder auf. Bald erreichten wir Southwark, den Stadtbezirk, der sich gegenüber der City of London am anderen Themseufer rasch ausbreitete. Die Menschenmengen auf den Straßen wurden dichter, Reiter, Fuhrwerke, Wandersleute. Wir kamen an einigen Läden und vielen Schenken vorüber.

Vor einer der Schenken, an einer Stelle, an der die Straße einen scharfen Knick machte, überfiel mich zum ersten Mal ein sonderbares Gefühl. Ich drehte mich hastig um. Die Schlagläden der Schenke waren geöffnet, Männer mit glänzenden roten Gesichtern und Bierkrügen in der Hand lehnten sich aus den Fenstern, um den Frühlingstag zu genießen. Nichts Ungewöhnliches war zu erkennen.

Ich trieb mein Pferd an, um zu den Gwinns aufzuschließen. Doch keine fünf Minuten später spürte ich es erneut, und diesmal war das Gefühl, dass jemand mich beobachtete, mir folgte, eindeutig. Doch als ich mich umsah, begegnete mein Auge keinem fremden Blick. Die Aufmerksamkeit der Menschen rundum schien einzig auf ihre eigenen alltäglichen Geschäfte gerichtet.

Vielleicht war es die Annäherung an London, die mich unruhig machte. Womöglich wurde meine gewohnte Furcht vor der Hauptstadt und dem königlichen Hof einfach durch den inneren Aufruhr über Geoffrey Scovills geplanten Rückzug aus Dartford verstärkt. Doch so sehr ich versuchte, mich mit diesen Überlegungen zu beruhigen, das hartnäckige Gefühl der Bedrohung ließ sich nicht vertreiben.

Schlammiges Marschland hatte die Kette von Läden und Schenken abgelöst, und jenseits, hoch und fern, spannte sich die London Bridge über die Themse. Ich hatte geglaubt, wohl gerüstet zu sein, doch je deutlicher London am Horizont hervortrat, desto beklommener wurde mir zumute. Angst und das bedrohliche Gefühl, beobachtet zu werden, schnürten mir die Luft ab, und mit den tiefen Atemzügen, die ich mir zur Beruhigung verordnete, sog ich nur den beißenden Geruch einer nahe gelegenen Gerbergrube ein.

Das erste dumpfe Rumpeln, das ich vernahm, war daher eine willkommene Ablenkung. Es klang wie Donnergrollen – doch das konnte es nicht sein. Der Nachmittag war hell und wolkenlos. Ich zügelte mein Pferd und blickte zum Himmel hinauf. Auch die Gwinns waren aufmerksam geworden; Mr. Gwinn wies auf eine lange hohe Backsteinmauer im Süden des Marschlands. Hinter ihr ragten stattliche Backsteintürme in die Höhe, vielleicht die Zierden eines Herrensitzes. Eine sich langsam verteilende Staubwolke schwebte über der Mauer – sie schien irgendetwas mit dem Rumpeln zu tun zu haben.

»Wollen wir uns das ansehen?«, fragte Mr. Gwinn, dessen blitzende Augen seine Neugier verrieten. Agatha war sofort einverstanden. Das gemeinsame Leben der beiden in Dartford verlief in geregelten Bahnen, da boten ihnen die ungewohnten Bilder und Geräusche, denen wir auf unserer Reise begegneten, aufregende Abwechslung.

Oft merken wir nicht, dass wir an einer Wegscheide stehen. Wie anders hätte sich vielleicht der Fortgang meines Lebens gestaltet, wäre ich in diesem Moment nicht mit einem zustimmenden Nicken meinen Freunden gefolgt, um zu erkunden, was jenseits dieser Mauer wartete.

Wir schlossen uns einer Gruppe Männer an, die sich durch eine Öffnung in der Mauer ihren Weg bahnten, und gelangten in einen großen quadratischen Hof. Das beeindruckende Anwesen, das sorgsamer Pflege würdig gewesen wäre, befand sich in einem Zustand der Verwüstung. In der Mitte des Hofs erhob sich ein Berg von Schutt und Trümmern. Laute Männerstimmen schallten über den Hof, und ich hörte das Brüllen von Tieren.

»Zieht die Seile fest, ihr Strolche«, polterte ein Mann dröhnend. »Und macht den Weg frei, wenn ihr nicht draufgehen wollt.«

Als der Staub sich legte, konnte ich einen langen Zug Ochsen erkennen, massige aneinandergekettete Tiere, die mit denen, die ich unterwegs auf den Feldern vor den Pflügen hatte gehen sehen, kaum etwas gemein hatten. Drei der Hofmauern standen noch, die vierte war eingestürzt, jedoch nicht infolge eines baulichen Mangels. Diese Männer mussten sie abgerissen haben. Auf der anderen Hofseite erhob sich, mit dem Haupthaus verbunden, eine Ruine mit einem noch intakten Turm, dessen hohe Spitze von einem Kreuz gekrönt war. Noch während die Männer Seile um den Turmsockel schlangen und sich gegenseitig zur Seite stießen, um die Bahn zwischen Turm und Ochsenzug freizuhalten, erkannte ich mit Erschrecken und Trauer, dass sie die Reste einer Kirche einreißen wollten. Warum kam niemand, das Gotteshaus zu schützen? Als ich suchend zu den Fenstern des herrschaftlichen Hauses hinaufblickte, sah ich nur noch leere Höhlen. Der Bau war längst ausgeweidet und verlassen.

Mr. Gwinn, der sich vom Pferd gebeugt hatte, um mit einem der Männer zu sprechen, die mitten in den Trümmern standen, wandte sich mit grimmiger Miene seiner Frau und mir zu.

»Die Bermondsey Abtei«, sagte er nur.

Ich hatte, wie alle Ordensschwestern und -brüder, von Bermondsey gehört, einem ehemaligen Kluniazenserkloster, in das einst Königinnen wie Elizabeth Woodville, die Gemahlin König Eduards IV., und Katharina von Valois sich nach dem Tod ihrer Ehemänner zurückgezogen hatten. Die Ordensbrüder waren offensichtlich vertrieben und die kostbaren Besitztümer des Klosters der königlichen Schatzkammer einverleibt worden. Auf dem Grund meines eigenen geliebten Klosters in Dartford war nach seiner schändlichen Zerstörung ein prunkvolles Herrenhaus errichtet worden.

Aber ich hatte die Vernichtung, die für uns Schwestern und Brüder einem Mord gleichkam, nicht miterleben müssen; wir waren in Entsetzen und Bekümmerung vorher geflohen.

Der Mann auf dem Wagen hieb mit seiner Peitsche auf die Ochsen ein. Als sie anzogen, spannte sich klirrend eine massive Kette. Doch der Turm an ihrem anderen Ende wankte nicht.

»Runter damit!«, brüllte der Ochsentreiber und sprang auf, um von neuem auf die Tiere einzuschlagen.

Auf ein plötzliches Krachen folgte ein Ächzen, und der jahrhundertealte Turm sank in sich zusammen. Fast nichts war jetzt mehr übrig von der Kirche der Bermondsey Abtei. Hier geschah der Wille Heinrichs VIII. und Thomas Cromwells; sie zerstörten, was gut und heilig war, und Gott tat nichts, um sie zu strafen.

Neues Geschrei erhob sich einen Augenblick später, als der Staub sich legte. Das weiße Gesicht einer Frau zeigte sich über dem verwüsteten Turmsockel. Einen entsetzlichen Moment lang glaubte ich, eine Frau zu sehen, die im Inneren des Gebäudes eingeschlossen war. Doch dann erkannte ich, was es war: das Standbild einer Heiligen.

»Nein, Joanna, nicht!«, rief Agatha. Doch ich war schon auf dem Weg, lenkte mein Pferd um die Menschen und die Trümmerhaufen herum, um näher heranzukommen.

Sie war sehr schön – eine Frauengestalt aus reinem weißem Marmor, die ein Buch an ihre Brust gedrückt hielt. Es erschien mir wie ein Wunder, dass sie den Angriff überlebt hatte. Vielleicht war es ein Zeichen?

Ich hörte die Gruppe von Männern, die herbeigelaufen war, lachen.

»Nein!«, rief ich halb erstickt. Niemand achtete auf mich.

Ein junger Bursche, der irgendetwas in der Hand hielt,

rannte an mir vorbei. Die anderen wichen zur Seite, um ihm Platz zu machen. Er stürmte auf das Standbild zu und schwang den Arm in die Höhe, in der Hand einen schweren Hammer, wie ich jetzt erkannte.

Mit einem Grunzen der Anstrengung schlug er der steinernen Heiligen den Hammer ins Gesicht. Wo einmal Augen und eine Nase gewesen waren, klaffte nun ein gähnendes Loch.

»Tod den Papisten!«, brüllte er.

Kapitel 3

Der Einsturz der Abteikirche erzeugte bei den Leuten von Southwark boshafte Schadenfreude, die sich ergoss wie ein Blutstrom aus einer offenen Wunde.

Bei mir rief das Werk der Zerstörung eine ganz andere Reaktion hervor. Ein alles verzehrender Zorn raubte mir die Sinne. Das Gelächter der Menge verhallte. Die Gerüche, die mich in Southwark und London stets bedrängten – nach Kot, faulenden Nahrungsmitteln, Bier und siedender Lauge –, schwanden. Die Gesichter der Umstehenden verschwammen, bis auf eins: Das Agathas, die eine Hand auf Mund und Nase gepresst hielt, als wäre ihr Gesicht verstümmelt worden und nicht das der Marmorheiligen aus dem Turm.

Männer rannten zum Turm. Als der junge Bursche den Hammer schwang, um dem Standbild einen weiteren Schlag zu versetzen, riss ein anderer ihm das Werkzeug aus der Hand. Lachend rangen die beiden Männer um die Waffe. Ein dritter, ein stämmiger Mensch, drängte sich nach vorn durch, zog ein langes Messer und holte mit übertriebener Bewegung aus, als wollte er es dem Standbild in den marmorweißen Busen stoßen. Mit triumphierendem Lachen drehte er sich nach der grölenden Menge um.

Alles drängte mich, dem Treiben Einhalt zu tun. Geißelnde Worte des Zorns und der Anklage brannten mir auf der Zunge. Ich grub die Fingernägel ins Fleisch meiner zu Fäusten geballten Hände, um mich zu zwingen, ruhig zu bleiben. Die frühere Joanna Stafford hätte sich ohne Zögern eingemischt. Doch ich hatte mir vorgenommen, Vorsicht und Beherrschung zu üben. Wir durften nicht auffallen. Wie würde eine Rotte von mindestens fünfzig rauen Männern, die Rom von Herzen hassten, mit zwei ehemaligen Dominikanerinnen verfahren? Oliver Gwinn, ein braver Bauersmann in mittleren Jahren, und seine zwei Knechte würden uns nicht schützen können.

»Lass das bleiben. Auf der Stelle!«, rief jemand. Unwillkürlich berührte ich meine Lippen, ungewiss, ob nicht ich diese Worte gesprochen hatte. Doch der Befehl kam aus dem Mund eines Mannes. Und ihm wurde gehorcht. Der Rüpel senkte das Messer.

Ich drehte mich neugierig im Sattel um. Der Mann, der den Befehl erteilt hatte, trug ein schlichtes, dunkles Wams zu einer ebenso schlichten Strumpfhose; er war barhäuptig, sein Haar, das einmal so schwarz gewesen sein musste wie meins, von grauen Strähnen durchzogen. Als er sich dem Turm näherte, wich die Meute mürrisch zurück. Einige der Männer nahmen demonstrativ ihre Arbeit wieder auf.

Wieder beugte sich Mr. Gwinn vom Pferd herab, um dem Fremden eine Frage zu stellen, dann sagte er zu uns: »Dieser Mann ist ein Abgesandter des Gerichts für Stiftungsvermögen.«

Ich fasste die Zügel fester. Ich kannte die Funktion des Gerichts, das dieser Mann vertrat. Thomas Cromwell hatte es geschaffen, um bessere Kontrolle über das Vermögen und die Ländereien zu erlangen, die ehemals der katholischen Kirche gehört hatten. »Gericht für Stiftungsvermögen« – ein so hochtrabendes Wort, um die Plünderung der Klöster zu rechtfertigen, den Diebstahl von liturgischen Gefäßen, Silber, Büchern und illuminierten Handschriften sowie Grundbesitz. Welcher Günstling des Königs würde wohl Bermondsey zur Belohnung seiner Loyalität erhalten?

Sobald wir die in Trümmern liegende Abtei hinter uns gelassen hatten, hielt Mr. Gwinn sein Pferd an und sank erleichtert im Sattel zusammen, während er sich mit einem Tuch das Gesicht wischte.

Wir waren jetzt in Sicherheit, doch ich war nicht froh darüber. Ich schämte mich. Nicht etwa aus Pietät hatten Cromwells Handlanger die Meute daran gehindert, das Standbild zu schänden, sondern nur aus Sorge um ein kostbares Beutestück. Eine Stelle aus dem Neuen Testament kam mir in den Sinn, über den Schmerz des Apostels Petrus nach der Gefangennahme Jesu. »Ich kenne den Menschen nicht«, schwor er zornig denen, die ihn im Garten Gethsemane ansprachen, doch später, als er sich an Jesu Voraussage erinnerte, dass er ihn verraten würde, weinte er bitterlich. Auch ich hatte Tränen in den Augen. Zornig wischte ich sie weg.

»Anhalten!«, rief ich so laut, dass Agatha im Sattel zusammenfuhr. »Ich reite heute nach Whitehall oder gar nicht«, erklärte ich.

»Miss Joanna, das Haus meiner Verwandten ist nicht mehr weit von hier«, sagte Mr. Gwinn. »Wir werden erwartet. Wir bleiben über Nacht und begleiten Euch, wie vereinbart, morgen zum Palast.«

»Nein. Heute oder gar nicht.«

Agatha schob sich auf ihrem Pferd näher an mich heran. »Joanna, ich weiß, wie verstört Ihr seid, mir geht es nicht anders. Aber wir müssen rasten, alle. Ihr könnt nicht in diesem Gewand im Palast des Königs erscheinen.« Sie wies auf mein einfaches dunkelgraues Reitkleid, das von Straßenstaub bedeckt war. In dem Reisetornister, den einer der Knechte bei sich trug, befanden sich meine guten Kleider, die ich eigens für den Anlass mitgenommen hatte.

»Es spielt keine Rolle, welche Kleider ich trage«, entgegnete ich beinahe schroff. »Nach dem, was wir erlebt haben, wäre es mir unerträglich, mich für den königlichen Hof herauszuputzen. Aus tiefster Seele wünsche ich, ich könnte einfach umkehren.« Unversehens trat mir Arthurs rundes Kindergesicht vor Augen. »Doch es gibt triftige Gründe, das nicht zu tun. Wenn Ihr so gut sein wollt, mir den Weg zur London Bridge zu zeigen, dann werde ich das Stück bis Whitehall allein bewältigen. Ihr könnt zum Haus Eurer Verwandten reiten und rasten, oder nach Dartford zurückkehren, ganz wie Ihr wünscht.«

Nach kurzer leiser Beratung erklärten die Gwinns mit merklichem Widerstreben, dass sie mich noch an diesem Nachmittag nach Whitehall begleiten würden.

»Aber was wollt Ihr tun, wenn Ihr heute nicht empfangen werdet?«, fragte Agatha.

»Dann kehre ich nach Hause zurück, ohne dass mir jemand vorwerfen kann, ich hätte es versäumt, mich beim Obergewandkämmerer einzustellen. In der Vorladung stand nicht, wie lange ich zu warten habe. Ein oder zwei Stunden werden reichen. Wenn er mich nicht empfängt, so ist das seine Sache.«

Mr. Gwinn wollte noch etwas sagen, doch Agatha schüttelte den Kopf. Sie wusste, dass ich mich kaum umstimmen lassen würde.

In schnellerem Tempo jetzt – oder so schnell es auf den dicht bevölkerten Straßen eben möglich war – ritten wir der London Bridge entgegen. Als die Pferde auf der Brücke entlangtrotteten, die sich über die Themse spannte, überfiel mich von neuem dieses Gefühl, beobachtet zu werden. Solange ich in Southwark beinahe außer mir gewesen war vor Zorn, war mir nichts dergleichen aufgefallen. Doch jetzt, da die Erregung sich gelegt hatte, spürte ich wieder die bohrenden Blicke in meinem Rücken. Ich wandte mich gar nicht erst um, ich wusste, dass sich mir nichts zeigen würde.

Es gab nur eine Erklärung. Während ich über die London Bridge ritt, sagte ich mir, dass Jacquard Rolin mich infiziert haben musste, der kaiserliche Spion, der mich im Zuge der Verschwörung gegen den König geschult, erniedrigt und schließlich einen Anschlag auf mein Leben verübt hatte. Er war mit mir nach Gent gereist, die Geburtsstadt Kaiser Karls V., weil nur dort der dritte Teil der Prophezeiung offenbart werden konnte. *Wenn der Rabe das Seil erklimmt, muss der Hund sich in die Lüfte erheben wie der Falke in den Zeiten des Bären.* So lautete die Prophezeiung. Nach der Erhängung des »Raben«, der mystischen Nonne Schwester Elisabeth Barton, war es an mir, der Dominikanerin, deren Ordensbrüder einst auch als »Hunde« des Herrn bezeichnet worden waren, in den »Zeiten des Bären« zu handeln. Und das Ziel war – die Ermordung des Königs. Als ich davor zurückschreckte, fragte Jacquard scharf: »Habt Ihr in Eurer Torheit nicht einmal gemerkt, dass es bei dieser Verschwörung von Anfang an darum ging, den Meistermeuchler zu formen?« Doch bei allem, was König Heinrich meiner Familie und meinen Freunden angetan hatte, was meine Brüder und Schwestern im Glauben durch ihn hatten erdulden müssen – einen Mord konnte ich nicht begehen. Ich verbrachte vier qualvolle Monate auf dem Kontinent, die meiste Zeit in Gefangenschaft in Gent. Als ich Jacquard endlich entkam – nachdem er mich beinahe getötet hätte –, gelang es mir, mich heim nach England durchzuschlagen.

Im Frieden Dartfords, wo ich inzwischen wieder zu Hause war, hatte ich mich niemals bedroht gefühlt, keiner dieser Leute, die im Dunklen agierten, war an mich herangetreten. Die Selbsterhaltungsinstinkte, die Jacquard in mir herangezogen hatte, hatten sich nicht gerührt. Doch jetzt, da ich durch die gefährlichste Stadt Englands ritt, waren sie erwacht.

Ich hob die Hand zu dem dünnen Kettchen mit dem Kruzifix, das unter meinem Mieder verborgen war. Gleich nach meiner Heimkehr wollte ich im Gebet Rat suchen, um den wahren Frieden wiederzufinden, den Gehorsam, die Demut und die Weisheit der Dominikaner, denen ich für immer tief verbunden bleiben würde.

Am Stand der Sonne sah ich, nachdem wir die Brücke überquert hatten, dass noch reichlich Zeit blieb, meinen Auftrag zu erfüllen. Die Hofbeamten gingen, nach dem, was ich gehört hatte, ihrem Dienst bis zum Einbruch der Nacht nach, und der war noch Stunden entfernt. Wir ritten an Kirchen und Schenken vorüber, an den Werkstätten von Goldschmieden, Schneidern, Sattlern und Salzsiedern, an Gemüsemärkten und Brauereien, während sich um uns das Volk tummelte. Der strahlende Apriltag – der erste wirklich warme Tag dieses Jahres 1540 – hatte die Londoner aus ihren engen Behausungen gelockt, und genießerisch hoben sie ihre blassen grauen Gesichter den wohltuenden Sonnenstrahlen entgegen.

Die Themse jetzt zu unserer Linken, ritten wir den Strand entlang und dann hinauf, der weiträumigen Anlage imposanter Gebäude entgegen, die nun nicht mehr allzu weit vor uns lag, im Stadtbezirk Westminster, wo sich der Sitz der Regierung mit dem prunkvollen Palast des Königs und der großartigen Abtei befand.

Ich hatte weder den Palast noch die Abtei je betreten. Im vergangenen Sommer war ich ganz in der Nähe gewesen; zusammen mit einer riesigen Menge hatte ich zugesehen, als bei der Großen Londoner Musterung Tausende von Männern am König, der im Torhaus seines Palastes stand, und am Kronrat vorbeidefiliert waren, um ihre Bereitschaft zur Verteidigung des Königreiches zu demonstrieren.

Nun näherte ich mich eben diesem Torhaus, von einer Straße her, die sich bald so dicht mit Menschen füllte, dass wir absitzen mussten. Die Straße führte durch den Torbogen des Torhauses weiter zur Abtei und zum Parlament. In den Palast gelangte man offenbar nur durch eine große Tür in einer seiner Seitenwände.

Vielleicht hundert Männer, viele von ihnen mit Bittschriften in den Händen, drängten in geballter Menge vorwärts, um durch eben diese Tür Einlass zu erlangen. Mr. Gwinn, groß und kräftig von Statur, bahnte sich energisch einen Weg durch das Gewühl, und während wir ihm folgten, hörten wir rechts und links, vor uns und hinter uns, immer wieder einen Namen: *Cromwell, Cromwell, Cromwell, Cromwell.* Wieder sah ich diesen eigenwillig geschwungenen Schriftzug unter der königlichen Ladung vor mir und schauderte. Er selbst hatte das Dokument unterzeichnet, doch ich war ja nicht hier, um den Lordsiegelbewahrer aufzusuchen, sagte ich mir. Meine bescheidenen Geschäfte würden mich nur bis zum Obergewandkämmerer führen.

Aber würde es überhaupt möglich sein, noch heute in den Palast vorzudringen? Die Menge der Bittsteller bildete eine nahezu undurchdringliche Mauer vor dem Torhaus. Es schien fraglich, ob selbst Mr. Gwinns robuste Bemühungen Erfolg haben würden.

Einerseits wünschte ich das gar nicht. Ich hatte geglaubt, das aus der Ferne so majestätisch wirkende Torhaus würde an Erhabenheit schrumpfen, wenn ich näher kam. Doch so war es nicht – jetzt, nur noch Schritte entfernt, war ich wie geblendet. Die aus Stein gehauenen Quader, die in einem schwarz-weißen Schachbrettmuster die Fassade des Gebäudes bildeten, glänzten wie geschliffen. Zwischen den zwei achteckigen Türmen, die, drei Stockwerke hoch, den Bau einrahmten, blinkten die Scheiben hoher, mehrflügeliger Fenster. Die Büsten vier gekrönter Häupter, Darstellungen von Mitgliedern der gnadenlosen Tudor-Dynastie, blickten blind in die Ferne, über dem Torbogen prunkte das königliche Wappen, und verschiedene Symbole der Königswürde, wie Lilien, Greifvögel, Löwen und Drachen schmückten die Fassade. Nicht vorzustellen, wie kostspielig die Errichtung dieses Prachtbaus gewesen sein musste.

Ich trat einen Schritt zurück, um zur Höhe der Türme hinaufsehen zu können. Zu meiner Überraschung erblickte ich zwei Köpfe über der mit Zinnen versehenen Brüstungsmauer. Wir wurden aus luftiger Höhe von den Hofleuten beobachtet. Und auch hinter den Fensterscheiben entdeckte ich jetzt Menschen, die zu uns herabschauten. Vielleicht amüsierte es sie, sich am Anblick des niederen Volkes zu ergötzen.

Die Menge vor uns teilte sich, ein Durchlass tat sich auf, und Mr. Gwinn drängte vorwärts. Rasch standen wir in vorderster Reihe und konnten endlich von dem großgewachsenen, massigen Mann bemerkt werden, der den Eingang des Torhauses bewachte.

Mit einem Fluch verscheuchte er einen grauhaarigen Bittsteller, der stotternd um Einlass flehte. Als der Mann zur Seite sprang, als wollte er unerlaubt in den Palast vordringen, trat ihm ein Soldat mit erhobener Pike entgegen. Der Mann wich zurück in die Menge.

»Im Namen des Königs, nennt Euer Anliegen, Sir!«, rief der Großgewachsene. Ich brauchte einen Moment, um zu erkennen, dass er Mr. Gwinn meinte, der sich als Antwort auf den Anruf mir zuwandte.

Ich holte tief Atem und trat vor. »Ich wurde geladen, vor dem königlichen Obergewandkämmerer zu erscheinen.«

»Vor dem königlichen Obergewandkämmerer – *du*?«, fragte er mit einem Blick auf meine bescheidenen Kleider geringschätzig.

Ohne ein weiteres Wort reichte ich ihm das königliche Schreiben. Er las mit skeptisch gerunzelter Stirn bis er zum Ende kam. »Von Cromwell unterzeichnet«, sagte er.

»Richtig«, antwortete ich kurz.

»Trotzdem muss ich Nachricht –«

»Es wäre mir eine Ehre, die Dame zu führen«, unterbrach ihn eine Stimme.

Ein lächelnder junger Mann mit elegant gestutztem Bart war aus der Tür eines Erkerturms gegenüber dem Eingang getreten. Er trug die Tracht eines königlichen Pagen: das rote Wams mit der Tudor Rose auf der linken Seite.

Der Page verneigte sich mit einer Ehrerbietung vor mir, die übertrieben schien angesichts meines ungewissen Standes. Der Wachmann zuckte mit den Schultern. Offenbar brauchte man nur ein Dokument mit der Unterschrift Cromwells zu präsentieren, und alle Türen öffneten sich. Es erschien mir etwas seltsam, doch was wusste ich schon von der Palastetikette?

Ich wollte mich noch von den Gwinns verabschieden. Wir hatten vereinbart, dass ein Knecht mit zwei Pferden in der Nähe des Palastes auf mich warten und ich, sobald meine Geschäfte erledigt waren, mit ihm nach Southwark zu meinen Freunden zurückkehren würde.

Eine Hand umschloss unversehens so fest meinen Arm, dass ich beinahe aufgeschrien hätte. Agatha zerrte mich mit einem Ruck von den Männern weg und schüttelte mich, wie sie das früher als Novizinnenmeisterin getan hatte, wenn ich Zurechtweisung brauchte.

»Ihr braucht das nicht zu tun«, sagte sie. »Alles, was Ihr stets über London gesagt habt, über dies hier« – sie wies mit einer Kopfbewegung auf den Palast – »ich sehe jetzt, wie recht Ihr hattet. Dieser Ort ist böse.«

Agatha war die ganze Zeit, während wir auf Einlass warteten, auffallend still gewesen. Ich hatte es als ein Zeichen staunender Ehrfurcht angesichts des prunkvollen Gebäudes gedeutet. Nun erkannte ich, dass sie tief beunruhigt war. Doch so sehr es mich befriedigte, dass sie den Hof endlich mit kritischem Blick sah, es gab keine Umkehr für mich.

Ich umarmte sie. »Keine Sorge, es wird alles gut«, flüsterte ich.

»Wie soll das gehen? Wie kann hier Gutes gedeihen?«

»Sagte nicht Thomas von Aquin, dass das Gute ohne das Böse sein kann, wohingegen das Böse nicht ohne das Gute sein kann?«, fragte ich.

Agatha schüttelte den Kopf. »Ihr seid klug Joanna, und Ihr seid gebildet, aber ich glaube nicht, dass das ausreicht, um Euch in diesen Mauern zu schützen.«

Ich drückte sie noch einmal an mich, dann wandte ich mich ab, um dem Pagen durch die weit geöffnete Tür des Torhauses zu folgen.

»Gott behüte und beschütze Euch!«, rief Agatha mir nach.

So gern ich mich umgedreht hätte, ich tat es nicht.

Kapitel 4

Mit einladender Geste führte mich der Page an einer langen Galerie mit Blick auf einen weitläufigen Garten vorbei. Wir nahmen einen Fußweg direkt zum höchsten der weißen Steingebäude. Er eilte mir in einem Tempo voran, dass ich hetzen musste, um nicht den Anschluss zu verlieren. An seine Seite zu gelangen, war unmöglich. Ich würde ihm bis zu den Räumen des Obergewandkämmerers nachlaufen müssen wie ein Hündchen.

Seit jenem entsetzlichen Tag im Jahr 1527, als ich in Greenwich eintraf, um meinen Dienst als Hofdame Katharinas von Aragón, der ersten Gemahlin Heinrichs VIII., anzutreten, hatte ich keinen Fuß mehr in eine königliche Residenz gesetzt. Whitehall war weit prunkvoller als der Palast in Greenwich, soweit ich ihn in Erinnerung hatte. Der Page schritt mir voraus durch einen Saal, der mir endlos zu sein schien.

Wie der Vorplatz des Palastes war er voller Menschen, doch im Gegensatz zu draußen herrschte hier drinnen eine ruhige, gemessene Stimmung. Hoch unter der Decke, die das gleiche schwarz-weiße Schachbrettmuster, die gleichen dezenten Lilienverzierungen zeigte wie die Fassade des Torhauses, war eine Reihe von Stabkreuzfenstern in die Mauer eingelassen. Mir fiel auf, wie modern so vieles an diesem Bau war, und ich versuchte, mich zu erinnern, was ich über Whitehall wusste. Es war der Londoner Sitz des Erzbischofs von York gewesen, bis der erste Minister Heinrichs VIII., Kardinal Thomas Wolsey, den Palast in Besitz genommen und ein

Vermögen für seine Erweiterung ausgegeben hatte. Als er beim König in Ungnade fiel, hatte dieser den Palast kurzerhand an sich gebracht. Genau wie das gesamte Vermögen meines Onkels, des Herzogs von Buckingham, nachdem er ihn wegen angeblichen Hochverrats hatte hinrichten lassen. Das war Heinrichs Art – er nahm sich, was er haben wollte.

Während ich dem Pagen beinahe im Laufschritt durch den Saal folgte, kam ich an Gruppen von Männern vorüber, die sich mit gedämpften Stimmen unterhielten. Jeder schien hier mit jedem wohlbekannt. Ich hatte mich mein Leben lang als Außenseiterin gefühlt, doch nie war dieses Gefühl stärker gewesen als in dieser Umgebung.

Aus tiefstem Herzen hoffte ich, dass ich nicht dem Herzog von Norfolk oder Bischof Stephen Gardiner oder einem anderen der Männer begegnen würde, deren Unmut ich mir in den letzten drei Jahren zugezogen hatte. Bisher schien das Risiko gering. Die hier Versammelten sahen alle sehr wohlhabend und achtbar aus, doch keiner von ihnen trug die prächtigen pelzverbrämten Gewänder aus Samt und Seide, keiner die Amtsketten, die Personen höchsten Ranges auszeichneten.

Es wäre mir hingegen eine große Freude gewesen, Lady Maria zu begegnen, der ältesten Tochter des Königs. Wir hatten vor zwei Jahren Freundschaft geschlossen, als sie entdeckte, dass ich zu denen gehörte, die ihre geliebte Mutter, Königin Katharina, während ihrer letzten Lebenswochen betreut hatten. Doch aus dem jüngsten Brief Lady Marias wusste ich, dass sie mit der Ankunft des Frühlings aus ihren Räumen am königlichen Hof auf den Landsitz Hunsdon House übersiedelt war, der ihr liebster Aufenthaltsort war.

Nur eine andere Person hätte ich jetzt auch gern gesehen – meine junge Freundin Catherine Howard, eine der Hofdamen der Königin. Doch um dies zu bewerkstelligen, hätte ich womöglich eine Begegnung mit der Königin selbst, mit

Anna von Kleve, in Kauf nehmen müssen, und das wollte ich nicht. Ich fühlte mich ihr gegenüber immer noch schuldig. Die Prophezeiung forderte die Ermordung Heinrichs VIII. noch bevor er mit der deutschen Prinzessin einen zweiten Sohn zeugen konnte, der die Welt in Brand gesetzt hätte. Anstatt jedoch Heinrich den tödlichen Becher leeren zu lassen, hatte ich ihm nur so viel von dem vergifteten Trank gereicht, dass er krank wurde und unfähig, die Ehe mit seiner jungen Frau zu vollziehen. Ich hatte getan, was ich tun musste, doch Anna von Kleve hätte Besseres verdient. Als ich sie auf der Überfahrt von Calais kennenlernte, begegnete sie mir mit Liebenswürdigkeit, Würde und – Großmut. Dass sie mir für die Phönix-Tapisserie einen mehr als stattlichen Preis gezahlt hatte, trug noch zu meinen Schuldgefühlen und meinen Hemmungen ihr gegenüber bei.

Alle Wirrungen der Gefühle jedoch traten zurück, als ich die Tapisserien des Königs zu Gesicht bekam. Eine neben der anderen bedeckten sie die Wände in atemberaubender, schimmernder Pracht. Niemals zuvor hatte ich Bildteppiche von dieser Größe gesehen. Sie schienen leicht zwanzig Fuß breit zu sein. Im Kloster Dartford hatten wir weit kleinere Exemplare hergestellt. Diese mussten in Brüssel gefertigt worden sein, dem Zentrum der Bildwirkerei in Europa, unter Verwendung besonders langer Webstühle und der Mitwirkung zahlreicher Arbeitskräfte. An der Herstellung eines Bildwerks, das, entweder aus der biblischen Geschichte, der Mythologie oder der Geschichte schöpfend, so viele menschliche Gestalten zeigte, zehn und mehr, würden acht Weber mindestens ein Jahr arbeiten. Und die Gesichter der Figuren zeichneten sich durch eine beeindruckende Harmonie der Züge aus. Welch eine Meisterschaft gehörte dazu, derart schöne Gesichter zu schaffen. Mir fiel auf, dass die Tapisserien nicht, wie sonst üblich, an den Wänden befestigt waren, obwohl ja ihr praktischer Zweck darin bestand, die Räume in den kalten Monaten warm zu halten. Diese Teppiche hingen, an dünnen Leisten aufgemacht, einige Zoll von der Wand entfernt. Das erlaubte ihnen leichte Bewegung, durch die die Bilder Lebendigkeit und räumliche Anschaulichkeit gewannen.

Trotz der Erschütterungen des Tages und meines Unbehagens im Hinblick auf das, was auf mich wartete, trieb es mich, näher zu treten. Ich wollte die Geschichte lesen, die erzählt wurde, und mir eine Vorstellung von der Qualität der handwerklichen Arbeit verschaffen. Jetzt, da ich nur einen Schritt entfernt stand, konnte ich die Feinheit und Genauigkeit des Gewebes würdigen. Ich nahm die Kante zwischen die Finger, und zu meinem Erstaunen stieg mir ein Geruchshauch nach Fett und Rauch in die Nase. Hier und dort entdeckte ich jetzt auch eine gewisse Eintrübung der Farben. Die Tapisserie war schmutzig.

»Diesen Weg, Miss – diesen Weg«, sagte der Page, der zurückgekommen war, um nach mir zu sehen.

»Verzeiht, aber ich fertige selbst Tapisserien. Deswegen wurde ich heute hierher bestellt«, erklärte ich und trat widerstrebend von der Wand weg.

»Diesen Weg, Miss«, wiederholte der Page, weiterhin mit leerem Lächeln im Gesicht. Ich vermutete, dass er kein Interesse an den Leuten hatte, die er durch den Palast geleiten musste. Irgendwie machte er einen merkwürdigen Eindruck. Am liebsten wäre ich ihm nicht weiter gefolgt. Doch ich unterdrückte diesen ersten Anflug von Argwohn. Ich hatte schließlich keine Ahnung, wie königliche Pagen sich zu verhalten pflegten.

Über eine flache Treppe gelangten wir hinab zu einem Flur, der von einem Gewimmel Kisten schleppender Bediensteter versperrt wurde. Während wir darauf warteten, dass sich uns eine Lücke öffnen würde, blickte ich zum Fenster hinaus. Wir befanden uns unmittelbar oberhalb der

Themse; ihre Wellen schienen direkt an die Palastmauer zu schlagen.

Minuten später durchschritten wir eine lange Galerie, auch ihre Wände mit Tapisserien ausgeschlagen. Ich fragte mich, wie viele dieser Kunstwerke der König besaß und ob sie mit ihm von Palast zu Palast reisten oder ob einige auf Dauer hier blieben. Und warum sollte er, der eine so reiche und prachtvolle Sammlung besaß, eine Arbeit aus meiner bescheidenen kleinen Heimwerkstatt haben wollen?

Dann traten wir plötzlich ins Freie, und ich blickte blinzelnd in die Sonne. Vor mir lagen ein großer Garten, in dem gerade die ersten Keime zu sprießen begannen, und ein weites Gelände für Sport und Spiel: mit einem Platz zum Tennis, das auch dank Heinrich zum volkstümlichen Zeitvertreib geworden war, einem Bowling-Green für Ball-und Kegelspiele sowie einer Grube für Hahnenkämpfe.

»Wo sind die Räume des Gewandkämmerers?«, rief ich dem roten Wams nach, das vor mir fast enteilte.

Wortlos wies der Page auf ein niedriges Gebäude auf der anderen Seite des Bowling-Green, und ich rannte ein Stück, um ihn einzuholen.

»Seid Ihr Euch des Weges sicher?«, fragte ich. »Mir scheint, wir sind hier nicht richtig.«

»Ihr kennt Whitehall?«, fragte er sehr höflich.

»Nein.«

Er lächelte nur. Im Sonnenschein konnte ich sehen, dass er nicht so jung war, wie ich zunächst geglaubt hatte. Die braunen Augen waren von feinen Fältchen umkränzt. Unter dem Bart nahm ich ein fliehendes Kinn wahr.

Er führte mich weiter, an einer gepflegten Obstpflanzung vorbei, doch mich begleitete weiterhin ein ungutes Gefühl.

»Vertraut stets Euren Instinkten«, hatte Jacquard Rolin gesagt. Er war ein Lügner und Ränkeschmied und ein kaltblütiger Mörder, ein Mann, der alle heiligen Gebote brach.

Aber er war auch schlau, teuflisch schlau … »Gut, Jacquard, was würdet Ihr tun?«, murmelte ich gereizt vor mich hin.

Seid bereit, Joanna Stafford. Ich hörte den niederländischen Akzent in den zischend hervorgestoßenen Worten des Meisterspions, und im sonnigen Park des Königs kroch ein Kälteschauer über meine Arme.

Endlich erreichten wir das Gebäude auf der anderen Seite. Bis auf drei Männer, die sich in der Nähe der Tür über irgendein Rechnungsbuch gebeugt besprachen, und eine Dienstmagd, die in der Ecke den Boden scheuerte, schien das Haus leer zu sein. Gänge dehnten sich in zwei Richtungen.

»Kommt, Miss, diesen Weg.« Der Page schwenkte nach links ab und ging unbeirrt auf eine Tür am Ende des Korridors zu. Hier winkte er mir erneut. Ich folgte ihm zwei Schritte und blieb stehen.

»Miss Joanna Stafford?«, rief er. »Hier erwartet Euch der Gewandkämmerer.«

»In diesem kleinen Raum, so weit entfernt vom König?«, fragte ich. Wir waren allein im Korridor.

Der Page lachte leicht, als hätte ich etwas Komisches gesagt. »So ist es ihm genehm, ja.«

Während ich langsam der Tür entgegenging, wünschte ich, mir würde ein Vorwand einfallen, um kehrtmachen und diesem Menschen so schnell wie möglich entkommen zu können. Aber meine Sorge, gegen die Höflichkeit zu verstoßen, besiegte meinen Argwohn. Der Page hielt mir die Tür auf. Mit einem tiefen Atemzug schon zum Gruß ansetzend, trat ich an ihm vorbei.

Da traf mich unversehens ein heftiger Stoß, der mich quer durch den Raum katapultierte, ein finsteres Gelass, das voller Möbelstücke stand und in dem niemand auf mich wartete. Ich prallte mit der Hüfte an einen massigen Tisch und schrie auf vor Schmerz.

Die Tür fiel hinter uns zu.

»Wer seid Ihr? –« Bevor ich die Frage zu Ende sprechen konnte, drückte mir der Page eine Hand auf den Mund. Mit der anderen packte er meinen rechten Arm und drehte ihn mir mit solcher Gewalt auf den Rücken, dass mir vor Schmerz beinahe die Sinne schwanden. Er war einen Kopf größer als ich, ein kräftiger Mann, der jetzt versuchte, mich in die hintere Ecke des Raumes zu zerren.

Ich biss ihn in die Hand. Nicht blind und kopflos wie ein verzweifeltes Opfer. Nein, ich schlug meine Zähne mit gnadenloser Grausamkeit in seine Hand; ich wollte auf Knochen treffen. Jetzt war er es, der schrie. Die Umklammerung seiner Hände lockerte sich.

»Hilfe! Hilfe!«, schreiend stürzte ich zur Tür und hatte sie bereits erreicht, die Finger schon am Knauf, als der Page mich bei der Schulter packte und herumriss.

Mir blieben nur Sekunden zum Überleben. Mit der Kante meiner rechten Hand versetzte ich ihm, durch seinen Bart hindurch, einen harten Schlag auf die Luftröhre, wie Jacquard es mich gelehrt hatte.

Und es wirkte. Röchelnd und würgend fiel er von mir ab.

Ich riss die Tür auf. Im Korridor war niemand. Er konnte immer noch hinter mir herkommen und mich von neuem packen. Ich begann zu laufen, doch meine Hüfte schmerzte so stark, dass ich nur hinken konnte. »Hilfe!«, schrie ich wieder.

»Was ist denn passiert?« rief mir jemand entgegen.

Tränen tiefster Erleichterung schossen mir in die Augen, als mein Retter nahte, ein hochgewachsener junger Mann mit dunklen Haaren, der mir in diesem Augenblick so schön wie ein Engel schien.

»Ein Page hat mich überfallen.« Ich drehte mich um und zeigte nach rückwärts. »Dort hinten.«

Der junge Mann stürmte an mir vorbei zu der offenen Tür.

»Nicht!«, rief ich. »Erst müsst Ihr Hilfe holen. Er hat ungeheure Kraft.«

Ohne meiner Warnung zu achten, lief er weiter. Sekunden später hörte ich ihn rufen: »Hier ist niemand!«

Ich konnte es nicht glauben. Doch als ich neben ihm stand, sah ich selbst, dass der Page verschwunden war. Auf der anderen Seite des Raumes war eine Tür, durch die er geflohen sein musste.

»Sind das Blutspritzer, da, auf dem Boden?«, rief der junge Mann. »Seid Ihr verletzt?«

»Nein, das ist sein Blut«, antwortete ich. »Ich habe ihn in die Hand gebissen. Ziemlich fest.«

Mit angewidert verzogenem Mund musterte mich der junge Mann, während ich die Haare, die sich aus meiner Frisur gelöst hatten, unter die Kapuze schob. »Was hattet Ihr mit einem Pagen seiner Majestät zu schaffen?«, fragte er. »War das ein heimliches Rendezvous?«

»Nein, das war es nicht. Er behauptete, er wolle mich zum königlichen Obergewandkämmerer führen. Ich habe eine Ladung. Ich werde diese Woche erwartet.«

Er prustete ungläubig. »Der Obergewandkämmerer in *diesem* Teil des Palastes? Hier werden Geräte und Ausstattungen aufbewahrt. Ich beaufsichtigte gerade die Arbeit an einer neuen Turnierlanze, als ich Euch hörte. Nun gut, wie war sein Name?«

»Den hat er mir nicht gesagt.«

Der junge Mann seufzte. »Ihr wollt mir erzählen, dass ein königlicher Page eine Frau, die er nicht kannte, in einen verlassenen Raum in Whitehall lockte, um sich mit ihr zu vergnügen? Habt Ihr eine Vorstellung davon, wie sorgsam ausgebildet diese Pagen sind? Ich muss es wissen, ich stand selbst eine Zeit lang als Page im Dienst seiner Majestät.«

»Er wollte sich nicht vergnügen«, versetzte ich. »Er wollte mir etwas antun.« Beinahe versagte mir die Stimme. »Ich glaube, er wollte mich töten.«

»Er wollte eine Frau töten, die er gar nicht kannte?« Ich hörte die Ungläubigkeit in seinem Ton.

»Er wusste, wer ich bin«, entgegnete ich. »Er hat mich hier, in diesem Korridor, bei meinem Namen genannt.«

Irgendetwas spukte mir im Kopf herum wie ein Irrlicht, doch bevor ich es zu fassen bekam, entdeckte der junge Mann auf dem Boden des Raumes, in dem ich überfallen worden war, die königliche Ladung und las sie. »Dieses Papier trägt Cromwells Unterschrift«, sagte er, mit Achtung jetzt. »Ihr seid Joanna Stafford, die Tochter von Sir Richard Stafford – Ihr seid eine Verwandte des dritten Herzogs von Buckingham?«

»Er war mein Onkel, ja.«

»Dann ist der Graf von Surrey Euer Cousin!«, rief er aus.

»Ja«, antwortete ich, leicht erstaunt, dass meine Familienbeziehungen so weithin bekannt waren. Meine Cousine, Elizabeth Stafford, war mit dem Herzog von Norfolk verheiratet, und der älteste Sohn des Paares war in der Tat der Graf von Surrey, Dichter und Soldat und ein Freund.

»Ich bitte um Verzeihung für meine Zweifel«, sagte er. »Zu meiner Verteidigung kann ich nur vorbringen«, fügte er mit einem Blick auf mein Gewand hinzu, »dass Ihr nicht unbedingt für einen Besuch bei Hof gekleidet seid.«

Ich seufzte. »Das weiß ich.«

»Ich habe nicht viel Zeit – ich muss zur Westminster Hall –, aber ich führe Euch zum Hauptmann der Palastwache. Er wird eine gründliche Untersuchung einleiten, glaubt mir. Und er wird diesen Verbrecher finden. Die Sache wird dem Hofmarschall vorgelegt. Der König selbst wird unterrichtet werden. Es gehört zu den strengsten Regeln, dass Gewalt innerhalb der Grenzen des Hofs nicht zu dulden ist.«

»Nein, das möchte ich nicht«, entgegnete ich. »Das ist mir zu viel der Aufmerksamkeit.« Ich hatte keine Ahnung, wohin eine solche Untersuchung führen würde, und war in Besitz zu vieler gefährlicher Geheimnisse, um es darauf ankommen zu lassen.

»Ihr könnt nach diesem Vorfall nicht den Obergewandkämmerer aufsuchen, als wäre nichts geschehen«, protestierte der junge Mann. »Der Page – es kann gut sein, dass er nach Euch sucht. Und dort würde er sein Glück als Erstes versuchen. Oder glaubt Ihr, es war der Ausbruch eines Wahnsinnigen?«

Ich antwortete langsam: »Er benahm sich wie ein Wahnsinniger, ja, aber seine Worte schienen mir vernünftig. Er wirkte sehr – höflich.«

»Umso schlimmer, wenn er es so gut versteht, seine bösen Absichten zu verbergen«, erklärte er. »Wir müssen diesen Pagen finden und dafür sorgen, dass er bestraft wird.«

Ich drückte die Hände an die Schläfen und versuchte, klar zu denken.

»Möchtet Ihr vielleicht einfach nach Hause zurückkehren?«, fragte er teilnehmend.

Der Mann, der mich attackiert hatte, wusste, wer ich war, es wäre ihm also ein Leichtes, mich in Dartford aufzuspüren, wo ich allein und schutzlos lebte. Wie konnte ich meinen Cousin, Henry Stafford, drängen, Arthur zu mir zurückzuschicken, wenn in meiner Nähe List und Gewalt lauerte?

»Ich möchte wissen, wer dieser Page ist«, sagte ich, »aber nicht auf dem Weg einer offiziellen Untersuchung.« Ich sah jetzt klar. »Ihr kennt Euch bei Hofe aus. Ich nicht. Wärt Ihr bereit, mir zu helfen, diesem Mann auf die Spur zu kommen?«

»Miss Stafford, Ihr seid eine Cousine des Grafen von Surrey, eines Mannes, den ich mit Stolz Freund nenne. Selbstverständlich werde ich Euch auf jede mir mögliche Weise behilflich sein.« Er richtete sich auf. »Ich bin Thomas Culpeper.«

»Ich danke Euch, Mr. Culpeper«, sagte ich. »Wie sollten wir Eurer Meinung nach vorgehen, um den Namen dieses Pagen zu erfahren?«

Er sah mich einen Moment an und lachte dann. »Das weiß ich noch nicht«, antwortete er mit entwaffnender Ehrlichkeit. Er war jung, meiner Schätzung nach vielleicht fünfundzwanzig Jahre alt, und selbst wenn er lachte, bewahrte sein Gesicht ein Ebenmaß, das beinahe unheimlich war. Diese Harmonie der Züge gemahnte mehr an die Idealgestalten auf den Tapisserien des Königs als an einen Menschen aus Fleisch und Blut.

»Solange wir keinen festen Plan gefasst haben, müsst Ihr an meiner Seite bleiben. Ich kann Euch nicht allein und unbeschützt lassen«, sagte er. »Ich muss aber unbedingt an dieser Sondersitzung in Westminster teilnehmen.«

»Was ist das für eine Sitzung?«, fragte ich beklommen.

»Erst gestern hat der König seinen Rat, Adelige und Bürgerliche, zu einer Sitzung am heutigen Nachmittag in Whitehall einberufen. Er beabsichtigt, Thomas Cromwell die Würde eines Grafen von Essex zu verleihen.«

Kapitel 5

Thomas Culpeper hatte es eilig, der Erhöhung Thomas Cromwells beizuwohnen, ich nicht.

»Zur Zeremonie selbst kann ich Euch nicht mitnehmen«, erklärte er. »Es werden keine Frauen dabei sein. Aber ich kenne Westminster Hall gut, ich weiß, dass es ganz in der Nähe ein kleines Kabinett gibt, in dem Ihr ungestört warten könnt. Sobald die Feier vorbei ist, hole ich Euch wieder ab.«

»Ich will auf keinen Fall von irgendjemandem aus der Entourage des Königs gesehen werden.«

»Das kann ich verstehen«, meinte Culpeper mit einem nochmaligen Blick auf mein schmutziges Gewand.

Mir war es recht, dass er offenbar glaubte, ich wollte aus Verlegenheit über meine keinesfalls hoffähige Kleidung Männern wie Bischof Gardiner oder dem Herzog von Norfolk aus dem Weg gehen.

»Wenn Ihr mir garantieren könnt, dass ich ungesehen bleibe, begleite ich Euch«, sagte ich. »Aber seid Ihr auch sicher, dass es uns später gelingen wird, diesen Pagen aufzuspüren?«

Mit großem Selbstvertrauen versicherte mir Culpeper, dass er einen Weg finden werde. Und so folgte ich ihm, mühsam, da Hüfte und Schulter mir zu schaffen machten, durch den Park von Whitehall zur Westminster Hall.

Mir fiel auf, wie bekannt Thomas Culpeper allseits war, und es gab mir zu denken. Nicht eine Person hatte den Pagen angesprochen, der mich hierher geführt hatte, doch Culpeper wurde von jedem, dem wir begegneten, mit einem Wort oder einer kurzen Verbeugung gegrüßt. Wer war mein junger Beschützer? Ich war in die Falle des Pagen getappt, weil ich alle Vorsicht außer Acht gelassen hatte. Das musste sich ändern.

»Einen Augenblick!«, rief ich. »Ich muss mit Euch sprechen.«

Er wandte sich um. »Ginge es später, Miss Stafford? Der Rittersaal ist nicht unmittelbar mit der Residenz verbunden. Wir haben leider nicht mehr viel Zeit.«

»Nein«, sagte ich und blieb stehen. »Es muss jetzt sein.«

Besorgnis siegte über Ungeduld, und er zog mich vom Hauptweg auf einen Seitenpfad zum Garten, der um diese Zeit mit Ketten versperrt war.

»Ich sehe, dass Ihr ein angesehener Hofbeamter seid, aber ich muss wissen, welche Stellung Ihr einnehmt, bevor ich weitere Hilfe von Euch annehmen kann«, erklärte ich, selbst peinlich berührt von meinen plumpen Worten.

Doch Culpeper verargte sie mir nicht. Er richtete sich stolz auf und sagte: »Ich genieße das große Glück, Seiner Majestät als Kammerherr dienen zu dürfen.« Er musterte mein Gesicht und lachte leise. »Sobald die Leute das erfahren, werde ich gewöhnlich mit Bittschriften, wenn nicht gar Heiratsanträgen überhäuft. Ihr macht ja geradezu ein Gesicht, als hätte ich Euch gestanden, dass ich ein Lumpensammler bin.«

Es war immer das Gleiche, mein Gesicht verriet allzu leicht meine Gefühle. Es bestürzte mich tatsächlich, dass ausgerechnet dieser Mann, der dem König persönlich diente, zu dessen Aufgaben es gehörte, den König anzukleiden und nachts in seinem Zimmer zu schlafen, überhaupt von mir wusste.

Wieder ernst werdend, fragte Culpeper: »Ihr fürchtet den König? Weil Ihr eine Stafford seid und Euer Onkel, der

Herzog von Buckingham, wegen Hochverrats hingerichtet wurde? Ich weiß, dass Eure Familie beim König nicht in Gunst steht und ihr das ganze Vermögen genommen wurde. Ist das vielleicht der Grund für Euer bescheidenes Gewand? Seid Ihr deshalb vielleicht unbegleitet gekommen, ohne einen Angehörigen Eurer Familie oder auch nur einen Diener? Seht Ihr Euch vielleicht deshalb gezwungen, um Aufträge als Weberin zu werben?«

Überrascht trat ich einen Schritt zurück. Eine derart scharfsinnige Analyse hätte ich ihm nicht zugetraut.

Culpepers Stimme wurde weicher. »Ich weiß, wie es ist, wenn man fürchten muss, alles zu verlieren, Miss Stafford. Ich genieße die Gunst des Königs, ja, doch was heute gilt, kann schon morgen ganz anders sein. Und dann wäre ich nicht besser dran als mein Bruder, der unablässig bemüht ist, sich Geld und Gut zu verschaffen. Was uns tragen muss, ist – wahre Freundschaft. Ich habe die Wahrheit gesprochen, als ich Euch sagte, dass eine Verwandte des Grafen von Surrey auf jegliche Hilfe von mir zählen kann. Wenn Surrey sich in Whitehall aufhielte, würde ich Euch zu ihm führen. Doch in seiner Abwesenheit werde ich Euch helfen, wo immer ich kann.«

Es waren Worte, die von Herzen kamen, und der offene Blick der braunen Augen sagte mir deutlich, dass ich von Thomas Culpeper nichts zu fürchten hatte. Für diese Herzlichkeit verdiente er, fand ich, ein gewisses Maß an Offenheit von meiner Seite. Es war ein Wagnis, doch ich wollte es auf mich nehmen.

»Ich bin nicht nur meines Namens wegen in Ungnade«, erklärte ich. »Gegen mich spricht vermutlich auch, dass ich Novizin im Kloster der Dominikanerinnen in Dartford war, bevor es aufgelöst wurde.«

Culpeper zeigte keinerlei Missfallen. Er nickte nur. »Ich kann verstehen, dass Euch als ehemalige Angehörige eines geistlichen Ordens Cromwells Erhebung zum Grafen von Essex tief treffen muss.«

Ich sagte nichts darauf. Kritik an Cromwell war gefährlich. Er war ein wachsamer Mann, der, wenn er sich bedroht fühlte, unverzüglich mit aller Härte reagierte. Nachdem ich ihm vor mehr als einem Jahr bei der grausamen Hinrichtung Henry Courtenays und Baron Montagues auf dem Tower Hill aufgefallen war, hatte er alles daran gesetzt, mehr über mich in Erfahrung zu bringen, und für mich hatte damit eine beängstigende Periode ständiger Überwachung begonnen.

»Ich bin zu wetten bereit, dass die Hälfte des Adels der heutigen Feier mit Groll im Herzen beiwohnen wird«, fuhr Culpeper fort. »Doch es gibt keinen, den der König höher schätzt als Thomas Cromwell.«

In seinem Ton schwang eine Schärfe, die in mir den Verdacht weckte, dass der Kammerherr des Königs diesen Groll teilte. Dennoch hütete ich mich, auch nur eine Spur meines eigenen Hasses auf Cromwell zu zeigen.

Culpeper führte mich in den Palast, mehrere Treppen hinauf, und dann traten wir zu meiner Überraschung hinaus ins Freie und gelangten über das Dach des Torhauses zu einem gepflegten Fußweg parallel zur Straße, auf der sich noch immer die Bittsteller drängten. Keinesfalls konnten die Höflinge auf dem Weg zum Rittersaal und zur Abtei den Fuß auf dasselbe Pflaster setzen wie das einfache Volk.

Ich bekam heftiges Herzklopfen, als ein Mann in einem roten Wams vor uns auf den Fußweg einbog. Ehe ich etwas sagen konnte, packte Culpeper ihn beim Arm. Doch der Mann, der sich erstaunt nach uns umdrehte, war nicht mehr als ein Jüngling. Ein rothaariger Page von vielleicht sechzehn Jahren.

»Schon gut, Junge«, sagte Culpeper kurz, und wir setzten eilends unseren Weg zur Westminster Hall fort.

Dort erwartete mich neuer Schrecken, wenn auch von anderer Art. Unter den Männern, die vor dem Portal der Westminster Hall auf und ab gingen, bemerkte ich mindestens drei in schwarzen, mit goldenen Löwen verzierten Wämsern, der Tracht der Bediensteten des Hauses Howard. Der Graf von Surrey war mein Freund, doch sein Vater, Thomas Howard, der dritte Herzog von Norfolk, war einer meiner erbittertsten Feinde.

Während ich in der Menge ängstlich nach einem grauhaarigen Mann mit schmächtigem, doch gestähltem Körper suchte, musste ich an mein letztes Zusammentreffen mit dem Herzog denken, an eben jenem entsetzlichen Tag auf dem Tower Hill, als ich Cromwells Aufmerksamkeit auf mich gezogen hatte. Um mich von Norfolks ständiger Überwachung zu befreien, hatte ich ihm gedroht, einen Brief öffentlich zu machen, der aufgedeckt hätte, welche Rolle er bei dem gemeinen Plan gespielt hatte, meine Cousine Margaret Bulmer dem König als Bettgenossin zuzuführen. Ich konnte sein Gesicht noch deutlich vor mir sehen; die heftig bebende Unterlippe, den Blick mühsam gezügelter Wut, die sich zweifellos in Gewalt gegen mich entladen hätte, wären nicht so viele Zeugen zugegen gewesen.

»Das ist nicht das Ende«, hatte mir der Herzog von Norfolk mit einem mörderischen Blick zugeflüstert, bevor er mich auf dem Tower Hill zurückgelassen hatte.

Reine Verzweiflung hatte mich getrieben, dem Herzog zu drohen, noch dazu mit einem Brief, den es gar nicht gab. Es war bekannt, dass er sich für den König als Zuhälter hergab, ihm immer wieder junge Frauen zuführte. Doch ich hatte keinen schriftlichen Beweis für das, was er Margaret angetan hatte. Ich hatte diesen Brief erfunden, weil es das Einzige war, was mir eingefallen war, die einzige Waffe, mit der ich, eine Frau ohne Macht und Einfluss, diesen Mann, der dem Hochadel des Reiches angehörte, bedrohen konnte. Jetzt aber schauderte mir vor seiner Reaktion, sollte ich ihm hier begegnen.

Zum Glück führte mich Culpeper zum anderen Ende des Raumes, weg von der Menge, bis zu einer schmalen Tür, die ein Fremder wie ich leicht übersehen hätte. Meinem neuen Freund jedoch war offensichtlich jeder Winkel des Palastes und seiner Gebäude vertraut.

Wir traten in einen schmalen, fast kahlen Gang, an dessen Ende ich das gedämpfte Murmeln vieler Männerstimmen hören konnte. Dort musste der große Saal sein, wo Oberhaus und Unterhaus zusammentraten. Das »kleine Kabinett«, wie Culpeper es genannt hatte, war in der Tat ein abgeschiedener kleiner Raum, nur mit einem Sessel ausgestattet, der neben dem schmalen Fensterschlitz stand, und, auf der anderen Seite, fern vom Licht, einer schlichten Bank.

»Wozu dient dieses Zimmer?«, fragte ich, als ich eintrat.

Culpeper zuckte mit den Schultern. »Zum gelegentlichen Rückzug? Um in Ruhe nachdenken zu können?« Er wandte sich schon zur Tür. »Ich muss eilen. Es beginnt gleich.«

Ich setzte mich auf die Bank. Es war still in diesem dämmerigen kleinen Raum, zum ersten Mal seit meinem frühmorgendlichen Aufbruch aus Dartford fand ich Ruhe und Gelegenheit, meine Gedanken zu ordnen.

Als ich mir ins Gedächtnis rief, was ich in der letzten Stunde erlebt hatte, bekam alles den Anstrich des Absurden. Weshalb sollte ein königlicher Page mir Böses wollen, einer Frau aus geächteter Familie, die lediglich in ihrer Eigenschaft als kunstfertige Bildwirkerin zu Hofe bestellt worden war? Denn es bestand kein Zweifel daran, dass er gewusst hatte, wer ich war. Er hatte mich bei meinem Namen gerufen, als er mich dort, in dem menschenleeren Korridor, zu überreden gesucht hatte, ihm zu folgen. Hatte er schon vorher einmal meinen Namen genannt? Ich dachte zurück: Ich stand vor dem Torhaus, reichte dem Wachsoldaten meine Ladung, der Page trat vor, um mich zu führen, ich nahm mir noch einen Augenblick, um mich von Agatha zu verabschieden.

Wie ein Blitz traf mich die Erkenntnis, so erschreckend, dass mir der Atem stockte. Weder ich noch ein anderer hatte am Torhaus oder im Palast meinen Namen genannt. Und der Page hatte die Ladung, die ich vom König erhalten hatte, sicher nie gelesen.

Das kann nicht sein, flüsterte ich in die Stille. Das hätte ja bedeutet, dass er auf meine Ankunft vorbereitet gewesen war, mich erwartet hatte. Es gab einen Plan, mir etwas anzutun – vielleicht, mich zu töten –, und der Page war das Werkzeug der Verschwörer. Er war kein Wahnsinniger. Er war ein gedungener Mörder.

Das war so wenig eine Sache für den ritterlichen Thomas Culpeper wie für irgendeinen meiner unschuldigen Freunde. Es gab nur eins – ich musste weg vom königlichen Hof, so weit wie möglich. Die Frage war nur, wohin? *Wohin?*

Während ich noch wie gelähmt vor Furcht in der dämmrigen Stille saß, wurde die Tür geöffnet und ein Mann trat ins Zimmer. Die Zeremonie war offenbar schon vorüber.

Doch es war nicht der königliche Kammerherr Thomas Culpeper.

Der Mann war stämmiger und älter als Culpeper. Er sprach mich nicht an, und als er ohne einen Blick zu mir zum Fenster ging, erkannte ich, dass er meine Anwesenheit drüben auf der Bank, die fast im Dunkeln stand, überhaupt nicht bemerkt hatte. Er glaubte, er wäre allein.

Die Höflichkeit gebot mir, mich bemerkbar zu machen, doch als ich zum Sprechen ansetzte, blieben mir die Worte im Hals stecken. Hatte ich diesen Mann nicht schon einmal gesehen?

Bevor ich weiter überlegen konnte, wandte er sich vom Fenster ab. Mit einer heftigen Bewegung schlug er die Hände vors Gesicht und stöhnte. »Nein. Nein.«

War das ein körperliches Leiden? Oder Gram? Hatte er einen Verlust erlitten? Es war mir zutiefst unangenehm, Zeugin eines so persönlichen Moments zu werden. Dieser Mann war in innerer Not.

Ich musste eine Bewegung, vielleicht irgendein Geräusch gemacht haben, denn der Mann zog plötzlich die Hände vom Gesicht und drehte sich nach mir um. Wir starrten einander an, beide außer Fassung über das, was wir sahen.

Der Mann war Thomas Cromwell.

Kapitel 6

Joanna Stafford«, sagte Thomas Cromwell, als könnte er es nicht glauben. »Was habt Ihr hier zu suchen?«

Ich war wie versteinert, keiner Bewegung, keines Wortes fähig.

Er trat auf mich zu und ich duckte mich in Erwartung eines Schlags, eines jener kurzen harten Backenstreiche, wie ich sie mehr als einmal vom Herzog von Norfolk hatte hinnehmen müssen. Doch der oberste Minister des Königs schlug nicht zu, er nahm mir die Ladung aus der Hand und überflog sie.

»Natürlich«, sagte er leise. »Gardiner nutzt die Vorliebe des Königs für Tapisserien, um mir seine Spitzel auf den Hals zu hetzen.«

Das riss mich aus meiner Starrheit. »Ich bin kein Spitzel, Mylord«, stieß ich hervor. »Der Bischof von Winchester hat mit meinem Besuch bei Hofe nichts zu tun. Die Ladung ist von *Euch* unterfertigt.«

»Was tut Ihr dann *hier*?«, entgegnete er. »Diese Ladung weist Euch zum Gewandkämmerer, nicht in die Westminster Hall. Hier tritt das Parlament zusammen. Ein so dummer Irrtum ist Euch wirklich nicht zuzutrauen, wir wissen beide, dass Ihr nicht dumm seid.«

Seine ruhige Stimme zitterte vor Zorn. Er war wütend darüber, dass ich ihn, den nach dem König mächtigsten Mann im Reich, schwach und verzagt gesehen hatte. Aber konnte er ernstlich glauben, dass Bischof Gardiner, der zugegebenermaßen zu seinen ärgsten Widersachern zählte, mich beauftragt hatte, ihn zu bespitzeln und ihm ausgerechnet hierher zu folgen – ins Parlamentsgebäude? Wenn ich ihm erklärte, wie es sich wirklich verhielt, würde das seinen Argwohn beruhigen. Nur wollte ich ihm keinesfalls sagen, was mich in die Westminster Hall geführt hatte. Ausgeschlossen, diesem Mann, dem ich am allerwenigsten traute, von dem alarmierenden Zwischenfall im Palast zu berichten. Außerdem musste ich Culpeper schützen – das schuldete ich ihm.

Cromwell trat einen Schritt zurück und nickte. »Natürlich. Keine Antwort. Aber ich werde meine Antwort bekommen, Miss Stafford. Kommt mit.«

Meine Beine drohten mir den Dienst zu versagen, als ich aufstand, und unwillkürlich griff ich Halt suchend an das Kettchen um meinen Hals.

Cromwell öffnete mit einem grimmigen Lächeln die Tür. »Ich vermute, das ist ein Kruzifix, an das Ihr Euch da klammert, Miss Stafford. Wir werden es noch vor heute Abend mit Sicherheit wissen – und dazu all Eure anderen papistischen Geheimnisse aufgedeckt haben.«

Er war ein Mensch, dem nichts entging, dessen Verstand schneller arbeitete als der jedes anderen. Wie lange, bevor er auch das Letzte über mich ans Licht zerren würde?

Vor der Tür warteten fünf Männer, die mein Erscheinen sichtlich verblüffte. »Die Dame wird mich begleiten«, erklärte Cromwell kurz, worauf die Männer ihrem Herrn und mir gehorsam durch den Korridor folgten.

Mir kam plötzlich ein rettender Gedanke. »Mylord«, sagte ich, »wie könnt Ihr mir vorwerfen, Euch bespitzelt zu haben, da Ihr doch das Zimmer erst nach mir betreten habt?«

Cromwell war nicht zu beirren. »Es ist noch nicht bewiesen, Miss Stafford, wer sich zuerst in diesem Zimmer aufhielt.«

Er beabsichtigte also, die Tatsachen zu verfälschen. Sein

Wort würde gegen meines stehen, und wer würde schon Joanna Stafford glauben? Ich musste an Agatha Gwinn denken, wie verzweifelt sie sein würde. Sie hatte die Gefahr geahnt, als wir draußen vor dem Torhaus standen, und ihre Ahnung war richtig gewesen.

Ich vermutete, dass irgendein muffiges kleines Gelass ohne Fenster jetzt auf mich wartete, ein Ort von der Art, wie Thomas Cromwell ihn gewöhnlich nutzte, um Antworten auf seine Fragen zu erpressen, ob es ihm nun um Auskunft über Anne Boleyns Liebhaber oder über Henry Courtenays Freunde ging. Doch zu meiner Überraschung führte er mich in den größten und beeindruckendsten Saal, den ich je betreten hatte.

Durch hohe, schmale Fenster fiel das Sonnenlicht auf dicht gedrängte Reihen von Männern, die sich vor den beiden gegenüberliegenden Längswänden gruppierten. Über uns wölbte sich eine prunkvolle Decke aus gewaltigen Holzstreben. Kein Zweifel, ich stand hier vor den versammelten Vertretern des Ober- und des Unterhauses, vor dem Parlament, das zur Erhebung Cromwells zusammengetreten war. Offensichtlich hatte die Zeremonie entgegen meiner Vermutung noch nicht stattgefunden.

»Exzellenz, Bischof Gardiner«, sagte Cromwell, ohne zu schreien, doch laut genug, dass alle Gespräche im Saal versiegten.

»Euer Lordschaft?«

Mir sank der Mut beim Klang von Stephen Gardiners Stimme. Eine Hand schloss sich um meinen Unterarm, und Cromwell zog mich mit sich, der Stimme entgegen. Der Bischof von Winchester stand in der Mitte der ersten Reihe der Lords, Seite an Seite mit seinem engsten Verbündetem, Thomas Howard, dem Herzog von Norfolk.

Unmöglich zu sagen, welcher der beiden Männer wütender reagierte. Gardiner, auf dessen Wangen rote Flecken brannten, presste wortlos die Lippen aufeinander. Norfolk musterte mich mit zusammengekniffenen Augen und machte einen unbeherrschten Schritt vorwärts, als er mich erkannte. Sein halb unterdrückter Fluch war im verblüfften Schweigen der Versammelten deutlich zu hören.

Mir wurde heiß, als ich die Aufmerksamkeit aller im Saal auf mich gerichtet sah. Aus dem Augenwinkel bemerkte ich, wie ein junger Mann einen anderen zur Seite stieß, um bessere Sicht auf die Szene zu haben.

Doch für Cromwell gab es nur einen Mann im Saal. »Ich habe eine Eurer Anhängerinnen entdeckt«, sagte er zu Gardiner. »Miss Joanna Stafford. Und das an einem höchst interessanten Ort. Der Ladung zufolge, die sie bei sich trägt, ist sie zum königlichen Gewandkämmerer bestellt. Doch ich fand sie hier, in der Westminster Hall.«

»Ich habe nichts mit ihr zu schaffen«, entgegnete der Bischof kühl.

»Nein?«

Ich sah Cromwell an. Wieder zeigte sich dieses zufriedene Lächeln, das über sein Gesicht gehuscht war, als er mir das Tragen eines Kruzifixes vorgeworfen hatte. Es erhellte seine Züge nicht; nichts konnte das fahle Grau beleben, das wohl die Folge unablässiger verbissener Arbeit in geschlossenen Räumen war.

»Aber Ihr seid wohlbekannt mit dieser Dame«, sagte Cromwell. »Meines Wissens lässt Eure Verbindung zu ihr sich zurückverfolgen in den Herbst 1537, als Ihr sie im Tower of London unter Euren persönlichen Schutz nahmt.«

Norfolk zuckte kaum merklich zusammen – schließlich war er es gewesen, der mich zuerst im Tower verhört und dann Gardiner übergeben hatte –, doch der Bischof zeigte keine Regung. Ich wusste, wie schwer ihm das fallen musste.

Gardiner sagte: »Sie steht nicht unter meinem Schutz. Sie

bedeutet mir nichts. Ihr mögt Sie befragen, wie es Euch beliebt.«

Eine hohe Stimme schallte durch den Saal der Westminster Hall: »Cromwell, wen habt Ihr zu unserer Sitzung mitgebracht?«

Es war der König.

Alle im Saal waren so gefesselt gewesen von der Konfrontation zwischen Cromwell und Gardiner, dass das Erscheinen Heinrichs VIII. unbemerkt geblieben war. Langsam kam er auf uns zu, mit steifen Schritten, ein Bein nachziehend. Ein goldenes Wams, über und über mit Edelsteinen geschmückt, spannte sich über seinem ungeheuren Leib. Ich war so fassungslos angesichts dieser Fleischesmassen, dass ich einen Moment brauchte, um den jungen Mann zu erkennen, der links hinter dem König schritt. Es war Thomas Culpeper.

Ich versank in einem tiefen Knicks, der allerdings nicht recht gelang, weil meine Beine so heftig zitterten.

»Ich glaubte Euch noch in Beratung mit Euren Ärzten, Majestät«, sagte Cromwell.

Heinrich fegte die Bemerkung mit einer Geste seiner beringten Hand beiseite. »Wir warten auf Eure Erklärung.« Sein Blick richtete sich auf mich. Ich erinnerte mich dieser blauen Augen von dem Tag, an dem ich, ein schüchternes sechzehnjähriges Mädchen, dem König vorgestellt worden war. Jetzt lagen sie tief eingebettet zwischen aufgedunsenen Wangen und grau gesprenkelten Augenbrauen. »Diese Dame ist mir bekannt, sie ist eine von den Staffords. Doch wie sie dazu kommt, einer Parlamentssitzung beizuwohnen, hat niemand geruht, mir mitzuteilen.«

Cromwell zögerte. Wie lange sein staatsmännisches Hirn dazu gebraucht hätte, eine triftige Erklärung für meine Anwesenheit zu ersinnen, wird nie jemand erfahren, denn bevor er etwas sagen konnte, ergriff ich das Wort.

»Majestät, ich bin Joanna Stafford und bitte um Verzeihung für meinen Fehler.« Noch einmal knickste ich, beherrschter diesmal, mit geradem Rücken. »Ich wurde zu Hofe geladen, um beim königlichen Obergewandkämmerer vorzusprechen, doch ich kannte den Weg zu seinen Räumen nicht. Lord Cromwell, der mich in völliger Ratlosigkeit antraf, war so freundlich, sich meiner anzunehmen, und brachte mich hierher, um mir weiterzuhelfen.«

Gespanntes Schweigen erfüllte den Saal. Mir schienen Stunden zu vergehen, obwohl es wahrscheinlich nur Sekunden waren.

Der König sagte in leicht spöttischem Ton: »Ah, Cromwell, wir wussten immer, dass Ihr ein Herz für Damen in Not habt, auch wenn andere Euch für gleichgültig dem schönen Geschlecht gegenüber halten. Hättet Ihr das für möglich gehalten, Norfolk?«

Der Herzog rief: »Bis heute nicht, Majestät!«

Schallendes Gelächter hallte im ganzen Saal wider. Die Reaktion auf Norfolks Bemerkung war weit übertrieben, und Norfolk selbst lachte am heftigsten. Es war abstoßend, die langen gelben Zähne unter den auseinandergezogenen Lippen zu sehen. Nur drei Männer stimmten nicht in das Gelächter ein: Cromwell und Gardiner, die zwar freundliche Miene machten, doch weiterhin von ihrem gegenseitigen Hass beherrscht waren, und Thomas Culpeper, dessen Blick unverwandt auf mir ruhte.

»Wir werden uns gleich dem Geschäft des Tages zuwenden«, verkündete Heinrich. »Aber zuvor müssen wir unsere Verwandte begrüßen.«

Verwandte? Es war natürlich richtig, meine Großmutter und die des Königs waren Schwestern, doch die Tudors hatten für die Staffords nie etwas übriggehabt. Als der König mit einem wohlwollenden Lächeln auf mich zu trat, schlug mir ein durchdringender Geruch entgegen, aus Moschus,

Lavendel, Rosenwasser und etwas anderem, weniger Angenehmem.

»Wir sind höchst erfreut, dass Miss Stafford zum Zeichen ihrer Loyalität und Bereitschaft, der Krone zu dienen, hierher geeilt ist«, erklärte der König, »und werden ihr bezüglich Ihres Auftrags eine Privataudienz gewähren.«

Dann schritt der König von England schwerfällig, halb hinkend durch die Westminster Hall, begleitet von Thomas Cromwell, dem höchsten Minister, den er nun zum Grafen von Essex erheben würde.

Kapitel 7

»Wie habt Ihr das zuwege gebracht?«, fragte Thomas Culpeper voll Hochachtung. »Einer Frau wie Euch bin ich weiß Gott noch nie begegnet.«

Ich war nicht in Westminster geblieben, um der Erhebung Cromwells beizuwohnen. Nach der wohlwollenden Rede des Königs war Culpeper vorgetreten, um »Miss Stafford, die Verwandte des Königs«, nach Whitehall zu geleiten, und hatte, meinem Beispiel folgend, durch nichts zu erkennen gegeben, dass wir einander bereits kannten.

»Sprechen wir nicht davon«, sagte ich.

»Glaubt Ihr nicht, dass bald der ganze Hof darüber reden wird?«, entgegnete Culpeper. Nachdem er mir dafür gedankt hatte, dass ich ihn aus meiner erfundenen Geschichte über den Grund meiner Anwesenheit in Westminster herausgehalten hatte, konnte er meine »Geistesgegenwart« gar nicht genug preisen.

Kurz bevor wir den Palast erreichten, kreuzten zwei Männer unseren Weg, die eine Meute weißer Windspiele mit hochmütig in die Luft gereckten rosigen Schnauzen in den Park hinausführten, weitab vom Palast. Wie gern hätte ich mich ihnen angeschlossen.

Vor wenigen Stunden noch war ich ein Teil der anonymen Menge gewesen, die sich vor dem Torhaus von Whitehall drängte. Jetzt hatten mich die mächtigsten Männer des Landes im Blick. Darüber hinaus würde mich mein Auftritt vor dem König, der ein Produkt reiner Verzweiflung gewesen war, Culpeper zufolge am ganzen Hof berühmt machen. Doch Ruhm wünschte ich mir aus vielerlei Gründen am allerwenigsten; auch weil ich dann für die Leute, die womöglich einen Anschlag auf mich planten, umso leichter zu finden sein würde.

Culpepers Lächeln trübte sich, als hätte er meine Gedanken gelesen. »Ihr könnt Euch darauf verlassen, dass ich bei meinen Nachforschungen diskret vorgehe«, versprach er. »Aber diese Angelegenheit muss unverzüglich in Angriff genommen werden. Als Erstes werde ich mich beim Pagenmeister, der dem Haushofmeister unterstellt ist, erkundigen, auf welchen seiner Pagen die Beschreibung des Mannes passt, der Euch angegriffen hat.«

»Ich bitte Euch, seid vorsichtig«, beschwor ich ihn. »Der Mann ist äußerst gefährlich.«

»Mit einem zuchtlosen Pagen werde ich schon fertig, glaubt mir.«

Ich sagte ihm nichts von dem Verdacht, der mir gekommen war, als ich in dem kleinen Kabinett in Westminster gesessen hatte: Dass der Page nur auf mein Erscheinen gewartet hatte, um mich in einen mit Bedacht ausgewählten abgelegenen Raum zu locken, wo er mir etwas antun, mich vielleicht sogar töten wollte. Jetzt, während ich mit Culpeper durch das Abendlicht ging, das die Steinmauern des Palastes zum Leuchten brachte, erschien eine solche Verschwörung wie Fantasterei. Wer sollte denn einen königlichen Pagen gedungen haben, um mich töten zu lassen? Am Torhaus musste jemand meinen Namen genannt haben, ohne dass ich es bei dem allgemeinen Lärm rundherum gehört hatte. Nein, der Grund für diesen Überfall war einzig gemeine Begierde gewesen, nichts anderes.

Ich verriet Culpeper auch nicht die ganze Wahrheit über Thomas Cromwell. Der einzige Mensch, der wusste, dass er sich in dieses Kabinett zurückgezogen hatte, um seiner Furcht und seiner inneren Not nachzugeben, war ich. Und so, fand ich, sollte es bleiben.

Mit der Sicherheit eines Mannes, der seinen Herrn gut kennt, erklärte mir Culpeper, dass Heinrich VIII. an seinem Hof größten Wert auf ritterliches Verhalten legte. »Ihr habt Cromwell heute einen großen Dienst erwiesen, als Ihr beim König den Eindruck hervorrieft, sein *einziges* Bestreben sei es gewesen, einer ratlosen Frau zu helfen«, sagte er.

Ich konnte nur hoffen, dass Cromwell daran lag, dieses noble Bild von sich zu erhalten. Dann würde er vielleicht darauf verzichten, etwas gegen mich zu unternehmen.

»Ich weiß nur nicht, wie ich in der nächsten Stunde für Eure Sicherheit sorgen soll«, erklärte Culpeper, als wir die Tür zum Palast erreicht hatten. »Der König hat Euch zur Audienz gebeten, vielleicht wird er sie noch heute Abend wünschen – vielleicht aber auch erst morgen. Wenn ich nachher zu ihm gehe, werde ich es herausfinden. Doch inzwischen kann ich Euch nicht allein zurücklassen. Am besten wärt Ihr unter den Damen des Hofes aufgehoben. Ihr seid nicht zufällig mit der Königin bekannt? Bei Euch würde mich, offen gesagt, nichts wundern, Miss Stafford.«

Sei dir da nur nicht zu sicher, dachte ich.

Laut sagte ich: »Ich bin mit einer der Hofdamen befreundet, und wenn sie nicht zu sehr von ihrem Dienst an ihrer Majestät in Anspruch genommen ist, wäre sie sicherlich bereit, mich für kurze Zeit aufzunehmen.«

»Ausgezeichnet!«, rief Culpeper. »Mir wird schon ein einleuchtender Grund einfallen, sie aus ihrem Dienst zu entführen, damit sie sich Euch widmen kann. Wer ist es denn?«

»Miss Catherine Howard.«

Culpeper reagierte auf diesen Namen mit so offenkundiger Bestürzung, dass ich erstaunt fragte: »Was ist denn?«

Er antwortete mit einer Gegenfrage. »Wann habt Ihr Miss Howard zuletzt gesehen?«

»Ende Dezember, aber nur sehr kurz«, antwortete ich verwundert. »Zuvor lebten wir einige Monate im Howard House zusammen. Das war 1538. Aber warum fragt Ihr?« Ein erschreckender Gedanke regte sich. »Geht es Catherine nicht gut?«

»Doch, doch, es geht ihr gut.«

Culpeper wirkte auf einmal sehr bedrückt. Er wandte sich von mir ab, als versuchte er, unbeobachtet einen Ausweg aus einem tiefen Dilemma zu finden. Zwei junge Männer, die auf ihn zu traten, um ihn zu begrüßen, winkte er kurzerhand weg. Ich konnte mir nicht vorstellen, was ihn plötzlich so sehr aus der Fassung gebracht hatte.

»Ich bringe Euch zu Miss Howard«, sagte er schließlich. »Vielleicht ist es ja gut.«

»Gut, wozu«?, fragte ich Culpeper nicht einmal, sondern mehrmals auf unserem eiligen Weg durch den Palast. Er gab mir keine Erklärung. Stattdessen überhäufte er mich mit Fragen über den Pagen. Wie groß etwa? Haarfarbe? Augenfarbe? Form des Bartes? Sprechweise?

Ich versuchte, mir das Aussehen des Pagen bis in jede Einzelheit ins Gedächtnis zu rufen, und beantwortete seine Fragen so genau es mir möglich war. Unglücklicherweise hatte der Mann nichts Besonderes an sich gehabt. Er hatte ausgesehen wie tausend andere.

Culpeper führte mich in einen stillen Korridor im Hauptgeschoss, mit Blick auf die Themse. Es erschien mir unwahrscheinlich, doch hier in der Nähe mussten sich Königin Annas Gemächer befinden. Ich erinnerte mich an die Räumlichkeiten, die Königin Katharina von Aragón in Greenwich bewohnt hatte: Ein großzügiger Empfangsraum führte zu einem kleineren, persönlicheren Salon, und dahinter lag, für nur wenige zugänglich, das Schlafgemach. Verfügte Heinrichs vierte Frau über einen bescheideneren Hausstand als die erste?

Ich wäre beinahe gegen Thomas Culpeper geprallt, als er unversehens vor einer schweren Holztür stehen blieb. Ein langgliedriger junger Mann, der auf einem Hocker neben der Tür saß, blickte fragend zu uns auf.

»Das sind die Appartements der Königin?«, fragte ich.

»Nein«, antwortete Culpeper. »Hier wohnt Catherine Howard.«

»Aber warum wohnt sie nicht mit den anderen Hofdamen der Königin zusammen?«

Thomas Culpeper wies auf den jungen Mann, der unseren kurzen Austausch aufmerksam verfolgte. Erst da sah ich, dass er die Farben der Familie Howard trug. »Sein Name ist Richard. Er wird Euch melden. Ich kann nicht bleiben.«

Ehe ich etwas erwidern konnte, eilte Culpeper davon.

Richard stand auf, fragte nach meinem Namen und klopfte dann an die Tür. Sie öffnete sich einen Spalt, das Gesicht eines jungen Mädchens – nicht Catherines – wurde sichtbar – und ich wurde angemeldet.

»Joanna!«

Die Tür wurde aufgerissen, und Catherine Howard flog mir entgegen, parfümierte Haare, ein lachender Mund mit blitzend weißen Zähnen. Immer wieder rief sie entzückt meinen Namen, als sie mich überschwänglich umarmte.

»Ihr seht wunderschön aus, Catherine«, sagte ich. »Reizender denn je.«

Und so war es. Catherine war ein wenig rundlicher geworden, seit ich sie zuletzt gesehen hatte, doch es stand ihr gut zu Gesicht. Sie hatte einen Teint wie Milch und Blut, und die grün gesprenkelten Augen leuchteten doppelt intensiv über dem üppigen Gewand aus sattgrünem Samt. Bei unserer stürmischen Umarmung war ihr die französische Haube vom Kopf gerutscht, und ihre kastanienbraunen Locken fielen auf ihre Schultern herab, die rund waren wie die eines Kindes, obwohl sie fast achtzehn Jahre alt war.

Sie trat einen Schritt zurück, um mich zu betrachten, und sagte: »Ich habe Euch vermisst, aber du meine Güte, Joanna, Euer Kleid! So schmutzig. Schrecklich. Werdet Ihr denn nie lernen, Euch um Eure Garderobe zu sorgen?«

»Ihr habt Euch immer genug für uns beide darum gesorgt«, gab ich zurück, doch keineswegs ärgerlich. Es war unmöglich, Catherine böse zu sein.

Diese Räume, Catherines Räume, waren hübsch ausgestattet. Sogar ein kleiner Bildteppich schmückte die Wand gegenüber dem Fenster. Ich musste daran denken, in welcher Beengtheit die Hofdamen der Königin gewöhnlich lebten. Aber es waren dreizehn Jahre vergangen, seit ich Königin Katharina von Aragón in Greenwich gedient hatte.

»Miss Howard«, sagte das jüngere Mädchen, das mir zuerst die Tür geöffnet hatte, »lasst mich Eure Haube richten.« Mit Nadeln in den Händen trat sie auf Catherine zu.

Das war nun wahrhaftig sonderbar. Catherine hatte eine eigene Zofe? Eigentlich war *sie* doch die Zofe. Da ich Catherine jedoch nicht vor dem Mädchen, das sich schon an ihren Haaren zu schaffen machte, intime Fragen stellen wollte, begnügte ich mich damit, ihr zu erklären, was mich nach Whitehall geführt hatte, ohne allerdings auf die dramatischen Ereignisse des Tages einzugehen.

Catherine nahm meine Neuigkeiten gleichmütig auf, wie das ihre Art war, und begann sogleich, mich in den neuesten Familienklatsch einzuweihen. Meine Cousine Elizabeth, die Herzogin von Norfolk, hatte sich wieder einmal von ihrem Ehemann getrennt und lag mit allen ihren Kindern in Streit. Die junge Frau des Grafen von Surrey hatte ein zweites Kind zur Welt gebracht. Und vor nicht allzu langer Zeit war Catherines Vater, Edmund Howard, der jüngere Bruder des Herzogs, gestorben.

»Oh, das tut mir in der Seele leid«, sagte ich. »Ich werde für ihn beten.«

»Danke, Joanna«, antwortete sie ruhig und neigte den Kopf zur Seite, damit das Mädchen sie fertig frisieren konnte. Ich konnte es ihr nicht verübeln, dass sie wenig Trauer zeigte. Alle in Howard House wussten, dass ihr Vater ein Verschwender gewesen war, der überall Schulden machte, und nach dem Tod seiner Frau, Catherines Mutter, nichts für die Erziehung seiner vielen Kinder getan, sondern sie der Fürsorge seiner Verwandtschaft überlassen hatte. Ein solcher Mensch würde lange im Fegefeuer schmachten müssen. Da waren viele Gebete vonnöten, nicht nur meine. Das Auferstehungsfest war keinen Monat mehr entfernt; ich würde Pfarrer William Mote bitten, an diesem Tag eine Messe für den verstorbenen Edmund Howard zu lesen.

Catherine, deren Haar und Haube endlich wieder saßen, bemerkte: »Der Herzog von Norfolk sagte zu mir, ich solle ihn nicht als Onkel, sondern als Vater sehen. Deshalb veranlasste er meinen Umzug in diese Räume – ich kann mir denken, dass es Euch wundert, dass ich nicht mit den anderen Hofdamen zusammenwohne. Er hat das alles befohlen und dafür gesorgt, dass mir eine Zofe und ein Diener zur Verfügung gestellt wurden. Er möchte das Beste für mich.«

Ich hatte an diesem Tag in Whitehall einige Erschütterungen erlebt, doch diese Mitteilung stellte alles andere in den Schatten. Der Herzog von Norfolk hatte nie großes Interesse an Catherine gezeigt und ganz gewiss keinerlei väterliche Zuneigung. Sie war die einzige unter seinen Nichten, die dem Alter und der äußeren Erscheinung nach zum Dienst als königliche Hofdame geeignet war, und nur deshalb hatte er den König ersucht, sie in den Hofdienst aufzunehmen. Wie oft hatte er sie als »töricht« und »einfältig« bezeichnet! Nun plötzlich zeigte er väterliche Neigungen zu ihr und hatte ihr sogar ein eigenes Appartement in Whitehall verschafft? Ich hatte ihn an diesem Tag in Westminster so kalt und unbeugsam wie eh und je erlebt, ich konnte nicht glauben, was sie mir da erzählte.

»Sarah, würdest du etwas Wein und Gebäck für mich und meine Freundin bringen?«, bat Catherine lächelnd ihre kleine Zofe.

Sobald das Mädchen gegangen war, sagte ich: »Erzählt mir von der Königin, Catherine.«

»Von der Königin?« Catherine sah mich verwundert an.

»Ist sie freundlich zu Euch?«

Catherine zuckte mit den Schultern. »Ich glaube schon. Ich verstehe kaum, was sie spricht. Sie bedient sich im Gespräch mit uns immer noch einer Dolmetscherin. Meistens ist sie von ihren deutschen Damen umgeben.«

»Aber macht Euch der Dienst bei Königin Anna Freude?«, beharrte ich. »Soweit ich gehört habe, sehen sie und der König einander nur selten. Wie verbringt sie denn ihre Tage?«

Catherine umfasste meine Hände und sagte: »Wir wollen uns nicht über die Königin unterhalten. Ich muss wissen, wie es mit Edmund weitergegangen ist.«

Ich sprach nie von Edmund Sommerville. Meine Freunde in Dartford, die das wussten und es respektierten, erwähnten kaum je seinen Namen. Vielleicht brachte mich deshalb Catherines Direktheit so aus der Fassung.

»Nichts ist weitergegangen«, stammelte ich. »Die Hochzeit hat nie stattgefunden – wegen der Sechs Artikel. Wir hatten ja beide das Keuschheitsgelübde abgelegt. Surrey kam eigens aus London und erreichte die Kirche genau in dem Moment, als wir –« Ich konnte nicht weitersprechen.

Von Neuem umarmte mich Catherine. »Surrey hat mir schließlich erzählt, was sich dort abgespielt hat. Es tut mir so leid, Joanna. Was wollt Ihr jetzt tun? Wollt Ihr nicht versuchen, Edmund zu finden?«

Ich spürte nichts als Abwehr. »Warum sollte ich?«

»Um ihn zu heiraten. Ihr seid füreinander bestimmt.«

»Aber wir können nicht heiraten, es verstieße gegen das Gesetz, das habe ich Euch doch eben erklärt. Außerdem weiß ich nicht, wo er sich aufhält. Niemand weiß es. Selbst seine Schwester hat seit Monaten nichts mehr von ihm gehört. Er hat England verlassen, Catherine. Er hat alle verlassen, seine Familie, seine Freunde, mich.«

Meine Kehle war wie zugeschnürt. Tränen sprangen mir in die Augen. Ich konnte es nicht glauben – ich hatte einen gewaltsamen Überfall abgewehrt, das versammelte Parlament düpiert, den König belogen und mich gegen Cromwell behauptet. Und nun löste dieses Gespräch mit Catherine Howard eine Tränenflut aus?

»Joanna, bitte hört mir zu«, sagte sie mit bebenden Lippen. »Ich war dabei, als Edmund Euch in Howard House besuchte. Ich weiß, wie er Euch angesehen hat. Er liebt Euch. Und Ihr könntet auf dem Kontinent heiraten. Oder sogar hier. Für Euch bestünde keine Schwierigkeit, Joanna. Ich habe einen Priester gefragt. Nur das Ordensgelübde würde eine Eheschließung verbieten. Aber das hattet Ihr noch nicht abgelegt, Ihr wart noch Novizin.«

Ich zuckte zusammen. Catherine konnte nicht wissen, wie bitter es für mich war, dass Kloster Dartford aufgelöst wurde, noch bevor ich das öffentliche Gelübde ablegen konnte. Es war mir nicht vergönnt worden, meine Haare abzuschneiden, einen Ring zum Zeichen meiner Bindung an Christus anzulegen, einen neuen Namen zu wählen, den Schleier zu nehmen. Und als ich mich schließlich damit abfand, dass ich in England meiner Berufung nicht folgen konnte, und beschloss, mich zu verheiraten, scheiterte ich auch daran.

»In Edmunds Fall«, fuhr Catherine fort, »wäre die Sache nicht so eindeutig, aber es werden Ausnahmen gemacht. Ihr müsstet es versuchen, ich kenne Euch – die stolzeste Frau auf Gottes Erde. Ich fürchte, Ihr seid so tief verwundet, dass Ihr nicht –«

»Seid still!«, rief ich. »Catherine, Ihr versteht nicht.«

Ein hartes Klopfen an der Tür bereitete diesem quälenden Gespräch ein Ende. Ich wischte mir die Tränen von den Wangen, während Catherine zur Tür ging.

Culpeper war zurückgekehrt – an sich nicht überraschend. Doch er war nicht allein gekommen. Er war in Begleitung einer fülligen Frau, die einen Berg Kleider in den Armen hielt.

»Miss Joanna Stafford, ich komme vom König«, sagte er sehr förmlich. »Er hat angeordnet, dass diese Gewänder Euch angepasst werden. Morgen wird er mit Königin Anna speisen und wünscht Eure Gesellschaft.«

Kapitel 8

Catherine Howard schlief stets bei geöffnetem Fenster. So sehr wir uns in Temperament und Interessen voneinander unterschieden, in dieser Vorliebe stimmten wir überein. Selbst bei eisiger Kälte hatten wir in Howard House nachts die Fenster offen gelassen.

Diese Nacht war wolkenlos und das Schlafzimmer in Mondlicht gebadet. Gedanken an die Ereignisse des vergangenen Tages und Befürchtungen vor dem, was mich erwartete, beunruhigten mich so sehr, dass ich keine Ruhe fand. Doch Catherine schlief tief und fest, die Arme über dem Kopf emporgeworfen. Im Schlaf war sie ein anderer Mensch. Es gibt Erwachsene, die schlafend wie Kinder aussehen, bei Catherine war das anders. Diese ansprechende Lebenslust, die sich in den blitzenden Augen und dem bereitwilligen Lachen ausdrückte, schien jetzt wie erloschen. Im Mondlicht wirkte ihr Gesicht älter, ernst, ja sogar ein wenig traurig. Und ihr Profil mit der langen, geraden Nase war unverkennbar das einer Howard.

Unsere Freundschaft hatte sich vor nahezu zwei Jahren entwickelt, als wir im Haus der Familie Howard in Southwark zusammentrafen. Ich wurde dort gegen meinen Willen vom Herzog von Norfolk festhalten, der glaubte, weil seine Ehefrau eine geborene Stafford war, könne er über mein Leben bestimmen und mir meine Unabhängigkeit nehmen. Catherine, die bisher bei ihrer Stiefgroßmutter in Horsham gelebt hatte, wurde nach Southwark geschickt, um sich dort auf den

Dienst am königlichen Hof vorzubereiten. Zwei mittellose Töchter unbedeutender jüngerer Söhne großer adeliger Familien. Wir fühlten uns einander von Anfang an verbunden. Wer hätte besser als die andere verstehen können, wie man sich fühlte, wenn man vom Oberhaupt der Familie ständig mit kaum verhohlener Gereiztheit behandelt wurde? Sich die ungeduldigen Seufzer anhören musste, wenn man neue Kleider brauchte, weil man aus den alten herausgewachsen war, der Behandlung eines Arztes oder irgendwelcher anderen Zuwendungen bedurfte?

Wären wir Töchter ältester Söhne gewesen – so wie Mary Howard, Herzogin von Richmond, oder meine Cousine Elizabeth Stafford, Herzogin von Norfolk –, wären wir mit spätestens sechzehn Jahren standesgemäß verheiratet worden und hätten fortan, von Reichtum und zahlreichen Bediensteten umgeben, ein großes Haus geführt. Auch von uns minderen Töchtern wurde eine standesgemäße Heirat erwartet, doch der Weg dorthin war beschwerlich. Am sichersten war es, in königliche Dienste zu treten – als Hofdame einer Königin oder einer königlichen Prinzessin –, wenn man einen geeigneten Ehemann finden wollte. Meine Mutter hatte mich über Jahre auf eine solche Position vorbereitet, doch ich hatte es nur auf einen einzigen Tag bei Hofe gebracht. Ich war ungleich besser für das Kloster geeignet als für das höfische Leben.

Nun war Catherine an der Reihe. Sie hätte mein Zwilling sein können – nur dass sie nie wie ich die Fürsorge einer umsichtigen Mutter und eines ehrenhaften Vaters genossen hatte. Sie war unachtsam und lieblos erzogen worden, bis ihr hübsches Äußeres aufgefallen war und dazu genutzt wurde, sie bei Hofe unterzubringen. All ihren Benachteiligungen zum Trotz war Catherine weit zahmer als ich, ein so fügsames junges Ding, dass ich es damals, in Howard House, für nötig gehalten hatte, sie vor den Gefahren zu warnen, die ihr von gewissenlosen Verführern drohten, was sie aber nur zu schamhaftem Kichern veranlasst hatte.

Doch Catherine konnte auch eigensinnig sein, so wie an diesem Abend, als sie darauf bestanden hatte, dass ich während meines kurzen Aufenthaltes am Hof bei ihr wohnen solle.

Culpeper hörte sich ihren Vorschlag schweigend an. Ich protestierte.

»Ich habe Freunde, die mich aus Dartford hierher begleitet haben. Sie warten auf mich«, erklärte ich.

»Aber Ihr wisst doch gar nicht, wann der König bereit sein wird, mit Euch über Euren Auftrag zu sprechen«, entgegnete Catherine. »Wer sagt, dass es morgen beim Mittagsmahl sein wird? Sind Eure Freunde bereit, Tage auf Euch zu warten, vielleicht eine ganze Woche?«

Das war tatsächlich ein Problem. Wie ärgerlich. Wenn ich gewusst hätte, was König Heinrich von mir wollte, wann und wie ich mich vorbereiten sollte, hätte ich mich darauf einstellen und Agatha und Oliver Gwinn Bescheid geben können. Aber zu hoffen, dass er mir seine Pläne kundtun, dass es ihn kümmern würde, ob seine Laune zwei braven kleinen Leuten aus Dartford Unannehmlichkeiten bereitete, war absurd.

Doch wie sollte ich mich hier, in den Gängen und Räumen von Whitehall, unbefangen bewegen, wenn ich um mein Leben bangen, vielleicht jeden Moment mit einem erneuten Anschlag des Pagen rechnen musste?

Als wüsste Culpeper, was mir durch den Kopf ging, bat er, mich wegen des Essens am folgenden Tag einen Augenblick allein sprechen zu dürfen. Draußen im Korridor, außer Hörweite Catherines, sagte er: »Ich wollte, ich könnte Euch melden, dass der Page gefunden und in Gewahrsam genommen wurde. Doch das ist leider nicht der Fall.«

»Warum nicht?« Mein Herz begann wie wild zu klopfen.

»Ich habe dem Pagenmeister Eure Beschreibung des Mannes vorgetragen. Seinen Worten zufolge passt sie auf keinen der Männer, die während der fraglichen Zeit nicht auf ihrem Posten waren. Nur wenige unter den Pagen tragen einen Bart – viele von ihnen sind beinahe noch Knaben –, er brauchte daher nicht lang für eine Befragung. Unmöglich, dass es einer seiner Leute war, behauptet er.«

»Ob unmöglich oder nicht, es ist eine Tatsache«, entgegnete ich. »Dieser Mann existiert. Und was soll ihn an einem neuen Anschlag auf mich hindern?«

Culpeper trat einen Schritt näher an mich heran und senkte die Stimme noch ein wenig mehr. »Solange wir keine Antwort haben, seid Ihr *hier,* bei Miss Howard, am sichersten. Sie hat eine Zofe zur Seite und Richard bewacht ihre Räume.«

Ich war nicht überzeugt. »Dieser Page ist schlau und sehr kräftig.«

Culpeper erwiderte beschwichtigend: »Solange Ihr in meiner oder Miss Howards Nähe bleibt, seid Ihr sicher.« Sein Mund wurde schmal. »Kein Mann würde es wagen, Catherine Howard zu nahe zu kommen.«

Ich fand die Bemerkung seltsam, doch der Vorschlag war vernünftig. So sehr es mir widerstrebte, im Palast zu bleiben, es war besser, als hin und her zu reiten und mich – und meine Freunde – in Gefahr zu bringen.

Es war eine unerträgliche Situation. Ich musste in Erfahrung bringen, wer der Page war und was hinter seinem Angriff steckte. Die Schwierigkeit war vielleicht, dass Culpeper ihn nicht mit eigenen Augen gesehen hatte und so dem Pagenmeister lediglich eine Beschreibung aus zweiter Hand hatte liefern können.

»Gibt es eine Möglichkeit für mich, die königlichen Pagen einzeln zu sehen?«, fragte ich.

»Nicht ohne eine Erklärung. Das heißt, Ihr würdet Euch als die Person zu erkennen geben müssen, die überfallen wurde. Bis jetzt habe ich Euren Namen ganz herausgehalten.«

»Aber«, sagte ich überlegend, »ließe sich nicht eine Art Inspektion arrangieren, bei der die Pagen einzeln vortreten müssten? Dann könnte ich sie mir ansehen, aber selbst unbemerkt bleiben. Vielleicht hinter einem Vorhang? Oder einer angelehnten Tür? Einen entsprechenden Raum müsste es doch geben?«

Culpeper lachte.

»Was ist daran komisch?«, fragte ich aufgebracht.

»Nichts. Im Gegenteil, ich bin beeindruckt von Eurer Klugheit«, sagte Culpeper. »Ja, das ist eine ausgezeichnete Idee, Miss Stafford. Gleich morgen veranlasse ich das Nötige. Für heute ist es zu spät.«

Als wir in Catherines Räume zurückkehrten, inspizierten drinnen Catherine und ihre Zofe ausgelassen die Gewänder, die der König geschickt hatte, und knabberten zwischendurch von dem Gebäck, das Catherine hatte bringen lassen. Ein glitzernder Zuckerkrümel klebte an ihrer Unterlippe.

»Mir scheint, Ihr werdet hier bestens untergebracht sein, Miss Stafford, bis der König seine Wünsche kundtut«, sagte Culpeper und verabschiedete sich mit einer Verneigung.

Catherine blickte auf. »Ich bin hoch erfreut über Eure Zustimmung, Mr. Culpeper«, sagte sie in giftigem Ton.

Sie und Culpeper starrten einander einen Moment an.

»Ich wünsche einen angenehmen Abend, Miss Howard«, sagte er schließlich und ging.

Ich hatte Catherine nie in einem solchen Ton mit jemandem sprechen hören. Nichts, was Culpeper getan oder gesagt hatte, rechtfertigte diese Reaktion. Er schien mir, ansehnlich und ritterlich wie er war, der Letzte, der Gehässigkeit verdiente.

»Was ist denn?«, fragte ich.

Doch sie zuckte nur leicht auflachend mit den Schultern

und gab mir keine Antwort. Vielleicht war das nichts als höfische Tändelei gewesen, dieses neckische Geplänkel zwischen Mann und Frau, das ich nie gelernt hatte – nie hatte lernen wollen. Ohne weiter darüber nachzudenken, widmete ich mich den Dingen, die jetzt erledigt werden mussten. Ich schrieb eine Nachricht an den Knecht Mr. Gwinns, den armen Menschen, der wahrscheinlich immer noch vor dem Torhaus wartete. Eine zweite Botschaft richtete ich an Agatha Gwinn, um ihr zu versichern, dass ich Unterkunft bei einer Freundin gefunden hatte, und dass ich nach Dartford schreiben würde, sobald meine Geschäfte bei Hof abgeschlossen wären. Ich hoffte, das würde sie beruhigen.

Catherine bestand darauf, dass ich eines der vom König gesandten Kleider anzog, damit man meine eigenen »erbärmlich« aussehenden Gewänder reinigen und ausbessern könne. So sehr es mir widerstrebte, von König Heinrich Geschenke anzunehmen, mir blieb nichts anderes übrig, als eines der Kleider anzulegen. Ich suchte mir das bescheidenste heraus, aus blauem Damast, mit engem Mieder und weiten, pluderigen Ärmeln.

»Du meine Güte, seid Ihr schlank, Joanna!«, rief Catherine. »Das passt ja wie angegossen. Die Dame, für die es geschneidert wurde, muss so gertenschlank gewesen sein wie Ihr. Wer sie wohl war?«

»Sind diese Gewänder geliehen?«, fragte ich. »Ich muss dieser Frau danken und sie wissen lassen, dass sie sie zurückerhalten wird.«

»Seid nicht albern. Niemand verleiht solche Garderoben und schon gar nicht durch Vermittlung des Königs. Sie sind Eigentum seiner Majestät, und es ist besser, nicht zu fragen, wie sie in seinen Besitz gelangt sind.«

Wie unbekümmert sie das sagte! Catherine machte sich offenbar keinerlei Gedanken über die Verworfenheit des Hofes. Das aber machte *mir* Gedanken.

Doch meine wachsende Sorge um Catherine wurde erneut beiseite gedrängt. Sie schleppte mich mit zum Abendessen im Kreis der Familie Howard. Nicht nur, dass sie nicht mit den anderen Hofdamen der Königin zusammenwohnte, sie nahm auch ihre Mahlzeiten nicht mit ihnen ein. Die Howards belegten eigene Räume am Hof, und dort, erklärte sie mir unterwegs, speiste abends die ganze Familie gemeinsam. Der Herzog allerdings ließ sich selten zu diesen Mahlzeiten blickten, da er dem König gewöhnlich bis in die Nacht hinein zur Verfügung stehen musste.

Während Catherine mir dies alles berichtete, fiel mir auf, wie viel Aufmerksamkeit wir auf unserem Weg durch die Gänge auf uns zogen. Jeder Mann, an dem wir vorüberkamen, starrte uns an, mit Blicken, die voll Neugier zwischen uns hin und her flogen. Vielleicht deshalb, weil wir so unterschiedlich waren wie Tag und Nacht, meine Freundin zierlich und hell, ich, größer und langgliedriger, mit schwarzem Haar, dunklen Augen und olivgetönter Haut meiner spanischen Mutter ähnlich.

Wir waren die einzigen Frauen im privaten Speisezimmer, in dem außer uns fünf Howards zu Tisch saßen. An einen von ihnen erinnerte ich mich aus der Zeit meines Aufenthaltes bei dieser zänkischen Familie. Den anderen, unter ihnen Catherines Bruder Charles, begegnete ich zum ersten Mal. Mein Erscheinen wurde ohne Neugier aufgenommen, und ich war froh, dass ich mit meinen neunundzwanzig Jahren zu alt war, um das Interesse junger Höflinge zu erregen.

Wir waren noch beim Hauptgang, als zwei große Jagdhunde hereinstürmten, der eine schon mit grauer Schnauze, der andere deutlich jünger. Das waren keine hochmütigen weißen Windspiele, sondern aufdringliche dunkle Tiere, die mit hängenden roten Zungen hechelnd um den Tisch liefen. Mir verging der Appetit. Doch war es weniger die Anwesenheit der Hunde, die mir auf den Magen schlug, als das, was sie ankündigte. Und da trat auch schon Thomas Howard, Herzog von Norfolk, in Begleitung von drei Bediensteten ins Zimmer. Catherine drückte mir unter dem Tisch die Hand, ob zum Trost oder zur Warnung, konnte ich nicht sagen.

Catherines Bruder Charles sprang aus dem Sessel am Kopf der Tafel auf, und Norfolk warf sich hinein. In der Ecke gingen Diener geschäftig daran, einen Teller mit Speisen zu beladen, und füllten einen Krug bis zum Rand mit Ale. Ich hoffte, wenn ich mich absolut still verhielte, würde Norfolk mich nicht bemerken. Catherine saß ihm näher, vielleicht würde sein Blick gar nicht über sie hinausschweifen.

Der reich gefüllte Teller wurde vor ihn hingestellt. Er fegte ihn mit einer Handbewegung vom Tisch. »Pest und Pocken!«

»Was ist denn, Durchlaucht?«, fragte ein unerschrockener Neffe.

Der Herzog sah ihn mit zornfunkelndem Blick an, während alle am Tisch den Atem anhielten. Nur das Schlabbern der Hunde war zu hören, die die ihnen hingeworfenen Happen verschlangen.

»Das kann ich dir sagen. Im letzten Monat ist so ein Narr vom Pferd gefallen und gestorben«, fauchte Norfolk. »Henry Bouchier hat sich das verdammte Genick gebrochen, und wem überträgt der König seinen Grafentitel? Nicht etwa einem seiner Verwandten – und Bouchier stammte von Eduard III. ab, war so ziemlich mit dem gesamten Hochadel blutsverwandt. Nein, er macht *Cromwell* zum Grafen von Essex!«

Norfolk trank einen tiefen Zug aus seinem Krug und stellte ihn krachend wieder auf den Tisch.

»Ein Brauerssohn aus Putney wird zum Grafen erhoben«, stieß Norfolk erstickt hervor. »Und nun sitzt Cromwell seit Stunden in Beratung mit dem König, ganz allein, niemand durfte zu ihnen. Und am Ende schickte man Culpeper, um uns ausrichten zu lassen, dass wir gehen können. Nie stand

Cromwell höher in der Gunst des Königs als jetzt. Mein Gott, der Bastard muss außer sich sein vor Glück.«

Ich dachte an den Mann, der drüben in Westminster die Hände vors Gesicht geschlagen und mit so viel tief empfundener Qual gestöhnt hatte. Nein, Thomas Cromwell war ganz sicher nicht glücklich.

»Und morgen«, fuhr Norfolk fort, »speist der König mit der Königin. Allein.« Er hielt inne, und seine wütenden dunklen Augen richteten sich auf mich. »Nur Ihr seid geladen, Joanna Stafford.«

So wenig er mich beachtet hatte, als er ins Zimmer gekommen war, so wenig Überraschung zeigte er jetzt, mich zu sehen. Es war klar, dass er nicht nur gewusst hatte, dass ich morgen mit dem König und der Königin speisen würde, sondern auch, dass ich an diesem Abend mit seiner Familie am Tisch sitzen würde. Cromwell, Gardiner, Norfolk – sie hatten überall ihre Spitzel, die in den Gängen und Alkoven des Palasts lauerten, lauschten und tuschelten.

»Warum hat er Euch eingeladen?«, fragte Norfolk mich scharf.

»Die Einladung wurde mir von Mr. Culpeper überbracht, doch ohne Begründung, Durchlaucht«, antwortete ich um einen ruhigen Ton bemüht, um ihn nicht zu provozieren.

Norfolk beugte sich über den Tisch und zeigte mit dem Finger auf mich. Die anderen fuhren auf ihren Stühlen zurück, ich nicht. Und, zu meiner Überraschung, auch Catherine nicht.

»Vergesst nicht, dass Ihr einer der alten Familien angehört – dass Ihr eine Stafford seid«, sagte er.

»Das vergesse ich nie«, versetzte ich.

»Nein?« Der Ausdruck wütenden Zorns wich einem höhnischen Lächeln. »Mir fallen da einige Gelegenheiten ein, bei denen Ihr es vergessen habt.«

Die Männer im Raum musterten mich mit neuem Interesse. Unfähig, mich weiter zu zügeln, öffnete ich den Mund zu einer zornigen Erwiderung, doch Catherine kam mir zuvor.

»Ich freue mich so, dass Joanna einige Tage bei mir wohnen wird.« Ihr Ton war ruhig und heiter.

Ich erwartete eine Reaktion des Herzogs, doch er zeigte keine Regung. Auch das war ihm also nicht neu. Wer war die Person, die ihn unterrichtet hielt – Catherines kleine Zofe oder der junge Mann vor der Tür?

»Wie hat sich das denn ergeben?«, fragte er.

»Joanna hat zwar Freunde, die in Southwark auf sie warten, aber da sie keine Ahnung hat, wie lange sie bei Hofe festgehalten sein wird, schien dies die beste Lösung. Für mich ist es eine große Freude, Onkel. Joanna hat mir so großzügig geholfen, als es darum ging, mich auf meine Stellung bei Hofe vorzubereiten. Und Ihr wisst, wie ungern ich allein bin. Ich bin es gewohnt, mit anderen Frauen in einem Zimmer zu schlafen, wie in Horsham bei der Herzoginwitwe.«

Ich konnte es kaum glauben. Catherine plauderte mit diesem Mann, als hätte sie einen vertrauten Freund vor sich, nicht den galligen Herzog von Norfolk. Gleich würde sie seinen bissigen Spott zu spüren bekommen.

Doch er sagte nur: »Wenn es dich glücklich macht, Catherine, ist es gut.« Der kurze Blick, den er mir zuwarf, zeigte nicht die gewohnte Verachtung, sondern eine ganz andere Empfindung, die Beunruhigung nahekam. So hatte er mich noch nie angesehen. Mich erschreckte dieser Blick mehr als es einer seiner Wutausbrüche vermocht hätte.

Von draußen war der laute Ruf eines Mannes zu vernehmen. Jemand öffnete die Tür, um besser hören zu können. Drei donnernde Stockschläge trafen den Fußboden unmittelbar vor dem Speisezimmer.

»Hiermit sei kundgetan, dass Seine Majestät König Heinrich VIII. mit dem heutigen Tag Thomas Cromwell, Generalvikar und königlicher Sekretär, Lordsiegelbewahrer und Schatzkanzler, zum Grafen von Essex erhoben hat«, verkündete der königliche Ausrufer.

Der Herzog von Norfolk starrte mit finsterer Miene auf den Tisch. Ich wartete darauf, dass er jeden Moment irgendetwas durchs Zimmer werfen, dass er brüllen, fluchen, wütend beschimpfen würde, wer ihm gerade am nächsten stand. Stattdessen jedoch hob er wortlos den Kopf, den Blick nur auf eine einzige Person im Raum gerichtet: seine Nichte, Catherine Howard.

Die beiden starrten einander an, als existierten wir anderen gar nicht. Keiner von beiden sagte ein Wort.

»Schließt die Tür«, brummte der Herzog schließlich und neigte sich hinunter, um den Kopf des jüngeren Hundes zu kraulen.

Kapitel 9

Als die Reihe der sechsunddreißig königlichen Pagen sich formiert hatte, wie von Thomas Culpeper befohlen, reichte sie vom einen Ende des Palastsaals bis zum anderen. Von einer schmalen Galerie auf halber Höhe blickte ich mit einer Mischung aus Furcht und Entschlossenheit auf diese Parade roter Wämser hinunter und kam mir gleichzeitig ein klein wenig lächerlich vor. Im letzten Moment drückte Culpeper mir eine schwarze Maske mit den Zügen einer verdrießlichen Alten in die Hand und drängte mich, mein Gesicht dahinter zu verbergen.

»Ich konnte den Pagenmeister nicht dazu bewegen, sie alle hierher zu bestellen, ohne ihm eine Begründung zu geben«, gestand er. »Aber Euren Namen habe ich ihm nicht genannt.«

»Dann wissen sie also alle von dem Anschlag?«, fragte ich entsetzt.

»Die Pagen wissen von nichts«, antwortete Culpeper. »Ihnen wurde lediglich gesagt, es sei Zeit für eine Inspektion. Und wenn Ihr hinter der Maske bleibt, wird der Pagenmeister nie erfahren, wer Ihr seid.«

Oh, aber er hätte es so gern gewusst, dieser wohlbeleibte Mann mit dem langen Schnauzbart, der am Ende des Saals stand und den Pagen lauthals seine Befehle erteilte. Immer wieder verrenkte er auf unnatürlichste Weise den Hals, um mich zu beäugen. Ich stand nur etwa fünfzehn Fuß über ihm auf der Galerie, in der einen Hand krampfhaft die Maske haltend, die andere an eine glatte, kalte Säule gestützt.

Es war heller Vormittag, kräftiges gelbes Licht strömte durch die Stabkreuzfenster auf der anderen Seite des Saals. Dieser Beleuchtung wegen hatte Culpeper den Pagenmeister die »Inspektion« hier abhalten lassen und nicht in einem der größeren Säle des Palastes. Weil sie mir einen klaren Blick auf die einzelnen Gesichter erlaubte.

Doch die Ungewöhnlichkeit dieses Defilees erregte Aufmerksamkeit, die der Geheimhaltung nicht entgegenkam. An der Tür zu einem Nachbarraum versammelten sich einige schaulustige Höflinge. Ich versuchte, mich so zu stellen, dass ich, von einer Säule geschützt, ihren Blicken entzogen war.

Endlich begann es. Ein Page nach dem anderen trat vor, um sich von Kopf bis Fuß mustern zu lassen, während Culpeper nickend etwas im Hintergrund stand. Jedes Mal, wenn ein Mann aus der Reihe heraustrat, begann ich in hastigen Stößen zu atmen. Da ich die Maske dicht an mein Gesicht gepresst hielt, staute sich die Luft am Rand der Öffnung, die für meinen Mund gedacht war, und meine nervösen Atemzüge produzierten die seltsamsten Geräusche.

Sehr schnell war klar, dass der Mann, der mich überfallen hatte, nicht unter den Pagen war. Culpeper hatte wahr gesprochen, die meisten waren noch sehr jung und bartlos. An einem der Männer entdeckte ich einen flüchtigen Moment lang eine gewisse Ähnlichkeit. Doch sein Bart war schwarzbraun, nicht von dem schmutzigen Blond, das ich in Erinnerung hatte, und oberhalb des Bartes waren runde, rosige Wangen zu erkennen. Nein, das passte alles nicht. Fünf Pagen später entdeckte ich einen zweiten bärtigen Mann, allerdings mit so knapp gestutztem Bart, dass ich deutlich den zuckenden Adamsapfel des tollpatschigen Jungen erkennen konnte, der aufgeregt von einem Fuß auf den anderen trat. Er war ganz sicher nicht der Mann, der mich mit diesem leeren Lächeln angesehen hatte, als er mich aufforderte: »Diesen Weg, Miss.«

Die Gruppe der Schaulustigen an der Tür wuchs. Ich sah dem nervös auf den Fersen wippenden Culpeper an, dass auch ihm unbehaglich war ob der Aufmerksamkeit, die wir auf uns zogen. Zum Glück näherte sich die »Inspektion« ihrem Abschluss.

Das letzte Trio junger Männer wurde begutachtet. Keiner der drei trug einen Bart oder zeigte sonst Ähnlichkeit mit meinem Angreifer.

Er befand sich nicht in der Gruppe, die hier versammelt war.

Was sollte ich Culpeper jetzt sagen? Würde er an meiner Geschichte zweifeln – ich spürte ja selbst schon Zweifel. Die ganze Szene erschien mir in der Rückschau so unerklärlich, so unwirklich, dass ich jetzt beinahe nicht mehr an die Existenz des Mannes glauben konnte, der mich überfallen hatte.

Thomas Culpeper eilte die Treppe herauf an meine Seite. »Welcher ist es?«, fragte er leise.

»Keiner von ihnen«, antwortete ich und drehte mich zur Wand, um die alberne Maske herunternehmen zu können.

Culpeper seufzte, nicht ungeduldig, sondern wahrhaft bekümmert. »Das verstehe ich nicht«, sagte er. »Es fehlt keiner. Mehr als sechsunddreißig Pagen gibt es nicht bei Hofe.«

Das Gemurmel der jungen Männer, die sich unten miteinander unterhielten, wurde von einer lauteren Stimme übertönt. »Diese Ärmel sind schmutzig, Sir – schmutzig! Und sehe ich da einen abgerissenen Knopf?«

Wir schauten beide hinunter. Der Pagenmeister fuhr fort, den jungen Mann zu schelten, es war der tollpatschige Junge mit dem hüpfenden Adamsapfel, der sich mit wedelnden Armen aufgeregt verteidigte. Aus einem Strom von Entschuldigungen hörte ich das Wort *verschwunden* heraus.

Mit einem Schlag sah ich klar.

»Mr. Culpeper«, sagte ich, »ich weiß jetzt, wie es gewesen sein muss.«

»Haltet die Maske hoch«, mahnte er, bevor er sagte: »Erklärt es mir, Miss Stafford, denn ich muss sagen, ich verstehe gar nichts.«

»Der Mann, der mich am Torhaus erwartet hat und mich dann durch den Palast zu dieser Kammer führte, war kein Page«, sprudelte ich hinter meiner Maske hervor. »Er hat das Wams dieses Pagen dort unten gestohlen, deshalb musste der heute, zur Inspektion, ein schmutziges anlegen. Er hatte keine Wahl. Der andere hat ihm seine zweite Tracht genommen, um sich als Page auszugeben. Die beiden haben etwa die gleiche Statur.«

Culpeper starrte mich an. »Aber um so etwas zu wagen, eine königliche Tracht zu stehlen und sich damit zu verkleiden, muss der Mann ja wirklich wild entschlossen gewesen sein. Aber lasst mich erst nachprüfen, ob die Tracht dieses Pagen tatsächlich verschwunden ist.«

Mit einer abrupten Kehrtwendung eilte er davon, so schnell – und zielstrebig – wie ich selten einen Menschen hatte laufen sehen.

Eine Minute später sah ich ihn in intensivem Gespräch mit dem Pagenmeister und dem nervösen Pagen. An der Art, wie sie einander zunickten, erkannte ich, dass es zutraf – die zweite Tracht des Pagen fehlte.

Ich kämpfte gegen die aufsteigende Panik. Culpeper wusste nicht, wie wahr seine Worte waren – der Mann, war entschlossen. Es hatte keinen Sinn mehr, leugnen zu wollen, dass eine Verschwörung gegen mich im Gang war, auch wenn ich keine Ahnung hatte, was genau man mir antun wollte. Vielleicht hatte der Mann mich nur bewusstlos schlagen wollen, um mich unbemerkt aus Whitehall fortzuschaffen. Aber warum? Wer steckte hinter der Intrige?

Die feindseligen Gesichter Bischof Gardiners und des Herzogs von Norfolk tauchten vor mir auf. Ich wusste, dass ich beiden Männern ein Dorn im Auge war. Sie hatten den

Eindruck gemacht, als wären sie überrascht, als sie mich in der Westminster Hall an Cromwells Seite sahen. Aber zwei Männer, denen es gelungen war, alle Umstürze und Komplotte am Hof Heinrichs VIII. unbeschadet zu überleben, beherrschten die Kunst der Verstellung zweifellos bis zur Perfektion. Gardiner hatte gewusst, dass der König beabsichtigte, mich zu Hofe zu bestellen. Was er wusste, wusste auch Thomas Howard, der Herzog von Norfolk. Wenn es ihnen darum ging, mich leiden zu lassen, wäre eine direkte Inhaftierung dazu geeigneter gewesen als dieser hinterhältige Überfall. Aber was wusste ich schon von ihren Listen und Ränken.

Als ich auf der Treppe leise Schritte hörte, hob ich die Maske wieder vor mein Gesicht. Zum ersten Mal war ich froh, sie zu haben; sie würde mir helfen, meine Unsicherheit vor Culpeper zu verbergen, während ich mir über den nächsten Schritt klar zu werden versuchte.

Doch es war nicht mein Freund, der da die Treppe heraufkam. Der Mann, der mir entgegenging, war von Kopf bis Fuß schwarz gekleidet, und schwarz war auch die Maske, hinter der er sein Gesicht verbarg. Sie hatte die Züge eines lachenden Mannes. Er musste unter den Neugierigen unten gewesen sein und wollte jetzt, nachdem er mich entdeckt hatte, sehen, wer ich war.

Ich trat einen Schritt zurück und dann noch einen und stieß an die Säule. Wenn ich weiter zurückwich, würde der Fremde mich in die Enge treiben. Unten im Saal befand Culpeper sich immer noch im Gespräch mit dem Pagenmeister. Solange er und die vielen Leute dort unten waren, würde niemand wagen, mir etwas anzutun, sagte ich mir.

Dennoch fühlte ich mich höchst unbehaglich; nichts an diesem Mann, der sich mir näherte, stimmte. In einer Umgebung, in der die Herren prunkvolle Stoffe und vielfältige satte Farben – etwa das Blau der See vor Dover, oder das

Gold neu geprägter Münzen – bevorzugten, wirkte das schmucklose Schwarz seines Wamses und seiner Kniehose nicht nur unmodisch, sondern auch beunruhigend. Auch wenn er eine Maske trug, die zum Spiel einlud, war er, wie ich erkennen konnte, als er näher herankam, kein spielerischer Jüngling mehr. Das Haar oberhalb der Maske war von Grau durchzogen. Die braunen Augen, die ich durch die Schlitze erkennen konnte, glitzerten amüsiert.

»Kenne ich Euch, Sir?«, fragte ich in trotzigerem Ton als ich wollte.

Er blieb stehen, nur Schritte von mir entfernt. »Nein, wir sind einander noch nicht begegnet.« Seine Stimme war leise und einschmeichelnd. »Aber ich habe Euch schon früher gesehen. Und heute habe ich neuerlich von Euch gehört. Miss Joanna Stafford. Die dunkle Schönheit, die unter so interessanten Umständen bei Hofe erschienen ist.«

Ich hasste das seichte und nichtssagende Geplänkel, das solche Männer pflegten. Es war Zeit, diesen Menschen in die Schranken zu weisen.

»Es steht mir nicht frei, mit Euch zu sprechen, Sir«, sagte ich. »Deshalb bitte ich Euch, bei Eurer Ehre, zieht Euch zurück.«

Er richtete sich gerade auf und stand einen Moment ganz still. Ich hatte geglaubt, meine Worte würden das amüsierte Blitzen in seinen Augen löschen. Doch weit entfernt. Sie schienen es nur heftiger entfacht zu haben. Mit dramatischer Geste zog er die Maske vom Gesicht, als müsste mich das, was dahinter zum Vorschein kam, aufs Höchste beeindrucken. Dabei erblickte ich nur Hässlichkeit – fahl-gelbliche Haut, die unter den Augen erschlafft war, eine schmale Nase und ein Kinn, das von einer langen, hellen Narbe gezeichnet war.

»Bei meiner Ehre?«, wiederholte er. »Aber was ist, wenn ich keine Ehre habe, Miss Stafford?«

Kapitel 10

Bevor ich reagieren konnte, kam Thomas Culpeper in großen Sätzen die Treppe herauf. »Sir Walter!«, rief er einigermaßen außer Atem. »Welch eine Freude, Euch zu sehen. Ich wusste nicht, dass Ihr zurück seid.«

»Ich bin gestern Abend angekommen, gerade rechtzeitig, um all die Neuigkeiten zu hören«, erklärte der schwarzgekleidete Ritter und warf mir noch einen dieser süffisanten Blicke zu, bevor er sich tief verbeugte. »Sir Walter Hungerford, zu Euren Diensten, Mylady.«

Ich war überrascht, dass Culpeper diesen Mann offenbar schätzte, und ein wenig enttäuscht. Sie waren von so gegensätzlicher Art, der eine von angenehmem Äußeren und voll guter Absicht, der andere weder körperlich noch charakterlich ansprechend.

»Ich muss mich unserem neuen Grafen von Essex zur Verfügung halten«, sagte Hungerford. »Ich bringe ihm Nachricht, die sein Herz erfreuen wird. In Somerset wurden unter meinem Befehl als Sheriff von Wiltshire zwei Verräter gehängt.«

Culpeper schüttelte den Kopf. »Solche Dinge sollten wir nicht im Beisein von Miss Stafford besprechen.«

Sir Walter bat mich sogleich um Vergebung, jedoch in einem Ton, der mir reiner Spott zu sein schien.

Verärgert sagte ich: »Angelegenheiten des Reiches braucht Ihr vor mir nicht zu verbergen, Mylord. Welcher Art waren die Verbrechen, deren Bestrafung Ihr veranlasst habt?«

»Der erste Verräter«, antwortete Sir Walter, »war ein gewisser John Croche. Er hatte sich allseits damit gebrüstet, dass er genug Geld hätte und die Begierden des Königs so gut kenne, dass er ihm alles Land abkaufen könne, das er besitzt, ja, selbst noch die englische Krone.«

Das hörte sich nach nicht mehr als der Prahlerei eines Betrunkenen an, doch in dem Klima der Angst, das im Königreich herrschte, konnte schon solch törichte Großsprecherei zum Galgen führen.

»Und der zweite Verbrecher?«, fragte Culpeper.

»Ah«, sagte Sir Walter, »das war ein Pfarrer. Er machte eine Prophezeiung, dass unserem König Gefahr drohe. Hochverrat.«

Eine Prophezeiung.

Mir wurde so schwach, dass ich Halt suchend die Hand nach der Wand ausstreckte und hastig den Kopf senkte, um die Männer meine Schwäche nicht sehen zu lassen.

Wenn der Rabe das Seil erklimmt, muss der Hund sich in die Lüfte erheben wie der Falke. Baut auf den Bären, um den Stier zu schwächen. Hier stand ich, im Whitehall-Palast, doch diese Worte, die ich wohl niemals vergessen würde, stiegen aus der Tiefe meiner Seele auf. Mir war die Prophezeiung im Lauf von elf Jahren in Bruchstücken von drei Sehern bekannt gemacht worden: zuerst von Elizabeth Barton, der »heiligen Jungfrau von Kent«; dann von dem furchteinflößenden Nekromanten Orobas; und schließlich von dem seherisch begabten französischen Arzt und Astrologen Michel de Nostredame.

Was, wenn die Prophezeiung Verbreitung gefunden hatte – wenn sie in Kirchen, Läden und Schenken des ganzen Landes Eingang gefunden hatte? Ich konnte mich nicht darauf verlassen, dass meine Rolle im Zusammenhang mit ihr verborgen bleiben würde.

»Ist Euch nicht wohl, Miss Stafford?«, fragte Culpeper besorgt, als er auf meinen Zustand aufmerksam wurde. »Ihr seid ganz blass. Ich hatte recht – wir sollten derart schlimme Vorkommnisse nicht in Eurem Beisein besprechen.«

»Nein«, widersprach ich fest. »Ich fühle mich ganz wohl.« Ich warf einen Blick auf Hungerford und bemerkte erschrocken, dass er mich aufmerksam beobachtete.

»Was besagte denn die Prophezeiung dieses Pfarrers, Sir Walter?«, fragte Culpeper.

Ohne mich aus den Augen zu lassen, antwortete Hungerford: »John Dobson, so heißt der Mann, erklärte seinen Gemeindemitgliedern, der König werde bald aus seinem Reich vertrieben werden, denn ›Der, welcher den Adler trägt, wird herrschen, die falbe Kuh wird die Kirche erneuern und die Laus muss dran glauben‹.«

Hatte ich mich eben noch verzweifelt bemüht, meine Furcht zu verbergen, suchte ich jetzt, meine Erleichterung zu verheimlichen. Eine gewisse Ähnlichkeit der Sprüche war nicht zu leugnen, doch die einzelnen Vorhersagen waren unterschiedlich. Die Prophezeiung, die mich verfolgte, würde ein Geheimnis bleiben, zumindest für Sir Walter Hungerford. Ich spürte, wie die finstere Welt der Seher und Nekromanten sich verflüchtigte.

»Das klingt wie reines Geschwätz«, bemerkte Culpeper abschätzig.

»O nein, mein Freund«, widersprach Sir Walter. »In einer Prophezeiung hat alles tiefere Bedeutung. ›Der, welcher den Adler trägt‹, ist Kaiser Karl, die ›falbe Kuh‹ ist der Papst und ›die Laus‹ ist natürlich unser königlicher Minister Thomas Cromwell.« Mit leicht zur Seite geneigtem Kopf sah er mich an und fragte: »Was meint Ihr denn dazu, Miss Stafford?«

»Ich meine, dass das Hochverrat ist«, antwortete ich fest. »Etwas so Böses kann nicht unbeantwortet bleiben.«

Zu meiner Überraschung lächelte Hungerford. »Ihr glaubt also an das Böse, Miss Stafford?«

»Alle Christen glauben an das Böse«, sagte ich.

Er nickte. »Natürlich. Natürlich. Ich muss Euch allerdings gestehen, dass ich mich in meiner privaten Bibliothek in Farleigh Hungerford Castle viele Stunden mit Büchern beschäftigt habe, die behaupten, die Akzeptanz des Bösen bedeute, dass man die Existenz Gottes nicht akzeptieren kann. Denn wie könnte Gott die Existenz des Bösen erlauben, wenn er allmächtig und einzig gut wäre?«

»Thomas von Aquin schreibt etwas anderes«, entgegnete ich.

Er lachte erfreut. »Eine Frau, die sich mit Theologie befasst? Schon lange wünsche ich mir –«

»Seht, wer noch an den Hof zurückgekehrt ist!«, unterbrach ihn Culpeper mit einem freudigen Ausruf.

Ich blickte in die Richtung, die sein ausgestreckter Arm anzeigte und erkannte unter der Tür die unverwechselbare Gestalt meines Cousins Henry Howard, Graf von Surrey: groß und schlank, mit auffallendem rotem Haar, ein pelzgefüttertes Cape um die Schultern.

Culpeper wollte schon zur Treppe laufen, doch Surrey, der ihn bereits bemerkt hatte, gab ihm winkend zu verstehen, er solle bleiben.

Bei mir rief seine Ankunft nicht nur Freude hervor. Culpeper hatte gleich zu Beginn unserer Bekanntschaft gesagt, er fühle sich schon aufgrund seiner Freundschaft mit Surrey verpflichtet, mir zu helfen. Nur gehörten Diskretion und Besonnenheit leider nicht zu den Stärken meines Cousins, und ich fürchtete, wenn er von dem Anschlag auf mich erfuhr, würde er diesen, empfindlich wie er in dieser Hinsicht war, als Angriff auf die Familie sehen und sich zu unüberlegten Reaktionen hinreißen lassen, die meine Lage womöglich verschlimmern würden. Außerdem hatte ich den Verdacht, dass sein Vater, der Herzog von Norfolk, an dem Komplott gegen mich beteiligt war. Und wenn Surrey sich vor die Wahl zwischen seinem Vater und einer anderen Person gestellt sah, hatte er sich bisher stets für seinen Vater entschieden.

Als Sir Walter Hungerford meinen Cousin die Treppe heraufkommen sah, drängte er sich nach vorn, zweifellos, um ihn als erster begrüßen zu können. Wie Culpeper war er Surrey, einer unbestreitbar auffallenden Figur bei Hof, Soldat und Poet zugleich, offenbar sehr zugetan. Dass Surrey Erbe des bedeutendsten Herzogtums im Reich war, schadete ihm natürlich auch nicht.

»Sagt meinem Cousin nichts von dem Pagen«, flüsterte ich Culpeper hastig zu.

Er konnte mir nur einen verwunderten Blick zuwerfen, denn schon im nächsten Moment war Surrey bei uns, begrüßte Hungerford und Culpeper mit Freude und mich überrascht. »Ich dachte, Ihr lebt glücklich und zufrieden mit dem kleinen Arthur Bulmer in Dartford, Joanna.«

»Ich bin hier, weil ich Arthur zu mir zurückholen möchte«, erklärte ich und erläuterte kurz die Zusammenhänge: Dass Arthur bei meinen Stafford-Verwandten untergebracht war und ich den Tapisserie-Auftrag des Königs nutzen wollte, um mir eine Existenz aufzubauen, die es mir erlauben würde, Arthur wieder zu mir zu nehmen. Ich hatte allerdings den Eindruck, dass er mir nur mit halbem Ohr zuhörte, nicht aus Desinteresse – Surrey war mir aus irgendeinem Grund freundlicher gesinnt als den übrigen Staffords –, sondern weil ihn etwas heftig erregte. Seine Augen flammten, und seine Miene war angespannt.

Und schließlich konnte er nicht länger an sich halten. »Man hat uns Howards einen Schlag versetzt, der kaum zu verwinden ist«, stieß er unvermittelt hervor. »Wenn mein Vater davon hört – ich weiß nicht, was er tun wird.«

Sein Vater hatte ihn, wie er uns erklärte, nach East Anglia gesandt, wo die Howards riesige Ländereien besaßen, weil er selbst in diesem Frühjahr dem königlichen Hof »nicht einmal einen einzigen Tag« fern sein wollte. Also hatte er seinen ältesten Sohn beauftragt, sich um die dortigen Geschäfte zu kümmern. Eine Angelegenheit von besonderer Dringlichkeit war die Umwandlung des kluniazensischen St. Mary's Klosters in der Nähe des Howard'schen Familiensitzes in eine Gemeindekirche. Dem Befehl des Königs gemäß mussten alle Ordenshäuser im Land aufgelöst werden. Doch auf dem Gelände des St. Mary's Klosters hatten alle Herzöge von Norfolk ihre letzte Ruhe gefunden, seit 1250 der erste von ihnen dort bestattet worden war. Um die Zerstörung der Grabstätten zu verhindern, hatten die Howards dem König die Erlaubnis abringen können, das Kluniazenserkloster in eine Gemeindekirche unter der Leitung eines Weltgeistlichen umzuwandeln, der keinem Ordern angehörte.

»Mein Vater hat die königlichen Truppen in Schottland und in Nordengland befehligt, er ist ein hochgeschätzter Mann, deshalb erklärte sich der König bereit, Saint Mary's zu verschonen«, sagte Surrey. »Doch vor zwei Wochen erhielt ich ein Schreiben von Cromwell persönlich. Die Ausnahmegenehmigung des Königs wurde zurückgezogen. Das Kloster muss abgerissen und aufgegeben werden. Und das heißt, dass unsere Vorfahren – dass sie …« Surrey verschluckte sich fast an seinem Zorn und rief dann heftig: »Sie müssen exhumiert werden. Dem geweihten Boden entrissen und anderswo begraben werden. Es ist unerhört.«

Surrey hieb mit der Faust an die Steinsäule, vor der wir standen. »Wie konnte der König diese Schändlichkeit gutheißen?«, fragte er. »Wie kann er den Edlen seines Landes um dieser neuen gemeinen Leute willen mit solcher Geringschätzung begegnen?«

Beinahe flüsternd wandte Culpeper ein: »Das ist nicht die Art des Königs. Ich kenne ihn, ich bin Tag und Nacht an seiner Seite. Das ist Cromwells Einfluss. Wenn man ihn entmachten würde …«

»Aber wie?«, fragte Surrey scharf. »Er ist aus seiner Vorrangstellung beim König nicht zu verdrängen. Und jetzt wurde er auch noch in den Grafenstand erhoben, mir gleichgestellt, bei Gott!«

Die Howards, sowohl der Herzog von Norfolk als auch sein Erbe, empfanden die Erhebung Cromwells als tiefe Schmach. Vor allem mein Cousin war wie besessen von seiner Verachtung für Cromwells niedere Herkunft. Nicht nur war er väterlicherseits von adeligem Geblüt; seine Mutter war eine Stafford wie ich, und wir hatten, zu unserem Unglück, wie manche meinten, mehr königliches Blut in den Adern als selbst die Tudors. Aus eben diesem Grund war mein Onkel, der Herzog von Buckingham, aus dem Weg geräumt worden. Doch mich kümmerte Cromwells niedere Herkunft wenig; mich entsetzten seine Taten.

»Es wurde alles versucht, um Cromwell zu stürzen«, sagte Surrey. »Nichts hat gefruchtet.«

Sir Walter Hungerford widersprach. »Nicht alles wurde versucht, und das wisst Ihr auch.«

Noch während er diese seltsamen Worte sprach, schwand plötzlich das helle Morgenlicht aus dem Raum. Die Sonne musste jenen Stand am Himmel erklommen haben, von dem aus ihre Strahlen die Ostfenster nicht mehr erreichten. Nur wir vier waren jetzt noch in dem kleinen Saal, die Pagen und ihr Meister hatten ihn verlassen, um ihren Pflichten nachzugehen. Wo vorher Licht und Bewegung gewesen waren, herrschte jetzt eine dumpfe Stille, in der eine Spannung schwang, die ich nicht verstand.

Thomas Culpeper schüttelte den Kopf, als erwachte er aus einem bedrückenden Traum, und erklärte, er müsse mich jetzt zu den Gemächern Catherine Howards zurückbringen. Auch die anderen beiden Männer gingen eilig ihrer Wege, Surrey, um seinen Vater zu suchen, und Hungerford, um Cromwell seine Aufwartung zu machen, dem Mann, dem er diente und den er hasste. Die Unaufrichtigkeit dieser Höflinge verstörte mich.

Auf dem Weg durch den Palast stritt ich mit Culpeper. Er wollte Alarm schlagen und eine Durchsuchung von Whitehall veranlassen. Ich wollte von einem solchen Schritt nichts wissen. Ich war überzeugt davon, dass der Mann, der sich vor mir als königlicher Page ausgegeben hatte, gegen andere nichts im Schilde führte. Er hatte es allein auf mich, Joanna Stafford, abgesehen. Ich musste entdecken, wer hier die Fäden zog, doch auf diese Mission musste ich mich allein begeben. So sehr ich Culpepers Hilfsbereitschaft schätzte, seine Nähe zum König war mir gleich nicht geheuer gewesen. Und jetzt, da mir seine Verbindung zu unangenehmen Hofleuten wie Sir Walter Hungerford bekannt geworden war, wusste ich, dass ich ihm nicht mein uneingeschränktes Vertrauen schenken konnte.

In diesem Moment erkannte ich, dass ich niemals einem Mann rückhaltlos vertraut hatte, nicht einmal Edmund Sommerville, den ich hatte heiraten wollen. Auch wenn ich Edmund manches nur verheimlicht hatte, weil ich ihn schützen wollte, so hatte ich es ihm eben doch verheimlicht.

»Ihr seid in Whitehall nicht sicher, solange dieser Mensch auf freiem Fuß ist«, protestierte Culpeper.

»Ich werde den Hof gleich nach meiner Audienz beim König verlassen. Dann wird mir keine Gefahr mehr drohen«, erklärte ich.

»Ihr dürft Euch nirgends allein aufhalten«, sagte Culpeper. »Versprecht mir das. Nachts bewacht Richard, der Diener der Howards, die Appartements. Und bei Tag würdet Ihr in einem Palast, in dem es ständig von Menschen wimmelt, kaum Gelegenheit zum Alleinsein finden, solltet Ihr es wünschen. Trotzdem müsst Ihr es mir versprechen. Niemals allein.«

Ich gab ihm das gewünschte Versprechen und sagte dann: »Es wäre eine Hilfe, wenn Ihr in Erfahrung bringen könntet, wann Seine Majestät sich mit mir über meine Bildteppiche unterhalten möchte. Wenn nicht heute beim Mahl, dann hoffentlich bald.«

Culpeper schmunzelte. »Glaubt Ihr, der König sei ein Schneider, bei dem Ihr eine Anprobe vereinbaren könnt? Wir alle dienen ihm nach seinem Belieben, Miss Stafford. Ich kann Euch zu Eurer Hilfe nur sagen, dass der König ein ungeduldiger Mann ist. Er wird nicht zu lange auf das Gespräch mit Euch warten wollen. Ich vermute, es wird sich etwas ergeben, wenn er Euch in zwei Stunden an seiner Tafel sieht.«

In zwei Stunden? Mir war kalt vor Furcht, während ich mich gleichzeitig von neuem fragte, warum gerade ich zu solcher Auszeichnung auserkoren worden war.

Um mich zu beruhigen, sagte ich mir, als wir Catherine Howards Räume erreichten, sollte ich beten und an einem stillen Ort nachdenken. Doch Catherine hatte ihre eigenen Vorstellungen davon, was ich brauchte, und zeigte sich unerbittlich. »Ein Spaziergang durch den Park wird Euch Ruhe bringen – dort ist es jetzt zur Pflanzzeit sehr friedlich.«

»Friedlich« war nicht das Wort, das ich gewählt hätte, um den riesigen Park von Whitehall zu beschreiben, wo ornamental gestaltete Hecken und Marmorstatuen exotischer Tiere mich erwarteten. Die verschlungenen Muster der Anlage faszinierten mich, doch als Irrgarten hätte ich das Ensemble nicht bezeichnet. Wer hier lustwandelte, sollte bewundern, nicht in die Irre geführt werden

Hier und dort knieten königliche Gärtner mit ihren Geräten in der feuchten Erde, um den Boden für die Blumen und Gräser des Sommers zu bereiten. Catherine stieß mich an und sagte: »Seht doch, Joanna, dort arbeitet ein Mädchen. Wie interessant.«

Und wirklich, am Ende einer Reihe von Männern kniete ein Mädchen, das nicht älter als fünfzehn zu sein schien, und riss emsig an einem Büschel Grün.

»Macht dir deine Arbeit Freude?«, erkundigte sich Catherine.

Das Mädchen warf einen Blick auf die Männer nebenan. Doch denen schien es gleich zu sein, ob sie mit uns sprach.

»Ja, Madam, o ja. Im Park von Whitehall schaffen – das ist ein Traum«, sagte sie.

»Und was sind das für Blumen, die du pflanzt?«, fragte Catherine, immer noch mit Interesse.

Das Mädchen schüttelte den Kopf. »Ich pflanze nicht. An die Blumen darf ich nicht ran. Ich jäte.«

Catherine bat sie, das zu erklären. Das Mädchen rutschte näher zu uns heran und flüsterte: »Von den Männern gibt sich keiner fürs Jäten her, dafür holen sie sich Frauen wie mich, mit kleinen, kräftigen Händen.« Stolz hielt sie die sehnigen, von Erde schwarzen Hände hoch.

»Ich habe auch kleine Hände!«, rief Catherine und hielt eine Hand neben die des Mädchens. Sie war tatsächlich von gleicher Größe. »Vielleicht könnte ich auch jäten«, sagte sie lachend.

Obwohl ich wusste, dass meiner Freundin Boshaftigkeit fremd war, fürchtete ich, die kleine Gärtnerin könnte sich von ihr beleidigt fühlen. Doch das Mädchen lachte nur. Erst als ein strenger Blick des Obergärtners sie traf, verstummte sie und beugte sich wieder über das widerspenstige Unkrautbüschel.

Als wir unseren Weg zwischen den kahlen Blumenbeeten fortsetzten, fiel mir auf, dass Catherine fröstelte.

»Ihr seid nicht warm genug gekleidet für diesen Spaziergang«, sagte ich. »Kommt, kehren wir um.«

»Nein, mir ist nicht kalt«, widersprach Catherine, hörte aber nicht auf, sich die Arme in den langen Samtärmeln zu reiben.

Im nächsten Augenblick begriff ich, was Catherine im Park festhielt. Zuerst wurde das Knallen von Stiefelabsätzen auf den Pflastersteinen hörbar, dann traten zwei Männer hinter einer hohen Hecke hervor: Stephen Gardiner, der Bischof von Winchester, und Thomas Howard, der Herzog von Norfolk.

Ich wandte mich Catherine zu. »Warum habt Ihr mich getäuscht?«, fragte ich verletzt.

»Ich habe Euch nicht getäuscht«, beteuerte sie, doch Catherine Howard war immer eine schlechte Lügnerin gewesen. Die Röte, die ihr ins Gesicht schoss, verriet sie.

Bischof Gardiner rief: »Ich bin froh, Euch hier zu treffen, Miss Stafford. Ich würde gern eine Angelegenheit von einiger Bedeutung mit Euch besprechen. Wollt Ihr mich nicht ein Stück begleiten?«

Er wies zu einer großen erhöht gelegenen Sonnenuhr in der Mitte des Parks. Sein Ton war überaus höflich, doch der Befehl hinter der Höflichkeit war nicht zu überhören. Und ich konnte es nicht wagen abzulehnen. Was auch immer zwischen uns vorgefallen war, er war noch immer ein Bischof und ich noch immer eine Novizin, die man gelehrt hatte, den Kirchenführern zu gehorchen.

Er sagte lange nichts, während wir Seite an Seite den Weg hinaufschritten. Als ich mich einmal umdrehte, sah ich den Herzog von Norfolk eindringlich mit Catherine sprechen. Vielleicht berichtete er ihr von der schändlichen Entweihung der herzoglichen Grabstätten.

Der Bischof brach das Schweigen schließlich mit einer Frage. »Hat man Euch irgendeinen Hinweis gegeben, warum seine Majestät mit Euch zu speisen wünscht?«

»Nein«, antwortete ich.

»In der Westminster Hall nannte er Euch ›Verwandte‹, aber er hat die Staffords nie gemocht«, sagte der Bischof sinnend. »Er verabscheut Klöster und alle ihre Insassen. Aber er muss wissen, dass Ihr über ein Jahr in einem Dominikanerinnenkloster gelebt habt. Und er wird sich vielleicht erinnern, dass Ihr im Tower festgesetzt wurdet, weil Ihr bei der Verbrennung Eurer Cousine die Justiz behindert habt.«

Ich hätte darauf vorbereitet sein sollen. Hatte ich nicht immer wieder erfahren, dass der Bischof von Winchester eine Begabung dafür besaß, Tadel mit Lob zu mischen und seine Gegner ständig im Ungewissen zu lassen? Die Gefühllosigkeit jedoch, mit der er von Margarets entsetzlichem Tod sprach, stürzte mich in Bitterkeit und Zorn.

»Vielleicht beabsichtigt der König, mich heute zu bestrafen und spart Euch damit die Zeit und die Mühe, Eure nächste Intrige zu spinnen«, entgegnete ich heftig.

Der Bischof blieb stehen und starrte mich an. »Glaubt Ihr im Ernst, dass ich Euch schaden will?«, fragte er. »Ja, ich habe Euch gestern in der Westminster Hall vor Cromwell verleugnet. Aber etwas anderes konntet Ihr doch kaum erwarten. Ich habe damals, vor drei Jahren, dafür gesorgt, dass Ihr aus dem Tower of London entlassen wurdet, ich habe Euch seither beschützt und über Euch gewacht, trotz Eurer Weigerung, mir weiter zu Diensten zu sein. Aber ganz gleich, was Ihr sagt oder tut, Ihr werdet immer meine Schwester Joanna bleiben.«

Diese Sicht unserer langen und aufreibenden Beziehung brachte mich aus der Fassung. Ich wusste nicht, was ich auf seine Vorhaltungen antworten sollte, und ging deshalb einfach weiter, der Sonnenuhr entgegen.

Gardiner blieb an meiner Seite. »Ich hoffe«, sagte er, »Ihr werdet mit Seiner Majestät in anderem Ton sprechen, wenn Ihr Euch nicht seinen Zorn zuziehen wollt. Das könnte Euch äußerst gefährlich werden.«

»Ich möchte mir keinesfalls seinen Zorn zuziehen«, erwiderte ich aufrichtig.

Der Bischof legte die Kuppen seiner langen, knochigen Finger aneinander. Ich kannte diese seine Gewohnheit, wenn er irgendein heikles Problem bedachte. »Der König tut nie etwas, ohne geheime Absicht, und meistens ist er allen anderen zwei Schritte voraus«, sagte er. »In welcher Absicht er versuchen könnte, Euch enger an den Hof zu binden, ist mir allerdings rätselhaft.«

Vor der Sonnenuhr, von braunen Beeten umgeben, in denen sich die ersten Keime zeigten, blieben wir stehen. Ich blickte zurück, doch der Herzog von Norfolk und seine Nichte waren verschwunden.

Der Bischof nahm seine Überlegungen wieder auf. »Es muss etwas mit seinem Verhältnis zur Königin zu tun haben. Wir hatten ihn ihr völlig entfremdet geglaubt, doch Cromwells Erhebung in den Grafenstand und nun dieses offizielle Mahl mit ihr – das verheißt nichts Gutes.«

»Ich verstehe nicht, was Cromwell mit dieser Ehe zu tun hat«, sagte ich.

»Wirklich nicht? Diese Heirat, das Bündnis mit den protestantischen Mächten des römischen Reiches deutscher Nation war allein Cromwells Werk. Wer hätte voraussehen können, dass der König gleich auf den ersten Blick eine derartige Abneigung gegen Anna von Kleve fassen würde?«

Ich wandte mich von Gardiner ab. Sie glaubten alle, die Aversion des Königs gegen seine vierte Gemahlin beruhe auf einer persönlichen Laune, irgendeinem gefühlsmäßigen Vorurteil. Doch ich kannte die wahre Ursache, ich wusste, warum diese Verbindung gescheitert war. Der König gab Anna von Kleve die Schuld daran, dass er in der ersten Nacht nicht imstande gewesen war, die Ehe zu vollziehen. Er würde nie erfahren, dass das Gift daran schuld war, das er an jenem Abend aus dem Kelch getrunken hatte.

Gardiner sagte: »Wir haben getan, was wir können, um den König in seiner Abneigung gegen sie zu bestärken. Und bald wird er sie vielleicht nicht mehr brauchen. Er hat sie ja nur geheiratet, weil Frankreich und Spanien sich verbündet hatten und mit Invasion drohten. Jetzt aber ist dieses Bündnis zerbrochen; unser Königreich braucht die Kleve nicht mehr, um zu überleben. Und wenn sie stürzt, wird sie Cromwell mit sich reißen.«

Mir war kalt, als ich an das hoffnungsfreudige junge Gesicht der Prinzessin dachte, wie sie mir auf dem Schiff begegnet war, das sie über den Kanal ihrem neuen Zuhause entgegentrug.

Gardiner musterte mich mit gerunzelter Stirn. Mir war wohl anzusehen, was mich in diesem Moment bewegte, das Schuldbewusstsein und das Mitleid mit Anna von Kleve. »Haltet Ihr denn nicht mehr am wahren Glauben fest, Joanna?«, fragte er mich.

»Mit meinem Leben, Exzellenz«, antwortete ich.

Immer noch mit gerunzelter Stirn streckte Gardiner die Hand zur Hecke am Weg aus und brach einen etwas hervorstehenden dünnen Ast ab. Doch er warf ihn nicht weg.

»Ist Euch ein Doktor Robert Barnes bekannt?«, fragte er mich, während er die einzige grüne Knospe an dem Ast abriss.

Ich schüttelte den Kopf, argwöhnisch angesichts dieser neuen Wendung des Gesprächs.

»Ach, wenn Ihr Euch nur die Mühe machen wolltet, die Angelegenheiten des Reiches zu verfolgen, Joanna, dann wärt Ihr wahrlich eine bemerkenswerte Person! Aber Ihr tut es nicht. Ihr sehnt Euch immer noch nach dem Kloster, um Euch vor der Hässlichkeit der Welt zu verstecken. Das ist verständlich; ja, das ist verständlich. Aber die Zeit, sich zu verstecken, ist vorbei.« Immer noch den abgebrochenen Ast in der Hand, blickte er über den Park auf die leuchtenden Mauern des Whitehall Palastes.

»Doktor Barnes hat wie ich in Cambridge studiert, allerdings nicht die Rechte, sondern die Theologie, und wurde dann Prior der Augustinerabtei. Doch er geriet mit Kardinal Wolsey in Widerspruch und musste sich in einem Häresieverfahren verantworten. Ich trat damals für ihn ein. Ich verteidigte ihn und erklärte, er sei der Rückkehr zum wahren Glauben würdig und fähig. Aber Doktor Barnes hielt uns alle zum Narren. Sobald es ihm möglich war, floh er aus England nach Deutschland, wo er ein treuer Freund Martin Luthers und zu einem leidenschaftlichen Verfechter seiner neuen Lehre wurde. Er zeigte sich so extrem in seinen Überzeugungen, dass der König ihn nach seiner Rückkehr einkerkern ließ, nicht nur einmal, sondern *zweimal*. Er ist, ganz abgesehen von seinen ketzerischen Umtrieben, ein unbesonnener und unbeherrschter Mensch. Doch genau dieser Mensch hielt in diesem Jahr die Osterpredigt in der St.-Pauls-Kathedrale und bemühte sich dabei nach Kräften, mich zu verunglimpfen. Er musste sich beim König persönlich dafür entschuldigen, doch wenig später schon beleidigte er mich ein zweites Mal. Ihr mögt Euch mit Recht fragen: Wie ist das möglich? Schließlich bin ich der Bischof von Winchester.«

Während Bischof Gardiners seltsamer Hasstirade über den ketzerischen Doktor Barnes, sah ich zu, wie seine großen weißen Hände den abgebrochenen Ast hinauf und hinunter glitten und dabei unablässig an der Rinde rissen. Alle paar Worte flog ein Stück Rinde fort und landete auf der Erde. Dieses ständige Kratzen und Zupfen musste schmerzhaft sein, doch er ließ sich nichts anmerken.

»Exzellenz, verzeiht mir, aber ich verstehe nichts von diesen Dingen«, sagte ich. Und es war wahr. Die wechselvollen Geschicke derer, die den König und Cromwell umgaben, riefen bei mir nur Verwirrung hervor.

»Doktor Barnes steht unter *Schutz* – er hat neben Martin Luther einen zweiten guten Freund, und das ist Thomas Cromwell, unser neu ernannter Graf von Essex«, erklärte mir Gardiner, der an seiner Bitterkeit fast zu ersticken schien. »Als ich im letzten Jahr an Barnes' ketzerischen Reden Kritik übte, nahm Cromwell dies zum Anlass, den König zu überreden, mich aus dem Kronrat zu verbannen. Und Ostern dann stiftete er seinen Lakai an, mich vor dem gesamten Hof zum Gespött zu machen.«

Mit einem wütenden Ruck zerbrach Gardiner plötzlich den Ast in seiner Hand, ohne sich darum zu kümmern, dass ein Regen Rindenspäne auf sein wallendes weißes Gewand niederging.

Mit gefurchten Brauen sah er mich an. »Gefällt es Euch, Joanna, eine Papistin genannt zu werden? In ständiger Furcht zu leben, dass der König diese letzten Schritte zu verabscheuungswürdiger Ketzerei tun wird, und zu wissen, dass dann Eure Seele auf ewig verloren sein wird?«

»Nein«, antwortete ich tief beklommen. »Nein.«

Er legte seine Hände auf meine Schultern. Er hatte mich nie zuvor auf diese Weise berührt – es war die Aufforderung zum Gebet. Ich schloss die Augen und hob die Hände zu dem Kruzifix an der Kette um meinen Hals.

Doch der Bischof drückte mich nieder, mit ebendiesen Händen, die so unerbittlich den Ast entrindet und zerbrochen hatten. Er wollte mich niederknien sehen. Der Druck seiner Hände war so stark, dass ich nicht anders konnte als nachgeben. Die Kälte des harten Bodens drang durch den dünnen Stoff meines geliehenen Kleides.

»Ich bete zu Gott, dass kein Schaden in Wort oder Tat Euch treffe, Joanna Stafford«, sagte er. »Denn ich fürchte, dass vieles von dem abhängt, was heute geschieht.«

Kapitel 11

Nicht Thomas Culpeper, sondern ein königlicher Page geleitete mich zu dem Mahl mit dem König und der Königin. Ich hatte ihn von der Inspektionsparade in Erinnerung, er hatte die hellsten Haare unter den Pagen und war vielleicht der jüngste, höchstens vierzehn Jahre alt. Ich war ihm unbekannt, er hatte mich ja oben auf der Galerie nicht bemerkt, und sein Blick drückte nichts aus als höflichen Respekt.

In das edelste der Gewänder gekleidet, die der König mir aufgedrängt hatte, folgte ich dem Jungen zu dem großen Saal, den ich nach meiner Ankunft in Whitehall schon einmal durchquert hatte. Damals hatte ich unter den dort Versammelten kein bekanntes Gesicht entdeckt; die Minister und Angehörigen des höchsten Adels hatten, das begriff ich jetzt, zu der Zeit bereits in Westminster des Königs geharrt. Nun aber hatten sie sich, stets darauf bedacht, sich nicht zu weit aus dem unmittelbaren Umkreis des Königs zu entfernen, in diesem Saal eingefunden.

Mir fiel schnell auf, dass sich hier zwei Gruppen gegenüberstanden. Der Bischof von Winchester und der Herzog von Norfolk hielten mit ihrer Gefolgschaft die eine Seite des langen Raumes besetzt. Selbst von weitem spürte ich Gardiners Blick auf mir. Er drehte sich nicht um, als ich durch den Saal ging; sein Kopf bewegte sich nicht. Doch der Blick seiner Augen verfolgte mich. Näher dem Torbogen, zu dem der blonde Page mich führte, hielt sich Cromwell mit seinen

Anhängern auf; ich erkannte Sir Thomas Wriothesley und Richard Rich, Cromwells berüchtigten Handlanger bei der Zerstörung der Klöster.

Die Gespräche gerieten ins Stocken, als man auf mich aufmerksam wurde. Sir Walter Hungerfords zudringliche Neugier war nur ein Vorbote dessen gewesen, was mich erwartete. Ich konnte diese Schaubegier nicht länger einem Interesse an Thomas Culpeper oder Catherine Howard zuschreiben. Sie galt mir.

Ich hielt den Blick auf das rote Wams unmittelbar vor mir gerichtet, als ich mich dem obersten Minister und seiner Entourage näherte. Unter keinen Umständen wollte ich eine irgendwie geartete Konfrontation mit Thomas Cromwell riskieren. Das Gespräch mit Bischof Gardiner im Garten hatte mich hinreichend erschüttert. Selbst einige gezwungene Worte der Begrüßung von seinem Rivalen hätten mich in meinem mühsam zusammengehaltenen Mut wanken machen können.

Ein Zug von Bediensteten, mit Servierbrettern, Kästen und Fässern beladen, versperrte uns den Weg zur Treppe. Von den Blicken der Umstehenden gepeinigt, drehte ich mich zur Wand. Ich würde einfach so tun, als betrachtete ich interessiert irgendeinen schmückenden Gegenstand, der dort angebracht war.

Zwischen den zwei großen, verschwenderischen Tapisserien, die nahezu die ganze Wand bedeckten, hing ein kleines Bild, auf das ich jetzt meinen Blick richtete. Als Erstes fiel mir auf, dass es kein Porträt war. Beinahe jedes Gemälde im Palast zeigte ein Mitglied der Familie Tudor oder Heinrich VI., den letzten König aus dem Haus Lancaster, den die Tudors wie einen Heiligen verehrten. Hier jedoch war eine Gruppe von Menschen abgebildet, von denen keiner mir bekannt war. Im Hintergrund erhob sich ein Schloss. Einer der Männer davor, vornehm gekleidet und mit einer Krone auf dem Kopf, schien königlichen Geblüts zu sein. Zwei Personen, eine Frau und ein Kind, beide in Lumpen, bettelten mit flehender Gebärde um die Aufmerksamkeit ihres Herrschers. Er jedoch beachtete sie gar nicht. Das allein war bedrückend genug; weit bedrückender aber empfand ich die Anwesenheit einer weiteren Figur, die im Hintergrund stand, halb über das Kind und die Frau geneigt. Kein Mensch. Ein grinsendes Skelett, das mit knochigem Arm nach dem wohlhabenden Herrscher zu greifen schien.

Warum ein solches Bild in Whitehall?

Als wir endlich den Torbogen durchschreiten konnten und eine Wendeltreppe hinaufstiegen, ja, selbst als ich die Gemächer der Königin von England betrat, beschäftigte mich diese Frage immer noch.

Der Raum, der uns erwartete, war der prunkvollste, den ich bisher gesehen hatte. Die Wandteppiche waren mit Goldfäden durchwirkt. Teller und Becher funkelten auf einer langen Tafel, an der wir vermutlich speisen würden. Duftende Binsenmatten bedeckten den Boden, die hohe Decke zierten üppiges Schnitzwerk und Malereien.

Das Beeindruckendste jedoch war die blendende Helligkeit des Raums. Die Privatgemächer der Königin befanden sich im Mittelteil des zweiten Palastgeschosses – hier gab es keine Fenster. Dennoch empfing uns mehr Licht, als wenn die Wände von deckenhohen Fenstern durchbrochen gewesen wären. Gelbe Flammen loderten in einem großen offenen Kamin, unzählige Kerzen brannten in silbernen Leuchtern an den Wänden, auf Tischen und Kredenzen.

Der Page verabschiedete sich mit einer Verbeugung und ging. Außer mir war nur ein Dutzend Leute im Raum, alle damit beschäftigt, den Tisch zu decken und frische Sitzkissen auf den Stühlen zu verteilen.

Niemand sprach mich an – man schien meine Anwesenheit gar nicht zu bemerken –, und ich fühlte mich ungeheuer unwohl, wie ich da allein in der Ecke stand. Nicht zum ersten Mal fragte ich mich verzweifelt, was ich überhaupt mit dem König reden sollte. Die ihm so sehr verhasste Familie Stafford war ganz sicher kein geeignetes Thema. Und dass ich als Novizin in einem Kloster gelebt hatte, konnte ihm auch nicht gefallen, da hatte Gardiner sicher recht.

Ich weiß nicht, wie lange ich wartete, bis durch eine Tür auf der anderen Seite des Raums eine Frau trat. Ekel stieg in mir auf, als sie auf mich zukam. Es war Lady Jane Rochford, die Witwe George Boleyns. Wenn ich mich in Zukunft in solcher Gesellschaft würde bewegen müssen, war das Skelett auf dem Bild entschieden ein Omen.

»Ihr seht wohl aus, Miss Stafford«, sagte sie und lächelte. Genau wie bei unserer ersten Begegnung löste dieses selbstgefällige Lächeln in mir das heftige Bedürfnis aus, auf der Stelle das Weite zu suchen. »Es tut mir leid, dass niemand hier war, um Euch zu empfangen. Man hat mich gerade erst von Eurer Anwesenheit unterrichtet.«

Ich murmelte einen Gruß.

»Ja, ich wurde an den Hof gerufen, um der Königin zu dienen«, teilte sie mir stolz mit. »Ich weiß noch, als wir uns das erste Mal begegneten, damals in Gertrudes Londoner Haus, rätselten wir alle, wer Königin werden und wer unter uns auserwählt werden würde, ihr zu dienen. Und nun« – das Lächeln wurde noch penetranter – »sehen wir uns hier wieder.«

Wie geschmacklos von ihr, hier von Gertrude Courtenay zu sprechen, die, wie ihr Sohn, immer noch im Tower gefangen saß, und gerade jetzt, da jeden Moment der König erscheinen würde, der die ganze Familie Courtenay wegen Verrats hatte verhaften lassen. Sie erzählte mir, wer die anderen Hofdamen der Königin waren, außer Catherine war mir keine unter ihnen bekannt.

»Und wie gefällt Euch Whitehall – ist es nicht großartig?«,

fragte sie und fügte, ohne meine Antwort abzuwarten, hinzu: »Ich habe sie damals begleitet, bei ihrem ersten Besuch im Palast, nachdem sie ihn von Kardinal Wolsey in Besitz genommen hatten.«

Ich wusste nicht, wen sie mit »sie« meinte. Ihre gespannte Miene verriet mir, dass sie nur auf meine Frage wartete, und da ich nicht wusste, worüber ich mich sonst mit ihr unterhalten sollte, fragte ich, von wem sie spreche.

»Vom König – und Anne«, antwortete sie und senkte verschwörerisch die Stimme. »Meiner Schwägerin. Sie besichtigten Whitehall vor ihrer Heirat. Der König hat sie damals so sehr geliebt. Hier hielt sie sich am liebsten auf, und alles, was Ihr hier seht, die Einrichtung, die Gemälde, hat sie selbst ausgewählt. Sogar die Pflanzen im Park hat sie ausgesucht. Alles nach ihrem Geschmack. Als sie Königin war, hing in jedem der Prunkräume ein Bildnis von ihr. Alle vernichtet. Jedes Bild von Anne Boleyn wurde auf Befehl des Königs zerstört.«

Die Boleyns waren die Letzten, über die ich mich unterhalten wollte, und ich sah mit Erleichterung der neuen Königin entgegen, Anna von Kleve, der vierten Gemahlin des Königs, die mit einer Gruppe ihrer Damen das prunkvolle Speisezimmer betrat. Lady Rochford straffte die Schultern und nahm ihren Platz im Gefolge der Königin ein.

Ich versank in einem tiefen Hofknicks, meine Mutter wäre stolz auf mich gewesen.

»Seid willkommen bei Hof, Miss Stafford«, sagte Königin Anna mit einem würdevollen Neigen des Kopfes. Sie sprach mit starkem Akzent, und die Worte kamen ihr stockend über die Lippen. Dennoch beeindruckte es mich, dass sie nach nur vier Monaten bereits so gut Englisch sprach. Auf dem Schiff von Calais nach Dover hatte sie noch kein einziges Wort beherrscht.

Sie sah verändert aus, und das lag nicht allein an ihrer

Garderobe. Anna von Kleve war jetzt nach englischer Mode gekleidet, trug nicht mehr diesen sonderbaren Hut und die weit fallenden Ärmel, die mir auf dem Schiff aufgefallen waren. Sie war eine hübsch anzusehende junge Frau – die weitverbreiteten Gerüchte, die Königin sei zu reizlos, um dem König zu gefallen, waren blanker Unsinn. Doch sie war blasser und dünner als ich sie in Erinnerung hatte.

»Würdet Ihr mit mir zusammen sticken?«, fragte sie. »Die Stickerei … Ihr seid gut darin.«

»Es wäre mir eine Ehre«, antwortete ich und knickste. Wider Willen fühlte ich mich geschmeichelt, dass sie sich meiner Vorliebe für das Sticken erinnerte.

Dann erschien der König und füllte sogleich den Raum mit seiner Präsenz: groß, massig, die Krone auf dem roten Haar, einen diamantfunkelnden Anhänger auf der breiten Brust. Wir begrüßten ihn alle mit der gebotenen Ehrerbietung, und er begab sich mit einem Nicken hinkend zur Tafel. Königin Anna ließ sich am anderen Ende nieder, ihrem Gemahl gegenüber, und ich bekam einen Platz an der Längsseite zugewiesen, von König und Königin etwa gleich weit entfernt.

Der König sprach wenig. Seine Aufmerksamkeit galt einzig dem Essen. Er schien ungeduldig auf ein bestimmtes Gericht zu warten – den gefüllten Kapaun –, und entspannte sich erst, als dieses nach dem Hasenpfeffer aufgetragen wurde. Die Bedenken, die er hinsichtlich der Soße gehabt zu haben schien, verschwanden, nachdem er den ersten Bissen gekostet hatte, und seine schwammigen Kinnbacken zuckten und zitterten, während er genüsslich Bissen um Bissen zum Mund führte.

Sechs Damen bedienten die Königin, servierten ihr die Speisen und schenkten ihr Wein ein. Catherine war nicht unter ihnen, jedoch Lady Rochford, die sich auch um meine Wünsche kümmerte. Es fiel mir schwer, das Lächeln der Witwe von George Boleyn zu ertragen, und es fiel mir schwer, von diesen schweren Speisen zu essen, die so gar nicht nach meinem Geschmack waren. Aber da ich auf keinen Fall unhöflich erscheinen wollte, bemühte ich mich, Appetit an den Tag zu legen, auch wenn die Gerüche, die die Speisen, das Wachs der brennenden Kerzen und der mit Moschus, Lavendel und Orangeblütenwasser parfümierte König verströmten, mir beinahe den Atem nahmen.

Als ich die Tafel hinunterblickte, entdeckte ich Anspannung in der Miene der Königin. Etwas wie ängstliche Vorsicht. Sie aß noch weniger als ich.

»Madame, Ihr habt unseren Gast bereits früher kennengelernt?«, fragte der König seine Frau, nachdem der Kapaun abgetragen war. »Wie wir gehört haben, habt Ihr die Bekanntschaft unserer Verwandten Joanna in Frankreich gemacht.«

Königin Anna schluckte hinunter und sagte: »Das ist richtig, Sir, ich kannte – ich kenne …« Sie hielt inne. Ein Höfling trat an ihre Seite, hörte sich die deutsche Erklärung der Königin an und übersetzte sie dem König.

»Ihr könnt Euch glücklich preisen, ins Ausland reisen zu können«, sprach der König mich an. »Ja, wir beneiden Euch. Wenn wir unser Königreich verlassen, wird sofort vermutet, wir sännen auf Krieg. Vor unserem Aufbruch müssten wir die Steuern erhöhen, ein Heer ausheben und die schottische Grenze in Brand setzen. Ein hoher Preis, nur um einmal den gefüllten Kapaun in Calais zu kosten.«

Der Hof brach in Gelächter aus, und zu meiner eigenen Überraschung stimmte ich ein. Ich hatte von meinen Verwandten gehört, dass König Heinrich großen Charme besaß und durchaus geistreich sein konnte. Jetzt konnte ich mich selbst davon überzeugen.

Nur eine Person lachte nicht. Der Dolmetscher hatte der Königin die scherzhafte Bemerkung des Königs übersetzt, doch möglicherweise war der Humor in der Übersetzung verlorengegangen. Sie runzelte nur die Stirn.

Ich war nicht die Einzige, der auffiel, dass die Königin mit dem Scherz nichts anfangen konnte. Der König seufzte und leerte seinen Becher. »Wein!«, rief er scharf, und die Bediensteten eilten, ihm neu einzuschenken. Schweigen breitete sich wieder an der Tafel aus.

Sie waren so steif im Umgang miteinander. Hatte überhaupt Aussicht bestanden, dass aus ihnen ein harmonisches Paar würde, wenn ihre erste gemeinsame Nacht nicht vergiftet worden wäre?

Sobald sein Becher aufgefüllt war, trank der König, dann wandte er sich mir zu. »Wir würden jetzt gern etwas über Eure Tapisserie-Werkstatt hören, Cousine. Zunächst einmal: Wer hat Euch die Bildwirkerei gelehrt?«

Kapitel 12

Heinrich VIII. hatte die Klöster auflösen lassen, mit einem Federstrich einer Lebensweise ein Ende bereitet, die in England tausend Jahre hochgehalten worden war. Wie sollte ich diesem Mann sagen, dass die Nonnen mich mein heutiges Handwerk gelehrt hatten? Er trommelte, sichtlich ungeduldig, mit den Fingern auf den Tisch, während ich zögerte, und so fasste ich mir schließlich ein Herz. Ich hatte ja keine Wahl.

»Die Nonnen im Dominikanerinnenkloster in Dartford haben sie mich gelehrt, während ich dort Novizin war«, antwortete ich und wartete auf einen seiner berühmten Zornesausbrüche.

Doch zu meiner Überraschung blieb er ruhig und fragte nur, während er sich den Bart strich: »Es gab dort also einen Webstuhl? Denn Eure Arbeiten sind ja nicht mit der Nadel gefertigt.«

»Nein, Majestät. Ich meine, ja. Wir arbeiteten an einem Webstuhl.«

»Die Phönix-Tapisserie, die unsere Gemahlin, die Königin, von Euch erworben hat, ist ein vortreffliches Werk«, lobte der König. »Sie ist mit einer Einfühlung in die Legende ausgeführt, wie sie diesen Bildteppichen aus Brüssel allzu häufig fehlt.«

Mit heißen Wangen sagte ich: »Danke, Majestät.«

»Und Ihr arbeitet an einem neuen?« Er neigte sich mir über den Tisch zu, waches Interesse im Blick.

Ich erzählte, dass ich einen Bildteppich fertigen wolle, der den Gram der Niobe zum Thema haben sollte, jener Königin der griechischen Antike, der die Götter alles genommen hatten.

Diese Auskunft schien beim König, der mir nicht interessierter hätte zuhören können, tiefe Überlegung auszulösen.

»Ah, die Hybris«, sagte er. »Ihr habt eine interessante Wahl getroffen.«

»Pardon, Majestät?«

Ein Lächeln umspielte seinen Mund, als er sagte: »Niobes Hybris war der Grund dafür, dass die Götter ihr ihre Kinder nahmen. Sie hatte die Götter verspottet und sich damit gebrüstet, dass sie mehr Kinder geboren hatte als Leto, die Mutter von Apollo und Artemis. Für ihren Hochmut und ihre Anmaßung wurde sie bestraft.«

Ich kannte die Sage natürlich, doch in diesem Moment kam mir zum ersten Mal mit Schrecken der Gedanke, dass meine Wahl mir als Verherrlichung des trotzigen Widerstands gegen die Götter ausgelegt werden könnte. Wenn der König sich als Vertreter Gottes sah – was wahrscheinlich schien –, würde er diese Tapisserie als Beleidigung empfinden.

»Hochmut ist eine Sünde, Majestät«, sagte ich.

»Sehr richtig, Cousine.« Er trank einen Schluck Wein. »Werdet Ihr die Königin Niobe nach einem lebenden Modell gestalten?«

»Mir ist bekannt, dass manche Bildwirker gegen Ende der Arbeit, wenn es daran geht, die Gesichter zu bilden, nach Gemälden oder sogar lebenden Modellen arbeiten«, antwortete ich, erleichtert über die unverfängliche Wendung, die das Gespräch genommen hatte. »Möglich ist es sicherlich.«

Der König winkte einem Bediensteten, der nach einem kurzen Befehl davoneilte. Wenig später erschien plötzlich Thomas Culpeper und trat zum König, der leise mit ihm sprach. Culpeper nickte nur, bevor er sich wieder von der Tafel zurückzog. Ich versuchte, mich ihm bemerkbar zu machen – es erschien mir unhöflich, diesen Mann, der nach Catherine Howard mein bester Freund bei Hofe war, zu ignorieren –, doch er sah gar nicht in meine Richtung.

»Kunst kann die lebendige Erfahrung nicht ersetzen«, stellte der König fest. »Ohne das außer Acht zu lassen, möchten wir gern hören, was Ihr von unserer Kollektion von Tapisserien haltet. Ihr seht hier in Whitehall nur einen Teil davon, doch wir sind stolz auf die ausgestellten Stücke.«

Und so spann sich mein Gespräch über Bildwirkerei mit dem König von England fort. Während Heinrich drei weitere Gänge der Speisenfolge bewältigte, sprachen wir über die Tapisserien, die ich bisher gesehen hatte, und er fragte mich immer wieder begierig nach meiner Meinung. Die meisten der Bildteppiche erzählten Geschichten aus dem alten Rom und dem Alten Testament.

»Unser Prunkstück ist immer noch *Die Geschichte von David*«, sagte der König. »Wir haben es vor zwölf Jahren erworben. Damals beauftragten wir einen Mann in Brüssel und Leute, die in Italien, Frankreich und Flandern für uns die Augen offen hielten. Wir lassen uns nicht gern um ein gelungenes Werk bringen, schon gar nicht vom König von Frankreich.«

Das war eine Welt, von der ich kaum eine Ahnung hatte. Natürlich wusste ich, dass die größten Bildteppiche in Brüssel gefertigt wurden und die reichsten Familien sich gern mit ihrem Besitz brüsteten. Doch von dieser weitverzweigten Gemeinde von Handwerkern und Künstlern, die, von den konkurrierenden Herrschern in Europa finanziert, immer neue Ideen und Verfahren hervorbrachte, hatte ich nur eine vage Vorstellung.

»Unser Großvater, Eduard IV., hat den Grundstein für unsere große Kollektion gelegt«, erklärte der König, während er sich über den Schweinebraten hermachte, der nun aufgetragen wurde. »Unser Vater, der König, hat sie weiter ausgebaut. Er hatte einen Blick für diese Kunst, wie er überhaupt einen scharfen Blick für die Dinge besaß. Als er starb, gehörten der Krone vierhundert dieser Kunstwerke.«

»Vierhundert?« Ich konnte es kaum fassen.

»Die königliche Sammlung umfasst derzeit achthundert Bildteppiche.« Der König lächelte stolz. »Wir haben den Bestand aufnehmen lassen. Wir wissen gern genau, wo wir stehen.« Er wandte sich zu der Gruppe Bediensteter um, die etwas abseits hinter uns stand. »Holt mir Sir Anthony Denny.«

Als wenig später ein dünner, rothaariger Mann zur Tafel trat, befahl ihm der König, augenblicklich mit einer neuerlichen Bestandsaufnahme der Bildteppiche in Whitehall zu beginnen.

»Sir, wenn Ihr gestattet?«

Ich fuhr zusammen und drehte mich zur Königin um, die mit nervöser Stimme ihren Mann angesprochen hatte. Ich schämte mich für meine Unhöflichkeit. Über meinem Gespräch mit dem König hatte ich die Königin beinahe vergessen und nicht einmal den Versuch unternommen, sie in die Unterhaltung miteinzuschließen.

»Sir, ich weiß – dass Ihr die Musik liebt«, sagte sie stockend. »Ich habe eine Überraschung.«

Die Tür wurde weit geöffnet, und vier Männer mit Musikinstrumenten traten ein. Alle vier waren südländischen Typs und sahen einander beinahe zum Verwechseln ähnlich. Mit anmutiger Gebärde verbeugten sie sich vor dem König und seiner Frau.

Der Dolmetscher der Königin erklärte an ihrer statt: »Das sind die Brüder Bassano, auf Einladung der Königin eigens aus Venedig angereist, um Euer Majestät zu unterhalten.«

Heinrich schien wahrhaft verblüfft. Doch er fasste sich

schnell und fragte einen der Brüder, welches Instrument er denn da trage.

»Das ist eine Violine, Sire«, antwortete der Mann auf Französisch.

Nie werde ich den Vortrag der Brüder Bassano in den Gemächern der Königin vergessen. Es lag vielleicht an der Wirkung des starken Weins oder an meinen durch das Gespräch mit dem König aufgewühlten Gefühlen oder meiner ständigen unterschwelligen Angst vor dem Hof, vielleicht lag es an allem miteinander. Die durchdringenden, beinahe schmerzhaften Klänge dieser Violine trafen mich jedenfalls mit solcher Macht, dass ich bisweilen kaum Atem holen konnte.

Ich liebte Musik – ich hatte früher, von meiner Mutter angeleitet, eine Vihuela gespielt –, doch es war lange her, dass ich Musik gehört hatte. Wann war das gewesen? Ich brauchte einen Moment, dann erinnerte ich mich mit einer Aufwallung des Schmerzes. Bei der Hochzeitsfeier von Agatha und Oliver Gwinn vor nur einem Jahr. Ich hatte auf dieser Hochzeit getanzt, den letzten Tanz mit Geoffrey Scovill, der bei dieser Gelegenheit mehr als er vielleicht wollte von seinen Gefühlen für mich preisgegeben hatte. Doch ich hatte immer um sie gewusst – immer. Wie sehr Geoffrey und ich einander verletzt hatten. Und die Gwinns hatten gesagt, dass er Dartford verlassen würde. Was, wenn er schon fort war – und ich niemals wieder Gelegenheit fände, mit Geoffrey zu sprechen?

Die Brüder Bassano beendeten ihren Vortrag, und die Königin klatschte entzückt in die Hände. Der König jedoch saß wie versteinert, der Blick der kleinen blauen Augen eine Spur verschwommen.

Wir warteten auf seine Reaktion. Er musste doch beeindruckt sein.

Endlich räusperte er sich und sagte: »Solche Musik ist bei einem intimen kleinen Familiendiner nicht angebracht.«

Das Gesicht der Königin trübte sich. Ich konnte nicht glauben, dass der König, dessen Vorliebe für Musik bekannt war, dieses Geschenk seiner Frau nicht würdigen wollte. Lady Rochford, die hinter der Königin stand, lächelte hämisch.

»Doch wir werden natürlich veranlassen«, fuhr der König fort, »dass diese Brüder aus Venedig angemessen entlohnt werden.«

Ich war ihm beinahe dankbar für seine Kälte, denn damit brach er den Bann. Während des langen Gesprächs mit ihm war mein Hass auf ihn ein wenig geschmolzen. Beinahe hatte es den Anschein gehabt, als gehörten wir wirklich einer Familie an, die gemeinsame Interessen verband. Seine Kenntnisse über die Kunst der Bildwirkerei, seine Bemerkungen und Betrachtungen hatten mich beinahe geblendet. Doch jetzt sah ich wieder klar. Der König war ein Tyrann, der Menschen, die ich liebte, in den Tod gestürzt hatte. Uns verband nichts.

Der König stand ächzend auf und zog sich mit Mühe an der hohen Rückenlehne seines Stuhls hoch. Er hatte so viel gegessen und getrunken, es war ein Wunder, dass er sich überhaupt noch ohne die Hilfe seiner Bediensteten erheben konnte.

»Wir wünschen Euch einen guten Tag, Madame«, sagte er zu seiner Frau. »Wir müssen unser Gespräch mit unserer Cousine Joanna fortsetzen.«

Anna von Kleve sagte leise: »Auch Euch einen guten Tag.«

Ich stand ebenfalls auf und knickste vor der Königin. Die Aussicht, mich noch länger dem König widmen zu müssen, war beklemmend. Ich hatte gehofft, nach Ende des Mahls von seiner Gesellschaft befreit zu sein. Doch diese Verlängerung des Gesprächs bedeutete auch, dass wir unsere Geschäfte bald abschließen würden und ich nach Dartford würde zurückkehren können.

Der König bewegte sich schwerfällig. Er hatte lange gesessen; das kranke Bein schien ihm nun unerträgliche Schmerzen zu bereiten. Ich wusste nicht genau, was ihm fehlte – Thomas Culpeper hatte etwas von offenen Wunden gesagt, die die ständige Behandlung eines Arztes brauchten.

Wir kamen an einem Porträt seiner dritten Frau, Jane Seymour, vorüber. Wie blass und versonnen sie aussah, als hätte sie damals schon gewusst, dass sie noch vor Ende des zweiten Jahres ihrer Ehe sterben würde. Ich fragte mich, ob nicht überall in den Gängen von Whitehall die Geister der Vergangenheit den König begleiteten: der seiner ersten Frau, die er verstoßen hatte; seiner zweiten, die er hatte töten lassen; der dritten, die er verloren hatte, nachdem sie ihre Pflicht getan und ihm einen männlichen Erben geboren hatte. Vielleicht war es gar nicht so ungewöhnlich, dass der König keinerlei Interesse an Königin Anna zeigte; vielleicht hatten die drei früheren Ehen ihn zermürbt.

Als ich jetzt so nahe bei ihm stand, wurde der ihm eigentümliche Geruch beinahe überwältigend. Neben den fruchtigen Düften und dem Moschus roch ich noch etwas – eine süßliche und irgendwie widerliche Ausdünstung, die ich von irgendwoher kannte. Beim Essen hatte ich geglaubt, sie entströme einem der zahlreichen Fleischgerichte. Doch wir saßen jetzt nicht mehr an der Tafel. Beim Versuch, den Geruch zu erkennen, musste ich daran denken, wie Edmund einmal im Hospital in Dartford eine offene Wunde behandelt hatte, und da wusste ich es – was ich roch, war eiterndes Fleisch. Die Beinwunde des Königs stank, so sehr er sich auch bemühte, es zu kaschieren.

Wir gelangten endlich in den Saal, der das Ziel des Königs war: Hier prunkten die Wandteppiche, die *Die Geschichte von David* erzählten, ein unbestreitbar großartiges Werk, das in einer Reihe von Bildern Episoden aus dem Leben des alttestamentarischen Königs zeigte. Wir standen nebeneinander und schwiegen.

Die Kunstfertigkeit der Brüsseler Weber und Wirker war frappierend. Unter ihren Händen hatten sich die eindimensional gewirkten Woll-und Seidenfäden in glänzende gewölbte Brustpanzer verwandelt; in eine rosa, rot und violett schillernde Blumenwiese; in die weich fallenden Falten eines Frauengewandes; ja, in die strahlende Sonne selbst.

»Wir kommen oft hierher, denn nur dieser König der Israeliten könnte unsere Bestimmung verstehen«, sagte Heinrich feierlich. »Wir sind ein zweiter David, von Gott auserwählt.«

Ich warf ihm verstohlen einen Blick zu. Glaubte er das wahrhaftig? Das Gesicht des Königs war hochrot und schweißfeucht, ob infolge des gewaltigen Mahls oder infolge der marternden Beinschmerzen, vermochte ich nicht zu erkennen.

»Wir müssen das Volk aus der Finsternis und Unwissenheit papistischen Aberglaubens zu Wahrheit und Tugend führen«, erklärte er.

Ich krampfte meine zitternden Hände ineinander.

Obwohl er den Blick nicht von den Bildteppichen wandte, spürte er offenbar meine Furcht. »Beunruhigt Euch nicht, Joanna, Euch ist kein Vorwurf daraus zu machen, dass Ihr Nonne werden wolltet. Ihr seid offenkundig eine intelligente Frau. Was Ihr braucht, ist unsere Unterweisung.«

Das gefiel mir nicht.

Zu meiner Erleichterung erschien in diesem Moment Sir Anthony Denny, um den König an eine Sitzung des Kronrats zu erinnern. Doch Heinrich winkte ab. »Wir kommen schon noch rechtzeitig«, herrschte er Denny an und wandte sich gleich wieder mir zu. »Sagt uns, Cousine«, bat er in ungleich sanfterem Ton, »was haltet Ihr von den Gemälden in Whitehall? Ihr kennt Euch in der Bildwirkerei aus, es würde uns interessieren, auf welchen Gebieten Ihr noch bewandert seid.«

»Ich liebe die Malerei, aber von der Technik verstehe ich

wenig, Euer Majestät«, sagte ich. »Wenn ein Bild mich berührt, weiß ich oftmals nicht genau, aus welchem Grund.«

»Und hat eins meiner Bilder Euch berührt?« Er musterte mich forschend. »Ah, ja, ich sehe schon, es gibt eins.«

Als ich die Zeichnung beschrieb, die ich kurz vor dem Mahl im großen Saal bemerkt hatte, lachte der König ein wenig. »Ihr steckt in der Tat voller Überraschungen«, stellte er fest. »Das ist eines meiner Lieblingsbilder. Es ist nach einer Serie von Holzschnitten mit dem Titel *Totentanz* von der Hand unseres Hofmalers Hans Holbein gestaltet.«

»Dann verkörpert das Skelett auf dem Bild –

»- den Tod«, ergänzte der König. »Er tritt in jeder Darstellung der Folge auf, doch stets erscheint er einer anderen Person: einem Edelmann, einem Bettelmann, einem Kaufmann, einer Äbtissin, sogar einem König. Mit anderen Worten, Joanna, der Tod verschont keinen.«

Mich fröstelte, und einen flüchtigen Moment lang glaubte ich, auch in den Zügen des Königs Furcht zu erkennen. Zu glauben, man sei von Gott auserwählt, ein neuer König David zu werden, und dennoch vor der eigenen Sterblichkeit zu zittern – welch eine seltsame Haltung. Oder belastete ihn das Wissen um die Schuld, die er mit der Zerstörung der Klöster und dem Tod unzähliger Menschen auf sich geladen hatte?

Der König sagte nachdrücklich: »Wir haben dieses Tête-à-tête mit Euch nicht gesucht, um über den Tod zu sprechen. Schlagt Euch Holbein und seine Spintisierereien aus dem Kopf. Wir wünschen, Euren nächsten Bildteppich *Der Gram der Niobe* zu erwerben. Allerdings ist der Auftrag an eine Bedingung geknüpft. Wir bestimmen die Person, nach deren Vorbild Ihr das Gesicht der Niobe gestaltet.«

Ich begriff nicht gleich, was das bedeutete. Dann rief ich: »Aber Euer Majestät, mein Webstuhl steht in Dartford! Alle meine Arbeiten fertige ich dort. Ich kann mir nicht vorstellen, wie ich diese Bedingung erfüllen soll, es sei denn, Ihr beabsichtigt, die Person Eurer Wahl nach Kent zu senden.«

»Eine Werkstatt können wir Euch zur Verfügung stellen«, sagte er. »Ich habe diese Frage gründlich überdacht. Aber zuerst will ich Euch mit Eurer Niobe bekanntmachen. Wir sind überzeugt, Ihr werdet uns zustimmen, dass sie aller Bewunderung würdig ist.«

Ich bemerkte das verliebte Lächeln um seine Lippen und war bestürzt. Offenbar hatte er sogleich, nachdem er von meiner neuen Tapisserie gehört hatte, Auftrag gegeben, seine Niobe in diesen abseits gelegenen Saal bringen zu lassen.

Er war also der Frauen doch nicht müde. Obwohl er ein Mann von gut fünfzig Jahren war, zum vierten Mal verheiratet, aufgeschwemmt und beinahe lahm, benahm sich der König wie ein liebestrunkener Jüngling.

Ungeduldig wies er einen Diener an, die Tür zu einem Nebenraum zu öffnen. Zögernd trat ich näher.

Das Zimmer war klein und fensterlos. Auf einem gepolsterten Hocker in seiner Mitte saß eine junge Frau, ihre Röcke in perfektem Rund um sich ausgebreitet. Röte schoss ihr in die Wangen, als sie den Blick zu mir hob.

Catherine Howard.

Kapitel 13

»Ihr irrt, Joanna, ich bin nur eine Freundin seiner Majestät«, beteuerte Catherine, sobald wir in ihren Räumen zurück und allein waren.

Der König hatte sich zum Glück darauf beschränkt, uns mit wenigen Worten miteinander bekanntzumachen. Ich hatte einen Gruß gestammelt, und Catherine hatte den Blick gesenkt. Und das war alles. Catherine wurde mir präsentiert, als wäre sie bereits eine der königlichen Tapisserien.

Sir Anthony Denny hatte der Szene ein Ende bereitet, indem er drängend sagte: »Euer Majestät? Der Kronrat?«

»Ja, wir kommen«, erwiderte der König. »Aber zuvor, Cousine, hört unsere Pläne.« Widerstrebend wandte er sich von Catherine ab, um das Wort direkt an mich zu richten. »Ihr werdet Euren Bildteppich hier fertigen, in London. Es wird der erste von vielen sein.«

»Aber ich kann nicht in einem Palast arbeiten«, protestierte ich. »Und zieht nicht der Hof alle zwei oder drei Monate in eine andere Residenz um? Ein einziger Bildteppich braucht mindestens sechs Monate, selbst mit vier Webern.«

Der König tat meine Einwände mit einer wegwerfenden Geste seiner feisten beringten Hand ab. »Es gibt eine Werkstatt in der Stadt. Sie ist geräumig und gut ausgestattet. Unsere Bediensteten bringen Tapisserien zur Reinigung und Reparatur dorthin. Es ist der ideale Ort. Ihr werdet Euch die Leute suchen, die Ihr braucht, und mit der Ausführung unserer Aufträge beginnen.«

Damit hinkte er, von dem nervösen Sir Anthony begleitet, aus dem Zimmer.

Seine Pläne erschreckten mich, doch weit mehr erschreckte mich die Erkenntnis, dass Catherine das Objekt seiner Begierde war. Sie musste dem König zugeführt worden sein, und ich konnte mir auch denken, von wem. Der Herzog von Norfolk war berüchtigt dafür, dass er dem König Kupplerdienste leistete und sich junger Frauen bediente, um sich den König zu verpflichten. So hatte er es, wie allseits bekannt war, schon mit einer anderen seiner Nichten, Anne Boleyn, gemacht. Zu beider Schande.

Sobald keine Gefahr bestand, belauscht zu werden, fragte ich: »Ist das das Werk Eures Onkels?«

»Der Herzog von Norfolk ist erfreut, dass dem König das Gespräch mit mir angenehm ist.« Sie hob den Kopf. »Und mehr ist es nicht. Seine Majestät sagt, niemandem ist es je gelungen, ihn in gleichem Maß von den Angelegenheiten des Staates abzulenken wie mir.«

Zweifellos.

Ich holte tief Atem und fragte, was gefragt werden musste: »Habt Ihr Eure Unschuld an den König verloren?«

»Nein!«, rief sie, jetzt blutrot im Gesicht. »Ich schwöre es bei der Heiligen Anna.«

»Er hat Euch nie berührt?«

Sie schüttelte heftig den Kopf, mied jedoch meinen Blick. Ich war sicher, dass sie log. Die Vorstellung, dass der König sie küsste und koste, war einfach widerwärtig.

Voll Angst fasste ich Catherine bei den Armen und schüttelte sie. »Ihr müsst auf mich hören, Catherine. Ich bitte Euch, hört auf mich. Ich habe kein weltliches Leben geführt, ich war Novizin in einem Kloster und vorher eine behütete Tochter auf Stafford Castle. Aber ich weiß, wovon ich rede. Ihr dürft dem König nicht nachgeben. Wenn Ihr es tätet, wärt Ihr für immer verloren. Ihr würdet nichts als Schande ernten.«

»Wieso seid Ihr darin so sicher?«, entgegnete Catherine. »Ihr könnt mir glauben, Joanna, dass ich nicht den geringsten Ehrgeiz habe, Mätresse zu werden, aber wenn – nur einmal angenommen, wenn! – Ihr wisst doch auch, dass Elizabeth Blount, die Hofdame der ersten Königin, ehrenhaft verheiratet wurde, nachdem sie den Sohn des Königs zur Welt gebracht hatte. Sie und Ihr Gemahl wurden mit Ländereien und Renten ausgestattet.«

Das also hatte Norfolk ihr erzählt; dass Ansehen und Wohlstand auf sie warteten, wenn sie bereit wäre, das Bett mit dem König zu teilen.

»Oh, Catherine, nein – nein«, beschwor ich sie. »Ihr dürft nicht glauben, was der Herzog sagt.«

Catherine riss sich von mir los. »Die Königin erwartet mich«, sagte sie und eilte davon.

Sie blieb Stunden aus. Ich hatte keine Ahnung, ob sie wirklich bei der Königin war oder beim König. Es wurde Abend, doch ich konnte nicht einmal an Essen denken, mir lagen noch die schweren Speisen des Mittagsmahls im Magen und zu sehr beschäftigte mich meine unmögliche Situation.

Ich wollte Dartford nicht verlassen, ich wollte meine kleine Werkstatt nicht nach London verlegen. Ich würde mir dann entweder ein Haus in der Stadt kaufen oder mich dem königlichen Hof anschließen und ihm von Palast zu Palast folgen müssen.

Auf den ersten Blick bot der Vorschlag große Vorteile. Wenn ich eine anerkannte Stellung im Haushalt des Königs einnahm, wäre mein Cousin Henry Stafford zweifellos weit eher bereit, Arthur Bulmer wieder in meine Obhut zu geben. Wenn ich andererseits dem König trotzte und sein Angebot ausschlug, würde ich ihn damit gegen mich aufbringen und möglicherweise einen solchen Sturm auslösen, dass mir der Sohn meiner Cousine Margaret für immer entzogen würde. Und es würde mir schwerfallen, einen anderen Käufer für

Der Gram der Niobe zu finden. Mein kleines Tapisserie-Unternehmen würde fallieren, und mir würde nichts bleiben als die kleine Rente, die mir, wie allen anderen Novizinnen, nach der Auflösung der Klöster zugestanden worden war.

Doch wie konnte ich mit dem Wissen, dass der König dabei war, Catherine zu seiner Mätresse zu machen, bei Hofe bleiben? Wenn ich sie zum Modell für meine Niobe nahm, kam das einer Billigung – wenn nicht gar Begünstigung – dieser Affäre gleich. Wahrhaft dienen konnte ich dem König nur, indem ich verhinderte, dass Catherine Howard noch tiefer in das sittenlose Treiben hineingezogen wurde.

Ich musste nur den richtigen Weg finden.

Als Catherine an diesem Abend ein wenig mürrisch zurückkehrte, enthielt ich mich weiterer Vorwürfe. Ich musste auf andere Weise versuchen, sie von diesem verderblichen Weg abzubringen. Wenn mir nur jemand hätte helfen können. Doch im Rückblick auf die letzten drei Tage erkannte ich, dass alle, von Bischof Gardiner bis zu Thomas Culpeper, von der Affäre wussten und untätig zusahen.

Ich räusperte mich. »Wollt Ihr nicht mit mir in die Kapelle gehen, Catherine? Ich bin seit zwei Tagen hier und habe noch nicht vor dem Altar gebetet.«

Ihre Stimmung hellte sich sogleich auf. »Aber gern. Was für ein schöner Gedanke. Und in der Hofkapelle bleiben die Kerzen bis in die Nacht hinein angezündet.«

Ich wusste, dass Catherine nicht übermäßig fromm war, auch wenn sie sich vorher auf die Heilige Anna berufen hatte. Es war nicht so, dass sie die Gesetze Gottes wissentlich missachtete; ihre religiöse Erziehung war ebenso vernachlässigt worden wie ihre Unterweisung auf anderen Gebieten. Die Howards hatten wenig übrig für geistige Bildung.

Es war gut möglich, dass Catherine gar nicht wusste, dass Ehebruch eine schwere Sünde war. Paulus hatte geschrieben, dass jene, die sich wissentlich schwerer Sünde schuldig machen, nicht ins Himmelreich eingehen werden. Würde sie für eine schmutzige Affäre mit dem König das Höllenfeuer riskieren? Nur eine Frau, die blind war vor Begierde, würde das tun. Der König konnte auf ein siebzehnjähriges Mädchen unmöglich anziehend wirken. Sie wurde zweifellos vom Herzog von Norfolk stark unter Druck gesetzt – und fühlte sich vielleicht geschmeichelt von der Aufmerksamkeit des Königs –, doch sie konnte nicht von echtem Gefühl ergriffen sein. Und das würde mir bei meinem Bemühen helfen.

Als ich Seite an Seite mit Catherine die Hofkapelle auf der Ostseite des Rittersaals betrat, tauchte ich meine Finger in das Weihwasserbecken und blieb dann verblüfft stehen. Der König hatte sich zum Oberhaupt der Kirche erklärt, und da dies sein Andachtsort war, hatte ich erwartet, hier seine Überzeugungen ausgedrückt zu sehen: weniger Kerzen, weniger Schmuck, weniger Standbilder. Hatten nicht der König und Cromwell Pilgerreisen und Opfergaben verboten, die dem Volk so lieben Gedenktage großenteils abgeschafft, die heiligen Fasten verkürzt, die Verwendung eines Rosenkranzes beim Gebet beanstandet? Und doch, leuchtete hier, in der Hofkapelle, die Schönheit des althergebrachten Gottesdienstes in ungebrochenem Glanz: vier Erkerfenster mit rautenförmigen Bleiglasscheiben in hundert Farben, duftende Weihrauchwolken und Kerzen überall.

Die Kapelle war leer bis auf Vorsänger und Chorknaben, die um eine blitzende Orgel versammelt standen. Ein Psalm wurde angekündigt, und die Knabenstimmen erfüllten den Raum mit ernsten Tönen. Und während ich ihnen zuhörte, vergingen Verwirrung und Zorn. Wie heuchlerisch auch immer, der König hatte eine Kapelle geschaffen, die Gott geweiht war, und ich war ihm dankbar dafür.

Catherine und ich knieten im hinteren Teil des Gotteshauses nieder, und ich begann zu beten: »O Herr, gib uns die

Weisheit, deinen Willen zu erkennen und ein rechtschaffenes Leben –«

Geräusche unterbrachen mich. Zwei Pagen traten in die Kapelle, Vorboten des Königs. Auch er hatte sich zu einer Abendandacht entschlossen.

Von Sir Anthony Denny und anderen Höflingen begleitet trat er ein. Als er uns bemerkte, blieb er stehen, dann rief er laut: »Meine Herren, ist das nicht ein passender Anblick – zwei schöne Frauen bei der Andacht?«

»Passend, in der Tat«, bestätigte Denny.

Der König warf einen letzten Blick auf Catherine. Ich fand es zutiefst beunruhigend, in diesem aufgeschwemmten, alternden Gesicht solch schmachtende Liebe zu sehen. Dann ging der König hinkend zu seinem persönlichen Betstuhl am anderen Ende der Kapelle.

Catherine schloss die Augen, um das Gebet wiederaufzunehmen. Doch während sie gehorsam die Worte murmelte, schwebte ein Lächeln auf ihren Lippen.

Ich hatte keine leichte Aufgabe vor mir.

Kapitel 14

Am folgenden Tag erhielt ich zwei Einladungen: die eine zu einem Bankett im Winchester House, dem palastartigen Wohnsitz von Bischof Gardiner; die andere zu einem möglichst umgehenden Besuch bei Hans Holbein, dem Hofmaler.

Der Gedanke an das Diner beim Bischof ließ mich kalt. Anders war es mit der Einladung zu Holbein. Trotz all meiner drängenden Sorgen wollte ich nicht versäumen, den Mann kennenzulernen, der die Zeichnung vom *Totentanz* geschaffen hatte. So sandte ich Meister Holbein eine Nachricht und wurde noch vor Mittag zu seiner Werkstatt begleitet, die sich zu meiner Überraschung im vorderen Torhaus von Whitehall befand. Ich stieg die Wendeltreppe zum zweiten Stockwerk hinauf zu dem Gang, der in sein Atelier führte. Am Tag meiner Ankunft in Whitehall hatte ich vor dem Palast gestanden und zu diesen zwei Fensterreihen hinaufgeblickt, nicht wissend, dass sich dahinter die Wohnung Hans Holbeins befand.

Doch er konnte mich noch nicht empfangen. Obwohl seine Tür fest geschlossen war, hörte ich das Gespräch, das auf der anderen Seite von zwei Männern in französischer Sprache geführt wurde.

»Das ist unerträglich«, dröhnte eine laute Stimme. »Sie gehört dem höchsten Adel an. Das Haus Kleve steht in verwandtschaftlicher Beziehung zu deutschen und französischen Herrscherhäusern; die ältere Schwester der Königin ist mit dem Kurfürsten von Sachsen verheiratet. Und er will sie nicht krönen lassen! Er spricht kaum mehr als ein paar Worte mit ihr. Warum? Weil sie eine geborene Prinzessin ist und keine Dirne? Was ist das für ein König?«

Die Tür flog krachend auf. Ein Mann mit einem Federhut und finsterem Gesicht stürmte an mir vorbei den Gang hinunter. Gleich darauf erschien ein zweiter Mann mit breitem, etwas derbem Gesicht und in schlichter Kleidung an der Tür und sah ihm nach. Er war mittleren Alters, sein Kopfhaar lichtete sich schon, doch sein Bart war voll und buschig.

»Miss Stafford, seid willkommen in meiner Werkstatt – bitte, tretet ein«, sagte er in einem Englisch mit fremdländischem Akzent. »Ich kann Euch Süßwein anbieten und Gebäck.«

Vielfältige Gerüche wehten mir entgegen, als ich eintrat. Manche kannte ich, wie den der Bleichlauge, mit der wir einst die Böden im Kloster gereinigt hatten. Andere waren mir neu und so beißend, dass sie mir in den Augen brannten. Überall standen Leinwände auf Staffeleien, jedoch von Tüchern bedeckt, sodass von den Werken nichts zu sehen war. Den hohen Fenstern gegenüber befand sich ein Bord für Bücher und Landkarten. Ich wäre fasziniert gewesen, hätten nicht die zornigen Worte des anderen Mannes noch in mir nachgeklungen. Ich hegte den bedrückenden Verdacht, dass er Catherine Howard meinte, als er von »Dirne« gesprochen hatte. Genau das wollte Catherine nicht begreifen – dass ihr guter Name nicht wiedergutzumachenden Schaden nehmen würde.

»Ist Euch nicht wohl, Miss Stafford?«, fragte Holbein vorsichtig.

»Doch, doch«, versicherte ich schnell. »Es ist nur …« Ich sprach nicht weiter.

Holbein berührte, noch vorsichtiger, meine Hand. »Ihr sprecht vielleicht Französisch?«

»Ja.«

Holbein seufzte. »Lasst mich eine Erklärung versuchen.«

Er geleitete mich zu einer Sitzbank am Fenster. Es war geöffnet, und ich konnte das Raunen der Menschenmengen in der Straße und den Höfen hören. Holbein schnitt einen braunen Kuchen auf und schenkte mir einen großen Becher Wein ein. Ich rührte nichts davon an.

»Der Herr, der bei mir war, ist Botschafter«, sagte Holbein. »Sein Name ist Doktor Karl Harst. Er vertritt den Herzog von Kleve in England und ist recht erregt über die Situation der Schwester des Herzogs, unserer Königin Anna. Wir Deutschen sind ein leidenschaftliches Volk, Miss Stafford.«

»Der Botschafter hat Euch als Landsmann aufgesucht?«

»Ich habe Augsburg vor sehr langer Zeit verlassen«, sagte er. »Aber ich habe die Königin schon gekannt, bevor sie nach London kam. Ich habe sie in Kleve für König Heinrich gemalt, der sich ein Bild von ihr machen wollte, bevor er sich zur Heirat entschloss.« Er zupfte an seinem Bart. »Manche behaupten jetzt, ich hätte schlechte Arbeit geleistet und dem König eine schöne junge Frau gezeigt, die nicht existiert.«

Holbein sprach in leichtem Ton, doch in seinen Worten schwang Sorge mit.

»Aber es geht nicht um das Aussehen«, fuhr Holbein fort. »Doktor Harst will es nicht wahrhaben, doch das Bündnis mit Kleve hat einfach nicht mehr die Bedeutung wie vor sechs Monaten. Die Botschafter Frankreichs und Spaniens umwerben den König. Botschafter Chapuys steht wieder hoch in seiner Gunst.«

»Botschafter Chapuys ist hier?«, fragte ich entsetzt. »Aber das kann nicht sein; er ist nicht mehr am Hof – er wurde letztes Jahr zurückgerufen. Er lebt jetzt in Antwerpen.«

»Nein, Chapuys ist nach England zurückgekehrt.«

Ich hatte vom Botschafter Kaiser Karls nichts gesehen und gehört.

»Wann?« Es gelang mir nicht ganz, meine ängstliche Erregung zu zügeln. »Wisst Ihr, wann er hier eingetroffen ist?«

»Etwa vor einem Monat«, antwortete Holbein. »Aber darf ich fragen, warum Euch das so sehr beunruhigt? Eustace Chapuys ist in der ganzen christlichen Welt ein wegen seines diplomatischen Geschicks und seiner Bildung hochgeachteter Mann. Seid Ihr dem Botschafter des Kaisers denn je begegnet?«

»Ja«, murmelte ich. »Meine Mutter war Spanierin.«

Ich war entsetzt, aber im Grunde nicht überrascht. Ich hatte es die ganze Zeit geahnt, seit klar geworden war, dass der Mann, der mich überfallen hatte, das Pagenwams gestohlen haben musste. Ein so schlauer Plan – das roch nach Chapuys und dem durch und durch unmoralischen Menschen, von dem man mich zuerst hatte bespitzeln und dann unterweisen lassen: Jacquard Rolin. Und dessen widerwärtige Lektionen hafteten immer noch in meinem Gedächtnis. Was ich Holbein über Chapuys gesagt hatte, war zwar die Wahrheit, jedoch nur ein kleiner Teil davon. Genau das hatte Jacquard mich gelehrt: »Sagt die Wahrheit, wann immer möglich. Dumme Lügen werden Euch nur zu Fall bringen.«

Doch ich war nicht sicher. Diese Verschwörung gegen mich sprach auch von einem Leichtsinn, einer Kompliziertheit, wie Chapuys sie niemals gutgeheißen hätte. Er war so besonnen und vorsichtig. Und noch immer verstand ich nicht, warum mir in Whitehall aufgelauert worden war und nicht in Dartford. Wenn er wirklich seit einem Monat wieder in England war, wäre genug Zeit gewesen, einen Mörder auszuschicken. Diese ganze Geschichte ergab einfach keinen Sinn.

»Dann seid Ihr offensichtlich im Äußeren Eurer Mutter ähnlich«, sagte Holbein. »Ihr habt keinerlei Ähnlichkeit mit dem König oder einem seiner Kinder, wenn Ihr die Bemerkung verzeiht.«

»Von ganzem Herzen«, erwiderte ich, und Holbein antwortete mit einem Lachen, das er aber schnell unterdrückte.

»Sagt mir, wie ich Euch heute am besten zu Diensten sein kann, Miss Stafford. Soweit ich unterrichtet bin, möchte seine Majestät, dass wir uns über die Bildwirkerei, insbesondere Eure Arbeit unterhalten.«

»Oh?« Ich war enttäuscht, ich hatte mir etwas anderes erhofft. Das Bild des grinsenden Skeletts, das nach dem Herrscher griff, ließ mich trotz all meiner Ängste und Schwierigkeiten nicht los. Ich wollte unbedingt wissen, was Holbein zu dieser Darstellung getrieben hatte und den anderen ähnlicher Art, die der König mir beschrieben hatte. Dieser höfliche Mann mit der sanften Stimme, der sich so sehr bemühte, auf mich einzugehen – ich konnte ihn nicht mit dem *Totentanz* in Verbindung bringen.

»Berichtet mir von Euren Plänen«, sagte Holbein.

»Das sind nicht *meine* Pläne. Der König wünscht, dass ich meinen nächsten Bildteppich, *Der Gram der Niobe*, den er zu erwerben gedenkt, hier in London fertige.«

»Das ist doch höchst erfreulich. Ich gratuliere Euch«, sagte Holbein. »Ich bin überzeugt, es wird der erste von vielen weiteren Aufträgen sein.«

Welch eine schreckliche Zukunft er mir da malte: für immer an den König gebunden, eine arme Verwandte, im Netz des Hofes gefangen.

»Miss Stafford, es ist nicht meine Art, anderen zu nahe zu treten, gestattet mir trotzdem die Frage: Warum so traurig? Ihr erscheint mir wie eine tragische Heldin, und obwohl mich das neugierig macht – jeden Künstler würde das neugierig machen –, bereitet es mir doch auch Sorge.«

»Hat der König Euch gesagt, dass er wünscht, dass ich mir für die Niobe eine Frau aus Fleisch und Blut zum Modell nehme?«, fragte ich. »Und dass diese Frau, Catherine Howard, eine Hofdame der Königin ist?«

Ich erhielt meine Antwort sogleich. Holbein seufzte, dann lachte er, aber nicht erheitert wie zuvor. Es klang eher müde. »Natürlich, natürlich. Wenn der König sich in diesem Zustand befindet, sieht er nicht klar, hat kein Gefühl für die Situation anderer«, sagte er. »Er denkt allein an sich und die Dame, um die es geht. Bisweilen nicht einmal an sie.«

»Diese Dame«, erklärte ich, »ist meine Freundin. Sie ist nicht von der Art, wie Ihr vielleicht vermutet, Meister Holbein.«

»Ich bitte um Pardon, ich wollte Euch nicht kränken.« Er drückte beschwichtigend meine Hand. »Dann beabsichtigt Ihr also, Miss Howard zu Eurem Modell zu machen?«

Ich zuckte mit den Schultern. »Das wird zeitlich schwierig. Die Gesichter auf einem Bildteppich werden erst am Ende der Webarbeit gestaltet. Ich habe bereits eine Vorlage aus Brüssel gekauft. Das Gesicht kann gewiss so abgewandelt werden, dass es einer bestimmten Person gleicht. Aber bis ich so weit bin, werden Monate vergehen.«

Holbein schob Kuchen und Wein näher zu mir und bat mich noch einmal, mich zu bedienen. Als ich nachgab, goss er sich selbst einen Becher Wein ein. »Für die Verdauung«, sagte er und trank mit Genuss. Der Kuchen war kompakt, aber feucht; als ich mir ein Stück davon abbrach, fiel nicht ein einziger Krümel auf meinen Teller. Und er war süßer als alles, was ich seit langem gegessen hatte. Der Wein war leicht, sein Aroma erinnerte mich an Erdbeeren, eine willkommene Abwechslung nach dem schweren Wein an der Tafel des Königs.

»Braucht Ihr denn jemanden, der Euch sitzt?«, fragte er. »Wenn Ihr im Porträtzeichnen nicht geübt seid, wäre das dem gewünschten Zweck vielleicht gar nicht dienlich. Ich würde denken, eine Skizze oder ein Gemälde von Miss Howard – so ähnlich wie möglich – wäre nützlicher.«

»Ja, das leuchtet mir ein. Doch soviel ich weiß, gibt es so etwas nicht.«

Holbein sagte nachdenklich: »Ich könnte sie für Euch zeichnen. Allerdings müsste Miss Howard dafür etwas von ihrer Zeit opfern.«

Mir kam sofort ein Gedanke. »Wie viel Zeit?«, fragte ich.

»Hm«, meinte Holbein, sich den Bart zupfend, »bei dem Gemälde von Christina von Dänemark, der Herzogin von Mailand, musste ich mit drei Stunden auskommen, mehr Zeit gönnte sie mir nicht für das Bild. Doch im Idealfall hätte ich gern vier Tage hintereinander.«

»Könntet Ihr sofort beginnen? Und natürlich müsst Ihr mich Euer Honorar wissen lassen.«

Holbein wedelte abwehrend mit der Hand. »Ich erhalte eine stattliche Entlohnung von König Heinrich, Ihr sollt mir nichts bezahlen, Miss Stafford. Ich möchte Euch helfen – aber ich habe gegenwärtig keinen Assistenten. Seine Mutter ist krank, und ich habe ihm bis zum Maifeiertag freigegeben.«

»Ich bin zwar völlig unbewandert, aber könnte ich Euch zur Hand gehen?«, fragte ich.

Holbein zögerte einen Moment, dann stimmte er zu. Eine Kreidezeichnung verlange weniger Zuarbeit als ein Ölgemälde, meinte er.

Noch während ich mich bei ihm bedankte, kamen mir Bedenken. »Doktor Harst, der klevische Botschafter, wird über diesen Auftrag womöglich nicht begeistert sein. Und andere auch nicht, wenn die Sache sich herumsprechen sollte.«

Holbein warf laut lachend den Kopf zurück. »Sie wird sich herumsprechen, verlasst Euch darauf. Aber Künstler schrecken vor heißen Eisen nicht zurück, Miss Stafford. Im Gegenteil, wir suchen sie.«

Als ich Catherine keine halbe Stunde später den Vorschlag unterbreitete, Meister Holbein für eine Porträtstudie zu sitzen, rief sie entzückt: »Welch eine Ehre! Nie, nie hätte ich gedacht, Holbein würde mich interessant genug finden. Danke Euch, Joanna.«

Sie umarmte mich. Ich merkte, dass sie für mehr dankbar war als nur die Gelegenheit, Holbein für eine Skizze zu sitzen. Sie sah in dieser Möglichkeit, die ich ihr eröffnet hatte, ein Zeichen, dass die Unstimmigkeit zwischen uns bereinigt war. Dass ich meine eigene geheime Strategie zu ihrer Rettung verfolgte, ahnte sie nicht

»Ihr werdet Meister Holbein aber jeden Tag zur Verfügung stehen müssen«, erklärte ich ihr. »Man wird Euch vorübergehend von Euren Pflichten bei Hof entbinden müssen.«

»Oh, das ist kein Problem«, versicherte sie. »Das wird Lady Rochford regeln.«

Es hätte mich nicht überraschen sollen, dass Jane Boleyn, Lady Rochford, im Haushalt der Königin die Aufsicht über Catherine hatte. Sie machte vermutlich gemeinsame Sache mit Norfolk. Was für eine widerwärtige Person sie war: Sie hatte Cromwell damals nicht nur ihre Schwägerin, Anne Boleyn, die Königin, ans Messer geliefert, sondern auch ihren eigenen Mann, George Boleyn. Und sie huldigte der Schwarzen Magie. Ich wusste, dass sie es war, die Gertrude Courtenay auf den Nekromanten Orobas aufmerksam gemacht und ihr gesagt hatte, wo er zu finden war.

Doch ich war entschlossen, mich weder von Lady Rochford noch vom Herzog von Norfolk oder von Bischof Gardiner einschüchtern zu lassen. *Wir haben getan, was wir können, um den König in seiner Abneigung gegen seine Frau zu bestärken*, hatte der Bischof im Park von Whitehall zu mir gesagt. Ich hatte keine Ahnung gehabt, dass diese Leute bei der Verfolgung ihrer Ziele nicht davor zurückschreckten, ein siebzehnjähriges Mädchen als Lockvogel zu benutzen, um den König seiner Frau und Thomas Cromwell, dem Stifter dieser Ehe, zu entfremden.

In den folgenden drei Tagen gelang es mir immerhin, Catherine wenigstens vorübergehend dem verderblichen Einfluss dieser Leute zu entziehen. Wenn ich sie morgens zu

Hans Holbein begleitet hatte, wich ich den ganzen Tag nicht von ihrer Seite, und wenn wir uns abends schlafen legten, beschützte uns Richard, der Howard'sche Diener. Holbeins Werkstatt wurde mir während meiner Hilfsdienste für den Meister bald vertraut. Ich lernte, dass die scharfen Gerüche zu den Mitteln gehörten, die zum Reinigen der Pinsel, zum Anrühren der Pigmente oder zur Behandlung des Papiers gebraucht wurden. Für seine Zeichnung von Catherine verwendete Holbein ein schwach rosa getöntes Papier und Kreiden in verschiedenen Tönen, die ich ihm nach seinen Angaben spitzte.

Mit Catherine als Modell hatte er es nicht leicht. Sie war unruhig und sprudelte über vor Fragen, obwohl er ihr erklärte, dass er sie nicht zeichnen könne, solange sie sprach oder sich bewegte. Ich bemühte mich, sie abzulenken, und nutzte die Gelegenheit, um ihr aus einem Gebetbuch vorzulesen. Sie hörte still zu, doch, nach ihrer Miene zu urteilen, mehr gehorsam als versunken. Unsere Mahlzeiten nahmen wir in den Arbeitspausen im Atelier ein, und wenn das Licht zum Zeichnen nicht mehr ausreichte, begleitete ich Catherine in die Hofkapelle. Zum Glück kam es nicht wieder zu einer Begegnung mit dem König. Ich wählte die Gebete mit großer Sorgfalt. Ich wagte es nicht, ihr gegenüber das Wort »Ehebruch« zu erwähnen – das wäre zu offenkundig gewesen. Doch ich betete mit ihr um göttliche Weisung und ging so weit, die Jungfrau Maria zu bitten, uns vor den Versuchungen des Fleisches zu bewahren.

Niemals sprach ich von ihrer »Freundschaft« mit dem König, und auch sie machte keinerlei diesbezügliche Bemerkung. In der Kapelle beobachtete ich sie, suchte nach Zeichen von Reue. Mit gefalteten Händen kniete sie ernsthaft betend neben mir. Beinahe schien es, als wäre ein ganz anderes junges Mädchen in Gefahr, nicht meine Freundin. Aber natürlich *war* es Catherine, und ich war entschlossen, sie zu retten. Alles andere, von meinem Widerwillen gegen den Auftrag des Königs bis zu meiner Angst vor einem unbekannten Feind in Whitehall, trat in den Hintergrund.

Ich war gewiss, dass Catherine bald Meister Holbeins Herz gewann. Sie verstand es, ihn zum Lachen zu bringen, und die Flut neugieriger Fragen, mit der sie ihn oftmals überschüttete, amüsierte ihn, auch wenn sie bei der Arbeit störte. Sie wollte Klatsch über die berühmten Leute hören, die er gemalt hatte, wobei sie Geschichten über Königinnen und Herzoginnen mehr interessierten als solche über humanistische Gelehrte wie Erasmus von Rotterdam, den er in Basel gleich dreimal gemalt hatte. Catherine entlockte ihm sogar Einzelheiten seines eigenen Werdegangs: über seine Kindheit und Jugend in Augsburg, einer freien Reichsstadt in Bayern; über seine Lehrzeit bei seinem Vater, der ebenfalls Maler war; über seine Heirat mit einer Witwe namens Elsbeth, die mit den vier gemeinsamen Kindern in Basel lebte. Es freute mich zu sehen, dass Catherine feinfühlig genug war, nicht näher zu fragen, warum die Familie nicht bei ihm in England war. Ich vermutete, dass es irgendwelche Schwierigkeiten gab, vielleicht hatten die Eheleute sich einander entfremdet.

Am späten Nachmittag des dritten Tages erschien ein Bote, um Catherine mitzuteilen, die Schneiderin erwarte sie zur letzten Anprobe ihres Festkleides in ihren Räumen. Offensichtlich nahm Catherine das bevorstehende Bankett beim Bischof von Winchester weit wichtiger als ich.

Ich ermunterte sie, ohne mich vorauszugehen; so würde mir ein Moment mit Holbein allein bleiben, um zu erfahren, welches Bild er sich von Catherine gemacht hatte. Ich wünschte von ganzem Herzen, er würde nur das Beste in ihr sehen. Eine Zeit lang half ich ihm in seinem Atelier Ordnung zu machen. Es belastete mein Gewissen, dass er für seine

Mühen nicht bezahlt wurde, und ich wollte wenigstens einen kleinen Ausgleich schaffen. Während ich seine Kreiden ordnete, sagte ich: »Nun wisst Ihr, wie gutherzig Catherine ist, wie mitfühlend anderen gegenüber.«

»Ja, das weiß ich«, antwortete er, während er seine Hände mit einem stark riechenden Tuch säuberte.

Das war mir nicht genug. »Dann müsst Ihr doch auch erkennen, wie Unrecht die Leute haben, die behaupten, sie wäre die Sorte Frau, die sich zur Mätresse hergibt.«

Er sagte: »Glaubt Ihr, Mätressen wären grausam und herzlos? Meiner Erfahrung nach sind die meisten durchaus gutherzig.«

Ich starrte ihn sprachlos an.

In milderem Ton fügte er hinzu: »Miss Stafford, ich glaube, Ihr seid ein Mensch, der die Welt in Schwarz und Weiß sieht. Ich aber bin Maler.« Er hielt eine Palette hoch. »Ich sehe viele, viele Farben.«

»Man könnte auch sagen, Ihr seid ein Zyniker.«

Er ließ sich schwer auf die Sitzbank neben dem Fenster fallen. Den Blick nach draußen gewandt, sagte er: »Ich kam mit einem Empfehlungsschreiben des gelehrten Erasmus an Sir Thomas Morus nach England. Thomas Morus war mein Mäzen und ein großer Mann. Ein großartiger Freund. Er wurde 1535 auf Befehl des Königs enthauptet. Es war eine schwierige Situation, doch als Künstler ist man auf Mäzene angewiesen. Ich gewann die Gunst Anne Boleyns und lernte sie mit der Zeit schätzen, ja ich schätzte sie sehr – bis sie 1536 ebenfalls auf Befehl des Königs enthauptet wurde. Jetzt zähle ich, neben dem König, seinen obersten Minister und Lordsiegelbewahrer Thomas Cromwell zu meinen Gönnern. Er ist ein sehr kluger und engagierter Mann – und er hat viele Feinde.«

Er riss sich aus seiner Melancholie. »Trinken wir einen Becher Wein, Miss Stafford«, sagte er, und während wir bei

Wein und Kuchen saßen, sprach er nur noch über freundliche Dinge. Kein Wort mehr über Mätressen oder tote Mäzene. Wir wollten nicht mehr in diese Themen eintauchen. Vor dem Hintergrund dessen, was er mir berichtet hatte, verstand ich sein seltsames Leben, diese jähen Umschwünge, die er vollzogen hatte, jetzt besser.

Es dämmerte, als ich Holbeins Werkstatt verließ. Das Murmeln der Menge draußen vor dem Torhaus war verstummt. All die Bittsteller, die so verzweifelt Cromwells Gunst zu gewinnen suchten, waren wohl nach Hause gegangen. Im Torhaus selbst hielt sich kaum noch jemand auf. In dem Gang, der zur Wendeltreppe führte, begegnete ich keinem Menschen.

Mir fiel ein, dass ich zum ersten Mal allein war, seit Thomas Culpeper mich vor fünf Tagen zu Catherines Räumen gebracht hatte. *Versprecht mir, dass Ihr Euch niemals irgendwo allein aufhalten werdet*, hatte Culpeper nachdrücklich gefordert.

Ich bat ihn im Stillen um Verzeihung und nahm die erste Stufe der Wendeltreppe nach unten, als ich irgendwo über mir einen leisen Schritt vernahm. Ich musste lächeln. Was für ein Zufall – gerade hatte ich daran gedacht, dass ich besser nicht allein sein sollte, und prompt wurde ich verfolgt. Das war natürlich Unsinn.

Trotzdem warf ich einen Blick über die Schulter nach oben. Doch auf dieser eng gewundenen Treppe, die nur spärlich erleuchtet war – es gab keine Kerzenhalter an den Wänden, und ich selbst trug kein Licht bei mir –, ließ sich nichts erkennen.

Ich stieg weiter abwärts, entschlossen mich nicht aus der Ruhe bringen zu lassen, und hörte nichts, bis ich unvermittelt stehen blieb. Da vernahm ich über mir zwei leise Schritte, dann folgte Stille. Als wartete der Verfolger darauf, was ich als Nächstes tun würde.

Ich hielt den Atem an und spürte, wie mir der Schweiß auf die Stirn trat.

Durch ein schmales Fenster fiel das letzte Licht einer trüben orangefarbenen Abenddämmerung. Vor mir dehnte sich ein unendlich langer und menschenleerer Gang. Dieser Teil des Torhauses war nur während des Tages recht belebt. Meister Holbein war vielleicht der einzige Mensch, der noch in diesem Gebäude war. Wenn ich schrie, würde er mich sicherlich hören, doch würde er mich erreichen können, bevor … bevor … Ich verdrängte die beängstigenden Gedanken. Niemand folgt dir, redete ich mir beruhigend zu. Alles nur Hirngespinste.

Ich lehnte mich an die Wand und verdrehte mir beinahe den Hals vor Anstrengung, nach oben zu spähen, um endlich Gewissheit zu erlangen, ob dort oben jemand war. Mein Blick flog suchend hinauf und hinunter. Da war nichts.

Bis ein Schatten sich von der Wand löste und sich auf mich zu bewegte, sehr schnell.

Ich schrie nicht, als ich Hals über Kopf den Rest der Treppe hinunter rannte, immer nahe daran zu stolpern und zu stürzen. Nie in meinem Leben war ich so schnell gelaufen. Nicht einmal als der »Page« mich überfiel, hatte ich solche Angst gehabt.

»Sakrament!«, schimpfte der Bedienstete, ein vierschrötiger Mann, mit dem ich am Ende der Treppe zusammenprallte, bevor ich zu Boden fiel.

»Da ist jemand auf der Treppe!«, schrie ich. »Auf der Treppe!«

»Was – jemand hinter Euch her?«, fragte er und hielt sich stöhnend den Arm. Als er sah, in welcher Angst ich war, sagte er: »Zeigt es mir. Wo?«

Ich rappelte mich hoch und blickte den Gang entlang zur Treppe. Fackeln erleuchteten das Erdgeschoss, es war klar, dass niemand mir bis ganz nach unten gefolgt war.

Mit hochgehaltener Kerze spähte der Bedienstete die Treppe hinauf. »Seht selbst, da ist keine Menschenseele«, erklärte er.

Ich ging vorsichtig zu ihm und sah nach oben, so weit der Lichtschein reichte. Er hatte recht. Da war niemand. Wer immer mir gefolgt war, oben auf mich gewartet hatte, war verschwunden.

Kapitel 15

Am nächsten, dem vierten Tag, an dem Meister Holbein die Zeichnung von Catherine Howard vollendete, fragte ich nach dem *Totentanz.*

Ich erwachte vor Tagesanbruch, erschöpft von bedrohlichen Träumen voll gespenstischer Gestalten. Das unheimliche Erlebnis auf der Wendeltreppe im Torhaus erschütterte mich immer noch. Und doch, je mehr ich darüber nachdachte, desto überzeugter wurde ich, dass es kein zweiter Anschlag auf mich gewesen sein konnte. Alles andere hätte ja bedeutet, dass jemand – ob nun der Mann, der sich als Page ausgegeben hatte, oder ein anderer – mir ungesehen auf Schritt und Tritt folgte und nur auf den Moment wartete, in dem ich ihm allein ausgeliefert wäre. Und das war absurd. Nein, die Person auf der Treppe musste ein schüchterner Bediensteter gewesen sein, der es nicht gewagt hatte, eine ihm fremde Frau von unbekanntem Stand zu überholen. Ich schämte mich, dass ich derartig die Nerven verloren hatte. Eine Woche im Whitehall-Palast hatte mich völlig durcheinandergebracht.

Im Frühjahr war es nachts zumeist recht kühl, doch in diesem Schlafzimmer kam mir die Luft trotz der geöffneten Fenster heiß und stickig vor. Während Catherine schlief, kniete ich mit gefalteten Händen auf dem Boden und erflehte die Gnade Christi und sein Erbarmen. War der Weg, den ich eingeschlagen hatte, um meine Freundin zu retten, der richtige? Es wäre ein Wohltat gewesen, mit jemandem sprechen zu können, über Catherine, über den König und über den Mann, der mich überfallen hatte. Ich erwog, mich an Thomas Culpeper zu wenden, schlug mir aber den Gedanken gleich wieder aus dem Kopf. Er war ein guter Mensch, doch ich glaubte nicht, dass er in der Lage wäre, mich und all das, was mich bewegte, vollständig zu verstehen. Einzig von Edmund hatte ich mich je ganz verstanden gefühlt.

Als wäre ich nicht schon niedergedrückt genug, überfiel mich jetzt auch noch die Trauer um Edmund. Es war nicht das Selbstmitleid einer Frau, der ein Ehemann fehlte; es war die Sehnsucht, an seiner Klugheit und all seinen wunderbaren Eigenschaften teilzuhaben. Er besaß ein Verständnis für andere, das mir manchmal fehlte, und Mitgefühl mit allen. Nur nicht mit sich selbst.

Ich hörte, dass Catherine sich in ihrem Bett aufrichtete. »Joanna?«, fragte sie quengelig wie ein kleines Kind.

»Ich bete.«

Sie richtete sich weiter auf. »Heute ist unser letzter Tag bei Meister Holbein«, sagte sie schlaftrunken. »Wie schade. Ich war gern mit ihm zusammen – und mit Euch, Joanna.«

»Mir geht es nicht anders«, erwiderte ich. Und dann brach es in einem Schwall aus mir hervor: »Warum verlasst Ihr nicht morgen mit mir zusammen London? Ihr könntet bei mir leben, ich habe Platz und genug Geld für uns beide.«

Sie antwortete nicht gleich. Es war zu dunkel im Zimmer, ich konnte ihren Gesichtsausdruck nicht erkennen.

»Das ist sehr gut von Euch«, sagte sie schließlich. »Joanna, Ihr seid unter meinen Freunden die Einzige, die sich je aus ehrlicher Zuneigung für mich interessiert hat, ohne etwas für sich selbst zu erwarten.«

Welch traurige Worte.

»Dann kommt Ihr mit?«, drängte ich.

»Oh, aber was würde ich in Dartford tun? Wisst Ihr, wie viele Menschen sich ihr Leben lang bemühen, eine Stellung bei Hofe zu erlangen? Hier ist das Zentrum des Königreichs. Ich kann unmöglich von hier weggehen.«

Also hatte ich verloren. Was zählten ein paar Tage freundschaftlicher Gemeinschaft und gemeinsamen Gebets gemessen am verlockenden Glanz des königlichen Hofes? Ich versuchte gar nicht erst, dagegen zu reden. Dies war nicht der richtige Augenblick dafür.

An diesem Tag war Catherine während der Sitzung in Holbeins Atelier nicht recht bei der Sache. Ich vermutete, dass sie in Gedanken bereits bei Bischof Gardiners Bankett war, das am Abend stattfinden würde. Mir graute eher davor, doch als Catherine erwähnte, dass auch der König geladen war, hatte ich beschlossen, sie auf jeden Fall zu begleiten.

Sobald diese Veranstaltung hinter uns lag, würde ich sie mit allen mir zu Gebote stehenden Argumenten davon abzuhalten suchen, sich dem König hinzugeben. Ich wusste, dass sie starkem Druck ausgesetzt war, doch der Herzog von Norfolk konnte sie schließlich nicht mit Gewalt in das Bett des Königs zerren. Und wenn sie dem König ihr Desinteresse zu verstehen gab, hoffte ich, würde dieser sich einer anderen zuwenden.

Neben diesen Mutmaßungen beschäftigten mich vor allem Gedanken über meine eigene Situation. Ich konnte nicht weiterhin bei Catherine leben. Ich wollte zurück nach Dartford, in mein eigenes Haus. Doch das würde schwierig werden. Indem ich Holbein dafür gewonnen hatte, Catherine zu zeichnen, hatte ich den königlichen Auftrag praktisch angenommen, und nun wurde zweifellos erwartet, dass ich meine Werkstatt nach London verlegte. Schwierigkeiten rundherum. Ich haderte mit mir selbst – an jedem kritischen Punkt hatte ich die falsche Entscheidung getroffen.

In diesem Zustand innerer Zerrissenheit stellte ich dem Maler eine Frage: »Das Bild an der Wand im Großen Saal – mit dem Skelett, das die Hand nach dem Herrscher ausstreckt –, was bedeutet es, Meister Holbein?«

Holbein runzelte die Stirn, seine Augen zogen sich zusammen, und im ersten Moment glaubte ich, ich hätte ihn beleidigt. Doch dann merkte ich, dass er rechnete. »Vierzehn Jahre – oder waren es fünfzehn?«, murmelte er. »Es ist so lange her.«

»Auf dem Bild sieht es aus, als wollte das Skelett nach dem Mann greifen«, sagte ich.

»Greift nicht der Tod nach uns allen?«, erwiderte Holbein. »Mir fällt ein Gedicht ein, das ich einmal gelesen habe, da nimmt der Tod die Gestalt eines Gefährten an, der zu einem jungen Mann spricht, ›Komm, guter Freund, mach nun ein Ende/Denn du musst mit mir gehn.‹«

»Nein!«, rief Catherine mit schriller Stimme. »Nein, haltet ein, Meister Holbein, ich bitte Euch. Ich flehe Euch an. Es ist zu beängstigend.« Rot vor Erregung rieb sie sich die Arme. »Mir ist kalt«, sagte sie und versuchte zu lachen, ohne dass es ihr recht gelang.

Holbein legte sofort die Kreide aus der Hand und holte ihr Wein. Ich legte ihr ein Tuch um die Schultern, obwohl der Tag warm war, fast wie ein Sommertag.

Holbein sagte beschwichtigend: »Es war nur ein Buch, Miss Howard, das ich nach einer Serie von Holzschnitten illustriert habe. Das Bild in Whitehall, von dem Miss Stafford spricht, ist eine Auftragsarbeit in Weiterführung eines der Holzschnitte. Das Buch entstand schon vor langer Zeit, als ich noch in Basel lebte. Damals herrschte gewaltiger Aufruhr in diesem Teil der Welt – unter den Eidgenossen herrschte Krieg wegen des Glaubens. Aber das ist jetzt vorbei.«

»Vorbei?«, fragte ich. »Mir scheint, der Krieg hat eben erst begonnen.«

Holbein warf mir einen unfreundlichen Blick zu, doch er

machte keine weitere Bemerkung, vielleicht aus Rücksicht auf Catherines Angst, vielleicht auch aus anderem Grund.

Etwa eine Stunde später erklärte er, die Zeichnung sei nun fertig. Genauer gesagt, Catherines Aufgabe als Modell war erfüllt. Doch er wollte das Werk noch nicht zeigen. Bald, sagte er und blieb trotz Catherines Bitten hart.

»Ein Maler ist erschöpft, wenn das Werk vollendet ist, und ich brauche einen Tag, um mich zu erholen«, erklärte er. »Dann bekommt Ihr die Zeichnung zu sehen. Und ich hoffe, sie wird Euch gefallen.« Er wandte sich mir zu. »Auch Euch.«

Wenig später verabschiedeten wir uns von Holbein, und ich tat es mit Bedauern. Die Tage im Atelier hatten etwas Idyllisches gehabt – ich wusste, mir würden die beißenden Gerüche und süßen Aromen fehlen, das Vergnügen, diesen großen Künstler bei der Arbeit zu beobachten, wenn er mit scharfem Blick und sicherer Hand schnell und präzise seine Eindrücke zu Papier brachte.

Doch mit dem Frieden würde es nun vorbei sein.

Wir kleideten uns um und gingen, als es Zeit wurde, Arm in Arm zum königlichen Landungssteg von Whitehall hinunter. Von dort aus würden die Gäste Bischof Gardiners zum anderen Ufer der Themse übergesetzt werden. Ich bemühte mich nach Kräften, meinen Schrecken zu verbergen, als ich die neue Halskette sah, die Catherines Ausschnitt schmückte. Sarah, ihre Zofe, hatte sie ihr gebracht, nachdem sie ihr in das tiefblaue Kleid mit dem eng geschnürten Mieder geholfen hatte. Das goldene Band zierte ein violetter Stein, ein Saphir, wenn ich mich nicht irrte. Die Kette war offensichtlich ein Geschenk – entweder des Königs oder des Herzogs von Norfolk, der seine Nichte für den König herausgeputzt sehen wollte. Ob nun das eine oder das andere, mir wurde bei ihrem Anblick so kalt wie meiner Freundin, als Holbein das Gedicht vom Tod zitiert hatte.

Als wir den Weg zum Fluss hinuntergingen, klammerte

sich Catherine, deren Hand bis dahin leicht auf meinem Arm gelegen hatte, plötzlich an mich wie ein verängstigtes Kind. Während sie strahlend und lebhaft jeden begrüßte, dem wir begegneten, gruben sich ihre Finger immer tiefer in meinen Arm. Ich erlaubte mir nicht einmal ein Zucken. Catherine sollte wissen, dass ich sie nicht im Stich lassen würde, nicht jetzt und nicht später.

Um den breiten Landungssteg, der von der Palastmauer in die Themse hinausragte, drängten sich die Boote, Fährleute buhlten mit lautem Geschrei um Passagiere. Die Gäste des Bischofs präsentierten sich in großem Staat. Samt, Seide und Brokat leuchteten in einer Vielfalt von Farben vor dem blaugrauen Hintergrund des Flusses. Edelsteine funkelten in den letzten Strahlen der Sonne, die langsam hinter den Dächern Londons versank.

In den hohen Stimmen der Frauen schwang aufgeregte Erwartung; die Männer schlugen sich auf die Schenkel, während sie über ihre eigenen Scherze lachten. Ein eigenartiger Geruch hing über der Menge. Ich brauchte einen Moment, um ihn zu bestimmen: Eine Mischung aus dem Gestank der Themse und den Düften der parfümierten Öle, mit denen die hohen Herrschaften sich übergossen hatten, bevor sie sich auf den Weg zu diesem Fest begaben.

»Wollen wir nach Dartford verschwinden, Joanna?«

Catherine sagte es so leise, dass ich im ersten Moment nicht sicher war, ob ich richtig gehört hatte. Ihre Lippen lächelten, doch in ihren Augen unter den langen, dichten Wimpern stand Furcht.

»Da bist du ja, Catherine!«, rief der Herzog von Norfolk laut, noch ehe ich antworten konnte. Sekunden später war er bei uns, begleitet von seinem Sohn, dem Grafen von Surrey, von Catherines Bruder und etwa zehn weiteren Männern, alle auf dem Weg zu einer Prunkbarke, deren Ruderer die Tracht der Howards trugen. Catherines Moment des Zweifels ging zu meiner Enttäuschung im Getöse ihrer arroganten und ehrgeizigen Familienangehörigen unter, und wir wurden mitgerissen auf den Landungssteg.

Die Männer sprangen aufs Boot, und Catherine musste meinen Arm loslassen, als einer der Bediensteten ihr an Bord half. Die Männer behandelten sie so vorsichtig wie eine venezianische Glasfigur. Ich hörte die Stimme des Herzogs, als er mit ihr sprach, doch was er sagte, konnte ich nicht verstehen.

Ich wartete darauf, dass jemand zurückkommen und auch mir aufs Boot helfen würde. Stattdessen hörte ich den krachenden Aufschlag der Taue, die auf den Steg geworfen wurden, bevor das Boot abstieß. Eine Reihe von Männerrücken glitt an mir vorüber, von Catherine sah ich nichts. Einzig der größte unter den Männern, mein Cousin Surrey, drehte sich mit beschämter Miene nach mir um. Man hatte mich nicht versehentlich zurückgelassen.

Es war sehr still geworden rundherum – bis ein Mann hinter mir lachte. Ein anderer gebot ihm hastig zu schweigen.

Ich spürte, dass jemand mich vorsichtig am Ärmel zupfte und drehte mich mit brennenden Wangen um, bereit, es mit jedem aufzunehmen, der meinte, er könnte sich über mich lustig machen. Doch es war Thomas Culpeper, der mit einer Verneigung sagte: »Es wäre mir eine Ehre, Euch zum Winchester House zu begleiten, Miss Stafford.«

Ich murmelte meinen Dank und ließ mich von ihm zu einem weit bescheideneren Boot führen, wo er mit ein paar Worten dafür sorgte, dass wir als nächste an Bord gehen konnten. Der Kammerherr des Königs und seine Begleiterin genossen Vorrang.

Als wir uns gesetzt hatten, sagte Culpeper leise: »Ich habe mir die größten Sorgen um Euch gemacht. Hat es noch einen Anschlag –«

»Nein«, unterbrach ich ihn mit Entschiedenheit. Irgendein geheimnisvoller Schatten im Treppenhaus zählte nicht, hatte ich beschlossen.

»Ich gestehe, ich glaubte, Ihr wärt inzwischen zurück in Dartford und nicht zu Festlichkeiten unterwegs, schon gar nicht zu einer wie dieser«, bemerkte er. »Ich war erstaunt, Euch heute Abend unter den Gästen zu sehen.«

»Aber ich wurde eingeladen.«

»Man kann immer Krankheit vortäuschen. Das haben schon andere genutzt, um ein Fest wie dieses zu meiden.«

»Wie was?« Ich wandte mich ihm zu, doch er hielt den Blick starr geradeaus gerichtet und antwortete mir nicht. Seine Missbilligung und seine Weigerung, mir eine Erklärung zu geben, ärgerten mich. »Auch ich bin erstaunt, Mr. Culpeper«, schoss ich zurück. »Zu sehen, dass Ihr mit diesen Leuten konspiriert, um ein schutzloses junges Mädchen in die Arme des Königs zu treiben. Das ist schandbar und ehrlos.«

Da endlich sah er mich an. »Ich konspiriere nicht«, entgegnete er. »Ich habe mit dieser Geschichte nichts zu schaffen. Aber ich gehorche den Befehlen meines Herrschers, wie das meine Pflicht ist. Wie das unser aller Pflicht ist.«

Ich umfasste die Kante der Holzbank mit beiden Händen. Eine ganze Weile sagten wir nichts mehr. Die Ruderblätter tauchten rhythmisch klatschend ins dunkler werdende Wasser, und jeder Schlag brachte uns näher zur Residenz des Bischofs auf der anderen Seite.

Schließlich brach Culpeper das gespannte Schweigen. »Diese Sitzungen bei Holbein – ich nehme an, so wolltet Ihr sie Norfolk und Gardiner fernhalten?«

»Ihr wisst davon?«, fragte ich überrascht.

»Der ganze Hof weiß davon. Ihr habt keine Ahnung – jeder beobachtet jeden, niemandem entgeht etwas. Jeder benutzt jeden.«

»Wollt Ihr sagen, dass ich Holbein benutzt habe, als ich

ihn beauftragte, Catherine für meinen Bildteppich zu zeichnen? So würde ich das nicht nennen.«

Ungeduldig entgegnete Culpeper: »Nein, Miss Stafford, er benutzt *Euch*. Seit der Heirat des Königs mit Anna von Kleve hat Holbein keinen königlichen Auftrag mehr erhalten. Jetzt richtet sich wieder alle Aufmerksamkeit auf ihn. Er wird die Königin im Stich lassen und die Zeichnung von Catherine Howard dazu benutzen, die Seiten zu wechseln und sich die Gunst des Königs wieder zu erschleichen. Er muss sehr bestrebt gewesen sein, Euren Auftrag zu bekommen. Ich wette, er hat kaum Bezahlung von Euch verlangt. Und dabei ist er immer in Geldnöten.«

Konnte diese Darstellung richtig sein? Holbeins Freundschaft war mir ehrlich erschienen, doch Culpepers Interpretation war vielleicht nicht ganz von der Hand zu weisen. Ich starrte niedergeschlagen zum näher kommenden Flussufer hinaus. Das prächtige Boot der Howards legte an. Wir würden die nächsten sein.

»Miss Stafford, es tut mir leid«, sagte Culpeper. »Ich sehe, dass ich Euch verstimmt habe. Aber ich fürchte um Euch – und nicht nur, weil der Mann, der Euch überfallen hat, immer noch auf freiem Fuß ist. In Whitehall werden Menschen auf alle mögliche Art verletzt.«

Ich schluckte. »Das weiß ich, Mr. Culpeper.«

»Ich fürchte«, sagte er leise, »ich habe Euch eine Zeit lang falsch eingeschätzt. Ich glaubte, Ihr hättet vom ersten Tag an um die Affäre mit Miss Howard gewusst. Als ich Euch damals in ihren Räumen aufsuchte, um Euch die Einladung des Königs zum Mittagsmahl zu überbringen, saht Ihr verstört aus. Hatte sie Euch da noch nichts gesagt?«

Ich schüttelte den Kopf. Wir würden jeden Moment anlegen.

»Aber Ihr hattet Tränen in den Augen. Hat Miss Howard wirklich nichts getan, um Euch Schmerz zu bereiten?«

Dieser Unterton grimmiger Missbilligung, der seine Worte stets begleitete, wenn er von ihr sprach, bekümmerte mich. »Catherine ist eine Freundin, sie hat ein gutes Herz«, insistierte ich. »Meine Tränen hatten einen persönlichen Grund. Ich wollte letztes Jahr heiraten, aber – es kam nie dazu.«

Culpeper hob erstaunt den Kopf. »Das überrascht mich mehr als alles andere. Dass gerade Ihr, Joanna Stafford, den Wunsch haben solltet, Euch zu verheiraten.«

»Weil ich im Kloster war?«, fragte ich.

Unser Boot stieß sachte an den Landungssteg, der zum Winchester House gehörte. Taue wurden ausgeworfen und festgezurrt. Die Leute um uns herum machten sich bereit, an Land zu gehen.

»Vielleicht, ja«, antwortete er. »Ich weiß es nicht. Die jungen Frauen, die nach Whitehall kommen, sind alle auf der Suche nach Ehemännern, Titeln, Juwelen, Grundbesitz. Ihr seid ganz anders, das habe ich gleich gesehen.« Er zögerte, dann sagte er: »Ihr seid wie eine dieser Frauen aus den alten Sagen. Eine wehrhafte Artemis mit ihrem Bogen.«

Ehe ich etwas darauf erwidern konnte, war Culpeper auf den Beinen und bot mir die Hand, um mir an Land zu helfen, in seinen Bewegungen so sicher und anmutig wie immer.

Am Ufer erwartete mich Catherine. Sie stand unter einer lodernden Fackel, deren Schein ihr kastanienbraunes Haar golden aufleuchten ließ. Erleichtert lief ich ihr entgegen. Nun konnten wir unser Gespräch fortsetzen.

»Ich war höchst beunruhigt, als das Boot meines Onkels ohne Euch abfuhr, Joanna«, sagte sie. »Aber wie ich sehe, waren meine Sorgen unnötig.«

Culpeper, der hinter mir näher trat, verneigte sich und sagte: »Miss Howard, ich wünsche Euch einen angenehmen Abend.«

Ohne ihm eine Antwort zu geben, wandte sie sich mir zu, ihre Augen funkelten so hart wie der Saphir an ihrem Hals.

»Mein Onkel ist schon vorausgegangen«, sagte sie. »Wollen wir zusammen zum Winchester House hinaufgehen, Joanna? Ich glaube, Ihr kennt den Weg nicht.«

Einmal mehr überrascht von Catherines Unhöflichkeit Culpeper gegenüber, stimmte ich zu. Ich war früher schon einmal hier in Bischof Gardiners Residenz gewesen, doch unter Umständen, die ich nicht preisgeben wollte.

Zwischen dem Fluss und dem Haus lag ein Park, in dem immer wieder leuchtend weiße Statuen sich aus dem Grün heraushoben. Wir folgten den anderen Gästen den breiten gepflegten Weg hinauf. In schweigendem Einverständnis gingen wir langsamer, um Abstand zu halten von den anderen und ungestört sprechen zu können.

»Catherine«, begann ich, »was Ihr vorhin gesagt habt – ich hoffe, Ihr wisst, dass –«

Sie unterbrach mich. »Ihr meint immer, mich warnen zu müssen, aber ich habe Euch auf dem Boot beobachtet, Joanna. Seid jetzt bitte nicht ärgerlich, wenn ich *Euch* in einer gewissen Angelegenheit warne.«

»Mich warnen? Wovor?«

»Jede Frau, die an den Hof kommt, verliert ihr Herz an Thomas Culpeper«, sagte Catherine. »Ich möchte nicht, dass auch Ihr diesen Fehler begeht und Euch am Ende töricht vorkommt.«

»Ach so.« Ich musste lachen. »Keine Sorge, ich habe mein Herz nicht an Mr. Culpeper verloren. Er ist mir lediglich ein Freund.«

»So wie er Euch angesehen hat – wie er mit Euch sprach – und wie Ihr ihn angesehen habt, das war mehr als höfliche Konversation. Ihr scheint einander recht gut zu kennen.«

Da verstand ich endlich.

»Ihr seid in Thomas Culpeper verliebt«, sagte ich.

»Nein, aber nein«, wehrte sie heftig ab. »Ich war – ich habe ihn bewundert, das gebe ich zu, und ich hatte den Eindruck, dass er mir gegenüber ähnlich empfand. Bitte, scheucht mich jetzt nicht gleich wieder zum Gebet in die Kapelle, Joanna. Er ist mir nicht nahegekommen. Weil ich nicht gut genug war für den erhabenen Thomas Culpeper. Er hat bisher noch keine Frau gesehen, die er heiraten würde; ich war töricht genug zu glauben, ich bedeute ihm etwas, aber er hat sich auch von mir abgewandt.«

Wir hatten den Torbogen zum Hof der Residenz erreicht. Ich zog sie vom Weg – es gab so viel zu sagen, jetzt, da ich die Wahrheit wusste, die ich viel früher hätte erkennen müssen.

»Das tut mir leid, Catherine.«

Sie warf trotzig den Kopf. »Ich brauche Euch nicht leid zu tun, Joanna. Keine Frau bei Hof wird so heftig beneidet wie ich. Ich werde mit Ehren überhäuft werden, nicht mit Schande. Ihr werdet schon sehen – und Mr. Culpeper ebenfalls.«

»Catherine, was für ein prachtvolles Kleid!«, rief jemand trällernd, und ich erkannte die Stimme von Lady Rochford. Während ich noch überlegte, wie ich sie abwehren könnte, um das Gespräch mit Catherine fortzuführen, kam sie schon näher, und mir verschlug es die Worte angesichts ihrer bizarren Erscheinung. Sie trug ein eng anliegendes purpurrotes Kleid mit tiefem viereckigem Halsausschnitt, Busen, Hals und Gesicht waren kreideweiß geschminkt, nur auf den Wangen brannten zwei knallrote Flecken. Sie sah aus wie ein Popanz.

Mehrere andere Frauen folgten ihr, eine von ihnen ebenso weiß geschminkt wie sie. Sie umringten Catherine und drängten sie so erfolgreich von mir ab wie es der Herzog von Norfolk vor der Abfahrt getan hatte. Alle bewunderten in lauten Tönen ihr Kleid und die Halskette. Zwei von ihnen kannte ich von dem Mittagsmahl mit dem König und der Königin. Doch an Anna von Kleve dachte heute Abend niemand.

Pagen öffneten das Portal zum Winchester House und baten uns einzutreten. Ich folgte mit gesenktem Kopf den anderen in das hochherrschaftliche Haus. Wir wurden in die lange, mit erlesenen Gemälden und Tapisserien ausgestattete Galerie geführt, die ich noch gut in Erinnerung hatte. Offenbar sollten wir hier warten; der Festsaal war wohl noch nicht bereit, diese Horde von Höflingen aufzunehmen. Es war beinahe unerträglich heiß in dem Gedränge, und das schrille Lachen von Lady Rochford zerrte an meinen Nerven. Als ich eine halb geöffnete Tür zu einem eher schwach erleuchteten Nebenraum entdeckte, warf ich einen Blick hinein, in der Hoffnung dort Zuflucht zu finden.

Zu meiner Freude war es eine Kapelle, leer, Kerzen brannten auf dem Altar, darüber ein in Gold gerahmtes Gemälde der Jungfrau Maria im blauen Mantel und mit halb erhobenen Händen.

Ich kniete vor dem Altar nieder. Was ich an diesem Abend von Thomas Culpeper und Catherine Howard gehört hatte, bewegte mich noch stark. Im Gebet würde ich vielleicht Beruhigung finden.

Vater, du allein bist der wahre Gott. Höre du meine Gebete. Gewähre mir meine Bitten und gib mir mehr als ich zu erbitten wage.

Infolge des lauten Stimmengewirrs, das aus der Galerie in die Kapelle drang, bemerkte ich eine ganze Weile nicht, dass noch jemand hereingekommen war. Erst als ich das deutliche Knarren von Bodendielen hinter mir vernahm, stockte ich in meinem Gebet. Ich war plötzlich so angespannt wie am Abend zuvor auf der Treppe des Torhauses von Whitehall. Doch diesmal drängte ich die Furcht zurück. Niemand würde es wagen, mich hier anzugreifen, im Haus des Bischofs, in unmittelbarer Nähe seiner großen Gästeschar.

Ich bekreuzigte mich, stand auf und drehte mich um.

Sir Walter Hungerford, der Mann, der versucht hatte, mich

mit seinen Betrachtungen über das Böse aus der Fassung zu bringen, kniete zwei Reihen weiter hinten.

»Mylord«, sagte ich, den Blick auf die Tür gerichtet.

Er stand nicht auf. »Wenn ich Euch hier sehe, Miss Stafford, denke ich an mein Buch über die Lehren des Aristoteles. Seine Klassifikationen sind so anschaulich geschrieben. Jedes Lebewesen auf der Erde wurde eingeordnet. Doch wie könnte Aristoteles – oder irgendein anderer – Euch je einordnen?«

Was sollte man auf eine solche Bemerkung antworten? Ohne etwas zu sagen trat ich aus meiner Bankreihe in den Mittelgang der Kapelle hinaus.

Nun erhob auch er sich. »Ich habe beobachtet, wie der Herzog von Norfolk sich drüben, auf der anderen Seite, Euch gegenüber benommen hat. Ich wollte Euch meine Begleitung anbieten, doch Tom Culpeper kam mir zuvor. Eigentlich ist er bei den Frauen am Hof stets der Umworbene. Nur bei Euch sehe ich ihn in der Rolle des Werbers.«

Ekelhaft, wie dieser Mann es fertigbrachte, alles irgendwie in den Schmutz zu ziehen.

»Ich gehe jetzt wieder zu den anderen Gästen«, sagte ich.

Doch Hungerford trat mir in den Weg. »Ihr seid eine Frau von hohem Stand, eine gehorsame Tochter Gottes, züchtig, bescheiden, doch wenn ich in diese schwarzen Augen blicke, weiß ich, dass Ihr etwas anderes seid. Ihr habt Dinge *gesehen*, Mylady. Dinge, die auch ich gesehen habe.«

Angewidert wollte ich ihn umgehen, um zur Tür zu gelangen.

Er packte mich beim Ärmel und zog mich herum. In seiner Haltung war nichts Lüsternes oder Höhnisches, er wirkte seltsam respektvoll.

»Ihr habt großen Mut«, sagte er. »Ich habe es gesehen. Nicht in Whitehall. Auf dem Tower Hill.«

Ich riss mich von ihm los. Hungerford war also auch unter

den Gaffern gewesen, als Henry Courtenay und Lord Montague hingerichtet worden waren. Damals hatte er mich zum ersten Mal gesehen.

»Ihr habt ein Gebet gesprochen, das einem Menschen auf die andere Seite hinüberhalf«, sagte er.

Die andere Seite? So hatte ich den Tod noch nie beschrieben gehört.

»Joanna Stafford, Ihr wisst, dass es für den Menschen noch einen weiteren Weg gibt, Macht zu erlangen«, sagte Hungerford. »Nicht nur durch das Gebet zu Gott oder den Dienst am König.«

»Ich weiß nicht, was Ihr meint«, entgegnete ich.

»Das ist nicht wahr«, behauptete er und fügte hinzu: »Der Bund ist geschlossen. Der Führer steht fest, die anderen sind gewählt. Doch ganz gleich, was die Priester über die Schwachheit der Frauen sagen, Ihr wäret die vollkommene Gefährtin auf der Reise.«

Ein *Bund*? Es störte mich – und erschreckte mich auch –, dass Hungerford dieses Wort verwendete. Ich wusste, dass es gebraucht werden konnte, um ganz einfach eine Abmachung zwischen Menschen zu beschreiben, doch es hatte auch eine religiöse Bedeutung, eine biblische. Den Bund mit Gott schloss ein Mensch, wenn er Beistand suchte, um eine große und schwierige Aufgabe zu vollbringen.

»Wenn Ihr mich nicht sofort gehen lasst«, sagte ich zornig, »werde ich schreien, und es macht mir keine Mühe, so laut zu schreien, dass jeder in Winchester House mich hören wird.«

Sein Gesicht verzog sich zu einem ironischen Lächeln. »Das glaube ich gern«, sagte er und trat zur Seite.

Ich rannte in die Galerie hinaus, entsetzt über dieses Zusammentreffen, das ich nicht nur als grotesk, sondern auch als gotteslästerlich empfand. Niemandem fiel mein Zustand auf, denn aller Aufmerksamkeit war auf Sir Anthony Denny gerichtet, der am hinteren Ende der Galerie erschienen war und etwas bekanntgab.

»Seine Majestät bittet um die Anwesenheit einer gewissen Dame im Empfangssalon Bischof Gardiners«, verkündete er.

Rundherum wurde gekichert, und Lady Rochford, die neben Catherine stand, rief: »Sir Anthony – ich glaube, die Dame ist zur Stelle!« Catherine hatte den Anstand zu erröten.

Die Menge der Gäste teilte sich, Männer und Frauen traten anzüglich lächelnd zurück, um Sir Anthony auf seinem Weg zu Catherine vorbeizulassen. Als er sie erreichte, trat sie vor und knickste anmutig.

»Nicht Ihr«, sagte Sir Anthony. Er drehte sich suchend um, bis er mich entdeckte. »Der König bittet um das Erscheinen von Miss Joanna Stafford.«

Kapitel 16

Von Blicken verfolgt, manche neugierig, andere geringschätzig, begleitete ich Sir Anthony Denny durch die Galerie. Am heftigsten hatte Lady Rochford darauf reagiert, dass der König nicht Catherine sehen wollte, sondern mich. Ungläubig und wütend musterte sie mich von Kopf bis Fuß, vermerkte mein dunkles Kleid und die einfache Haube, das Fehlen jeglichen Geschmeides bis auf ein Paar kleine Perlenohrringe, die einzigen Schmuckstücke, die ich mein Eigen nannte. Catherine verbarg schnell ihre Überraschung, als mein Name genannt wurde, doch Lady Rochford gelang das nicht. Sie verhielt sich, als wäre ihr ein persönlicher Affront widerfahren.

In denselben Empfangsraum war ich damals, im November vor zwei Jahren, gebracht worden. An jenem ereignisreichen Abend saßen Bischof Gardiner und Lady Maria Seite an Seite in hochlehnigen Sesseln auf einem Podium, während der Herzog von Norfolk vor den Fenstern auf und ab schritt. Zwei dieser Personen waren auch heute hier, doch statt Lady Maria thronte der König auf dem Podium. Bischof Gardiner und Norfolk standen vor ihm. Der König war in Silber gekleidet, und seine Brust schmückte ein weiß und blutrot funkelnder Anhänger aus Diamanten und Rubinen. Sein Bein ruhte auf einem mit scharlachroter Seide bespannten Schemel, während er in ernstem Gespräch etwas mit dem Bischof und dem Herzog erörterte. Die Szene gemahnte eher an eine ungeplante Kronratssitzung als an den Auftakt zu einem Festessen.

Warum, um alles in der Welt, hatte man mich hierher bestellt? Das kann nur ein Missverständnis sein, sagte ich mir verzweifelt und versuchte, mich Sir Anthony Denny bemerkbar zu machen, um bei ihm nachzufragen. Doch er gönnte mir keinerlei Beachtung, während er würdevollen Schrittes zielstrebig auf den König zuging.

Inzwischen waren wir den Herrschaften so nahe, dass ich hören konnte, wie der Herzog von Norfolk sagte: »Euer Majestät, was Bischof Gardiner damit sagen möchte –«

Der König unterbrach ihn aufgebracht, seine Stimme noch schriller als gewöhnlich. »Wir brauchen keinen Dolmetscher, Norfolk. Wir haben genau verstanden, wovon der Bischof spricht. Er missbilligt unsere Haltung Doktor Barnes gegenüber. Aber sitzt der Mann nicht im Tower gefangen? Was will man denn noch von uns verlangen, Bischof?«

Norfolk sagte hastig: »Das ist mehr als ausreichend, Sire.«

»Und Ihr glaubt immer noch, für Bischof Gardiner sprechen zu müssen?«, fragte der König scharf, die Augen in dem schwammigen Gesicht zu Schlitzen zusammengezogen.

Gespanntes Schweigen folgte seinen Worten. Bischof Gardiner stand dem König zugewandt, ich konnte daher seine Reaktion nicht erkennen. Der Herzog von Norfolk, seit Jahren sein Freund und engster Verbündeter, ballte die Hände. Jetzt war eindeutig der Moment, da der Bischof klein beigeben und sagen würde, was König Heinrich hören wollte.

Doch zu meiner Überraschung tat er das nicht. »Mich besorgt es, dass Doktor Barnes nach beiden Verhaftungen jeweils wieder auf freien Fuß gesetzt wurde und weiterhin ungehindert seine ketzerischen Lehren und Lügen verbreiten konnte«, erklärte er.

Der König schlug mit der Faust auf die vergoldete Armlehne seines Sessels. »In Herrgotts Namen, hat man je einen eitleren Bischof gesehen?«, donnerte er, und ich konnte die

Speicheltröpfchen durch die Luft fliegen sehen. »Euch ist einzig Euer Stolz wichtig, Gardiner. Ihr seid nicht imstande unsere Bedürfnisse zu verstehen, dass zur Verständigung mit diesen deutschen Fürsten bisweilen ein Mann vonnöten ist, der Luther nahesteht. Aber Euer diplomatisches Geschick wurde ja immer schon eingeschränkt durch solche Eitelkeit. Ist es ein Wunder, dass Ihr aus unserem Kronrat ausgeschlossen wurdet?«

Ich hatte mein Leben lang Geschichten über die Zornesausbrüche des Königs gehört, die für jene, die sie trafen, allzu oft tödlich waren. Und obwohl sein Zorn jetzt nicht mir galt, erschreckte mich diese Eruption. Auch Norfolk zuckte ein wenig zusammen. Der Bischof hingegen verbeugte sich förmlich. »Meine Sorge gilt den unsterblichen Seelen Eurer Untertanen, Majestät.«

Ich machte mich auf den nächsten königlichen Anfall gefasst, zutiefst verwundert, dass Bischof Gardiner seinen Widerstand noch immer nicht aufgab. Sein eigenwilliges Verhalten stand in direktem Widerspruch zu dem Rat, den er mir gegeben hatte, auf keinen Fall den Zorn Heinrichs zu erregen.

Der König holte ein paarmal tief Atem wie zur eigenen Beruhigung. Als er dann sprach, tat er es in gemäßigtem Ton. »Keine Sorge, Bischof, den Seelen unserer Untertanen wird bald genug keine Gefahr mehr von Doktor Barnes drohen. Ihr werdet bekommen, was Ihr wollt – und mehr. *Viel* mehr.« Bei den letzten zwei bedrohlich klingenden Worten verzog sich sein Mund zu einem dünnen Lächeln. Ich fand den königlichen Zornesdonner leichter zu ertragen als dieses Lächeln.

Ehe ich mir über seine Bedeutung weiter Gedanken machen konnte, wandte sich der König plötzlich mir zu, als hätte er Sir Anthony und mich eben erst bemerkt.

»Setzt Euch zu mir, Cousine Joanna!«, rief er, nichts als

Freundlichkeit in der Stimme. »Gardiner, ist unser besonderer Gast schon eingetroffen?«

»Ich frage sofort nach, Sire«, antwortete der Bischof und eilte so schnell aus dem Zimmer, dass er beinahe mit mir zusammengestoßen wäre. Sein Blick traf mich flüchtig mit einem Ausdruck blanken Abscheus. Zu wissen, dass ich jedes Wort der königlichen Schelte mitangehört hatte, musste ein Mann wie Stephen Gardiner als ungeheuer demütigend empfinden. Ich hatte soeben die wahren Gefühle des Bischofs für mich zu sehen bekommen. Nichts war übrig von dem herzlichen »Ihr werdet immer meine Schwester Joanna bleiben« im königlichen Park.

So sehr ich mir wünschte, ich hätte eine Wahl, ich musste neben dem König Platz nehmen. Er nickte beifällig, ich hatte keine Ahnung, warum. Bei dem Mittagessen hatte er während des Gesprächs natürlich unterschiedliche Stimmungen gezeigt, doch dieser abrupte Umschwung, wie ich ihn gerade erlebte, verwirrte mich und bereitete mir größtes Unbehagen.

Die stickige Wärme im Raum war eine zusätzliche Qual. Nicht nur waren alle Fenster fest geschlossen; die Bediensteten, die wohl mit so mildem Wetter im April nicht gerechnet hatten, hatten im Kamin auch noch ein loderndes Feuer entzündet.

Möglich, dass die Hitze auch dem König zu schaffen machte, der immer wieder aus dem Becher an seiner Seite trank. Nachdem er sich den Mund mit juwelengeschmückter Hand abgewischt hatte, sagte er unvermittelt: »Manchmal bedauern wir es, dass uns, wenn wir es einmal so ausdrücken dürfen, nicht das Glück vergönnt ist, das zwei andere unseres Standes, zwei der mächtigsten Herrscher Europas, genießen, Joanna. Kaiser Karl hat eine verwitwete Schwester, Maria, die alle Angebote einer Wiederverheiratung ausgeschlagen hat, um ihm als Regentin in den Niederlanden zu dienen. Sie tut das mit größter Hingabe und kommt, wie unser Botschafter uns berichtet hat, über der vielen Arbeit kaum noch zum Schlafen. Auch der König von Frankreich hat eine Schwester, die ihm stets zur Seite stand. Margarete von Angoulême hat Dichter, Künstler und Gelehrte gefördert und an den französischen Hof geholt. Sie hat die Freilassung von König Franz ausgehandelt, nachdem er in kaiserliche Gefangenschaft geraten war.«

Der König hielt inne, um noch einen Schluck zu trinken. »Unsere eigenen zwei Schwestern sind jetzt bei Gott, mögen sie in Frieden ruhen. Doch selbst zu Lebzeiten von Margaret und Mary …« Er sprach den Satz nicht zu Ende, bedachte mich nur mit einem wehmütigen Lächeln, als wüsste ich, worauf er anspielte. Ich nickte unsicher und schielte zum Herzog von Norfolk hinüber. Nach seiner leicht verwirrten und im Übrigen zurückhaltenden Miene zu urteilen, verstand er den Sinn dieses Gesprächs so wenig wie ich.

»Wir haben keine Verwandten«, fuhr der König fort, »die uns bei der Aufgabe, dieses Reich zu führen, unterstützen könnten. Und wir bedauern das immer wieder.«

Weil du sie alle in den Tod geschickt hast, dachte ich, während ich mich bemühte, nichts von meinen Gefühlen zu zeigen. Die meisten seiner Verwandten aus dem Haus York, dem seine Mutter entstammte, waren hingerichtet worden. Für mich besonders schwer zu ertragen gewesen waren der Tod von Henry Courtenay, Marquis von Exeter, und Henry Pole, Baron Montague. Das waren die Hinrichtungen, denen ich auf dem Tower Hill beigewohnt hatte, und Montague war der Mann, für den ich öffentlich gebetet hatte, während andere, unter ihnen offenbar auch Hungerford, sich das Schauspiel angesehen hatten. Sie waren unter falscher Anklage verhaftet und enthauptet worden, weil zu viel königliches Blut in ihren Adern floss und sie das zu einer Bedrohung gemacht hatte – das wusste jeder. Courtenays Witwe und sein Sohn waren noch immer nicht aus der Gefangenschaft im

Tower of London entlassen. Ich betete jeden Tag für ihre Freilassung, immer in der Angst, dass ein plötzlicher Anfall königlichen Argwohns auch ihnen den Tod auf dem Richtblock bringen würde.

Der König neigte sich mir zu und tätschelte meine Hand. »Durch Euren bescheidenen Wunsch, für unseren Hof Tapisserien anzufertigen, habt Ihr gezeigt, dass Ihr bereit seid, in jeder Eigenschaft zu dienen und nicht nach Rang und Namen strebt wie so viele andere Frauen. Wollt Ihr mehr tun, als ein oder zwei Tapisserien für uns fertigen, wollt Ihr ein Vorbild für den Dienst an der Krone sein?«

Ein Vorbild?

Ich spürte, wie mir flau wurde – würde ich gleich vor dem König ohnmächtig werden? Ich konnte kaum atmen in diesem stickigen Raum.

»Ja, Majestät«, zwang ich mich zu sagen.

Der König rief Sir Arthur Denny zu: »Wir sind bereit. Bringt ihn herein.«

Ich umklammerte mit beiden Händen die Armlehnen meines Sessels, während ich krampfhaft überlegte, wer dieser besondere Gast sein könnte. Im Park hatte Bischof Winchester gesagt, *der König tut nie etwas ohne geheime Absicht, und meistens ist er allen anderen zwei Schritte voraus.*

In Begleitung eines hochgewachsenen Mannes, der sich etwas hinter ihm hielt, kehrte Sir Anthony Denny zurück.

»Euer Majestät, der kaiserliche Botschafter, Eustace Chapuys«, meldete er.

Ich zuckte in meinem Sessel zurück, doch es gab kein Entkommen. Ja, die Falle schloss sich. Es war gut möglich, dass der König, zweifellos mit Cromwells Hilfe, das Komplott aufgedeckt hatte, dessen Ziel es gewesen war, ihn zu töten und die Regierung des Reichs seiner halb spanischblütigen ältesten Tochter Maria in die Hände zu legen. Mich hatte man dazu ausersehen, ihn zu töten – der Prophezeiung zufolge würde ich den weiteren Kurs des Reiches bestimmen –, aber ich hatte ihm den Kelch mit dem vergifteten Wein schon nach dem ersten Schluck von den Lippen gezogen und so dem Auftraggeber Chapuys und Jacquard Rolin, seinem zwielichtigen Handlanger, getrotzt.

Das letzte Mal war ich Botschafter Chapuys vor acht Monaten in Flandern begegnet. Er sah jetzt beträchtlich älter aus, mit tieferen Falten um die Augen und mehr Grau im Haar. Meine Anwesenheit an der Seite des Königs entlockte ihm nicht die geringste Reaktion.

Vor Minuten erst hatte der König gesagt, er wünsche meine Hilfe. Hieß das, dass ich jetzt von Chapuys abrücken – Einzelheiten der tödlichen Verschwörung aufdecken musste? Ich hatte den hochgebildeten Mann einst mehr verehrt als jeden anderen außer meinem Vater – bis Jacquard Rolin mir eröffnete, dass der Botschafter bereit war, mich einzukerkern, ja, sogar der Inquisition zu überantworten, sollte ich mich seinen Plänen verweigern.

Ich schuldete Botschafter Chapuys keine Loyalität mehr.

Der König sagte in melodiösem Französisch: »Mein guter Chapuys, Ihr wisst, wie groß unsere Freude darüber ist, dass Ihr nach England zurückgekehrt seid. Euer Rückzug nach Flandern war ein Verlust für unseren Hof und für die Diplomatie der ganzen christlichen Welt.«

Chapuys verneigte sich mit höfischer Grandezza.

»Friedliche Beziehungen zwischen England und dem Reich Eures Herrn, Karl V., waren stets unser innigster Wunsch«, verkündete der König.

Chapuys verneigte sich von Neuem und erwiderte, ebenfalls auf Französisch und in schnellem Fluss: »Euer Majestät ist der geschätzte Freund des Kaisers.«

Der König beugte sich in seinem Sessel vor. Sein Bein auf dem seidenbespannten Schemel zitterte merklich. »Aber das war nicht immer so«, sagte er langsam.

Jetzt kommt es, dachte ich, und mein Herz begann wie rasend zu klopfen, während ich darauf wartete, dass die Liebenswürdigkeit des Königs in jähen Zorn umschlagen würde. Doch der König sagte nur: »Es hat zu Lebzeiten der Prinzessin-Witwe viele Kümmernisse und Missverständnisse gegeben.«

Chapuys' schmales Gesicht spannte sich. Dies war der verhasste Titel, den Heinrich seiner ersten Gemahlin, Katharina von Aragón, gegeben hatte, nachdem er die Ehe mit ihr gegen den Willen des Papstes gelöst hatte. Die Bezeichnung bezog sich auf ihre erste Ehe mit Prinz Arthur, dem älteren Bruder des Königs, der vier Monate nach der Eheschließung verstorben war. Niemals hatte die stolze Katharina diesen Titel anerkannt, und ich wusste, dass Chapuys ihn verabscheute.

Dennoch schwieg er. Aber nicht Furcht steckte hinter seinem Schweigen; er hatte nichts mit den Männern und Frauen gemein, die ich vor dem König hatte zittern sehen. Was mit jeder Sekunde seines Schweigens offenkundiger wurde, war seine Unabhängigkeit. Er vertrat den Kaiser, dessen Reich sich von den Niederlanden über Burgund, Deutschland, Österreich und Spanien bis hin zu den neu entdeckten Ländern voll ungeahnter Schätze an Gold und Gewürzen jenseits des Ozeans erstreckte. Im Vergleich dazu war England nur ein winziges Inselchen.

Der König brach schließlich das Schweigen. »Ihr seid mit meiner Verwandten Joanna Stafford bekannt?«, fragte er, sich mir halb zuwendend.

Chapuys verbeugte sich vor mir. Würde jetzt die Anklage folgen? Der Botschafter zeigte keinerlei Unruhe, und seine Unerschütterlichkeit gab mir Kraft. Ich grüßte ihn mit einem Nicken und setzte mich aufrechter in meinem Sessel.

»Der Onkel dieser Dame«, sagte der König, »der Herzog von Buckingham, war ein gemeiner Verräter und wurde entsprechend bestraft. Das bedeutete, dass die Familie Stafford, einschließlich ihres Vaters, alles verlor. Ihre Mutter kam als Hofdame der Prinzessin-Witwe aus Spanien hierher. Was unsere Untertanin Joanna, könnte man sagen, auch zu der Eures Herrn, des Kaisers, macht.« Das gleiche bedrohliche Lächeln wie zuvor, als er dem Bischof eine Lösung des Falls des Dr. Barnes versprochen hatte, umspielte die Lippen des Königs. Chapuys wirkte ungerührt.

Der König fuhr fort: »Vor mehreren Jahren betreute Joanna, wie zuvor ihre Mutter, die Prinzessin-Witwe, und als der Haushalt aufgelöst wurde, kehrte sie nach Stafford Castle zurück. Etwas später trat sie als Novizin in ein Dominikanerinnen-Kloster in Kent ein, das jedoch im Zug unserer gerechten und rechtmäßigen Reformen aufgelöst wurde, nachdem es für mangelhaft befunden worden war. Zeigt sie nun in Anbetracht all dieser Umstände Bitterkeit gegen uns? Keineswegs. Sie hat uns in aller Demut ihre Dienste angeboten und sich bereit erklärt, uns einen großen Bildteppich zu weben.«

Nie hatte ich eine so unverschämte Zusammenfassung meiner Biografie über mich ergehen lassen müssen, einen Bericht voller Lügen und Entstellungen. Tränen ohnmächtigen Zorns sprangen mir in die Augen. Da ich den Botschafter nicht ansehen wollte, blickte ich zum Fenster – und direkt ins Gesicht des Herzogs von Norfolk, der dort stand. Ein höhnisches Lächeln breitete sich über seinen scharfen Zügen aus.

Chapuys sagte in elegantem Französisch: »Miss Staffords unbedingte Loyalität muss Euch eine große Genugtuung sein, Majestät.«

»Oh, in der Tat, Chapuys, in der Tat«, gab der König selbstgefällig zurück. »Und sie wird belohnt werden. Von heute an wird Miss Joanna Stafford das Amt der Tapisseriemeisterin an unserem Hof bekleiden und unsere Sammlung, die erlesenste in der gesamten christlichen Welt, betreuen und bereichern.«

Ich hörte nicht, was der König und der Botschafter weiter sprachen. Ich war fassungslos. Der König hatte mich weder der Verschwörung noch des Verrats beschuldigt. Ich hätte erleichtert sein müssen. Doch ein Hofamt? Das ging weit über einen Einzelauftrag hinaus. Ich hatte kein Interesse – und verfügte auch nicht über die erforderlichen Kenntnisse – an einer solchen Aufgabe, die mich unwiderruflich an den Hof binden würde. Doch der König hatte nicht gefragt. Er hatte verfügt.

»Joanna? Joanna?« Die Stimme des Königs schwoll an vor Ungeduld.

»Ja, Majestät?«, fragte ich erstickt.

»Wir sagten soeben, dass der Botschafter Euch in den Bankettsaal geleiten wird, während wir hier einige Dinge mit dem Herzog von Norfolk regeln. Sir Anthony wird Euch den Weg zeigen.«

Chapuys bot mir seine trockene, kühle Hand und ich legte meine darauf. Es erschien mir unwirklich, dass ich nach allem, was sich im letzten Jahr zwischen uns zugetragen hatte, nun Seite an Seite mit ihm durch die prächtigen Räume der bischöflichen Residenz zu einem Bankett schritt.

»Ich wünschte mir eine Einladung zu einem dieser Abende im Winchester House und wünschte sie auch wieder nicht«, bemerkte Chapuys auf Spanisch zu mir. Ich hatte lange geglaubt, er beherrsche jede Sprache – außer Englisch, das er nie richtig gelernt hatte.

»Waren es denn so viele?«, fragte ich, ebenfalls auf Spanisch. Wenn er vorgeben wollte, es hätte nie ein Komplott gegeben, so war ich bereit, ihm zu folgen.

»Mindestens fünf dieser Art, soweit ich weiß«, antwortete Chapuys. »Der Bischof hat keine andere Möglichkeit, die Verführung der kleinen Howard voranzutreiben. Cromwell beherrscht den Palast und verfügt über unzählige fleißige Spitzel und Zuträger. Einzig Gardiners Residenz konnte als Bühne für dieses schändliche Treiben dienen. Der ganze Plan ist widerwärtig, und er wird natürlich scheitern.«

»Ihr glaubt nicht, dass Cromwell gestürzt werden kann?«, fragte ich, während ich mich vorsichtig umsah. In England gab es kaum jemanden, der Spanisch sprach, dennoch, dies war eine höchst gefährliche Unterhaltung.

»Nicht so. Wenn der König sich Cromwells entledigt, dann nicht, weil ein siebzehnjähriges Mädchen ihm dazu rät; eine dumme kleine Person, die ihren Verwandten glaubt, wenn sie ihr einreden, sie brauche dem König nur nachzugeben, dann werde er sie zur Königin machen.«

»Sie heißt Catherine, und sie ist nicht dumm«, sagte ich zornig, erschüttert von dem, was ich soeben von Chapuys gehört hatte. *Ich brauche Euch nicht leid zu tun, Joanna. Keine Frau bei Hof wird so heftig beneidet wie ich. Ich werde mit Ehren überhäuft werden, nicht mit Schande. Ihr werdet schon sehen – und Mr. Culpeper ebenfalls.* Jetzt verstand ich ihre Worte.

Chapuys bemerkte nachdenklich: »Mein Kollege, der französische Botschafter, war überzeugt, Cromwell würde stürzen. Er sagte es ganz offen, und stand da wie ein Narr, als Cromwell den Titel eines Grafen von Essex erhielt. Er glaubt immer noch, dass es zu einer Krise kommen muss, dass diese Rivalität zwischen Gardiner und Cromwell ein Maß erreicht hat, das nur zur Verhaftung des einen oder des anderen führen kann. Aber warum? Der König spielt seine Leute gern gegeneinander aus. Und wer außer Cromwell ist gerissen und gewissenlos genug, dafür zu sorgen, dass die königliche Schatztruhe immer voll ist?«

Wir näherten uns dem Bankettsaal. Stimmengewirr und Gelächter überschwemmten uns. Um dieses vertrauliche Gespräch fortzusetzen, würden wir unsere Stimmen erheben müssen, und das war gefährlich. Wir konnten nicht gewiss sein, dass nicht noch andere Spanisch sprachen. Doch Chapuys' Lektion in englischer Politik warf eine Frage auf.

»Ihr bewundert Cromwell?«, fragte ich.

Chapuys' Blick schweifte durch den Saal. »Die Treffen mit Cromwell waren mir immer ein Vergnügen«, antwortete er. »Er ist ein Mann von Welt, eine Seltenheit in diesem Land. Was er spricht, ist gut, was er tut, ist schlecht. Jemand, der es darauf anlegt, in allen Dingen moralisch gut zu handeln, muss unter einem Haufen, der sich daran nicht kehrt, zugrunde gehen.« Er bemerkte meine Verwirrung und beugte sich zu mir hinunter. »Frei zitiert«, sagte er leise, »nach einem klugen florentinischen Diplomaten namens Macchiavelli. Ja, ich kann den Mann bewundern, während ich gleichzeitig verabscheue, was er getan hat. Ebenso wie ich Euch ein gewisses Maß an Zuneigung bewahren kann, Juana, auch wenn Ihr uns verraten habt.«

»Verraten«, wiederholte ich fassungslos.

Zum ersten Mal sah Chapuys mich wirklich an, und ich entdeckte Bekümmerung und Zorn in diesen intelligenten grauen Augen. »Ihr habt nichts übrig für den königlichen Hof?«, fragte er, sein bisher leichter Ton bekam einen harten Klang. »Es passt Euch nicht, mir als Beispiel unbedingter Loyalität vorgeführt zu werden? Vielleicht wünscht Ihr gar nicht, dem König als Tapisseriemeisterin zu dienen. Aber alles, was Ihr um Euch herum seht und hört – der tyrannische König, die verdorbene kleine Howard, die grausamen Minister, die zerstörten Klöster, die heimatlosen Ordensbrüder, die auf den Straßen betteln –, ist das Ergebnis Eures Handelns. Ihr seid die Ursache dafür. Ohne Euch wäre nichts so, wie es ist.«

Chapuys ging mit einem Nicken davon, während ich um Fassung rang.

Wenig später betrat der König den Saal und nahm an einer

großen Tafel auf dem Podium Platz. Nur drei andere Personen setzten sich zu ihm: Bischof Gardiner, der Herzog von Norfolk und, zu seiner Rechten, Catherine Howard. Das war der Platz der Königin. Doch niemanden schien es zu überraschen, statt Anna von Kleve Catherine an seiner Seite zu sehen. War sie wirklich zur nächsten Königin bestimmt? Die beiden anderen Frauen, die, nicht aus Fürstenhäusern kommend, diesen Aufstieg geschafft hatten – Anne Boleyn und Jane Seymour –, waren bei ihrer Eheschließung mit Heinrich Jahre älter gewesen als Catherine. Beide waren gebildete Frauen gewesen und hatten den Schutz von wachsamen Eltern genossen. Catherine war Waise, arm, kaum des Lesens mächtig und so unglaublich naiv.

Doch dort oben auf dem Podium wirkte sie absolut ruhig und sicher. Sie hob ihre Hände und sagte: »Von den Männern gibt sich keiner fürs Jäten her, dafür holen sie sich solche wie mich, mit kleinen Händen, die viel Kraft haben.« Sie erzählte dem König von der Unkrautzupferin im Park. Zum ersten Mal sah ich das argwöhnische Gesicht des Königs weich werden. Er sah jünger aus. Mich ekelte beim Anblick dieses dicken alternden Mannes, der sich an Catherines jugendlicher Frische ergötzte. Ich musste an die schreckliche Geschichte von Andromeda denken, die an einen Felsen im Meer geschmiedet wurde, um einem Ungeheuer geopfert zu werden.

Mein Platz beim Essen war unter den jüngeren Mitgliedern der Familie Howard. Das hatte den Vorteil, dass niemand versuchte, mich in ein Gespräch zu ziehen. Gang um Gang wurde aufgetragen: Hirschragout, Stör in Petersiliensoße, gebratenes Täubchen, Pudding, Gebäck. In den Bechern schäumte der Wein, Gelächter schallte durch den Saal. Ich konnte nicht essen, nicht trinken, nicht lachen. Ich konnte nur voll Widerwillen zusehen, wie der König von England sich mit einem blutjungen Mädchen zum Affen machte. Wie er sich ihr zuneigte, verliebt lächelte, ihr die Hand küsste. Hatte jemand diskret den seidenbespannten Schemel unter den Tisch geschoben, damit er sein fauliges Bein darauf ablegen konnte, während er turtelte? Ich erschrak selbst über diesen hämischen Gedanken. *Ihr seid die Ursache*, hatte Chapuys gesagt, der unter Berufung auf seine Gicht vor dem Mahl gegangen war. Es mochte wahr sein, dass ich den königlichen Hof verändert hatte; doch wahr war auch, dass der königliche Hof mich zu verändern begann. Würde die Veränderung fortschreiten, je länger ich in Whitehall blieb? In einem Jahr vielleicht würde ich nicht mehr als die Frau aus Dartford zu erkennen sein.

»Ihr trinkt keinen Wein, Mylady?«, fragte jemand mit nasaler Stimme. Ein großer, breitschultriger junger Diener mit geschwollener Nase musterte mich und meinen unberührten Becher mit einem unverschämten Grinsen, während er den Krug hob.

Als ich den Kopf schüttelte, entfernte er sich, immer noch grinsend.

Im Saal wurde es lebhaft und laut, als vier dunkelhaarige junge Männern mit Musikinstrumenten hereinmarschierten. »Vortrefflich!«, rief der König mit dröhnender Stimme. »Bischof, Ihr werdet es nicht bereuen, dass Ihr zu Eurem Fest unsere neueste Entdeckung eingeladen habt, die Brüder Bassano aus Venedig. Achtet besonders auf den Klang der Violine. Unvergleichlich.«

Arme Anna von Kleve.

Am anderen Ende des Saals trugen Bedienstete Tische zur Seite, um Platz zum Tanzen zu schaffen. Als die Gäste sich erhoben, dachte ich daran, mich davonzustehlen. Ich wusste, dass es für eine Frau nicht ratsam war, bei Dunkelheit allein durch den Park zu gehen oder unten an der Themse ein Boot zu heuern, doch dieses Bankett war unerträglich. Und was konnte ich denn ausrichten, wenn ich blieb? Hier mit Catherine zu reden, war unmöglich. Heute Nacht, wenn sie in ihr Zimmer in Whitehall zurückkehrte, würde ich ein deutliches Wort mit ihr sprechen.

Als ich zur Tür blickte und überlegte, wie ich am ehesten ungesehen entkommen könnte, fiel mir dort ein Mann auf, ein Gesicht, so unerwartet, dass ich unwillkürlich einen leisen Schrei ausstieß. Ich sprang auf und lief durch den Saal. Unter all diesen Menschen, mit denen ich nichts zu tun haben wollte, ein Freund.

Es war John Cheke, der junge Gelehrte aus Cambridge, Edmunds Freund, der im letzten Sommer zu unserer Hochzeit nach Dartford gekommen war. Er war auf dem Weg zur Tür, um zu gehen.

Thomas Culpeper zupfte mich am Ärmel, als ich an ihm vorbeikam. »Darf ich Euch um einen Tanz bitten?«

Ich warf einen Blick zum Podium. Ja, Catherine beobachtete uns. »Das wäre unklug«, murmelte ich.

Culpeper zog die Augenbrauen hoch. »Unklug?«

Doch ich rannte schon weiter – keinesfalls wollte ich John Cheke entkommen lassen. Schließlich raffte ich die Röcke, um schneller laufen zu können, und erntete befremdete Blicke. So benahm sich keine Dame von Stand.

»Mr. Cheke, wartet!«, rief ich ihm atemlos nach.

John Cheke drehte sich um und verbeugte sich. »Miss Stafford, wie schön, Euch wiederzusehen. Seid Ihr wohlauf?«

Er zeigte so wenig Überraschung, mich zu sehen; er musste mich schon beim Mahl bemerkt haben, hatte aber offenbar nicht die Absicht gehabt, sich mir zu nähern.

»Ich dachte, Ihr wärt in Cambridge«, sagte ich.

»Dort bin ich auch noch«, antwortete er. »Mir wurde der Lehrstuhl für Griechisch in Cambridge angeboten. Die Berufung musste aber zuvor von Thomas Cromwell und Bischof Gardiner bestätigt werden, der mich für einen Monat hierher zitierte, um mich nach Belieben examinieren zu können.« Seine finstere Miene verriet mir, dass diese Ladung ihm gar nicht recht war.

»Wo wohnt Ihr?«

Cheke wies zur Decke des Bankettsaals.

»Hier?«, rief ich. »In den Gesinderäumen des Bischofs?«

»Oben sind Gelehrtenunterkünfte. Sie sind nicht übel. Aber man erwartet von mir, dass ich zu Veranstaltungen wie dieser erscheine.« Er wies auf die Reihen der Tänzer, die nun zur Musik der Brüder Bassano ihre Schrittfolgen und Drehungen vollzogen. Cheke war einfach gekleidet, einem königlichen Bankett nicht angemessen. Doch ich spürte, dass nicht sein schlichter Anzug an seinem Unbehagen schuld war.

»Fühlt Ihr Euch nicht wohl in der Anwesenheit des Königs?«, fragte ich.

»Ich würde mich sehr gern mit Seiner Majestät unterhalten«, erklärte Cheke ernsthaft. »Er fördert das Studium des Griechischen und könnte die Lehrmethode, die ich für die richtige halte, unterstützen, ganz gleich, was Bischof Gardiner von ihr hält. Aber ein solches Gespräch würde ich gern in angebrachter Umgebung führen, im Beisein des Königs und der Königin, nicht hier, wo …« Sein junges Gesicht verzog sich unwillig, als er zum Podium hinüberblickte, wo Catherine Howard eben ausgelassen lachend den Kopf in den Nacken warf.

»Ich verstehe Euch«, sagte ich. »In gewisser Weise bin auch ich nicht freiwillig hier. Ich habe herausgefunden –«

Cheke hob die Hand. »Miss Stafford, ich wollte, ich könnte bleiben und mir länger das Vergnügen Eurer Gesellschaft gönnen, aber das geht nicht. Ich kann nicht. Ich habe heute Abend eine Verabredung. Bitte vergebt mir, wenn ich mich jetzt verabschiede.«

Noch ehe ich ein Wort des Lebewohls sagen konnte, war er gegangen. Ich hatte ihn nach Edmund fragen wollen, ob er etwas von ihm gehört habe, aber das war nun nicht mehr möglich. Hatte die Begegnung mit mir solchen Widerwillen bei ihm hervorgerufen? Ich wusste nicht, was er gegen mich haben konnte, doch eine andere Erklärung gab es nicht für seinen kühlen und eiligen Abgang.

Die Violinen der Brüder Bassano jubelten, zum sichtlichen Entzücken der Tänzer. Lady Rochford drehte sich in eleganter Pirouette und kam mir dabei so nahe, dass ich sie hätte berühren können. In der Hitze des Saals glänzte ihr unnatürlich weißes Gesicht wie nasse Tünche, und die roten Flecken, die einmal kreisrund auf den Wangen gesessen hatten, zerflossen in alle Richtungen.

Ich blickte zum Podium hinauf. Die Aufmerksamkeit des Königs konzentrierte sich einzig auf Catherine. Ich beobachtete, wie er ihre Schulter streichelte, seine Finger höher glitten, um ihren weißen Hals zu tätscheln.

Ich wich zurück vor diesem Anblick, vor Lady Rochford und vor den anderen Tänzern. Am liebsten hätte ich mir Augen und Ohren zugehalten, mich ganz von dem Treiben in diesem Saal zurückgezogen.

Eine Hand ergriff die meine. Instinktiv zuckte ich zurück und versuchte, mich loszureißen. Doch mein Cousin, der Graf von Surrey, hielt mich fest. »Ihr werdet jetzt mit mir tanzen, Joanna«, befahl er.

»Ich habe Euch heute Abend beobachtet. Ihr macht ein Gesicht, als befändet Ihr Euch auf einer Beerdigung«, fuhr er fort, als er mich zur Tanzfläche führte. »Dabei höre ich, dass Euch ein hohes Hofamt anvertraut wurde, das dem König sehr am Herzen liegt. Das zu feiern wäre doch weit eher am Platz.«

Wir gliederten uns in die zwei langen Reihen der Tänzer ein, die einander gegenüber Aufstellung genommen hatten. Die Musik setzte ein; die Paare gingen aufeinander zu, man verneigte sich artig, reichte sich die Hände, drehte sich und trennte sich, bildete neue Paare und wiederholte das Spiel.

Ich bewegte mich wie an einer Schnur gezogen, ich kannte jeden Schritt, meine Mutter hatte mich im Tanzen gedrillt.

Als ich Surrey das nächste Mal nahe genug kam, um ein Wort mit ihm zu wechseln, sagte ich: »Ich will kein Hofamt.«

»Nein? Nun, für jemanden, dem das alles zuwider ist, macht Ihr einen glänzenden Eindruck«, gab er zurück.

Gleich darauf kam der Wechsel, und als ich mich drehte, um dem nächsten Herrn die Hand zu reichen, blickte ich in das Gesicht Sir Walter Hungerfords.

»Ah, ich sehe, Ihr steht hoch in der Gunst von Botschafter Chapuys«, sagte er mit blitzenden Augen.

»Nein«, entgegnete ich.

»Wie schade. Ich hoffte, Ihr könntet mir eine Einladung in seine Bibliothek vermitteln. Seit Jahren habe ich keinen größeren Wunsch, als *diese* Sammlung zu sehen«, sagte er mit seltsamer Betonung und lachte über seinen mir unverständlichen Scherz. Zum Glück folgte schon der nächste Partnerwechsel.

Erst als der Tanz vorüber war, fand ich erneut Gelegenheit zu einem Gespräch mit Surrey. Ich war so außer mir, dass ich meine Worte kaum zügeln konnte. »Ich bin nicht bei Hofe geblieben, um etwas für mich zu erreichen«, sagte ich, »sondern aus Sorge um Catherine, die völlig schutzlos ist. Aus ihrer Familie scheint ja niemand diese Sorge zu teilen.« Surrey verzog das Gesicht, doch mich konnte jetzt nichts mehr aufhalten. »Ist das das einzige Mittel, um Euren Hass auf Cromwell zu befriedigen? Indem Ihr Catherine opfert? Könnt Ihr nicht auf ehrenhafterem Weg mehr Einfluss zu gewinnen suchen?«

»Es gibt einen anderen Weg, Cromwell zu entmachten«, antwortete mir Surrey, »doch er wäre alles andere als ehrenhaft. Ich darf Euch nichts darüber sagen. Doch ich hoffe, dass eines Tages, wenn alles sich geändert hat, mein gutes Ansehen vor Euch wiederhergestellt sein wird, Joanna.«

Mein junger Cousin sprach mit solchem Ernst, dass ich mich beinahe schämte. Ich trat zurück, als die Musiker zum nächsten Tanz aufzuspielen begannen. Surrey verbeugte sich vor einer jungen Frau, die ihm entzückt, erwählt worden zu sein, die Hand reichte. Ich hatte genug und zog mich von der Tanzfläche zurück.

Seine Worte hatten mich alarmiert. Mein Cousin hatte ein Geheimnis, und ich fragte mich, ob es möglich wäre, es ihm zu entlocken.

Ein Diener mit einem Tablett in den groben Händen starrte mich an. Derselbe junge Mann, der gegrinst hatte, als ich den Wein ablehnte. Er grinste immer noch. Nun, dagegen konnte ich wenigstens etwas tun.

»Habt Ihr mir etwas zu sagen?«, fragte ich scharf.

Ich hatte ihm dieses unverschämte Grinsen austreiben wollen, stattdessen wurde es breiter. »Ja, Miss, hab ich, und könnte sein, dass Ihr es interessant findet«, näselte er. Ich bemerkte, dass seine Nase gebrochen war und vermutete, dass er deshalb in diesem pfeifenden Ton sprach.

»Ich heiße Tom«, fuhr er fort, »und wenn ich Euch sagen würde, dass ein Mann auf Euch angesetzt worden ist, der Euch bespitzeln soll, würde Euch das interessieren?«, fragte er.

»Wer bespitzelt mich?«

Tom schob sich näher an mich heran, senkte das Tablett und nahm von einem der Tische hinter uns einen vergessenen Teller auf. Während er demonstrativ den Teller inspizierte, sage er: »Seht Ihr den großen Mann da drüben, den mit dem langen schwarzen Bart, da beim Podium, hinter dem Bischof? Schaut bitte nur ganz unauffällig hin. Der Kerl ist gefährlich.«

Ja, in der Tat, der Mann war nicht zu übersehen. Den Bischof um Haupteslänge überragend, stand er da, die Hände in die Hüften gestemmt, und sah sich aufmerksam im ganzen Saal um. Als sein Blick zu uns herüberwanderte und mich erfasste, hielt er kurz inne, dann nahm er seine Wanderung wieder auf.

»Sagt mir, wer diesen Mann beauftragt hat, mich zu beobachten«, sagte ich irritiert.

Tom lachte leise. »Den Namen weiß ich nicht, aber ich weiß, wo er ist. Er hat sich hier in der Bischofsresidenz versteckt. Ich kann Eure Verwandten hinbringen, aber das kostet was.«

»Meine Verwandten?«

Toms Augen blitzten. »Ihr seid doch eine Howard, stimmt's? Und das sind reiche Leute, alle miteinander. Die werden sich das schon was kosten lassen, oder?«

Jetzt verstand ich den Grund für Toms Hilfsbereitschaft. Ein Jammer, dass er es mit einer einsamen Stafford zu tun hatte und nicht mit einer Howard. »Zuerst will ich Auskunft über den Mann, der mich beobachten lässt«, sagte ich. »Habt Ihr ihn gesehen?«

»Ja.«

»Sagt mir seinen Namen.«

»Den weiß ich nicht.«

»Wie sieht er aus?«, fragte ich weiter.

Tom überlegte einen Moment. »Er ist groß, könnte vielleicht dreißig sein, hellbraunes Haar. Und er hat einen Bart.«

Er war es – der Mann, der mir an jenem ersten Tag aufgelauert hatte.

Erfreut über meine Reaktion, sagte Tom: »Er hat Euch dem Kameraden da drüben gezeigt und gesagt, er soll ihm Bescheid geben, wenn Ihr hier verschwindet. Hat ihm ein paar Münzen zugesteckt und ihm mehr versprochen. Ich hab alles gehört. Ich glaub, der hat's auf Euch abgesehen, Miss. Wär mir arg, wenn Euch heute Nacht was passieren täte.«

Ich überlegte einen Moment. Ich wollte unbedingt dahinterkommen, wer der Auftraggeber des Mannes war, der mich offenbar ständig belauerte. Nur wenn ich das wusste, würde ich mich von der Angst befreien und für meinen Schutz sorgen können.

»Tom, habt Ihr ein Messer bei Euch?«, fragte ich.

Er klopfte stolz auf sein Wams. »Immer, Miss. Und es ist scharf, das könnt Ihr mir glauben.«

Ich zog die Perle aus meinem linken Ohr. »Das gehört Euch, Tom, wenn Ihr mich zu dem Mann führt, der sich hier versteckt hält. Keine Howards. Nur Ihr und ich. Und wir gehen sofort los.«

Kapitel 17

Ich musste mich von beiden Perlenohrringen trennen, um Tom zu überreden, mir das Versteck meines Gegners zu zeigen. Er war tief enttäuscht, dass ich keine Howard war. Ich könnte die Sache doch trotzdem einem der hohen Herren im Saal unterbreiten, meinte er, damit für ihn ein bisschen mehr herausspränge.

Als ich das mit der Begründung ablehnte, dass es sich um eine rein persönliche Angelegenheit handle, sagte er mit anzüglichem Grinsen: »Ah, Miss, ein Mann aus der Vergangenheit?«

»Könnte man sagen«, erwiderte ich kurz und wünschte, ich müsste mich nicht mit diesem abstoßenden Flegel zusammentun. Doch um mein Ziel zu erreichen, musste ich mich entweder Toms bedienen oder des nach Toms Aussage »gefährlichen« Unbekannten, der hinter Bischof Gardiner stand. Nur sie wussten, wo mein Gegner sich aufhielt.

»Denkt daran, dass das dort oben kein glückliches Wiedersehen wird«, sagte ich. »Ihr werdet ihm vielleicht Euer Messer zeigen müssen, wenn ich mit ihm spreche.«

»Tja, wenn das so ist«, sagte Tom, »wär vielleicht Verstärkung recht. Ich weiß da jemanden. Bin gleich wieder da, Miss.«

Die »Verstärkung«, die Tom mitbrachte, war einer seiner Kollegen, ein hünenhafter Mann namens Roger mit wässrigen blauen Augen und einem struppigen Schnauzbart. »Roger hilft uns, stimmt's, Kamerad?«, sagte Tom und gab dem Kameraden einen kräftigen Klaps auf den breiten Rücken. Roger grunzte zustimmend.

Um nicht den Eindruck zu erwecken, ich wolle das Fest verlassen, nahm ich vom Saal aus nicht den Weg zum Ausgang, sondern schlug die andere Richtung ein und begab mich in einen großen Salon, in dem die Gäste, die das Tanzen nicht lockte, in kleinen Gruppen beieinander saßen und sich bei Wein und Gebäck unterhielten. Nach ein paar Minuten winkte mir Tom von einer schmalen Tür in der Ecke, und ich eilte einen langen Gang hinunter, der an den Küchen- und Vorratsräumen vorbei zu einer Hintertreppe führte.

Auf dem Weg nach oben überlegte ich, wie ich die bevorstehende Konfrontation angehen wollte. Mit meinen beiden Leibwächtern an der Seite würde ich auf jeden Fall eine Erklärung für den Überfall in Whitehall und meine Überwachung an diesem Abend fordern. Ich bildete mir nicht ein, dass es mir ohne weiteres gelingen würde, den Namen meines Widersachers zu erfahren. Doch wenigstens würde ich die Oberhand haben und zur Not nach Thomas Culpeper senden können, um ihm den Mann zu übergeben. Am liebsten hätte ich die Angelegenheit stillschweigend geregelt gesehen, weil ich fürchtete, alles andere würde zu amtlicher Befragung und womöglich zur Aufdeckung meiner gefährlichsten Geheimnisse führen. Ich musste versuchen, den Leuten, die sich gegen mich verschworen hatten, auf die Schliche zu kommen, oder ihnen wenigstens einen Schlag zu versetzen.

Roger trug die Kerze, um uns zu leuchten, als wir im zweiten Stockwerk von der Dienstbotentreppe in den Hauptkorridor des ungeahnt weitläufigen Gebäudes traten. Wir kamen an einer reich ausgestatteten Bibliothek vorbei, wo ein halbes Dutzend Männer – Geistliche und Gelehrte, vermutete ich – bei Kerzenlicht über Büchern und Skripten saß. Hier lag die wahre Bestimmung der Londoner Residenz des

Bischofs von Winchester, nicht in der Veranstaltung von ausschweifenden Gelagen.

»Das Zimmer ist gleich da unten«, flüsterte Tom und wies mit der Rechten den Gang hinunter, während er in der Linken vergnügt meine Perlen schüttelte. Roger begnügte sich wieder mit einem Grunzen.

»Da drinnen hält er sich versteckt?«, fragte ich, verblüfft über die Wahl des Verstecks. Warum hier oben, in unmittelbarer Nähe der Bibliothek, so weit entfernt vom Bankettsaal?

Tom nickte grinsend.

Eine laute Auseinandersetzung schien unter diesen Umständen nicht ratsam. Wir würden augenblicklich die Aufmerksamkeit der gelehrten Bücherfreunde auf uns ziehen.

»Jetzt wird Euch wohl doch ein bisschen ungemütlich?«, zischte Tom. »Soll ich vielleicht ein paar Howard-Leute holen?«

Ich schüttelte den Kopf.

Beklommen und nervös folgte ich Tom den Rest des Weges. Ich hatte diese Begegnung gewollt – ich hatte dafür bezahlt, sie herbeizuführen –, doch jetzt graute mir davor, in das Gesicht des Mannes zu blicken, der mich in Whitehall so brutal attackiert hatte. Verfügten meine beiden Begleiter überhaupt über die Kraft und die Geistesgegenwart, um ihn festzuhalten?

Vor einer geschlossenen Tür blieb Tom stehen. »Halt die Kerze hoch, Roger«, flüsterte er. Im Lichtschein sah ich, dass in die Tür eine Nummer eingeschnitzt war: 41. Tom nickte, sah mich an und grinste. Ich wünschte, er würde das lassen.

Mit einem kurzen Nicken gab ich das Signal.

Tom klopfte zweimal an die Tür. »Ich habe eine Nachricht für Euch, Sir!«, rief er mit öliger Stimme.

Ich wartete angespannt. Holzdielen knarrten, dann wurde die Tür einen Spalt geöffnet – und John Cheke blickte blinzelnd ins Licht der Kerze, mit der Roger ihm direkt ins Gesicht leuchtete. Als er mich erkannte, weiteten sich seine Augen.

»Ihr habt euch geirrt«, zischte ich Tom wütend an. »Das ist nicht der richtige Mann.«

»Nein, es ist nicht der richtige Mann, aber es ist das richtige Zimmer«, entgegnete Tom.

»Und es ist kein Irrtum«, sagte jemand aus dem Inneren des Zimmers. Ich erstarrte beim Klang dieser Stimme, die mir so vertraut war.

Aber er konnte nicht hier sein. Es war unmöglich.

Wieder knarrten die Dielen. Die Tür wurde weiter geöffnet. Hinter John Cheke erschien Geoffrey Scovill, der Constable von Dartford, der Mann, der mich gerettet, mit mir gestritten, mich geliebt und so sehr gelitten hatte, als ich mich für einen anderen entschied. Er sah unverändert aus bis auf den kurzen Bart, den er jetzt trug. Groß und breitschultrig – kein Wunder, dass Tom nicht erpicht darauf gewesen war, es allein mit ihm aufzunehmen –, mit klaren blauen Augen, die mich prüfend ansahen.

»Miss Stafford, was tut Ihr hier?«, fragte Cheke, der völlig außer Fassung schien.

»Joanna liebt Überraschungen«, stellte Geoffrey nüchtern fest.

Immer noch erschüttert von diesem unerwarteten Zusammentreffen, fragte ich: »Geoffrey, was hat das alles zu bedeuten? Warum bezahlt Ihr jemanden dafür, mich zu bespitzeln? Wie konntet Ihr das tun?«

Geoffrey seufzte. »Ich würde zwar lieber keine Erklärungen geben, aber sie werden sich wohl nicht vermeiden lassen. Doch zuerst wollen wir etwas regeln.« Mit einem Finger winkte er Tom und Roger, die immer noch mit offenen Mündern dastanden. Im Nu hatte ich meine Ohrringe wieder, und die beiden Diener stolperten nach einer strengen amtlichen Ermahnung, nie wieder zu versuchen, sich an den Gästen des Bischofs zu bereichern, eilig davon.

In John Chekes kleinem Zimmer voller Bücherstapel und

Stößen von Papieren setzte ich mich auf einen Hocker, Sessel oder Stühle gab es nicht. Ich war fest entschlossen zu bleiben, bis ich verstand, was vorging.

Cheke sagte: »Ich hatte Geoffrey gebeten, heute Abend hierher zu kommen. Von dem Bankett wusste ich zu diesem Zeitpunkt noch nichts. Davon erfuhr ich erst, als es zu spät war. Er sah Euch, als Ihr mit den anderen Gästen ins Haus kamt, wollte aber von Euch nicht bemerkt werden.«

Mir schoss die Röte ins Gesicht. Ich wusste ja, dass Geoffrey an meiner Gesellschaft nicht viel gelegen war, aber wann hatte seine Abneigung solche Ausmaße erreicht?

Geoffrey, der mich genau beobachtete, warf ein: »Es geht nicht um persönliche Abneigung, Joanna. Mr. Cheke hatte eine ziemlich heikle Angelegenheit mit mir zu besprechen, und ich wollte Euch da nicht mit hineinziehen und womöglich beunruhigen. Ich bat diesen Dienstboten, mir Bescheid zu geben, wenn Ihr geht, weil ich beim Aufbruch zurück nach Dartford nicht mit Euch zusammentreffen wollte.«

»Ihr seid also noch in Dartford?«, fragte ich. »Ich hatte etwas anderes gehört.«

Geoffrey warf einen Blick zu John Cheke, der mir eine geheime Botschaft zu enthalten schien, dann sagte er: »Ich werde aus Dartford weggehen, es ist nur noch ungewiss, wann genau.«

Zunehmend verärgert versetzte ich: »Und was hat Mr. Cheke mit Eurer Entscheidung zu tun? Was habt Ihr so Wichtiges mit ihm zu besprechen? Ich kann mich nicht erinnern, dass Ihr überhaupt mit ihm bekannt wart. Ihr seid ihm doch das erste Mal am Tag –«

Ich brachte es nicht fertig, die Worte »meiner Hochzeit« auszusprechen. Meine Trauung mit Edmund Sommerville hatte nie stattgefunden. Minuten bevor wir in der Heiligen Dreifaltigkeitskirche von Dartford vor den Altar treten wollten, wurde uns der Erlass der Sechs Artikel bekannt gemacht, der unter anderem allen ehemaligen Ordensangehörigen die Eheschließung verbot. John Cheke hatte uns gedrängt, uns dennoch trauen zu lassen und danach um Dispens einzugeben. Doch dann hatte Geoffrey – ich erinnerte mich mit Schmerz und Zorn daran – in seiner Eigenschaft als gesetzlicher Vertreter der Gemeinde, die Trauung untersagt.

Es war, als hätte Geoffrey meine Gedanken gelesen. Sein Gesicht trübte sich, sein Blick wurde traurig. Eine ganz neue Furcht erwachte in mir.

»Ja, Miss Stafford«, sagte John Cheke, »es geht um Edmund.«

Ich drückte die Hände auf meinen Mund. Die beiden Männer sahen so ernst aus.

»Er ist tot«, flüsterte ich. »Edmund ist tot.«

»Nein«, widersprach Geoffrey schnell.

»Um ganz ehrlich zu sein, wir wissen nicht, ob er tot ist oder noch am Leben«, sagte Cheke. »Deswegen habe ich Geoffrey um Hilfe gebeten. Edmund ist seit beinahe acht Monaten fort, und seit sechs Monaten hat niemand mehr von ihm gehört.«

»Aber Edmund ist auf dem Kontinent – in Deutschland«, sagte ich und bedauerte es sofort.

»Woher wisst Ihr das?«, fragte Geoffrey scharf. »Hat er Euch geschrieben? Ich dachte, Ihr hättet keine Briefe erhalten. Das habt Ihr jedenfalls Mrs. Gwinn gesagt.«

»Ihr bespitzelt mich also doch!«, rief ich erregt.

Cheke versuchte mit ausgebreiteten Händen, mich zu beschwichtigen. »Miss Stafford, bitte nehmt es nicht übel. Ich habe Geoffrey gebeten, Erkundigungen einzuziehen, ich habe ihn beauftragt, nach Edmund zu suchen. Ich weiß, wie sehr Ihr seit dem Unglückstag Eurer vereitelten Hochzeit gelitten habt. Aber, Miss Stafford, er ist mein Freund. Er war seit Jahren mein Freund – mit Verlaub gesagt, ich war schon mit ihm befreundet, bevor Ihr ihm begegnet seid. Ich muss

Edmund finden oder wenigstens in Erfahrung bringen, ob er tot ist oder noch am Leben. Ich kann nicht weiter mit dieser Ungewissheit leben.«

John Cheke sah so elend aus, dass ich mich schämte, nie daran gedacht zu haben, dass Edmunds Wohl auch anderen wichtig war, nicht nur mir. Er war mit Edmund befreundet, seit er ihm in Cambridge begegnet war und entdeckt hatte, dass er sein Interesse an alten griechischen Schriften teilte. Trotz unterschiedlicher religiöser Überzeugungen hatte sich zwischen den beiden Männern eine tiefe Verbundenheit entwickelt.

Geoffrey stellte sich vor mich hin und verschränkte die Arme. »Vielleicht würdet Ihr uns darüber aufklären, woher Ihr wisst, dass Edmund sich in Deutschland aufhält, wenn Ihr keine Briefe von ihm erhalten habt.« Ich kannte diesen Ton, ich wusste, dass Geoffrey nicht aufgeben würde.

Welch ein Dilemma. Als ich es im vergangenen Jahr abgelehnt hatte, mich an einem Komplott zur Ermordung des Königs zu beteiligen, wurde ich von Jacquard Rolin monatelang im Gravensteen gefangen gehalten, einer Festung in Gent. Als weder Überredungskunst noch Drohungen mich umzustimmen vermochten, enthüllte mir Jacquard eines Tages, dass er und seine Verbündeten planten, Edmund aufzuspüren und ebenfalls in diesen Kerker zu werfen.

Nicht von Geoffreys unnachgiebiger Haltung, sondern von John Chekes bittenden Blicken ließ ich mich schließlich erweichen. »Im Frühherbst erfuhr ich, dass Edmund einen Antrag gestellt hatte, aus England ausreisen zu dürfen«, berichtete ich. »Er segelte ab, sobald er die Genehmigung erhielt. Wo sein Boot anlegte, weiß ich nicht. Erst im November hörte ich, dass man Edmund im Schwarzwald in Deutschland vermutete, doch niemand wusste, wo genau er sich aufhielt. Bis Anfang Dezember änderte sich daran nichts.«

»Das passt, Geoffrey!«, rief Cheke erfreut. »Diese Angaben bestätigen das Schreiben von Paracelsus.«

»Wer ist das?«, fragte ich.

»Ein Schweizer, der eigentlich Philippus Aureolus Theophrastus Bombastus von Hohenheim heißt, aber unter dem Namen Paracelsus bekannt ist«, erklärte Cheke frohgemut. »Edmund hat ihn in seinem Haus im Fürsterzbistum Salzburg nahe Bayern besucht. Wohin danach seine Reise ging, wissen wir nicht, wir nehmen aber an, in irgendeine Gegend Deutschlands.«

Geoffrey teilte sein Frohlocken nicht. »Ich kann die Zuverlässigkeit von Joannas Angaben nicht nachprüfen, ohne die Quelle zu kennen«, sagte er.

Ich sah ihn an und schwieg.

»Ich weiß«, sagte Geoffrey langsam, »dass Ihr mehrere Monate in Flandern unterwegs wart, Joanna. Agatha habt Ihr einmal gesagt, Ihr wärt auf der Suche nach Edmund gewesen, hättet ihn aber nicht gefunden. Etwas später habt Ihr bestritten, dass das der Zweck Eurer Reise war und bliebt völlig vage. Ich vermute, Ihr seid nach Flandern gereist, um ein Kloster zu finden, in dem Ihr Euer Leben als dominikanische Ordensschwester wiederaufnehmen könntet. Viele Ordensangehörige sind diesen Weg gegangen, nachdem der König die Klöster aufgelöst hatte. Habt Ihr so von Edmunds Verbleib gehört – von Ordensbrüdern, die ihm begegnet waren?«

Empört rief ich: »Mein Leben geht niemanden etwas an, Geoffrey. Warum tut Ihr das überhaupt – ich meine, warum helft Ihr John Cheke bei seiner Suche nach Edmund? Ich weiß, dass Edmund ihm lieb und teuer ist, aber Euch? Ich verstehe das nicht. Was hat das mit Eurem Abschied aus Dartford zu tun? Wenn er sich irgendwo in Deutschland oder Österreich aufhält, ist die Sache doch erledigt. Dorthin könnt Ihr nicht reisen.«

»Meint Ihr?«, fragte Geoffrey.

Ich begann zu lachen, doch das Lachen blieb mir im Hals stecken, als ich erkannte, dass es beiden Männern ernst war.

»Ihr wollt ein riesiges Gebiet unbekannter Königreiche und Fürstentümer mit teilweise undurchdringlichen Wäldern durchstreifen, ohne der Sprache mächtig zu sein, ohne einen Menschen dort zu kennen?«, fragte ich ungläubig.

Cheke protestierte. »So abwegig ist der Plan nicht, Miss Stafford.«

Ich trat einen Schritt auf Geoffrey zu. »Sagt mir den wahren Grund für dieses Unternehmen. Wir wissen beide, dass Ihr Edmund nie gemocht habt – von Anfang an nicht, als er noch Ordensbruder in Dartford war. Ihr wart es, der unsere Eheschließung verhindert hat. Und jetzt wollt Ihr England verlassen, um nach ihm zu suchen?«

Geoffrey ließ sich auf einen Hocker fallen und fuhr sich müde durch die Haare. Jetzt erst bemerkte ich, wie erschöpft er war. Seine Wangen waren eingefallen, ich hatte ihn nie so dünn und schmal gesehen. Irgendetwas quälte ihn – vielleicht war es die Trauer um Beatrice, die ihn nicht schlafen und nicht essen ließ. Ich bedauerte meine scharfen Worte, doch bevor ich einlenken konnte, sagte er tonlos: »Ich habe meine Gründe, Joanna. Und sie gehen niemanden etwas an, so wie Ihr meint, dass Euer Leben niemanden etwas angeht.«

»Dann ist unser Gespräch beendet«, sagte ich.

Das Zimmer war so klein, dass ein paar kurze Schritte genügten, um hinauszugelangen. Ich konnte dieses schmerzliche Zusammentreffen nicht länger ertragen. Ich war schon fast auf Höhe der Bibliothek, als ich hinter mir polternde Schritte hörte. Ich machte mich auf einen weiteren Kampf mit Geoffrey gefasst, doch es war John Cheke, der mich einholte.

»Miss Stafford, es tut mir so leid«, erklärte er bekümmert. »Das muss schrecklich gewesen sein für Euch. Bitte lasst mich Euch zum Fest zurückgeleiten. Wir werden auch kein

Wort mehr über Edmund verlieren, wenn Ihr es nicht wünscht.«

Cheke führte mich den Hauptkorridor hinunter zu einer breiten Marmortreppe. Musik und Gelächter schallten herauf, und ich blieb stehen.

»Ihr wollt nicht zurück?«, fragte Cheke.

Ich schüttelte den Kopf.

»Ich muss gestehen, es überraschte mich, Euch in solcher Gesellschaft zu sehen«, sagte Cheke. »Aber ich habe auch nie vorausgesehen, dass ich in einer Bischofsresidenz um meine Zulassung als Ordinarius für altgriechische Philologie würde betteln müssen. Unser beider Wege haben seit unserem letzten Zusammentreffen im vergangenen Mai eine neue Wendung genommen.« Er zögerte einen Moment, dann fügte er hinzu: »Und das scheint auch für Geoffrey Scovill zu gelten.«

»Aber warum habt Ihr ausgerechnet Goeffrey beauftragt, nach Edmund zu suchen?«, fragte ich.

»Miss Stafford, da liegt ein Missverständnis vor. Geoffrey kam zu *mir*.«

»Aber warum?«

»Dazu kann ich nichts sagen. Es ist Sache von Constable Scovill, das zu erklären. Falls es zwischen ihm und Euch je wieder ein Gespräch geben wird.«

Ich hatte mich darüber gegrämt, dass Geoffrey Dartford verlassen wollte; doch kaum waren wir hier einige Minuten zusammengetroffen, hatten wir zu streiten begonnen, und schon steckte ich wieder mitten in diesem Widerstreit der Gefühle, der mir inzwischen so gut bekannt war. Wenn er mich so gnadenlos, so argwöhnisch verhörte, machte mich das wütend. Und doch wünschte ich gleichzeitig, ich könnte die Waffen strecken und Geoffrey alles sagen. Ich kannte keinen klügeren Menschen.

Als Cheke das Portal zum Hof öffnete, empfing uns eine Wärme wie im Juli, dabei war es nach Mitternacht. Er bestand darauf, mich zum Fluss hinunter zu begleiten und legte schützend einen Arm um mich, als wir vom belebten erleuchteten Hof in den Park traten, wo es still und dunkel war. Über uns dehnte sich ein sternklarer Himmel.

Wir hatten schon fast den Bootssteg erreicht, als wir Stimmen hörten. Ein Mann sagte: »Es ist zu früh.« Ein anderer, dessen Stimme ich kannte, versetzte: »Aber es muss der Maifeiertag sein, sage ich Euch. Lady Rochford sagte es ausdrücklich.«

Ich blieb stehen, und John Cheke mit mir. Eine hohe Hecke verbarg uns. Einige Meter entfernt leuchtete weiß die Statue eines Engels. Auf ihrer anderen Seite konnte ich undeutlich drei Männer erkennen, die die Köpfe zusammensteckten. Angestrengt spähte ich in die Dunkelheit und konnte als erstes die hochgewachsene, langgliedrige Gestalt meines Cousins, des Grafen von Surrey, ausmachen; dann erkannte ich Thomas Culpeper und schließlich den ältesten der drei, Lord Hungerford. Er war es, der von Lady Rochford gesprochen hatte.

»Wir haben einen Bund geschlossen«, sagte Thomas Culpeper. »Wir müssen tun, was geboten ist, komme, was da wolle.«

In der ungewöhnlichen Wärme des Frühlingsabends rann mir ein kalter Schauder über die Arme, und ich fröstelte. Ich nickte Johne Cheke zu, und wir eilten weiter.

Ein Bund? Sir Walter Hungerford hatte ebendieses Wort in der kleinen Kapelle gebraucht. Ich versuchte, mich seiner genauen Worte zu erinnern. *Der Bund ist geschlossen. Der Führer steht fest und die anderen sind gewählt.* Waren Surrey und Culpeper die anderen?

Als das brodelnde Wasser der Themse in Sicht kam, sagte John Cheke: »Euch in der Gesellschaft von Männern wie Sir Walter Hungerford zu wissen, ist mir unerträglich. Und Edmund würde genauso empfinden, wäre er hier.«

Ich blieb stehen. »Ihr kennt Sir Walter?«

»Ja«, antwortete Cheke. »Im Winchester House kommt einem vieles zu Ohren, und von Sir Walter Hungerford hörte ich schon lange bevor ich nach Southwark kam. Schmutzige Geschichten, die für die Ohren einer jungen Frau nicht geeignet sind.«

»Mr. Cheke, ich habe den Novizinnenhabit vor langer Zeit abgelegt«, sagte ich. »Ich bin nicht aus freien Stücken an den Hof gekommen und sehe mich jetzt aus gewissen Gründen gezwungen zu bleiben. Wenn ich mich schützen soll, muss ich so viel wie möglich über die Leute meiner Umgebung wissen. Bitte, sagt mir, was Ihr über Sir Walter wisst.«

Selbst im dämmrigen Schein des Mondes konnte ich den Widerwillen in Chekes Miene erkennen. »Es betrifft seine Ehefrauen«, sagte er.

»Er hat mehr als eine?«

»Er ist derzeit zum zweiten Mal verheiratet. Seine erste Frau wurde – hingerichtet.«

Ich dachte an meine Cousine Margaret Bulmer und andere Frauen, die der König hatte hinrichten lassen, obwohl sie ohne Schuld gewesen waren. »Ihr dürft sie nicht verurteilen«, sagte ich.

»Das tue ich nicht«, erwiderte Cheke. »Ich verurteile *ihn*. Seine erste Frau wurde wegen versuchten Mordes an ihm verhaftet, vor Gericht gestellt und zum Tode verurteilt. Es wird getuschelt, dass seine abgrundtiefe Verkommenheit sie dazu getrieben habe. Bittet mich jetzt nicht, Euch Näheres zu berichten, dazu bin ich auf keinen Fall bereit.«

Mit trockenem Mund sagte ich: »Der Herr verschone uns.«

»Die erste Lady Hungerford hat er nicht verschont«, stellte Cheke trocken fest.

Ich war zu sehr erschüttert, um Cheke wegen seiner gotteslästerlichen Bemerkung zu tadeln. Meine Gedanken kehrten zu dem zurück, was ich soeben belauscht hatte. Was war das für ein Bund, den Hungerford mit Culpeper und meinem Cousin Surrey eingegangen war? Wenn Lady Rochford die Hände im Spiel hatte, konnte kaum etwas Gutes daran sein.

Am Landesteg wartete ein einsamer Mann in der eingesunkenen Haltung völliger Erschöpfung auf ein Boot, das sich dem Ufer näherte. John Cheke bestand darauf, mich über den Fluss bis zu meinem Zimmer im Palast zu begleiten. Als ich ihn daran erinnerte, dass Geoffrey Scovill eigens an diesem Abend gekommen war, um ihn zu sprechen, sagte er mit Entschiedenheit: »Er wird warten, da es ja um Eure Sicherheit geht.«

Die beiden Fährleute, zu denen wir ins Boot stiegen, sobald es angelegt hatte, waren ein seltsames Paar: ein magerer Mann mit krummem Rücken und schlohweißem Haar, und ein kräftiger Junge von höchstens vierzehn Jahren. Unser Mitreisender schlief ein, sobald er an Bord Platz genommen hatte, und Cheke sagte zu dem Alten, der vorn im Bug stand und ruderte: »Ihr seid sehr spät noch auf dem Fluss.«

»Das ist wahr«, stimmte der Alte zu, »aber wir müssen die Zeit nutzen, damit wir für die Tage, die kommen, gerüstet sind.«

»Ist denn nicht der Sommer die einträglichste Zeit für die Flussboote?«, fragte Cheke.

Der Fährmann lachte leise. »Dieser Sommer nicht. Da wird es Not und Seuchen geben. Die Frau vom Fluss hat's mir gesagt.«

»Die Frau vom Fluss?«, fragte Cheke.

»Großvater, hör auf«, bat der Junge, der hinten im Boot stand. »Das ist Unsinn. Vergesst es, Sir.«

Der Alte lachte wieder. »Er ist zu jung, er weiß nichts von der Flussfrau. Aber sie redet mit vielen von uns Älteren. Wir wissen, wie wir dem Fluss zuhören müssen.«

Cheke beugte sich vor. »Könnte ich sie auch hören, wenn ich es versuchte?«

Der Fährmann drehte sich mühsam um und musterte Cheke. Vielleicht glaubte er, man wolle ihn verspotten. Als er sah, dass das nicht so war, sagte er: »Ja, natürlich, könntet Ihr sie hören. Es liegt ja offen vor uns. Eine Luft wie brütendes Fieber. Dürre überall. Und Todesgeruch über dem Wasser.«

Ich schüttelte abwehrend den Kopf. Warum forderte Cheke solch Unheil verkündendes Gerede heraus?

»Stellt Euch nur mal eine Frage«, sagte der Alte und grinste uns beide an. »Wann hat es das letzte Mal geregnet?«

Damit wandte er sich von uns ab, um tonlos vor sich hin summend seine Arbeit am Ruder wiederaufzunehmen.

Ich sagte leise zu Cheke: »Sein Enkel hat recht – das war blanker Unsinn.«

Cheke schwieg einen Moment, bevor er nachdenklich erwiderte: »Ich kann Euch sagen, wer das nicht als Unsinn abtun würde. Paracelsus. Der Mann, den Edmund aufgesucht hat.«

»Der Mann, der Euch geschrieben hat?«

»Ja. Leider nur einen einzigen Brief. Darin bestätigte er, dass Edmund bei ihm war, und er ihn danach in den Schwarzwald sandte. Auf keines meiner nachfolgenden Schreiben – es waren mehr als ein Dutzend – hat er je geantwortet. Wir wissen nicht, wo Edmund sich aufhält. Wir haben nicht den kleinsten Anhaltspunkt. Deshalb plant Geoffrey zu Paracelsus zu reisen, um so viele Einzelheiten wie möglich in Erfahrung zu bringen und dann die Spur aufzunehmen. Im letzten Jahr schrieb Edmund mir, er wolle höchstens drei Monate reisen, doch –«

»Edmund schreibt Euch?«

»Er hat mir geschrieben, ja, aber dann kamen plötzlich keine Briefe mehr. Deshalb bin ich ja so besorgt.«

Es kränkte mich tief, dass Edmund mit John Cheke, zumindest zeitweise, in Verbindung geblieben war, während er mir nach dem Abschiedsbrief, den er mir in Dartford hinterlassen hatte, keine Zeile mehr geschrieben hatte. Obwohl ich mich zusammennahm, war meine Stimme nicht ganz ruhig, als ich sagte: »Was ist das für ein seltsamer Name, Paracelsus.«

»Der Mann ist ein berühmter Arzt. Oder vielleicht sollte ich sagen, berüchtigt. Es gibt viele, die seine Ansichten nicht teilen. Es kommt immer wieder vor, dass er von den Leuten, die seine Überzeugungen fürchten und ablehnen, aus einer Stadt in die nächste getrieben wird.«

»Und was sind das für Überzeugungen?«

»Dass die Geheimnisse der Natur uns heilen können und, mehr als das, dass sie die Antworten auf alles Sein in sich bergen. Seiner Auffassung zufolge ist jedes Werk der Natur eine sichtbare Spiegelung des unsichtbaren Gotteswerks.« Er hielt inne. »Die Anhänger des Paracelsus behaupten, ›Wie oben, so unten‹. Was immer sich auf einer Ebene der Wirklichkeit ereignet, hat seine Entsprechung auf einer anderen. Alles ist miteinander verbunden.«

Mir tat der Kopf weh vor Anstrengung, diese Gedanken zu verstehen, die mir ketzerisch erschienen. Welchen Reiz konnten sie für Edmund besitzen?

Das Boot wurde langsamer, als wir uns dem Landungssteg am anderen Ufer der Themse näherten. Vor dem tintenschwarzen Himmel leuchtete der steinerne Palast in unirdisch weißem Glanz.

»Ich verstehe nicht«, sagte ich, »warum Edmund glaubt, in so entfernte Gegenden reisen zu müssen, nur um mit einem Arzt zu sprechen, der derart abwegige Vorstellungen vertritt. Er ist selbst Apothecarius und versteht mehr von der Heilkunst als die meisten Ärzte.«

»Ein Gebiet, mit dem Paracelsus sich beschäftigt«, erklärte John Cheke, »ist die Verwendung von Opium, dem Rauschmittel, das aus dem roten Mohn gewonnen wird. Ich glaube, dass Edmund ihn deshalb aufsuchte, weil er verzweifelt Heilung von seiner Abhängigkeit suchte.«

Ich war plötzlich todmüde. Ohne ein weiteres Wort ließ ich mir von John Cheke aus dem Boot helfen, überwältigt von der Erinnerung an meinen Hochzeitstag. Als ich Edmund das letzte Mal gesehen hatten, war sein Blick stumpf und schläfrig gewesen, seine Sprache verschliffen. Das letzte Bild von Edmund Sommerville, das meine Erinnerung mir zeigte, war das eines Mannes, der dem Opium verfallen war. Wie grausam.

»Es war alles meine Schuld, Miss Stafford«, sagte John Cheke. »Ich habe Euch an jenem Abend zum Gehen gedrängt, weil ich meinte, mich allein um Edmund kümmern zu müssen. Aber ich glaube, wenn Ihr geblieben wärt, wenn Ihr da gewesen wärt, um ihn zu trösten – oder auch zu tadeln –, als er aus dem Rausch zu sich kam, wäre er nicht voll Scham aus Dartford geflohen. Er hätte *Euch* gebraucht. Aber das habe ich damals nicht begriffen.«

Ich schüttelte den Kopf. »Edmund hat seine Entscheidung ganz allein getroffen, Mr. Cheke. Ihr müsst das nicht auf Euch nehmen.«

Richard, der Diener, saß schlafend vor der Tür zu Catherines Gemächern, als wir dort anlangten. Ich dankte Cheke für seine Begleitung und ging leise ins Zimmer. Auch Sarah, Catherines Zofe, schlief fest auf ihrem Strohsack.

Ich kleidete mich aus und schlüpfte ins Bett. Ich wollte wach bleiben, bis Catherine zurückkehrte, doch schon nach Augenblicken war ich eingeschlafen.

Als ich erwachte, strömte Sonnenlicht ins Zimmer. Es musste später Morgen sein.

Catherines Bett war unberührt.

Kapitel 18

Ich brauchte einen Moment, um zu begreifen, dass Catherine nicht nur die Nacht andernorts verbracht hatte; sie war für immer gegangen. Ihre Kleider und ihren Schmuck hatte sie mitgenommen, ebenso Sarah, ihre Zofe. Während ich geschlafen hatte, war alles fortgeschafft worden.

In Windeseile kleidete ich mich an. Ich wollte mit dem Grafen von Surrey sprechen, um zu erfahren, was aus Catherine geworden war, obwohl ich schon ahnte, dass ihr plötzliches Verschwinden nur das Werk seines Vaters, des Herzogs von Norfolk, sein konnte.

Als ich die Tür zum Korridor aufriss, fand ich draußen zu meiner Überraschung Thomas Culpeper im Gespräch mit Catherines Diener Richard vor.

»Guten Morgen, Miss Stafford«, sagte er, ohne sich von meinem plötzlichen Erscheinen aus der Fassung bringen zu lassen. »Ich fürchte, Ihr habt nicht viel Zeit.«

»Wofür?«

»Der König wünscht, dass Ihr noch heute Vormittag mit dem Obergewandkämmerer Eure zukünftigen Aufgaben als Tapisseriemeisterin besprecht.«

Ich erschrak. So viel hatte sich am vergangenen Abend ereignet, dass ich darüber meine Ernennung zur königlichen Tapisseriemeisterin völlig vergessen hatte. Ich hatte ohnehin nicht ernstlich an sie geglaubt, sie eher als eine flüchtige Laune des Königs gesehen, der den kaiserlichen Botschafter, Eustace Chapuys, beeindrucken wollte. Doch als ich jetzt in das ernsthafte Gesicht Thomas Culpepers blickte, wurde mir klar, dass ich mich Illusionen hingegeben hatte.

Ich sagte leise zu ihm: »Ich bin für einen solchen Posten nicht geeignet.«

»Es ist Sache des Königs zu entscheiden, wer für welche Aufgaben bei Hofe geeignet ist, und er hat sich in diesem Fall für Euch entschieden«, gab Culpeper zurück.

Mit einem Blick zu Richard, der aus seinem Phlegma erwacht war und beinahe etwas wie Interesse zeigte, sagte ich: »Vorher möchte ich Euch in einer anderen Angelegenheit unter vier Augen sprechen, Mr. Culpeper.«

Er folgte mir in Catherines Zimmer, dessen Tür wir der Schicklichkeit halber einen Spalt geöffnet ließen, und sagte, noch bevor ich fragen konnte: »Sie ist ins Howard House umgezogen.«

Ich war erleichtert, ich hatte weit Schlimmeres befürchtet. Dennoch gab es Fragen.

»Wie soll sie der Königin dienen, wenn sie nicht im Palast wohnt?«, fragte ich. »Oder ist Catherine keine Hofdame mehr?«

Culpepers Gesicht verschloss sich. »Es wäre richtig zu sagen, dass Miss Howard jetzt dem König dient, nicht der Königin.«

»Nein!«, rief ich so laut, dass Richard es für nötig hielt, nach uns zu sehen und zu fragen, ob alles in Ordnung sei.

»Miss Stafford hat nur gerade eine unerfreuliche Nachricht erhalten«, erklärte Culpeper. »Ihr könnt weiter draußen warten.«

Nachdem Richard sich wieder zurückgezogen hatte, sagte ich: »Das Gespräch mit dem Obergewandkämmerer muss warten. Ich muss sofort zum Howard House aufbrechen.«

»Das hat jetzt keinen Sinn mehr.«

»Was soll das heißen?«

»Das heißt, dass das, was Ihr verhindern wolltet, vollzogen ist, Miss Stafford. Catherine Howard ist jetzt die Mätresse des Königs.«

Entsetzt wandte ich mich von Culpeper ab. Meine Bemühungen waren also gescheitert, nutzlos gewesen gegenüber dem Ehrgeiz von Catherines Familie und der Begierde des Königs. Ich konnte noch den Druck ihrer Finger spüren, die sich in meinen Arm gruben, als wir zum Bootssteg gegangen waren. Ich hatte meine vielleicht einzige Chance, Catherine vor dem Unglück zu retten, nicht genutzt.

»Sie steht jetzt ganz unter dem Gebot des Herzogs, seiner Stiefmutter, der Herzoginwitwe, und der übrigen Howards. Ihre Unterwerfung wurde mit einem Geschenk besiegelt. Das gesamte Vermögen zweier Männer aus Sussex, die unter gerichtlicher Anklage stehen, wurde von der Krone beschlagnahmt und Miss Catherine Howard überschrieben.«

»Was wird den Männern denn vorgeworfen?«, fragte ich.

»Mord.«

Mir war so übel, dass ich glaubte, ich müsste mich übergeben. Doch nach drei tiefen Atemzügen verging das Gefühl.

»Miss Stafford, bitte hört mir zu«, sagte Culpeper. »Ihr müsst mich zum Obergewandkämmerer begleiten. Es ist Zeit, dass Ihr Eure Pflichten aufnehmt.«

Zornig fuhr ich ihn an: »Habt Ihr den Verstand verloren? Ihr erwartet, dass ich dem König jetzt noch diene?«

»Ja, und das aus zwei Gründen«, erwiderte er unbeirrt. »Erstens, weil Ihr bei Hofe bleiben solltet, um Miss Howard eine Stütze zu sein, wenn der König sie fallen lässt. Ihr könnt sicher sein, dass die Familie sich nicht um sie kümmern wird.«

»Ihr gehört also nicht zu denen, die glauben, Catherine könnte seine Frau werden?«

»Eine *fünfte* Königin?«, meinte Culpeper. »Nein, so etwas hat es nie gegeben. Außerdem, und das ist das Entscheidende, ist der König immer noch mit Anna von Kleve verheiratet. Er kann die Ehe nicht wegen ›blutschänderischer

Beziehung‹ annullieren lassen, wie im Fall Katharinas von Aragón, die zuvor mit seinem älteren Bruder verheiratet war. Und selbst damals brauchte er Jahre, um seinen Willen durchzusetzen. Er kann keinerlei Rechtsgründe für eine Annullierung seiner Ehe mit Anna von Kleve vorweisen. Und niemals wird Anna von Kleve den Weg Anne Boleyns gehen. Ihr Verhalten ist absolut tadellos, und ihre Familie in Deutschland ist zu mächtig, sie würde niemals zulassen, dass man sie aufgrund von Anschuldigungen, die reine Erfindung sind, vor Gericht stellt.«

Das war alles sehr einleuchtend. »Und der zweite Grund, warum ich bleiben und dem König dienen sollte?«, fragte ich.

»Weil Ihr diese Gelegenheit ergreifen solltet, etwas für Euch selbst zu tun, Miss Stafford«, antwortete Culpeper ernst. »Der König beabsichtigt, Euch großzügig zu entlohnen – Ihr werdet Euch Dienstboten nehmen und Euren eigenen Haushalt einrichten können. Eure Zukunft wäre gesichert.«

»Das alles bedeutet mir nichts«, entgegnete ich. »Ihr werdet das vielleicht nicht verstehen, Mr. Culpeper, aber mein einziger Wunsch ist es, ein ruhiges Leben zu führen. Wenn ich Gott nicht in einem Kloster dienen kann, werde ich meiner Berufung im weltlichen Leben folgen so gut mir das möglich ist.«

»Und was ist mit Eurer Familie?«, fragte er. »Wäre es den Staffords, die so lange schon vom königlichen Hof geächtet werden, nicht eine Hilfe, wenn Ihr eine Position bei Hofe einnähmt?«

Arthur.

Ich hörte seinen Namen so deutlich, als hätte ihn jemand vom Dach des Palastes herunter gerufen. Culpeper hatte recht, ein Hofamt würde meine Position stärken. Ich würde meinen Cousin endlich dazu bewegen können, Arthur Bulmer wieder in meine Obhut zu geben. Ich würde über das nötige Geld verfügen, um einen Hauslehrer zu engagieren, und über die Verbindungen, um Arthur, wenn es so weit war, zu helfen, die Familienehre wiederherzustellen. Um Arthurs Willen musste ich das Leben bei Hofe auf mich nehmen.

»Also gut«, murmelte ich. »Bringt mich zum Obergewandkämmerer.«

Auf dem Weg durch den Palast erklärte mir Thomas Culpeper, dass der König noch nicht entschieden hatte, ob er mich als ständiges Mitglied des königlichen Haushalts sehen wollte, das mit dem Gefolge reiste, wann immer der König die Residenz wechselte. Vielleicht wäre ein Haus in London das Gegebene. Bis darüber entschieden war, würde ich in Whitehall bleiben müssen. Richard würde mir als Diener zur Verfügung stehen und zu meinem Schutz bei Tag und Nacht meine Räume bewachen.

»Wer hat das alles veranlasst?«, fragte ich.

»Der Herzog von Norfolk – und ich«, antwortete er und wurde ein wenig rot.

»Was sollte Norfolk daran liegen, mich zu beschützen?« Ich war überzeugt, dass der Herzog mir nichts Gutes wünschte und mich lieber heute als morgen vom Hof verbannt gesehen hätte.

»Ja, es ist wahr, dass der Herzog Euch nicht gewogen ist«, räumte Culpeper ein. »Aber er ist Pragmatiker. Er weiß, dass Ihr hoch in der Gunst des Königs steht, deshalb erhob er keinen Widerspruch gegen meinen Vorschlag, Euch Richard zur Verfügung zu stellen.«

Mir ging das ein wenig zu weit. Seine Sorge um mich war rührend, gewiss, und bis zu einem gewissen Grad verständlich, da das Rätsel, wer mir an jenem ersten Tag in Whitehall aufgelauert hatte, immer noch ungelöst war. Doch es gehörte ganz sicher nicht zu den Aufgaben eines königlichen Kammerherrn, sich für die Interessen einer Dame einzusetzen, mit der er nicht verwandt war. Ganz ohne kleine Zurechtweisung konnte ich das nicht durchgehen lassen.

Doch jetzt, auf dem eiligen Weg durch die immer belebter werdenden Gänge, wollte ich dies nicht ansprechen.

Der Obergewandkämmerer, der Mann, dem der Einkauf und die Pflege der königlichen Garderoben, Rüstungen, Teppiche und Tapisserien oblag, hatte seinen Sitz nicht weit entfernt vom Rittersaal in einem großen Amtszimmer, das voller Leute war. Ich kam mir töricht vor, als ich daran dachte, dass ich mir von dem falschen Pagen hatte weismachen lassen, ein Hofbeamter von solcher Bedeutung hause in einem bescheidenen Nebengebäude des Palastes.

Ich hatte keine Ahnung, welcher der vier vornehm gekleidete Herren, die an einem Tisch in der Mitte des Raumes über mehrere aufgeschlagene Bücher gebeugt standen, der Obergewandkämmerer war. Ein halbes Dutzend anderer Männer, vielleicht Schreiber oder Lieferanten, wartete in geordneter Reihe darauf, von den vier Herren zur Kenntnis genommen zu werden, während wieder andere geschäftig hin und her eilten.

»Es gibt noch viel zu tun vor dem Turnier in der nächsten Woche«, bemerkte Culpeper.

»Ein Turnier?«

Culpeper lachte amüsiert. »Miss Stafford, Ihr erstaunt mich. Ihr müsst hier in Whitehall die Einzige sein, die nicht von dem Turnier weiß, das der König für den Maifeiertag anberaumt hat. Das erste seit vier Jahren! Kaum jemand im Palast hat derzeit etwas anderes im Kopf.«

Mich fröstelte. »Am Maifeiertag?«, fragte ich. »Ach so, das ist der Tag des Turniers! Das ist alles?«

Culpeper drehte sehr langsam den Kopf und sah mich an. »Was dachtet Ihr denn?«, fragte er, überhaupt nicht mehr amüsiert.

»Ist das nicht der Tag, an dem etwas stattfinden soll, was

Ihr mit meinem Cousin, dem Grafen von Surrey, und Sir Walter Hungerford geplant habt?«, fragte ich.

Ich ahnte, dass ihm die Frage nicht gefallen würde, dennoch überraschte mich seine heftige Reaktion.

Er packte mich beim Arm und starrte mich mit einem Ausdruck beinahe tödlichen Entsetzens an. »Woher wisst Ihr davon – woher?«, stieß er hervor.

»Ich habe Euch gestern Abend im Park des Bischofs gehört«, flüsterte ich.

»Ihr müsst vergessen, was Ihr gehört habt, und Ihr dürft mit keinem Menschen darüber reden, versprecht Ihr mir das, Miss Stafford?«

»Aber was –?«

Er umfasste meinen Arm fester. »Versprecht es mir, Miss Stafford«, bat er. »Wenn Euch mein Leben und das Eure lieb sind, müsst Ihr schweigen.«

Ich nickte erschrocken.

Culpeper rief laut: »Sir Andrew Windsor, ich darf Euch Miss Joanna Stafford vorstellen, die Euch auf Befehl des Königs ihre Aufwartung macht!«

Die Köpfe der grauhaarigen Herren schossen in die Höhe, doch statt mich Sir Andrew entgegenzuführen, machte Thomas Culpeper auf dem Absatz kehrt und floh Hals über Kopf aus dem Amtszimmer.

Ich holte einmal tief Atem und ging auf das Quartett grauer Häupter zu. Zweierlei fiel mir auf, als ich näher kam: Zwei der Hofbeamten waren hochbetagt, mindestens siebzig Jahre alt, und alle vier blickten mir mit offenkundigem Widerwillen entgegen.

»Es ist mir eine Freude, die Bekanntschaft der Dame zu machen, die seine Majestät berufen hat, sich fortan seiner Tapisserie-Kollektion anzunehmen, der vortrefflichsten in der christlichen Welt«, begrüßte mich der älteste der vier, vermutlich Sir Andrew, mit essigsaurer Miene.

Ich knickste und gab das Kompliment zurück.

Der Mann, der mir der zweitälteste zu sein schien, musterte mich. »Wie wir hörten, hattet Ihr große Mühe, die Räume des Obergewandkämmerers ausfindig zu machen«, bemerkte er, und ich meinte, einen fremdländischen Akzent zu hören.

Das musste sich auf meinen unglückseligen ersten Tag in Whitehall beziehen. Nie hätte ich geglaubt, dass die Geschichte bis zu diesen Herren vordringen würde.

»Ja, zu meinem Bedauern gab es – Schwierigkeiten«, erklärte ich voll Unbehagen.

Sir Andrew räusperte sich laut und sagte: »Wie dem auch sei, diese Bestandsaufnahme der Whitehall-Kollektion, mit der man uns beauftragt hat, ist gerade jetzt eine große Belastung für uns, Miss Stafford. Wir stecken mitten in den Vorbereitungen für das Turnier, das größte Festspiel, das der Hof seit Jahren veranstaltet hat. Und unmittelbar danach folgt der Umzug des Hofes von Whitehall nach Greenwich.«

Das also war die Erklärung für das allgemeine Missfallen – Ärger über die Unbequemlichkeit.

Der zweite Alte sagte in anklagendem Ton: »Miss Stafford, die Anordnung der Bestandsaufnahme erfolgte ja wohl auf eine Bemerkung von *Euch*?«

»Ich habe keine derartige Bemerkung gemacht«, widersprach ich.

Die Herren tauschten zweifelnde Blicke.

Ich wurde zornig. »Wenn Ihr meint, die Anordnung dieser Bestandsaufnahme sei eine Zumutung, kann ich das Seiner Majestät bei unserem nächsten Zusammentreffen gern vortragen.«

Der ehrwürdige Herr, der mir vorgeworfen hatte, den König angestiftet zu haben, fuhr sichtlich schockiert zurück. Sir Andrew Windsor sagte beschwichtigend: »Ihr müsst meinem Kollegen verzeihen. Meister Jan Moinck ist der Akquisitionsbeauftragte des Königs in Brüssel. Er ist erst kürzlich zurückgekehrt und hat sich gewissermaßen Tag und Nacht der Bestandsaufnahme gewidmet, da kaum Leute zur Verfügung standen.«

»Ihr kommt aus Flandern, Sir?«, fragte ich Meister Moinck. Wenn ich mit ihm zusammenarbeiten sollte, was unvermeidlich schien, musste ich versuchen, eine freundlichere Beziehung zwischen uns herzustellen.

Mit bebendem Kinn antwortete er: »Woher wisst Ihr das? Gehört Ihr zu denen, die allen Fremden misstrauen, Miss Stafford?«

»Gewiss nicht, meine Mutter stammte aus Spanien«, entgegnete ich ärgerlich und hielt inne, um mich zu fassen und einen neuen Versuch zu unternehmen. »Ich habe Euren Akzent erkannt und ich weiß, dass gerade die Flamen ein Auge für dekorative Innenausstattungen besitzen –«

Jacques Rolin. Er sprach mit dem gleichen Akzent. Von ihm wusste ich, dass die Flamen in dem Ruf standen, einen erlesenen Geschmack zu besitzen. Hastig verbannte ich den kaiserlichen Spion aus meinen Gedanken.

Sir Andrew mischte sich wieder ein. »Miss Stafford, wenn alles nach Plan geht, sollten wir die Bestandsaufnahme spätestens am Turniertag für Euch bereit haben.«

»Kann ich helfen?«, fragte ich.

»Und wie genau stellt Ihr Euch Eure Hilfe vor?«, erkundigte sich Meister Moinck.

»Indem ich übernehme«, antwortete ich. »Ich werde die Bestandsaufnahme zu Ende führen. Ihr sagtet, dass sie Euch neben anderen Pflichten und den Vorbereitungen für das Turnier eine große Belastung ist. Wenn jemand mich anweisen kann, werde ich gleich heute beginnen.«

Sir Andrew unterbrach Meister Moincks geringschätziges Prusten mit dem lauten Befehl, mir die Bücher zu bringen, hierher, ins Amtszimmer des Obergewandkämmerers. Meister Moinck persönlich begab sich auf den Weg, um die Übergabe zu beaufsichtigen.

Mit wehmütigem Blick bemerkte Sir Andrew: »Ich war ein Freund des Herzogs von Buckingham, und ich muss sagen, Ihr erinnert mich in mehrfacher Hinsicht an ihn.« Er senkte die Stimme. »Aber Ihr wart auch Novizin im Dominikanischen Orden, nicht wahr?«

»Ja«, bestätigte ich, und als ich in seiner Miene keinerlei Ablehnung entdeckte, fügte ich hinzu: »Wie Ihr sicher wisst, lehrt einen das Klosterleben, keine Arbeit zu scheuen.«

Nickend sagte Sir Andrew so laut, dass alle Anwesenden es hören konnten: »Nach dem Turnier werde ich dafür sorgen, dass Ihr in der Tapisseriewerkstatt in London eingeführt werdet, Miss Stafford. Ich habe schon gehört, dass Ihr einen eigenen Bildteppich in Arbeit habt. Ihr werdet alle Unterstützung erhalten, die Ihr braucht.«

Die Bestandsbücher wurden gebracht und erklärt, und ich lehnte höflich das Angebot ab, mir einen Helfer zur Seite zu stellen. Ich hatte ja nun, ob es mir passte oder nicht, meinen eigenen Diener, und mir die Bücher zu tragen, während ich meine Besichtigungsrunden durch den Palast absolvierte, war das Mindeste, was Richard tun konnte.

Sir Andrews abschließende Worte, als er mich aus dem Amtszimmer geleitete, enthielten eine Warnung. »Meister Moinck hat seine Gründe dafür, über die Berufung einer neuen königlichen Tapisseriemeisterin nicht begeistert zu sein. Ihr könnt bei diesem Unternehmen nicht auf ihn als Verbündeten zählen.«

»Verstanden«, sagte ich nur.

Eine weitere Person am königlichen Hof, die mir nichts Gutes wollte. Die Liste wurde immer länger.

In den folgenden vier Tagen widmete ich mich ausschließlich der Bestandsaufnahme der königlichen Tapisserien. Mehr als zweihundert Stücke hingen allein in Whitehall.

Viele weitere waren über die zahlreichen Schlösser des Königs verteilt oder befanden sich zur Reparatur oder Reinigung in der Tapisseriewerkstatt.

Zu meiner Überraschung ging Richard die Aufgabe mit Enthusiasmus an. Treppauf, treppab, von Saal zu Saal wanderten wir, begutachteten jeden Bildteppich, ob groß oder klein, um seinen Platz zu notieren, die Maße, das Sujet und den gegenwärtigen Zustand. Richard beklagte sich nie, ganz gleich, wie lange er neben mir stehen und das Buch halten musste, in das ich meine Beobachtungen eintrug. Oft war es unangenehm heiß, denn das ungewöhnlich warme und trockene Wetter hielt an, genau wie es der alte Bootsmann vorhergesagt hatte.

Doch die schwüle Wärme im Palast war die geringste meiner Sorgen. So sehr mich die tägliche Beschäftigung mit den Tapisserien in Anspruch nahm, meine Ängste begleiteten mich überall. Die Erinnerung an Thomas Culpepers heftige Reaktion auf meine Frage nach dem Maifeiertag ließ mich nicht los. Was war das für eine gefährliche Verschwörung, auf die er sich da eingelassen hatte? Er und Sir Walter Hungerford hatten beide von einem *Bund* gesprochen. Hatte es etwas mit dem Hass auf Thomas Cromwell zu tun? Das jedenfalls vermutete ich. Doch warum musste gerade am Maifeiertag irgendetwas Geheimnisvolles passieren? Ich hatte Culpeper nicht mehr gesehen, seit er mich zum Obergewandkämmerer gebracht hatte, und war ziemlich sicher, dass er mir absichtlich aus dem Weg ging.

Ebenso rätselhaft war mir Geoffrey Scovills Plan, nach Deutschland zu reisen, um Edmund zu finden. Nicht nur verblüffte es mich, dass gerade Geoffrey dies auf sich nehmen wollte, ich begann auch von Neuem um Edmund zu bangen. Ich hatte nie verstanden, was ihn dazu getrieben hatte, in irgendeine düstere Gegend Deutschlands zu reisen, und die Erkenntnis, dass sein Freund John Cheke meine tiefe

Sorge um ihn teilte, erhöhte meine Beunruhigung. Es quälte mich, dass Edmund so sehr unter der verheerenden Wirkung seiner Abhängigkeit von dem berauschenden Opium litt, dass er endlose Reisen ins Ungewisse wagte, um Hilfe zu suchen – und war er jetzt geheilt? Seit sechs Monaten hatte niemand mehr von ihm gehört.

Obwohl ich wusste, dass es ungerecht war, gab ich Geoffrey und John Cheke die Schuld an meinem erneuten Leiden um Edmund Sommerville. Eine kaum vernarbte Wunde war aufgerissen worden. Gleichzeitig aber konnte ich den Anblick Geoffreys nicht vergessen, wie er zutiefst erschöpft und traurig in Chekes Zimmer gesessen hatte. Mich bedrängte der Gedanke, dass er Hilfe brauchte – doch wie konnte man ihm helfen? Von mir würde Geoffrey bestimmt keine Hilfe annehmen. All diese Sorgen und Ängste lasteten so schwer auf mir, dass mir war, als trüge ich und nicht Richard die schweren Bücher durch den Palast hinauf und hinunter.

Doch was meine innere Qual schließlich zum Überfließen brachte, war etwas anderes, und schuld daran war Meister Holbein.

»Ich habe so viel Gutes über Eure Arbeit gehört, Miss Stafford«, sagte Holbein, als er mich besuchte. »Doch das wundert mich nicht – Ihr wart mir ja vier höchst erfreuliche Tage lang eine wertvolle Helferin in meinem Atelier. Ich kann Euch nicht sagen, wie sehr Ihr mir seither fehlt.«

»Und Ihr fehlt mir«, erwiderte ich aufrichtig. Es tat gut, sein breites lächelndes Gesicht zu sehen und seine weiche Stimme zu hören.

»Ihr wartet sicher ungeduldig auf den Beginn des Turniers in zwei Tagen?«, meinte er.

»Nein«, entgegnete ich und rechnete damit, dass er Verwunderung über meinen Mangel an Begeisterung zeigen würde. Doch stattdessen sagte er düster: »Das letzte Turnier werde ich niemals vergessen – allerdings aus Gründen, die wenig erfreulich sind.« Dann schüttelte er den Kopf, als wollte er die Erinnerungen rasch vertreiben. Sein Ton wurde wieder heiter. »Es kommt nicht oft vor, dass mir ein Auftrag erteilt und dann vergessen wird. Ich fand, es sei an der Zeit, Euch meine Zeichnung zu zeigen.«

Er entrollte das Bildnis Catherine Howards.

Mit sicherem Blick hatte er die frische Schönheit Catherines eingefangen: den mädchenhaft rosigen Teint, die regelmäßigen Züge, die glänzenden kastanienbraunen Haare. In ihrer rechten Wange zeigte sich ein Grübchen, als wollte sie jeden Moment zu kichern beginnen. Doch in den grüngrauen Augen lauerte ein Schatten. Während ich das Bild betrachtete, war mir, als wollte sie mir sagen, dass all diese Gaben, mit denen das Glück sie gesegnet hatte, nichts halfen gegen etwas, das nicht mit Charme und Liebreiz zu bezähmen und letzten Endes nicht aufzuhalten war.

»Verzeiht mir, Catherine«, schluchzte ich. »Verzeiht mir.«

Holbein nahm mich in die Arme und drückte mich mit einer väterlichen Güte, wie ich sie seit vielen Jahren nicht mehr erfahren hatte. Dankbar lehnte ich meinen Kopf an seine Schulter, unfähig, mein Bedauern und meinen Kummer zu zügeln.

Holbein beugte sich zu mir und sagte leise, als fürchtete er, von anderen gehört zu werden: »Ich habe auch Angst um sie.«

Er tätschelte mir tröstend den Rücken, bis mein haltloses Schluchzen endlich aufhörte, und wir wieder die gedämpften Stimmen im belebten Palasthof von der einen Seite hörten, und die Rufe der Bootsleute auf der Themse von der anderen.

Kapitel 19

Wie viele Klöster waren geplündert worden, um dieses Turnier am Maifeiertag zu bezahlen? Ich konnte nicht umhin, mir darüber Gedanken zu machen, während ich mit Hans Holbein zum Turnierplatz von Westminster vor den Palastmauern ging. Ich kannte mittlerweile die Vorliebe des Königs für Prunk und Gepränge und wusste auch, woher er die Mittel dafür nahm. Nachdem Heinrich das riesige Vermögen seines Vaters durchgebracht hatte, war die königliche Schatztruhe leer gewesen. Thomas Cromwell hatte sie wieder gefüllt – mit dem aus Klöstern und Kirchen erbeuteten Gold. Hemmungslos konnte sich Heinrich nun wieder seiner Leidenschaft hingeben, fremden Besitz an sich zu reißen und für seinen unerhörten Luxus zu verprassen. Ihm gehörten mehr Schlösser und Paläste als er bewohnen konnte. Die verschwenderische Ausstattung all dieser Residenzen, die Löhne der Scharen von Dienstboten, die opulenten Bankette, Heinrichs Pelze, Juwelen und Kronen – das alles wurde aus Raub und Plünderung bestritten.

Ich hatte die vergangenen Tage kaum einen Gedanken an das Turnier verschwendet, mich einzig darauf konzentriert, die Bestandsaufnahme zum vereinbarten Zeitpunkt abzuschließen. Doch als ich Sir Andrew Windsor am Freitagmorgen Bescheid gab, dass ich bereit sei, meine Arbeit zu präsentieren, hatte ich eine kurze Absage bekommen. »Seine Majestät wünscht die Vorlage der Bestandsaufnahme seiner

Tapisserien erst am Tag nach dem Ende des Turniers, dem fünften Mai.«

Ich las die Nachricht dreimal, dann schleuderte ich sie zornig zu Boden.

Hans Holbein, der mich häufiger besuchte, seit er mich in meinem Kummer über Catherine Howard getröstet hatte, lachte gutmütig über meine Empörung.

»Ihr solltet Euch besser an die Launen des Königs gewöhnen«, riet er. »Freut Euch über den Aufschub. Es hätte auch anders kommen können. Der König kann äußerst ungeduldig sein und Fristen setzen, die kein gewöhnlicher Sterblicher einhalten kann.«

»Aber es ist so ungerecht.«

»Nur ein Mann im Königreich entscheidet, was gerecht oder ungerecht ist, und im Augenblick ist er mit dem Turnier beschäftigt«, sagte Holbein. »Auch wenn die Zeiten vorbei sind, als er selbst die Rüstung anlegte und die Lanze trug, müssen wir uns dort sehen lassen.«

Als wir uns an diesem Samstagmorgen auf den Weg machten, fragte ich Holbein: »Wie soll uns in dieser riesigen Menge überhaupt jemand bemerken?« Ich hatte gehört, dass der König junge Ritter aus Frankreich, Flandern, Schottland und Spanien eingeladen hatte, es mit den »Herausforderern aus England« aufzunehmen. Der ganze Hof würde sich einfinden, alle Edlen des Landes, der Bürgermeister von London, selbst die Ratsherren der Stadt sowie die reichsten Kaufleute. Nach dem Turnier sollte im nahe gelegenen Durham House ein großes Bankett stattfinden.

»Der König erfährt immer, wer bei solchen Ereignissen fehlt«, sagte Holbein in dem belehrenden Ton, den ich bei jedem anderen irritierend gefunden hätte. »Er konnte jeden Einzelnen nennen, der nicht zu Anne Boleyns Krönung erschienen war, und früher oder später musste jeder von ihnen bitter büßen.«

Ich wollte gerade entgegnen, dass nichts mich hätte bewegen können, bei dieser Krönung zu jubeln, als ein seltsames Gefühl mich ergriff. Wir befanden uns mitten in einem Strom vorwärts drängender Menschen, doch ich spürte, dass irgendjemand in dieser unübersichtlichen Menge mich beobachtete. Es war, als würden die Blicke meinen Kopf durchbohren. Ich blieb stehen und sah mich vorsichtig in alle Richtungen um, aber kein Blick begegnete dem meinen. Und ich bemerkte auch niemanden, der sich irgendwie verdächtig verhielt.

Der Eindruck war ähnlich wie damals, als ich mit meinen Freunden nach London gekommen war. Und nur ein paar Stunden später war ich überfallen worden. Ich hatte bisher nie an eine Verbindung des einen mit dem anderen gedacht und verwarf den Gedanken daran sofort. Der angebliche Page hatte im Torhaus auf mich gewartet; er konnte mich unmöglich auf dem Weg zur Stadt beobachtet haben. Und von wem sollte mir heute, hier, in Begleitung von Meister Holbein und mitten in dieser jubelnden Menge, Gefahr drohen? Jeder, dem ich von solchen Befürchtungen spräche, würde mich auslachen.

Meine Schritte stockten, als mir einfiel, dass einer mich gewiss nicht auslachen würde. Der alte Pater Francis – ich hatte am Morgen bei ihm die Beichte abgelegt, und er hatte mir, bevor ich ging, zugeflüstert: »Seid vorsichtig, Miss Stafford, heute ist ein Tag, an dem vielleicht nicht jeder sicher ist.« Ich hatte ihn überrascht angesehen, doch er hatte ohne ein weiteres Wort den nächsten Konfitenten in den Beichtstuhl gewinkt.

Was oder vielmehr wen hatte der Priester gemeint?

Die königliche Galerie hatte direkten Blick auf den Turnierplatz, auf dessen anderer Seite sich die Felder von Westminster dehnten. Auf diesen Feldern hatte man eine Reihe riesiger weißer Zelte für die ritterlichen Kämpen errichtet.

Die Fahnen und Wimpel, die, alle im Rot der Tudors, die Zelte schmückten, hingen müde herab. Der Tag war brütend heiß und windstill. Die Turnierzelte erinnerten mich in ihrer schlaffen Reglosigkeit an große Segelschiffe, die darauf warteten, dass der Wind ihre Segel füllte.

Gerade als Meister Holbein und ich unsere Plätze an der neunzig Fuß langen Kampfbahn gefunden hatten, schmetterten Trompeten. In strenger Einhaltung der Rangfolge betraten die Mitglieder des Hofes die offene Galerie, um ihre Plätze einzunehmen. Ich erkannte Bischof Gardiner und den Herzog von Norfolk, einträchtig beieinander wie stets, doch vor ihnen schritten ihre verhassten Rivalen, Thomas Cromwell, des Königs oberster Minister, und Thomas Cranmer, der Erzbischof von Canterbury.

Unter dem Jubel der Menge erschien endlich der König, ganz in Gold gekleidet. Er bot Anna von Kleve die Hand und geleitete sie zu ihren Plätzen auf der Galerie, als wäre er der ergebenste aller Ehegatten. Die Königin bot ein strahlendes Bild in ihrer purpurroten Robe, die, nach kleidsamer französischer Mode geschneidert, ihrer Figur schmeichelte. Endlich sah ich wieder dieses Lächeln, das auf dem Schiff von Calais ihr Gesicht erleuchtet hatte, beim Mahl in Whitehall jedoch nicht ein einziges Mal aufblitzte.

Nervös beobachtete ich die Hofdamen, die von Lady Rochford geführt wurden, doch Catherine Howard war nicht unter ihnen.

Als hätte Holbein meine Gedanken gelesen, bemerkte er: »Oh, bei großen Anlässen wie diesem wird sie niemals in Erscheinung treten. Das ist nicht die Art des Königs. Er ist sehr diskret.«

»Davon war in Winchester House wenig zu spüren«, versetzte ich bitter.

Ich wusste nicht, wen ich mehr bedauern sollte, die Königin, deren Ehemann ihr aus Anlass dieser spektakulären Inszenierung Achtung und Liebe vorgaukelte, oder das junge Mädchen, das Feste und Geselligkeit liebte und nun einsam in Howard House saß.

Ein leitender Hofbeamter richtete eine Ansprache an die Menge: »Da es Gott gefallen hat, unter den christlichen Fürsten größere Eintracht zu schaffen als je zuvor, sodass die Gefahr besteht, dass im Müßiggang des Friedens edle Männer selbst dem Müßiggang verfallen oder andere zum Müßiggang verleiten; und da in der Vergangenheit kämpferische Taten, sowohl im Dienste Gottes als auch im Dienste ihrer Fürsten, Männern zu hoher Ehre verhalfen; und da weiterhin sechs hochwohlgeborene Ritter es als ihre Pflicht betrachten, alles in ihrer Macht Stehende zu tun, um solcher Ehre habhaft zu werden, wollen sie mit der Gnade Gottes, der Heiligen Jungfrau, des Heiligen Georg und …«

Der Rest der Rede ging unter in einem gewaltigen »Aaaah« der Menge beim Anblick der sechs Männer, die nun in glänzender Rüstung und mit Lanzen bewaffnet auf ihren prächtig geschmückten Pferden einritten. Jeder wurde von einem Pagen begleitet, der Helm, Schild und weiteres Rüstzeug seines Ritters trug.

Dieses Feiern »kämpferischer Taten« mutete mich seltsam an. Ich wusste sehr wohl, wie sehr Heinrich, so kampflustig er in seiner Jugend gewesen war, einen echten Krieg fürchtete, die Besetzung seines Inselreichs durch die katholischen Mächte Frankreich und Spanien. In den letzten zwei Jahren, seit diese Gefahr drohte, hatte er die Grenzen seines Königreichs stark befestigt, seine Bürger zur Musterung antreten lassen, ja, sogar eine Ausländerin geheiratet, deren Familie bereit war, sich auf Englands Seite zu stellen. Und als wäre das noch nicht genug, hatte er in mörderischem Rausch jeden Adeligen, den er der Treulosigkeit verdächtigte, unter falscher Anklage verhaften und hinrichten lassen.

»Das ist interessant – Sir Thomas Seymour tritt als Erster

an«, sagte Holbein und fügte erläuternd hinzu: »Seymour ist der Bruder von –«

»Ich kenne ihn«, unterbrach ich kurz. Gab es einen stolzeren Mann als Thomas Seymour, der jetzt hochaufgerichtet und mit lachendem Gesicht die Herausforderer anführte? Ich war sicher, dass er sich später mit Genuss im Glanz seiner Führungsrolle sonnen würde.

»Und der nächste ist Lord John Dudley«, bemerkte Holbein. »Das Faszinierende an ihm ist die Geschichte seines Vaters –«.

»Ich kenne sie«, unterbrach ich ihn. Innerlich schaudernd beim Anblick dieses Gesichts. Niemals würde ich den Mann vergessen, der an jenem Novemberabend donnernd an die Tür des Courtenay'schen Hauses geklopft hatte, um Henry Courtenay und Baron Montague zu verhaften.

Holbein sagte lachend: »Ich sehe schon, Ihr seid mit den jungen Herren besser bekannt, als ich dachte. Kennt Ihr auch Anthony Kingston?« Er wies zum nächsten Herausforderer.

»Ist er mit Sir William Kingston verwandt, dem Gouverneur des Tower?«

»Er ist sein Sohn«, antwortete Holbein.

Als die Erinnerungen an meine monatelange Gefangenschaft im Tower of London mich überschwemmten, wandte ich den Blick vom Geschehen auf dem Turnierplatz ab. Holbein, der merkte, wie unwohl mir war, hörte auf, mich zu necken.

Ich wagte erst wieder zum Platz zu sehen, als Hörnerklang die nächste kleine Truppe ankündigte. Selbst aus der Ferne erkannte ich das rötliche Plantagenet-Haar meines Cousins, des Grafen von Surrey. Ein Stück hinter ihm ritt Thomas Culpeper. Furcht regte sich wieder. Was hatten sie vor? Was war das für ein Bund, den sie eingegangen waren? War das Geheimnis wirklich so gefährlich, dass ich, wie Culpeper behauptet hatte, um mein Leben fürchten müsste, wenn ich eingeweiht wäre?

»Miss Stafford! Endlich habe ich Euch gefunden!«, rief ein Mann aus der Menge mich an.

Ich konnte es nicht glauben. Als hätte ich ihn mit meinen Gedanken heraufbeschworen, tauchte Sir Walter Hungerford, der Dritte in dem geheimnisvollen Bund, vor mir auf. Bei näherem Hinsehen wurde aus meiner Überraschung Widerwille. Sir Walter sah aus, als hätte er eine Prügelei hinter sich, die Strumpfhose war beschmutzt, der rechte Ärmel seines Wamses zerrissen, und sein Gesicht war schweißüberströmt, was gewiss nicht allein der Wärme des Tages zuzuschreiben war.

Niemand außer mir schien für ihn zu existieren. Die Hände ringend rief er: »Ihr allein könnt unsere Reise verstehen, Ihr allein!«

»Beruhigt Euch, Sir«, fuhr ich ihn heftig an, doch das schien ihn nur noch mehr zu erregen. Schon drehten die ersten Leute die Köpfe.

»Kann ich helfen?«, fragte Holbein. Sir Walter drehte sich um und musterte ihn mit blutunterlaufenen Augen.

»Meister«, sagte er, »auch Ihr seid ein Glück verheißender Anblick, denn Ihr verkörpert die Weisheit der Deutschen.«

Holbein umfasste Sir Walters Arm mit harter Hand. »Lasst das, Sir. Hier ist nicht Zeit und Ort, über Martin Luther zu sprechen.«

Verblüfft sah ich, wie Sir Walter Hungerford den Kopf zurückwarf und lachte – so schrill und durchdringend, dass noch mehr Leute aufmerksam wurden. Irgendjemand zischte: »Er ist betrunken.«

»Das ist nicht der Mann, dessen Weisheit ich folge!«, rief Sir Walter. »Meine Verehrung gilt anderen Deutschen – so wie dem genialen Heinrich Cornelius Agrippa.« Und wieder lachte er, ein schauderhaftes Brüllen.

»Hungerford!«

Es war der Graf von Surrey, hoch zu Ross. Er musste den Tumult bemerkt haben und war vom Tilt aus, der Beschrankung in der Mitte es Kampfplatzes, zu uns herübergeritten. Er war wütend und nicht nur das. Er war, wie die bläulich angelaufene Schwellung auf seiner Stirn zeigte, verletzt.

Hinter ihm führte Thomas Culpeper sein Pferd näher heran, ohne die Reihenfolge der Parade zu stören.

»Geht nach Hause, Mann!«, schrie Surrey. »In Gottes Namen, macht, dass Ihr nach Hause kommt!«

Mit einem letzten kreischenden Lachen wich Sir Walter stolpernd zurück und drängte sich dann durch Menge weg vom Turnierplatz.

Surrey und Culpeper reihten sich wieder ein und ritten, von weiteren Rittern gefolgt, weiter. Das seltsame Verhalten Sir Walters war bei den Zuschauern schnell vergessen über dem Anblick funkelnder Rüstungen.

»Was wollte dieser Mensch von Euch, Miss Stafford?«, fragte Holbein mich sichtlich erregt. »Kennt Ihr den Mann, von dem er gesprochen hat?«

Ich schüttelte den Kopf. »Ich habe den Namen noch nie gehört. Der Mann ist Deutscher?«

»Ja. Und auch wenn man in halb Europa auf dem Scheiterhaufen landet, wenn man ein gutes Wort über Luther sagt, würde ich jederzeit lieber über Luther mit Euch sprechen als über Agrippa, denn der ist doppelt so gefährlich.«

»Gefährlicher als Luther? Das ist nicht möglich.«

Wieder erschallten die Hörner, die Menge jubelte, und die beiden gegnerischen Gruppen ritten zu ihren Zelten zurück. Die Parade war beendet, bald würde zum ersten Zweikampf geblasen werden.

»Wer ist dieser Agrippa?«, fragte ich drängend.

»Nicht hier«, sagte Holbein. »Nicht jetzt.«

Ich hörte wieder die Stimmen im Park des Bischofs. *Es*

muss der Maifeiertag sein. Was konnten Surrey, Culpeper und Hungerford vorhaben, hier, auf diesem von Menschen wimmelnden Gelände? Ich blickte zur königlichen Galerie hinüber. Der König winkte Thomas Cromwell, und der Minister neigte sich ihm zu, um besser hören zu können. Anna von Kleve blickte erwartungsvoll zum Kampfplatz. Der Herzog von Norfolk unterhielt sich, an einen Holzpfeiler gelehnt, mit dem Bischof von Winchester. Die Damen und Herren des Hofes sahen hochmütig drein. Einige wirkten sogar gelangweilt.

Ich versuchte, mir ins Gedächtnis zu rufen, was Surrey auf dem Bankett beim Bischof zu mir gesagt hatte: »Es gibt einen anderen Weg, Cromwell zu entmachten, doch er wäre alles andere als ehrenhaft. Ich darf Euch nichts darüber sagen. Doch ich hoffe, dass eines Tages, wenn alles sich geändert hat, mein gutes Ansehen vor Euch wiederhergestellt sein wird, Joanna.« Zu dritt hatten sie einen Bund geschlossen, doch ich hatte den Eindruck, dass Sir Walter Hungerford der Urheber des Plans war. Er sei, hatte Surrey gesagt, »alles andere als ehrenhaft«, und mit zu den ersten Worten, die ich aus Hungerfords Mund vernommen hatte, gehörte die Frage, »Aber was ist, wenn ich keine Ehre habe?« Es musste in der Tat ein finsterer Plan sein. Wieder richtete ich meinen Blick auf die Galerie. Cromwell, immer noch im Gespräch mit dem König, wirkte absolut ruhig und gelassen. Niemand konnte besser geschützt sein.

»Meister Holbein«, sagte ich, »bitte erklärt mir doch, warum Sir Walter diesen Agrippa für klug hält.«

Gerade als er zu einer Antwort ansetzte, verkündete der königliche Herold mit schallender Stimme: »Für England!«, und die Menge brach in rasenden Jubel aus. Auf der Kampfbahn galoppierten zwei Männer, die Gesichter jetzt unter den Helmen verborgen, einander mit gezückten Lanzen entgegen.

Immer kürzer wurde der Abstand zwischen ihnen. Die Zuschauer hielten den Atem an.

Mit einem ohrenbetäubenden Knall prallten die Kämpfer aufeinander – und einer der Männer wurde vom wuchtigen Stoß der Lanze seines Gegners aus dem Sattel geworfen. Die Menge tobte, ich fand das Schauspiel eher erschreckend. Und Holbein ging es offensichtlich nicht anders.

Ich fasste ihn beim Arm. »Sagt es mir«, bat ich ihn noch einmal.

Holbein rückte näher zu mir heran. »Agrippa war ein Gelehrter und Arzt, der einige höchst gefährliche Bücher geschrieben hat«, flüsterte er mir ins Ohr.

»Was sind das für Bücher?«, fragte ich erregt.

»Agrippa befasste sich mit der magischen Wissenschaft, Miss Stafford. Wie ihre Kräfte zu interpretieren und zu nutzen sind. Sein berühmtestes Werk heißt *De Occulta Philosophia Libri Tres,* ›Drei Bücher über Magie‹.«

Voller Abscheu sagte ich: »Agrippa ist also ein Nekromant.«

»Nein, Miss Stafford. Er war weit mehr. Er war ein Magus, ein hoher Priester der Magie.«

Die Menge um uns herum begann von Neuem zu jubeln, als dem gestürzten Ritter auf die Beine geholfen wurde, und er winkte. Der Mann, der ihn besiegt hatte, nahm den goldenen Helm ab, damit alle ihn sehen und bewundern konnten: Sir Thomas Seymour.

Holbein rückte von mir ab und klatschte mit den anderen. Ich konnte keinen Finger rühren. Mein Cousin, der Graf von Surrey, und mein Freund Thomas Culpeper hatten sich mit Sir Walter Hungerford zu einem Bund zusammengeschlossen, der unter dem Zeichen eines Meisters der magischen Wissenschaften stand.

Während auf der Bahn alles für den nächsten Zweikampf vorbereitet wurde, wandte ich mich wieder Holbein zu.

»Was wisst Ihr über den heutigen Tag – den Maifeiertag?«, fragte ich.

»Nun, es ist ein Festtag zur Feier des beginnenden Frühlings«, antwortete er und sah mich verwundert an. »Zur Feier der Erneuerung. Ihr Engländer nennt ihn Maifeiertag, wir sprechen von der Walpurgis- oder Hexennacht.«

»Es hat etwas mit Hexen zu tun?« Es gelang mir kaum, ruhig zu bleiben.

»Ja, es hat mit Hexen und ihren Zauberkräften zu tun. Ich bin nicht sicher, aber ich glaube, in vorchristlicher Zeit feierten in dieser Nacht die Hexen ein großes Fest. Doch das ist lange vorbei –« Er brach ab und sah mich mit zusammengekniffenen Augen an. »Ihr glaubt doch nicht, dass dieser Mann, Hungerford, die Hexennacht meinte, als er von seiner ›Reise‹ sprach?«

Ich bedauerte Holbeins schnelles Verständnis. Ich durfte ihm ja nichts sagen; ich hatte Culpeper Stillschweigen versprochen.

»Ach, wer weiß, was Sir Walter gemeint hat. Er war ja völlig von Sinnen«, sagte ich in wegwerfendem Ton.

»Seid Ihr sicher, dass er harmlos ist?«, fragte Holbein dennoch besorgt. »Er war sehr auf Euch fixiert, Miss Stafford.«

»Ich kenne ihn nur flüchtig. Durch meinen Cousin, den Grafen von Surrey, der seine Freunde nicht immer mit Bedacht wählt.«

»Das ist wohl wahr«, brummte Holbein und wandte sich zu meiner Erleichterung wieder dem Turnier zu. Während er den Einzug der beiden nächsten Kombattanten verfolgte, stahl ich mich so unauffällig wie möglich davon. Da alle wie gebannt waren von dem Schauspiel auf dem Kampfplatz, fiel es mir nicht schwer, einen Weg durch die Menge zu finden. Sobald ich freies Feld erreichte, raffte ich meine Röcke und lief weiter, so schnell ich konnte.

Ich hatte keine Ahnung, in welchem Zelt Thomas Culpeper

sich aufhielt, und musste mehrmals fragen, ehe mir jemand Auskunft geben konnte.

»Ah, Ihr wollt ihm wohl Glück wünschen, wie das nur so eine hübsche Dame kann?«, fragte der Mann, der vor einem der weißen Zelte stand, mit anzüglichem Grinsen.

»Spart Euch Eure Bemerkungen«, gab ich ungeduldig zurück. »Sagt mir einfach, wo ich Mr. Culpeper finde.«

Der Mann wies zu einem Zelteingang.

Das grelle Sonnenlicht, das durch den Stoff des hohen, Zelts fiel, erfüllte den Innenraum mit einem graugoldenen Schimmer. Ungefähr ein Dutzend Männer hielten sich hier auf, jeder in Begleitung eines Pagen. Wein und Speisen wurden herumgereicht, drei Musiker unterhielten die Männer mit einer flotten Weise.

Als einer der Männer, ein blonder Hüne, der sich gerade die Armschienen überziehen ließ, mich am Zelteingang entdeckte, rief er ungehalten: »Mylady, Eure Anwesenheit hier ist regelwidrig. Führt Euch ein Auftrag her?«

»Ich suche Mr. Culpeper«, sagte ich.

Allgemeines Gelächter antwortete mir, und der blonde Ritter rief: »Wieso überrascht mich das nicht?«

Im ersten Moment konnte ich Culpeper nirgends entdecken, doch dann stand er plötzlich vor mir, das Gesicht weiß, die Augen voll Zorn.

»Wenn Ihr gekommen seid, um mir ein Zeichen Eurer Gunst zu geben, Mylady«, rief er so laut, dass alle es hören mussten, »seid Ihr zu spät. Lady Lisle hat mich bereits zu ihrem Streiter erkoren!«

Während die anderen noch lachten, zog Culpeper mich aus dem Zelt hinaus.

»Was tut Ihr hier?«, zischte er, als wir einen Platz gefunden hatten, wo niemand uns belauschen konnte.

»Als Sir Walter Hungerford mich heute angesprochen hat, habe ich begriffen«, sagte ich. »Ich weiß jetzt, was Ihr vorhabt. Ihr wollt Euch mit dunklen Mächten verbünden, und es hat mit Thomas Cromwell zu tun. Bitte, bitte, Ihr dürft das nicht tun. Ich kann Euch nicht sagen, warum nicht, aber ich weiß etwas über diese Welt und …«

Ich konnte nicht weitersprechen. Im hellen Tageslicht sah Culpeper furchtbar elend aus: die Augen von tiefen Schatten umgeben, das Gesicht kreideweiß und todmüde. Er hatte in der vergangenen Nacht offenbar keinen Moment geschlafen – und das war nicht alles. Ich dachte an die Worte, die Holbein gebraucht hatte: *Walpurgisnacht* und *Hexennacht*. Die magischen Rituale wurden nicht am Abend des ersten Mai abgehalten, sondern in der Nacht zuvor.

»Es ist schon getan«, flüsterte ich. »Ich komme zu spät.«

»Was geschehen ist, ist geschehen, und ich bereue nichts«, sagte Culpeper harsch. »Ihr hättet nie hierher kommen sollen. Ich habe Euch gesagt, Ihr sollt vergessen, was Euch zu Ohren gekommen ist und was Ihr zu wissen glaubt. Stattdessen stellt Ihr fortwährend Fragen und verlangt Antworten. Ihr hört auf nichts und niemanden, wie? Kein Wunder, dass Euch die schlimmsten Dinge passieren.«

Ich zuckte zurück, tief getroffen von seinen grausamen Worten. Ich hatte Thomas Culpeper zornig gemacht, und im Zorn ließ man sich leicht zu unbedachten Äußerungen hinreißen. Gleich würde er sich entschuldigen, und ich würde vernünftig mit ihm darüber reden können, was in der vergangenen Nacht geschehen war.

Doch langsam und sehr artikuliert, als hielte er mich für beschränkt, sagte er: »Ich werde nichts sagen – niemals. Und in Zukunft werde ich mit Euch nicht ein Wort wechseln, das über das hinausgeht, was meine Pflicht als königlicher Kammerherr mir gebietet.«

»Mr. Culpeper, ich wollte doch nur –«

»Nein. Ich will nichts mehr hören. Lasst mich einfach in Frieden.«

Mir blieb nichts anderes übrig, als den Rückweg zu Holbein anzutreten. Tränen brannten mir in den Augen, während ich mich niedergeschlagen einen sanften Hügel hinaufschleppte. Oben blieb ich stehen und blickte auf die Szene hinunter, die vor mir ausgebreitet lag: der nächste Ritter, der sich zum Kampf rüstete; Hunderte von Menschen im Rausch des Schauspiels, das ihnen geboten wurde; der König und die Königin, die, von ihren Höflingen umgeben, alles überschauten. Hinter ihnen erhob sich der massige Bau des Whitehall-Palasts und jenseits glitzerte das graublaue Wasser der Themse.

»Wie konnte es nur so weit kommen?«, murmelte ich vor mich hin. Innerhalb kürzester Zeit hatte ich mich so tief in den höfischen Intrigen verfangen, dass von dem Leben, wie ich es geplant hatte, nichts übrig war. Ich versuchte, mir vorzustellen, ich wüsste nichts von den Menschen dort unten. Ich wäre frei, und mein Leben gehörte wieder mir.

»Ist Euch nicht wohl, Juana?«

Eustace Chapuys, der kaiserliche Botschafter, riss mich mit seiner vorsichtigen Frage aus den Gedanken.

»Doch, Herr Botschafter. Es geht mir gut«, versicherte ich, meine Bestürzung verbergend, und knickste kurz.

»Nein, Ihr seht blass aus«, widersprach er. »Ich wollte eigentlich zu einem spanischen Ritter, um ihm die guten Wünsche des Kaisers für den bevorstehenden Kampf zu überbringen. Aber da seid Ihr mir aufgefallen, wie Ihr dastandet, so verloren und im Gespräch mit Euch selbst. Ihr solltet nicht ohne Begleitung und ohne Diener hier unterwegs sein.« Demonstrativ sah er sich in alle Richtungen um. »Das könnte gefährlich sein.«

Ich trat näher an ihn heran. »Oder eine gute Gelegenheit für gewisse Leute, meint Ihr nicht?«, entgegnete ich.

Chapuys neigte den Kopf ein wenig zur Seite und betrachtete mich. Die Menge jubelte über irgendeine Glanzleistung unten auf der Kampfbahn. Ich hielt mit aller Anstrengung meine Furcht in Schach. Jetzt war der Moment, ihm den Handschuh hinzuwerfen, zu fordern, dass er sich dazu bekannte, wenn er bei dem Überfall auf mich die Hand im Spiel gehabt hatte.

Chapuys sagte schließlich: »Wenn Ihr Euch in Gefahr glaubt, so droht sie gewiss nicht von meiner Seite.«

»Nein?«

»Kaiser Karl persönlich hat es befohlen – nichts Böses soll Joanna Stafford von unserer Hand geschehen.«

Chapuys' Lippen bebten ein wenig, und ich ahnte Bedauern, ob über den kaiserlichen Befehl oder die Unmöglichkeit, meine Ermordung anzuordnen, konnte ich nicht erkennen.

Dann drehte er sich um und ging schnellen Schrittes zu den Zelten.

Ich blieb zitternd im gleißenden Sonnenlicht zurück. Ich hatte Eustace Chapuys endlich Paroli geboten, und er hatte bestritten, an einem Komplott gegen mich beteiligt zu sein. Vielleicht zitterte ich angesichts der Erkenntnis, dass der mächtigste Herrscher der christlichen Welt von meiner Existenz wusste und beschlossen hatte, mir mein kleines Leben zu lassen.

Entschlossen machte ich mich auf den Rückweg zu den Zuschauerreihen am Rand des Turnierplatzes. Ich merkte nicht, wie benommen ich war, vielleicht weil ich bei der Hitze so lange nichts gegessen und getrunken hatte, vielleicht auch infolge der inneren Erschütterung durch diese beiden Begegnungen. Nach kaum ein paar Schritten stolperte ich über einen Erdbuckel, verhedderte mich in meinen Röcken und stürzte ins Gras. In peinlicher Verlegenheit setzte ich mich auf und versuchte, meine verrutschte Haube gerade zu rücken, bevor ich aufstand.

Eine gepflegte Hand in rüschenbesetzem Ärmel erschien vor meinen Augen. Ich blickte nach oben, doch von der

Sonne geblendet brauchte ich einen Moment, um das Gesicht der Person, die sich über mich neigte, in den Blick zu bekommen. Als ich es erkannte, fuhr ich so heftig zurück, dass ich rückwärts auf die Hände fiel.

Pedro Hantaras lachte. »Darf ich Euch denn nicht meine Hilfe anbieten, Señorita?«

»Nein.« Ich wusste, dass es lächerlich war, ihn zurückzuweisen, doch ich konnte nicht anders. Hantaras, der Mann unter Chapuys Agenten, dem der Botschafter am meisten vertraute, hatte mich gemeinsam mit Jacquard Rolin auf meine Rolle bei ihrem Anschlag gegen den König vorbereitet. Er war ein mit allen Wassern gewaschener Spion, erfahren im Entschlüsseln von Geheimschriften und im Fälschen von Papieren, und er war gefährlich. Als ich mich geweigert hatte, den König zu töten, hatte Hantaras mich bewusstlos geschlagen und betäubt und wäre zweifellos noch weitergegangen, wäre es mir nicht in Rochester gelungen, ihm zu entkommen.

Seine braunen Augen blitzten, als er sagte: »Dann solltet Ihr vorsichtiger sein.« Mit einem spöttischen Lächeln trat er zurück und ging in derselben Richtung davon wie zuvor Chapuys. Er war bei öffentlichen Anlässen niemals an Chapuys' Seite, doch niemals fern von ihm.

Ich stand endlich auf und bemerkte wenig später Holbein, der sich durch die Menge drängte. Vermutlich auf der Suche nach mir. Schuldbewusst eilte ich ihm entgegen, einen Schwall von Entschuldigungen auf den Lippen. Doch der Maler ließ mich gar nicht zu Wort kommen. »Ich bin froh, Euch gefunden zu haben, Miss Stafford!«, rief er. »Euer Verschwinden hat mich angesichts der Ereignisse sehr beunruhigt.«

»Wie meint Ihr das?«, fragte ich. »Welche Ereignisse?«

»Vorhin wurde ein Mann verhaftet«, antwortete Holbein. »Sir Walter Hungerford, und er hat sich nach Kräften gewehrt.«

Kapitel 20

Die Nachricht von der Gefangennahme Sir Walter Hungerfords stürzte mich in neue Angst. Hatten die Leute des Königs davon Wind bekommen, dass er, Culpeper und Surrey in der Nacht irgendwelche okkulten Rituale abgehalten hatten? Wussten sie, mit welchem Ziel – der Entmachtung Cromwells, wenn ich richtig vermutete? Wenn dem so war, würde unweigerlich eine Welle von Verhaftungen folgen und alle, die den drei Männern nahestanden, würden womöglich von ihr mitgerissen werden. Ich hatte Kenntnis von der Verschwörung, wenn ich auch nichts Genaueres wusste, und bekam Angst um mein Leben.

»Was wird ihm vorgeworfen?«, fragte ich Holbein mühsam beherrscht.

»Niemand weiß, warum er verhaftet wurde. Aber als Soldaten ihn festnahmen, versuchte er, sie mit einem Messer abzuwehren und beschimpfte sie mit gotteslästerlichen Verwünschungen«, sagte Holbein. »Es hat großes Aufsehen gegeben.«

»Verzeiht«, sagte ich hastig, »aber ich muss Euch jetzt verlassen, Meister Holbein. Ich muss mich noch umkleiden, in diesem Gewand kann ich nicht in Durham House erscheinen.«

Verwundert fragte Holbein: »Ihr wollt zu dem Bankett? Ich dachte, Ihr verabscheut solche Veranstaltungen.«

»Ja, aber mich plagt der Hunger, Meister Holbein«, erwiderte ich, der Verzweiflung nahe. »Euch etwa nicht?«

»Oh, ich bin immer hungrig«, sagte er.

Er hatte recht, mich zog nichts zu diesem Bankett. Doch nirgends blühte der Klatsch so üppig wie bei solchen Veranstaltungen, und es war dort sicher Näheres über Hungerfords Verhaftung zu erfahren. Ich musste herausfinden, was die Behörden wussten und ob man eine Verbindung von Hungerford zu meinem Cousin Surrey und Thomas Culpeper hergestellt hatte.

Als Holbein und ich mit einiger Verspätung Durham House erreichten, eines von mehreren hochherrschaftlichen Häusern direkt an der Themse, war der Rittersaal bereits voller Gäste, die sich mit Genuss den angebotenen Speisen widmeten. Stickige Wärme und ein durchdringender Geruch nach gebratenem Fleisch hingen in Wolken über den langen Holztischen.

Der König thronte auf dem Podium, diesmal nicht mit Catherine Howard an der Seite, sondern seiner angetrauten Gemahlin. Anna von Kleve strahlte, das war selbst vom anderen Ende des riesigen Saals zu erkennen. Doch ebenso auffallend war die grimmige Miene des klevischen Botschafters, der an ihrer anderen Seite saß. Holbein schnalzte mit der Zunge und sagte: »So wird Doktor Harst nie erreichen, dass sie gekrönt wird.«

»Gekrönt?«

»In Kleve wird man langsam ungehalten, weil der König keinerlei Anstalten macht, seine Frau krönen zu lassen«, erklärte mir Holbein.

Ich hatte eine Ahnung, warum der König nicht an eine Krönung seiner Frau dachte. Die Ehe war ja nie vollzogen worden. Doch das war vermutlich kaum jemandem bekannt. Am Hof schrieb man die Kälte, die er Anna von Kleve gegenüber an den Tag legte, meist seinem fortgeschrittenen Alter zu und der Tatsache, dass die Ehe aus rein politischem Kalkül geschlossen worden war.

»Meister Holbein!« An einem Tisch am Fenster war ein bärtiger Mann aufgesprungen und winkte lebhaft.

Er machte uns mit seinen beiden ebenfalls bärtigen Begleitern bekannt, die wie er hochgeachtete Mitglieder der Tuchmacherzunft waren. Ihn, Mr. Rice, hatte Holbein vor Jahren gemalt, als er im Haus von Thomas Morus lebte und noch höchstes Ansehen genoss. Während ich von dem Kapaun auf meinem Teller aß und hin und wieder am Wein nippte, hörte ich den Gesprächen der Tuchmacher mit Holbein zu. Sie hatten eine Sichtweise auf den Hof, die mir völlig neu war. So geehrt sie sich von der Einladung zum Turnier und zu diesem Festbankett fühlten, schienen sie das ganze Treiben doch auch mit einem gewissen Humor zu betrachten, wie sich zeigte, als der unverkennbar jüngste der drei sagte: »Seymour ist für mich der Favorit. Aber der gute Mann besitzt ja auch genug Gold, um sich die beste Rüstung zu leisten.«

Bei der nächsten Wendung des Gesprächs horchte ich auf.

»Es besteht da eine Ähnlichkeit zu dem Turnier im Jahr 36«, bemerkte der Mann mit dem roten Bart, der neben mir saß. »Auch damals gab es eine Verhaftung.«

»Ach, ja, Sir Walter Hungerford«, sagte Holbeins Bekannter, Mr. Rice.

Ich wartete gespannt.

»Weiß einer der Herren, was man Sir Walter vorwirft?«, erkundigte sich Holbein.

»Soweit mir bekannt ist«, berichtete Mr. Rice, »soll Sir Walter heimliche Sympathien für die Rebellen in Nordengland hegen, die an der sogenannten Pilgerreise der Gnade teilgenommen haben.«

Das war nun wirklich das Letzte, was ich erwartet hatte. Die Rebellen hatten sich damals, vier Jahre war das jetzt her, der vom König verordneten Glaubensreform widersetzt, den Schutz der Klöster und die Amtsenthebung Thomas Cromwells gefordert. Nach dem Scheitern des Aufstands waren nicht nur die Klöster zerstört worden, sondern auch die Leben unzähliger Menschen. Meine Cousine Margaret Bulmer, die sich mit ihrem Ehemann den Rebellen angeschlossen hatte, wurde in Smithfield auf dem Scheiterhaufen verbrannt, an einem Tag, der mein ganzes Leben veränderte.

»Aber jeder weiß doch, wie ergeben gerade Sir Walter Cromwell gegenüber ist«, wandte der Rotbärtige ein.

»Das soll angeblich nur Pose sein«, erklärte Mr. Rice und trank einen Schluck Bier aus seinem Krug, bevor er hinzusetzte: »Sir Walter soll damals mit einem Trupp Soldaten für den König in den Kampf gezogen sein und einen Geistlichen gefangen genommen haben. Aber anstatt ihn dem Gericht zu überantworten, soll er ihn nach Süden mitgenommen und heimlich zum Kaplan in Farleigh Hungerford Castle gemacht haben.«

»Das ist der ganze Vorwurf, dass er einen Geistlichen bei sich aufgenommen hat?«, fragte Holbein.

»Oh«, sagte Mr. Rice mit sichtlichem Genuss, »wie ich gehört habe, sollen sie da oben auf Farleigh Hungerford Castle alle möglichen Dinge getrieben haben. Schlimme Dinge. Der Kaplan soll einer Gruppe angehört haben, die mit Geisterbeschwörungen zu tun hatte, und bei einer dieser Beschwörungen ging es wohl darum, zu erfahren, wie lang der König leben wird. Und das ist noch nicht alles. Sir Walter hat sogar –« Mit einem entschuldigenden Blick in meine Richtung brach er ab. »Es ist noch von anderen Verbrechen die Rede, aber die erörtert man in anständiger Gesellschaft besser nicht.«

Geschichten über Sir Walters widerwärtiges Verhalten interessierten mich nicht. Doch es entsetzte mich zu hören, dass offenbar alle Welt von seiner Beschäftigung mit Magie und dem Okkulten wusste. Welch eine dunkle und gnadenlose Welt, in der die Güte Christi keinen Platz hatte. Ich hatte mir geschworen, mich für den Rest meines Lebens von solchen Praktiken abzuwenden. Aber gerade hier, am Hof Heinrichs VIII., wo Intrige und Verrat regierten, sah ich mich erneut in sie hineingezogen. Ich hatte kein Wort gesagt und trotzdem hatte Sir Walter irgendwie gemerkt, wie nahe ich einmal dem Feuer gekommen war. In der Kapelle in Winchester House hatte er gesagt: *Wenn ich in diese schwarzen Augen blicke, weiß ich, dass Ihr etwas anderes seid. Ihr habt Dinge gesehen, Mylady. Dinge, die auch ich gesehen habe. Und wieder sehen werde.*

Culpeper hatte mich gewarnt, dass bei Hof jeder jeden beobachtete. Ich hob den Kopf von meinem Teller und nickte zu den Ausführungen des dicken Tuchhändlers, obwohl ich kein Wort davon gehört hatte.

Als Holbein mich ansah, brachte ich sogar ein Lächeln zustande. Er erwiderte es, doch sein Blick war irritiert. Ich hob meinen Becher und trank ihm zu. Ich konnte ihm – genau wie Geoffrey Scovill – keine größere Wohltat erweisen, als zu schweigen. Unwissenheit würde sie schützen.

Kurz bevor der König und seine Gemahlin sich anschickten das Fest zu verlassen, schritten der Graf von Surrey und Thomas Culpeper Seite an Seite durch den Saal. Zweifellos wussten sie, was Hungerford widerfahren war, doch ihnen war keine Furcht anzumerken, während sie immer wieder Grußworte und scherzhafte Bemerkungen mit den Leuten wechselten, an denen sie vorüberkamen.

Ein junger Höfling an einem Tisch in unserer Nähe rief: »Sieh sich einer dieses Horn auf Eurer Stirn an, Surrey! Habt Ihr Euch heute überrumpeln lassen?«

Der Graf griff sich mit gespielter Verlegenheit an die Stirn und rief: »Es soll nicht wieder vorkommen, meine Herren!«

Alle an den umstehenden Tischen lachten und Culpeper stimmte ein. Im selben Moment entdeckte er mich am Tisch der Tuchmacher. Einige Sekunden lang starrten wir einander an, dann wandte er sich ab, lauter lachend als zuvor.

Ich bewahrte mit Mühe die Fassung. Kein Schlag beim ritterlichen Kampf hatte diese Schwellung an Surreys Stirn verursacht – mir war sie schon aufgefallen, als Surrey in der Parade an uns vorbeigeritten war. Und das bedeutete, dass es während der geheimen nächtlichen Zusammenkunft der drei Männer zu Gewalt gekommen sein musste.

Jeder Turniertag verlief nach diesem Muster: Ich trug eine Maske der Heiterkeit, genau wie Culpeper und Surrey, soweit ich sehen konnte. Doch innerlich zitterte ich vor Angst.

Mit seinem Versuch, auf dem Weg der Hellseherei den Todestag das Königs zu bestimmen, hatte Sir Walter Hochverrat begangen. Heinrich fürchtete Prophezeiungen. Er war erst der zweite Tudor-König, und seine Erben waren ein einziger Sohn, der gerade drei Jahre alt war – und zwei Töchter, Maria und Elisabeth, in seinen Augen Bastarde. Seit Jahren wurde getuschelt, dass die Tudors nicht so fest auf dem Thron säßen, wie Heinrich die ausländischen Herrscher gern glauben machen wollte.

Doch was, wenn die Männer, die Hungerford verhörten, herausbekamen, dass das nicht alles war? Hatte nicht der Bund der drei Verschwörer den Sturz Cromwells zum Ziel gehabt? Wie schnell würde man aus dem Hass der drei auf Cromwell eine Verschwörung gegen den König selbst konstruieren. Immerhin floss ja in den Adern des Grafen von Surrey ein Spritzer königliches Blut. Man würde sie als Rebellen verdammen, die Heinrich vom Thron stoßen wollten.

Während ich in der wolkenlosen Hitze den Kämpfern in ihren blitzenden Rüstungen zusah, während ich bei den endlosen Banketten zu Tisch saß, quälte mich unablässig eine Frage: Was verriet Sir Walter Hungerford seinen Inquisitoren? Ich hatte die Folterkammer im Tower of London gesehen, ich wusste, dass es beinahe unmöglich war, auf Dauer standzuhalten.

Bei einem Gespräch mit Holbein erfuhr ich etwas, was ein neues Licht auf Hungerfords Verhaftung warf. »Die Hungerfords sind eine reiche Familie«, sagte er, »und die königliche Schatztruhe beginnt sich schon wieder zu leeren. Wer reich ist, sollte dem König gegenüber tunlichst unbedingte Loyalität an den Tag legen.«

»Ich wusste gar nicht, dass er so reich ist«, sagte ich verwundert.

»Der Mann, den ich am Maifeiertag erlebt habe, hatte alle Beherrschung über sich verloren«, meinte Holbein nachdenklich, »dabei genießt seine Familie höchstes Ansehen. Soviel ich weiß, war ein Hungerford der erste Parlamentssprecher, ein anderer kämpfte an der Seite Heinrichs V. und wieder ein anderer tötete in der Schlacht von Bosworth einen Offizier Richards III. … Unser Sir Walter hat eine der großartigsten Privatbibliotheken im ganzen Land zusammengetragen. Sie befindet sich auf dem Stammsitz der Familie, einem wirklich beeindruckenden Schloss. Außerdem besitzt er Grundvermögen hier in London.«

Nach einem kurzen Schweigen sagte er: »Vielleicht gibt es für sein Verhalten keine andere Erklärung als die, dass er wahnsinnig geworden ist.«

Oder in den Wahnsinn getrieben wurde.

Was sich in den frühen Morgenstunden der Nacht zum ersten Mai abgespielt hatte, musste so böse und grauenvoll gewesen sein, dass es Hungerfords Geist verwirrt, Surrey körperlich verletzt und Thomas Culpeper zu einem grausamen Menschen gemacht hatte. Was es gewesen sein könnte, konnte ich mir nicht vorstellen. Ich hatte jedes Mal Todesängste ausgestanden, wenn mir eine Prophezeiung verkündet worden war, doch niemand hatte mir je etwas angetan. Der Ort, an den ihr Bund die drei Männer geführt hatte, musste von ganz anderer Art sein als alles, was ich erlebt hatte.

Mir fiel nur eine Person ein, die vielleicht in der Lage war, mir Näheres über die Rituale der Mainacht zu sagen: Pater Francis. Er hatte mich gewarnt, also musste er etwas wissen.

Am dritten Tag des Turniers wartete ich nach der Beichte in der Kapelle auf ihn. »Ich danke Euch, dass Ihr mir geraten habt, am Maifeiertag vorsichtig zu sein, Pater.«

Er schüttelte den Kopf. »Ich verstehe einfach nicht, warum gute Christen heidnische Rituale dulden«, jammerte er. »Ich wollte, ich könnte seine Majestät dazu bewegen, all diesen gottlosen Bräuchen seine Billigung zu versagen, besonders dem Entzünden der Beltane-Feuer.«

»Was sind das für Feuer?«

»In den Zeiten bevor Christus in seiner Gnade England erleuchtete wurden auf unserer Insel alle möglichen abscheulichen Bräuche gepflegt. Mit dem Entzünden von Freudenfeuern in der Nacht vor dem ersten Mai huldigten die Menschen der Fruchtbarkeitsgöttin – könnt Ihr Euch eine schlimmere Gotteslästerung vorstellen? Und dennoch entzünden die Könige von England stets ein kleines Feuer zur Feier dieses ›heiligen‹ Tages. Seine Majestät begreift anscheinend nicht die wahre Gefahr –«

Er brach ab, offensichtlich nicht gewillt, mehr zu sagen. Doch diesmal würde ich mich nicht so einfach abspeisen lassen.

»Pater Francis, ich bin ganz Eurer Meinung, aber wenn ich Euch bei Eurem Bemühen helfen soll, muss ich mehr wissen«, sagte ich.

Der Kaplan des Königs schwieg.

Aus dem Augenwinkel bemerkte ich eine Dame des Hofes, die vermutlich darauf wartete, von Pater Francis in den Beichtstuhl gebeten zu werden.

»Bitte, Pater, ich bin eine Cousine des Königs zweiten Grades, wie Ihr wisst – ich möchte ihn vor jeder Gefahr schützen«, drängte ich.

Pater Francis winkte mich in eine dämmrige Ecke hinter einem Steinpfeiler.

»Es geht um ein Erlebnis aus meiner Jugend«, erklärte er. »Ihr müsst mir Euer Wort darauf geben, dass Ihr niemandem davon erzählt.«

Nachdem ich Stillschweigen versprochen hatte, begann Pater Francis zu berichten. »Ich war als Kind ein rechter Stubenhocker und wurde deswegen von meinen beiden älteren Brüdern gnadenlos geneckt. Eines Nachts, es war der 30. April, schleppten sie mich mit sich in den Wald. Sie hatten von Leuten im Dorf gehört, dass man um diese Zeit an gewissen Orten seltsame Feuer brennen sehen konnte. Wir mussten stundenlang marschieren, und es war kalt. Ich wollte nur nach Hause, aber meine Brüder ließen mich nicht gehen.«

Selbst jetzt konnte ich Pater Francis noch die Empörung über die Gemeinheit seiner Brüder ansehen.

»Und dann erreichten wir endlich einen dieser verbotenen Orte. Fünf Leute, zwei Männer und drei Frauen, tanzten um ein Feuer herum und raunten irgendwelche Gesänge. Es war ein –« Pater Francis wurde rot – »ein unzüchtiger Tanz. Sie warfen etwas ins Feuer, und die Flammen schossen in die Höhe. Ihr hättet es sehen sollen, Miss, ein wahres Höllenfeuer, ich schwöre es.«

Ich bekreuzigte mich. »Hat man Euch etwas angetan?«, flüsterte ich.

»Nein, nein. Ich bin weggelaufen. Ich bin vor diesem Teufelsfeuer und meinen Brüdern geflohen, so schnell ich konnte. Natürlich habe ich mich im Wald verlaufen und erst herausgefunden, als es schon Morgen wurde. Mein Vater hat meine beiden Brüder grün und blau geschlagen, und sie haben mir nie verziehen.«

Pater Francis räusperte sich und sah mich an, mit sichtlichem Groll darüber, dass ich ihn gezwungen hatte, sich diesen Vorfall in Erinnerung zu rufen.

Ich hatte das Gefühl, dass ich auf dem rechten Weg war, aber bis zur Wahrheit war ich immer noch nicht vorgedrungen.

»Pater, was haben diese Leute im Wald getan?«, fragte ich. »War das so etwas wie ein Hexenritual, das sie aufgeführt haben?«

»Wer hat Euch das gesagt?«, fragte er scharf.

»Niemand. Ich habe geraten, Pater. Ich habe gehört, dass diese besondere Nacht in Deutschland Hexennacht genannt wird.«

Er wedelte abwehrend mit der Hand. »Ich weiß nichts davon, was sie in Deutschland tun. Aber es war ein Zauberritual, ganz gewiss. Diesem abscheulichen Aberglauben zufolge wirkt ein Zauber in dieser Nacht stärker als an jedem anderen Tag im Jahr, gleich, ob es ein Liebeszauber oder ein Fluch ist. Wir beide mögen uns einig sein, dass das heidnischer Unsinn ist, aber mancher junge Gelehrte, der sich für einen Humanisten hält, spürt diesen finsteren Geheimnissen nach, an die besser nicht gerührt werden sollte. Das Studium der Natur verstößt gegen Gottes Gebot. So, und nun wollen wir nie wieder über diese Dinge sprechen, Miss Stafford. Guten Abend.«

Kapitel 21

Endlich geht dieses Turnier zu Ende, und wir können unser alltägliches Leben wieder aufnehmen«, bemerkte Holbein, als wir einen Platz an der Kampfbahn gefunden hatten. Er konnte es, wie er mir sagte, kaum erwarten, sein nächstes Porträt zu beginnen, und ich würde morgen dem König meine Bestandsliste seiner Tapisserien vorlegen.

Doch für Sir Walter Hungerford würde es kein alltägliches Leben mehr geben. Er saß jetzt im Tower gefangen, wie ich gehört hatte. Ich gab mich weiter so, als hätte das alles nichts mit mir zu tun; der Graf von Surrey und Thomas Culpeper hielten es genauso.

Nur einmal fiel Culpeper aus der Rolle, als Cromwells Neffe Gregory ihn bei einem Zweikampf mit donnerndem Getöse zu Boden schleuderte. Culpepers Gesicht war wutverzerrt, als es ihm unter Mühen gelang, sich zu erheben. Sogar einen Fluch stieß er aus, was bei den Zuschauern ein Raunen des Erstaunens hervorrief. Thomas Culpeper war bekannt für seine unerschütterliche Höflichkeit.

Zum Schlusszeremoniell versammelten sich alle Ritter auf ihren Pferden vor der königlichen Galerie, wo der König und seine Gemahlin mit funkelnden Kronen geschmückt Hof hielten. Cromwell stand an der Seite des Königs, dort, wo er sich während des ganzen Turniers aufgehalten hatte. Wenn die drei Männer ihn mit einem Fluch belegt hatten, so war dieser bemerkenswert wirkungslos.

Der oberste Kammerherr verkündete mit schallender

Stimme: »Seine Majestät, König Heinrich VIII., ist erfreut. Zur Belohnung für ihren tapferen Einsatz setzt er jedem der sechs englischen Herausforderer und ihren Erben auf Dauer eine Rente von einhundert Pfund im Jahr sowie ein Haus zum Leben aus.«

Jubelgeschrei mischte sich mit tosendem Applaus und wildem Füßetrampeln angesichts solch königlicher Hochherzigkeit, und ich dachte an die Nonnen und Mönche, die zu Tausenden aus ihren Klöstern vertrieben und mit winzigen Renten abgefunden worden waren. Die Schwestern in Dartford, die in einem Bauernhaus außerhalb der Stadt Unterschlupf gefunden hatten, konnten kaum ihr Leben fristen, obwohl sie ihre Renten zusammenlegten.

Am nächsten Morgen begab ich mich, nach einer von drückender Hitze und innerer Unruhe gestörten Nacht, in Begleitung Richards, der das Bestandsbuch trug, zu den Privatgemächern des Königs. Um zu unserem Herrscher vorzudringen, mussten wir zuerst den Audienzsaal passieren. Ich kannte den Raum von meinem Besuch in der vergangenen Woche, als ich seine Tapisserien begutachtet hatte. Die Behänge waren unbestreitbar von erlesener Qualität, doch das Beeindruckendste in dem Saal war ein prunkvoller Thronsessel mit gleichermaßen prunkvollem Baldachin. Hier empfing der König die Abgesandten ausländischer Regierungen, hier führte er bei offiziellen Anlässen des Reichs den Vorsitz. Heute allerdings war der Saal leer bis auf zwei Reihen königlicher Leibgardisten rechts und links vom Obersten Kammerherrn, der sich mit steinerner Miene präsentierte.

Ein kurzer Gang verband den Saal mit den Privatgemächern des Königs, die nur einer Handvoll Auserwählter frei zugänglich waren. Alle anderen Besucher kamen nicht ohne eine Einladung, wie ich sie in der Hand hielt, am Obersten Kammerherrn vorbei.

Nachdem der Hofbeamte die Einladung gelesen hatte, entsandte er einen der Leibgardisten. Mir war heiß unter meinem Samtkleid, und ich hatte das Gefühl, mein Gesicht brenne vor Hitze, während ich wartete, bis endlich der Gardist mit Sir Anthony Denny zurückkehrte.

»Miss Stafford, Ihr werdet erwartet«, sagte Denny und bedeutete mir, ihm ohne Begleitung zu folgen.

»Gebt mir das Buch, Richard«, sagte ich und hörte mit Entsetzen meine krächzende Stimme.

Das Buch vor mir her tragend wie eine Opfergabe, folgte ich Denny. Der Gang mündete in einen langgestreckten, von einem unirdischen Glanz erfüllten Raum. Die Wände und die Decke waren in Gold gehalten. Zögernd trat ich einige Schritte näher. Dann bemerkte ich das Gemälde, das die Wand zu meiner Rechten bedeckte, und blieb verblüfft stehen. Es war eine lebensgroße Darstellung der königlichen Familie. Neben seiner unterwürfigen dritten Frau, Jane Seymour, stand breitbeinig, eine Hand in die Hüfte gestemmt, der kraftstrotzende König, sein Blick kalt und skrupellos.

»Ja, an dieses Werk Meister Holbeins muss man sich erst gewöhnen«, sagte jemand.

Ich drehte mich nach dem Mann um, der die gleiche rote Livree trug wie Sir Anthony Denny, jedoch ein ungleich freundlicheres Gesicht zeigte. »Ich bin Sir Thomas Heanage, der Sekretär des Königs.« Mein Blick schweifte an ihm vorbei zu den Gestalten im hinteren Teil des Raums. An einem großen Pult standen drei junge Männer vor aufgeschlagenen Büchern, in die sie emsig irgendwelche Eintragungen machten; vermutlich königliche Schreiber. Etwas entfernt, an einem vergoldeten Tisch, saß der König von England. Er war so prächtig gekleidet wie immer, doch die auf dem Gemälde spürbare Ausstrahlung männlicher Kraft war erloschen. Das Licht, das durch die Fenster fiel, zeigte ein aufgedunsenes müdes Gesicht. An der Seite des Königs stand, wie immer, Thomas Cromwell.

Heanage trat an den Tisch. Der König und sein oberster Minister blickten von den Briefen auf, mit denen sie beschäftigt gewesen waren.

»Willkommen, Cousine Joanna«, sagte der König. »Die Geschäfte des Reiches fordern unsere Aufmerksamkeit, doch wir gestatten uns gern eine Pause, um uns Eure Arbeit anzusehen. Wir haben gehört, dass Ihr äußerst gewissenhaft zu Werk gegangen seid.«

Ich knickste tief und trat näher zum Tisch. Das Buch wog schwer in meinen Armen, doch ich wusste nicht, wem ich es übergeben sollte. Heanage kam mir zu Hilfe. Er nahm es mir ab und legte es aufgeschlagen auf die Ecke des Tisches.

Cromwell fragte: »Soll ich es durchsehen und die wichtigsten Punkte zusammenfassen, Majestät?«

»Nein, nein«, entgegnete der König ungehalten. »Wir wollen es jetzt prüfen. Nichts ist wichtiger als unsere Tapisserien.«

Stille breitete sich aus, während sein Blick die einzelnen Spalten hinunterwanderte. Am Ende angekommen, blätterte er langsam zur nächsten Seite. Zum ersten Mal fiel mir auf, wie rot und angeschwollen die Finger unter den Diamanten und Smaragden waren.

Als ich einmal aufblickte, bemerkte ich, dass Cromwell mich mit einer eisigen Mischung aus Neugier und Verachtung musterte. Sein Gesicht war grau, als hätte es die Sonne nie gesehen, obwohl er gerade erst fünf Tage lang neben dem König draußen auf der Galerie am Turnierplatz gestanden hatte. Räume wie dieser hier schienen sein natürliches Habitat zu sein: tief im Inneren des Palasts, im Zentrum der Macht.

»Cousine Joanna, was hat das zu bedeuten?«, fragte der König.

Er hielt die Fingerspitze auf einen Eintrag von mir gedrückt. Als ich um den Tisch herumging, sah ich, dass es sich um die Beschreibung des Bildteppichs im Rittersaal handelte, der die Geschichte vom Fall Trojas erzählte.

Stockend las ich vor: »Untere Ränder beschmutzt, möglicherweise Rauchschaden. Essensgerüche.«

»Ihr habt das selbst festgestellt?«, fragte der König ruhig.

»Ja, bei der Bestandsaufnahme, Majestät.« Ich holte Atem. »Bei diesem Teppich, *Der Fall Trojas*, hatte ich es allerdings schon früher bemerkt.«

»Und wie kommt das?«, fragte der König.

»Ich habe mir den Teppich angesehen, als ich an meinem ersten Tag in Whitehall durch den Rittersaal kam, nicht lange, aber ziemlich genau. Dabei ist mir die Beschmutzung aufgefallen.«

Der König wurde rot vor Zorn. »Beschmutzt?«, donnerte er. »Unsere Bildteppiche sind beschmutzt? In einem Maß, dass es dem flüchtigen Blick eines Vorüberkommenden auffällt?«

»Es tut mir leid, Majestät«, stammelte ich.

Er achtete gar nicht auf meine Entschuldigung, die ich vorgebracht hatte, um ihn zu besänftigen, keinesfalls weil ich mich schuldig fühlte. Niemand sonst reagierte. Cromwell schwieg. Heanage blickte so gelassen und wohlwollend drein wie immer.

»Ich habe wahrhaftig genug von Moincks Inkorrektheiten, Cromwell«, schimpfte der König laut. »Dieser nachlässige Mensch – auf keinen Fall wird er nach Brüssel reisen, um ein Angebot für den *Triumph der Götter* zu machen. Joanna sollte an seiner Stelle reisen, sie ist zehnmal so gewissenhaft wie er. Auf Moinck kann man sich nicht verlassen.«

An seiner Stelle nach Brüssel reisen?

Der König konnte sich nicht beruhigen. »Sir Andrew Windsor hat diesen Dilettanten aus Flandern protegiert. Er sollte gleich mit ihm zusammen entlassen werden.«

Cromwell räusperte sich. »Sir Andrew dient Euch schon

seit Eurer Thronbesteigung, Majestät. Er wurde vom Herrn Vater Eurer Majestät berufen, der viel von ihm hielt.«

»Gut, Windsor kann bleiben – fürs erste«, entschied der König mürrisch. »Aber Moinck muss gehen.«

»Natürlich, Majestät«, sagte Cromwell. »Wir werden Meister Moinck unverzüglich davon in Kenntnis setzen. Soviel ich weiß, bereitet er seit mindestens zehn Jahren seinen Sohn darauf vor, sein Nachfolger zu werden. Er muss wissen, dass das keinen Sinn mehr hat.«

»Aber ich will nicht jemanden aus seinem Amt verdrängen«, protestierte ich.

»Das tut Ihr nicht, Cousine«, entgegnete mir der König scharf. »Ihr tut nur das, wozu Ihr Euch bereit erklärt habt: uns dienen. Ist es nicht so?«

»Doch, Majestät, aber –«

Sein Gesicht begann sich erneut zu röten. »An unserem Hof gibt es kein ›Aber‹.«

Nichts auf der Welt hätte ich in diesem Moment lieber getan, als ihm zu sagen, dass ich dieses Amt nicht annehmen würde, dass seine Tapisserien mich nicht kümmerten, dass ich umgehend, auf der Stelle, nach Dartford zurückkehren wollte. Aber ich brachte es nicht über mich. Zu groß war meine Angst vor seinem Zorn.

Ich knickste unsicher. »Ja, Majestät.«

Mit einem Federkiel in der Hand deutete der König auf mich: »Ihr werdet gleich morgen Vormittag die Gewandkämmerei in London aufsuchen und alle Tapisserien besichtigen, die dort lagern. Danach werden wir über Einzelheiten Eures Amtes entscheiden, Eure jährliche Vergütung und den Umfang Eures Haushalts sowie darüber, welche Strategie wir beim *Triumph der Götter* verfolgen sollten. Unseren Gewährsleuten in Brüssel zufolge soll es die großartigste Bildfolge sein, die je geschaffen wurde. Ich werde sie erwerben. Keinesfalls werde ich sie dem Kaiser oder König Franz überlassen.«

Ohne auf eine Antwort von mir zu warten, wandte er sich wieder seinen Schriftsachen zu, und Sir Thomas Heanage trat an meine Seite, um mich zur Tür zu geleiten.

»Miss Stafford, es war ein großes Vergnügen, Eure Bekanntschaft zu machen«, sagte er und reichte mich an Sir Anthony Denny weiter. Er selbst war offenbar nur für den Empfang der Gäste zuständig. Welche Rolle Thomas Culpeper in dieser Hierarchie innehatte, blieb im Dunkeln. Er hatte sich nicht sehen lassen, zweifellos weil er von meiner Verabredung mit dem König unterrichtet war und es vorzog, mir aus dem Weg zu gehen.

Doch ich konnte mir weiter keine Gedanken über Thomas Culpeper machen, dazu hatte ich zu viel mit meiner eigenen prekären Situation zu tun. Jedes Mal, wenn ich mit dem König zusammentraf, verlangte er mehr von mir. Wenn ich dieses Amt annahm, in dem er mich sehen wollte, würde ich an den Mann gebunden sein, der die Klöster zerstört, die Hinrichtungsbefehle für meine Verwandten und meine Freunde unterzeichnet und meine Freundin Catherine Howard verführt hatte.

Und wie sollte ich dem König und Gott gleichzeitig dienen?

So inbrünstig ich in dieser Nacht um Gottes Rat und Weisung betete, als der Morgen kam und es Zeit wurde, die Gewandkämmerei aufzusuchen, hatte sich mir noch immer keine Lösung gezeigt. Mir blieb nichts anderes übrig, als zu gehorchen. Doch ich schwor mir, meinem Cousin Henry Stafford zu schreiben und mit allem Nachdruck Arthurs Rückkehr zu mir zu fordern, sobald mir Genaueres über die Art meines Amtes bekannt wäre. Etwas Gutes wenigstens sollte aus dieser misslichen Situation hervorgehen.

Richard war begeistert von meinem Auftrag, aus den Stallungen von Whitehall zwei Pferde zu besorgen – der junge Mann war des Palastlebens offensichtlich müde. Und ich muss sagen, auch ich fühlte mich etwas leichter, als wir aufbrachen. Zwar graute mir vor dem Zusammentreffen mit Moinck, dennoch hatte dieser Ausritt etwas von einer Befreiung.

»Miss Stafford, das ist das Scotland House.« Richard wies auf ein stattliches Herrenhaus an der Themse. »Dort hat die Schwester des Königs, Königin Margaret von Schottland, eine Zeit lang gelebt.«

Er wies mich auf unserem Ritt durch die Stadt immer wieder auf Sehenswürdigkeiten hin, sichtlich stolz auf sein Wissen. Als der Weg uns von der Themse wegführte, wurden die Straßen schmäler, eingeengt von Kirchen und Fachwerkhäusern, in denen Schankwirte, Kaufleute und Handwerker ihren Geschäften nachgingen. Das Menschengewimmel nahm zu, sodass ich Mühe hatte, Richard nicht zu verlieren. Den Blick fest auf sein goldbraunes Wams gerichtet, lenkte ich mein Pferd zwischen Fußgängern, anderen Reitern und Fuhrwerken hindurch.

»Thomas Becket! Thomas Becket! Thomas Becket!« Ein ganzer Chor von Stimmen rief den Namen des Heiligen. Erschrocken zügelte ich mein Pferd. Warum sollten die Menschen nach dem ehemaligen Erzbischof von Canterbury rufen, der vor langer, langer Zeit heimtückisch ermordet worden war? Ich schloss zu Richard auf, auch wenn das bei der Menschenmenge nicht einfach war. Etwas entfernt konnte ich eine Bühne erkennen, die, von einem Vorhang umschlossen, in die Straße hineinragte.

Die Hand über den Augen, um sie gegen das grelle Sonnenlicht abzuschirmen, sagte Richard: »Ah, es ist eine Komödiantentruppe, Miss. Aber die Leute haben sich wirklich den ungünstigsten Platz für ihre Bühne ausgesucht. Das ist die Straße zum Baynard's Castle, direkt neben der Gewandkämmerei. Jetzt ist sie uns versperrt.«

Ich blickte nach rechts – in dieser Richtung zog sich die

Straße in einem scheinbar endlosen Bogen. Doch linker Hand führte eine schmale Öffnung in eine Gasse, die, wie es aussah, parallel zu der versperrten Straße verlief. »Können wir es nicht dort versuchen?«, fragte ich Richard mit einer Geste zu der Gasse.

Er überlegte kurz, dann sagte er: »Ich weiß einen anderen Weg.« Doch in dem Moment, als er sein Pferd antreiben wollte, erschien am oberen Ende der Straße ein Zug von Masken in allen möglichen Kostümen, vermutlich auf dem Weg zu den Komödianten, die sich jetzt auf der Bühne versammelten. Richard zuckte mit den Schultern. »Tja, das geht dann auch nicht. Dann müssen wir es wohl mit dieser Gasse versuchen und sehen, wohin sie führt.«

»Aber wir sind doch schon in der Nähe der Gewandkämmerei?«, fragte ich.

»O ja, und wir werden auch dort ankommen«, versicherte Richard.

Ein Mann auf der Bühne rief mit schallender Stimme: »Ich bin der König und dieser lästige Priester hat mich beleidigt.«

Ich konnte nicht anders als mich im Sattel umdrehen, erstaunt darüber, dass Londoner Straßenkomödianten sich ausgerechnet den Tod Thomas Beckets zum Gegenstand ihres Stücks erwählt hatten. War das nicht ein heikles Thema? Der Papst hatte Heinrich VIII. auch deshalb exkommuniziert, weil er den Schrein des Heiligen Thomas geschändet hatte.

Der »König« auf der Bühne musste Heinrich II. sein, jener andere Herrscher, der mit der Kirche in Konflikt geraten war. In einen Pelz gehüllt, am Hut eine riesige Straußenfeder, ereiferte er sich vor den belustigten Zuschauern lautstark über den Ungehorsam Beckets.

Vier »Ritter« traten vor. Der erste kniete vor dem König nieder. »Wie können wir Euch dienen, Herr? Es ist unsere Pflicht, Euch zu dienen.«

Der König winkte ab. »Ihr könnt nichts für mich tun, denn Thomas Becket ist der Erzbischof von Canterbury.« Er wandte sich von den Rittern ab und trat an die Rampe. Aus vollem Halse brüllte er jene fatale Frage, mit der Heinrich II. die Mörder auf den Erzbischof gehetzt hatte, ohne ausdrücklich seinen Tod zu befehlen: »Will denn niemand mich von diesem lästigen Priester befreien?«

Ich hatte mehr als genug gehört und wandte mich von der Bühne ab, um meinen Weg mit Richard fortzusetzen. Doch Richard war nicht mehr an meiner Seite. Ich suchte in der dichter werdenden Menge und war froh, als ich das goldbraune Wams am Eingang zu der Gasse entdeckte, die wir als Umgehung gewählt hatten.

Als ich die Ecke erreichte, war er schon ein Stück Weges in die Gasse hineingeritten. Sie war lang und schmal und bei weitem nicht so belebt wie die Straßen rundherum.

»Richard«, rief ich. »Wartet einen Moment.«

Er hielt an und winkte mit erhobener Hand, ohne sich jedoch umzudrehen. Ich trieb mein Pferd an. Mit jedem Hufschlag wurde der Geruch, der den nahen Markt verriet, stärker. Richard hatte recht, wie näherten uns einem Ort, an dem Fleisch verkauft wurde. Es roch widerlich nach frisch geschlachteten Tieren in der schmutzigen Gasse. Ich bedauerte, Richard überredet zu haben, diesen Umweg zu nehmen.

Flüchtig hatte ich den Eindruck, dass hinter mir jemand meinen Namen rief. Absurd. Kein Mensch kannte mich hier in der Gegend.

»Joanna!«

Ich fuhr herum, dieser Ruf konnte doch nur mir gelten. Zu meiner Verwunderung kam Geoffrey Scovill mit wild wedelnden Armen auf mich zugelaufen.

»Kehrt um – kehrt um. Sofort!«, brüllte Geoffrey. »Wendet das Pferd. Das ist nicht Richard!«

Verblüfft blickte ich wieder die Gasse hinauf. Richard

hatte sein Pferd angehalten, doch er sah sich nach wie vor nicht nach mir um, wartete nur starr und stumm. Das sah meinem diensteifrigen Begleiter so gar nicht ähnlich.

Hatte man mir wieder eine Falle gestellt?

Der erschreckende Gedanke traf mich mit einer Wucht, dass mir einen Moment der Atem stockte. Der Mann, der mehrere Meter von mir entfernt wartete, trug das gleiche goldbraune Wams wie Richard, doch es war nicht Richard, es war ein Fremder. Er war größer, saß aufrechter auf seinem Pferd. Während wir angehalten hatten, um den Komödianten zuzusehen, hatte jemand mit Richard die Rolle getauscht.

Ich riss an den Zügeln, um mein Pferd zu wenden. Doch die Stute, irritiert von den eng stehenden Mauern, stemmte erst die Füße in den Boden, dann scheute sie. Ich schlug ihr verzweifelt die Hacken in die Flanken. »Dreh um, dreh um!«, flehte ich.

Eine Gestalt flog an uns vorbei – jemand der plötzlich aus einer Tornische sprang, klein von Wuchs, eher einem Knaben als einem erwachsenen Mann gleich. Ich spürte, wie der Unbekannte meinem Pferd einen harten Schlag gegen die Hüfte versetzte und dann weiter rannte, die Gasse hinauf.

Die Stute wieherte laut auf und drehte sich so blitzartig, dass ich mich gerade noch an den Sattel klammern konnte, um nicht abgeworfen zu werden. Geoffrey war schon nahe, doch er musste an die Mauer zurückweichen, als mein Pferd zu bocken begann. Hilflos flog ich auf und nieder. Nie hatte ich auf einem so wild bockenden Pferd gesessen.

»Geoffrey – Hilfe!«, schrie ich.

Es gelang mir nicht, mich länger an den Sattel zu klammern. Als ich durch die Luft flog, sah ich noch, wie Geoffrey die Arme ausstreckte, als wollte er mich fangen. An seinen Händen war Blut. Dann schlug ich gegen die Backsteinmauer.

Kapitel 22

Der Mann, der sich mit gerunzelter Stirn über mich beugte, trug eine schwarze Kappe, die seinen Kopf hauteng umschloss. Ich wollte ihm unbedingt etwas sagen, aber irgendetwas Hartes drückte so stark auf meinen Kopf, dass ich meinte, er würde platzen. Die Bilder vor meinen Augen verschwammen, und ein dumpfer Schmerz pochte in einem meiner Arme.

»Ihre Augen sind geöffnet«, bemerkte der Mann zu jemandem, den ich nicht sehen konnte.

»Ich darf mich nicht verspäten«, sagte ich. Oder glaubte ich zu sagen. Ich konnte meine Worte nicht hören.

Der Mann mit der schwarzen Kappe fragte: »Verspäten wozu?«

Froh, dass man mich verstanden hatte, erklärte ich: »Zum Besuch in der Gewandkämmerei. Ich muss noch heute dorthin.« Ich schluckte und hörte jetzt meine krächzende Stimme. »Seine Majestät hat es befohlen.«

Er stand auf und trat zu einem zweiten Mann, den ich undeutlich erkennen konnte. Er schien älter zu sein. Auch er trug eine Kappe, dazu ein lang herabwallendes Gewand, in das irgendwelche Symbole eingewoben waren. Ich sah sie nur undeutlich, wie alles um mich herum. Immerhin erkannte ich, dass ich, nur mit einem Hemd bekleidet, in dem Bett in meinem Zimmer in Whitehall lag, und fühlte mich plötzlich erniedrigt durch die Anwesenheit der beiden fremden Männer. Was hatten sie hier zu tun, während ich zu Bett lag?

Der ältere Mann kam näher.

»Miss Stafford, ich bin Doktor William Butts, der Leibarzt des Königs«, sagte er behutsam, aber doch eindringlich. »Der Herr, mit dem Ihr eben gesprochen habt, ist Meister Samuel Clocksworth, der erste Wundarzt bei Hofe. Ihr seid heute Morgen zu Eurem Besuch in der Gewandkämmerei aufgebrochen. Jetzt haben wir Nachmittag.« Er schwieg einen Moment, dann setzte er hinzu: »Es hat in London einen Zwischenfall gegeben. Versteht Ihr, was ich sage?«

»Nein, es tut mir leid. Das ist nicht richtig.« Ich versuchte, die Situation in die Hand zu bekommen. »Bitte holt meinen Diener Richard, er muss draußen im Flur sein. Wir müssen uns auf den Weg machen.«

Die beiden Männer tauschten einen Blick und zogen sich etwas zurück, wie zu einer Besprechung unter vier Augen. Sie machten keine Anstalten, Richard zu holen.

Ich hatte genug von diesem Durcheinander. Ich stemmte mich in die Höhe – und stürzte in einen Abgrund betäubenden Schmerzes. Mit einem Aufschrei ließ ich mich zurückfallen. Mein Kopf, mein linker Arm und meine linke Schulter tobten. Ich kämpfte gegen Schwindel und Übelkeit. Nichts drückte auf meinen Kopf, das wenigstens wusste ich jetzt; er war einfach verbunden.

Meister Clocksworth eilte an mein Bett. »Nicht bewegen«, befahl er streng. »Tut das nicht wieder.«

»Mein Arm«, stöhnte ich, dem Weinen nahe. »Was ist passiert? Wie soll ich jetzt weben?«

Während er sich noch bemühte, mich zu beruhigen, sprang die Tür auf und Catherine Howard stürzte mit fliegenden Röcken ins Zimmer. »Sie ist wach! Sie ist wach!«, jubelte sie. »Warum hat mir niemand Bescheid gesagt?«

Der Wundarzt streckte ihr abwehrend den Arm entgegen, doch sie wich aus und warf sich vor meinem Bett zu Boden. Ihr Gesicht war kaum eine Handbreit von mir entfernt, tränenfeucht und stark gerötet um die Augen. Ich war froh sie zu sehen.

»Was ist denn geschehen?«, fragte ich.

Catherine lachte und weinte zugleich. »Was geschehen ist? Meine liebste Freundin wäre beinahe gestorben. Man hat mir gesagt, dass Ihr es nur Eurem Glück zu verdanken habt, dass Ihr noch am Leben seid, aber völlig ungewiss ist, ob Ihr nach diesem ungeheuren Zusammenstoß je wieder erwachen werdet. Und nun könnt Ihr schon wieder mit mir sprechen. Ich werde der Heiligen Jungfrau ewig dankbar sein.«

Wie aus weiter Ferne hörte ich die Stimme des Leibarztes, der versuchte, Catherine zum Schweigen zu bringen. Doch es war ohnehin zu spät, plötzlich war wieder alles präsent. Der Ritt mit Richard durch London, die Straßenkomödianten, die schmutzige Gasse und mein Sturz vom Pferd. Ich hatte offensichtlich das Bewusstsein verloren, als ich gegen die Mauer geschleudert worden war. Aber was genau war in dieser Gasse passiert?

»Geoffrey«, sagte ich. »Ich brauche Geoffrey.«

»Sie darf sich nicht aufregen«, meinte Doktor Butts besorgt. »Sie scheint sich jetzt zu erinnern, aber wenn sie jetzt in Erregung gerät, kann das großen Schaden anrichten.«

»Geoffrey wurde verletzt«, fiel mir ein. »Ich habe das Blut gesehen.«

»Sch.« Catherine streichelte meinen Arm. »Sch.«

Holbein war der nächste, der in mein Zimmer kam. Nach einem kurzen Gespräch mit dem Leibarzt holte er sich einen Hocker und setzte sich an mein Bett. Er rückte auch Catherine einen Hocker heran, doch sie zog es vor, auf den Knien zu bleiben.

»Ich kann Euch versichern, dass Constable Scovill nicht verletzt wurde«, sagte Holbein.

»Aber wo ist er dann?«

»Er hat Euch hierher gebracht, Miss Stafford. Wurde er vielleicht Zeuge Eures Unfalls?«

Als ich darauf nichts sagte, fuhr Holbein fort: »Er hat die Wunde an Eurem Kopf verbunden und ein paar Männer überredet, Euch in ihrem Fuhrwerk nach Whitehall zu bringen. Miss Howard war bei mir im Atelier – wir hörten den Streit, als die Wachen ihn nicht am Torhaus vorbeilassen wollten.«

Catherine berichtete: »Ich wurde neugierig und habe zum Fenster hinausgesehen. Jemand hat Euren Namen gerufen – Joanna Stafford, das ist Joanna Stafford –, und da habe ich begriffen, dass Ihr da besinnungslos in dem Wagen lagt …« Sie schlug die Hände vors Gesicht und begann wieder zu weinen.

»Ich konnte dann die Wachen dazu überreden, ihn durchzulassen«, erzählte Holbein weiter, »Miss Howard hat dann den königlichen Haushalt alarmiert, und diese beiden ausgezeichneten Herren haben sich Eurer angenommen.«

Ich versuchte, das alles trotz Schmerzen und Übelkeit aufzunehmen. Ärger regte sich in mir. »Aber ich habe Blut an Geoffreys Händen gesehen«, beharrte ich.

»Es war nicht sein Blut, Miss Stafford«, erklärte Holbein.

Ein schrecklicher Verdacht stieg plötzlich auf. »Wo ist Richard?«, fragte ich.

»Das ist fürs Erste genug geredet«, entschied Dr. Butts.

»Nein«, rief ich. »Nein! Richard ist verletzt, nicht wahr?«

Catherine sagte mit zitternder Stimme. »Ihr seid eine gottesfürchtige Frau, Ihr müsst auf Euren Glauben bauen und stark sein, Joanna.«

»Er ist tot?«, stieß ich hervor. »Richard ist tot?«

Catherine senkte den Kopf.

Die grauenvolle Erkenntnis, dass Richard, ein Junge von gerade zwanzig Jahren, ermordet worden war, überwältigte mich. Die Gesichter der Menschen, die sich um mein Bett drängten, verschwammen miteinander. Ein schwaches Dröhnen füllte meine Ohren. Gleich würde ich das Bewusstsein verlieren – aber das wollte ich nicht. Tief atmend versuchte ich, wach zu bleiben.

»Sagt es mir«, forderte ich.

»Er wurde von denselben schrecklichen Menschen getötet, die Euch berauben wollten«, sagte Holbein. »Constable Scovill war in London und bemerkte Euch und Richard vor der Bühne der Komödianten. Er sah, wie Richard aus dem Sattel seines Pferdes rutschte und schöpfte Verdacht. Als er sich näher drängte, fand er Richard schwer verletzt auf dem Boden liegend. Daraufhin ist er Euch zu Hilfe geeilt.«

»Niemand hat mich beraubt«, sagte ich.

»Aber sie haben es versucht«, entgegnete Catherine.

»Nein«, widersprach ich. »So war es nicht.«

Holbein sagte: »Der High Sheriff von London wurde ebenso unterrichtet wie der Bürgermeister. Inzwischen wird in der ganzen Stadt nach den Männern gesucht, die Euch überfallen wollten.«

»Nein, ich – ich muss mit Geoffrey sprechen. Ich muss sofort mit Geoffrey sprechen.«

»Wer ist Geoffrey?«, fragte jemand.

Thomas Culpeper stand an der Tür.

Am Leibarzt und am Wundarzt vorbei kam er auf mich zu. Sein Gesicht war müde und angestrengt wie damals, als er vor dem Turnierzelt mit mir gesprochen hatte, doch in seinen Augen stand eine grimmige Frage.

Catherine legte ihre Hand auf meinen Arm, als wollte sie mich beschützen. Sie bemerkte nicht, wie ich zusammenzuckte, denn ihr zorniger Blick war nur auf Culpeper gerichtet.

»Er ist ein Freund«, sagte ich. »Aus Dartford. Aber zurzeit hält er sich in London auf.« Mit war schwindlig. »Wie damals. Geoffrey ist in London. In London hat er mich das erste Mal gerettet. Bei der Verbrennung. In Smithfield. Er hinderte mich daran, direkt ins Feuer zu laufen.« Ich schloss die Augen. Warum erzählte ich ihnen das? »Ich verstehe nicht, warum er nicht hier ist.«

»Sobald sich die Ärzte um Euch kümmerten«, sagte Holbein, »erklärte Constable Scovill, er müsse zurück zu dem Ort, an dem sich die Tat zugetragen hat, um Näheres in Erfahrung zu bringen.«

»Dieser Geoffrey ist ein Constable?«, fragte Culpeper.

»Ja«, antwortete ich.

Culpeper machte schon kehrt. »Ich suche ihn, Miss Stafford, und sage ihm, dass Ihr erwacht seid und nach ihm gefragt habt.«

Catherine rief: »Man kann doch einen Boten schicken! Warum müsst Ihr gehen?«

Ohne ihre Worte überhaupt zur Kenntnis zu nehmen, eilte Culpeper davon. Catherine presste die Lippen aufeinander, Röte schoss ihr in die Wangen.

»Richard«, klagte ich. »Was ist mit seiner Familie? Sie muss benachrichtigt werden.«

»Mein Onkel kümmert sich darum«, sagte Catherine.

»Nein«, entgegnete ich. »Das muss ich tun.«

»Der Herzog hat ihn in seine Dienste genommen und seinen Lohn bezahlt, Joanna. Richards Stiefvater stammt aus East Anglia – Ihr wisst, was das meinem Onkel bedeutet. Mag sein, dass Ihr ihn nicht mögt, Joanna, aber der Herzog kümmert sich stets um seine Leute.«

»Im Gegensatz zu mir.«

Holbein und Catherine versicherten mir sofort, es sei nicht meine Schuld. Niemand könne mich für die Untaten von Verbrechern verantwortlich machen. Niemand habe voraussehen können, dass wir Räubern in die Hände fallen würden. Ich sagte nichts, während sie mich zu trösten suchten. Und ich gab keinen Laut von mir, als mich dann der

Wundarzt im Beisein von Doktor Butts untersuchte. Er hob und senkte meinen linken Arm und tastete mit seinen langen Fingern den Knochen von oben bis unten ab. Nach weiterer Beratung mit dem Leibarzt des Königs verband er meinen Arm mit einer ekelhaft riechenden Beinwellkompresse und legte ihn in eine enge Schlinge.

Er war zweifellos geschickt, trotzdem bereitete mir alles, was er tat, quälende Schmerzen. Doch mir war das recht, brachte mich der Schmerz doch wieder zu klarem Bewusstsein. Ich musste jetzt alle meine Sinne beisammenhalten. Was an diesem Tag geschehen war, hatte mit Straßenräubern nichts zu tun; es war ein zweiter Versuch gewesen, mich zu entführen und – in Anbetracht dessen, was Richard widerfahren war – letztendlich wohl zu töten. Woher hatten meine Feinde gewusst, dass ich an diesem Morgen durch London reiten würde? Der König hatte den Befehl erst gestern gegeben.

Alle im Raum bemerkten meinen inneren Aufruhr, wenn sie auch den eigentlichen Grund dafür nicht kannten. Catherine begann, mir aus einem Psalmenbuch vorzulesen, um mich zu beruhigen. Sie las stockend, doch der Klang ihrer entschlossenen jungen Stimme und ihre tröstliche Anwesenheit taten mir wohl. Als es den Anschein hatte, als wäre ich ruhiger geworden, verabschiedeten sich Doktor Butts und Meister Clocksworth, um dem König zu berichten.

»Seine Majestät ist höchst erschüttert«, teilte uns Catherine mit. »Er hat den Bürgermeister von London für morgen Vormittag zu sich bestellt, um mit ihm über die Sicherheit in der Stadt zu sprechen. In den letzten Jahren ist die Situation so gefährlich geworden, dass die Leute fürchten müssen, am helllichten Tag überfallen und getötet zu werden.«

Auch nach allem, was mir zugestoßen war, bekümmerte es mich zu hören, wie gut Catherine über die Ansichten und Absichten des Königs Bescheid wusste. Nur als seine Mätresse konnte sie das alles wissen. Doch was sie mir als nächstes eröffnete, erschreckte und empörte mich.

»Sobald Ihr erholt genug seid für eine Fahrt über den Fluss, bringen wir Euch ins Howard House«, verkündete sie mir.

»Nein!« Meine Stimme war laut, mein Ton heftig.

»Aber Ihr könnt nicht krank und allein hier im Palast bleiben, Joanna. Dort kann gut für Euch gesorgt werden«, erklärte sie. »Mein Onkel und meine Großmutter haben einen Leibarzt. Dienstboten mehr als genug. Und sobald es Euch möglich ist, könnt Ihr die Tapisseriearbeiten ohne Schwierigkeit vom Howard House aus beaufsichtigen.«

»Das ist doch sehr vernünftig«, bemerkte Holbein.

»Es tut mir leid, aber das kommt für mich nicht in Frage«, sagte ich.

In diesem kritischen Moment wurde die Tür aufgestoßen und ich sah endlich in das Gesicht von Geoffrey Scovill. Angestrengt und von der Sonne gerötet, die dunkelblonden Haare klebten ihm feucht an der Stirn, seine Kleider waren schmutzig – aber ein Blick auf seine Hände zeigte mir, dass er Richards Blut abgewaschen hatte.

»Wie geht es Euch, Joanna?«, erkundigte er sich, als wäre niemand sonst im Zimmer.

Wieder habt Ihr mir das Leben gerettet, hätte ich, dem Weinen nahe, am liebsten gerufen. *In diesem Zimmer war nichts als Schmerz und Angst und Verwirrung, bis zu dem Augenblick, als Ihr kamt.*

»Es geht mir gut«, sagte ich leise.

»Es geht Ihr *nicht* gut!«, rief Catherine. »Sie ist sehr schwach, und sie hat starke Schmerzen infolge der Kopfverletzung und eines gebrochenen Arms.« Sie stand vom Boden auf und glättete ihre Röcke. Das Diamantkollier funkelte. »Constable Scovill, wir haben eben darüber gesprochen, wohin sie am besten gebracht werden sollte. Ich sehe, dass Ihr ein Freund von Miss Stafford seid, und ich wäre Euch dankbar, wenn Ihr uns helfen könntet, sie davon zu überzeugen, dass sie während ihrer Genesung im Haus des Herzogs von Norfolk am besten aufgehoben wäre.«

Mir gefiel der gebieterische Ton nicht, den sie angeschlagen hatte; als hätte sie einen Subalternen vor sich. Gewiss, er war von geringerem Rang als sie, dennoch fand ich es ungehörig nach allem, was Geoffrey Scovill getan hatte.

Geoffrey maß Catherine mit nüchternem Blick. »Ich fürchte«, sagte er dann, »dieser Plan taugt nicht. Miss Stafford muss unbedingt so schnell wie möglich in ihr eigenes Zuhause in Dartford zurückkehren.«

Catherine und Holbein brachten mit Vehemenz ihre Argumente für einen Aufenthalt im Howard House vor, betonten vor allem die Anwesenheit hervorragender Ärzte, die in Dartford sicher nicht zur Verfügung stünden.

Geoffrey gab nicht nach – er beharrte unerschütterlich darauf, dass ich nach Hause gehöre. Niemand beachtete mich, bis Geoffrey merkte, dass ich weinte.

»Wir sollten das beenden«, sagte er. »Joanna verträgt das nicht.«

Catherine warf sich sofort wieder an meiner Seite nieder und tupfte mir die Tränen vom Gesicht. »Es wird alles gut«, versicherte sie. Aber ich konnte nicht aufhören zu weinen. Ich musste um Beherrschung ringen, um sagen zu können, was gesagt werden musste.

»Ich möchte nach Hause«, stieß ich noch schluchzend hervor. Mein schlichtes Haus, meine alten Freunde, die ehrlichen täglichen Geschäfte des Städtchens; danach sehnte ich mich.

»Natürlich habt Ihr Heimweh, Miss Stafford«, meinte Holbein beschwichtigend. »Aber wir müssen warten –«

»Nein – ich bitte Euch, nein.« Meine Stimme wurde schrill.

»Bringt mich nach Hause, Geoffrey. Bitte, bringt mich nach Hause.«

»Das werde ich tun«, sagte er ruhig.

Und so beugte sich Catherine Howard schließlich meiner Entschlossenheit, Westminster zu verlassen. Sobald ich hinreichend bei Kräften war, würde ich zur weiteren Genesung nach Dartford gebracht werden. Bis dahin, sagte Geoffrey, dürfe ich keinen Moment unbewacht bleiben. Er und John Cheke würden meinen Schutz übernehmen. Holbein erbot sich als dritte Wache.

»Ich stimme ja zu, dass Joanna nicht allein sein sollte«, bemerkte Catherine, »aber Ihr wollt sie bewachen, als planten alle Räuber Londons schon den nächsten Anschlag auf sie. Sie ist doch hier in Sicherheit. Im ganzen Königreich gibt es keinen Ort, der sicherer ist.«

Während ich Geoffrey zuhörte, wie er kühl und sachlich einen Zeitplan für meine Bewachung entwarf, erkannte ich, dass er so wenig wie ich an einen Raubüberfall glaubte. Er war ein Constable, er wusste besser als jeder andere im Raum, vielleicht besser als jeder in diesem Palast, was gewöhnlichen Dieben zuzutrauen war. Was mir an diesem Morgen widerfahren war, war nicht von solchen geplant gewesen.

Als Catherine mich lange nach Sonnenuntergang mit einer innigen Umarmung verließ, rückte Geoffrey Scovill seinen Hocker nah an mein Bett.

»Ich weiß, dass Ihr Euch schwach fühlt und Schmerzen habt, Joanna, aber Ihr müsst mir mehr sagen als das, was Ihr uns bisher entdeckt habt«, sagte er. »Wenn ich Euer Leben retten soll, muss ich wissen, was Ihr wisst. Haltet nichts zurück. Denn selbst wenn Ihr mir alles sagt, stehen Eure Chancen nicht zum Besten. Aber wenn Ihr mir weiter etwas vormacht, kann ich für nichts garantieren.«

Ich schluckte. »Aber die Schutzleute in London – werden

die denn nicht herausfinden, wer Richard getötet und diesen Anschlag auf mich verübt hat?«

»Nein. Sie suchen nach Räubern und Dieben, aber wir wissen beide, dass die Männer, mit denen wir es hier zu tun haben, keine Diebe oder Räuber sind. Ich habe ihnen von dem Mann berichtet, der die Howard-Tracht trug wie Richard, um Euch in die Gasse zu locken, aber sie glauben mir nicht, ich bin ja nur ein Constable aus der Provinz. Das sei zu fantastisch, meinen sie. Aber ich weiß, was ich gesehen habe.«

»Aber – wenn Ihr mich bewacht, Ihr und die anderen, werde ich doch hier sicher sein.«

»Euer Freund Culpeper hat mir alles erzählt«, sagte er.

»Alles?« Es gelang mir nicht, mein Erschrecken zu verbergen.

»Ganz recht, Joanna. Ihr solltet diese Pose also aufgeben. Ich weiß, dass Euch hier im Palast jemand, der sich als Page ausgab, in einem Nebengebäude überfallen hat. Die Vorgehensweise ist der heutigen so ähnlich, dass es sich nur um dieselben Leute handeln kann.«

»Leute? Ihr meint, da ist eine Gruppe am Werk?«

»Offensichtlich. Und ganz offensichtlich sind es intelligente und erfahrene Leute, die über Geld verfügen. Sie kennen sich in London aus *und* im Palast. Ich hatte die größte Mühe, Zutritt zu erlangen, während diese Leute sich hier offensichtlich frei bewegen können.«

Ich drückte die rechte Hand auf die Augen. »Haltet ein, Ihr macht mir Angst.«

Doch Geoffrey zog mir die Hand von den Augen. »Ich möchte Euch Angst machen Joanna. Ich sehe darin das einzige Mittel, Euren Starrsinn zu durchbrechen, damit Ihr endlich begreift, in welcher Lage Ihr Euch befindet. Das ist ein Katz-und-Maus-Spiel wie ich nie vorher eines erlebt habe. Mit einer Katze, die wahrhaft zum Fürchten ist.«

Geoffrey fuhr sich mit der Hand durch die Haare. Er war erschöpft. Aber nicht nur das – er hatte ebenfalls Angst.

»Ihr wisst, wer es ist, nicht wahr?«, fragte ich.

»Ich habe eine Ahnung, ja«, antwortete Geoffrey. »Joanna, die Männer, die Euch nach dem Leben trachten, müssen der König und Thomas Cromwell sein.«

Kapitel 23

Wenn man sich von jemandem bedrängt sieht, der zu wissen verlangt, was man nicht preisgeben möchte, so kann man Zeit gewinnen, indem man ihm einen ausgewählten Teil des Geheimnisses zum Geschenk macht. Das hatte mich der Meisterspion Jacques Rolin gelehrt. »Stellt es Euch als ein Stück Gebäck vor – teilt den Zuckerguss mit Eurem Bedränger, und er wird von dieser Köstlichkeit so entzückt sein, dass er womöglich vergisst, das ganze Stück zu verlangen.«

Geoffrey Scovill behauptete, er sei sicher, der König und sein oberster Minister hätten mich unter dem Vorwand, einen Bildteppich erwerben zu wollen, nach Whitehall gelockt; und hätten dann, als der erste Anschlag auf mein Leben scheiterte, den zweiten geplant. Wer sonst als die Männer ganz oben, argumentierte er, verfüge über die nötigen Mittel, wer sonst habe im Voraus von meiner Reise nach London gewusst.

»Ich kann Euren Überlegungen leider nicht zustimmen, Geoffrey«, sagte ich. »Warum das so ist, kann ich Euch nur erklären, wenn ich Euch etwas verrate, was ich bisher keinem Menschen anvertraut habe, auch nicht Thomas Culpeper. Aber das kann ich nur unter der Bedingung tun, dass Ihr mit niemandem darüber sprecht, auch nicht mit John Cheke.«

»Aber natürlich«, sagte Geoffrey, »ich gebe Euch mein Wort. Niemand wird etwas erfahren.« Sein Blick war so begierig, dass ich mich meiner List schämte.

»Hat Thomas Culpeper Euch gesagt«, fragte ich, »dass Cromwell mich zufällig in einem Raum in Westminster Hall angetroffen und mich dann in den Rittersaal geschleppt hat, wo das ganze Parlament versammelt war, um seiner Erhebung zum Grafen von Essex beizuwohnen?«

»Ja«, antwortete er. »Ist das denn nicht wahr?«

»Doch, es stimmt, dass ich ins Parlament geschleppt wurde. Aber das Zusammentreffen mit Cromwell war nicht ganz harmlos. Culpeper hatte mich in einen kleinen Raum geführt, wo ich auf ihn warten sollte, bis die Zeremonie vorbei war. Unversehens kam Cromwell selbst in diesen Raum. Er bemerkte mich nicht, und ich konnte beobachten, wie er sich einem Moment tiefer Niedergeschlagenheit hingab.«

»Wie äußerte sich das?«

»Er schlug die Hände vor sein Gesicht und stöhnte und sagte, ›Oh, nein‹. Er war sehr aufgewühlt.«

Geoffrey war so verblüfft wie ich es mir vorgestellt hatte. »Wieso sollte der Lordsiegelbewahrer, den der König höher schätzt als alle Männer im Land, unmittelbar vor seiner Erhebung zum Grafen niedergeschlagen und aufgewühlt sein?«

»Ich weiß es nicht. Ich weiß allerdings, dass er zuerst erschrocken und dann wütend war, mich in diesem Zimmer zu entdecken.«

»Vielleicht war er überrascht, weil er derjenige war, der das Komplott gegen Euch eingefädelt hatte und nicht erwartete, Euch frei und am Leben zu sehen.«

»Nein«, widersprach ich. »Er war wütend, weil er sich ertappt fühlte.« Ich zögerte, während ich versuchte, die Worte zu finden, um etwas zu erklären, worüber ich schon einige Zeit grübelte. »Es ist, als hätten Cromwell und ich eine stillschweigende Vereinbarung getroffen. Ich werde Schweigen bewahren über das, was ich gesehen habe, und er wird nichts gegen mich unternehmen, solange ich mich daran halte.«

»Ah«, sagte Geoffrey, »jetzt verstehe ich schon eher, warum Ihr nicht wolltet, dass Culpeper den Anschlag auf Euch meldete, nachdem Ihr entdeckt hattet, dass jemand eine Pagenlivree entwendet hatte. Ihr wolltet nicht noch zusätzliche Aufmerksamkeit auf Euch ziehen.«

Ich nickte, froh, dass Geoffrey es so sah.

Doch er gab keine Ruhe. »Die Ladung nach Westminster war zwar von Cromwell unterzeichnet, aber sie erfolgte auf Befehl des Königs. Vielleicht steckt der König hinter allem, nicht Cromwell. Wäre das nicht die ideale Möglichkeit für ihn, ein weiteres Mitglied der Familie Stafford aus dem Weg zu räumen?«

Ich konnte Geoffreys Argumentation verstehen, doch sie hatte eine große Schwäche. Er kannte den König nicht wie ich ihn kannte. »Es ist wahr, dass meine Familie in Ungnade ist, aber das ist nicht die Art des Königs«, entgegnete ich. »Wenn er mich aus dem Weg haben wollte, hätte er mich längst unter falscher Anklage verhaften und in den Tower einsperren lassen. Ich habe selbst erlebt, dass er mit anderen so verfahren ist.«

Nach einem Blick zur Tür, um sich zu vergewissern, dass niemand ihn belauschen konnte, sagte Geoffrey leise: »Der König ist aber auch für seine Hinterlistigkeit bekannt.«

»Ja, das ist richtig. Ihr vergesst nur, dass er zugleich ein äußerst ungeduldiger Mensch ist. Auch das weiß ich aus eigener Erfahrung. Wenn er etwas gegen mich hätte, würde er sofort zuschlagen. Solche Komplotte, die Wochen, vielleicht sogar Monate brauchen, um Erfolg zu bringen? Nein.«

Geoffrey rieb sich, sichtlich müde, die Wangen. Doch er war noch immer nicht bereit aufzugeben. »Der König verabscheut die christlichen Orden und ihre Angehörigen. Ihr wart einmal Novizin bei den Dominikanerinnen. Ich finde es schwer vorstellbar, dass er seine heftige Abneigung gegen die Klöster und die Familie Stafford zurückzustellen bereit ist, nur um ein paar Bildteppiche zu erwerben. So außergewöhnlich können Eure Arbeiten gar nicht sein.«

Das traf mich. Mir fiel ein, dass Geoffrey meine Beschäftigung mit der Bildwirkerei nie recht verstanden, dass er nie das gleiche Vertrauen in meine Fähigkeiten gezeigt hatte wie Edmund.

Geoffrey bemerkte nicht, dass er mich verletzt hatte und fuhr fort, mir seine Theorie zu erläutern. »Um einen Hinterhalt zu planen, braucht man Zeit, und es war der König, der den Zeitpunkt Eures Ritts nach London bestimmt hat. Er und Cromwell wussten als Einzige, wann Ihr Whitehall verlassen würdet.«

»Nein, das stimmt nicht«, widersprach ich. »Sir Anthony Denny und Sir Thomas Heneage, zwei königliche Kammerherren, waren dabei, als der Befehl erteilt wurde. Ebenso mehrere Sekretäre.« Ein Gedanke kam mir. »Woher wusstet Ihr es denn, Geoffrey? Die anderen glauben, Ihr wärt zufällig an dem Ort gewesen, an dem ich beinahe entführt wurde. Aber ich weiß, dass Ihr mir gefolgt sein müsst.«

»Das bestreite ich gar nicht«, erwiderte er ruhig. »John Cheke hörte gestern beim Mittagessen im Rittersaal von Eurem Malerfreund Hans Holbein von dem geplanten Besuch der Gewandkämmerei. Cheke saß an einem Tisch mit Holbein und einem gewissen Sir Andrew Windsor. Er hat es mir berichtet, als ich ihn später besuchte. Ich habe schon im Haus des Bischofs von Winchester gespürt, dass Ihr mir etwas verheimlicht, und ich hatte eine starke Ahnung, dass Ihr in Gefahr seid. Ich beschloss zu warten, bis Ihr aufbrecht und Euch dann mit einigem Abstand zu folgen.«

Wenigstens hielt Geoffrey es nicht für nötig, mich darauf hinzuweisen, wie recht er gehabt hatte.

»Aber wenn Ihr von meinem Besuch in der Gewandkämmerei gehört habt, können auch andere davon gehört haben«, sagte ich. »Zum Beispiel bei Tisch im Rittersaal, wie Ihr. In so einem Palast wird viel geklatscht, jeder weiß alles über jeden.«

Geoffrey lehnte sich zurück. Das Licht der Kerze erreichte seine Züge jetzt nicht mehr, und ich konnte ihren Ausdruck nicht erkennen.

»Gut«, sagte er. »Was glaubt Ihr denn, wer hinter diesen Anschlägen steckt? Ihr habt doch gewiss Euren eigenen Verdacht.«

»Ich weiß es nicht«, sagte ich niedergeschlagen. »Wirklich nicht.«

Ausnahmsweise wurde Geoffrey nicht ärgerlich darüber, dass ich ihm keine klare Antwort gab. Er schwieg einen Moment, dann fragte er: »Wer im Palast hasst Euch, Joanna? Wer sind Eure Feinde? Versuchen wir, die Sache von dieser Seite anzugehen.«

Und schon war ich wieder in Bedrängnis gebracht von diesem unerbittlichen Frager. »Sagen wir einfach«, antwortete ich spontan, »dass ich mich lieber unter freiem Himmel von meinen Verletzungen erholen würde als im Haus des Herzogs von Norfolk.«

Geoffrey lachte leise. »Das kann ich verstehen, Joanna. Erste Bekanntschaft schloss ich ja mit seiner Durchlaucht, in einer Zelle des Towers von London, und bei unserer zweiten Begegnung erklärte er mir, er würde mich aufknüpfen lassen, wenn er uns je wieder zusammen sähe.«

Unmöglich, nicht mitzulachen, obwohl mir dabei ein stechender Schmerz durch den Arm fuhr. »Hört auf, Geoffrey. Ich kann nicht lachen.«

»Tut mir leid.« Er lächelte, als er mir beruhigend die Hand auf die rechte Schulter legte.

Mir wurde plötzlich bewusst, dass ich seit sehr langer Zeit nicht mehr in solchem Einverständnis mit Geoffrey allein gewesen war. Er stand unvermittelt auf. Bewegten ihn ähnliche Gedanken?

»Ihr braucht Ruhe, Joanna. Ich bin draußen vor der Tür bis Cheke mich ablöst.«

Und schon war er gegangen.

Ich war froh, mich von Geoffrey beschützt zu wissen, doch Ruhe fand ich keine. Die Schmerzen hinderten mich zu schlafen, obwohl mein Geist und mein Körper nach Schlaf lechzten. Immer wieder versank ich in beängstigenden Träumen von Männern in der goldbraunen Howard-Livree, die mich lockten, von wild bockenden Pferden, von einem kleinen Mann mit einer Straußenfeder am Hut, der mich anschrie: »Will denn niemand mich von diesem lästigen Priester befreien?« Und immer wieder rissen mich die Schmerzen aus diesen Wahnwelten heraus.

Stunden vergingen so, bis endlich der Morgen kam und Catherine Howard zurückkehrte. Sie warf nur einen Blick auf mich und ließ den Wundarzt rufen. Fürsorglich schnitt sie mir frisch gebackenes Brot auf, und ich aß gehorsam, obwohl ich keinen Appetit hatte.

»Wer hätte gedacht, dass ein Verbrechen uns wieder zusammenführen und unserer Freundschaft erneuern würde, Joanna«, sagte sie zaghaft.

»Ich war immer Eure Freundin und werde es immer bleiben«, erwiderte ich. »Ich wollte nur, ich hätte Euch geholfen, als Ihr es am dringendsten brauchtet.«

»Was meint Ihr damit?«

Mit zitternder Stimme sagte ich: »Ich hätte Euch vor dem König schützen müssen. Das habe ich nicht getan, und nun …«

Catherine wurde blutrot, doch statt in Tränen auszubrechen oder heftig aufzubrausen, sagte sie nur: »Ich weiß, Ihr habt gelitten bei dem Gedanken, dass der König mir die Unschuld genommen hat.«

»Hat er das denn nicht getan?«, fragte ich ungläubig.

»Ich war keine Jungfrau mehr, Joanna«, sagte sie leise.

Ich war sprachlos vor Bestürzung. Ein blutjunges Mädchen aus guter Familie – wie war so ein Frevel möglich? Nie hatte ich von einer Tochter aus adeligem Haus gehört, der vor ihrer Hochzeit die Unschuld geraubt worden war. Doch die Howards waren unbekümmerte Leute ohne Sitte und Moral. Sie hatten ein mutterloses junges Mädchen sich selbst überlassen. Und wissend, dass sie nicht mehr rein war, hatten sie sie dem König zugeschoben.

»Ihr kennt den Mann nicht. Als wir, Ihr und ich, zusammen in Howard House lebten, war es schon beendet. Mehr kann ich nicht sagen – bitte versprecht mir, dass Ihr es für Euch behaltet«, bat Catherine.

Ich versprach es ihr. Ich empfand nichts als Mitleid mit ihr. Sie hatte eine harte und karge Kindheit gehabt. Nun besaß sie schöne Kleider und Juwelen; wichtige Leute wie Doktor Butts und der Wundarzt folgten ihrem Ruf, und Meister Hans Holbein malte ihr Porträt. Doch das würde sich alles ändern, wenn ihre Zeit als königliche Mätresse abgelaufen war. Ohne Ehemann und ohne Eltern würde sie als sündige Maria Magdalena gesteinigt werden. Ich war fester denn je entschlossen, sie zu stützen und ihr zu helfen, wenn diese Zeit kam.

Der Wundarzt war nicht so beunruhigt über meinen Zustand wie Catherine. Er richtete sein Augenmerk auf die Tatsache, dass mein Sehvermögen sich gebessert und der Schwindel nachgelassen hatte. Jetzt könne man mir ohne Sorge auch etwas zum Schlafen geben, meinte er. Als erstes erhielt ich eine Kanne Beinwelltee. Ich kannte den ekelhaften Geruch noch aus der Zeit, als ich das Kraut büschelweise für Edmund zu Tee gebraut hatte, den er in Dartford seinen Patienten verabreichte.

»Ihr solltet innerhalb von vierzehn Tagen wieder wohlauf sein, Miss Stafford. Der Arm wird allerdings noch einen Monat in der Schlinge bleiben müssen und danach einige Zeit steif sein«, sagte der Wundarzt. »Doktor Butts fürchtete eine Infektion und Fieber infolge der Armverletzung – so etwas kann lebensgefährlich sein. Aber sorgt Euch nicht – niemand im Palast kann mit Knochenbrüchen besser umgehen als ich. Die Leibärzte des Königs rühren einen Patienten ja gar nicht an, trotzdem halten sie sich für die Klügsten.«

Die Ärzte und die Wundärzte streiten ständig, und beide blicken sie auf die Apotheker herab. Das hatte Edmund immer zu mir gesagt. Ich holte tief Atem. Warum kam mir Edmund Sommerville so oft in den Sinn, während ich hier verletzt und benommen in meinem Bett lag? Als John Cheke später eintraf, um die Wache zu übernehmen, beschloss ich, ihn nochmals nach Edmund zu fragen.

»Glaubt Ihr, dieser deutsche Arzt, Paracelsus, hat eine Kur für Edmunds Leiden gefunden? Hat Edmund die weite Reise auf sich genommen, um ihn aufzusuchen?«, fragte ich.

»Diese Frage habe ich mir selbst oft gestellt«, antwortete Cheke. »Aber Nachforschungen, die ich in den letzten sechs Monaten unternommen habe, haben nicht den kleinsten Hinweis darauf erbracht. Ich kann nur vermuten, dass Edmund ihn zwar wegen seiner Opiumabhängigkeit aufsuchte, aber auch um mit ihm ganz allgemein Aspekte der Heilkunst und der Philosophie zu erörtern. Er ist nicht der Einzige, müsst Ihr wissen, der eine solche Pilgerfahrt unternahm. Seit einer Generation suchen viele das Wissen der Deutschen, und ich spreche hier nicht von den Lehren Luthers. Sie suchen die Geheimnisse der magischen Welt zu ergründen.«

Im ersten Moment konnte ich kaum glauben, dass diese Worte, die so sehr an die Hungerfords gemahnten, einem Gelehrten aus Cambridge über die Lippen kamen.

»Wer vermittelt denn noch dieses Wissen?«, fragte ich angespannt.

»Nun ja, da gab es zum Beispiel Johannes Trithemius, den Abt der Abtei Sponheim. Er hat ein Buch über Magie geschrieben, über die Verbindung zu Geistern. Ein Gelehrter und Alchemist namens Johann Georg Faust reist durch die Lande und erbietet sich, Dämonen heraufzubeschwören, ja, sogar Luzifer selbst.«

Ich bekreuzigte mich.

»Ein dritter Mann, ein Gelehrter und Astrologe«, fuhr Cheke fort, »scheint unter allen am höchsten verehrt zu werden. Er ist inzwischen gestorben – vor mindestens fünf Jahren –, doch eine Zeit lang war es Mode, ihn aufzusuchen und seine Bücher zu erwerben. Sogar Engländer reisten in der Hoffnung, von ihm empfangen zu werden, auf den Kontinent.«

»Wisst Ihr den Namen des Mannes?«, fragte ich.

»Lasst mich überlegen. Es ist ein ungewöhnlicher Name, der eigentlich gar nicht deutsch klingt, ähnlich wie der von Paracelsus.«

Er kniff die Augen zusammen, während er nachdachte, dann rief er: »Ah, ich hab's! Sein Name war Heinrich Cornelius Agrippa.«

Da ich auf keinen Fall Verdacht erregen wollte, auch wenn John Cheke ein Freund war, wartete ich einen Moment, bevor ich fragte: »Und sind dieser Agrippa und Paracelsus von verwandter Denkungsart?«

»Ja, es gibt auf dem Kontinent eine lose Gruppe von Gelehrten, die in denselben Quellen forschen. Ärzte, Astrologen, Alchemisten, sogar Mönche sind darunter.«

»Wie kommt es, dass diese Männer eine so große Anziehungskraft auf andere ausüben? Die Welt der Magie ist gefährlich. Fürchten denn diese Leute nicht die Inquisition?«

Cheke dachte einen Moment nach, dann sagte er: »Wisst Ihr, dass es in den letzten fünfundzwanzig Jahren immer wieder Zeiten gegeben hat, da viele Menschen glaubten, das

Ende der Welt sei nahe? Sie verkauften ihr Hab und Gut und versammelten sich, um auf den Untergang zu warten. Wir leben in unruhigen Zeiten, Joanna, in Zeiten der Entdeckungen und Erfindungen, aber auch der größten religiösen Umwälzung seit einem Jahrtausend. Allenthalben werden Kriege geführt, manche um des Glaubens, andere einzig um der Macht willen, mit schrecklichen Gewaltexzessen wie bei der Plünderung Roms. Nirgends hat der Krieg so grausam gewütet wie im Süden der deutschen Länder, als sich die Bauern gegen die bestehende Ordnung erhoben. Tausende mussten ihr Leben lassen. In Zeiten solchen Aufruhrs suchen die Menschen verzweifelt nach Rettung, und es werden sich immer Leute finden, die ihnen Rettung anbieten. Und mancher ist bereit, dafür seine Seele zu verkaufen …«

Cheke hielt schaudernd inne, dann fasste er sich wieder. »Aber ich glaube, für uns wird das alles von rein akademischem Interesse bleiben, da Geoffrey Scovill wohl doch nicht nach Deutschland reisen wird, um nach Edmund zu suchen. Mir fehlen schlicht die Mittel, um die Kosten einer solchen Reise zu bestreiten.«

Ich wusste nicht, ob ich das Scheitern des Unternehmens begrüßen oder beklagen sollte. Der Gedanke daran hatte mich heftig beunruhigt – zumal mir der Plan, ausgerechnet Geoffrey die Suche nach Edmund zu übertragen, völlig unsinnig erschien –, andererseits aber ängstigte mich die Vorstellung, dass Edmund sich im fernen Deutschland diesen Gottesleugnern und Okkultisten auslieferte.

Ich begnügte mich damit zu erwidern: »Ja, das Reisen ist kostspielig.«

»Ich hatte vor, Geoffreys Ausgaben aus meinem Einkommen als Ordinarius für Griechisch am St. John's College in Cambridge zu bezahlen«, erklärte Cheke sichtlich erregt. »Doch es ist kaum noch zu erwarten, dass ich auf diesen Posten berufen werde. Nur aus diesem Grund ist Geoffrey ja nach London zurückgekehrt – wir wollten diese Reise besprechen. Aber wie sollen wir planen, wenn ich nicht weiß, mit welchen Bezügen ich rechnen kann? Der Bischof von Winchester sagt weder ja noch nein, er stellt weiterhin Fragen und zögert eine Entscheidung hinaus. Er stellt meine Schriften über die korrekte Aussprache des Altgriechischen in Frage und bringt meiner Auffassung, dass die Menschen im antiken Griechenland eine andere Aussprache pflegten als die heutigen Griechen heftigen Widerstand entgegen. Ich darf nicht nach Cambridge zurückkehren. Gardiner ist weiß Gott der unerträglichste Mensch, der mir je begegnet ist.«

»Ja, das ist er«, stimmte ich zu. »Aber berichtet mir doch mehr über Eure Theorie.«

Vielleicht lag es an der beruhigenden Wirkung des Beinwelltees, vielleicht an der Alrauntinktur, die der Wundarzt mir eingeflößt hatte, vielleicht überwältigte mich auch einfach die Müdigkeit. Während John Cheke an meiner Seite saß und von seiner Leidenschaft für das antike Griechenland sprach, glitt ich in einen traumlosen Schlaf, der viele Stunden dauerte. Als ich das nächste Mal die Augen öffnete, war es Nacht, und nicht mehr Cheke, sondern Holbein saß an meinem Lager.

»Welch ein Glück ich habe«, murmelte ich.

»Was sagtet Ihr, Miss Stafford? Was habt Ihr gesagt?«

»Mit meinen Freunden«, erklärte ich. »Welch ein Glück ich mit meinen Freunden habe.«

Noch ehe er etwas dazu sagen konnte, fielen mir die Augen schon wieder zu. Diesmal versank ich in einen Dämmerzustand, in dem ich immer wieder zusammenhanglose Teile von Gesprächen in meiner Nähe hörte, aber selbst weder sprechen noch meine Augen öffnen konnte.

Irgendwann hörte ich Geoffrey fragen: »Wie geht es ihr?«

Und Holbein antwortete: »Sie schläft schon sehr lange.

Der Wundarzt meinte, das sei gut so. Aber meiner Meinung nach geht das schon zu lange so.«

»Es ist spät, Meister Holbein. Erlaubt, dass ich Euch ablöse.«

»Nein, ich möchte bleiben. Ich mache mir größte Sorgen um Miss Stafford.«

Ich wollte ihn beruhigen, doch ich wurde wieder in die Tiefe gezogen, wo das Sprechen unmöglich war. Trotzdem hörte ich noch, wie Geoffrey leise lachte.

»Vorsicht, Meister Holbein. Mag sein, dass Ihr Gefahr lauft, Euch eine Krankheit zuzuziehen, gegen die es kein Mittel gibt.«

»Wie meint Ihr das?«

»Joanna hat hier offenbar bei gewissen Leuten einen tiefen Eindruck hinterlassen. Gestern traf ich einen Mr. Thomas Culpeper, einen jungen Höfling, der seine Angst um die rätselhafte Miss Stafford kaum beherrschen konnte. Ich sage Euch, mir war, als sähe ich mich selbst in einem Spiegel. Und nun Ihr?«

Holbeins Ton klang leicht amüsiert, als er sagte: »Ich kann nicht für Mr. Culpeper sprechen, aber ich habe mich nicht in Miss Stafford verliebt, falls Ihr das meinen solltet, Constable. Ich bin alt genug, um ihr Vater zu sein.«

»Ich spreche auch nicht von Verliebtheit. Ich spreche eher von einem Fieber, das einen beherrscht.«

Immer noch erheitert fragte Holbein: »Wann hat Euch denn dieses Fieber ergriffen?«

»Fast auf den Tag genau vor drei Jahren«, antwortete Geoffrey. »Hier in London – genauer gesagt, in Smithfield.«

»Ach ja, Miss Stafford sagte etwas von einer Verbrennung in Smithfield, als sie gestern so unruhig war und immer wieder nach Euch rief.«

»Joanna hat davon gesprochen?« Geoffreys Ton klang überrascht.

»Ja.«

Danach blieb es lange still. Ich fühlte mich jetzt wacher. Ich hätte gern die Augen geöffnet, um diesem peinlichen Gespräch ein Ende zu bereiten, doch dann würden sie vermutlich erraten, dass ich schon länger zugehört hatte.

Sehr behutsam sagte Holbein: »Constable, merkt Ihr denn gar nicht, dass Ihr sie liebt?«

»Nein, das tue ich nicht«, widersprach Geoffrey heftig. »Ich habe sie einmal geliebt, ja – Ihr habt keine Ahnung, wie sehr ich gelitten habe. Und auch andere haben deshalb gelitten, Meister Holbein. Jetzt – ja, sie liegt mir am Herzen. So wird es immer sein. Ich werde Joanna mit meinem Leben beschützen, wenn es so weit kommen sollte. Aber Liebe? Nein, nie wieder werde ich mich solchem Leiden aussetzen.«

Kapitel 24

Fünf Tage nach dem für mich beinahe tödlichen Zwischenfall in London verließ ich Whitehall in einer Sänfte liegend, die vorn von zwei Pferden getragen wurde und hinten an einen Wagen gespannt war. Unter gewöhnlichen Umständen wäre ich nicht so bald nach meiner schweren Verletzung gereist, doch meine Umstände waren alles andere als gewöhnlich.

Durch die geschlossenen Vorhänge des schmalen, langen Kastens, in dem ich lag, sah ich nichts von unserem Reiseweg. Ich hörte die Stimmen anderer, die auf der Straße unterwegs waren, doch es war ein solches Gewirr, dass einzelne Wörter kaum auszumachen waren. Allenfalls Stimmungen – Freude, Ärger, Zorn, Gleichgültigkeit – konnte ich aus den Gesprächsfetzen heraushören, die an mir vorüberflogen.

Zwei Tage zuvor hatte Geoffrey Scovill noch einmal Gelegenheit gefunden, mit mir allein zu sprechen, und was er sagte, ängstigte mich mehr als alles, was mich bisher belastet hatte. Doch zunächst dachte ich nur an das Gespräch zwischen ihm und Holbein, das ich mitgehört hatte. Ich wusste selbst, wie sehr ich Geoffrey in der Vergangenheit verletzt und gekränkt hatte; so sollte es nicht weitergehen.

Übermäßig förmlich erklärte ich: »Ich habe alles, was wir besprochen haben, noch einmal genau bedacht, vielleicht sollte ich in Whitehall bleiben und Ihr solltet nach Dartford zurückkehren. Ich möchte Euch nicht zur Last fallen.«

Als hätte er mich gar nicht gehört, sagte Geoffrey: »Joanna, versucht Euch an den Tag zu erinnern, an dem Ihr nach London geritten seid. Ich muss jede Kleinigkeit wissen.«

»Ich möchte diesen Tag am liebsten vergessen«, entgegnete ich.

»Ich würde Euch nicht bitten, wenn es nicht wichtig wäre.«

Sein Gesicht zeigte eine Härte, die ich noch nicht an ihm kannte. Ich wusste, dass er in London tagelang nach Hinweisen auf die Männer gesucht hatte, die Richard getötet und mich in diesen Hinterhalt gelockt hatten. Ob auch die Schutzleute von London noch nach den Tätern fahndeten, wusste ich nicht. Klar war nur, dass die Verbrecher bisher nicht gefasst worden waren.

Ich zwang mich, ihm noch einmal in allen Einzelheiten unseren morgendlichen Ritt zu schildern. Ich beschrieb ihm unseren Weg an der Themse entlang, der uns schließlich in das Gewirr kleiner Straßen und Gassen im Herzen der Stadt führte; ich erzählte von dem Getümmel rund um die Bühne der Komödianten, wie ich angehalten hatte, um mir den Beginn der Vorstellung anzusehen, den Auftritt des Schauspielers mit der Riesenfeder am Hut, der Heinrich II. imitierte; wie ich mich dann nach Richard umgesehen hatte und nach zunächst vergeblichem Suchen am Eingang der Gasse einen Mann im goldbraunen Wams der Howards entdeckte.

»Den Rest kennt Ihr«, sagte ich abschließend.

»Ist Euch irgendwann aufgefallen, dass jemand Euch folgte oder beobachtete?«, fragte er gespannt. »Ich spreche jetzt nicht von der Zeit unmittelbar vor dem Überfall; ich meine, ob Euch schon vorher im Laufe dieses Tages etwas aufgefallen ist.«

»Nein«, antwortete ich, »an diesem Tag nicht.«

»An einem anderen?«, fragte er sofort. »Ihr müsst es mir sagen, Joanna. Bitte, es ist von entscheidender Bedeutung.«

Obwohl ich meine Eindrücke als Hirngespinste abgetan und dem übertriebenen Misstrauen zugeschrieben hatte, das

Jacquard Rolin, der Spion, in mir herangezüchtet hatte, berichtete ich Geoffrey jetzt von dem Apriltag, an dem ich mit den Gwinns nach London gekommen war und, wie später beim Ritterturnier, mehrmals das Gefühl gehabt hatte, beobachtet zu werden. Er hörte sich das mit so viel gespannter Aufmerksamkeit an, dass mir unbehaglich wurde.

»Was haltet Ihr denn davon?«, fragte ich. »Warum wollt Ihr das alles wissen?«

Statt mir eine Antwort zu geben, fragte Geoffrey: »Habt Ihr sonst noch etwas Ungewöhnliches oder Erschreckendes bemerkt, seitdem Ihr Euch in Whitehall aufhaltet? Ihr seid eine ausgezeichnete Beobachterin, Joanna. Besinnt Euch, denkt an jeden einzelnen Tag zurück.«

»Einmal, auf der Treppe im Torhaus, bekam ich einen ziemlichen Schreck«, sagte ich langsam. »Aber ich bin sicher, das hat mit dem, was in London passierte, nichts zu tun.«

»Erzählt es mir trotzdem«, sagte er.

Mit wachsendem Unbehagen erzählte ich Geoffrey von den Schritten, die ich im Treppenhaus des Torhauses gehört hatte, als ich einmal Holbeins Atelier allein und später als sonst verlassen hatte.

»Aber als der Pförtner mit seiner Kerze alles ausleuchtete, war niemand zu entdecken. Meine Angst war also völlig unbegründet«, erklärte ich.

Geoffrey starrte schweigend zu Boden und rieb sich die Stirn.

»Sprecht endlich, bitte«, drängte ich. »Sagt mir, was Ihr denkt.«

Ohne den Blick zu heben, sagte er: »Joanna, trotz all meiner Bemühungen und der gründlichen Suche der Schutzleute in London, die die Stadt bis in den letzten Winkel kennen, ist es nicht gelungen, die Komödianten zu finden, die an jenem Tag das Stück über die Ermordung Beckets auf die Bühne brachten.«

Ich verstand nicht, was daran so bedeutsam war. Als ich fragte, antwortete Geoffrey: »Ich fand Richard dem Tod nahe unmittelbar neben der Bühne. Diese Leute waren in nächster Nähe. Sie hätten mir vielleicht einen Hinweis darauf geben können, wer Richard vom Pferd gerissen hat. Zwei Schutzleute haben ganz Blackfriars nach der Truppe durchsucht.« Als er meinen erstaunten Blick bemerkte, erklärte er: »Seit der König das Kloster aufgelöst hat und es nicht mehr bewohnt ist, haben Wanderkomödianten und anderes fahrendes Volk den Klosterbezirk in Besitz genommen.«

Einen Moment erfasste mich tiefe Trauer. Das größte englische Dominikanerkloster, der Ort, an dem Edmund und ich nach einem Schlüssel zu den mir gemachten Prophezeiungen gesucht hatten, diente jetzt Komödianten und anderem leichtlebigen Volk als Unterkunft.

Auch er, sagte Geoffrey, habe in Blackfriars gesucht und jeden befragt, den er angetroffen habe. Er hatte mit Schauspielern gesprochen, die in ganz London ihre Stücke aufführten, Mirakel-und Mysterienspiele zumeist. Über das Leben des heiligen Georg und des heiligen Nikolaus; die Vertreibung aus dem Paradies; die Auferweckung des Lazarus. An solchen Geschichten hatten die Londoner sich über Hunderte von Jahren ergötzt. In den letzten zehn Jahren jedoch war es zunehmend gefährlicher geworden, diese Legenden vor der Öffentlichkeit in Szene zu setzen, da Cromwell und Erzbischof Cranmer, die obersten Glaubensinstanzen in England, der Heiligenverehrung ablehnend gegenüberstanden. Selbst eine Geschichte aus dem Neuen Testament konnte Anstoß erregen. Ein Schauspieler konnte nie wissen, ob seine Vorstellung ihm Münze oder Kerker einbringen würde. Deshalb hatte ich meinen Augen kaum getraut, als ich die Geschichte vom Konflikt zwischen Heinrich II. und Thomas Becket auf der Bühne dargestellt sah. Nie zuvor hatte eine Komödiantentruppe die Ermordung Beckets zur

Aufführung gebracht, und keiner der Leute, mit denen Geoffrey sprach, kannte die Truppe, die das gewagt hatte.

»Was heißt das?«, fragte ich verwirrt.

»Das heißt«, sagte Geoffrey, ohne mich aus den Augen zu lassen, »dass die Schauspieler die Geschichte von Thomas Becket nicht für die Londoner in Szene gesetzt haben.«

»Ja, aber für wen denn dann?«, rief ich ungeduldig. »Warum sagt Ihr es nicht geradeheraus? Ihr habt doch offensichtlich eine bestimmte Vermutung. So sprecht sie doch aus!«

»Gut, Joanna. Diese Vorstellung war Teil des ausgeklügelten Anschlags gegen Euch.«

Ich lachte laut heraus. »Das ist absurd.«

»Nein. Ganz im Gegenteil, es ist äußerst raffiniert. Als die Leute, die Euch schaden wollen, hörten, dass Ihr zur Gewandkämmerei reiten würdet, nahmen sie – zu Recht – an, dass Euer einziger Diener Euch begleiten würde. Damen von Stand begeben sich nicht allein nach London, doch Ihr hattet ja nur diesen einen Diener. Wärt Ihr auf der Straße weitergeritten, die Richard vorgesehen hatte, so hättet Ihr sehr bald die Gewandkämmerei erreicht. Es wäre der schnellste und einfachste Weg gewesen. Die Nachbargasse hingegen ist schmal und bei weitem nicht so belebt. Sie bot die ideale Gelegenheit zu einem Überfall auf Euch – wenn es gelang, Euch dorthin zu locken und Richard von Euch zu trennen. Zunächst also galt es, die Hauptstraße unpassierbar zu machen und Eure Aufmerksamkeit abzulenken, um Richard unbemerkt aus dem Weg räumen zu können. Und Ihr werdet mir doch wohl zustimmen, dass in Anbetracht Eurer persönlichen Geschichte kaum damit zu rechnen war, dass Ihr an einem Schauspiel über die Ermordung Beckets achtlos vorübereilen würdet.«

»Ich glaube das nicht«, sagte ich, obwohl schon eine eisige Furcht in mir heraufkroch. »Wie hätte jemand wissen können, dass wir gerade diese Gasse wählen würden? Richard wollte ja zuerst ein Stück weiter die Straße hinaufreiten, um einen anderen Weg zu finden.«

»Aber er tat es nicht, weil Euch genau in dem Moment, als er diesen Weg erkunden wollte, mit großem Getöse eine Schar Masken entgegenkam, die es unmöglich machte, sich zu Pferd einen Weg durch sie hindurch zu bahnen. Ich habe sie auch gesehen, Joanna. Und ich konnte später einen dieser Maskierten ausfindig machen. Dank ihm konnte ich mit dem Anführer der Gruppe sprechen. Ein Mann gab ihm gutes Geld dafür, dass er seine Leute sammelte und sie die Straße hinunterführte. Sie sollten allerdings erst losziehen, wenn er – dieser Fremde – ihm von der Bühne her mit einer Flagge das Zeichen gab. Der Zeitpunkt war ihm sehr wichtig. Ich glaube, sie wählten genau den Moment, als Ihr und Richard Euch der Bühne genähert habt. Damit blieb Euch nur noch die Gasse als Ausweg. Und dort müssen sie auf Euch gewartet haben.«

Ich wollte Geoffreys Schilderung nicht glauben.

»Warum sucht Ihr nicht den Mann, der die Masken bezahlt hat und mit der Flagge winkte?«, fragte ich. »Könnte er Euch nicht mehr sagen?«

»Er ist verschwunden. Er bezahlte die Masken noch bevor sie loszogen – was ungewöhnlich ist.« Geoffrey holte tief Atem. »Und vergesst nicht Euer Pferd.«

»Mein Pferd hat gescheut, weil ihm irgendein junger Bursche, der vorbei wollte, einen Schlag gegeben hat«, sagte ich. »Obwohl ich deshalb gestürzt bin, sollte ich wahrscheinlich dankbar sein. Sonst wäre ich vielleicht weiter in die Gasse hineingeritten und –« Ich brach ab. »Wer hat sich eigentlich nach meinem Sturz um das Pferd gekümmert? Hat es Schwierigkeiten gegeben?«

»Euer Pferd ist tot, Joanna«, sagte Geoffrey.

»Was?«

»Ja. Dieser junge Bursche wollte nicht an Euch vorbei. Das

war ein Angriff, vermutlich ein letzter Versuch, Euch Schaden anzutun. Er hat dem Pferd einen Pfeil in den Schenkel gestoßen. Das war sehr schmerzhaft, das Tier ist in Panik geraten und war deshalb nicht mehr zu bändigen. Unmittelbar nachdem es Euch abgeworfen hatte, ist es zusammengebrochen, und wenig später war es tot. Meiner Meinung nach wurde es vergiftet. Ich fand einen Pferdepfleger, der einige Erfahrung mit den Krankheiten dieser Tiere hat, und er sagte mir nach der Untersuchung, ein Kadaver in diesem Zustand sei ihm noch nie untergekommen. Ich brachte den Pfeil zu einem Apothekarius und Alchemisten, die getrocknete Substanz auf seiner Spitze war ihm unbekannt.«

Die eisige Furcht breitete sich weiter aus und umkrallte mein Herz. Ich hatte Mühe, meine Frage in Worte zu fassen: »Glaubt Ihr denn, dass dieser wiederholte Eindruck, beobachtet zu werden, kein Hirngespinst von mir war?«

»Joanna, ich bin überzeugt, dass Ihr seit Eurer Ankunft in London beinahe ständig überwacht worden seid. Diese Leute, wer auch immer sie sein mögen, haben nur auf eine Gelegenheit gewartet, Euch anzugreifen. Im Palast wart Ihr ständig von Menschen umgeben, doch als Ihr zum ersten Mal Westminster verließt, haben sie zugeschlagen.«

Ich hatte Geoffreys Argumenten nichts mehr entgegenzusetzen. Ich musste einsehen, dass jemand mich um jeden Preis tot sehen wollte, auch wenn ich keine Ahnung hatte, warum. Ohne weiteres Zögern willigte ich ein, sobald wie möglich mit ihm nach Dartford zurückzukehren.

»Hier, wo ich nicht weiß, wem ich trauen kann und wem nicht, kann ich Euch nicht beschützen«, sagte er. »Ich gelte nichts in Whitehall, wenn ich Fragen stelle, wird man das als Unverschämtheit empfinden. Aber in Dartford kenne ich die Menschen und weiß sie einzuschätzen, und ich erfahre es sofort, wenn ein Fremder in die Stadt kommt. Dort kann ich dafür sorgen, dass Ihr sicher seid.«

In Erinnerung daran, was Geoffrey Holbein anvertraut hatte, als die beiden Männer mich schlafend glaubten, erhob ich dennoch Protest.

»Ihr könnt nicht Euer Leben lang über mich wachen, Geoffrey«, sagte ich. »Von John Cheke hörte ich, dass Ihr den Plan, nach Deutschland zu reisen, aufgegeben habt. Trotzdem müsst Ihr –«

»Joanna, darum geht es nicht«, unterbrach er mich. »Ich bin der Constable von Dartford, es ist meine Aufgabe, für Eure Sicherheit zu sorgen. Jetzt bringe ich Euch erst einmal nach Dartford. Und wenn Ihr wieder ganz gesund seid, könnt Ihr entscheiden, was weiter geschehen soll.«

Und so trat ich in einer Sänfte, die das Haus Howard zur Verfügung gestellt hatte, und in Begleitung von vier Bewaffneten, die Catherine angefordert hatte, die Heimreise nach Dartford an.

Eine Stunde vor Tagesanbruch führten Catherine und Holbein mich langsam in den Hof, wo Geoffrey und die Sänfte warteten. Nach liebevollem Abschied warf ich einen letzten Blick auf das Torhaus, das mich so stark beeindruckt hatte, als ich in Whitehall angekommen war. Oben, auf dem Dach, blitzte etwas auf. Ich erstarrte. Ein letzter Versuch, mir etwas anzutun, bevor ich Whitehall verließ? Es war eindeutig ein Mann, der dort oben stand. Doch als ich den Hals reckte, um besser sehen zu können, erkannte ich ihn: Thomas Culpeper. Wie einsam er aussah dort oben auf dem Dach. Bevor ich den Arm zu einer Geste des Abschieds heben konnte, verschwand er. Mein Freund war fort.

Zu Pferd kann man den Weg von London nach Dartford in einigen Stunden bewältigen; mit der Sänfte brauchten wir den ganzen Tag. Wir hielten häufig an, um die Pferde rasten zu lassen, und jedes Mal kam Geoffrey, um nach mir zu sehen. Dennoch wurde mir die Reise infolge der brütenden

Hitze und der dumpf pochenden Angst zur Qual. *Jemand wollte meinen Tod.*

Während ich auf die leise flatternden Vorhänge der Sänfte starrte, auf denen Sonnenlicht und Schatten spielten, fragte ich mich, welch einem Geist der Gedanke entsprungen war, ein Theaterstück zu inszenieren, um mich abzulenken und aufzuhalten. Und nicht irgendein beliebiges Stück, sondern eins, das die Ermordung des Erzbischofs von Canterbury, Thomas Becket, durch die Ritter, die ihrem König gefällig sein wollten, zum Thema hatte. Eisiges Erschrecken durchzuckte mich, als das Gesicht des Mannes, der mir ans Leben wollte, Form anzunehmen begann. Ich kenne dich, hauchte ich. Doch als ich schon glaubte, das Bild klar vor mir zu haben, fiel ich in Verwirrung zurück. Mein Feind blieb ein zitternder Schatten ohne Substanz, wie die verwischten Formen, die über die Vorhänge meiner Sänfte tanzten.

In meiner Not umfasste ich das Kruzifix an meinem Hals und betete: »Mein Herr und Gott, hilf mir; Herr, eile mir zu Hilfe.«

Endlich hielten die Pferde an, die Vorhänge der Sänfte wurden geöffnet, und als ich hinausblickte, erkannte ich die Häuser der High Street von Dartford.

»Gott und Maria sei Dank, dass sie Euch zu uns nach Hause gebracht haben!«, rief Agatha Gwinn, die mich als erste mit großer Vorsicht in die Arme nahm.

Vielleicht lag es am sanften Abendlicht, vielleicht daran, dass wir die Menschenmenge Londons hinter uns gelassen hatten, ganz gleich, alles erschien mir hier so viel freundlicher. Welch eine Wohltat, Agatha und die fünf Dominikanerinnen zu sehen, die sich, von Geoffrey benachrichtigt, versammelt hatten, um mich zu empfangen. Selbst Gregory, unser ehemaliger Pförtner, war mit seiner jungen Frau gekommen, auch wenn diese recht verwirrt dreinschaute. Für jemanden, der nicht durchgemacht hatte, was wir durchgemacht hatten, boten wir zweifellos ein seltsames Bild – eine kleine Schar heimatlos gewordener Nonnen, die eine Heimgekehrte wieder in ihrem Kreis aufnahmen. An den Blicken, die sie tauschten, erkannte ich, wie erschreckend es auf sie wirken musste, als ich, Kopf und Arm in Verbänden, das Gesicht rot und erhitzt, langsam und mühevoll von der Sänfte zu meinem Haus ging. Aber niemand sagte ein Wort – fürs Erste jedenfalls nicht.

Doch kaum hatte ich mein von eben diesen lieben Freunden für meine Ankunft vorbereitetes Häuschen betreten, konnte sich Schwester Eleanor, die mich vor der Dreifaltigkeitskirche angefleht hatte, nicht nach Whitehall zu reisen, nicht mehr zurückhalten.

»Schwester Joanna, was haben sie Euch angetan?«, rief sie so scharf, dass das wohlgefällige Willkommensgemurmel augenblicklich versiegte.

Agatha Gwinn sagte mit einem mühsamen Lächeln: »Kommt, Schwester Eleanor, das ist nun wahrhaftig nicht hilfreich.«

Doch Eleanor trat auf mich zu, als hätte sie Agatha nicht gehört, betrachtete mich mit gerunzelten Brauen und legte mir schließlich die Hand auf die Stirn.

»Schwester Joanna«, rief sie erschrocken, »Ihr glüht!«

»Die Reise war lang, und es war ein heißer Tag«, sagte ich.

»Nein«, widersprach sie. »Ihr habt Fieber.«

Kapitel 25

Was soll ich von den folgenden anderthalb Monaten meines Lebens berichten? Die ersten vierzehn Tage kann ich nur als einen Tumult von Fieberträumen und quälenden Schmerzen beschreiben. Nur verschwommen nahm ich die Menschen wahr, die sich um mich kümmerten: Agatha und Schwester Eleanor in erster Linie. Agatha, weil sie sich den Novizinnen gegenüber, die sie in ihrer Obhut gehabt hatte, immer noch wie eine Mutter fühlte; Schwester Eleanor, weil sie im Kloster die Kranken versorgt hatte – bis zu dem Tag jedenfalls, an dem ein Ordensbruder namens Edmund Sommerville eintraf und Hospitale für das Kloster und für das Städtchen einrichtete. Weder Edmund noch die Schwestern hatten viel von Blutegeln und anderen volkstümlichen Mitteln zur Behandlung von Krankheiten gehalten. Nein, meine Freundinnen wuschen mich mit Essigwasser und legten mir Ampfer- und Kamillekompressen auf die Stirn. Sie flößten mir zu trinken ein und sorgten dafür, dass ich regelmäßig wenigstens einige Bissen aß, in der Hoffnung, dass es mir so gelingen würde, das hartnäckige Fieber zu besiegen.

Oft saß Geoffrey an meinem Bett, das Gesicht voller Sorge. »Vielleicht sollten wir nach Whitehall schicken«, sagte er eines Tages zu Agatha.

»Nein, nein, nein!«, schrie ich, einen Moment klar genug, um den Sinn seiner Worte zu erfassen. »Ich werde sterben oder leben. Es liegt allein in Gottes Hand.«

Agatha bekreuzigte sich, doch Geoffrey sah mich unglücklich an und sagte: »Es fehlt mir nicht an Gottvertrauen. Aber Ihr müsst kämpfen, Joanna. Ihr wart immer eine Kämpferin. Ihr müsst selbst um Euer Leben kämpfen.«

Ich schwieg. Ich wollte Geoffrey nicht täuschen. In Wahrheit hatte ich mich ganz in Gottes Hände begeben. In den endlosen Tagen des Dahindämmerns war in mir die Überzeugung gewachsen, dass dieses Fieber die Kulmination einer Reihe göttlicher Bestrafungen war. Begonnen hatte sie mit den Anschlägen auf mein Leben, dann waren die schweren körperlichen Verletzungen gefolgt und nun diese verzehrende Krankheit. Ich hatte Gott getrotzt – daran gab es keinen Zweifel. Geoffrey hatte recht, ich war von Natur aus eigensinnig und hitzköpfig. Ich war eine Kämpferin. Aber war nicht gerade dies Teil meines Vergehens? Eine wahre Tochter Christi fügte sich Gottes Weisheit. Ich ahnte, dass ich jetzt auf die Probe gestellt wurde, und ich würde mich bedingungslos fügen.

Mit dem Verlauf der Tage wurde mir das Sprechen immer schwerer. Ich sah Agatha weinen und versuchte, sie zu trösten, doch es war mir unmöglich, die Worte zu bilden. »Immer habe ich Gott gebeten, mir Geduld mit Euch zu geben«, sagte sie schluchzend. »Ihr wart eine meiner schwierigsten Novizinnen. So eigenwillig. Die Priorin sagte von Anfang an, Ihr gäbt zu großen Hoffnungen Anlass, doch ich brauchte Monate, um das zu erkennen und Euch lieben zu lernen. Ich gestehe, dass ich anfangs zu Gott betete, er möge Euren Willen zähmen. Was gäbe ich darum, jetzt wenigstens ein Fünkchen dieses Willens zu sehen.«

So sehr ich darum kämpfte, ein tröstendes Wort hervorzubringen, ich konnte es nicht.

Eines Abends schien das Fieber, das in mir brannte, einen neuen Höhepunkt zu erreichen. Ich hatte das Gefühl, von einem Schwall glühender Hitze verschlungen zu werden, und in meinen Ohren war ein lautes Rauschen. »Hilfe!«, rief ich, doch ich war allein in meinem Schlafzimmer, und unten hörte mich niemand. Dann fiel die Hitze von mir ab, und während ich in Schweiß gebadet auf dem Bett lag, regte sich etwas in mir, etwas Neues.

Langsam, die rechte Hand um das Kopfbrett des Bettes geklammert, zog ich mich hoch und setzte mich auf. Ich wurde nicht ohnmächtig, ich schaffte es ohne Schmerzensschreie und ohne Schwindelgefühle.

Gott in seiner Gnade hatte beschlossen, mich zu verschonen.

»Oh, in Dreiteufelsnamen!«, hörte ich einen Mann zornentbrannt rufen. Polternd rannte jemand die Treppe herauf, und dann stürmte Geoffrey ins Zimmer, völlig außer sich. Als er mich im Bett sitzen sah, starrte er mich fassungslos an.

»Geoffrey«, begrüßte ich ihn.

In seinem müden Gesicht brach sich ein Lächeln Bahn, als er zu mir lief.

»Ich glaube – ich glaube, ich habe Hunger«, sagte ich.

Er lachte wie erlöst. »Ihr bekommt zu essen, Joanna. Ein Schlemmermahl.«

Die Genesung von einer so bösartigen Krankheit versprach langwierig zu werden und nicht leicht infolge meines immer noch empfindlichen Kopfes und des schmerzenden Arms. Doch dank der unverdrossenen Pflege, die meine Freunde mir angedeihen ließen, machte ich merkliche Fortschritte. Schwester Eleanor pries es als gutes Zeichen, als ich eines Tages über Langeweile klagte. Selbst ich, die die Heilige Schrift liebte, hatte genug davon, vorgelesen zu bekommen. Ich wollte selbst meine Bücher studieren, mich an meinen Webstuhl setzen, in der High Street spazieren gehen.

Vor allem aber wollte ich meinen Freunden nicht länger zur Last fallen und griff sofort zu, als sich Hilfe anbot: Pierre und Aimée, die seit kurzem bei den Gwinns beschäftigt waren. Die Geschwister stammten aus Frankreich, waren mit einem Handelskaufmann nach London gekommen und mittellos zurückgeblieben, als ihr Herr plötzlich verstarb, ohne Anweisungen oder Geld für die Dienstboten zu hinterlassen. Oliver Gwinn stieß durch Zufall auf die beiden, denen es wegen des Misstrauens der Londoner gegenüber Fremden nicht gelungen war, eine neue Herrschaft zu finden, und nahm sie mit nach Dartford. Er bot mir für die Dauer meines Aufenthalts in Dartford ihre Dienste an, und ich nahm dankbar an. Es war wohltuend, jemanden im Haus zu haben; Pierre war ein geschickter Mensch, der keine Arbeit scheute, und Aimée war glücklich, mit mir ihr Englisch üben zu können. Wie lange sie gebraucht werden würden, blieb offen. Meine Freunde waren alle strikt gegen meine Rückkehr nach London – und dabei ahnten sie nichts von der Verschwörung gegen mich. Nur Geoffrey und ich wussten, was geschehen war, und eines Tages, als er mich besuchte, machten wir eine merkwürdige Feststellung.

»Ich wollte Euch das längst fragen«, sagte ich. »Warum habt Ihr an jenem Tag auf der Treppe geflucht?«

»Weil Ihr ganz allein im Zimmer wart«, antwortete er. »Offenbar hatte es zwischen Mrs. Gwinn und mir ein Missverständnis gegeben; sie wusste nicht, dass ich damit rechnete, dass sie an diesem Abend bei Euch wachte.«

»Und wie lang war ich allein?«

»Ihr wart mindestens vier Stunden unbewacht.«

Einen Moment lang sahen wir einander wortlos an. »Dann sind meine Feinde mir nicht hierher gefolgt«, sagte ich schließlich. »Denn wenn einer dieser Leute beobachtet hätte, dass ich allein im Haus war, hätte er doch gewiss die Gelegenheit ergriffen …« Ich konnte den Satz nicht vollenden.

»Ich habe seit unserer Rückkehr nichts Ungewöhnliches bemerkt«, sagte er. »Keine verdächtigen Fremden im Ort, keinen Hinweis darauf, dass irgendjemand Euch beobachtet.«

»Geoffrey, auch in den Monaten bevor ich nach London reiste, war hier alles ruhig und friedlich«, erklärte ich. »Und ich war damals viel allein. Deshalb konnte ich ja anfangs gar nicht glauben, dass etwas gegen mich im Gang war. Wäre es denn nicht hier in Dartford viel einfacher gewesen, mich zu beseitigen?«

Geoffrey zog die Augenbrauen hoch bei meiner Wortwahl, doch er stimmte mir zu. »Ihr habt recht. Nur wenn Ihr Dartford fern seid und Euch in London aufhaltet, geschehen diese Dinge.«

Wir dachten beide über diese sonderbare Tatsache nach, ohne dass es uns gelang, daraus klug zu werden. Ich erinnerte mich an den Moment in der Sänfte, als ich mich gefragt hatte, wer ausgerechnet ein Theaterstück über Thomas Beckets Ermordung gewählt hatte, um mich aufzuhalten, und nahe daran gewesen war, meinen Widersacher zu entlarven. Doch von diesem Eindruck war nichts geblieben. Dieser Blitz der Erkenntnis war wohl nur eine Ausgeburt meiner Fieberphantasien gewesen.

»Nun«, meinte Geoffrey, »wenn Ihr gekräftigt genug seid, um Euch mit der Frage zu beschäftigen, wer Euch nach dem Leben trachtet, könnt Ihr Euch jetzt wohl auch Eurer Korrespondenz widmen.«

Er reichte mir fünf Briefe, die er für mich aufbewahrt hatte. Drei waren von Catherine Howard, einer von Sir Andrew Windsor und einer von meinem Cousin Henry Stafford.

Ich las zuerst Catherines Briefe. Sie bat mich vielmals um Verzeihung dafür, dass sie mich nicht besucht hatte, versprach aber, weiterhin für meine Gesundung zu beten. In jedem der drei schnell hingeworfenen Schreiben deutete sie kommende Veränderungen von großer Tragweite an. »Seid gewiss, dass Ihr froh und glücklich sein werdet, Catherine Howard zur Freundin zu haben«, schrieb sie im dritten.

Kopfschüttelnd wandte ich mich dem Brief von Sir Andrew zu. Er erkundigte sich nach meinem Befinden und bat mich, nach London zu kommen, um die Anweisungen des Königs hinsichtlich seiner Tapisserie-Kollektion entgegenzunehmen, sobald ich ganz wiederhergestellt sei. Auch die Frage, ob ich nach Brüssel reisen solle, um eventuell über den Erwerb der neuen Bildfolge *Der Triumph der Götter* zu verhandeln, müsse geklärt werden.

Ich spürte beinahe die Ungeduld des Königs hinter den sorgsam abgefassten Zeilen. Hätte ich doch nur einen Plan, wie ich mich zu dem mir angebotenen Hofamt stellen sollte. Ich wusste, dass ich den Zorn des Königs fürchten musste, wenn ich ablehnte, trotzdem schwankte ich.

Schließlich öffnete ich das Schreiben von meinem Cousin, überzeugt, dass mich nach Sir Andrews Brief nichts mehr aus der Fassung bringen konnte. Ich irrte mich.

»Liebste und teuerste Cousine,

Der Herzog von Norfolk, mein geschätzter Schwager, hat mich von dem schrecklichen Unfall unterrichtet, der Euch in London zugestoßen ist. Er teilte mir mit, dass mit Eurer völligen Wiederherstellung zu rechnen ist, und ich danke Gott dafür. Wir werden in der Kapelle Dankeskerzen anzünden. Doch unter den gegebenen Umständen wäre es unklug, Arthur jetzt Eurer Obhut zu übergeben. Wir sollten ein Jahr vergehen lassen, bevor wir die Frage …«

Ich schleuderte den Brief zu Boden, Tränen der Enttäuschung in den Augen.

Geoffrey war voller Teilnahme, als er den Grund meiner heftigen Reaktion erfuhr. »Er ist ein aufgeweckter kleiner Junge, natürlich fehlt er Euch. Aber wenigstens könnt Ihr nächstes Jahr einen neuen Versuch unternehmen. In der Zwischenzeit –«

»Zwischenzeit?«, rief ich. »Wie soll diese Zwischenzeit denn aussehen? Ich kann das Amt bei Hofe nicht annehmen, weil ich um mein Leben fürchten muss. Soll ich hier in einer Art Schwebezustand mein Dasein fristen, ohne rechtes Auskommen und ohne für Arthur sorgen zu können? Das ist unerträglich.«

»Ich sehe schon, ich hätte Euch die Briefe nicht geben dürfen«, sagte er.

»Ihr könnt mich nicht wie ein Kind behandeln, das vor schlechten Nachrichten geschützt werden muss.«

»Ach, ich weiß nicht«, meinte er leichthin. »Ich habe schon manchmal gedacht, dass Euer Leben glücklicher wäre, wenn Ihr ein wenig mehr beschützt worden wärt.«

Ich ließ meine schlechte Laune fahren. »Geoffrey, ich bin Euch dankbar für alles, was Ihr für mich getan habt, das wisst Ihr. Aber ganz im Ernst, ich kann nur wiederholen, was ich Euch in Whitehall sagte: Ich möchte Euch nicht zur Last fallen.«

»Und ich sage es noch einmal, Joanna: Wartet, bis Ihr wieder ganz bei Kräften seid und trefft dann Eure Entscheidungen.«

Meine Genesung schritt voran. Zur Freude meiner Freunde nahm ich sogar ein wenig zu. Schwindel und Kopfschmerzen verschwanden, und eines wunderbaren Tages entfernte Schwester Eleanor die Schiene von meinem Arm. Er war steif, doch mit regelmäßiger Übung würde er seine uneingeschränkte Beweglichkeit wiedererlangen, versicherte sie mir. Auf meine wiederholten Bitten hin nahm Agatha mich auf einen kurzen Spaziergang durch die High Street mit. Das Vergnügen wurde allerdings durch die kaum erträgliche Hitze getrübt. Als ich das erste Mal den Gottesdienst besuchte, hörte ich, neben den vielen guten Wünschen, die mir entgegengebracht wurden, überall die sorgenvollen Bemerkungen der Leute über die anhaltende Dürre, die seit dem Frühjahr auf dem Land lastete.

Schon in den vergangenen Jahren hatte Dartford zahlreiche Veränderungen aushalten müssen. Alles in diesem Ort hatte sich einst um die Religion gedreht, nicht nur wegen des Dominikanerinnenklosters. Die Gasthäuser in der High Street hatten von den Pilgern gelebt, die auf dem Weg nach Canterbury hier Rast machten. Doch seit der König den Schrein des heiligen Thomas Becket hatte vernichten lassen kamen weit weniger Fremde nach Dartford. In den letzten zwei Jahren hatte die Errichtung eines neuen Herrschaftshauses auf den Trümmern des Klosters vielen aus dem Ort Arbeit und Brot gegeben. Nun war das Haus fertig – und stand leer; die Leute hatten ihre Beschäftigung verloren. Geblieben war nur das Land. Wenn die Ernte ausfiel, musste Armut folgen. Ich musste an die Worte des alten Fährmanns denken: *In diesem Sommer wird es Not und Seuchen geben. Die Frau vom Fluss hat es mir gesagt.* Über ganz Dartford lag ein spürbarer Schatten der Angst.

Eines Tages, nachdem nochmals einige Wochen ins Land gezogen waren, erwachte ich mit dem Gefühl, meine ganze Kraft wiedergewonnen zu haben. Nach dem Frühstück, das Aimée mir zubereitete, suchte ich die Vorlagen für meinen neuen Bildteppich heraus, die ich vor Monaten aus Brüssel hatte kommen lassen. Sorgfältig breitete ich den Hauptentwurf, der den Hintergrund des Gewebes bilden sollte, auf dem Webstuhl aus. Die schöne, lange Gestalt der Niobe streckte sich über den hölzernen Rahmen. Ich hatte Holbeins Zeichnung von Catherine mitgenommen, doch ich war noch nicht bereit, sie mir jetzt nochmals anzusehen. Ich wusste, dass ich sie als Vorlage nehmen musste, obwohl ich das Konterfei meiner Freundin viel lieber nicht in mein Werk eingearbeitet hätte. Niobes Geschichte war die einer göttlichen Bestrafung mit Tod und unendlichem Schmerz.

Dennoch verspürte ich, als ich da vor meinem Webstuhl stand, eine neue Entschlossenheit. Ich wusste noch nicht, wo oder wie genau, doch ich musste mich endlich wieder meinen Aufgaben als Tapisseriemeisterin widmen. Es war keine Berufung – meine Berufung zu einem Leben als Nonne war mit den Klöstern vernichtet worden –, doch es war eine Neigung. Und dieser Neigung musste ich nachgehen.

Ich schrieb Geoffrey einen kurzen Brief mit der Bitte, mich zu besuchen, und ließ ihn von Aimée überbringen. Er war in letzter Zeit nicht oft bei mir gewesen – vielleicht hatte meine scharfe Zunge ihn vertrieben, vielleicht war er auch einfach von seinen Pflichten als Constable in Anspruch genommen. Doch mein Anliegen konnte nicht warten.

Gegen Mittag, als die Sonne fast ihren höchsten Stand erreicht hatte, hörte ich lautes Klopfen an der Tür und sah überrascht nicht nur Geoffrey, sondern zwei Besucher aus London auf meiner Schwelle stehen, die ich nicht erwartet hatte: John Cheke und Doktor Butts. Die zwei Männer waren, wie es schien, trotz des Altersunterschieds gute Freunde.

In der Wohnstube meines Hauses untersuchte mich Doktor Butts persönlich. »Miss Howard wollte sicher sein, dass Ihr wieder ganz gesund seid, und ich stelle mit Erleichterung fest, dass ich ihr keine Enttäuschung werde bereiten müssen«, sagte er.

Mir schien so viel Ergebenheit Catherine gegenüber etwas übertrieben, aber vielleicht hatte ich mich auch schon wieder zu weit von den Gepflogenheiten des königlichen Hofes entfernt.

»Ja, es geht mir wieder gut. Es tut mir leid, dass Ihr meinetwegen diese lange Reise auf Euch nehmen musstet«, sagte ich.

John Cheke räusperte sich. »Vor Eurer Rückkehr solltet Ihr Euch die hiesige Kirche ansehen, Doktor Butts. Sie ist wirklich interessant – wie ich hörte, wurde dort die Trauerfeier für Heinrich V. abgehalten.«

»Oh, das ist ein guter Gedanke«, sagte der Arzt sofort.

»Geoffrey, wäre es Euch genehm, den Doktor zu führen?«, fragte Cheke.

Geoffrey runzelte die Stirn. »Ich?« Doch er nahm sich trotz seines offenkundigen Widerstrebens des Arztes an, der ganz versessen darauf zu sein schien, die Kirche zu besichtigen. Die ganze Szene wirkte seltsam, als hätten Cheke und Doktor Burns sich vorher abgesprochen, ohne Geoffrey etwas zu sagen. Als die beiden Männer gegangen waren, wandte sich Cheke mir mit kaum verhohlener Erregung zu.

»Ich habe nicht viel Zeit«, sagte er. »Ich muss noch heute nach London zurück.«

»Es wundert mich, Euch überhaupt hier zu sehen, Mr. Cheke«, erwiderte ich, »Ich dachte, Ihr wärt längst zurück in Cambridge.«

»Ja, ich war dort, aber vor vier Tagen wurde ich erneut an den Hof geladen. Bischof Gardiner hat mir offiziell den Lehrstuhl für griechische Philologie am St. John's College angeboten.«

Ich gratulierte ihm zu dieser hohen Ehrung, doch angesichts seiner unverminderten Aufgeregtheit hatte ich den Verdacht, dass er nicht nach Dartford gekommen war, um mir von seiner Berufung zu berichten. Ich hatte recht.

»Habt Ihr schon das Neueste aus Whitehall gehört?«, fragte er mich begierig.

Ich schüttelte den Kopf und wappnete mich innerlich. Dennoch trafen mich Chekes nächste Worte völlig unvorbereitet.

»Der König hat sich gegen Cromwell gewendet. Er hat ihn festnehmen und im Tower einsperren lassen. Es scheint sicher, dass er sterben wird.«

Kapitel 26

Ausgeschlossen!«, rief ich. »Das alles soll passiert sein, seit ich im Mai den Hof verlassen habe?«

»Es hat sich in den letzten drei Wochen entwickelt«, erklärte Cheke. »Unmittelbar vor einer Sitzung des Kronrats am zehnten Juni hielt der Hauptmann der Palastwache Cromwell auf und der Herzog von Norfolk nahm ihm die Insignien des Hosenbandordens ab – riss sie ihm kurzerhand vom Wams. Für einen Verräter, schrie er, sei kein Platz im Kronrat, und daraufhin schleppten die Wachen Cromwell weg, der fortwährend schrie, er sei kein Verräter. Der Constable selbst brachte ihn in den Tower. Er schreibt täglich Briefe, in denen er den König um Gnade bittet.«

Ich ließ mich fassungslos in einen Sessel fallen. Cromwell war zehn Jahre lang des Königs rechte Hand gewesen, der zweitmächtigste Mann im Reich. Was konnte Heinrich veranlasst haben, ihn zu verstoßen?

Cheke wischte sich mit einem Schnupftuch den Schweiß von der Stirn. »Ich verstehe Eure Fassungslosigkeit, Miss Stafford. Ich kann es ja selbst nicht glauben.«

Ich hörte die Stimme meines Cousins, des Grafen von Surrey: *Es gibt einen anderen Weg, Cromwell zu entmachten, doch er wäre alles andere als ehrenhaft. Ich darf Euch nichts darüber sagen. Doch ich hoffe, dass eines Tages, wenn alles sich geändert hat, mein gutes Ansehen vor Euch wiederhergestellt sein wird, Joanna.*

»Der Bund«, flüsterte ich.

»Was sagtet Ihr, Miss Stafford?«

Ich schüttelte den Kopf. »Nichts. Wer wird nun seinen Platz einnehmen?«

»Bischof Gardiner sitzt wieder im Kronrat; ob es ihm gelingen wird, Cromwell zu ersetzen, wird sich zeigen. Es wird damit gerechnet, dass er zum Kanzler in Cambridge ernannt wird – das ist der Grund, warum nun endlich eine Entscheidung über meine Zukunft getroffen wurde. Gardiner arbeitet Hand in Hand mit dem Herzog von Norfolk, dessen Sohn, der Graf von Surrey, die Verhaftung des ›dreckigen Schufts‹, wie er ihn nennt, tagelang gefeiert hat.« Cheke rümpfte missbilligend die Nase. »Die Howards sitzen so fest im Sattel wie nie zuvor, jetzt, da sie Cromwell aus dem Weg geräumt haben und eine Howard Königin wird.«

Mir stockte der Atem. »Was sagt Ihr da?«, stieß ich erstickt hervor. »Eine Howard Königin?«

»Ich dachte, Ihr wüsstet das, da Ihr ja so gut Freund mit Catherine Howard seid. Ja, sie wird wohl bald die fünfte Frau des Königs werden. Es heißt, sie seien heimlich verlobt. Jeder bei Hofe weiß das.«

»Aber er hat doch eine Frau – Königin Anna von Kleve.«

»Die Königin wurde vor sechs Tagen von London nach Richmond geschickt«, berichtete Cheke. »Die Berater des Königs unterbreiteten ihr dort die Gründe für die Auflösung ihrer Ehe mit Heinrich – eine frühere Verlobung mit dem Herzog von Lothringen, einem Mann, dem sie nie begegnet ist. Ich habe gehört, dass sie geweint hat, jedoch keine Einwendungen erhob. Die Scheidung könnte schnell vonstattengehen. Der König sucht Catherine Howard ganz offen auf, wann immer sich die Gelegenheit bietet, und die Howards erzählen jedem, der es hören will, dass sie bald Königin sein wird.«

Arme Anna von Kleve. Norfolk hatte also nicht gelogen, als er Catherine versprochen hatte, sie würde Königin werden. Er kannte eben den König. Ich hätte mich freuen sollen über den kometenhaften Aufstieg meiner Freundin, doch ich empfand nur Angst um sie.

»Bei Hof heißt es, der König habe sich von Cromwell abgewandt, weil dieser damals die Ehe mit der Deutschen befürwortet hat und nun die Scheidung nicht vorantrieb. Cromwell wollte Anna von Kleve auf keinen Fall durch Catherine Howard ersetzt sehen, die Nichte seines Erzfeinds«, sagte Cheke.

Ich musste daran denken, wie der König und Cromwell sich zueinander verhalten hatten, als ich sie das letzte Mal gesehen hatte. Der Minister hatte alles getan, um seinem Herrn zu dienen, hatte ihm gewissermaßen die Wünsche von den Lippen abgelesen. Sie hatten gewirkt wie ein unzertrennliches Paar.

»Ich kann mir nur schwer vorstellen, dass Cromwell sich gesperrt haben soll, wenn der König ihn beauftragt hat, ihm zu einer Scheidung zu verhelfen«, sagte ich.

»Ja, zumal die Scheidung ohne Schwierigkeiten vollzogen wurde, als sie einmal eingeleitet war«, stimmte Cheke zu. Er sah mich forschend an, und ich spürte die Nervosität, die ihn immer noch beherrschte.

»Ihr habt doch noch etwas auf dem Herzen, Mr. Cheke?«, fragte ich.

»Das ist richtig. Ich würde gern wissen«, erklärte er, seine Worte mit Bedacht wählend, »was für Pläne Ihr mit Geoffrey Scovill habt.«

Ich war irritiert. »Was für Pläne ich mit Geoffrey habe?«, wiederholte ich stirnrunzelnd. »Wie kommt Ihr auf einen solchen Gedanken?«

Statt mir eine Antwort zu geben, eilte Cheke zum Fenster und schaute hinaus. »Gut«, murmelte er »Sie sind noch in der Kirche.«

»Warum war es so wichtig, mich allein zu sprechen?«,

fragte ich. »Alles, was hier gesprochen wurde, hätte jeder hören dürfen. Ich verstehe diese Geheimnistuerei nicht.«

Er drehte sich um und sagte beinahe schroff: »Ich möchte Euch bitten, Geoffrey freizugeben.«

Ich spürte, wie ich rot wurde. »Mr. Cheke, Geoffrey ist aus verschiedenen Gründen um meine Sicherheit besorgt, es ist nicht an mir, ihn freizugeben, wie Ihr es formuliert. Er ist nicht mein Gefangener.«

»Verzeiht mir, wenn ich mich ungeschickt ausgedrückt habe, Miss Stafford«, sagte Cheke. »Aber jetzt, da sich mein Einkommen wesentlich erhöht hat, könnte ich die Kosten für eine Reise nach Deutschland ohne weiteres übernehmen. Mir liegt sehr viel daran, dass Geoffrey die Suche nach Edmund aufnimmt. Ich könnte jemand anderen schicken, es ließe sich gewiss jemand finden, aber ich weiß niemanden, der Edmund persönlich kennt, und ein Bild von ihm gibt es nicht. Außerdem halte ich Geoffrey für äußerst klug und geschickt. Wenn Edmund noch am Leben ist, wird Geoffrey ihn finden. Ich fürchte, er ist der Einzige, der es kann.«

»Ich verstehe.«

Schon wieder ging Cheke ans Fenster. »Oh, sie kommen gerade aus der Kirche. Mir bleibt keine Zeit mehr. Ich hatte keine Gelegenheit – wartet, ich möchte trotzdem – es könnte etwas ändern …« John Cheke zappelte vor Unschlüssigkeit, ehe er sich wieder zu mir umdrehte.

»Ich habe hundertmal überlegt, ob ich Euch das geben soll«, sagte er hastig, während er ein gefaltetes Papier aus seinem Wams zog. »Geoffrey hat mir geschrieben, dass Ihr beinahe am Fieber gestorben wärt, und ich machte mir schwere Vorwürfe, dass ich Euch das nicht längst gesandt habe. Es kam mir immer wie eine Art Verrat vor. Aber nach allem, was passiert ist – bitte, nehmt es jetzt.«

Er entfaltete zwei abgegriffene Bögen Papier. Die Tinte war verblasst, doch das Geschriebene war gut leserlich, die

Schriftzüge flossen fein ziseliert dahin. Wie es zu erwarten war von jemandem, der seine Jugend in den Klosterskriptorien verbracht hatte.

Ja, das Schreiben stammte von der Hand Edmund Sommervilles.

Das Herz klopfte mir bis zum Hals, als ich es zur Hand nahm. Die ersten Seiten fehlten; dies war der Schlussteil des Briefes. Ich las hastig.

»Es fällt mir schwer, dieses Schreiben an Euch zu beenden, John, denn gerade heute fühle ich mich mehr denn je allein in diesem England so fernen Land. Die Menschen haben auf eine Weise gelitten, die kaum vorstellbar ist, und dennoch haben sie sich Fremden gegenüber ein gutes Herz bewahrt. Das ist es nicht, was mich wünschen lässt, wir könnten heute Abend miteinander sprechen. Ich sah zufällig eine junge Frau, die einen Eimer Wasser trug. Sie hatte dichte schwarze Haare, und ihr Anblick versetzte mich in einen Zustand der Melancholie. Ich fürchte, Joanna würde mir niemals zustimmen, doch ich bin überzeugt, ihr Leben wird glücklicher sein, wenn ich in der Ferne weile. Ihr Mitgefühl und ihre Geduld mit meinen vielfältigen Schwächen waren immer mehr als ich verdiente.

Fortwährend muss ich an die ersten Wochen denken, als ich Joanna kennenlernte, und es drängt mich, Euch davon zu erzählen. Bischof Gardiner führte uns zusammen. Er hatte einen Auftrag für uns. Ihr würdet nicht glauben, welcher Art er war, deshalb will ich hier nicht näher darauf eingehen. Joanna und ich waren beide im Kloster von Dartford im Dienste Gottes tätig, nachdem mein dominikanisches Ordenshaus in Cambridge aufgelöst worden war. Mir fielen schon bald ihre Intelligenz und die Wärme ihres Herzens auf. Manche meiner Brüder sind der Auffassung, dass Frauen minderwertige Geschöpfe sind, mit denen wir keinen Umgang pflegen sollten. Ich habe von dieser Geringschätzung der Frauen nie etwas gehalten. Wir sind keine Mönche, sondern Predigerbrüder, wir haben das Gelübde abgelegt, uns den Aufgaben der Seelsorge auch außerhalb des Klosters zu widmen. Doch das Gefährliche im Umgang mit Frauen ist die fleischliche Versuchung. Ich habe gelernt, die Zeichen zu erkennen, wenn eine Frau allzu begierig meine Gesellschaft sucht, und diese Situationen mit Takt und Anteilnahme zu meistern. Sehe ich Euch lächeln, alter Freund?

Als ich diese Zeichen bei Joanna bemerkte, bereitete ich eine wohlgesetzte Rede vor und war bestürzt, als ich feststellte, dass ich eine Änderung der Gefühle, die Joanna mir entgegenbrachte, gar nicht wünschte. Es war das erste Mal, dass ich ein solches Verlangen verspürte. Ich werde nicht beschreiben, was folgte, denn diese Erlebnisse gehören allein Joanna und mir. Diese Erinnerungen werde ich bis ans Ende meines Lebens bei mir tragen. Sie sind schmerzhaft, aber sie sind auch unendlich kostbar.

Und nun, lieber Freund, werde ich die Feder aus der Hand legen und mich für die Nacht vorbereiten, wie stets mit Gebeten um Vergebung von all jenen, denen ich Unrecht getan habe, vor allem Joanna.«

Draußen wurde die Haustür geöffnet, und Geoffrey trat mit Doktor Butts ins Zimmer. Ich kann nur vermuten, dass mein Gesicht meinen inneren Aufruhr verriet, denn beide zeigten sich sogleich höchst besorgt.

»Die Neuigkeiten, die Mr. Cheke aus Whitehall mitgebracht hat, sind erschütternd«, sagte ich zur Erklärung. »Ich brauche etwas Zeit, um sie wirklich zu begreifen.«

Die drei Männer beschlossen, in einem der Gasthäuser im Ort zu essen, und am Spätnachmittag, wenn die Sonne nicht mehr so heiß glühte, wollten Cheke und Dr. Butts dann die Rückreise nach London antreten. Ich verabschiedete mich von ihnen, beantwortete die stumme Frage in Chekes Blick mit einem beruhigenden Lächeln und wandte mich dann

Geoffrey zu. »Könntet Ihr gegen Abend noch einmal vorbeikommen, Geoffrey?«, fragte ich. »Ich muss Euch sprechen.«

»Gern«, antwortete er lächelnd, und dann machten sich die drei auf den Weg.

Ich konnte den Brief nicht aus den Händen lassen. Ich hielt ihn auf dem Schoß, während ich am Fenster saß, das Geplapper der Leute in der High Street als Begleitmusik zu meinen Gedanken. Seit ich mich von der langen Krankheit erholt hatte, wurde ich von zunehmender Rastlosigkeit geplagt. Welchem Ziel konnte ich mit diesem Leben dienen, das Gott verschont hatte? Ich hatte mit dem Gedanken gespielt, das Amt der Tapisseriemeisterin zu übernehmen, wie der König es befohlen hatte. Doch zu welchem höheren Ziel? Bloß zu existieren, war nicht genug – konnte nicht genug sein.

Ich vermutete, dass John Cheke mir diesen Brief Edmunds gezeigt hatte, um die Liebe in meinem Herzen wiederzuerwecken und mich so dazu zu bewegen, Geoffrey für die Suche nach Edmund »freizugeben«. Doch was geschah, war komplizierter und ganz unerwartet. Während ich seine Worte las, hörte ich Edmund sprechen, als befände er sich mit mir im Zimmer, und fand zu meiner eigenen Überraschung, dass ich wieder in Liebe an ihn denken konnte, ohne den Schmerz und den Zorn der vergangenen Monate. Edmund hatte recht: Die Erinnerungen waren schmerzhaft, aber sie waren auch kostbar. Eine im Besonderen hielt mich umfangen.

Es war der erste Sommer, den wir alle in Dartford verbrachten, nachdem wir aus dem Kloster vertrieben worden waren, und es fiel uns ungeheuer schwer, in die Welt zurückzukehren, aus der wir uns aus tiefer Überzeugung zurückgezogen hatten. Das Kloster war uns genommen und mit ihm das Refektorium, das Dormitorium, die Bibliothek, die Tapisseriewerkstatt, all die Orte, die uns innig vertraut waren. Schlimmer noch, auch die Stunden der Andacht, die unseren Tag bestimmten, waren uns genommen: Matutin, Laudes, Prim, Terz, Sext, None, Vesper, Complet, alles ausgelöscht. Wir waren wie Seefahrer, die gelernt hatten, nach den Sternen zu navigieren und nun zu einem schwarzen Himmel hinaufblickten. Mir erging es insofern etwas besser als den meisten anderen, als die Sorge um Arthur meine Tage füllte, und wenn daneben noch Zeit blieb, nutzte ich sie, um das Hospital aufzusuchen, das Edmund in Dartford eröffnet hatte. Ach nein, in Wahrheit nahm ich jeden Vorwand wahr, um dorthin zu laufen, ich flog geradezu die High Street hinunter, bis ich bei Edmund war.

»Seht, was ich heute Morgen gefunden habe«, sagte er, als ich zur Tür hineinschlüpfte, und wedelte lächelnd mit einem Büschel stacheliger gelber Blumen.

»Ist das Benediktenkraut?«

»Joanna, Ihr erinnert Euch – erstaunlich«, sagte er. »Ja, die Pflanze kommt hier oben in England äußerst selten vor. Das ist wirklich Glück.«

Die Hälfte des Büschels wurde zum Trocknen beiseitegelegt; vom Rest der Pflanzen nahmen wir Blütenblätter und Stängel, um sie zur sofortigen Zubereitung zu verarbeiten. Während ich aufräumte, schleppte Edmund mehrere Eimer Wasser ins Hospital. Obwohl es ein heißer Sommertag war, machte er Feuer, um gleich aus den frischen Pflanzen Tee zu brauen. Er kannte einige von wiederkehrenden Verdauungsbeschwerden geplagte Leute im Ort, denen der frische Tee besonders guttun würde.

»Bruder, das tut so weh – könnt Ihr mir helfen?« Peter, ein junger Bursche, der in der Werkstatt seines Vaters tätig war, stolperte mit schmerzverzerrtem Gesicht zur Tür herein und zeigte einen verbrannten rechten Arm, der notdürftig verbunden war. Er hatte sich die Verletzung am Vorabend auf dem Margaretenfest zugezogen, das jedes Jahr im Juli in der Nähe von Dartford abgehalten wurde.

Mit zusammengebissenen Zähnen ließ Peter sich die Wunde reinigen und atmete danach ein wenig auf, während Edmund eine schmerzstillende Paste aus kleingehackten Zwiebeln zubereitete.

»Ich weiß, ich hab mich wie ein Dummkopf benommen, als ich mit den brennenden Stöcken jonglieren wollte«, brummte Peter. »Aber Madge hat zugeschaut, und ich konnte doch vor diesen Flegeln aus Rochester nicht wie ein Feigling dastehen.«

Edmund, der dabei war, die Paste vorsichtig auf Peters Arm zu verteilen, sagte: »Ich bin sicher, Madge würde dich niemals so sehen.«

»Ich weiß nicht. Früher hat sie mich immer angeschaut, als wär ich der Größte, aber in letzter Zeit hat sie, glaub ich, genug von mir.« Er schüttelte den Kopf. »Aber so was sollte ich einem Ordensbruder nicht erzählen. Das gehört sich nicht. Und – Ihr würdet es sowieso nicht verstehen.«

»Doch, ich verstehe, dass es so wichtig sein kann wie essen und trinken, dass ein bestimmter Mensch zu einem aufschaut, einen bewundert. Umso mehr …« Edmund sprach nicht weiter, beugte sich noch tiefer über Peters Arm.

Ich wagte kaum zu atmen. Was Edmund da beschrieben hatte – das entsprach genau den Wünschen, die er in mir weckte. Ich bemühte mich, ein guter Mensch zu sein, nicht nur, weil ich Gott gefallen wollte, sondern weil ich mir Edmunds Anerkennung wünschte. Doch von wem hatte er gesprochen? War es möglich, dass ich dieser bestimmt Mensch war, dass er meine Bewunderung suchte? Es schien mir unglaublich.

Das Wasser in dem Kessel über dem Feuer brodelte und zischte, während ich darauf wartete, dass Edmund mehr sagen würde. Das feine blonde Haar war mittlerweile an der

Stelle, wo einmal die Tonsur gewesen war, nachgewachsen und hing lockig herab, sodass ich seine Augen nicht sehen, nichts aus seinen Zügen herauslesen konnte.

Peter hob vorsichtig seinen Arm, und Edmund blickte mich an, nur einige Sekunden lang. Dann wandten wir uns beide ab – glückselig und tief erschrocken zugleich. Mehr geschah nicht an jenem Tag, doch ich trug jede Einzelheit monatelang in meinem Herzen, erlebte jedes Wort und jeden Blick immer von Neuem.

Edmund musste gefunden werden. Er brauchte Hilfe.

Unversehens kam mir ein Plan in den Sinn, er war gewagt, gewiss, doch während ich ihn drehte und wendete, wurde er immer fassbarer. Als ich einige Zeit später draußen Geoffreys vergnügtes Pfeifen hörte, atmete ich tief auf.

»Geoffrey«, fragte ich sogleich, als er, offensichtlich von gutem Essen und Ale beschwingt, ins Zimmer trat, »ist John Cheke hierhergekommen, weil er Euch bitten wollte, nach Deutschland zu reisen?«

»Ja, das stimmt.« Seine gute Laune verflog, und es tat mir leid, dass ich ihn so aus heiterem Himmel mit meiner Frage überfallen hatte. Doch jetzt war es zu spät, den Kurs zu ändern, deshalb fragte ich rundheraus: »Und wie lautet Eure Antwort?«

»Leider erlauben mir meine Pflichten hier keine so ausgedehnte Reise.«

»Aber Ihr hattet Euch doch dazu entschlossen. Ihr wart Euch mit Cheke einig. Es fehlten lediglich noch die nötigen Mittel. Warum hat sich Eure Einstellung plötzlich geändert?«

Geoffrey verschränkte die Arme. »Worauf wollt Ihr hinaus?«

»Ich kann Euch sagen, warum Eure Einstellung sich geändert hat. Meinetwegen. Seit dem Überfall in London wollt Ihr mich keinen Moment unbewacht lassen. Aber ich habe

Pierre und Aimée – und Ihr habt selbst gesagt, dass mir hier keine Gefahr droht. Ihr braucht nicht meinetwegen zu bleiben.«

»Als würdet Ihr in Dartford bleiben! Noch bevor das Schiff von Gravesend ausgelaufen wäre, wärt Ihr auf der Rückreise nach Whitehall. Ihr habt eine gefährliche Neigung, Euch zu viel zuzumuten.«

»Wie schön, dass Ihr so wenig Vertrauen zu mir habt«, sagte ich.

»Ach, Joanna, Ihr wisst, dass ich es so nicht gemeint habe. Aber seht Ihr denn nicht, dass die Feinde, die Ihr Euch offenbar gemacht habt, nichts unversucht lassen werden, um Euch in ihre Gewalt zu bringen.«

»Ihr meint, mich zu töten.«

Er sagte vorsichtig: »Ja, darauf könnte es letzten Endes hinauslaufen, aber ich bin überzeugt, diese Leute brauchen Euch erst einmal lebendig. Der erste Mann, dieser falsche Page, hätte Euch ohne weiteres töten können, wenn er das gewollt hätte. Und denkt an den Überfall in London. Euren Diener haben sie ohne Zögern getötet, und auch Euch hätten sie mit Leichtigkeit ermorden können. Aber das haben sie nicht getan. Sie haben Euch in diese Gasse gelockt. Meiner Ansicht nach, weil sie Euch verschleppen wollten.«

Mich entsetzte das Bild, das Geoffrey da entwarf. »Hört auf«, sagte ich. »Das halte ich nicht aus, das ist zu beängstigend.«

»Gut«, sagte Geoffrey. »Ich möchte, dass Ihr Angst habt – damit Ihr Euch diese Deutschlandreise aus dem Kopf schlagt.« Er wandte sich zur Tür. »Wenn Ihr mich jetzt entschuldigen wollt.«

»Nein, will ich nicht«, entgegnete ich.

»Wollt Ihr nicht?« Er lachte.

»Ganz recht.« Ich unterdrückte das aufkommende Lächeln. Ich musste jetzt ernst sein. »Geoffrey, ich möchte Euch einen Vorschlag machen. Angenommen, Ihr könntet nach Deutschland reisen, ohne Euch um meine Sicherheit zu sorgen, weil ich außer Gefahr wäre. Würdet Ihr dann erwägen, Mr. Cheke diesen Gefallen zu tun?«

»Vielleicht«, sagte er nach einer kleinen Pause. »Aber welche Garantie hätte ich für Eure Sicherheit?«

»Der König möchte, dass ich nach Brüssel reise, um mich über eine Folge von Bildteppichen kundig zu machen, an deren Erwerb er interessiert ist. Ich werde den Auftrag annehmen. Ihr und ich werden zusammen nach Brüssel reisen, und ich werde dort bleiben, während Ihr diesen Paracelsus aufsucht. Flandern grenzt an Deutschland; das ist nicht so weit. Ich kann mir nicht vorstellen, dass diese Leute, die mir ans Leben wollen, bis nach Flandern reisen würden, um meiner habhaft zu werden.«

Geoffrey stand reglos, den Kopf geneigt, sehr ernst.

»Was hat John Cheke zu Euch gesagt?«, fragte er.

»Er sagte, dass er jetzt, da Bischof Gardiner ihn auf den Posten in Cambridge berufen hat, über die Mittel verfügt, um Eure Reise zu bezahlen. Und er wünscht sich sehr, dass Ihr den Auftrag übernehmt.«

»Sonst hat er nichts gesagt?«

»Nur dass Ihr seiner Meinung nach die höchste Kompetenz besitzt, um die Aufgabe zu meistern. Das war alles.« Das war nicht gelogen, aber auch nicht aufrichtig, und dafür schämte ich mich.

Geoffrey schüttelte den Kopf. »Ich könnte sehr lange unterwegs sein, Joanna. Paracelsus lebt in Salzburg, und das ist weit weg von Brüssel. Je nachdem, was ich in Erfahrung bringen kann, werde ich womöglich über Monate nach Edmund suchen müssen. Wird Euch der König nicht weit früher zurückbeordern?«

»Brüssel ist das Zentrum der Bildwirkerei im christlichen Abendland. Wenn ich sinnvolle Arbeit leisten soll, muss ich mich mit den Verfahren und den Verhältnissen dort gründlich vertraut machen. Dazu wäre ein ausgedehnter Aufenthalt nötig.«

»Ach ja? Nun, Ihr habt da zweifellos einen interessanten Plan entwickelt, Joanna. Aber eins möchte ich gern noch wissen – warum ist es Euch so wichtig, dass ich Edmund finde? Im Winchester House, als Ihr das erste Mal von dem Vorhaben hörtet, habt Ihr ganz anders reagiert.«

Ich hatte schon gefürchtet, dass ihm meine Meinungsänderung auffallen würde. »Mir hat Edmunds Wohlbefinden immer am Herzen gelegen«, antwortete ich. »Ganz gleich, was zwischen uns vorgefallen war.«

Geoffrey ging zum Fenster. Den Blick nach draußen gerichtet fragte er: »Wenn es mir gelänge, Edmund zu finden und zur Heimkehr zu überreden, Joanna, was würde für Euch daraus folgen? Eheschließungen zwischen Personen, die das Keuschheitsgelübde abgelegt haben, sind gesetzlich verboten. Aber es gibt natürlich Ausnahmen, wie bei Agatha und Oliver Gwinn.«

Das hatte ich nicht vorausgesehen.

»Oh, Geoffrey«, sagte ich leise.

»Ihr missversteht mich, Joanna.« Noch immer sah er mich nicht an. »Ich trage Euch nicht die Ehe an. Ich habe eine Frau gehabt – eine Frau voller Liebe und Hingabe – und ich werde nie wieder heiraten. Ich werde als Witwer sterben. Wenn Ihr Euch entschließen könntet, Euch mit Edmund Sommerville zu versöhnen, wäre mir das eine Hilfe.«

»Eine Hilfe? Wie denn?«

»Das ist meine Sache«, sagte Geoffrey. Als er sich umdrehte, war sein Gesicht ruhig und beherrscht. »Gut, Joanna, ich werde nach Deutschland reisen, und Ihr werdet mich ein Stück des Wegs begleiten. Vielleicht finden wir am Ende beide, was wir suchen.«

Kapitel 27

Vor weniger als zwei Jahren hatte ich am Tower Hill gestanden und mit blutendem Herzen mitangesehen, wie zuerst Henry Courtenay und dann Baron Montague vor dem Henker niederknieten. An jenem kalten, regnerischen Tag sah ich zum ersten Mal Thomas Cromwell, den Mann, der von allen Seiten als der allmächtige Lordsiegelbewahrer gepriesen wurde, der das Königreich von Verrätern befreit hatte. Heute nun, an diesem glühend heißen Tag, würde Cromwell vor dem Richtblock niederknien müssen.

Ich hatte der Hinrichtung nicht beiwohnen wollen, doch eines Tages, als ich an meinem Webstuhl saß, stand plötzlich mein Cousin Henry Howard, Graf von Surrey, auf der Schwelle meines Hauses, um mir von den Vorbereitungen für Cromwells Hinrichtung Ende Juli zu berichten.

»Ich weiß nicht, warum Ihr mir das erzählt – Ihr könnt unmöglich erwarten, dass ich mir das ansehe«, sagte ich abwehrend.

»Cromwell stirbt nicht allein«, versetzte Surrey.

Ich brauchte einen Moment, um zu begreifen, was er damit meinte.

»Sir Walter«, sagte ich fröstelnd.

»Ich bekam die Genehmigung, ihn in seiner Zelle im Tower zu besuchen. Er war kaum bei Vernunft, doch in einer Hinsicht war er absolut klar – er möchte, dass Ihr im Moment seines Todes für ihn betet wie Ihr das damals für Lord Montague getan habt.«

»O nein, Cousin, das ist zu viel verlangt«, protestierte ich.

»Der Anblick ist Euch nicht fremd«, sagte Surrey. »Wir haben Seite an Seite Courtenay und Montague Beistand geleistet.«

»Das war etwas anderes. Henry Courtenay war mein Verwandter, Montague mein Freund. Mit Thomas Cromwell und Sir Walter Hungerford verbindet mich nichts. Das wisst Ihr doch. Warum also seid Ihr gekommen?«

»Es wird Hungerford vielleicht beruhigen, wenn Ihr da seid, um ihm – wie er es ausdrückte – auf die andere Seite zu helfen. Und es wird ihn vielleicht zum Schweigen bringen. Wer weiß, was er sonst vielleicht dort oben auf dem Schafott redet.«

Daher also wehte der Wind.

»Und was ist das so Gefährliches, was Hungerford reden könnte – und was Euch bis nach Dartford treibt, um mich zu behelligen?«, fragte ich.

»Nichts, nichts weiter«, versicherte der Graf von Surrey. »Ich möchte einfach nicht, dass der Mann seinem guten Namen zuletzt noch Schande macht. Er stammt aus einer alten und ehrenhaften Familie. Ich wusste nicht, dass Ihr es als Behelligung betrachtet würdet, von der letzten Bitte eines zum Tode Verurteilten unterrichtet zu werden. Sir Walter bat im Namen des Heiligen Dominikus um Euren Beistand.«

Ich holte zitternd Atem. »Also gut. Ich werde kommen. Aber Ihr dürft es keinem Menschen sagen – das müsst Ihr mir versprechen.« Ich bat Surrey, nicht nur meinen, sondern auch Geoffreys Namen auf die Liste derer zu setzen, die der Hinrichtung beiwohnen würden.

Geoffrey war natürlich absolut gegen dieses Vorhaben. Erst als er merkte, dass ich, wenn nötig, auf eigene Faust reisen würde, erklärte er sich bereit, mich zu begleiten, unter der Bedingung allerdings, dass ich vor unserer Abreise nach Antwerpen nicht noch einmal nach London oder Westminster zurückkehren würde.

Wir mieteten ein Boot, das erschien uns der sicherste Schutz vor Verfolgung, und brachen bei Morgengrauen auf. Von der Anlegestelle kurz vor der London Bridge setzten wir unseren Weg zu Fuß fort, in großer Eile, da wir nicht wussten, welche Zeit man für die Hinrichtungen festgesetzt hatte, und nicht zu spät kommen wollten.

Wir fanden die Tower Street, die den einzigen Zugang zum Richtplatz bot, ohne Mühe. Nicht mehr lang nun, und wir würden den Ort erreichen, der den Hinrichtungen blaublütiger Verräter vorbehalten war. Nicht dass in Cromwells Adern auch nur ein Tropfen blaues Blut geflossen wäre. Seiner Grafenwürde, die er erst vor drei Monaten empfangen hatte, verdankte er das Privileg, auf dem Tower Hill sterben zu dürfen anstatt auf den öden Feldern von Tyburn.

Schon nach wenigen Schritten konnte ich die Tower Street in ihrer Alltäglichkeit kaum noch ertragen. So nahe war der schreckliche Ort tiefsten Leidens, und doch standen diese Händler lachend und schwatzend vor ihren Läden. Wir kamen an einer hübschen Kirche vorüber, deren kleiner grüner Vorplatz von weißen und rosaroten Blumen gesäumt war. An einer Querstraße mussten wir warten, um einen Zug von Fuhrwerken vorbeizulassen, die mit Waren beladen vom Hafen heraufrumpelten. Unbekümmertes Männerlachen schallte aus dem Fenster einer Schenke namens Rose Tavern. Zwei Häuser weiter war die All Hallows Barking Kirche. Dorthin karrte man die Hingerichteten zur Beerdigung. Manchmal kamen später die Familienangehörigen, um die Leichname ihrer Lieben zu einer würdigeren Bestattung abzuholen. Manchmal kam auch niemand.

Mein Herz klopfte schneller, als wir an der All Hallows Kirche vorüberschritten, denn jetzt kam unser Ziel in Sicht, ein grasloser brauner Hügel, der sich zwischen der City of London und dem Tower-Bezirk erhob. Auf diesem Hügel stand das hölzerne Blutgerüst. Einen Moment lang war mir zum Erbrechen, als ich mich fragte, ob an den Brettern noch das Blut von Courtenay und Montague klebte, und ich zwang mich, den Blick abzuwenden.

Am Tower Hill wimmelte es von Sheriffs, Constables und Soldaten – fürchtete man einen Versuch, Cromwell in letzter Minute zu retten? Zuschauer hatten sich nur wenige eingefunden, fünfzig an der Zahl vielleicht, die in schweigenden Gruppen warteten.

Irgendetwas streifte meinen Arm, so leicht wie ein Schmetterlingsflügel, doch mit einem Hauch menschlicher Wärme. Ich wirbelte herum. Seltsam. Hinter uns auf der Straße befand sich vielleicht ein Dutzend Menschen, doch keiner von ihnen stand nah genug für eine Berührung.

»Was ist?«, fragte Geoffrey.

»Ich dachte, jemand hätte mich berührt«, sagte ich. »Aber ich habe es mir wohl nur eingebildet.«

»Ihr solltet jede Kleinigkeit ernst nehmen, Joanna.«

»Aber da war niemand. Es kann nur ein –«, ich brach ab, als eine neue Wahrnehmung sich bemerkbar machte. »Geoffrey«, flüsterte ich. »Ich – jemand beobachtet mich. Ich spüre es. Jemand hinter uns.«

»Nicht umdrehen!«, befahl er.

Schützend legte er mir seinen kräftigen Arm um die Schultern, während er vorsichtig den Kopf drehte, um nach allen Seiten Ausschau zu halten. »Die Leute schauen alle hierher, es ist die Richtung zum Tower Hill. Mir fällt niemand besonders auf.« Er fasste mich fester. »Surrey muss anderen erzählt haben, dass Ihr hier sein werdet. Es war ein schwerer Fehler, hierherzukommen, Joanna. Wir kehren jetzt um, gehen zunächst einmal in die Kirche und –«

»Was führt Euch her?« Ein Soldat mit einer Pike trat uns in den Weg. Jetzt noch umzukehren, wäre gefährlich gewesen.

»Zeigt ihm das Papier«, sagte Geoffrey kurz.

Ich hielt dem Mann die Genehmigung hin, die ich von Surrey erhalten hatte. Er nickte, als er die Unterschrift las.

»Lasst die zwei durch!«, brüllte er.

Sobald wir an den Soldaten vorbei waren, sagte ich zu Geoffrey, dessen Arm immer noch fest um meine Schultern lag: »Hier kann mir unmöglich jemand etwas anhaben. Bestimmt nicht.«

»Nein, aber wir werden eine ganze Weile hier sein, für jeden sichtbar, und später müssen wir mit all den anderen durch die Tower Street wieder zurück, weil es keinen anderen Weg gibt«, erklärte er. »Das lässt ihnen Zeit zu planen.«

Ihnen.

Obwohl es auf dem baumlosen Tower Hill brütend heiß war, wurde ich plötzlich von Kälte geschüttelt. Um nicht von der Schwäche überwältigt zu werden, rief ich in lautlosem, inbrünstigem Gebet den Heiligen Dominikus an. Ich war in seinem Namen hier – der Gründer meines Ordens würde mich beschützen. Entschlossen durchzuhalten, schaute ich um mich, mir die Leute anzusehen, die uns umgaben.

Zuerst erkannte ich niemanden. Ich war sicher gewesen, Bischof Gardiner und den Herzog von Norfolk zu sehen, vielleicht auch den Herzog von Suffolk, den Freund des Königs. Sie waren jetzt die führenden Männer des Landes, es wäre zu erwarten gewesen, dass sie einem so bedeutenden Anlass beiwohnten. Doch sie waren nirgends zu sehen. Ich erkannte lediglich die Höflinge Thomas Wriothesley und John Dudley, aber niemanden von wahrer Bedeutung.

»Miss Stafford?«

Ich erkannte ihn an seinem Akzent, noch bevor ich mich umschaute: Hans Holbein. All meine Freude über das unverhoffte Wiedersehen mit dem Freund erlosch beim Anblick des Leidens, das sein Gesicht zeichnete. Abgemagert und hohläugig sah er mich an.

»Dieser Todeshügel ist kein Ort für sie«, sagte er vorwurfsvoll zu Geoffrey. »Warum habt Ihr Miss Stafford hierher gebracht?«

Geoffrey schüttelte verärgert den Kopf. »Sie hat *mich* hierher gebracht, Meister Holbein.«

»Sorgt Euch nicht«, sagte ich. »Ich war früher schon einmal hier. Das ist nicht neu für mich. Aber was ist mit Euch, Meister Holbein? Seid Ihr krank?«

»Meine Seele ist krank«, antwortete er ruhig. »Ich habe in den letzten drei Tagen kaum mehr als eine Stunde geschlafen. Thomas Cromwell war mein Gönner, wie vor ihm Anne Boleyn und Sir Thomas Moore meine Gönner waren. Ich zolle ihnen meinen Respekt.«

»Ich verstehe«, sagte ich.

Holbein wandte den Blick vom Tower Hill zu den kahlen Feldern im Norden, auf denen nur einige einsame Häuser verstreut standen. »Es hat den ganzen Juli nicht geregnet, nicht einen Tropfen«, murmelte er. »Das muss etwas bedeuten, das muss …«

Oberhalb der alten hässlichen Mauer, die ich vom letzten Mal kannte, bewegte sich etwas. Die Tower-Wärter brachten die Gefangenen herunter, um sie den Vertretern der City of London zu übergeben, die dieses elende Stück Land regierten. Zuerst kam Sir William Kingston, stark gealtert, mit schlohweißem Haar und steifem Gang.

Geoffreys Hand umschloss meinen Arm, und als ich zu ihm hinaufsah, erkannte ich, dass er sich fürchtete vor dem, was kommen würde. Sein Blick war in einer Art namenlosen Entsetzens auf die Mauern des Tower gerichtet. Kein Wunder – er hatte zwei Tage hinter diesen Mauern verbracht, nachdem die Männer des Königs ihn mit mir zusammen in Smithfield in Haft genommen hatten. Ob zwei Tage oder zwei Monate, von einer Gefangenschaft im Tower erholte sich niemand je vollständig.

Alles Getuschel und Gemurmel am Hügel versiegte, als

sich auf dem Fußsteig zum Tower Hill die Todgeweihten zeigten.

Als erster erschien Thomas Cromwell, Graf von Essex, Lordsiegelbewahrer und seit mehr als zehn Jahren oberster Minister des Königs von England. Wie jeder andere zum Tode Verurteilte war er in ein schäbiges weißes Hemd und eine dunkle Strumpfhose gekleidet – der Amtsketten, der kostbaren Brokatstoffe und Pelze, allen Glanzes der Macht beraubt. Nicht mehr von einem eleganten Wams gehalten, schwang das schwammige Fleisch seines Bauches lose unter dem zerrissenen Hemd auf und nieder. Dennoch wirkte er nicht im geringsten gedemütigt. Er ging mit festem Schritt, den Kopf hoch erhoben. So verhasst er mir war, ich musste seinem Mut Achtung zollen.

Ein schriller Schrei der Klage schallte über den Tower Hill.

»Nein, das darf nicht sein – das darf nicht sein!« Und dann wieder dieser schrille Schrei, der zu einem irren Lachen wurde.

Sir Walter Hungerford musste von den Wärtern zum Richtblock gezerrt und gezogen werden. Er wand sich und wehrte sich mit aller Kraft, die Augen bis zum Weiß verdreht wie die eines angstvollen Tieres.

»Christus erbarme dich«, hauchte ich, während Hans Holbein irgendetwas auf Deutsch murmelte und Geoffreys Hand sich noch fester um meinen Arm schloss.

Hungerford bot einen erbärmlichen, aber auch grotesken Anblick. Ich hatte inzwischen mehr über die Verbrechen gehört, die ihm vorgeworfen wurden; er habe mit Männern seines Haushalts unsittlichen Umgang gepflogen, hieß es unter anderem, und seine Frau beschuldigte ihn, sie geschlagen, jahrelang in Farleigh Castle eingesperrt und mehrmals versucht zu haben, sie zu vergiften.

»Cousine«, sagte jemand hinter mir, und dann trat der Graf von Surrey an meine Seite. »Wie passend, dass wir gemeinsam hier stehen«, bemerkte er mit einem grimmigen Nicken in Cromwells Richtung. Bläuliche Schatten lagen unter seinen glasig wirkenden Augen. Obwohl er Cromwell aus tiefstem Herzen hasste, schien er in den letzten Tagen so wenig geschlafen zu haben wie Holbein.

»Wo ist Euer Vater – und wo der Bischof?«, fragte ich.

»Auf der Hochzeit.«

Ich starrte ihn verständnislos an.

Mit einem bitteren Lächeln erklärte er: »Der König lässt sich heute mit Catherine trauen.«

Einen Moment war ich sprachlos. »Am Tag einer Hinrichtung?«, fragte ich ungläubig. »Wie soll eine Ehe gedeihen, die so beginnt?«

Ehe Surrey antworten konnte, begann Hungerford sinnloses Zeug in die Menge zu schreien. Ein Soldat hob den Arm, als wollte er zuschlagen. Ein anderer trat ihm in den Weg. Sie wandten sich beide an Sir William Kingston, der nichts tat und nichts sagte. Sie wussten nicht, wie sie Hungerford im Zaum halten sollten.

»Jesus, Maria und Josef«, stöhnte Surrey neben mir voll Grauen. Mir war unvorstellbar, wie man das aushalten sollte, seinen Gesinnungsgenossen und Mitverschwörer auf dem Richtblock zu sehen, während man selbst frei ausging. Hungerford hatte den *Bund* offenbar nicht verraten, sonst hätten jetzt auch Surrey und Thomas Culpeper dort oben stehen müssen. Ich fragte mich, wo Culpeper überhaupt war. Wenn Surrey diesen Horror ertragen konnte, hätte auch er dazu imstande sein müssen. Doch dann fiel mir ein, dass ein Kammerherr des Königs wahrscheinlich der Hochzeit seines Herrn beiwohnen musste.

»Wartet!«, rief Thomas Cromwell. Selbst jetzt noch erteilte er Befehle. Und man gehorchte ihm. Der Soldat trat zurück, und Hungerford sank schluchzend zu Boden.

Cromwell sagte etwas zu den Wärtern. Sie traten noch

einige Schritte zurück, und er beugte sich zu Hungerford hinunter, um mit ihm zu sprechen. Er legte dem an allen Gliedern zitternden Mann die Hand auf den Rücken, und nach einigen Minuten beruhigte sich Hungerford, nickte und sah mit tränenüberströmtem Gesicht zu Cromwell hinauf.

»Jetzt können wir fortfahren«, sagte Cromwell laut.

Wenig später stand er auf dem Podest, sein scharfer Blick so ruhig wie immer, während er in die Menge blickte und dann, laut und klar, seine letzten Worte sprach.

»Ich bin hierhergekommen, um zu sterben und nicht um zu büßen, wie einige vielleicht glauben, denn täte ich das, so wäre ich ein recht elender und erbärmlicher Kerl. Ich bin von Gesetzes wegen zum Tode verurteilt und danke meinem Herrn und Schöpfer, der mir diesen Tod für mein Vergehen bestimmt hat. Denn seit der Zeit, da ich Jahre der Entscheidungsfreiheit genoss, führte ich das Leben eines Sünders und kränkte meinen Herrn und Schöpfer, wofür ich ihn herzlich um Vergebung bitte. Und vielen von euch ist es nicht unbekannt, dass ich weit gereist bin in dieser Welt und, obgleich niederen Ranges, in hohen Stand erhoben wurde, und seit dieser Zeit habe ich meinen Herrn gekränkt. Dafür bitte ich um Vergebung und beschwöre euch alle, mit mir zu Gott zu beten, damit er mir verzeiht.«

Cromwell hob die Arme wie in flehentlicher Bitte und sagte dann: »O Vater, vergib mir, O Sohn, vergib mir, O Heiliger Geist, vergib mir.«

Während ich lautlos mitsprach, bemerkte ich schräg vor uns, dem Schafott näher, einen Mann, der sich bekreuzigte. Die Art, wie er es tat, erinnerte mich an jemanden, doch dann schob sich ein anderer Mann vor mich und versperrte mir die Sicht.

Cromwell räusperte sich und fuhr fort: »Und nun bitte ich euch, die ihr hier seid, meine Zeugen zu sein, dass ich im katholischen Glauben sterbe, ohne Zweifel an den Glaubensartikeln und den Sakramenten der Kirche.«

Eine Welle der Betroffenheit erfasste die Menge. Niemand schien das erwartet zu haben.

Mit hörbarem Zorn rief Cromwell: »Viele haben mich verleumdet und berichtet, ich sei ein Verräter und hätte üble Überzeugungen vertreten, was unwahr ist! Aber ich bekenne, gerade wie Gott uns durch seinen Heiligen Geist in der Wahrheit unterweist, so ist der Teufel bereit, uns zu verführen, und ich habe mich verführen lassen, aber ihr sollt meine Zeugen sein, dass ich im katholischen Glauben der Heiligen Kirche sterbe!«

Er hielt inne, und eine große Traurigkeit senkte sich in seinen vierschrötigen Körper und vertrieb den Zorn. »Und ich wünsche mir herzlich, dass ihr für den König betet, auf dass er lange unter euch leben und lange über euch regieren möge. Und noch einmal wünsche ich mir, dass ihr für mich betet, auf dass ich, solange noch Leben in diesem Fleisch ist, nicht in meinem Glauben schwankend werde.«

Cromwell trat vom Rand des Gerüstes zurück. Ein Mann mit der Haube des Henkers über dem Kopf kniete um seine Vergebung bittend vor ihm nieder, und Cromwell nickte mit abgehackter Bewegung. Alle anderen zogen sich zurück, als Cromwell dann vor dem kleinen Holzblock niederkniete.

»Macht die Augen zu«, flüsterte Geoffrey, doch das war gar nicht nötig, ich hatte sie schon fest geschlossen. Ach, hätte das gereicht, alle Wahrnehmung zu betäuben – aber ich wusste aus Erfahrung, dass nicht nur das Auge, sondern auch das Ohr den entsetzlichen Vorgang aufnahm, der in den Seelen aller, die am Tower Hill versammelt waren, eine unauslöschliche Spur hinterlassen würde.

Die atemlose Stille über dem Hügel wurde von einem krachenden Schlag gebrochen, dem Flüche und Aufschreie des Entsetzens rundherum folgten. Ich holte tief Atem und wollte die Augen öffnen, als eine feuchte Hand sich über sie legte und Geoffrey sagte: »Nein, Joanna, es ist noch nicht vorbei.«

Es folgte ein zweiter Schlag, ein dritter – und ein vierter. Geoffrey schlang seinen anderen Arm um mich und hielt mich so fest, als wollte er mich mit seinem Körper vor dem Grauen schützen. Ich spürte das schnelle Pochen seines Herzens.

Dann folgten keine Schläge mehr. Cromwell war endlich bei Gott.

»Dieser Henker gehört ausgepeitscht«, hörte ich einen Mann hinter uns schimpfen und vernahm gleichzeitig eine Litanei eintönig gemurmelter deutscher Worte – war das Holbein, der betete? Mein armer Freund.

Geoffrey ließ mich langsam los, und ich öffnete vorsichtig die Augen. Zuerst sah ich nichts als gleißendes weißes Sonnenlicht. Geblendet blinzelte ich mehrmals und konnte endlich einige Männer ausmachen, die um das Podium herumrannten, auf dem das Schafott stand, und hastig versuchten, die Spuren des Desasters zu beseitigen, das sich soeben ereignet hatte. Einer der Männer stolperte und stürzte, und mir wurde übel, als ich erkannte, was ihn zu Fall gebracht hatte: Cromwells zerstückelter Arm. Ich schluckte die aufsteigende Übelkeit hinunter und hielt den Blick fest zu Boden gesenkt, während Cromwells sterbliche Überreste fortgeschafft wurden.

»Hungerford«, stöhnte Surrey an meiner anderen Seite.

Nun, da es an ihm war zu sterben, hatte Sir Walter Hungerford alle Ruhe, die Cromwell ihm vermittelt hatte, verloren. Wer hätte sich auch Mut und Unverzagtheit bewahren können, nachdem er diesen so hatte enden sehen? Hungerford drängte sich zitternd an das Geländer rund um das Schafott. Er gab keinen Laut von sich, doch sein Mund öffnete und schloss sich wie der eines verängstigten Vogels.

Ich begann zu beten. Gleich, ob er von meiner Anwesenheit wusste oder nicht, ich musste mein Versprechen halten.

Ein Mann packte ihn rechts, ein zweiter links, und so schleppten sie Hungerford vorwärts, dem Henker entgegen, von dem jetzt alle wussten, wie unfähig er war.

»Hat denn niemand hier Erbarmen?«, schrie Hungerford und blickte verzweifelt in die Menge, wie um nach einem Retter Ausschau zu halten.

Ich spürte Surreys plötzliche Anspannung. »Nein«, murmelte er. »Nein.« Was fürchtete er – einen letzten Verrat in Form eines zähneklappernd abgelegten Geständnisses auf dem Schafott?

Hungerfords angstvoll schweifender Blick hielt inne, als er Surrey erreichte. Ich wappnete mich für das, was kommen würde. Einerseits hoffte ich, Hungerford würde in seiner Todesangst so irre reden, dass niemand ihn verstand. Andererseits drängte es mich, die Wahrheit über ihren Bund zu erfahren, auch wenn durch diese Enthüllung zwei Menschen vernichtet würden, die mir am Herzen lagen, Surrey und Culpeper.

Erschrocken erkannte ich plötzlich, dass er nicht Surrey anstarrte, sondern mich.

»Joanna Stafford, helft mir – könnt Ihr mir nicht helfen?«, heulte Hungerford. »Nur Ihr könnt mich jetzt retten. Kommt näher, ich bitte Euch.«

Kapitel 28

Alle Köpfe drehten sich zu mir, und gleichzeitig sagte Geoffrey irritiert: »Warum ruft dieser Mann nach Euch? Was in Gottes Namen erwartet er von Euch?«

»Ein Gebet«, antwortete ich. »Sir Walter Hungerford wünscht sich, dass ich den Dominikanischen Segen für ihn spreche. Wie ich das für Baron Montague getan habe. Deshalb bin ich hier.«

»Ihr könnt auch von hier aus für ihn beten«, sagte Geoffrey. »Auf keinen Fall solltet Ihr näher ans Schafott treten.«

Ich sah Surreys flehenden Blick und entgegnete: »Es tut mir leid, aber ich muss das tun.«

»Miss Stafford, nein«, beschwor mich auch Holbein.

Doch ich wandte mich von ihnen ab und trat einen Schritt näher ans Schafott. Ich wusste, dass Hungerford auch von hier meine Stimme nicht hören konnte. Doch die Angst vor dem grausigen Gerüst lähmte mich. Es war, als hielte eine unsichtbare Schranke mich zurück. Die Umstehenden starrten mich an; Hungerford stand zitternd oben auf dem Podest und wartete in Verzweiflung.

Ich musste meine ganze Willenskraft aufbieten, um weiterzugehen. Vorwärts, betete ich. Heilige Maria Mutter Gottes, hilf mir vorwärts.

Die Männer vor mir traten schweigend zur Seite, um mir einen Weg freizumachen. Viele starrten mich verständnislos an.

Ich schaffte zehn Schritte, dann blieb ich stehen. Ein widerwärtiger Geruch wehte mir entgegen – von faulendem Holz, Schmutz, Schweiß, frischem Blut und Exkrementen.

»Möge Gott der Vater uns segnen«, sagte ich, doch meine Stimme war dünn und heiser. Ich hustete und zwang mich fortzufahren: »Möge Gott der Sohn uns heilen. Möge der Heilige Geist uns erleuchten und uns Augen geben, um zu sehen, Ohren, um zu hören, und Hände, um das Werk Gottes zu tun. Füße, um zu gehen, und einen Mund, um das Wort des Heils zu predigen.«

Verlegen sah ich nach rechts und fing den Blick des kaiserlichen Botschafters, Eustace Chapuys, auf. Er war der Mann, der sich zu Beginn von Cromwells Rede bekreuzigt hatte. Hinter ihm stand Señor Hantaras.

Ich wandte mich wieder dem Gerüst zu. Ich war jetzt so nahe, dass Hungerford zu mir herabsehen konnte – und seine Lippen bewegten sich.

»Agrippa, Agrippa, Agrippa«, stieß er in einem überstürzten Singsang hervor.

Mir blieb fast das Herz stehen. Hatte außer mir jemand den Namen verstanden? Und wusste vielleicht, dass er einem deutschen Okkultisten gehörte?

Lauter als zuvor, verzweifelt bemüht, Hungerford zu übertönen, betete ich weiter. »Und möge der Engel des Friedens über uns wachen und uns endlich ins himmlische Königreich führen.«

Als Hungerford begriff, dass ich zum Ende gekommen war, riss er den Mund auf und erstarrte. Im selben Moment sprangen zwei Männer hinzu und rissen ihn zurück zur Mitte des Gerüsts. Einer trat ihm in den Kniekehlen, sodass er vor dem Richtblock auf die Knie fiel. Der zweite drückte seinen Kopf auf den Block. Sir Walter Hungerford würde keine Gelegenheit bekommen, letzte Worte zu sprechen.

Behutsam zog mich jemand weg, zurück zu dem Platz, an dem ich vorher gestanden hatte. »Das ist genug, Joanna, das ist genug, sch – sch«, sagte Geoffrey, als müsste er ein nervöses Pferd beruhigen, und ich war ihm dankbar für seine Fürsorge.

Ich hatte dem Schafott den Rücken gekehrt, als das Beil auf Hungerfords Nacken herabfuhr. Ein Schlag genügte diesmal.

Hans Holbein stand mit gesenktem Kopf da, die Hände gefaltet, und weinte. Surrey war fort. Als ich mich nach ihm umschaute, sah ich ihn zur Tower Street laufen.

Schweigend machten die Zuschauer sich auf den Heimweg. Es hatte keinen Versuch gegeben, Cromwell vor dem Tod zu retten. Wir alle, die wir uns hier eingefunden hatten, um seiner und Hungerfords Hinrichtung beizuwohnen, waren aus ganz persönlichen Gründen gekommen und hatten es nun eilig, diesen Ort zu verlassen. Niemand allerdings floh so schamlos wie Surrey.

Geoffrey hatte einen Arm um meine Taille geschlungen und stützte auf seiner anderen Seite Holbein, dem es nicht gelang, seinen tiefen Gram zu bezähmen, obwohl es gefährlich war, über den Tod von Verrätern Trauer zu zeigen. So bewegten wir drei uns denn stockenden Schrittes auf die Tower Street zu.

Was sollten Geoffrey und ich jetzt tun? Wir hatten keine Ahnung, ob nicht irgendwo auf dem Rückweg meine Feinde auf uns warteten, und ich war so betäubt von den Ereignissen der letzten Stunde, dass ich unfähig war, einen Plan zu fassen, obwohl ich wusste, dass das dringend nötig war.

Während wir mit dem niedergedrückten Holbein vom Tower Hill weggingen, hatte ich keinen Moment den Eindruck, dass fremde Blicke mich suchten, spürte nicht den Hauch einer Gefahr. Die Sonne stand hoch, und es gab kaum Schutz vor ihrer Glut. »Hätte ich doch zu trinken mitgenommen – warum habe ich daran nicht gedacht«, sagte Geoffrey. »Der Maler leidet unter der Hitze, da täte ihm ein kühler

Schluck gut.« Holbein wies mit zitternder Hand auf die Rose Tavern auf halbem Weg die Tower Hill Street hinunter. »Könnten wir nicht dort einkehren?«, fragte er. »Ich kenne den Wirt gut.«

Ich sah Geoffrey an und nickte. Ich fühlte mich selbst ein wenig flau, ob nun von der Hitze oder den Ereignissen des Morgens. Die Schenke war zwar kein Ort für eine Dame, doch die Vorstellung, in der Mittagshitze durch die Stadt zu laufen, war abschreckend.

In der Rose Tavern warteten lange Tische mit sauberen Tischdecken. Der Wirt machte sofort einen Ecktisch für den »größten Maler der Christenheit« frei, obwohl der ganze Raum voll war. Die Männer um uns herum tranken mit grimmiger Entschlossenheit. Viele unter ihnen hatten den Hinrichtungen beigewohnt, was wohl die gedrückte Stimmung erklärte.

Der Wirt brachte uns spanischen Weißwein aus Lepe, und Holbein leerte seinen Becher in einem langen Zug, ohne Geoffreys Ermahnung zu beachten, langsam zu trinken. Dann wischte er sich über den Mund, lehnte sich auf seinem Stuhl zurück und teilte uns endlich mit, was ihn bewegte. Er sprach leise, um nicht von anderen gehört zu werden. »Glaubt mir, meine Freunde, in Deutschland habe ich Blutvergießen und schreckliche Gewalttaten erlebt. Die Bauernkriege fegten mit unglaublicher Grausamkeit über die Lande. Aber hier – ihr Engländer, ihr macht ein kaltes Geschäft daraus, einen Menschen in der Blüte seiner Jahre zu töten. Und ihr erwartet, dass er ganz ruhig unter dem Beil niederkniet und Verbrechen bekennt, die er nicht begangen hat?«

»Ihr denkt an Cromwells letzte Worte?«, fragte Geoffrey.

Holbein winkte, um sich nochmals Wein bringen zu lassen.

»Was hatte das alles überhaupt zu bedeuten?«, fuhr Geoffrey fort. »Cromwell war kein Katholik.«

Holbein schossen die Tränen in die Augen. Geoffrey

klopfte ihm tröstend auf den Rücken, und ich drückte ihm teilnehmend die Hand.

»Und gleich danach einen Wahnsinnigen wie Hungerford zu töten – warum an einem Tag mit Cromwell?«, fragte Holbein. »So schlimm es ist, jemanden lügen zu hören, weil irgendeine seltsame Sitte es verlangt, so schlimm ist es, das namenlose Grauen eines Menschen im Angesicht des Todes zu sehen.«

Holbein leerte seinen zweiten Becher Wein, wiederum ohne Geoffreys Ermahnung zu beachten. Ich fühlte mich schon nach wenigen Schlucken leicht benebelt und aß ein Stück dunkles Brot, um mich zu stärken.

»Wie habt Ihr das gemacht, Miss Stafford?«, fragte mich Holbein. »Woher habt Ihr den Mut genommen, vor dieses Gerüst zu treten und vor so vielen Menschen ein Gebet für einen zum Tode Verurteilten zu sprechen?«

Mir war diese Aufmerksamkeit unangenehm.

»Es war weniger Mut als Furcht«, gestand ich seufzend. »Wie könnte ich vor unseren Herrn und Schöpfer hintreten, wenn ich eine solche Bitte abgeschlagen hätte?«

Holbein schüttelte den Kopf. »Eure Bescheidenheit macht Euch alle Ehre. Trotzdem – ich kenne keine Frau, die so etwas getan hätte.«

»Joanna ist auch eine ganz besondere Frau«, sagte Geoffrey. Seine Stimme klang weich, einen Moment lang fasste ich seine Worte als schlichte Feststellung einer Tatsache auf. Doch als ich begriff, was sie wirklich bedeuteten, erfasste mich ein Taumel des Glücks. Er schien mir gegenüber oft zornig und argwöhnisch, fürsorglich im Übermaß, geradeso, wie ich ihm häufig mit Abwehr und misstrauischer Vorsicht begegnete. Vielleicht war durch die heftige seelische Erschütterung, die wir soeben durchgemacht hatten, die Fassade gesprengt und bloßgelegt worden, was sich hinter ihr verbarg. Aber Geoffrey hatte mir ja deutlich zu verstehen gegeben, dass er mich nicht mehr liebte, und ich hatte das als Erleichterung empfunden, wieso also machte es mich jetzt glücklich, etwas anderes zu erfahren? Ich warf einen verstohlenen Blick auf Holbein. In seinem Blick, der uns beide umfasste, blitzte ein Lächeln.

In der plötzlichen Stille, die an unserem Tisch eingekehrt war, wandte ich mich verlegen ab und tat so, als beobachtete ich eine Bedienerin, die gerade durch eine schmale Tür in einen Nebenraum ging. Noch bevor die Tür hinter ihr zufiel, bemerkte ich meinen Cousin Surrey, der dort an einem runden Tisch saß.

»Geoffrey, ich muss mit meinem Cousin sprechen«, sagte ich und stand auf.

»Ihr könnt nicht einfach weggehen«, widersprach er, wieder ganz der Alte. »Ich darf Euch nicht aus den Augen verlieren, Joanna.«

Ich beruhigte ihn, dann ging ich. Auf mein vorsichtiges Klopfen an der Tür zum Nebenzimmer erscholl ein lautes, »Packt Euch«, doch davon ließ ich mich nicht abhalten.

»Ach, Ihr seid es – natürlich!«, begrüßte mich Surrey. »Kommt. Feiert mit mir. Es ist genug für zwei da.«

Auf den langen Tischen in der Schenke hatte ich nur dunkles Brot gesehen, doch Surrey hatte ein Brett mit weißen Brötchen und eine Platte mit kaltem Braten und frischen Apfelschnitzen vor sich stehen. Er trank keinen spanischen Wein, sondern den schweren rheinischen Roten, den er bevorzugte. Mit höfischer Geste schenkte er mir aus der Karaffe einen Becher davon ein.

»Nun habt Ihr erreicht, was Ihr wolltet«, sagte ich, nachdem ich mich zu ihm gesetzt hatte.

»In der Tat«, bestätigte er. »Auf den besiegten Cromwell und die neue Königin aus dem Hause Howard.« Er stieß mit mir an, bevor er den Wein hinunterkippte wie billiges Ale.

Ich hob zwar meinen Becher, brachte es aber nicht über

mich zu trinken. So schwer Cromwell dem Königreich und den Menschen, die ich liebte, geschadet hatte, ich konnte nicht über sein grausiges Ende frohlocken. Ebenso wenig konnte ich mich über Catherines Heirat freuen, sie erfüllte mich nur mit Angst.

»Was haltet Ihr denn von Cromwells Behauptung am Ende, er sei immer ein Katholik gewesen?«, fragte ich.

Surrey wedelte wegwerfend mit der Hand. »Cromwell war der fanatischste Reformator im Königreich – so lautete die Anklage gegen ihn, nicht Hochverrat, sondern Häresie. Das war reine Strategie, um Milde für seinen Sohn und seinen Neffen herauszuschlagen, die jetzt beide schutzlos sind. Cromwell wusste, dass das Königreich nach seiner Entmachtung wieder katholisch werden wird, und er wollte seinen Verwandten auf die sichere Seite verhelfen.«

»Habt Ihr denn etwas von einer solchen Veränderung in der Glaubenslehre bemerkt?«, fragte ich.

»Noch nicht«, bekannte Surrey. »Aber sie wird bald kommen. Mein Vater und Bischof Gardiner sind überzeugt davon. Gardiner rechnet fest damit, dass Barnes noch vor Mariä Himmelfahrt auf dem Scheiterhaufen verbrannt wird. Und ebenso rechnet er damit, dass einige der Leute, die seit Jahren wegen ihres Festhaltens am alten Glauben in Haft sind, freigelassen werden.«

Surrey stopfte sich einen Brocken kalten Entenbraten in den Mund.

»Viele freuen sich über Cromwells Sturz und vielleicht haben viele ihn betrieben«, sagte ich vorsichtig, »aber die größten Anstrengungen in dieser Hinsicht hat sicher Sir Walter Hungerford unternommen, und er hat auch das größte Opfer gebracht.«

Surreys Hand fiel herab, das Stück Ente glitt ihm aus den Fingern. »Wie meint Ihr das?«, fragte er in ärgerlicher Herausforderung.

Groß und gewandt, weithin berühmt für seinen Mut und seine Meisterschaft als Dichter, hatte mein fünf Jahre jüngerer Cousin mich dennoch nie einschüchtern können. Ich neigte mich über den Tisch und sagte: »Ich meine, manche würden vielleicht sagen, dass die heutige Hinrichtung das Werk dreier Männer war, die einen Bund geschlossen hatten, um Thomas Cromwell zu vernichten und mit diesem Ziel im Sinn in der Nacht zum Maifeiertag einen Mann namens Orobas aufsuchten.«

Ich hatte erwartet, dass Surrey wütend aufspringen und laute Drohungen ausstoßen würde. Er hatte genug vom berüchtigten Jähzorn der Plantagenets mitbekommen. Doch er duckte sich auf seinem Stuhl und faltete die Hände im Schoß wie ein verängstigtes Kind.

»Ich muss wissen, wer Euch das gesagt hat«, zischte er schließlich. »Culpeper? Ich habe gemerkt, dass er ein Faible für Euch hat.«

»Nein«, entgegnete ich. »Thomas Culpeper hat mir nichts gesagt. Ich habe es mir selbst zusammengereimt, wie das vielleicht auch andere getan haben könnten, Cousin. Deshalb müsst Ihr mir jetzt alles sagen. Ich möchte Euch helfen. Ich stehe Euch beiden nahe – und ich habe vorhin für Hungerford gebetet, als er immer wieder den Namen Agrippa rief.«

Surrey zuckte zusammen, als hätte ich ihn geschlagen.

»Ihr habt das nicht gehört?«, fragte ich.

Er schlug die Hände vors Gesicht. »Nein. Nein.«

Ich tätschelte seine Schulter und murmelte besänftigend: »Ruhig, ruhig. Ihr dürft hier kein Aufsehen erregen. Erzählt mir nur, was bei Orobas geschah – bitte.«

»Das kann ich nicht.«

»Warum nicht?« Ich hätte ihn am liebsten geschüttelt.

Surrey ließ die Hände sinken und sah mich forschend an, als wollte er erkunden, wie weit er mir vertrauen konnte. »Weil ich nicht dabei war, Joanna«, sagte er dann.

»Aber Ihr drei hattet einen Bund geschlossen, und Ihr habt Orobas aufgesucht. Oder leugnet Ihr das?«

Surrey nahm einen tiefen Schluck aus seinem Becher. »Ich war dabei, ja – aber nicht die ganze Zeit.« Er stellte den Becher ab und berichtete mir endlich, was geschehen war.

»Ja, wir hatten uns geschworen, dass wir kein Mittel scheuen würden, das Band zwischen dem König und Cromwell zu zerreißen, selbst wenn dabei unsere Seelen in Gefahr geraten sollten. Hungerford wusste von diesen Männern in den deutschen Ländern, die durch das Studium der antiken griechischen Schriften, der jüdischen Kabbala und arabischer Praktiken mit der übersinnlichen Welt eng vertraut und fähig waren, Mächte zu beschwören, von denen wir uns für unser Unterfangen Hilfe erhoffen konnten. Agrippa war der gelehrteste unter ihnen, doch er starb 1534. Immerhin hinterließ er drei Bücher, die alles enthielten, was er über die sogenannte ›heilige Magie‹ wusste. Der Verleger in Antwerpen fürchtete, wegen Ketzerei verbrannt zu werden, deshalb druckte er nur zwanzig Exemplare dieser Reihe, und auch das nur für sehr viel Geld. Hungerford besaß alle drei Bücher – Gott allein weiß, woher er die Mittel nahm, sie zu bezahlen. Doch hier in London wusste jeder, wie versessen er darauf war, diese Werke in seinen Besitz zu bringen.«

»Ja«, sagte ich seufzend, »ich hatte den Eindruck, er war wahrhaft besessen vom Okkulten. Aber Ihr? Solange ich Euch kenne, gab es für Euch nur das gesellige Leben, die Dichtkunst und das Schwert. Warum seid Ihr Hungerford auf seinem dunklen Weg gefolgt – wieso habt Ihr diesem Agrippa Glauben geschenkt?«

Ich entdeckte Furcht in Surreys Augen, etwas, was ich nie für möglich gehalten hätte.

»Ich bin Agrippa selbst begegnet, Joanna«, sagte er, und sein Blick flog unwillkürlich zur Tür, obwohl die fest verschlossen war. »Ich weiß besser als jeder andere in England, wozu er fähig ist.«

»Aber ich dachte, er wäre tot.«

Surrey fuhr sich durch die Haare. »Kurz vor meiner Heirat mit Frances bereiste ich Frankreich und Italien. Als ich hörte, dass sich Erasmus, den ich unbedingt kennenlernen wollte, am Hof des Kurfürsten von Sachsen aufhielt, reiste ich dorthin weiter. Und dort traf ich ihn, den großen Erasmus, und noch einen anderen Gelehrten namens Heinrich Cornelius Agrippa. Ich hätte ihn gar nicht beachten sollen, denn er war ein hochmütiger Mann, der kein Hehl aus seinen Neigungen machte – doch er faszinierte mich.«

»Er war wirklich ein Gelehrter?«, fragte ich skeptisch.

»Das sind sie alle – es gibt einen ganzen Kreis von deutschen Gelehrten, die sich mit der magischen Welt befassen. Einer ist Paracelsus, ein studierter Arzt. Ein anderer ist Faustus, ein Doktor der Theologie.«

Mich fröstelte, als ich den Namen des Mannes hörte, zu dem Edmund aufgebrochen war, um Heilung zu suchen. Warum hatte er sich gerade diesen Mann ausgesucht? Er war kein unreifer Jüngling, der das Abenteuer verbotenen Wissens suchte.

»Was ist in Sachsen passiert?«, fragte ich.

Surrey schüttelte den Kopf. »Schon darüber zu reden, ist gefährlich – es muss Euch genügen, wenn ich sage, dass Agrippa jemanden – erscheinen ließ.«

»Wen?«

»Mehr kann ich wirklich nicht sagen. Nur Sir Walter wusste von allem, was ich an dem Abend erlebt habe, und er ist tot. Ich war betrunken, und es entfuhr mir, ohne dass ich es wollte. Und jetzt bin ich der Einzige, der es weiß, und so wird es bleiben bis ans Ende meiner Tage.«

»Ich verstehe nicht, wie Ihr Euch mit Hungerford zusammentun, wie Ihr einem solchen Menschen vertrauen konntet.«

Surrey hob abwehrend die Hände. »Glaubt nicht alles, was ihm vorgeworfen wurde, Joanna. Es ist wahr, dass er einem Priester, der damals an der Rebellion im Norden beteiligt war, Unterschlupf gewährte. Und er war sicherlich der schlechteste Ehemann im ganzen Reich. Aber die Vorwürfe ›erzwungenen widernatürlichen Verkehrs‹? Die sind Erfindung. Diese Strategie hat auch Cromwell schon angewendet, als er Anne und George Boleyn des Inzests beschuldigte. Ein solcher Vorwurf erweckt derartigen Abscheu, dass niemand mehr zögert, auch den geringeren Beschuldigungen zu glauben.«

Ich wollte zurück zu der Verschwörung. »Was ist am Maifeiertag passiert?«

Surrey seufzte tief, bevor er fortfuhr. »Die drei Bücher Agrippas beschreiben seine Vorstellungen, seine Philosophie zur Magie der Natur, doch die tiefsten Geheimnisse enthalten sie nicht. Sie verraten nicht, wie man mit der anderen Seite Verbindung aufnehmen kann, wie man die Kräfte, die jenseits menschlicher Reichweite sind, in die gewünschte Bahn lenken kann. Agrippa hat nicht immer im Schatten gelebt. Er lehrte an Universitäten, er beherrschte sechs Sprachen, er diente dem Vater Kaiser Karls als Soldat und, so heißt es, als Meisterspion. Die Geheimnisse der rituellen Handlungen – was zu tun ist, um Ereignisse, wie ich sie in Sachsen sah, hervorzurufen – befinden sich in einem vierten Buch, das derselbe Verleger herstellte. Genauer, in einem sogenannten Grimoire.«

»Was ist das?«, fragte ich beklommen.

»Man könnte es ein Zauberbuch nennen«, antwortete Surrey. »Es nennt die Geister beim Namen, es erklärt die alten Zauberformeln und wie sie angewendet werden müssen. Es ist« – Surrey schluckte – »der Schlüssel. Manche behaupten, Agrippa hätte es nicht selbst geschrieben, andere hätten die dunkelsten Geheimnisse gesammelt und in seinem Namen dem Verleger übergeben. Sir Walter gelang es nicht, ein solches Buch mit den anderen drei zu erwerben. Die Exemplare des Grimoires sind verschollen. Seine Nachforschungen führten zu nichts. Doch vor einigen Monaten erfuhr er, dass zwei dieser Bücher sich in England befinden, eins davon im Besitz eines Nekromanten, der sich in seinem Gebrauch auskannte. Über irgendeine Verbindung konnte Hungerford diesen Nekromanten ausfindig machen und –«

Ich hob die Hand. »Die Verbindung ist Lady Rochford und der Nekromant ist Orobas.«

Surrey fuhr zurück. »Woher wisst Ihr das?«

»Wir haben alle unsere Geheimnisse, Cousin. Lassen wir es dabei. Ihr habt ihn also in seiner Gruft in der Nähe der Guildhall aufgesucht?«

Surrey konnte nur nicken.

»Aber warum habt Ihr Thomas Culpeper mit hineingezogen? Ihr und Hungerford, das wäre doch genug gewesen.«

Surrey wurde rot und wandte sich ab. Ich brauchte einen Moment, um zu erkennen, was in ihm vorging, dann begriff ich: Er schämte sich. »Wir brauchten etwas, was dem König gehörte«, murmelte er, »ein Stück seiner Kleidung, das seinen Körper berührt hatte.«

»Und nur ein Kammerherr konnte das beschaffen.« Jetzt war ich es, die die Hände vors Gesicht schlug. »Der arme Culpeper. Ihr habt ihn eiskalt benutzt.«

»Er wollte doch unserem Bund angehören«, verteidigte sich Surrey. »Thomas war immer ehrlich überzeugt davon, dass Heinrich im Grunde seines Herzens ein guter Mensch ist. Er meinte, man müsse ihn nur Cromwells Einfluss entziehen.«

Ich hörte laute Rufe aus der Schenke nebenan. Geoffrey wurde wohl ungeduldig. Mir blieb nicht mehr viel Zeit, doch ich musste alles erfahren.

»Was ist am Maifeiertag passiert?«, fragte ich nochmals.

»Wir trafen zur verabredeten Zeit ein und bezahlten Orobas. Aber er schien verändert – ein wenig furchtsam. Vorher war er seiner so sicher gewesen. Jetzt plötzlich nicht mehr. Das Grimoire erforderte gründliches Studium und gewissenhafte Übersetzung und Auslegung. Es ist ja nicht in Englisch geschrieben. Doch er schwor, er habe diese Aufgaben gemeistert und wisse jetzt, dass das Ritual, das bevorstand, für alle, die daran teilnehmen, gefährlich sei. Es würde bleibende – Nachwirkungen nach sich ziehen.«

»Was heißt das?«

»Er sagte nichts Näheres. Und während wir noch mitten im Gespräch waren, verlor ich das Bewusstsein.«

»Ihr wurdet ohnmächtig?«

»Culpeper schlug mich bewusstlos, weil er mich nicht den Gefahren des Rituals ausgesetzt sehen wollte. Es wurden keine drei Männer gebraucht, Orobas selbst sagte, zwei seien genug. Culpeper war entschlossen, der Gefahr selbst ins Auge zu sehen und mich vor ihr zu schützen.«

Daher also die Kopfverletzung, die mir vor Beginn des Ritterturniers an Surrey aufgefallen war.

»Culpeper und Hungerford weckten mich erst wieder, als alles vorüber war«, fuhr Surrey fort. »Ich war wütend, aber das änderte natürlich nichts. Ich habe keine Ahnung, was passierte, ob es zu einer Beschwörung kam und wie das Ritual ablief. Sie sagten mir lediglich, dass ein Fluch ausgesprochen worden war. Und dass der König unwiderruflich mit Cromwell brechen würde, wenn er wirkte.«

Ich griff nach dem Becher. »Ich glaube, das brauche ich jetzt«, murmelte ich.

Wir tranken beide, doch der Wein brachte mir keine Beruhigung, ich empfand nur eine sich immer weiter ausbreitende Furcht, gegen die ich mit der Vernunft anzukämpfen suchte.

»Der König ist ein wankelmütiger Mensch – sollen Zauberei und Teufelskunst wirklich der einzige Grund für seine plötzliche Abkehr von Cromwell sein?«

»Joanna, Ihr wisst, dass der König Cromwell jahrelang vertraute und jeden verhaften ließ, den dieser bei ihm anschwärzte. Und ist es Euch nicht Beweis genug, dass Hungerford nur Stunden nach dem Ritual völlig den Verstand verlor?«

»Hungerford war immer ein haltloser Mensch«, entgegnete ich. »Was ist mit Thomas Culpeper? Seht Ihr bei ihm Anzeichen von Wahnsinn?«

»Nein, von Wahnsinn nicht, aber …« Er sprach nicht weiter.

»Aber was?«

»Culpeper hat sich verändert, Joanna.«

Ich konnte nicht leugnen, dass Culpeper mir nach dem Maifeiertag mit einer Kälte und Geringschätzung begegnet war, die mir neu gewesen waren. Dennoch hatte er sich nach dem Londoner Anschlag um mich gesorgt und Geoffrey von dem früheren Anschlag durch den falschen Pagen berichtet. Ich erinnerte mich, wie einsam er ausgesehen hatte, als er vom Dach des Torhauses aus meinen Auszug aus Whitehall beobachtete. Diese Wesensveränderung konnte ebenso gut auf das bösartige Klima am Hof und die innere Belastung infolge von Hungerfords Verhaftung zurückzuführen sein wie auf die Wirkung magischer Kräfte.

»Könnt Ihr die Veränderungen denn im Einzelnen benennen?«, fragte ich.

»Thomas Culpeper war ein wahrhaft ritterlicher Mann, höflich gegen jeden und besonders Frauen gegenüber liebenswürdig und respektvoll. Jetzt benimmt er sich wie ein sittenloser Schurke. Ich habe ihn deswegen angesprochen, und er hat mich ausgelacht. Das hätte er früher nie getan. Und vor einigen Wochen schließlich hat er ein so widerliches Verbrechen begangen, dass ich nicht darüber reden mag.«

»Aber Ihr müsst«, forderte ich. »Culpeper ist mein Freund, er hat mir in Whitehall beigestanden. Dafür kann ich ihm nie genug danken. Ganz gleich, welches Verbrechen er verübt hat, ich werde ertragen, es zu hören.«

»Nun gut. Er hat eines Nachts die Frau eines Wildhüters überfallen. Dabei ließ er sie von mehreren der Rüpel, mit denen er jetzt verkehrt, festhalten. Als später der Ehemann ihn zur Verantwortung ziehen wollte, hat er ihn getötet.«

Ich war hin- und hergerissen zwischen Abscheu und Ungläubigkeit.

»Sagt jetzt nicht, das könne nicht so gewesen sein. Es war so, Joanna. Jeder weiß es. Er hat die Untat nicht einmal geleugnet. Und der König hat ihm verziehen. Was gilt schon das Leben eines Wildhüters – oder die Tugend seiner Frau? Die Schändung und der Mord geschahen nicht in der näheren Umgebung des Hofes, deshalb wurde keine Anklage gegen ihn erhoben.«

Tränen brannten mir in den Augen. »Und das ist der Mann, den Catherine heiraten musste«, sagte ich. »Warum habt Ihr diese Heirat zugelassen? Euer Vater benutzte Catherine dazu, Cromwell zu stürzen. Aber Ihr hättet diese Ehe doch verhindern können, nachdem Ihr Euer Ziel erreicht hattet und Cromwell verhaftet war.«

»Es war zu spät. Heinrich ist so vernarrt in Catherine wie nie zuvor in eine andere Frau, nicht einmal Anne Boleyn. Catherine habe ihm seine Jugend zurückgegeben, verkündet er überall.«

Ich war nicht überzeugt, dass das geheime Ritual in der Nacht zum Maifeiertag irgendetwas mit Cromwells Verhaftung und Hinrichtung zu tun hatte. Doch wie ließ Culpepers erschreckende Veränderung sich anders erklären? Nachdem ich einmal tief Atem geholt hatte, sagte ich entschlossen: »Hört zu. Wir beide, Ihr und ich, werden Orobas aufsuchen. Wenn es schwierig ist, ihn zu finden, werden wir Lady Rochford zwingen, uns zu helfen. Vielleicht gibt es einen Weg, rückgängig zu machen, was Culpeper widerfahren ist. Wenn ja, dann werden wir ihn finden.«

Surrey lächelte bekümmert. »Das ging schnell, Joanna. Ich brauchte Tage, um auf diesen Gedanken zu kommen. Es ist möglich, dass das Grimoire eine Zauberformel enthält, um genau das zu erreichen – die Nachwirkung rückgängig und Thomas Culpeper wieder zu dem Menschen zu machen, den wir kannten.«

Ich stand auf. »Dann lasst uns gehen. Wir müssen sofort handeln. Ich verlasse England in wenigen Wochen.«

»Nein, Joanna.«

»Nein?«, wiederholte ich empört. »Nach allem, was Culpeper für Euch getan hat, seid Ihr nicht bereit, Eure Sicherheit für ihn aufs Spiel zu setzen?«

Surrey schlug mit der Faust auf den Tisch. »Aber natürlich wäre ich dazu bereit. Ich wäre zu allem bereit. Aber es gibt keinen Weg zu Orobas, Joanna. Orobas ist tot.«

Ich sank auf meinen Stuhl zurück.

»Tot? Wie denn?«

»Er hat sich vor zehn Tagen erhängt.«

Ich bekreuzigte mich. »Möge Gott seiner Seele gnädig sein.«

»Da habe ich meine Zweifel. Ihr wisst doch, wie Gott Selbstmörder bestraft.« Surreys Rede war verschliffen. Ich hatte keine Ahnung, wie viel Wein er getrunken hatte.

»War das auch eine Folge eures geheimen Rituals?«, fragte ich.

»Das weiß niemand. Er sagte zu keinem ein Wort und hinterließ keinen Brief.«

Ich schauderte bei der Erinnerung an Orobas, diesen finsteren Meister der schwarzen Kunst. Nach seinem Selbstmord war er nun doppelt verdammt.

»Was ist mit Agrippas Grimoire?«, fragte ich. »Wenn wir jemanden finden könnten, der –«

»Nein«, unterbrach mich Surrey. »Das geht nicht. Orobas hat das Buch verbrannt, bevor er sich das Leben nahm.«

»Seid Ihr sicher?«

»Ja. Ich bin auf eine Frau namens Hagar gestoßen, die mit ihm zusammenlebte, ich weiß nicht, ob sie seine Gefährtin war oder seine Bedienstete. Jedenfalls zahlte ich ihr eine Menge Geld dafür, dass sie mir die Beweise zeigte. Ich erkannte das Grimoire an seinem Einband. Alles andere war Asche.«

»Aber Ihr sagtet doch, es gebe noch ein zweites Grimoire in England.«

»Ja, aber die Frau wusste nichts über seinen Verbleib. Sie konnte mir nur sagen, dass Orobas einmal erwähnte, das Buch befinde sich im Besitz eines bedeutenden Mannes.«

»Dann müsst Ihr es suchen.«

»Natürlich, Joanna, das ist eine Kleinigkeit. Beim nächsten Bankett stehe ich auf und frage: ›Wer unter Euch ist im heimlichen Besitz einer häretischen Schrift mit Zaubersprüchen und Anleitungen zum Herbeirufen magischer Wesen?‹«

Als ich darauf nichts sagte, setzte er hinzu: »Jetzt versteht Ihr wohl, was ich leide. Und Ihr werdet mit mir leiden, Joanna. Wir können nichts tun als abwarten. Wie bei einem Theaterstück, von dem wir erst den Anfang gesehen haben. Culpeper, ich, Heinrich, Catherine, Ihr und dieser Constable, der Euch überall folgt, wir alle müssen das Ende abwarten.«

Kapitel 29

Als Geoffrey und ich beschlossen, mit einem flämischen Schiff nach Antwerpen zu reisen, nahmen wir an, die anderen Passagiere wären Fremde. Doch dann beschloss ein Freund, mit uns zu reisen: Hans Holbein.

Er fasste diesen Entschluss nicht sofort. Als ich aus dem Nebenzimmer der Schenke trat, fand ich ihn tränenreich klagend und betrunken vor. Der besorgte Wirt lieh uns sein Fuhrwerk und seinen Kutscher aus, und so brachten wir Holbein in sein Haus bei der London Bridge. Es war inzwischen Abend geworden, und Holbein, der schon wieder etwas nüchterner geworden war, bat uns, bei ihm zu übernachten. Nach kurzem Überlegen stimmte Geoffrey zu, da wir andernfalls Dartford erst nach Einbruch der Dunkelheit erreicht hätten.

Aber ich fand keine Ruhe. Ein blutiger Albtraum voll gellender Schreie hielt mich gefangen. Ich kämpfte mich frei und setzte mich im Bett auf, keuchend und mit rasendem Herzklopfen. Ich hatte keine Ahnung, wo ich mich befand. Erst als ich mich daran erinnerte, dass ich in Holbeins Haus war, schlug mein Herz wieder ruhiger.

Ich wusste nicht, wie spät es war, nur dass draußen schwärzeste Dunkelheit herrschte. Von unbezwingbarer Ruhelosigkeit getrieben, tappte ich zur Tür und öffnete sie einen Spalt. Mein Zimmer lag am Ende des langen, schmalen Korridors. Am anderen Ende brannte neben der Tür zur Treppe eine Kerze. Und dort saß Geoffrey, reglos und gespannt. Das flackernde Licht der Kerze fiel auf den schimmernden Stahl eines Messers in seiner Hand. Er verzichtete auf seine Nachtruhe, um über mein Leben zu wachen.

Am liebsten wäre ich zu ihm gelaufen wie ich war, nur in dem dünnen Hemd, das ich trug. Diese wenigen Worte, die Geoffrey in der Rose Tavern gesagt hatte – sie hatten in mir unerwünschte Gefühle wachgerufen. Aber dann fiel mir wieder ein, was Surrey gesagt hatte, *Der Constable, der Euch überall folgt* – so wollte ich ihn nicht beschrieben sehen. Ich wollte Geoffrey nicht länger zur Last fallen. Es war falsch, gemeinsam mit ihm zu reisen. Es musste eine andere Möglichkeit geben, Edmund ausfindig zu machen, ohne dass meine Sicherheit gefährdet wurde. Ich schloss leise die Tür und schlich wieder in mein Bett. Ich würde das morgen zur Sprache bringen, nahm ich mir vor.

Aber als wir beim Frühstück zusammentrafen, erklärte Holbein, er werde sich uns anschließen. »Ich bin meiner Frau und meinen Freunden in Augsburg viel zu lange fern geblieben«, sagte er. »Ich werde das Porträt von Königin Catherine in den nächsten zwei Wochen fertigstellen – rechtzeitig, um reisen zu können.«

Welch ein Schlag – »Königin Catherine«.

Geoffrey nahm Holbeins Entschluss mit Enthusiasmus auf. Ich vermutete, dass er, genau wie ich, froh war über die Gesellschaft einer dritten Person, über die Holbeins zumal, da dieser ihm auf der Reise durch Deutschland so manches erleichtern würde.

Obwohl sich in der vergangenen Nacht nichts Ungewöhnliches ereignet hatte, meinte Geoffrey beim Aufbruch, wir dürften kein Risiko eingehen. Er schlug vor, Pferde zu mieten und einen Umweg durch das Herz Londons zu nehmen und dann einen Bogen in Richtung Dartford zu schlagen. Ich stimmte müde zu.

Der Ritt durch London verlief wie geplant, bis wir in eine

schmale, schattige Straße gelangten, die weiter vorn in eine weit breitere mündete, wo sich Scharen von Menschen versammelt hatten. Sie standen so dicht geschlossen, dass es für uns kein Durchkommen gab.

»Wir können umdrehen oder warten, bis die Menge sich zerstreut und dann auf diesem Weg weiterreiten«, sagte Geoffrey.

»Warten wir«, entschied ich. »Dann können gleich die Pferde hier im Schatten eine Weile rasten.«

Wir saßen ab und harrten der Dinge, die da kommen sollten. Es dauerte nicht lang, da vernahmen wir erste Rufe, die sich schnell zu grölendem Hohn und Spott und Beifallsgeschrei steigerten. Mir wurde immer unbehaglicher. Die Stimmung erinnerte mich an den Tag in Smithfield, als die Soldaten Margaret zum Scheiterhaufen geschleppt hatten.

»Ich finde, wir sollten hier verschwinden«, sagte ich zu Geoffrey, und er ging nickend, unsere Pferde loszubinden.

Wir saßen wieder auf, und ich bedauerte es sofort. Von dieser Höhe aus konnte ich über die Köpfe der Menge hinweg bis zur Mitte der Straße blicken und sah schaudernd ein Pferdegespann, das eine Schleife, ein aus Stangen zusammengeschnürtes schlittenähnliches Holzgestell, zog. Meine Ahnung war richtig gewesen – hier wurden zum Tode Verurteilte zum Richtplatz gebracht, und diese Leute hatten sich eingefunden, um sich an dem Schauspiel zu ergötzen. Doch nicht nur eine Person war auf die Schleife gefesselt, nein, es waren zwei Männer, die, in Lumpen gehüllt, Seite an Seite aneinandergekettet waren. Der eine rief mit lauter Stimme irgendetwas, aber seine Worte gingen im Johlen der Menge unter. Der andere, ein wesentlich älterer Mann, hatte die Augen geschlossen, seine Lippen bewegten sich.

Ich saß wie erstarrt auf meinem Pferd, während Geoffrey einen dunkelhaarigen Mann in der Nähe ansprach.

»Geoffrey!«, rief ich, doch er hörte mich nicht in diesem

ohrenbetäubenden Lärm. Seine Aufmerksamkeit war ganz auf das Gespräch mit dem dunkelhaarigen Mann gerichtet.

Noch lauter wurde jetzt das allgemeine Gegröle. Ich verstand das nicht – die Gefangenen waren doch schon an den Leuten vorbei. Was gab es jetzt noch zu applaudieren? Doch da sah ich es schon: Ein zweites Pferdegespann zog eine Schleife mit wiederum zwei aneinandergeketteten Männern heran, und dahinter folgte ein drittes.

Von Entsetzen gepackt, schlug ich meinem Pferd die Hacken in die Seiten, um davonzureiten. Ich musste weg von hier, weit, weit weg von dieser grauenvollen Parade.

Als ich das andere Ende der Straße erreicht hatte, holte Geoffrey mich ein. Er machte mir keinen Vorwurf. Er sah selbst bis ins Innerste erschüttert aus.

»Was ist das, Geoffrey?«, fragte ich. »Was geschieht mit diesen Gefangenen?«

»Sie werden nach Smithfield gebracht.«

»Ich wusste es«, sagte ich niedergeschlagen. »Es war die gleiche Stimmung wie bei Margarets Verbrennung. Ihr wart doch dabei, Geoffrey. Ihr erinnert Euch. Sollen diese Männer auch verbrannt werden?«

Geoffrey zögerte. »Die einen werden verbrannt, die anderen gehängt, ausgeweidet und gevierteilt.«

Ich starrte ihn verständnislos an.

»Der Mann auf der ersten Schleife, der so laut gerufen hat, war Doktor Robert Barnes, ein Anhänger Luthers und ein Verbündeter Cromwells. Er wird heute wegen Ketzerei auf dem Scheiterhaufen verbrannt. Der Mann, der mit geschlossen Augen neben ihm lag, ist Richard Featherston. Er war der Kaplan Katharinas von Aragón und Lehrer ihrer Tochter, Lady Maria. Er wird wegen Hochverrats gehängt, ausgeweidet und gevierteilt, weil er den Papst in Rom über seinen König stellte. Die drei Lutheraner werden verbrannt, die drei Katholiken werden erst gehängt, dann in Stücke gerissen.«

Das zeigte das wahre Gesicht König Heinrichs VIII. Er stand weder auf der Seite der Katholiken noch auf der der Lutheraner. Es war unmöglich, ihn zu verstehen, in seinem Königreich in Sicherheit zu leben. Er war durch Cromwells Entmachtung kein besserer Mensch geworden. Wie töricht von Bischof Gardiner und den Howards zu glauben, sie könnten vorhersagen, wie der König sich verhalten würde – oder sein Handeln bestimmen.

»Wir müssen so schnell wie möglich nach Dartford«, sagte ich. »Und wir müssen England verlassen, Geoffrey. Ich weiß nicht, ob ich je wieder zurückkommen möchte.«

Die Worte waren in Verzweiflung gesprochen, aber in den folgenden Wochen, die unserer Abreise vorausgingen, änderte sich nichts an meinem Gefühl. Alles, was ich erlebt hatte, seit ich im April nach Whitehall aufgebrochen war, schürte in mir einen tiefen Widerwillen gegen den König, an dessen Hof ich nunmehr ein offizielles Amt als Tapisseriemeisterin innehatte. Die abschließenden Vereinbarungen wurden mit dem Obergewandkämmerer getroffen. Nach einem sechsmonatigen Aufenthalt in Brüssel würde ich meine Pflichten bei Hof aufnehmen müssen. In der Woche vor unserer Abreise traf ein königlicher Kurier mit einer wohlgefüllten Börse ein – zur Deckung meiner Reisekosten und meines Lohns für die kommenden Monate. Ich fühlte mich unrein, als ich mit der Börse in der Hand in meinem Salon stand.

Ich werde dieses Geld für die Suche nach Edmund verwenden, gelobte ich mir.

Ich wusste nicht, was ich Catherine schreiben sollte, der Kindfrau, die mit einem Ungeheuer verheiratet war. Am Ende wurde es nur ein kurzes, steifes Glückwunschschreiben. Ich bekam keine Antwort darauf; zweifellos war sie zu sehr in Anspruch genommen von ihrem neuen Leben, um meine Zurückhaltung zu bemerken.

Es war recht mühsam, doch es gelang mir schließlich, die Schwestern aus Kloster Dartford zu überreden, eine Bezahlung für ihre Hilfe beim Weben meines Bildteppichs *Der Gram der Niobe* anzunehmen. Sir Andrew Windsor hatte vorgeschlagen, dass die Weber der Gewandkämmerei während meiner Abwesenheit die Arbeit an dem Teppich weiterführen sollten, aber ich wusste nichts über die Fertigkeit dieser Männer. In die Frauen aus dem Kloster hingegen hatte ich höchstes Vertrauen. Sie hatten die Arbeit mit mir zusammen begonnen, sie sollten sie auch fortsetzen. Ich ließ deshalb den Webstuhl und alles Material auf ihren Bauernhof bringen. Eines Tages würde ich selbst das Werk vollenden und das Gesicht der Niobe nach Holbeins Kreidezeichnung von Catherine Howard bilden. Es fiel mir allerdings schwer, mir vorzustellen, dass ich je zurückkehren würde.

An einem Morgen Ende August mieteten Geoffrey und ich einen Wagen und ließen uns nach Gravesend bringen. Die Sachen, die ich eingepackt hatte, füllten eine große Reisetruhe; Geoffrey hatte nur einen Tornister bei sich. Ich würde ja auch in Brüssel in einem gewissen Komfort leben müssen, meinte er, während er selbst voraussichtlich viel unterwegs sein würde.

Es gab eigentlich allen Grund zu Erleichterung und vielleicht sogar Vorfreude, als wir unser Schiff erblickten, das in Gravesend vor Anker lag. Aber für mich hing über diesem ganzen Unternehmen ein Schatten. Warum unternahm ich überhaupt diese Reise? Wie weit trieb mich die Angst um Edmund, wie weit die Angst um mein eigenes Leben?

Am Kai erwartete uns ein strahlender Holbein neben verschiedenen Gruppen von Passagieren und ihren Begleitern. Darunter waren Doktor Harst, der klevische Botschafter, und vier Frauen, von denen mir eine bekannt war: Mutter Lowe, mittleren Alters und füllig. Sie hatte die Damen der Königin angeführt. Die anderen drei Frauen, alle jünger, zwei von ihnen höchstens siebzehn Jahre alt, kannte ich nicht.

Wir hörten bald, dass die vier Frauen sich auf der Heimreise nach Kleve befanden, weil ihre Dienste nicht mehr benötigt wurden. Zur Überraschung aller, die ich kannte, hatte Anna von Kleve sich entschieden, in England zu bleiben. Der König verkündete, solange sie in seinem Reich weile, sei sie als seine Schwester zu behandeln, und stattete sie mit Häusern und einem Einkommen aus. Aber natürlich führte sie nicht mehr das große Haus einer Königin, deshalb mussten Mutter Lowe und die drei anderen Damen gehen.

Etwas weiter abseits von Holbein bemerkte ich eine weitere, etwas seltsam wirkende Gruppe: eine Frau in einem langen hellgrauen Umhang mit Kapuze mit zwei jungen Männern an ihrer Seite, der eine offensichtlich ein Bediensteter. Die Frau stützte sich auf einen Stock, und an ihrer Kleidung war sie als Blinde kenntlich. Holbein bestätigte mir, dass die Frau, eine Miss Collins, in der Tat blind und bei schlechter körperlicher Verfassung war. Sie wollte nach Antwerpen, wo einer ihrer Söhne lebte, um einige flämische Ärzte aufzusuchen, die neue Heilmethoden entwickelt hatten.

Als es Zeit wurde, an Bord zu gehen, verabschiedete sich Doktor Harst von den deutschen Frauen, während Miss Collins von ihrem Sohn und dem Diener bis in ihre Kajüte unter Deck begleitet wurde.

Nachdem wir zusammen mit den anderen Passagieren, vielleicht fünfzig an der Zahl, eine Weile an Deck gestanden hatten, um auf das Ablegen des Schiffes zu warten, kam Geoffrey, der sich kurz entfernt hatte, zu mir und sagte: »Für Euch wird die Reise leider etwas unbequem werden. Es gibt nur eine kleine Kajüte für Frauen an Bord. Ursprünglich war sie nur für Euch und Miss Collins vorgesehen. Die deutschen Frauen kamen erst sehr spät dazu. Vermutlich wurde der Kapitän unter Druck gesetzt und musste sie aufnehmen. Das Schiff ist voll, und sie können natürlich nicht in einer Männerkajüte untergebracht werden. Ihr werdet also recht beengt sein auf der Reise.«

Ich zuckte mit den Schultern. »Das macht mir nichts aus«, sagte ich. »Aber ich muss mit Euch reden.«

»Stimmt etwas nicht?«

»Das weiß ich nicht.« Ich holte Atem. »Habt Ihr bedacht, dass man jemanden aufs Schiff gebracht haben könnte, um etwas gegen mich zu unternehmen?«

Stirnrunzelnd meinte Geoffrey: »Eure Feinde sind zwar durchaus erfinderisch, aber ich glaube, das geht ein wenig zu weit. Hattet Ihr denn das Gefühl, dass hier, auf dem Schiff, etwas vorgeht?«

»Nein«, räumte ich ein.

Geoffrey überlegte einen Moment. »Ich werde natürlich Vorkehrungen treffen«, sagte er. »Habt Ihr denn einen bestimmten Verdacht?«

»Vielleicht könntet Ihr prüfen, ob sich wirklich niemand an Bord versteckt hat. Ein blinder Passagier …«

»Das erledige ich«, versprach Geoffrey.

Kapitel 30

Als die Segel gesetzt wurden, versammelten sich die Passagiere an der Reling, um langsam die Küste entschwinden zu sehen. Der Wind blies nicht so stark wie bei meiner letzten Reise im vergangenen Jahr mit Jacquard. Die Segel bauschten sich, doch sie knallten nicht.

Hans Holbein war in seinem Element, ging an Deck umher, freundlich zu jedermann, unterhielt sich bald auf Englisch, bald auf Deutsch mit den Leuten. »Ich sollte Euch Deutsch beibringen«, sagte er zu Geoffrey. »Ihr werdet auf Eurer Reise nach Salzburg nur wenigen begegnen, die Englisch sprechen. Einige Männer sprechen Französisch; und die Schreiber und Priester, soweit es noch welche gibt, können Latein. Aber in den deutschen Ländern spricht keine Frau irgendeine andere Sprache als Deutsch.«

»In Französisch und Latein kann ich mich behaupten«, antwortete Geoffrey. »Mit den Damen werde ich wohl nicht parlieren müssen. Das bringt diese Reise nicht mit sich.«

Holbein klopfte Geoffrey lachend auf den Rücken, und beide sahen etwas schuldbewusst zu mir herüber in der Befürchtung, ich könnte den Scherz krummnehmen.

Doch mich beschäftigten andere Dinge. Ich kämpfte immer noch gegen Gefühle des Unbehagens. Geoffrey berichtete mir am zweiten Morgen, er habe das Schiff von oben bis unten durchsucht und nichts gefunden. Er hatte sich sogar unter einem Vorwand in seiner Eigenschaft als Constable beim Kapitän nach den Passagieren erkundigt und erfahren, es handle sich durchweg um ehrenwerte Leute, die alle, zumindest oberflächlich, überprüft worden seien.

Doch ich war ständig angespannt. In der Frauenkajüte, wo wir in der Tat eng zusammengepfercht waren, schlief ich nur wenige Stunden. Mein Platz war an der einen Wand, die deutschen Frauen schliefen in der Mitte und Miss Collins an der anderen Wand. Jeder bemühte sich um sie, und Mutter Lowe fragte sie in ihrem gebrochenen Englisch häufig, ob sie etwas brauche: zu essen, zu trinken, Hilfe, sich zurechtzufinden.

»Nein, danke, es geht schon«, sagte Miss Collins stets mit schwacher, kaum hörbarer Stimme. Sie wollte niemandem zur Last fallen. Ich sah, dass ihre Augen unter der Kapuze verbunden waren, und sie tat mir von Herzen leid.

Am zweiten Tag frischte der Wind nicht hinreichend auf, um uns bis zum Abend nach Antwerpen zu führen, und der Kapitän gab bekannt, es könne noch drei oder sogar vier Tage dauern, bis wir unseren Bestimmungshafen erreichten.

»Mich stört das nicht, ich finde diese Reise sehr angenehm«, sagte Geoffrey mit einer Geste zum Meer, wo die blaugrünen Wellen sich schäumend hoben und senkten. »Es ist so – offen.«

Er lehnte sich rücklings an die Reling und breitete beide Arme auf ihr aus. Mit geschlossenen Augen, den Mund leicht geöffnet, hob er sein Gesicht zur Sonne. Ich hatte ihn noch nie so erlebt. Diese Offenheit hatte etwas so Vertrauensvolles – ich musste wegsehen.

Später saßen wir mit Holbein zusammen auf drei Kisten im Bug des Schiffes, und er erzählte uns von seiner Jugend in Augsburg und den alten Märchen seiner Heimat. Wir hörten von einer Hexe, die einen Jungen in einen Fisch und seine Schwester in ein Lamm verwandelt hatte, von einem hässlichen Frosch, der zu einem schönen Prinzen wurde, von einem Diener, der ein Stück von der Schlange eines Königs abbiss und danach die Gedanken der Tiere lesen konnte, von einem Wolf, der an ein Häuschen klopfte und die darin wohnenden Zicklein herauslockte und auffraß.

»In den meisten Eurer Geschichten spielt die Verwandlung eine Rolle«, bemerkte ich.

Unser Schiff segelte nach Osten, und die Sonne, die hinter uns langsam versank, warf einen orangefarbenen Schein auf Holbeins Gesicht, als er lächelnd sagte: »Das hat etwas Verlockendes, nicht wahr, Miss Stafford, die Vorstellung, sich verwandeln zu können?«

»Ja, vielleicht«, antwortete ich, unsicher, worauf er anspielte.

»Den Mann, den der Constable sucht, Paracelsus, hat die Möglichkeit der Verwandlung immer fasziniert, soviel ich weiß«, sagte Holbein. »Er studiert die Eigenschaften vieler Dinge, einige behaupten, weil er nichts weiter sei als ein geldgieriger Alchemist. Aber ich glaube, er studiert das Wesen des Menschen, um zu bestimmen, wer wir eigentlich sind. Ein Ausspruch von ihm lautet, wie ich gehört habe –« Holbein dachte einen Moment nach. »Ah ja – ›Es sei niemand eines anderen Knecht, der sein eigener Herr sein kann‹.«

Geoffrey fragte gespannt: »Glaubt Ihr, dass jemand Paracelsus aufsuchen würde, weil er sein eigenes Wesen nicht kennt?«

»Möglich«, meinte Holbein. »Aber ob das auf Euren Edmund Sommerville zutreffen könnte, kann ich nicht sagen. Ich bin ihm nie begegnet.«

Eigentlich hätte ich, als ich diese Worte des Paracelsus hörte, augenblicklich wissen müssen, ob sie für Edmund irgendeine Bedeutung besaßen, aber ich war einfach verwirrt. Ich wusste nur, dass Edmund, auch wenn er tiefes Gottvertrauen besaß, manchmal Verachtung für sich empfand, für das, was er als seine Schwächen ansah. Um die Traurigkeit abzuwehren, die in mir aufstieg, sagte ich zu Holbein: »Mir gefallen diese Geschichten, aber sie haben auch etwas Gruseliges an sich.«

»Ja, ja.« Er lachte. »Ihr beginnt schon, das deutsche Temperament zu verstehen, warum wir unsere Dichtung und die magische Seele unseres Landes so sehr lieben.«

Mich fröstelte bei den Worten von der magischen Seele. Ich musste an ein verbotenes Zauberbuch denken, an ein geheimes Ritual, das einen Menschen in den Wahnsinn und einen anderen zur Gewalt und den Nekromanten selbst in den Selbstmord getrieben hatte.

Geoffrey sagte: »Das hört sich wunderbar an, Holbein, aber Ihr wisst, dass es auch eine Kehrseite gibt. Ihr habt an dem Tag in der Rose Tavern selbst von dem grausamen Blutvergießen während der deutschen Kriege gesprochen.«

Holbein wurde sehr still, dann erwiderte er: »Ich habe selbst keine Schlacht erlebt. Basel, wo ich 1525 lebte, wurde damals verschont, aber die Bauernkriege haben schrecklich gewütet, und alle, die überlebten, entscheidend verändert.«

»Alle, die überlebten«, wiederholte Geoffrey. »Ich habe von unglaublichen Zahlen von Todesopfern gehört.«

»Zweihunderttausend kamen damals um«, sagte Holbein.

»Grauenhaft!«, rief Geoffrey. »Und das alles, weil die Menschen von Martin Luther aufgewiegelt wurden?«

»Ihr Engländer legt alle Übel Luther zur Last, als wäre er der Teufel persönlich«, sagte Holbein abschätzig. »Luther distanzierte sich von den Bauern, er forderte die Fürsten sogar auf, sie zu bestrafen.«

Mir fiel auf, wie Holbein sich jetzt von *uns* distanzierte, obwohl er jahrelang in England gelebt hatte. Je näher er seiner Heimat kam, desto mehr schien sein Stolz auf sie zu wachsen. »Die Ungerechtigkeit, der Hunger und das Elend, denen die Bauern über Jahrhunderte ausgesetzt waren, trieb sie schließlich, zu den Waffen zu greifen«, erklärte Holbein.

»Gewiss hat Martin Luther mit seinem Widerstand gegen den Papst den Leuten gezeigt, was Freiheit sein kann, doch die Ursachen dieser Kriege sind nicht in Rom zu suchen, sondern bei weltlichen und kirchlichen Machthabern, den Fürsten und Bischöfen, die alle das gemeine Volk unterdrückten. Noch ehe die Kriege um waren, lernten sie alle zu einem hohen Preis, dass vor Gott alle Menschen gleich sind.«

»So wie sie vor dem Tod gleich sind«, warf ich ein. »Habt Ihr nicht deshalb die Totentanz-Holzschnitte geschaffen?«

Holbein nickte nur, offensichtlich nicht bereit, mehr dazu zu sagen.

»Eins habe ich nie verstanden«, bemerkte Geoffrey. »Wieso wurden die Bauernheere besiegt, obwohl sie ihren Gegnern doch an Zahl weit überlegen waren?«

»Ach, wie wenig Ihr über die deutschen Fürsten wisst«, meinte Holbein. »Über Generationen haben sie sich immer wieder um Land und Titel gestritten, aber sobald sie ein gemeinsames Ziel haben, wie etwa den Kampf gegen Bauernheere, die plündern und brandschatzen, vereinigen sie sich in ihrer ganzen militärischen Stärke und ihrem Wohlstand und werden zu einer überwältigenden Macht. Der pfälzische Kurfürst und seine Sippe waren gnadenlos. Der Herzog von Bayern könnte es jetzt, da er sich nicht mehr mit den Habsburgern bekriegt, mit den Heeren Frankreichs und Englands aufnehmen. Die Bauern waren dieser Übermacht nicht gewachsen.«

»Ich habe Hunger und Armut gesehen, und weiß Gott, ich hasse sie«, sagte Geoffrey. »Aber im Land muss das Gesetz herrschen, wo kämen wir sonst hin?«

Holbein lächelte. »Da spricht der Constable«, sagte er jetzt in liebenswürdigerem Ton. »Eines müsst Ihr begreifen, wenn Ihr auf Eurer Reise nicht zu Schaden kommen wollt: In den deutschen Ländern herrscht kein einheitliches Recht. Jedes Fürstentum, wie groß oder klein auch immer, hat seine eigenen Gesetze. Da ist ein Fehler leicht begangen und nur schwer zu bereinigen.«

Holbein stand auf und streckte sich. »Jetzt habe ich Euch aber genug Angst gemacht. Es gibt auch Hoffnung. Die Kunst ist ein Mittel, die Welt in all ihren Aspekten zu zeigen, sie zu entlarven und zu erneuern. Vielleicht befinden wir uns auf dem Weg zu einer neuen und besseren Ordnung. Kommt, sehen wir uns den Sonnenuntergang an. Nirgends ist er so beeindruckend wie auf dem Meer von einem Schiff aus.«

Geoffrey und ich blieben an Deck, als Holbein uns später gute Nacht wünschte. Lange standen wir schweigend nebeneinander und sahen zu, wie der Himmel dunkler wurde und einer nach dem anderen die Sterne sich zeigten. Von Wolken unverhüllt strahlte der Mond. An Deck war kein Mensch außer dem Steuermann oben auf dem Aufbau, und nicht einmal er hätte uns sehen können, wenn wir weiter in Richtung der Tür gegangen wären, die zu den Kajüten hinunterführte.

»Geoffrey«, fragte ich nach einer Weile des Nachdenkens über die schwierige Reise nach Salzburg, die ihm bevorstand, »warum wollt Ihr eigentlich Edmund suchen?«

Ich erwartete, dass er mir mit einer seiner gewohnt rätselhaften Erklärungen oder auch gar nicht antworten würde. Doch diesmal verriet er mir offen seine Gründe.

»Als Beatrice und das Kind starben, begann ich zu glauben, ich sei verflucht, Joanna. Ich spreche nicht von einem Hexenfluch oder dergleichen, ich spreche von einem Fluch, der für etwas, was ich getan hatte, auf mir lastete. Ich fragte mich, welches Unrecht ich begangen hatte, dass Gott dafür auf so grausame Weise eine junge Frau aus dem Leben riss. Und eines Abends wusste ich es: Es war ein großes Unrecht, als ich an jenem Tag in der Dreifaltigkeitskirche Euch und Edmund die Eheschließung verbot. John Cheke hatte recht damals – das Gesetz war noch nicht erlassen, Ihr hättet einfach heiraten sollen. Ihr hättet vielleicht eine nachträgliche

Genehmigung bekommen wie Oliver und Agatha Gwinn. Aber ich konnte meine Eifersucht nicht beherrschen, deshalb versteckte ich mich hinter meinem Amt als Constable von Dartford, um Eure Heirat zu verhindern. Ich bin zutiefst überzeugt davon, dass ich an diesem Tag unser aller Leben zerstört habe. Ich wusste nichts von Sommervilles Sucht, ahnte nicht, dass er nach unserem Streit so reagieren würde. Ich dachte nicht im Entferntesten daran, dass er auf und davon gehen würde.«

Wie Schuld und Schmerz um Edmunds willen unser aller Leben zerstört hatte.

Geoffrey sah mich forschend an. Ich wusste nicht, was er erblickte, doch es verlieh ihm die Kraft fortzufahren. »Joanna, ich hatte keine Ahnung, dass Ihr nach diesem schrecklichen Tag den Weg einschlagen würdet, den Ihr genommen habt, dass Ihr Dinge tun würdet, über die ich nur mutmaßen kann, da Ihr Euch mir nicht anvertrauen wollt. Beatrice musste den Preis für meine Verblendung zahlen, sie und das Kind. Es quälte mich Tag und Nacht, bis mir der Gedanke kam, dass ich vielleicht – Vergebung erlangen könnte, wenn ich Edmund fände und ihm irgendwie sein Leben zurückgäbe. Niemand weiß ja, wie der König sich entscheiden wird – er kann dieses Verbot einer Eheschließung zwischen Personen, die das Keuschheitsgelübde abgelegt haben, jederzeit rückgängig machen. Dann könntet Ihr doch noch Edmunds Frau werden.«

Trauer und Bewunderung erfüllten mich bei Geoffreys Worten, aber auch noch ein anderes Gefühl stieg auf.

Was, wenn ich gar nicht mehr Edmunds Frau werden wollte?

Doch dies laut auszusprechen war jetzt, nach seinen ergreifenden Worten über Beatrice und die Verluste, die wir alle erlitten hatten, unmöglich.

»Dann ist es also eine Art Gelöbnis, das Euch veranlasste,

John Cheke aufzusuchen und mit Euren Nachforschungen zu beginnen?«, fragte ich vorsichtig.

»Ja. Ich betrachte es als einen Bund, den ich mit mir selbst geschlossen habe«, antwortete Geoffrey.

Ich erschrak, als ich dieses Wort aus seinem Mund hörte. Dabei war es ein Wort, dem nichts Böses anhaftete. Allein Hungerford hatte es zu etwas Furchtbarem verdreht.

»Was ist denn, Joanna?«, fragte Geoffrey.

»Nichts – nichts«, behauptete ich. »Ich bin nur überrascht.«

Er nickte. »Ich glaube, für heute Abend ist genug gesagt. Kommt, ich bringe Euch in Eure Kajüte hinunter.«

Mir graute bei dem Gedanken an diese erstickend heiße, enge Kammer ohne jede Möglichkeit des Rückzugs. Ich brauchte Zeit für mich, um wieder zur Ruhe zu kommen. Es war reiner Zufall, dass Geoffrey das gleiche Wort gebraucht hatte wie Surrey, Culpeper und Hungerford. Sonst nichts.

»Kann ich noch ein paar Minuten allein hier oben bleiben?«, fragte ich.

Geoffrey zögerte, blickte hinauf zum Steuermann auf dem Deckaufbau. »Gut. Aber ich komme dann und hole Euch. Ich besorge uns inzwischen etwas zu trinken.«

Als er gegangen war, beugte ich mich mit verschränkten Armen über die Reling und hoffte, dass ein paar Tropfen Gischt hoch genug fliegen würden, um mein Gesicht zu treffen. Ein wenig Kühlung würde mir helfen, Ordnung in meine Gedanken und Gefühle zu bringen.

Kaum ein Moment war verstrichen, als ich hinter mir einen leisen Schritt vernahm.

»Das ging aber schnell«, sagte ich lächelnd und drehte mich um.

Kein Geoffrey. Ich stand wie erstarrt, als eine hohe weiße Gestalt sich auf mich zu bewegte – wie ein Geist. Ich öffnete den Mund, um zu schreien, und konnte in meiner Angst keinen Ton hervorbringen.

Der Geist war höchstens noch sechs Fuß von mir entfernt, als ich den hellgrauen Umhang von Miss Collins erkannte. Auf sekundenlange Erleichterung folgte Verwirrung. Wie konnte sie ohne Hilfe hier an Deck umhergehen, wenn sie blind war?

Sie kam noch einige Schritte näher. Dann riss sie blitzschnell ihren Arm in die Höhe und sprang auf mich zu. Ein langes silbernes Messer lag plötzlich an meinem Hals.

»Einen Ton, und Ihr seid tot«, sagte sie. Ihre Stimme klang völlig verändert. Sie war kräftiger und viel tiefer. Ihre Augen waren nicht mehr verbunden; sie glitzerten unter der Kapuze.

Die Stelle an meinem Hals, wo das Messer die Haut ritzte, brannte. Mit der linken Hand packte sie meinen Arm und begann, mich näher zu der Tür zu den Kajüten zu ziehen, dorthin, wo der Steuermann mich nicht mehr hätte sehen können. Das war keine gebrechliche alte Blinde, sondern eine kräftige und entschlossene Mörderin.

Bei einem Angriff niemals kuschen, hörte ich Jacquards Stimme, als stünde er neben mir. *Euer Angreifer zählt darauf, dass Schreck und Angst Euch lähmen werden. Erfüllt diese Erwartung nicht. Wehrt Euch.*

Sie schleppt mich an einen Ort, wo sie mich unbemerkt töten kann.

Mit dieser Erkenntnis durchzuckte mich schlagartig der Wille, mein Leben zu retten, und ich tat, was Jacquard mich gelehrt hatte. Mit zwei Fingern meiner linken Hand stach ich der Frau so fest in die Augen, wie ich konnte. Ich spürte Knochen und etwas Nasses.

»Joanna!«, hörte ich Geoffreys lauten Ruf hinter mir. Doch mein ganzes Streben war darauf gerichtet, Miss Collins zu entkommen, die schreiend vor Schmerz meinen Arm losgelassen hatte und mit dem Messer in der Luft fuchtelte, da ich mich bereits losgerissen hatte.

»Was ist da unten los?«, rief der Steuermann.

Eine Hand auf ihr linkes Auge gedrückt, das ihr offenbar die schlimmsten Schmerzen bereitete, hielt die Frau mit der Rechten das Messer umklammert.

»Kommt hinter mich, Joanna«, befahl Geoffrey und zog sein eigenes Messer. Die Waffe auf die Frau gerichtet, sagte er: »Los. Ihr kommt mit. Wir gehen zum Kapitän.«

Statt Geoffrey zu gehorchen, zog sie ihre Kapuze vom Kopf und nahm die Hand von ihrem Auge.

Vor uns, im hellen Mondlicht, stand ein Mann mit kurzem braunem Haar, mittelgroß und schlank gebaut. Ein wenig Blut rann aus dem Auge, das ich verletzt hatte.

Seine Lippen zuckten, als er sich mir zuwandte und sagte: »Willkommen im Whitehall-Palast, Miss Stafford.«

Ich zuckte zusammen wie unter einem Schlag. Ich kannte diese Stimme, ich kannte diesen Mann. Das war der Page, der mich an jenem ersten Tag in Whitehall geführt hatte. Er trug keinen Bart mehr, aber er war es ohne Zweifel.

Er schleuderte sein Messer weg, umfasste die Reling und zog sich hinauf. Eine Sekunde lang blieb er in seinem langen grauen Blindenumhang rittlings auf dem Geländer sitzen, ein wahrhaft grotesker Anblick.

»Großer Gott!«, rief Geoffrey und warf sich mit ausgestreckten Armen nach vorn. Aber er war nicht schnell genug. Entschlossen sprang der Mann über Bord und verschwand in der dunklen See.

Kapitel 31

Der Kapitän reagierte mit Ungläubigkeit und Entsetzen auf unsere Geschichte. Als seine Angst um seinen guten Ruf sich etwas beruhigt hatte, klopfte er an die Tür der Frauenkajüte und teilte den Damen aus Deutschland mit, Miss Collins sei plötzlich erkrankt und für die Nacht in ein anderes Quartier gebracht worden. Am Morgen erfuhren die Passagiere, dass Miss Collins in der Nacht verstorben und auf See bestattet worden sei, wie das Gesetz es vorschrieb. Dem Kapitän war es wichtiger, eine Geschichte zur Erklärung des Verschwindens eines seiner Passagiere zu erfinden, als dem Verbrechen nachzugehen. »So etwas bringt nur ein Verrückter fertig«, sagte er mit einem Schulterzucken.

Geoffrey hüllte sich in Schweigen. Er wusste so gut wie ich, dass »Miss Collins« nicht verrückt gewesen war. Ganz im Gegenteil. Die Vorausplanung, die Tücke, die Findigkeit, die Fähigkeit zu improvisieren – das alles sprach für einen klaren Verstand. Und alles sprach, wie bei den früheren Überfällen, dafür, dass hier jemand die Fäden zog, der über Geld und Leute verfügte.

Früher oder später wird er, werden sie Erfolg haben. Dieser Gedanke quälte mich in dieser schlaflosen Nacht, als ich starr vor Angst in der Kajüte lag, in der ohne »Miss Collins«, die ja nun leblos im Meer trieb, etwas mehr Platz war.

Ich war froh und dankbar, dass Mutter Lowe und die drei anderen deutschen Frauen sich uns in letzter Minute zugesellt hatten. Ohne sie wäre ich in jener ersten Nacht meinem

Mörder ausgeliefert gewesen. Bei der Vorstellung, dass ich ahnungslos neben diesem Menschen eingeschlafen wäre, stockte mir der Atem. Aber er war nur ein Werkzeug gewesen. Wer steckte hinter dieser Verschwörung, wer verfolgte mich so gnadenlos? Bischof Gardiner hatte bei meiner letzten Überfahrt heimlich jemanden auf dem Schiff untergebracht, um mich zu beobachten. Aber nicht, um mich zu töten.

Es war fast Morgen, als mir bewusst wurde, dass die Umstände dieses Überfalls mich an irgendetwas erinnerten. Ähnliches hatte ich schon einmal empfunden, als ich in der Sänfte nach Dartford gelegen hatte. Damals hatte ich den verschwommenen Eindruck dem Fieber zugeschrieben. Ich entsann mich, dass die Maske einer alten Blinden bei einer früheren Gelegenheit für ein heimliches Unternehmen benutzt worden war, an dem ich selbst nicht teilgehabt hatte, von dem ich jedoch wusste. Plötzlich fiel es mir ein: Im Kloster Dartford, als ich dort Novizin war, hatte ich gehört, dass Papst Clemens VII. während der Plünderung Roms 1527 maskiert in die Engelsburg geflohen war. Er sei als Bettler verkleidet gewesen, sagten manche; andere behaupteten, er sei als blinde alte Frau gegangen.

Während ich den ruhigen Atemzügen der schlafenden Frauen und dem Klatschen des Wassers an der Schiffswand lauschte, versuchte ich, meinem Feind auf die Spur zu kommen. Es war etwas Bedeutsames an der Wahl der Verkleidung, die einst einem verzweifelten Papst zur Flucht gedient hatte, doch so sehr ich mir den Kopf zermarterte, ich kam zu keiner Schlussfolgerung.

An diesem Tag, dem dritten unserer Reise, trafen wir endlich in Antwerpen ein. Ich zwang mich, so zu tun, als wäre nichts Ungewöhnliches geschehen, auf keinen Fall sollte Holbein oder irgendjemand anderes etwas ahnen.

Die Stadt mit ihren flachen, sauberen Straßen, auf denen sich ein buntes Gemisch von Seeleuten und Händlern tummelte, schien mir seit meinem Besuch vor einem Jahr noch reicher geworden zu sein. Wir beschlossen, in einem Gasthaus zu übernachten, das Holbein uns empfahl, um am nächsten Morgen in das drei Tagesritte entfernte Brüssel aufzubrechen.

Als Geoffrey, der sich noch vergewisserte, dass meine Zimmertür mit einem tauglichen Schloss versehen war, mir gute Nacht gewünscht hatte, überfiel mich schlagartig die Erschöpfung. Ich schlief tief und fest in dieser ersten Nacht in Antwerpen und wurde erst von lautem Klopfen an meiner Tür aus dem Schlaf gerissen.

»Joanna, kleidet Euch an!«, rief Geoffrey von draußen. »Joanna – beeilt Euch!«

Mit fliegenden Händen fuhr ich in die Kleider und sperrte die Tür auf. Geoffrey stürmte mit zornrotem Gesicht ins Zimmer.

»Wisst Ihr, was das ist?«, fragte er und stieß mir eine kleine Phiole entgegen, die ein tiefrotes Pulver enthielt.

»Nein«, antwortete ich. »Warum regt Ihr Euch so auf?«

»Das war in der Reisetruhe des Mannes, der Euch töten wollte; neben Kleidern, Seil, einer Karte von Antwerpen und einer beträchtlichen Menge Geldes. Ich habe es von einem Apothekarius untersuchen lassen. Das ist Gift, Joanna. Ein äußerst starkes, langsam wirkendes Gift.«

Ich hatte Mühe zu begreifen. »Ich sollte also eigentlich vergiftet werden?«

»Das wäre das Klügste gewesen. Es hätte keinen Verdacht erregt. Aber als die anderen Frauen in der Kajüte erschienen und der Mörder keine Möglichkeit mehr hatte, sich Euch zu nähern, musste er sich etwas anderes einfallen lassen.«

»Und da hat er beschlossen, mich zu erstechen.«

»Ja, und dann über Bord zu werfen.« Geoffrey packte mich bei den Schultern und schüttelte mich. »Was wisst Ihr – was wisst Ihr?«, schrie er mich an.

»Was soll ich denn wissen?«, schrie ich zurück.

»Weicht mir nicht aus, Joanna. Ihr wisst etwas so Gefährliches – oder habt jemand so Mächtigen verraten –, dass Eure Gegner zu den verwegensten Mitteln greifen, um Euch zu vernichten. In meinen neun Jahren als Constable habe ich so etwas noch nie erlebt. Aber Ihr wollt mir nicht sagen, was Ihr getan habt. Ich muss versuchen, Euch zu schützen, ohne zu wissen, worum es geht. Es ist, als müsste ich mit auf dem Rücken gebundenen Armen kämpfen. Und das gegen einen Feind, der so sehr gefürchtet wird, dass sein Handlanger sich lieber ins Meer stürzt als sich dem Verdacht des Verrats auszusetzen.«

Ich riss mich von ihm los. Wie konnte ich ihm alles sagen, was ich wusste, über die Prophezeiung, über das Komplott gegen Heinrich VIII., in das ich hineingerissen worden war, und über die jüngste Verschwörung gegen Cromwell, dessen Sturz die Verschwörer mit Hilfe Schwarzer Magie herbeizuführen gesucht hatten? Solches Wissen würde auch ihn in Gefahr bringen – in größere vielleicht als mich, wenn er sich, wie ich fürchtete, an die Obrigkeit wandte.

»Bei wem habt Ihr gelernt?«, fragte er unerbittlich.

Woher wusste er von Jacquard Rolin?

»Gelernt? Was gelernt?«, gab ich zurück.

»Einem Gegner die Finger in die Augen zu stoßen. Im Kloster hat man Euch das sicher nicht beigebracht. Früher – und ich habe Euch in mancher Notlage erlebt – habt Ihr Euch niemals auf solche Weise gewehrt. Aber nachdem Edmund England verlassen hatte, ist etwas passiert. An wen seid Ihr geraten? Und wie ist es dazu gekommen?«

Geoffrey war der Wahrheit näher denn je zuvor. Einen Moment lang war ich versucht, ihm alles zu erzählen. Es drängte mich, mit ihm über das irritierende Gefühl zu sprechen, das mich neulich Nacht überfallen hatte, dieses Gefühl, zu wissen, wer meinen Tod wollte und ihn doch nicht genau fassen zu können. Aber wäre das denn gut für Geoffrey? Ich wusste nicht mehr aus noch ein.

»Ich war offen zu Euch – ich habe Euch mein Innerstes offenbart, mehrmals«, sagte er niedergeschlagen. »Aber Ihr habt mir nie vertraut, Joanna.«

Ich begann zu weinen. »Doch, ich habe Euch immer vertraut, wirklich.«

Geoffrey lachte nur.

»Warum überlasst Ihr mich dann nicht einfach meinem Schicksal, Geoffrey?«, fragte ich mit erstickter Stimme.

»Das ist tatsächlich ein verlockender Gedanke«, gab er zurück. »Aber so leicht werde ich es Euch nicht machen, Joanna. Ihr kommt mit mir nach Salzburg.«

»Nein.« Ich wischte mir die Tränen aus den Augen. »Ich bleibe in Brüssel.«

»Das würdet Ihr nicht überleben«, erklärte er. »Sobald man in England hört, dass der Anschlag misslungen ist, wird man einen neuen Plan ausbrüten. Wenn Ihr Euch dann allein in Brüssel aufhaltet, hätten diese Leute freie Hand.«

»Dann kehre ich eben nach Dartford zurück. Dort war ich immer sicher.«

»Das ist wahr. Ich verstehe bis heute nicht, warum das so ist, obwohl ich mir manche Nacht den Kopf über diese Frage zerbrochen habe. Aber Ihr bekleidet jetzt ein Amt bei Hof, Joanna. Wie wollt Ihr Euch dem Befehl des Königs widersetzen, wenn er Euch ruft?«

Darauf wusste ich keine Antwort.

»Nein, sicher seid Ihr nur in den unübersichtlichen Gebieten hier, auf dem Kontinent. Und genau dorthin führt mich meine Reise.«

Ich nahm mich zusammen. »Nun gut, Geoffrey«, sagte ich, da ich keine andere Möglichkeit sah.

Er ging, so zornig wie er gekommen war.

Es sollte noch schlimmer werden. Am Nachmittag suchte

mich Holbein in Begleitung eines finster dreinblickenden Geoffrey auf, um mir die beunruhigenden Neuigkeiten mitzuteilen, die ihm in Antwerpen zu Ohren gekommen waren.

»Die Dürre und die unerhörte Hitze, mit denen England derzeit geschlagen ist – die Katastrophe ist hier noch weit größer«, klagte Holbein. »Niemand kann sich an eine derartige Hitzeperiode erinnern. Die Ernte ist ruiniert; die Weinstöcke sind verdorrt. Es ist damit zu rechnen, dass in diesem Winter die Ärmsten der Armen überall, in den Niederlanden, in Deutschland, Frankreich, Italien, zuhauf verhungern und überall Seuchen ausbrechen werden. Im Rhein steht das Wasser so niedrig, dass er nicht mehr schiffbar ist. In Venedig und anderen italienischen Städten hat man die Tore geschlossen, aus Angst, dass Fremde eindringen und die Nahrungsspeicher plündern könnten. Solche Maßnahmen sind in nächster Zeit überall zu erwarten.«

»Was für eine Zeit zum Reisen«, brummte Geoffrey.

»Schlechter könnten die Umstände nicht sein«, pflichtete Holbein ihm bei. »Aber ich muss nach Basel, meine Frau und meine Kinder brauchen mich. Geoffrey, wir müssen aufbrechen, sobald wir Miss Stafford nach Brüssel gebracht haben.«

Als Geoffrey ihm erklärte, dass ich mich nach etwa einer Woche Aufenthalt in Brüssel mit ihnen auf die Reise nach Salzburg begeben würde, wollte er es nicht glauben und versuchte alles, um mich von diesem Vorhaben abzubringen.

»Miss Stafford, diese Reise ist schon unter normalen Bedingungen äußerst beschwerlich. Unter den gegenwärtigen Umständen – nein, Ihr könnt nicht nach Salzburg reisen«, sagte er.

Geoffrey und ich konnten nichts gegen Holbeins Befürchtungen ausrichten, und nach einer langen und teilweise heftigen Auseinandersetzung verließ er Antwerpen allein. Er war in größter Sorge um seine Familie, zweifellos auch von

Schuldgefühlen geplagt, weil er sie acht lange Jahre nicht gesehen hatte, und wollte sich nicht aufhalten lassen.

Am Morgen seiner Abreise sprach Holbein noch einige letzte warnende Worte. »Bitte seid vorsichtig. Die Engländer sind in den deutschen Ländern nicht sehr beliebt. Das liegt natürlich an König Heinrich. Die katholischen Fürsten verachten ihn, weil der Papst ihn exkommuniziert hat, und die Protestanten trauen ihm nicht, weil er sich nicht zu einer wahren Glaubensreform entschließen kann. Es gibt mehr als zweihundert deutsche Staaten und jeder folgt der Religion, die der jeweilige Landesherr vorschreibt.«

Ich sagte kopfschüttelnd: »Ich verstehe das nicht. Kaiser Karl ist der mächtigste Herrscher auf Erden, trotzdem haben sich viele deutsche Länder, die doch das Kernstück seines Reiches bilden, von seinem Glauben losgesagt. Und er unternimmt nichts dagegen. In England wird jeder geringste Verstoß gegen die Glaubenslehre bestraft.« Ich dachte mit Schaudern an das Letzte, was ich in London gesehen hatte: die sechs Männer, die auf Schleifen gefesselt zum Richtplatz geschleppt worden waren.

»Um das zu verstehen, müsstet Ihr mehr über die Geschichte der Deutschen wissen. Der Kaiser«, erklärte Holbein, »kann den einzelnen Landesherren nicht befehlen wie Euer König Heinrich seinen Untertanen. Er ruft sie immer wieder zu Reichstagen zusammen, um gütliche Einigungen zu erreichen. Ich glaube, nach dieser langen und schwierigen Reise werdet Ihr einiges mehr verstehen. Ich werde jeden Tag an Euch und den Constable denken und für Euch beten, auch wenn ich kein besonders frommer Mensch bin.«

Als Holbein mich zum Abschied umarmte, flüsterte er: »Miss Stafford, bitte, verschließt Euch nicht der Möglichkeit der Verwandlung. Versprecht Ihr das?«

Ich versprach es ihm, obwohl ich nicht wusste, was er damit meinte. Der Abschied von ihm fiel mir schwer, zumal ich nicht wusste, ob ich ihn je wiedersehen würde. Ich hatte zugestimmt, mit Geoffrey nach Salzburg zu reisen – was hätte ich anderes tun können? –, doch immer häufiger überkam mich die Furcht, wir folgten blind einem Weg, auf dem es kein Zurück gab.

Zunächst jedoch zeigte sich kaum etwas Besorgniserregendes. Wir erreichten Brüssel an einem frühen Nachmittag. Schon von weitem sahen wir den Mauerring mit den Wachtürmen, der die blühende Stadt umschloss. »Wir können nur einige Tage hierbleiben, Joanna«, sagte Geoffrey. »Es ist bald September, und Holbein hat recht. Je knapper die Nahrungsmittel überall werden, desto schwieriger und gefährlicher wird es zu reisen.«

Doch aus einem Kurzaufenthalt wurde nichts. Ich musste das Haus beziehen, das der englischen Krone gehörte und in dem jahrelang Jan Moinck gelebt hatte. Jetzt sollte es mein Domizil sein, und es warteten auch schon zwei Einladungen auf mich, die ich nicht ausschlagen durfte. In einer Woche sollte ich mit dem Leiter der größten Werkstatt in Brüssel zusammentreffen, und zwei Wochen später sollte ich im Palast von Coudenberg Königin Maria von Ungarn, Statthalterin der Niederlande, vorgestellt werden.

»Das ist Wahnsinn«, erregte sich Geoffrey. »Wir sollten spätestens in einer Woche unterwegs sein, nicht erst in einem Monat. Und solange Ihr hier seid, solltet Ihr unauffällig bleiben, nicht der Königin Eure Aufwartung machen.«

»Ich habe doch gar keine Wahl«, entgegnete ich. »Wenn ich nicht erscheine, wird das bekannt werden. Der englische Botschafter wird es zweifellos dem König mitteilen. Und das wäre wirklich eine Katastrophe.«

Die drei Wochen bis zu meinem Besuch im Palast waren von zwiespältigen Gefühlen geprägt. Ich war immer noch erschüttert von dem Anschlag auf dem Schiff und fürchtete mich vor der kommenden Reise, gleichzeitig jedoch war ich hingerissen vom Glanz dieser Stadt, die, kleiner und in sich geschlossener als die weltoffene Hafenstadt Antwerpen, einen ganz eigenen, intimen Reiz besaß. Die eindrucksvollen Klinkerhäuser, die mit prächtigen Broderien geschmückten Gartenanlagen, die weiten, mit Kopfsteinen gepflasterten Plätze – zum ersten Mal in meinem Leben kam ich mir wie eine Provinzlerin vor.

Mein Antrittsbesuch als neue königliche Tapisseriemeisterin beim Leiter der größten Werkstatt in Brüssel verlief besser als erwartet. Ich hatte mich auf Skepsis darüber gefasst gemacht, dass nun eine Frau Jan Moinck ablösen sollte, doch den hochangesehenen Meister schien weder mein Geschlecht noch die Frage meiner Erfahrung im Handwerk zu interessieren. Er wollte nur eines wissen – würde König Heinrich auch in Zukunft der wichtigste Kunde bleiben? Als er hörte, dass die Leidenschaft des Königs für hervorragende Bildteppiche nicht nachgelassen hatte, konnte ich mich ungehindert umsehen und kundig machen.

Während ich die riesige Werkstatt besichtigte, fand ich die Lösung für ein Problem, das ich bis dahin für unlösbar gehalten hatte.

Jeder fünfte Einwohner in Brüssel, erfuhr ich, war in der Weberei und Bildwirkerei tätig. Obenan standen die zehn angesehensten Werkstätten, von denen jede mindestens fünfzig ausgebildete Weber und Wirker beschäftigte, um die kunstvollen Bildteppiche für Heinrich VIII. von England, König Franz von Frankreich und Kaiser Karl V. herzustellen, diese drei Herrscher, die, in ständiger Rivalität miteinander, bereit waren, riesige Summen dafür auszugeben, dass sie sich mit dem Besitz der edelsten Werke der Bildwirkerei brüsten konnten.

Ich sah mir die Bildfolge an, die König Heinrich so heiß begehrte: *Der Triumph der Götter*. Der Zeus war bereits vollendet, zwei Göttinnen und Herakles standen kurz vor der

Fertigstellung. Auf dem Bildteppich, der Herakles zum Gegenstand hatte, waren die zwölf Arbeiten abgebildet, die er vollbracht hatte, vom Kampf mit dem Löwen bis zum Raub der Äpfel der Hesperiden, bei dem er Atlas die Weltkugel von den Schultern nahm, damit dieser ihm die Äpfel pflücken konnte. Es gab keine mythologischen Geheimnisse zu enträtseln. Die Figuren waren einfach Verkörperungen göttlicher Eigenschaften, von kunstfertigen Webern und Wirkern aus den kostbarsten Garnen geschaffen. Ich kannte den König gut genug, um zu wissen, dass diese Werke sein Herz höher schlagen lassen würden vor Begierde.

»Unsere nächste Herausforderung wird *Der Triumph der Venus* sein, und unser Werk wird jenes, das in Paris kurz vor der Vollendung steht, weit in den Schatten stellen«, erklärte mir der Meister stolz.

»Der Venus wird also ein eigener Bildteppich außerhalb dieser Folge gewidmet?«, fragte ich gespannt, als eine unerwartete Möglichkeit sich mir eröffnete.

»Ja, Darstellungen der Venus sind derzeit sehr im Schwange. In Köln, in einer kleinen Werkstatt, und auch in Paris, wird Tag und Nacht an der Fertigstellung entsprechender Bildteppiche gearbeitet. Aber keine dieser Werkstätten kann Euch die Qualität bieten, die Ihr bei uns findet, Miss Stafford«, sagte er mit unverhohlenem Stolz.

Ich konnte es nicht erwarten, Geoffrey von meiner Eingebung zu erzählen. »Wir haben doch ständig überlegt, wie wir Sir Andrew Windsor und dem König erklären sollen, warum ich Brüssel für längere Zeit verlassen müsse, ohne nach England zurückzukehren. Jetzt habe ich eine Idee. Ich werde erklären, dass ich diese anderen Werkstätten aufsuchen muss, um mir die Venus-Tapisserien anzusehen. Köln ist in Deutschland. Und Paris ist weit von hier. Ich werde dem König schreiben, dass seine Bildfolge unvollständig bleiben wird, wenn er nicht die beste der neuen Venus-Tapisserien zu seinem *Triumph der Götter* hinzuerwirbt. Und um die beste zu finden, brauche ich natürlich zusätzliche Zeit.«

Geoffrey musste zugeben, dass meine Idee einiges für sich hatte. Doch stieß er bei seinen Bemühungen, die Reise nach Salzburg vorzubereiten, auf größte Schwierigkeiten. Mit wem er auch sprach, jeder sagte ihm, wir könnten diese lange Reise durch fremdes Gebiet unmöglich ohne Führer und bewaffnete Begleiter wagen. Aber niemand war bereit, solche Dienste anzubieten. Die Lage im Land war allzu unberechenbar.

Wir waren der Lösung dieser Schwierigkeiten immer noch nicht näher, als ich zwei Wochen später im Palast von Coudenberg, einem Schloss der Habsburger, meinen Besuch machte.

Maria von Ungarn war die Schwester Kaiser Karls und eine Cousine ersten Grades von Lady Maria von England. Nachdem ihr junger Ehemann, der König von Ungarn, im Krieg gegen die Türken gefallen war, wurde Maria die Statthalterin ihres Bruders in den Niederlanden.

Meine Vermutung, dass diese Einladung auf Anregung von Lady Maria von England erfolgt war, bestätigte sich schon in den ersten Minuten.

»Meine arme Cousine ist mir sehr lieb – sie hat so ein schweres Leben mit diesem entsetzlichen Menschen als Vater«, sagte Königin Maria mit einer Direktheit, die mir gefiel. Rein äußerlich hatte sie wenig Ähnlichkeit mit ihrer englischen Cousine, sie war, fand ich, eine eher reizlose Frau mit einem langen Kinn und gelblich blassem Teint. Doch sie strahlte eine Klarheit und eine Selbstsicherheit aus, die Lady Maria leider fehlten.

»Ich bin stets gut unterrichtet dank Eustace Chapuys, einem der klügsten Gesandten meines Bruders«, fuhr die Königin fort. »Da Eure Frau Mutter Spanierin war, nehme ich an, er ist Euch bekannt.«

»Ja, Hoheit, ich kenne ihn«, antwortete ich so neutral wie möglich.

»Chapuys hat nie verstanden – so wenig wie ich übrigens –, warum der englische König es ablehnt, Maria als seine Erbin anzuerkennen – es gibt durchaus Beispiele starker weiblicher Führung, auch in unserer Familie.«

Und kein besseres als dich, dachte ich. Die energische Herrschaft Marias von Ungarn wurde allgemein bewundert.

Sie neigte den Kopf ein wenig zur Seite und betrachtete mich mit ihren großen braunen Augen. »Ich finde es interessant, dass König Heinrich Euch, einer Verwandten und einer Frau dazu, die Betreuung seiner Tapisserien anvertraut. Vielleicht ist das der Beginn eines neuen Zeitalters, in dem endlich Frauen Verantwortung übernehmen. Cornelius Agrippa wäre stolz, wäre er noch am Leben. Meint Ihr nicht auch?«

Kapitel 32

Ich konnte mein Erstaunen darüber, diesen Namen aus ihrem Mund zu hören, nicht verbergen.

Die Königin sagte lächelnd: »Ich sehe, Ihr habt von Heinrich Cornelius Agrippa gehört. Wahrscheinlich, dass er ein Okkultist sei, nicht wahr? Oh, glaubt nicht, dass seine Forschungen sich auf solchen Unsinn beschränkten. Agrippa hat ein großartiges Buch geschrieben. Es heißt *Von Adel und Vorrang des weiblichen Geschlechts*. Darin vertritt er die Ansicht, dass wir Frauen nicht über weniger ausgezeichnete Geistesgaben verfügen als die Männer. Ich könnte Euch ein Exemplar senden lassen. Ja, er ist ein hochinteressanter Denker, sonst wäre Chapuys gewiss nicht so eng mit ihm befreundet gewesen.«

Auch das war eine Überraschung, die ich erst verarbeiten musste. Ich konnte nur sagen, ich hätte keine Ahnung gehabt, dass der Botschafter den Deutschen so hoch schätzte.

»Ja, ich glaube Chapuys ist sogar Pate eines Sohnes von Agrippa«, meinte die Königin sinnend.

Zum Schluss der Audienz erkundigte sie sich, wann ich vorhätte, nach England zurückzukehren. Als ich ihr von meinem Plan berichtete, verschiedene Webereien, unter anderem in Köln, aufzusuchen, um mir ein Bild von ihrer Arbeit zu machen, war sie aufs höchste erstaunt.

»In diesen Zeiten, da in Flandern und Deutschland überall Not und Elend herrschen, wollt Ihr über Land reisen? Das halte ich für sehr gewagt.«

Als ich meinen Plan verteidigte, sagte sie: »Nun, dann werde ich Euch unbedingt einen Geleitbrief mitgeben, für den Fall, dass Ihr auf Schwierigkeiten stoßen solltet.«

Und wirklich, als ich wenig später den Salon verließ, wurde mir ein Schreiben mit dem Siegel der Habsburger, der mächtigsten Familie der Welt, in die Hand gedrückt.

Auch Geoffrey hatte Neuigkeiten. Er hatte endlich eine Möglichkeit der Weiterreise für uns gefunden. In zwei Tagen würde eine Gesellschaft von Kaufleuten mit drei Planwagen und von einer Schutztruppe begleitet nach Deutschland aufbrechen. Es war der letzte solche Handelszug, der Brüssel vor dem nächsten Frühjahr verlassen würde. Die Reise sollte in östlicher Richtung bis zum Rhein führen und dann viele Tage, vielleicht Wochen, den Fluss entlang nach Südosten. Irgendwo würden wir abschwenken, um unser Reiseziel zu erreichen, die Stadt Regensburg, die weit östlich des Rheins an einer alten Fernhandelsroute lag. Von dort würden wir auf eigene Faust, entweder allein oder mit einer anderen Truppe, nach Salzburg weiterziehen müssen.

»Die Kosten sind ungeheuer«, sagte Geoffrey. »Ich musste ihnen die ganze Summe im Voraus bezahlen. Sie belief sich auf die Hälfte des Betrags, den John Cheke mir für das ganze Unternehmen zur Verfügung gestellt hat.«

»Die Hälfte?«, fragte ich bestürzt. »Warum verlangen sie so viel?«

»Wir werden große Mengen Proviant mitnehmen müssen. Und die Leute wollen natürlich auch bezahlt werden. Das ist ja fast ein kleines Heer, das uns begleiten wird. Und ich musste mehr bezahlen als alle anderen.«

»Weil wir Engländer sind?«

»Nein, weil ich absolute Diskretion verlange. Ich habe darauf bestanden, dass wir unter falschen Namen in die Liste eingetragen werden, für den Fall, dass jemand nach uns suchen sollte. Und es gibt noch einen anderen Grund.« Er zögerte, dann sagte er kurz: »Der Führer der Schutztruppe, ein Mann namens Jochen, ist überzeugt, dass Ihr dem Unternehmen nur Unglück bringen werdet.«

Geoffrey wandte sich ab. Ich war tief getroffen. War dieser Jochen der Einzige, der glaubte, ich brächte Unglück?

Am Tag des Aufbruchs erst erklärte mir Geoffrey, dass er mit einigen der Männer vorausreiten würde. Ich hingegen müsse mit zwei behäbigen alten Händlern in einem der drei Wagen fahren, die insgesamt neun Passagieren Platz boten. Jochen und seine Leute würden die tägliche Reisestrecke bestimmen; nächtigen würden wir im Freien oder in den Wagen. Geoffrey fügte hastig hinzu, sollte ich im Wagen nächtigen wollen, so werde er selbstverständlich im Freien übernachten, auch wenn wir uns als Ehepaar ausgaben. Er sagte, er habe bei seiner ersten Begegnung mit Jochen sofort gewusst, dass es für mich das Sicherste sei, wenn jedermann mich für seine Ehefrau hielte.

Jochen, der einen großen Braunen ritt, kam zu unserem Wagen kurz bevor wir aufbrachen. Es war unmöglich, sein Alter zu schätzen; sein Gesicht war von Narben und tiefen Kerben gezeichnet, doch das Haar, das er zu einem Knoten gedreht trug, war so schwarz und glänzend wie Onyx. Er sprach uns nicht an; er warf nur einen kurzen Blick zu Geoffrey, dann musterte er mich mit zusammengekniffenen Augen und gab seinem Pferd die Sporen. Kopfschüttelnd galoppierte er an die Spitze des Zugs zurück.

Geoffrey sagte: »In seinen Augen kann eine Frau, die einmal Novizin in einem Kloster war, nur Unglück bringen.«

»Woher weiß er so viel über mich?«

»Nach Eurem Besuch in der renommiertesten Weberei der Stadt und Eurer Audienz bei der Königin wart Ihr in Brüssel Stadtgespräch. Ich bin sicher, er glaubt uns nicht, dass wir verheiratet sind, aber aus irgendeinem Grund sagt er nichts.«

»Ist er ein Katholikenhasser?«, fragte ich.

»Ich wollte, es wäre so einfach«, erwiderte Geoffrey. »Jochen hat als Landsknecht in verschiedenen kaiserlichen Feldzügen gekämpft, und ich habe den Verdacht, dass er in der Vergangenheit mit Nonnen zu tun hatte.«

»Zu tun hatte?«

»Joanna, bitte, belassen wir es dabei.« Nach einem Moment des Schweigens sagte er entschlossen: »Ich werde Euch beschützen. Niemand wird Euch zu nahe kommen, das schwöre ich.« Die Worte, die zu meiner Beruhigung gedacht waren, weckten den ersten Anflug echter Angst auf dieser Reise.

Not und Mangel wurden offenkundig, als wir das wohlhabende Brüssel hinter uns ließen. Es war Ende September, aber immer noch hochsommerlich heiß. Überall war das Gras braun und niedergedrückt wie nach einem harten Winter, und die Bäume standen nackt inmitten Haufen dürren Laubs. Auf den kahlen Feldern sah ich niemanden bei der Erntearbeit. Die Menschen, die wir erblickten, standen in kleinen Gruppen am Straßenrand und sahen zu, wie wir in unseren von Bewaffneten begleiteten Wagen durch ihr verheertes Land zogen. Irgendwann bemerkte ich, dass Geoffrey im Sattel ein Schwert bei sich hatte, und betete flehentlich um Frieden auf unserer Reise.

Und ich musste wieder an die Worte des alten Fährmanns auf der Themse denken: *In diesem Sommer wird es Not und Seuchen geben. Die Frau vom Fluss hat es mir gesagt.*

Am zehnten Reisetag erreichten wir die erste deutsche Ortschaft, ein kleines, aber wohlhabendes Städtchen mit Kirchen und Zunfthäusern aus dunkelrotem Klinker. Ich beobachtete, dass Jochen am Tor für unseren Einlass bezahlte. Das musste einer der Gründe für die hohen Kosten dieser Reise sein. Wir mieteten uns in einem Gasthaus ein, und am Abend wurde mir ein Mahl vorgesetzt, das mir nach unserer kargen täglichen Kost aus Dörrfleisch, Stockfisch und Nüssen umso außergewöhnlicher erschien.

»Rheingauer Hühner«, sagte die Frau, die mich bediente und stellte eine dampfende schmiedeeiserne Pfanne vor mir auf den Tisch. Zarte, dünne Pfannkuchen umhüllten ein Ragout aus Hühnerfleisch und Birnen, das mit Honig, Zimt und Anis gewürzt war.

»Danke«, sagte ich zu der Bedienerin, als sie später zum Abräumen kam, und sie lächelte erfreut.

Am nächsten Morgen erzählte mir Geoffrey, er habe am Abend noch ein Badehaus aufgesucht und dann Stunden in einer Schenke gesessen, wo er genug Leute gefunden hatte, die so viel Französisch sprachen, dass er sich mit ihnen unterhalten konnte. Er fand es faszinierend, wie die Leute hier über England dachten, hatte sich mit einigen Männern sogar einen freundlichen kleinen Disput über die Wankelmütigkeit unseres Königs in Glaubensdingen geliefert und sich ihren Spott über Heinrichs fünf Ehefrauen gutgelaunt gefallen lassen.

Doch in der nächsten Nacht – wir lagerten diesmal im Freien – wurden wir überfallen. Nachdem ich lange zwischen den kahlen Zweigen einer Eiche hindurch zum Sternenhimmel hinaufgestarrt hatte, schlief ich ein und träumte, ich wäre wieder im Kloster und eilte zur Vesper, als das Glockengeläut, das uns zum Gebet rief, plötzlich zu grölendem Männergeschrei wurde.

»Wacht auf, Joanna, wacht auf.« Geoffrey schüttelte mich. »Schnell, unter den Wagen.«

Ich kroch unter den Wagen und sah voll Angst und Entsetzen zu, wie Jochen und die Bewaffneten auf die Männer einprügelten, die sie bei dem Versuch ertappt hatten, sich in unser Lager zu schleichen, um uns zu berauben. Sie waren schnell geschlagen, doch statt sie fliehen zu lassen, machten sich unsere ›Beschützer‹ einen Spaß daraus, die Ertappten johlend mit Fäusten und Füßen zu bearbeiten.

Als alles vorbei war, ging Geoffrey zu Jochen. Ich hörte laute erregte Stimmen, dann kam Geoffrey zornig zurück und verschwand ohne ein Wort im Wagen. Mit einem Messer in der Hand kam er wieder heraus.

»Joanna, das tragt Ihr jetzt immer bei Euch, ganz gleich, wo Ihr Euch befindet.«

Ich schüttelte den Kopf. »Jochen und seine Leute können uns doch leicht verteidigen, wenn es noch einmal zu einem Überfall kommen sollte. Um sie zu besiegen, bräuchte es ein ganzes Heer.«

Geoffrey hielt mir nur weiter das Messer hin. »Tragt es immer bei Euch.«

Ich starrte ihn einen Moment an. »Ihr glaubt, dass ich vor allem Jochen fürchten muss.«

»Er gibt Euch die Schuld an dem, was passiert ist.«

»Aber wieso denn?«

»Es ist absurd, ich weiß. In der Stadt hat fast niemand Euch zu Gesicht bekommen, Ihr seid unverzüglich schlafen gegangen. Wenn jemandem ein Vorwurf zu machen ist, dann mir, weil ich mich in diese Schenke gesetzt und mit den Leuten geschwatzt habe. Danach wussten sie alle, dass Fremde im Ort waren.«

Wir zogen weiter nach Osten und dann hinunter nach Süden. Manchmal sahen wir in der Ferne das Wasser des Rheins zwischen brüchigen braunen Ufern glitzern. Wir mieden alle von Wehrmauern umgebenen Städte, nicht nur aus Angst davor, Räuber anzulocken, sondern auch, weil wir gehört hatten, dass viele dieser Städte von Seuchen heimgesucht seien. An einem Tag sah ich auf einem Feld verendete Tiere, von einem traurigen Kreis ratloser Menschen umgeben, und das Schreckensbild vom Ende der Welt, das Holbein in seinem Weinrausch so eindrucksvoll gemalt hatte, drängte sich mir auf.

Die Tage flossen ineinander, ich zählte sie nicht mehr,

doch ich wusste, dass wir seit Wochen unterwegs sein mussten. Der immer länger und voller werdende Bart Geoffreys, der sich seit dem Abend im Badehaus nicht mehr rasiert hatte, verriet es mir. Endlich wurde es kühler, und einige Tage lang begleitete uns Regen. Die ausgedörrte Erde sog jeden Tropfen auf. Doch die Zeit des Wachstums war vorbei; der Regen weichte nur Straßen und Wege auf und erschwerte uns das Vorwärtskommen. Eines Abends gestand mir Geoffrey, es sei seine größte Sorge, wir könnten Salzburg nicht mehr vor Wintereinbruch erreichen und dann bis zur Schneeschmelze festsitzen; unsere Suche nach Edmund könnte sich zu einem endlosen Unterfangen auswachsen, das unsere Zeit, unser Geld und unsere Zukunft aufzehrte.

Obwohl die Nächte kälter wurden, zog ich es weiterhin vor, im Freien zu nächtigen. Besonders gut schlief ich nie, denn ich saß ja den ganzen Tag über nur im Wagen, ohne etwas zu tun oder mit den anderen Passagieren mehr als ein Wort zu wechseln. Die beiden Händler, die mit mir den Wagen teilten, sprachen zwar Französisch, doch Geoffrey und ich hielten es für das Klügste, wenn ich nichts von mir preisgab, was später, wenn wir die größeren Städte im Süden Deutschlands erreichten, weitergegeben werden und meinen Feinden Hinweise über meinen Verbleib liefern konnte. Ich war also ganz mir selbst und meinen Gedanken überlassen, meiner Sorge um Edmund, den Grübeleien darüber, wer den Mörder auf dem Schiff auf mich gehetzt hatte, meiner Angst um Catherine Howard und Thomas Culpeper und meine anderen Freunde im fernen England. Wie würde der König reagieren, wenn ich über die erwartete Zeit hinaus ausblieb? Immer wieder musste ich auch an Arthur denken. Ich wünschte mir oft, ich könnte ihn in die Arme schließen. Aber würde es jemals ein Wiedersehen geben? Oft lag ich stundenlang wach.

So war es auch in der Nacht, als die Männer kamen. Wir

lagerten in einer Waldlichtung auf dem Gebiet der Kurpfalz, und ich war beim ersten Schrei auf den Beinen, noch vor Geoffrey oder einem der anderen Mitreisenden. Die Feuer waren ausgegangen, ich konnte in der Dunkelheit zunächst nichts erkennen als huschende Gestalten – Jochens Leute, vermutete ich. Dann aber, als meine Augen sich auf das blasse Mondlicht eingestellt hatten, schien mir, dass andere Männer, mit Schwertern und Messern, sich unter sie mengten. Lautes Geschrei, Flüche und das Klirren von Stahl auf Stahl erfüllten die Luft.

Geoffrey drückte mich an einen Baum neben einem der Wagen und stellte sich mit gezücktem Schwert vor mich.

»Was ist das, Geoffrey?«, rief ich.

»Ich weiß es nicht!«, rief er zurück.

In diesem Moment stürzte sich ein Mann mit gezogenem Schwert Geoffrey entgegen. »Nein, nein, nein!«, schrie ich, verzweifelt bei der Vorstellung, dass Geoffrey sterben könnte.

Ich zückte mein Messer und sprang vor, um ihm Beistand zu leisten, als ein ohrenbetäubendes Krachen wie Donner in das Getümmel einschlug. Ein zweites und drittes folgten. Beißender Geruch hing in der Luft. Während ich noch hustend um Atem rang, bemerkte ich, dass die Männer, die uns angegriffen hatten, zurückwichen. Dann flohen sie Hals über Kopf und verschwanden im Dickicht der Bäume.

»Geoffrey, wo seid Ihr?«, rief ich, blind in der rauchgeschwängerten Dunkelheit.

Er war sofort bei mir. »Seid Ihr verletzt, Joanna?«

»Nein.« Ich klammerte mich weinend an ihn, froh, dass er auf den Beinen stand und offenbar unverletzt war. »Ich dachte, sie würden Euch töten.«

»Ich bin nicht tot, nicht einmal verwundet«, sagte er atemlos und schlang beide Arme um mich. Dankbarkeit und eine unsägliche Freude überwältigten mich, und ich küsste ihn auf die Wangen.

Plötzlich lag sein Mund auf meinem, und meine Lippen öffneten sich ihm zum Kuss. Seine Hände glitten meinen Rücken hinauf und gruben sich in meine Haare, die lose über meine Schultern fielen. Er riss so fest an meinen Haaren, dass es wehtat, aber mir tat der Schmerz wohl, und ich drückte mich noch dichter an ihn.

Dann durchzuckte Flammenschein die Nacht, und wir fuhren auseinander. Jemand hatte Fackeln angezündet.

Zwei Männer kamen langsam auf uns zu, geführt von einem Knaben, der eine Fackel trug. Die Männer hielten lange Knüppel, von denen dünner Rauch aufstieg. Ich wusste, dass es Feuerwaffen sein mussten, auch wenn ich bisher noch nie welche gesehen hatte. Mit den Schüssen aus diesen Waffen hatten sie die Männer in die Flucht geschlagen, die uns überfallen hatten. Überall sah ich jetzt, im Fackelschein, Tote und Verwundete liegen. Einer von ihnen war, wie ich erschrocken erkannte, Jochen, unser Führer. Seine Brust war rot von Blut. Vielleicht würde er sterben. Dann hatte unser Zug keinen Führer mehr und wir niemanden, der für uns sprechen konnte. Wir würden auf uns selbst gestellt sein.

Der Größere der beiden Männer sprach Geoffrey und mich auf Deutsch an und wiederholte seine Worte, als wir ihm keine Antwort gaben.

»Wir sind Engländer«, sagte Geoffrey.

Der Mann wandte sich seinem bärtigen Begleiter zu, und der fragte uns auf Französisch: »Ihr seid Engländer? Sprecht Ihr Französisch?«

Als Geoffrey nickte, sagte er: »Mein Name ist Arnulf und dieser Mann hier« – er wies mit einer Kopfbewegung auf den stattlichsten der Männer – »ist Freiherr von Seckenburg, unser Herr. Viele von uns sind gefallen und andere verwundet. Diese Straßenräuber schrecken vor nichts zurück. Hätten wir sie nicht im Auftrag des Kurfürsten verfolgt, so wärt auch ihr tot.«

»Wir sind Euch sehr dankbar, Sir«, sagte ich.

Er warf mir einen unwilligen Blick zu, offensichtlich irritiert, dass ich es gewagt hatte zu sprechen, und richtete das Wort wieder an Geoffrey. »Was führt Euch so spät im Jahr noch auf deutsches Gebiet, gerade jetzt, wo überall Hunger und Not herrschen? Ihr führt die armen Leute in Versuchung mit Eurem Wohlstand.«

»Wir sind nicht wohlhabend«, entgegnete Geoffrey, »und wir befinden uns auf der Durchreise. Unser Ziel ist Salzburg.«

Das zeigte immerhin Wirkung. Die beiden Männer berieten sich einen Moment, dann fragte Arnulf: »Was wollt Ihr dort?«

»Den Arzt Paracelsus aufsuchen.«

Jetzt lachten die Männer uns aus. »Ihr reist Wochen und Wochen durch die Lande, um diesen alten Narren aufzusuchen? So etwas Lächerliches habe ich noch nie gehört«, erklärte Arnulf und sagte zu seinem Begleiter: »Wir sollten ihren Wagen durchsuchen.«

Geoffrey erklärte, wir hätten nichts Unrechtes getan, an unserer Reise sei nichts zu beanstanden, doch sie schickten sich schon an, unser Reisegepäck zu durchsuchen, wobei Seckenburg zu meiner Verblüffung der Eifrigste von allen war. Mir blieb fast das Herz stehen, als er mit dem Geleitbrief von Maria von Ungarn und den Börsen mit Geoffreys Geld, allem Geld, das wir von John Cheke erhalten hatten, vom Wagen sprang. Sofort hockten sie sich alle auf den Boden und begannen die Münzen zu zählen, vergnügt wie Kinder beim Spiel.

»Joanna, das hat nichts Gutes zu bedeuten«, sagte Geoffrey leise.

»Ach«, rief Arnold höhnisch, »Ihr seid nicht wohlhabend? Ihr wollt uns weismachen, Ihr wärt nur ein harmloses englisches Paar, das den Rat eines Arztes sucht? Für wie dumm haltet Ihr uns? Ihr seid Spione.«

»Das ist absurd«, entgegnete ich. »Wir sind auf der Suche nach einem Freund, der sich unseres Wissens zuletzt in Salzburg aufgehalten hat. Dieser Mann, Geoffrey Scovill, ist Constable der Stadt Dartford, und ich bin die Tapisseriemeisterin seiner Majestät König Heinrichs des Achten von England. Das Geleitschreiben hat mir Königin Maria, die Statthalterin der Niederlande, mitgegeben, als ich in Brüssel zur Audienz bei ihr war.«

Als Arnulf den anderen meine Rede übersetzte, lachten sie nur umso geringschätziger.

»Eine Frau in einem königlichen Amt?«, spottete Arnulf.

»Ich sage die Wahrheit!«, rief ich empört. »Wir sind keine Spione. Was sollten wir hier ausspionieren wollen?«

Geoffrey legte mir besänftigend die Hand auf den Arm. »Wir haben uns in Eurem Land nichts zuschulden kommen lassen. Nehmt das Geld, wenn es sein muss, aber gestattet uns, unsere Reise fortzusetzen.«

Arnulf lächelte höhnisch. »Ihr werdet bald merken, dass wir in der Pfalz nichts für Spione übrighaben. Die anderen können gehen. Ihr beide nicht. Ihr kommt mit uns.«

Kapitel 33

Ein Wunder, dass sie uns nicht getötet haben«, sagte Geoffrey.

Wir hockten, Gefangene jetzt, auf einem offenen Ackerwagen im Stroh, das noch feucht war vom kürzlichen Regen. Grau und schwer, mit neuen Regengüssen drohend, hing der Himmel über uns.

Der Weg, dem wir folgten, war hügeliger als unsere bisherige Reiseroute, und die zwei Pferde, die unseren Wagen die schmale Straße hinaufzogen, schnaubten vor Anstrengung. Immer wieder gab ihnen der Kutscher die Peitsche, um sie anzutreiben.

»Wir haben doch nichts getan«, sagte ich zum wiederholten Mal, ohne Arnulf aus den Augen zu lassen, der uns vorausritt, zum Glück außer Hörweite.

»Sie mussten sich einen Vorwand einfallen lassen, um unser Geld an sich zu nehmen«, erklärte Geoffrey. »Jetzt, bei Tag, kann man sehen, wie schäbig ihre Kleidung ist, sogar die ihres Herrn. Ihr einziger Besitz sind diese Feuerwaffen. Das Klügste wäre es, uns zu erschießen und unsere Leichen im Wald zu verscharren. Dann könnten sie sich an dem Geld freuen, ohne dass ein Hahn danach kräht, woher es kommt.«

Ich schauderte. »Bitte, Geoffrey.«

»Gebt jetzt nicht auf, Joanna. Als Ihr vorhin so energisch darauf hingewiesen habt, dass Ihr die Tapisseriemeisterin des Königs von England seid, haben diese Kerle zwar gelacht, aber ich glaube, Arnulf ist doch etwas unbehaglich geworden. Er möchte nicht gern für den Mord an einer womöglich wichtigen Persönlichkeit zur Verantwortung gezogen werden. Behaltet das im Sinn. Ihr müsst jetzt stärker und entschlossener sein als je zuvor, wenn wir überleben wollen.«

Ich wusste, dass Geoffrey recht hatte.

»Aber was können wir tun? An wen können wir uns wenden?«, fragte ich.

»Wir können nichts tun als warten und immer aufmerksam sein, damit wir handeln können, wenn die Gelegenheit kommt. Arnulf hat den Geleitbrief an sich genommen und wird ihn sicher nicht wieder herausgeben. Holbein hatte recht. Wir wissen nicht genug über die Geschichte und das Wesen der Deutschen. Ich weiß nicht einmal, ob die Pfalz katholisch oder protestantisch ist.«

Danach schwiegen wir lange, jeder in seine eigenen Gedanken versunken, bis Geoffrey schließlich leise und stockend sagte: »Joanna. Ich muss mit Euch sprechen. Über das, was gestern Abend passiert ist. Zwischen uns.«

Mir schoss die Röte in die Wangen. »Das ist nicht nötig«, wehrte ich ab.

»Doch. Bitte, hört mich an. Wir wissen, dass wir uns zueinander hingezogen fühlen, aber trotzdem prallen unsere Temperamente immer wieder aufeinander. Vielleicht sind wir beide zu dickköpfig. Und ich weiß auch, dass die Gefühle, die Ihr mir entgegenbringt, nichts mit dem gemein haben, was Ihr für Edmund empfindet. Es ist keine Herzensliebe. Das weiß ich schon eine ganze Weile und habe es akzeptiert. Ich bedauere, was da im Wald geschehen ist. Ich glaube, es war dem Glücksgefühl, am Leben zu sein, zuzuschreiben. In so einem Zustand tun Menschen häufig Dinge, die sie sonst nicht täten. Aber ich habe es Euch gegenüber an Respekt fehlen lassen. Verzeiht mir.«

Ich wandte mich ab und starrte in die trostlose graubraune Landschaft, ohne sie wirklich zu sehen. An der Spitze unseres Zugs rief einer der Männer etwas, das wie eine Frage klang, und ein anderer sagte: »Ja, natürlich.« Ich packte ein kleines Bündel Stroh und versuchte, es zu brechen, doch es war zu feucht.

»Woher wollt Ihr wissen, wie es in meinem Herzen aussieht?«, fragte ich.

»Ich wollte nicht –«, stammelte Geoffrey. »Ich meinte nur –« Er brach ab. »Wartet. Wartet. Was wollt Ihr damit sagen? Was heißt das?«

»Ihr glaubt immer, alles zu wissen, aber diesmal irrt Ihr Euch vielleicht«, sagte ich. »Das ist alles.«

Er setzte sich aufrechter und sah mich forschend an. »Wollt Ihr mir sagen, dass es eine Zukunft für uns gibt, wenn wir heil aus dieser Situation herauskommen?«, fragte er zaghaft.

Ich tat etwas, was ich nie für möglich gehalten hatte, ich schob meine Hand durch das Stroh zu seiner. Als ich seine warme Haut berührte, verflocht ich meine Finger mit den seinen, und er zog mich an sich und küsste mich, nicht hungrig wie in der Nacht im Wald, sondern voller Zärtlichkeit, immer wieder.

»Seit wann weißt du es?«, murmelte er.

»Immer schon«, antwortete ich. »Oder vielleicht seit drei Tagen? Ich kann es nicht sagen.«

Geoffrey lachte.

Stunden saßen wir schweigend Hand in Hand nebeneinander. Und auch am nächsten Tag und dem darauffolgenden, als wir über vieles sprachen, ließ ich Geoffreys Hand nur selten los.

»Als ich in dem Wald um unser Leben kämpfte«, sagte Geoffrey, »hatte ich nur einen Gedanken: Ich werde sterben, um die Frau, die ich liebe, für einen anderen zu retten.«

»Du hast die ganze Zeit geglaubt, ich wolle zu Edmund zurück?«, frage ich. »Ach, Geoffrey, natürlich war es mir ernst, als ich sagte, dass ich mich um Edmund ängstige und er mir sehr lieb ist. Aber heiraten werden wir niemals.«

Geoffrey nickte. »Trotzdem muss ich ihn finden, Joanna. Daran hat sich nichts geändert. Ich habe einen Auftrag angenommen. Wenn es uns gelingt, unsere Freiheit wiederzuerlangen, muss ich meine Suche fortsetzen.«

»*Unsere* Suche«, sagte ich. Und sprach endlich einen Gedanken aus, den ich schon lange mit mir herumtrug. »Was tun wir, wenn wir Edmund finden und er sich weigert, nach England zurückzukehren? Diesen seltsamen Weg, den er beschritten hat, zu verlassen?«

»Die Möglichkeit besteht«, sagte er. »Ich werde tun, was das Anständigste und Gerechteste ist – für alle, hoffe ich. Aber vorher müssen wir uns aus der Gefangenschaft dieser Leute befreien.«

Diese kurze bittersüße Zeit endete am vierten Morgen, als Geoffrey und ich nach einer Nacht, die wir, selbstverständlich getrennt und unter strenger Bewachung, in einem von Seckenburg beschlagnahmten Bauernhaus verbracht hatten, wieder zusammentrafen. »Ich habe eben gehört, wie Arnulf sich mit jemandem auf Französisch unterhalten hat«, berichtete Geoffrey. »Sie bringen uns an einen Ort namens Schloss Heidelberg, um uns dort einzukerkern.«

»Ohne Gerichtsverhandlung? Ohne uns einen Gelegenheit zu geben, für uns selbst zu sprechen?«

»Ich weiß es nicht«, sagte er.

Am nächsten Tag führte unser Weg aus dem Wald hinaus, und ich blickte auf eine kleine Stadt hinunter, die am Ufer eines dunkelblauen Flusses in ein Tal eingebettet lag. Auf einem Hügel über der Stadt erhob sich, auf drei Seiten von einem dichten Wald kahler Bäume umgeben, ein Schloss, ein schöner Bau, wie mir schien, aus rotem Sandstein, dessen Flügel sich bis zum Wald erstreckten. Doch als wir näher kamen, stieß Geoffrey mich an und deutete auf eine geschwärzte Mauer, von der ein Teil eingestürzt war.

Arnulf sagte: »Vor einigen Jahren hat dort der Blitz eingeschlagen.«

Eine Strafe Gottes?

Am Schloss angekommen, wurden wir aus dem Wagen gezerrt und voneinander getrennt. Keinesfalls wollte ich unseren Entführern die Genugtuung geben, mich weinen zu sehen, doch ich erstickte beinahe an meinen Tränen.

»Sei stark, Joanna und denk daran – irgendwann kommt die Gelegenheit«, sagte Geoffrey.

Wir umarmten uns, schnell und verzweifelt, während die Männer irgendetwas besprachen. Viel zu bald rissen sie uns auseinander, ohne uns Zeit zu einem letzten Adieu zu lassen. Arnulf führte zuerst mich weg. Ich durfte nicht einmal mehr einen letzten Blick auf Geoffreys Gesicht werfen. Ich sah nur noch seinen Hinterkopf und sein von meinen Fingern zerzaustes hellbraunes Haar.

Ein Verlies konnte man den Raum, in den ich gebracht wurde, nicht nennen. Es gab immerhin einige Möbelstücke, ein Bett mit einer sauberen Decke und ein Fenster mit Blick auf das Tal und die Stadt. Doch es war eine Gefängniszelle, an dem Schloss an der Tür war nicht zu rütteln.

Nicht bereit, mich kampflos in mein Schicksal zu ergeben, versuchte ich, dem alten Mann, der mir später etwas zu essen brachte, Fragen zu stellen. Doch er sprach nur deutsch, und das Wenige, was ich unterwegs von dieser Sprache aufgeschnappt hatte, reichte nicht, um mich ihm verständlich zu machen.

In der Zelle neben meiner wurde eine Frau festgehalten. Sehen konnte ich sie nicht, aber hören. Sie lachte, sie weinte, sie sang, doch auch sie verstand offenbar nur deutsch. Meine Versuche, in Französisch mit ihr Verbindung aufzunehmen, wurden zunächst mit Schweigen beantwortet und dann mit einer zornig klingenden Tirade, von der ich kein Wort verstand. Sie schien so erbittert und enttäuscht wie ich darüber, dass wir uns einander nicht verständlich machen konnten.

Ich konnte nur hoffen, dass Geoffrey mehr Glück hatte.

Nach einer kalten Nacht auf meinem schmalen Lager sah ich am frühen Morgen Schneeflocken vor dem Fenster treiben. Bis zum Mittag hatte sich eine zarte Schneedecke über das Tal gebreitet. Jeden anderen hätte der Anblick bezaubert; ich war entsetzt. Würde ich den ganzen Winter in diesem Schloss gefangen sitzen? Oder vielleicht sogar noch länger?

»Ich bin Joanna Stafford, und ich habe nichts getan«, schrie ich zum Fenster hinaus. Ich wartete darauf, dass etwas passieren würde, jemand in meine Zelle gestürzt käme, um mich zu züchtigen, aber nichts rührte sich. Es war, als existierte ich nicht mehr.

Kapitel 34

Tage verstrichen, eine ganze Woche möglicherweise, bevor mir auffiel, dass aus der Nachbarzelle keinerlei Geräusche mehr vernehmbar waren. Vielleicht war die Frau gestorben, vielleicht war sie freigelassen worden. Eines Nachmittags dann hörte ich im Korridor zwei Männerstimmen. Ich stellte mich auf die Zehenspitzen, um durch das kleine vergitterte Fenster im oberen Teil meiner Tür zu spähen.

Was ich sah, versetzte mich in höchste Erregung.

Der Gefängniswächter begleitete einen Mönch durch den Korridor. Der braunen Kutte nach musste es ein Benediktiner sein.

Sie verschwanden in der Zelle neben meiner, ich hörte das Gemurmel einer männlichen Stimme und, sehr schwach, die klagenden Töne einer Frau. Ich wartete, meinen Plan schon gefasst, und sobald ich hörte, wie draußen die Zellentür zugeschlagen und abgeschlossen wurde, schrie ich auf Lateinisch in den Korridor hinaus: »Bruder, ich muss mit Euch sprechen! Ich bin eine ehemalige Novizin des Dominikanerordens. Ich bin Engländerin. Als Schwester im Glauben flehe ich Euch an, mir zu helfen!«

Der Mönch kam langsam in Sicht. Er war mittleren Alters, groß und dünn, mit grauen Augen unter buschigen Brauen. Sein Blick glitt zu meiner Zellentür und blieb einen Moment auf meinem Gesicht hinter dem Gitterfenster haften. Dann wandte er sich ab und eilte weiter zum Ende des Korridors.

In meiner Verzweiflung rief ich ihm eine der wenigen Benediktinerregeln nach, die ich noch im Gedächtnis hatte: »Das Gut des Gehorsams sollen alle nicht nur dem Abt erweisen. Die Brüder müssen ebenso einander gehorchen; sie wissen doch, dass sie auf dem Weg des Gehorsams zu Gott gelangen.«

Eine Tür wurde geöffnet und zugeschlagen. Ich saß stundenlang auf dem Bett und weinte. Er hatte mich nicht verstanden.

Doch am folgenden Morgen wurde unerwartet die Tür zu meiner Zelle geöffnet. Der Mönch trat mit drei gemessenen Schritten herein und blieb stehen. Seine braune Kutte war mit einem zerschlissenen Strick gegürtet, an den Füßen trug er grobe Holzpantinen.

»Woher kennt Ihr die Benediktinerregel?«, fragte er in tadellosem Latein, während er mich aufmerksam musterte.

Er hatte mich also doch verstanden. Ich klatschte in die Hände, bevor ich sie faltete wie zum Gebet.

»Ich war eine Zeit lang Novizin in einem Ordenshaus der Dominikaner«, antwortete ich.

»Und Ihr seid Engländerin?«

»Ja, und wir, mein Freund Geoffrey Scovill und ich, werden hier völlig unberechtigt festgehalten«, sprudelte es aus mir heraus. »Wir haben uns nichts zuschulden kommen lassen, und ich –«

Er hob die Hände wie zur Abwehr. »Ich weiß nichts über Euch oder darüber, warum Ihr hier festgehalten werdet«, erklärte er. »Aber ich darf mich in eine Rechtsangelegenheit nicht einmischen, das hat der Abt mir klar und deutlich gesagt.«

»Ihr habt mit Eurem Abt über mich gesprochen und um Weisung gebeten?«

»Aber ja. Im Gehorsam finden wir die Wahrheit. Er meinte, es sei meine Pflicht, Eurem Hilferuf nachzugehen, doch dürfe ich mich auf keinerlei Einmischung einlassen.«

Ich war einmal genauso gewesen wie dieser Benediktinermönch, eifrig bestrebt, die Regeln zu befolgen und dem Oberhaupt des Ordenshauses zu gehorchen. Doch was geschieht, wenn das Haus in Trümmern liegt und es keine weisende Hand mehr gibt?

»Ihr besucht also die Gefangenen hier auf Schloss Heidelberg?«, fragte ich.

»Nur wenn wir gerufen werden. Dem Abt wurde gemeldet, dass die Frau, die ebenfalls hier festgesetzt ist, wegen Betrugs, nicht mehr lange zu leben habe. Sie leidet an der Schwindsucht. Ich wollte ihr die Tröstungen der Kirche mit auf den Weg geben.«

»Ich bin sehr froh zu hören, dass die Pfalz ein katholisches Land ist«, sagte ich.

Der Mönch verzog den Mund. »In Wahrheit folgen die meisten Bewohner der Pfalz den Lehren Luthers, aber Kurfürst Ludwig ist der wahren Kirche treu. Er hält seine schützende Hand über unser Kloster. Wir beten darum, dass ihm ein langes Leben geschenkt werde, denn danach – ist nichts mehr sicher.«

Das war die Gelegenheit, auf die ich gewartet hatte.

»Das ist traurig. Aber ich bin sicher, der Kurfürst hat noch viele Jahre vor sich.«

Der Mönch trat von einem Fuß auf den anderen. »Er ist nicht mehr der Jüngste und mit seiner Gesundheit steht es leider nicht zum Besten. Wir beten fortgesetzt für ihn. Seine jungen Neffen – sie sind Anhänger Luthers. Wenn einer von ihnen das Erbe …«

Was ich ihm jetzt anzutun gedachte, widerstrebte mir zutiefst, doch es war der einzige Weg, der vielleicht aus Schloss Heidelberg hinausführen würde.

»Ich weiß, wie es ist, wenn man in ständiger Angst vor einem solchen Umsturz lebt«, sagte ich. »In unserem Kloster haben wir ihn erlebt. Es war grausam. Wir wurden, mit kleinen Renten ausgestattet, aus unserem Haus vertrieben, und das Kloster wurde in Schutt und Asche gelegt.«

Ich sah die Furcht in seinem Gesicht. »Der Abt sagt, dass unser Haus, das Michaelskloster, zu hohe Verehrung genießt, um in Gefahr zu sein.«

Wie oft hatte ich die Schwestern in Dartford in den Monaten vor dem schrecklichen Ende einander genau das Gleiche versichern hören.

»Oh, dann besteht sicher kein Anlass zu Beunruhigung«, erwiderte ich. »Trotzdem wäre es für Euren Abt – und für Euch – von Nutzen, einflussreiche Freunde zu haben, wenn es zu einer Veränderung kommen sollte.«

»Ja, das sagt der Abt auch.«

»Meint Ihr nicht, dass Königin Maria, die Statthalterin der Niederlande, und Ihr Bruder Kaiser Karl die besten Freunde wären, die man haben kann?«

Der Mönch lächelte. »Gewiss. Jeder Katholik würde sich an die Habsburger wenden, wenn er Hilfe braucht. Aber sie können ja unmöglich jeden von uns unter ihre Fittiche nehmen.«

Ich breitete wie einladend die Hände aus. »Nun, ich wurde der Statthalterin in Brüssel vorgestellt, und sie gab mir einen Geleitbrief mit auf die Reise. Ihre Cousine, Prinzessin Maria von England, ist eine Freundin von mir. Beide würden mir helfen wollen, wenn sie hörten, dass ich hier gefangen sitze. Wenn Euer Abt der Statthalterin in Brüssel Nachricht senden würde, begleitet von einem Einführungsschreiben von meiner Hand …«

Der Mönch strebte zur Tür. »Das klingt sehr nach Einmischung.«

»Sprecht mit Eurem Abt«, sagte ich. »Er scheint mir ein kluger und weitsichtiger Mann zu sein. Sucht seinen Rat.«

»Das will ich tun.« Der Mönch klopfte an die Tür, zum Zeichen, dass er hinausgelassen werden wollte.

»Würdet Ihr mir Euren Namen sagen?«, fragte ich.

»Bruder Theoderich.«

»Ich bin Joanna Stafford und wurde früher Schwester Joanna genannt. Gott meinte es gut mit mir, als er Euch hier vorbeisandte, Bruder Theoderich.«

Hoffnung, die nur auf Wunsch und Gebet gründet, ist etwas ganz anderes als Hoffnung, die auf einer konkreten Möglichkeit beruht. Letztere trägt besser, aber sie ist auch quälender. Ich war ruhelos; ich fand kaum Schlaf; bei jedem Geräusch im Korridor sprang mir fast das Herz aus der Brust. Jeder Tag zog sich endlos.

Ich war unendlich erleichtert, als schließlich doch Bruder Theoderichs Gesicht vor meinem vergitterten Fensterchen erschien.

»Der Abt ist bereit Euch zu helfen«, sagte er. »Er hat Königin Maria, der Statthalterin der Niederlande, geschrieben und Euren Fall dargelegt.«

Ich konnte kaum an mich halten vor Freude und Dankbarkeit. Meine Stimmung trübte sich allerdings, als Bruder Theoderich mir mitteilte, dass das Schreiben des Abtes Brüssel möglicherweise nicht vor dem Frühjahr erreichen würde und somit eine Antwort Königin Marias frühestens im Sommer zu erwarten sei. Noch sechs Monate auf Schloss Heidelberg. Geoffrey und mir würde nichts bleiben als zu warten.

Ich drängte Bruder Theoderich, Geoffrey eine Nachricht von mir zu überbringen. Er lehnte ab. »Niemand außer Euch soll von dem Schreiben nach Brüssel wissen, so hat es der Abt befohlen«, erklärte der Mönch. »Sobald wir Nachricht von der Statthalterin erhalten, wird auch Euer Freund unterrichtet werden.« Immerhin bestätigte er mir auf mein Bitten hin, dass Geoffrey sich zusammen mit einer Handvoll anderer Gefangener immer noch auf Schloss Heidelberg befand.

Die Tage wurden kürzer und dunkler, als der Winter Einzug hielt. Ich verbrachte sie mit Beten und der Lektüre der frommen Bücher, mit denen Bruder Theoderich mich versorgte. Und ich versuchte, die Hoffnung zu bewahren.

Eines Tages hörte ich vor meinem Fenster das unregelmäßige Tropfen tauenden Schnees, morgens weckte mich Vogelgezwitscher, und bald zeigte sich draußen das erste zarte Grün. All diese willkommenen Zeichen des Frühlings lockten mich und quälten mich. Überall ging das Leben weiter, doch hier, in diesem Schloss, stand die Zeit still. Besonders bitter war der Tag, an dem ich hörte, dass der April gekommen war. Ein ganzes Jahr war es her, dass ich von Dartford nach Whitehall gereist und in den Strudel der Ereignisse hineingerissen worden war, die mich hierher gebracht hatten.

Einige Tage später kam Bruder Theoderich mit Neuigkeiten.

»Der Abt hat ein Schreiben von der Statthalterin erhalten«, berichtete er. »Sie hat uns bestätigt, wer Ihr seid, welche Stellung Eure Familie in England genießt und dass Ihr in der Tat königliche Tapisseriemeisterin Heinrichs des Achten seid. Sie schrieb, jeglicher Verdacht der Spionage sei grundlos.«

Einen Moment verschlug es mir die Sprache vor Erleichterung. Dann fragte ich: »Wird Euer Abt den Kurfürsten in Kenntnis setzen?«

»Ja, sobald der Kurfürst vom Reichstag in Regensburg zurückkehrt.«

Kaiser Karl, erklärte mir Bruder Theoderich, hatte die deutschen Fürsten und die Führer der katholischen Kirche sowie Vertreter anderer Königreiche zusammengerufen, um nochmals zu versuchen, zu einer Einigung im Religionsstreit zu gelangen, von dem so viele fürchteten, er würde zu Krieg und Blutvergießen führen.

»Das ist natürlich ein nobles Ziel«, sagte ich seufzend.

Statt nach diesem Gespräch wieder zu gehen, blieb Bruder Theoderich unschlüssig in der Mitte meiner Zelle stehen.

»Gibt es noch etwas?«, fragte ich.

»Im Schloss ist eine Krankheit ausgebrochen«, sagte er. »Die meisten Gefangenen sind von ihr befallen.«

Ich erschrak. »Ist Geoffrey Scovill, der Engländer, auch erkrankt?«

Er nickte.

Gott, Barmherziger, ich flehe dich an, verschone Geoffrey.

»Ihr müsst ihm helfen«, sagte ich. »Geht zu ihm, Bruder, sobald Ihr könnt.«

Der Mönch sah mich bedrückt an. »Ich bin kein Apothekarius und verstehe wenig von der Heilkunst, aber ich will es versuchen.« Er schien einen Moment zu überlegen. »Ich habe etwas erfahren, was Euch und Eurem Freund vielleicht helfen wird. Unter den hohen Persönlichkeiten, die zum Reichstag nach Regensburg geladen wurden, ist ein kirchlicher Würdenträger aus England, der angereist ist, um seinen König zu vertreten.«

Das hatte ich nicht erwartet.

»Unser Abt sagte mir, dass dieser Herr ein großer Theologe ist und von einem Sekretär begleitet wird, der ihm an Klugheit kaum nachsteht. Es ist der Bischof Stephen Gardiner. Der Name des Sekretärs ist mir nicht bekannt.«

Ich war wie betäubt. »Er ist hier?«, stieß ich hervor. »Bischof Gardiner?«

»Ja, in Regensburg, zwei oder drei Tagesreisen von hier entfernt. Der Abt wird ihm schreiben und ihn von Eurer Situation unterrichten. Das könnte Eure Freilassung und die Eures Freundes beschleunigen.«

Was auch immer uns trennte, Bischof Gardiner würde uns helfen, das wusste ich.

»Wir müssen das Schloss sofort verlassen«, sagte ich aufgeregt. »Ich reise mit Geoffrey nach Regensburg.«

»Wie wollt Ihr das anstellen?«, fragte Bruder Theoderich.

»Ihr bringt uns hin«, erwiderte ich. »In einem Wagen.«

Der Mönch wich zur Tür zurück.

Ich wusste nicht, wie ich ihn zu einem so waghalsigen Unternehmen überreden sollte, ich wusste nur, dass dies meine einzige Möglichkeit war, diesem Schloss zu entfliehen. Ich konnte nicht warten, bis Fürsten und Bischöfe sich zu irgendeiner Entscheidung bequemten, es ging um Geoffreys Leben.

»Bruder, ich weiß Dinge, von denen Ihr nichts ahnt«, sagte ich hastig. »Mein Kloster in England wurde zerstört. Ich bete darum, dass Euch das nicht widerfahren möge, aber ich muss aufrichtig sein. Es ist möglich, wahrscheinlich sogar. Und wenn dieser Moment kommt, werdet Ihr entdecken, dass wir, die wir Gott dienen, allein auf uns selbst gestellt sind.«

Er starrte mich an wie gebannt von der Furcht.

Zu verzweifelt, um mich zu zügeln, fasste ich seinen Arm und schüttelte ihn. »Wir brauchen einander. Versteht Ihr das nicht?«

Bruder Theoderich riss sich los und rannte mit klappernden Pantinen aus der Zelle.

Ich weinte stundenlang. Als gegen Abend der Wärter die Tür öffnete und ein Brett mit Essen hereinschob, wandte ich mich ab. Beinahe hätte ich den Brief übersehen, der, versiegelt, zwischen Teller und Becher lag.

»Seid vor Morgengrauen zum Aufbruch bereit«, stand da in fein ziselierten Lettern.

Ich erfuhr nicht, wessen Entscheidung es war, mir zur Flucht aus Schloss Heidelberg zu verhelfen, ob die Bruder Theoderichs oder seines Abts. Der Mönch verlor kein Wort darüber. Er führte mich im Schein einer Kerze aus dem Schloss hinaus in den Hof, wo ein offener Reisewagen wartete. Geoffrey lag, bewusstlos und in Decken gehüllt, hinten auf der Sitzbank. Ich setzte mich zu ihm, und Bruder Theoderich ergriff die Zügel des Gespanns von vier Pferden.

Erst als über der Straße nach Regensburg die Sonne aufging, begriff ich, wie schwer erkrankt Geoffrey war. Unter dem langen Bart war sein Gesicht so bleich und hager, dass ich es kaum wiedererkannte. Stunden später, als wir auf trockener Straße nach Osten rollten, öffnete er das erste Mal die Augen.

»Joanna«, flüsterte er. Und dann: »Es tut mir leid, dass es mir nicht gelungen ist – einen Weg zu finden.«

»Oh, Geoffrey, wir sind jetzt auf dem Weg.«

»Ich wusste, dass du es schaffst.« Er schluckte, fröstelnd und mit sichtlichen Schmerzen.

Ich versuchte, ihm zu erklären, dass wir auf dem Weg zu Bischof Gardiner waren, doch das schien ihn unruhig zu machen. Fortan begnügte ich mich damit, ihm Aufmunterndes zu sagen und dafür zu sorgen, dass er es bequem hatte.

Am späten Nachmittag verschlechterte sich sein Zustand, er hatte Mühe zu atmen, und auf seinen Wangen brannten rote Flecken. »Es steht nicht gut um Euren Freund«, sagte Bruder Theoderich.

»Wie weit noch bis Regensburg?«, fragte ich.

»Wenn das Wetter hält, können wir morgen gegen Abend dort sein«, antwortete der Mönch.

»Können wir nicht die Nacht durchfahren?«

»Selbst wenn es sicher wäre, bei Nacht zu reisen – und das ist es nicht –, die Pferde müssen rasten«, sagte Bruder Theoderich fest.

Als die Sonne langsam unterging, stießen wir auf ein Dorf, an dessen Tor ein kleiner Marienaltar mit brennenden Kerzen. Hier würden wir sicher sein. Doch ich schlief kaum in dieser Nacht. Immer wieder sah ich nach Geoffrey und versuchte, mit den Mitteln und Kräutern, die Bruder Theoderich aus dem Kloster mitgenommen hatte, seine Schmerzen zu lindern und das Fieber zu senken. Während ich mir verzweifelt einzureden suchte, es gehe ihm besser, nagte unablässig die Furcht an mir, dass er sterben könnte. Endlich hatten wir zueinander gefunden, und nun würde ich ihn verlieren.

Als es Morgen wurde, stieß Geoffrey mühsam hervor: »Du hättest mich zurücklassen sollen.«

»Niemals«, entgegnete ich.

Zu meiner Überraschung lächelte er. »So bist du immer gewesen, vom ersten Tag an.«

»Ich weiß«, sagte ich. »Du aber auch.« Ich streichelte sein fieberheißes Gesicht. »Wie sollte ich dich im Stich lassen können, Geoffrey? Du hast mich nie im Stich gelassen.«

Bruder Theoderich und ich trugen ihn zum Wagen, gehen konnte er nicht mehr, und er fiel in einen ruhelosen Schlaf, während wir, die Pferde zu höchstem Tempo antreibend, Regensburg entgegenjagten. Wenn Bruder Theoderich zu erschöpft war, um das Gespann zu lenken, übernahm ich die Zügel. Wenn wir rasteten, dann nur, weil die Pferde eine Pause brauchten und gefüttert und getränkt werden mussten.

Fast besinnungslos vor Angst um Geoffrey, bemerkte ich dennoch den Teppich hellen frischen Grüns auf den Feldern und Wiesen sowie das glänzende Laub an den Bäumen. An den Wegrainen leuchteten Blumen in allen Farben, die einen wohltuenden Duft verströmten. In den Dörfern standen kleine Kapellen, immer wieder begegneten uns unterwegs Kreuze aus weißem Stein oder schlichtem Holz. Wilde Hoffnung erwachte in mir: Waren dies Zeichen von Gottes Vergebung? Würde er unsere Reise segnen und Geoffrey vor dem Tod bewahren?

Als wir nach einer langen Strecke durch Wald endlich wieder freie Sicht hatten, erblickte ich über die Köpfe der Pferde hinweg staunend das glitzernde Blau eines breiten, schäumenden Flusses, an dessen Ufern sich rot gedeckte Häuser rund um Kirchen, Gärten und Märkte drängten. Es war eine große Stadt, größer als Heidelberg.

»Ist das Regensburg?«, fragte ich.

»Ja, auf der anderen Seite der Donau«, bestätigte Bruder Theoderich und wies zu einer Brücke, die in mehreren steinernen Bogen den Fluss überspannte. »Das ist der einzige Zugang zur Stadt.«

Der Abt hatte Bruder Theoderich erklärt, wo die Würdenträger in der Stadt wohnen würden, und wir suchten uns durch immer dichter werdende Menschenmengen unseren Weg zu dem bezeichneten Viertel. Nie hatte ich so viele wohlgekleidete Menschen auf den Straßen einer Stadt umhergehen sehen. Als ich eine schmale düstere Gasse hinunterblickte, die in einen Hof mündete, bemerkte ich ein ganzes Regiment Soldaten in geschlossener Formation.

»Das ist die kaiserliche Garde, sie reist stets mit Kaiser Karl«, erklärte mir Bruder Theoderich, der bei unserer Einfahrt in die Stadt wieder die Zügel übernommen hatte. Niemand verschwendete einen zweiten Blick an einen Wagen, der von einem Benediktinermönch gelenkt wurde; er war der beste Führer, den wir haben konnten.

»Karl der Fünfte selbst ist in Regensburg?«, fragte ich gespannt und aufgeregt.

»Das ist die Straße der Gesandten«, sagte Bruder Theoderich und wies auf eine Reihe stattlicher dreistöckiger Häuser. »Seht Ihr sie? Das müssen die Kirchenfürsten mit ihrem Gefolge sein, die zum Reichstag geladen wurden.«

Eine Gruppe von Kardinälen und Bischöfen, an den wallenden Gewändern und den Insignien ihres Amtes leicht zu erkennen, stand, von der Schar des bescheidener gekleideten Gefolges umgeben, in angeregtem Gespräch vor einem imposanten herrschaftlichen Haus an der Ecke.

Ich musterte jeden einzelnen der geistlichen Würdenträger mit fieberhaft suchendem Blick, doch Gardiner sah ich nicht. Wenn er nicht unter diesen Leuten war, wie sollte ich ihn dann finden? Ich konnte keine Hindernisse und Verzögerungen mehr ertragen.

Ein Kardinal im purpurroten Mantel trat aus der Gruppe heraus, und da entdeckte ich ihn: Stephen Gardiner, Bischof von Winchester, ganz in Weiß. Er bestätigte nickend etwas, was sein Gesprächspartner zu ihm sagte, ein jüngerer Mann von hohem Wuchs in einem eleganten Wams, auf das schulterlange hellblonde Haare herabfielen. Bei seinem Anblick begann ich zu zittern, und ein Tosen erfüllte meinen Kopf, so laut wie das der Donau.

Er kann es nicht sein. Die Erschöpfung und die Angst haben meinen Sinn verwirrt.

Doch es gab keinen Zweifel. Der Mann war Edmund.

Kapitel 35

Im ersten Moment herrschte nichts als Verwirrung. Sowohl Edmund als auch Bischof Gardiner konnten es kaum fassen, mich lebend vor sich zu sehen. Es war kurios – alles drehte sich nur um mich und die Frage, wo ich gewesen war. Als Letztes hatte man in England von mir gehört, dass ich beabsichtigte nach Köln zu reisen, um dort Tapisserie-Werkstätten zu besichtigen. Als ich danach nicht nach Brüssel zurückgekehrt war und niemand ein Lebenszeichen von mir erhielt, sandte der König Boten nach Brüssel und Köln sowie nach Paris, die Erkundigungen einziehen sollten. Doch niemand hatte eine Spur von mir gefunden. Der König und die Königin waren in größter Sorge.

»Aber Edmund, unsere Sorge galt *Euch – Ihr* wart verschwunden!«, rief ich aufgebracht. »John Cheke hat monatelang versucht, Euch ausfindig zu machen.«

»Ich habe Cheke im letzten Monat geschrieben«, erklärte Edmund. »Ich durfte erst nach offiziellem Beginn des Reichstages hier mit ihm Verbindung aufnehmen, vorher musste alles geheim bleiben. Ich habe noch keine Antwort von ihm erhalten.«

»Mr. Sommerville«, mischte sich Bischof Gardiner ein, »hält sich seit letztem November hier in Regensburg auf. Er war mit den Vorbereitungen für den Reichstag und meiner Ankunft beschäftigt. Diskretion war wegen der allumfassenden Bedeutung der Versammlung und der heiklen Fragen, die zur Erörterung standen, geboten. Aber mir war sein Aufenthaltsort während des größten Teils des letzten Jahres bekannt. Habt Ihr vergessen, Joanna, dass ich Edmund schon kannte, als er noch Dominikanerbruder in Cambridge war? Seither habe ich sein Fortkommen verfolgt, wenn auch nur von ferne. Als Cheke sich in Winchester House aufhielt, hätte er mich nur zu fragen brauchen. Ich hätte ihm Auskunft gegeben und Euch dieses anstrengende Unternehmen erspart.«

Ich konnte mich nicht mehr beherrschen. Es war, als wäre ein Damm gebrochen. Ich lachte und weinte zugleich und musste taumelnd zum Wagen zurückstolpern, um mich dort festzuhalten, sonst wäre ich zusammengebrochen.

»Wenn wir das gewusst hätten!«, rief ich. »Ach, wenn wir das nur gewusst hätten!«

»Miss Stafford, bitte nehmt Euch zusammen«, mahnte der Bischof. »Die Augen der Welt sind auf uns gerichtet.«

Edmund folgte mir zum Wagen. »Warum sagst du ›wir‹?«, fragte er mit einem unsicheren Blick zu Bruder Theoderich, der mit aufgerissenen Augen auf dem Kutschbock saß und kein Wort verstand, weil wir Englisch sprachen.

Geoffrey. Wie hatte ich ihn vergessen können? »Geoffrey Scovill ist mit hier, Edmund. John Cheke hat ihn beauftragt, dich zu suchen. Wir wurden überfallen und ausgeraubt und auf Schloss Heidelberg gefangen gehalten. Oh, Edmund, er ist schwer krank.«

In den nächsten Stunden galt alle Aufmerksamkeit Geoffrey. Der Bischof befahl, ihn in seine Residenz zu bringen, über deren Tor das Tudor-Wappen prangte. Hier, sagte er, sollten Geoffrey und ich während unseres Aufenthalts in Regensburg wohnen. Wenig später trafen Heilkundige und Ärzte ein, um sich Geoffreys anzunehmen, der immer noch ohne Bewusstsein war. Sie alle nahmen ihre Weisungen von Edmund entgegen. Er hatte sein elegantes Wams abgelegt und stand in Hemdsärmeln an Geoffreys Bett, um die

Behandlung zu überwachen und, wenn nötig, selbst einzugreifen.

Nach Einbruch der Nacht erklärte Edmund, der sich mit den Ärzten beraten hatte, dass Geoffrey die Krankheit überstehen werde, die vollständige Genesung allerdings viel Zeit brauchen werde.

Edmund sah erschöpft aus, und ich selbst hatte in den letzten zwei Tagen kaum geschlafen, trotzdem wollte ich die Aussprache mit ihm nicht hinausschieben. Ich wollte endlich eine Erklärung. Wir redeten bis in die Nacht hinein und setzten das Gespräch am folgenden Nachmittag während eines langen Spaziergangs durch Regensburg fort.

»Nach dem, was an unserem Hochzeitstag in Dartford passierte«, sagte er leise, »nach meinem Rückfall in Schwachheit und Sünde, hatte ich das Gefühl, nicht weiterleben zu können, Joanna, wenn ich nicht einen Weg fände zu akzeptieren, was ich tat, als ich damals den Suprematseid leistete.«

Ich hatte seit langem gewusst, dass das der finsterste Augenblick in Edmunds Leben war. Vor Jahren hatten die Beauftragten des Königs von allen Brüdern seines Ordenshauses gefordert, die Oberherrschaft Heinrichs VIII. über die Kirche in aller Form anzuerkennen. Alle Angehörigen anderer Ordensgemeinschaften, die sich geweigert hatten, den Eid abzulegen, waren gefangen gesetzt und einige sogar hingerichtet worden. Edmund konnte es sich nicht verzeihen, dass ihm der Mut zum Widerstand gefehlt hatte. Deshalb hatte er damals zu dem berauschenden Gift gegriffen; um die Qualen über sein Versagen abzutöten.

»Wolltest du Paracelsus wegen seiner Kenntnisse über das Opium und seine Wirkung aufsuchen? Ich weiß inzwischen, dass du ihn zitiert hast, als du es bei unserem ersten Gespräch über diese gefährliche Substanz, ›den Stein der Unsterblichkeit‹ nanntest.«

»Ja«, antwortete Edmund offen und frei, »das war ein

Grund. Paracelsus entwickelte das Laudanum, die Tinktur, die die ungefährlichste Verabreichung von Opium erlaubt. Ich dachte, wenn jemand wüsste, wie man dieses Gift beherrschen kann, dann er. Aber ich war nicht der Einzige, der deshalb nach Salzburg pilgerte. Und er hatte wenig für mich übrig. Ich brauchte Wochen, um sein Vertrauen zu gewinnen. Er sagte, er verachte mich, nicht nur dafür, dass ich mich vom Opium beherrschen lasse, sondern auch als ehemaligen Ordensbruder und als Apothekarius. Das Laboratorium eines Apothekarius, sagte er, sei ›eine schmutzige Spülküche, aus der nichts als schmutzige Brühe komme‹.«

Zu meiner Verwunderung lachte Edmund. »Aber als ich einmal sein Vertrauen gewonnen hatte, führten wir viele interessante Gespräche«, fuhr er fort. »Ich lernte ungeheuer viel von Paracelsus über den menschlichen Geist, die Möglichkeiten der Heilkunst und, vor allem, über die Kräfte, die unsere natürliche Welt zusammenhalten. Viele schmähen seine Theorien als Zauberei und Hexenwerk, aber sie sehen nicht das ganze Bild, Joanna. Vieles, woran wir Menschen glauben, wird heute in Frage gestellt. Weißt du, dass in Polen ein Mathematiker lebt, der überzeugt ist, beweisen zu können, dass die Erde sich um die Sonne dreht? Es heißt, dass dieser Mann, ein gewisser Nikolaus Kopernikus, demnächst sein Buch *De revolutionibus orbium coelestium* herausbringen will, und ich rechne damit, dass es alles verändern wird, woran wir glauben. Alles.«

Während ich ihm zuhörte, drängte sich mir der Gedanke auf, dass vor allem Edmund sich verändert hatte. Ich hätte glücklich sein müssen, ihn so zu sehen: lachend und voller Enthusiasmus. Doch aus irgendeinem Grund, vielleicht weil ich ihn so lange als tief gequälten und verlorenen Menschen gesehen hatte, fiel es mir schwer, mich zu freuen. Und es irritierte mich, dass er so voll des Lobes für einen Mann war, der mit Zauberei umging.

Nach den Monaten bei Paracelsus, berichtete Edmund, habe er erkannt, dass er seinen Glauben wiederfinden müsse. Er hatte von einem Dominikanerorden in Pforzheim gehört, einem Städtchen am Rand des Schwarzwalds, und beschloss, dort um Aufnahme zu bitten. Es war weit von Salzburg nach Pforzheim, und am Morgen seines Aufbruchs erwachte in ihm die innere Überzeugung, dass er den Weg im Geist des heiligen Dominikus zurücklegen müsse: bescheiden und besitzlos, barfüßig von Ort zu Ort wandernd und das Wort Gottes predigend. Er hatte dank seiner besonderen Begabung für Sprachen in Salzburg genug Deutsch gelernt, um sich verständlich machen zu können. Die Reise sei eine tiefe innere Erfahrung gewesen und habe ihn immer von neuem gelehrt, dass der Mensch im Grunde seines Wesens gut sei, erklärte mir Edmund mit leuchtenden Augen.

»Aber warum hast du John Cheke nach deinem Aufenthalt bei Paracelsus nicht mehr benachrichtigt?«, fragte ich. »Danach sind keine Briefe mehr gekommen.«

»Ich hatte mich ganz Gott verschrieben, und mein Leben in England kam mir vor wie das eines anderen.« Edmund schüttelte den Kopf. »Es klingt gewiss furchtbar, aber es kam mir gar nicht in den Sinn, dass jemand mich vermissen oder sich über meine Abwesenheit Gedanken machen könnte. Ich weiß, dass ich dieses Versäumnis dir und John und Geoffrey Scovill gegenüber niemals wiedergutmachen kann. Ich kann nur um Verzeihung bitten, Joanna.«

Verzeihung war das eine. Verstehen – und Hinnahme – das andere.

»Wie kam es überhaupt dazu, dass du in Bischof Gardiners Dienste getreten bist?«, fragte ich. »Früher haben wir ihn doch beide verachtet und gefürchtet. Jetzt scheinst du ihm durchaus ergeben zu sein, und er vertraut dir offenbar rückhaltlos.«

Edmund setzte seinen Bericht fort. »Als ich das Kloster in

Pforzheim erreichte, wurde ich dort freundlich aufgenommen, doch ich konnte nicht bleiben. Aus vielen Teilen des Reiches, die zum Protestantismus übergetreten waren, suchten dort deutsche Ordensbrüder Zuflucht, deren Klöster geschlossen worden waren, da war kein Platz für einen Engländer. Obwohl es mittlerweile Winter geworden und das Reisen schwierig war, machte ich mich wieder auf den Weg, tiefer in den Schwarzwald hinein. Eine Zeit lang kam ich in einem Kloster in der Nähe von Freiburg unter, wo ich meine Kenntnisse als Apothekarius einbringen konnte. Ich wurde in ein nahe gelegenes Dorf gesandt, in dem mehrere Kinder erkrankt waren, die ich über längere Zeit behandelte. Bei meiner Rückkehr ins Kloster erfuhr ich vom Abt, dass Fremde da gewesen waren und sich nach mir erkundigt hatten. Es seien Männer gewesen, sagte der Abt, die er der Gewalt für fähig hielt. Er hatte sie weitergeschickt, ohne etwas von mir zu sagen. Ich hatte keine Ahnung, was das für Leute waren und was sie von mir wollten. Ich weiß es bis heute nicht.«

Ich erkannte voll Entsetzen, dass das Jacquard Rolins Leute gewesen sein mussten. Er hatte gehofft, mich gefügig zu machen, indem er Edmund verschleppte. Als Señor Hantaras davon Wind bekam, dass Edmund England verlassen hatte, wurde eine groß angelegte Suche nach ihm begonnen und tatsächlich eine Spur gefunden, die in den Schwarzwald führte. Dort jedoch hatten ihn die Spürhunde verloren und die Suche aufgegeben.

»Ich wollte dem Kloster in Freiburg keine Ungelegenheiten bereiten«, fuhr Edmund fort, »deshalb bin ich weitergezogen. Da mir die Gesellschaft von Büchern fehlte und ich viel Gutes von der Universität in Heidelberg gehört hatte, zog es mich dorthin.«

»Du warst in Heidelberg?«, rief ich fassungslos über diesen Zufall.

»Ja«, antwortete Edmund, »ich schrieb mich dort als Gaststudent ein und begann mit einer Übersetzung der Schriften des Augustinus, die ich schon lange geplant hatte. Zu meiner Überraschung erhielt ich eines Tages ein Schreiben von Bischof Gardiner. Irgendwie hatte er von meiner Arbeit in Heidelberg erfahren – er verfügt ja über ein riesiges Netz von Verbindungen. Er schrieb, er sei gewiss, dass ein weiterer Reichstag bevorstünde, bei dem die Glaubensstreitigkeiten ein für alle Mal beigelegt werden sollten. Er beabsichtige, persönlich teilzunehmen und wolle mich bitten, zu seiner Vorbereitung theologische Recherchen anzustellen. Nach seiner Ankunft bat er mich, als Sekretär in seine Dienste zu treten, zum einen wegen meiner Forschungen und zum anderen wegen meiner deutschen Sprachkenntnisse.«

Mir fiel es immer noch schwer zu glauben, dass Edmund dieses Amt angenommen hatte, zumal in Anbetracht seiner früheren Geschichte mit dem Bischof. Er hatte mir einmal erzählt, dass er einst keinen größeren Wunsch gehabt hatte, als Gardiner zu dienen und sein Vertrauen zu genießen. Doch der Bischof hatte seine Schwäche für das Opium benutzt, um ihn nach Belieben zu gängeln. Nun jedoch hatte sich etwas verändert.

»Das Ziel ist so viel wichtiger«, meinte Edmund, »als alles, was in der Vergangenheit geschehen ist. Siehst du denn nicht, Joanna, dass dies hier für Katholiken und Protestanten der Augenblick, die Gelegenheit ist, ihre Streitigkeiten beizulegen und zu einer Einigung zu gelangen? Der Heilige Vater hat verstanden, dass Veränderungen notwendig sind, um die katholische Kirche zu reinigen. Wir können einen neuen Weg zu einem gemeinsamen christlichen Glauben finden – ja, es ist möglich. König Heinrich hat Bischof Gardiner entsandt, damit er in seinem Auftrag den Kaiser bittet, zu gegebener Zeit zwischen dem Papst und dem König zu vermitteln. Es ist möglich, dass England sich wieder dem katholischen Glauben zuwendet. Ich bin überzeugt, dass Gott mich deshalb auf diese Erde gesetzt hat, damit ich mit allen mir gegebenen Mitteln dazu beitrage, den Bruch zu heilen und uns alle auf den Weg der Gnade zurückzuführen.«

Wir standen im milden Frühlingssonnenschein am Ufer der Donau. Ein großes, schwer beladenes Lastboot glitt gemächlich vorbei.

Nach einem langen, erschöpften Schweigen sagte Edmund: »Wusstest du, dass Regensburg ein römischer Vorposten war, den Kaiser Marc Aurel errichten ließ, und dass die Donau seither als Handelsroute dient? Zur Zeit der Kreuzzüge beförderten Regensburger Schiffe Kreuzritter zum Schwarzen Meer.«

Diese Seite Edmunds kannte ich, diese Liebe zur Vergangenheit. Und war nicht das, wofür er sich jetzt einsetzte, eine Rückkehr zu einer einigen Kirche? Auch wenn ich Edmunds Überzeugung, dass die beiden Seiten versöhnt werden könnten, nicht teilte, verstand ich endlich, warum er sich in den Dienst dieser Sache gestellt hatte. Und ich verstand, dass er es als Mann Gottes für nötig gehalten hatte, sich völlig abzukapseln, um sich ihr ganz widmen zu können. Trotzdem sprach für mich aus seinem Verhalten auch eine gewisse Rücksichtslosigkeit seinen Freunden gegenüber, die Geoffrey beinahe das Leben gekostet hätte.

Was mein eigenes Leben anging, so erbot sich Bischof Gardiner, ein persönliches Schreiben an König Heinrich zu richten und ihm zu erklären, dass ich diese Reise angetreten hatte, um einen in Deutschland verschollenen Freund zu suchen. »Seine Majestät wird vermutlich sehr ungehalten sein, dass Ihr Eure Pflichten als Tapisseriemeisterin vernachlässigt habt«, warnte der Bischof. »Ihr werdet überzeugende Reue zeigen müssen, um seine Gunst wiederzugewinnen.« Da ich wusste, dass ich die Unterstützung des Bischofs so dringend brauchte wie nie zuvor, versprach ich das.

Es dauerte noch einige Tage, doch endlich hatte sich Geoffrey so weit von seiner Krankheit erholt, dass er mit mir sprechen konnte. Ein Barbier hatte ihm den Bart abgenommen, und ich war glücklich, endlich wieder sein Gesicht sehen zu können, auch wenn es erschreckend schmal geworden war.

»Ich bin so froh, dass du langsam wieder gesund wirst«, sagte ich, nachdem ich mich an sein Bett gesetzt hatte.

»Ja, es sieht ganz so aus, als hätte mir Edmund Sommerville das Leben gerettet, wenn er nicht gerade damit beschäftigt war, im Dienst Bischof Gardiners die Christenheit zu retten«, versetzte Geoffrey säuerlich.

Wir waren offenbar zurück bei den alten Querelen. Mir sank der Mut. Geoffrey, der mein Gesicht sah, murmelte: »Tut mir leid, Joanna.«

Während ich krampfhaft nach irgendeiner unverfänglichen Bemerkung suchte, breitete sich ein drückendes Schweigen im Zimmer aus.

Schließlich sagte Geoffrey: »Bischof Gardiner hat seine Vermittlung angeboten, um mit Hilfe des pfälzischen Kurfürsten das Geld wiederzubeschaffen, das uns entwendet wurde. Wir brauchen es, ich wüsste nicht, wie ich dich sonst nach Hause bringen sollte.«

Nach Hause. In diesem Moment wusste ich nicht, was ich abschreckender fand: die Aussicht, noch einmal wochenlang über Land zu reisen oder einem wütenden König Heinrich gegenüberzutreten. Und es blieb ja auch noch ein weiteres Problem.

»Hast du denn Grund zu der Annahme, dass mir jetzt am Hof keine Gefahr mehr droht?«, fragte ich.

»Nein«, antwortete er. »Aber hier können wir nicht bleiben. Oder bist du anderer Meinung, Joanna?«

»Nein, du hast recht, wir können nicht bleiben«, sagte ich kleinlaut, ohne ihn anzusehen und fand wenig später einen Vorwand, um das Zimmer zu verlassen.

Was war mit mir? Woher kamen diese Traurigkeit und dieses Bedauern? Wo war die Nähe zu Geoffrey geblieben?

In meiner Ratlosigkeit wollte ich mich an Gott wenden und suchte an einem warmen Frühlingsmorgen allein den Dom auf. Die Leute, die ihn als das Kleinod Regensburgs bezeichneten, hatten recht. Die Kathedrale war ein Wunderwerk in Stein und Form, in jahrhundertelanger Arbeit von kühnen Baumeistern errichtet. In dem kühlen Innenraum unter der von massigen hohen Pfeilern getragenen gewölbten Decke empfingen mich der Duft von Weihrauch und Bienenwachs und, neben der Pracht der bunten Fenster, das steinerne Standbild eines Engels mit langen Locken, der zu lachen schien.

Während ich noch fasziniert vor der Statue stand, näherte sich gemessenen Schrittes ein Priester.

In lateinischer Sprache sprach ich ihn an: »Verzeiht, Pater, könnt Ihr mir vielleicht etwas über diese Skulptur sagen?«

»Das ist der Erzengel Gabriel«, antwortete er und blieb stehen, »der sichtbare Ausdruck des Wortes Christi. Es wurde vor dreihundert Jahren vom sogenannten Erminoldmeister geschaffen.«

Ich dankte ihm, und er setzte mit einer Verneigung seinen Weg fort.

Ich setzte mich nieder, um nachzudenken und zu beten, und wählte einen Platz, wo ich den lachenden Erzengel Gabriel betrachten konnte.

Nach einer Weile hörte ich, wie das Hauptportal geöffnet wurde. Gedämpftes Stimmengewirr drang an mein Ohr und näherte sich. Es ging von einer Gruppe von Männern aus, die langsam durch das Kirchenschiff schritten. Ich bemerkte die roten Gewänder eines Kardinals, der von Bischöfen, Priestern und Ordensbrüdern begleitet wurde, zweifellos Teilnehmer des Reichstages.

Ein magerer, gebeugter Mann bemerkte auf Spanisch:

»Beachtet diese Statue, Eminenz. Habt Ihr je ein so freudiges Antlitz gesehen? Vielleicht ist es ein Glückseliger?«

Ein anderer sagte: »Ich habe gehört, dass hier ein viel bewundertes Standbild eines Erzengels steht.«

»Also«, fragte ein Bischof, »wer ist es nun?«

Ohne zu überlegen, antwortete ich, ebenfalls auf Spanisch: »Es ist der Erzengel Gabriel.«

Die ganze Gruppe drehte sich verwundert nach mir um.

»Was tut eine Spanierin in Regensburg?«, rief einer der Männer.

»Ich bin Engländerin«, erklärte ich.

»Unsinn«, entgegnete der gebeugte ältere Mann. »Ihr habt die Züge einer Spanierin, und keine Engländerin spricht die spanische Sprache.«

Errötend klärte ich ihn und seine Begleiter auf. Ich sei Joanna Stafford, sagte ich, Tochter von Sir Richard Stafford und Isabella Montagna, die einer alten kastilischen Familie entstammte.

»Ah, ja, ich habe von Euch gehört, ich kenne Eure Familie!«, rief der ältere Mann und wandte sich dem Kardinal zu. »Sie betreute Katharina von Aragón, wie zuvor ihre Mutter, und trat nach dem Tod der Königin in ein dominikanisches Kloster ein.«

Der Kardinal bedeutete mir näher zu treten, und ich knickste, um seinen Ring zu küssen. Nachdem er mich gesegnet hatte, richtete ich mich wieder auf, und er entfernte sich mit einigen der anderen Würdenträger, während der Bischof und die Spanier blieben.

»Stephen Gardiner«, bemerkte der Bischof, »verfügt über die Dienste eines brillanten Sekretärs, eines ehemaligen Dominikanerbruders. Steht Ihr auch im Dienst des Bischofs?«

Da ich nicht wusste, wie ich darauf antworten sollte, nickte ich nur.

Der Bischof winkte zwei Männer heran, und ich erkannte

beglückt den schwarz-weißen Habit der Dominikanerbrüder. Die Männer schienen sich über die Begegnung mit mir genauso zu freuen wie ich mich über das Zusammentreffen mit ihnen. Zu meinem Bedauern mussten sie sich schon nach einem kurzen angeregten Gespräch von mir verabschieden. Ich konnte mich nicht erinnern, wann ich mich das letzte Mal in einer Gruppe Fremder so unmittelbar zu Hause gefühlt hatte.

Während ich noch über das Erlebnis nachdachte, fiel ein langer Schatten auf den Boden vor mir. Einer der Spanier, dachte ich, der mir noch ein letztes Wort des Abschieds sagen wollte.

Mit einem Lächeln sah ich auf und fuhr erschrocken zurück. Vor mir stand Jacquard Rolin.

Kapitel 36

Bin ich nicht die gleiche liebenswürdige Behandlung wert wie die kirchlichen Herren?«, fragte Jacquard. »Ihr habt sie alle bezaubert.«

Jacquard war ganz der alte mit seiner kecken Feder am Hut und dem Lächeln dieser vollen roten Lippen. Auf den ersten Blick ein eher schmächtiger Mann. Doch unter der knapp sitzenden eleganten Kleidung verbargen sich eine tödliche Kraft und eine Geistesgegenwart, die so leicht niemand übertraf. Mir war es nur ein einziges Mal gelungen, ihn zu überrumpeln. Als er mich töten wollte hatte ich ihn blitzschnell mit einem Silbertablett bewusstlos geschlagen. Seither hatte ich ihn nicht mehr gesehen.

»Was tut Ihr hier?«, fragte ich.

»Ich bin immer da, wo ich gebraucht werde«, antwortete er mit einem lässigen Schulterzucken. »Der Reichstag von Regensburg ist ein wichtiges politisches Ereignis, bei dem höchstes diplomatisches Fingerspitzengefühl verlangt wird. Kaiser Karl braucht Leute unterschiedlichster Fähigkeiten.«

Ich erinnerte mich, dass Chapuys einmal gesagt hatte, Jacquard sei des Kaisers erster Spion. Deshalb hatte der Botschafter ihn damals angefordert, als es galt, mich dafür zu gewinnen, die Prophezeiung zu erfüllen.

Er neigte den Kopf leicht zur Seite. »Die interessantere Frage ist, was tut *Ihr* hier, Joanna Stafford?«

Ich schwieg.

»Als ich Edmund Sommerville im Schlepptau von Bischof

Gardiner sah, hätte ich mir eigentlich denken können, dass Ihr nicht weit sein würdet. Ihr habt diesen langweiligen Bruder ja immer geliebt.«

»Haltet Euch fern von ihm, Jacquard«, sagte ich.

»Aber gewiss werde ich mich fernhalten. Er kennt mich als den Beauftragten aus den Niederlanden, der die Ausstattung des königlichen Herrschaftssitzes in Dartford betreut hat. Ich könnte es nicht riskieren, ihm hier in Regensburg zu begegnen, auch wenn es mir erhebliche Ungelegenheiten bereitet, der englischen Abordnung ständig aus dem Weg gehen zu müssen.«

Mir wurde bang. Ich wusste, dass Jacquard es äußerst übel nahm, wenn man seine Kreise störte.

»Und wie steht es mit Euch?«, erkundigte er sich mit einem impertinenten Lächeln. »Soll ich mich von Euch auch fernhalten?«

Ich nahm meinen ganzen Mut zusammen und sagte kalt: »Das versteht sich wohl von selbst.«

Er lachte leise. »Immer, wenn ich es am wenigsten erwarte, bringt Ihr mich zum Lachen, Joanna Stafford. Beeindruckend. Nun, dann werde ich mich jetzt verabschieden und zu vergessen suchen, dass Ihr zu den anderen Herren so viel entgegenkommender wart als zu mir, besonders zu den Herren von der Inquisition.«

»Inquisition?«

»Habt Ihr vergessen, was ich Euch gelehrt habe? In Spanien sind die Dominikaner die Vollstrecker der Inquisition. Der Kaiser reist stets in Begleitung von mindestens zwei von ihnen. Es ist gut möglich, dass diese beiden, die sich soeben in einer bayrischen Kathedrale vor Euch verneigten, Euch wegen Ketzerei den Prozess gemacht hätten, wenn Ihr mit mir in Gent geblieben wärt.«

Zeig ihm nicht, dass du Angst hast.

»Ich hätte in Gent tun können, was ich wollte, Ihr hättet

mich niemals freigelassen«, sagte ich heftig. »Euer Plan war, mich zu töten, Jacquard, um jeden Preis.«

Jacquard zwinkerte nur einmal, dann lächelte er wieder. Doch das Lächeln wirkte verkrampft.

Ich stand auf. »Botschafter Chapuys sagte mir, dass der Kaiser mich unter seinen Schutz genommen hat. Auch das weiß ich.«

»Gewiss, Joanna Stafford«, erwiderte er, diesmal mit einem entspannteren Lächeln. »Der Kaiser hat einen Befehl hinsichtlich Eurer Person erlassen. Er ist mir durchaus bekannt.«

Es bedurfte meiner ganzen Willenskraft, doch ich drehte mich um und schritt zum Portal. Jacquard Rolin den Rücken zuzuwenden, war höchst gefährlich, doch ich musste ihm zeigen, dass ich mich in Sicherheit wusste.

Mit zitternden Armen stieß ich die schwere Tür auf und trat in die Sonne hinaus.

Mein ganzer Widerwille, nach England zurückzukehren, war verflogen. Zurück in der Residenz des Bischofs, eilte ich in Geoffreys Zimmer, doch er schlief. Ich betrachtete ihn, wie er dalag, den Mund leicht geöffnet, einen Arm über dem Kopf auf dem Kissen. Wie verletzlich er war. Was würde Jacquard tun, wenn Geoffrey ihm in Regensburg begegnete? Mir durfte er nichts antun, doch der Befehl des Kaisers erstreckte sich nicht auf Geoffrey – und auch nicht auf Edmund.

Geoffrey schlug plötzlich die Augen auf. Mir entfuhr ein leiser Aufschrei.

»Was ist?«, fragte er mit heiserer Stimme.

»Nichts. Ich wollte nur nach dir sehen.«

Mühsam richtete er sich auf. »Du hast doch Angst, Joanna. Wovor?«

»Du irrst dich«, wehrte ich ab. »Ich kann es nur kaum erwarten, über unsere Rückkehr nach England mit dir zu sprechen – welchen Weg wir am besten wählen und von wo wir das Schiff nehmen. All diese Dinge.«

Doch Geoffrey ließ sich nicht täuschen. Am Abend bestand er darauf, zum Essen nach unten zu kommen, statt wie sonst seine Mahlzeit in seinem Zimmer einzunehmen. Die Gespräche bei Tisch drehten sich um die letzten Entwicklungen beim Reichstag. Edmund berichtete, dass über die ersten vier Artikel – Von der Erschaffung des Menschen und die Unversehrtheit seiner Natur vor dem Fall; Vom freien Willen; Von der Ursache der Sünde; Von der Erbsünde – zwischen Katholiken und Protestanten Einigung erzielt worden war. Es bestehe durchaus Anlass zu Optimismus, erklärte Edmund, und er schien sich nicht zu täuschen.

Als ich nach dem Essen wieder in mein kleines Zimmer hinaufgehen wollte, erschien Bischof Gardiner. Ich hatte nicht gewusst, dass er im Haus war. Er bedeutete mir, ihm in den Salon zu folgen.

»Der spanische Bischof erzählte, dass er Euch heute im Dom kennengelernt hat, Joanna, und möchte Euch – sowie Edmund und mich – zu einem Festmahl bitten, das er nächste Woche geben wird. Der Kaiser wird persönlich zugegen sein.«

Ich trat einen Schritt zurück. »Oh, das ist nichts für mich. Ich bin keine wichtige Persönlichkeit.«

Der Mund des Bischofs wurde schmal vor Unwillen. Er hasste es, wenn ich mich seinen Wünschen nicht augenblicklich fügte.

»Eure Bescheidenheit ist höchst lobenswert, aber Ihr kommt, wie wir beide wissen, aus adeliger Familie, und würdet Ihr diese Einladung ausschlagen, so würde man das als Beleidigung auffassen – und mir würde es schaden.«

Ich wollte dem Kaiser nicht vorgestellt werden, diesem Mann, der Botschafter Chapuys gestattet hatte, mich in eine tödliche Verschwörung hineinzuziehen, auch wenn er nun einen Befehl hinsichtlich meiner persönlichen Sicherheit erlassen hatte. Wie würde er reagieren, wenn er meinen Namen hörte, zumal er Jacquard Rolin zur Verfügung hatte – und zwei Vertreter der Inquisition?

»Ich glaube«, fuhr Bischof Gardiner fort, »Ihr begreift nicht, welche Bedeutung dem Reichstag beizumessen ist, nicht nur für die Königreiche und Fürstentümer, sondern für das Leben jedes Einzelnen, auch das Eure.«

»Meins?«

»Wenn die Kirche geeint werden kann, will König Heinrich eine Umkehr in Erwägung ziehen«, sagte Gardiner, und seine Stimme zitterte vor hoffnungsvoller Erregung. »Jetzt, da Cromwell nicht mehr ist, werden wir vielleicht unseren Glauben wieder leben können.«

»Darum habe ich gebetet«, sagte ich, »aber ich hielt es immer für ausgeschlossen.«

»Das ist es nicht«, entgegnete Gardiner. »Zwar wäre es unrealistisch, darauf zu hoffen, dass alle Klöster wiederhergestellt werden, doch ich bin überzeugt, dass einige Ordenshäuser in England wiedererstehen werden – wie das dominikanische Kloster der Schwestern Christi.«

Ich schlug überwältigt die Hände vors Gesicht. Ich hatte nie auch nur zu hoffen gewagt, dass ich einmal wieder die Ordenstracht würde tragen können.

»Und Edmund?«, fragte ich erstickt. »Wird er auch wieder in seinen Stand als Ordensbruder eingesetzt werden?«

»Mit Edmund ist das eine andere Sache«, antwortete Gardiner. »Er könnte sein Gelübde als Ordensbruder erneuern, aber ich habe andere Pläne mit ihm. Bei seinen überragenden Geistesgaben sehe ich für ihn eine Zukunft bei Hofe, im Dienst des Kronrats. Ich könnte mir sogar vorstellen, dass Edmund eines Tages die Mitra tragen wird.«

Zu meiner Überraschung strahlte Gardiner wie ein stolzer Vater.

»Ich kann das alles kaum fassen«, stammelte ich. »Ich muss mich erst einmal sammeln. Im Gebet.«

»Gewiss, Joanna, oder soll ich ›Schwester Joanna‹ sagen?« Gardiner lächelte. »Gefällt Euch der Klang?«

Ohne auf meine Antwort zu warten, ging Gardiner aus dem Salon. Mit Tränen in den Augen eilte auch ich hinaus und wäre vor der Tür beinahe mit Geoffrey zusammengestoßen.

»Du wärst also gern wieder Nonne, Joanna?«

»Du hast uns belauscht!« Ich war entsetzt, dass Geoffrey solchen Verhaltens fähig war.

»Bitte beantworte meine Frage.«

»Bischof Gardiner bietet eine Zukunft an, die es nicht gibt«, erwiderte ich. »Zuerst muss der Reichstag zu einer Einigung kommen und den tiefen Riss, der seit mehr als zwanzig Jahren besteht, schließen. Dann muss König Heinrich dazu bewogen werden, einige der Klöster wiederherzustellen, was meiner Ansicht nach nicht gelingen wird, auch wenn der Bischof so zuversichtlich ist.«

Geoffreys Blick durchbohrte mich beinahe, und ich wusste, dass dies nicht die Antwort war, die er erhofft hatte.

»Du verlangst zu viel von mir, Geoffrey.« Ich konnte die Worte nicht zurückhalten. »Ich kann meinen Glauben, meine Berufung nicht verleugnen. Ich war nie in meinem Leben so glücklich wie während der Zeit im Kloster. Ich war Novizin, als ich dir das erste Mal begegnet bin.«

Er verschränkte die Arme. »Aber du trugst an dem Tag kein Habit.«

»Nein«, räumte ich ein. »Das ist wahr.«

Geoffrey sah plötzlich tief erschöpft aus. Er war noch lange nicht wieder gesund. »Du hast recht, Joanna, wahrscheinlich verlange ich zu viel von dir«, murmelte er. »Wir wollen die Sache jetzt ruhen lassen bis wir wieder in England sind.« Er wandte sich ab. Auf der Treppe blieb er noch einmal stehen und sagte dann in energischerem Ton: »Aber ich werde dahinterkommen, was dich heute im Dom so erschreckt hat.«

Und während er nach oben ging, begriff ich, dass Geoffrey die Verbindung zwischen meiner plötzlichen Ungeduld, Regensburg zu verlassen, und meinem Besuch im Dom erkannt hatte. Genau das hatte ich vermeiden wollen.

»Bischof Gardiner, das sind also Eure beiden Dominikaner?«, säuselte die elegante Frau, die uns zum Festmahl in der Residenz des spanischen Bischofs empfing. Sie trug eine violette Robe und funkelnde Diamanten auf ihrem halb entblößten Busen. Ich hatte keine Ahnung, wer sie war und wieso ihr die Rolle der Gastgeberin zufiel, hielt es aber für klüger, nicht danach zu fragen.

»Oh, was für schöne Menschen beide sind«, fuhr sie fort, während sie zuerst mich und dann Edmund eingehend musterte. Mir behagte das gar nicht, ich kam mir vor wie irgendeine Skulptur, ja, wie eine Puppe in dem Gewand bayrischen Stils, das Bischof Gardiner mir besorgt hatte.

Ein kurzer Blick zur Seite zeigte mir, dass Edmund leicht errötet war. Auch ihm gefiel diese Inspektion nicht. Die Sittenlosigkeit einiger Kirchenfürsten hatte ihn immer schon geschmerzt.

Als Letzter erschien Kaiser Karl mit großem Gefolge. Das Stimmengewirr im Saal versiegte und ehrfürchtige Stille breitete sich aus. Ich war froh, dass ich, als ich mich vorsichtig umsah, Jacquard Rolin nirgends erblickte, auch wenn mir klar war, dass er es Edmund und mir schwer verübeln würde, unsretwegen diesen großen Abend versäumen zu müssen.

Karl V. sah weit älter aus als seine Schwester, die Statthalterin der Niederlande, doch die Ähnlichkeit zwischen den Geschwistern war unverkennbar – die gleichen unscheinbaren Züge, der gelbliche Teint und das lange Kinn. Königin

Maria verliehen eine unermüdliche Energie und ein wacher Verstand eine gewisse lebhafte Ausstrahlung. Den Kaiser umgab, nicht überraschend, eher eine düstere Würde. Er trug weder Juwelen noch Krone. Ohne ein Lächeln nahm er seinen Platz am Kopf der königlichen Tafel ein, an der Seite von Kardinal Gasparo Contarini, dem Vertreter Roms, dem Mann, mit dem ich im Dom gesprochen hatte. Ich vermerkte, dass die zwei Dominikanerbrüder – die Beauftragten der Inquisition – viel weiter unten an der Tafel saßen.

Zu meiner Überraschung wurde uns einfache deutsche Kost serviert. Bischof Gardiner erklärte leise, der Kaiser habe um Bratwurst und Fleischragout mit Brotklößen und kaltem Bier gebeten. Er war mit seinem Tross beinahe ständig auf Reisen in seinen Herrschaftsgebieten, oftmals an der Spitze eines kriegerischen Heeres, und vermisste die flämischen und deutschen Gerichte seiner Jugend. Während ich zusah, wie der Kaiser schmatzend sein Ragout hinunterschlang, musste ich unwillkürlich an Heinrich VIII. denken, der es bei all seiner Lust am Essen mit den Tischmanieren so genau nahm.

Das Mahl war bald beendet, der Moment, da wir dem Kaiser vorgestellt werden sollten, rückte näher. Ich bemühte mich, Ruhe zu bewahren, während ich angespannt hinter Bischof Gardiner wartete.

»Eure kaiserliche Majestät, das ist Miss Joanna Stafford«, sagte Gardiner.

Ich machte einen tiefen Knicks.

Die schwermütigen Züge des Kaisers hellten sich auf, als er mich betrachtete, und ich gewann den Eindruck, dass Karl V. die Gesellschaft von Frauen schätzte.

Der spanische Bischof flüsterte dem Kaiser etwas zu.

»Ah, Eure Mutter stammte aus Kastilien und diente meiner Tante, der Königin von England, das ist interessant«, sagte der Kaiser. Überrascht vernahm ich sein wenig melodisches Spanisch. Er hörte sich mehr wie ein Deutscher an.

»Ja, Sire, es war ihr eine große Ehre«, antwortete ich.

Wieder machte der spanische Bischof eine leise Bemerkung. Auf der Stirn des Kaisers zeigte sich eine steile Falte. Er lehnte sich in seinem Sessel zurück und betrachtete mich einen Moment mit finsterer Miene, während ich mit klopfendem Herzen wartete.

»Ihr wart Novizin in einem Dominikanerkloster in der Nähe von London?«, fragte er schließlich unwillig.

»Ja, Sire, in einem Ort namens Dartford«, antwortete ich mit einem neuerlichen Knicks. Es gehörte nicht zum Protokoll, bei der Beantwortung einer Frage zu knicksen – ich war so voller Angst, dass ich nicht wusste, was ich tat. Aus dem Augenwinkel bemerkte ich, dass Bischof Gardiner mich zornig anstarrte.

»Dort solltet Ihr bleiben«, sagte der Kaiser. »Ihr solltet in Dartford bleiben.«

Bischof Gardiner trat vor, sprach einige Worte freundlicher Zusicherung, während der ich mich in den Hintergrund zurückzog, und schickte sich an, Edmund vorzustellen. Die, die nahe genug gewesen waren, um die an mich gerichteten Worte des Kaisers zu hören, starrten mich neugierig an. Am liebsten wäre ich aus dem Saal geflohen. Aber wohin? Bischof Gardiners Residenz war kein sicherer Ort, auch wenn dort Geoffrey auf mich wartete. Er wusste nichts von meiner Verbindung zu Kaiser Karl, Botschafter Chapuys und Jacquard Rolin. Was hatte Geoffrey in Antwerpen gesagt? *Es ist, als müsste ich mit auf dem Rücken gebundenen Armen kämpfen.* Niemals war mein Wunsch, mich ihm anzuvertrauen, stärker gewesen als in diesem Augenblick. Niemals aber auch war die Wahrheit für ihn gefährlicher als in diesem Augenblick.

Als wir an unsere Plätze zurückgekehrt waren, sagte Edmund: »Joanna, lass dich nicht beunruhigen«.

»Ich bin nicht beunruhigt«, gab ich zurück, die Hand an

meinem Becher mit dem Rotwein, der aus dem fernen Portugal kam.

»Ach, ich kenne dich besser als du glaubst«, sagte Edmund liebevoll. »Ich habe seit Monaten immer wieder mit dem Kaiser zu tun. Er ist seltsamen Stimmungen unterworfen. Du hast nichts falsch gemacht – du warst großartig, wie immer.«

Ich drehte den Kopf, um Edmund anzusehen, wirklich anzusehen. Diese letzten Wochen unter einem Dach waren befremdlich gewesen und schwierig. Ich hatte beinahe jeden Tag mit ihm gesprochen, aber kaum einmal hatte ich ihm direkt ins Gesicht geblickt.

»Danke für deine Güte, Edmund.«

Er lächelte mich an, und einen Moment lang war es, als wären wir zurück in Dartford, zwei Verlobte, die bald heiraten wollten.

Mir hat diese Güte so gefehlt. Ich wollte es sagen, aber ich konnte nicht.

Gardiner war natürlich aufgebracht über den Verlauf meiner Begegnung mit dem Kaiser. Ob ich ihm sagen könne, warum es den Kaiser so unwillig gemacht habe, von meinem Noviziat in Dartford zu hören. Ich antwortete, das sei mir so rätselhaft wie ihm.

In den folgenden Tagen nahmen dringendere Angelegenheiten die Aufmerksamkeit des Bischofs in Anspruch. Unter den Teilnehmern des Reichstags brachen Konflikte auf; Kompromisse, die schon sicher schienen, begannen zu bröckeln. Der Juni kam heran, und die Beratungen drohten sich immer länger hinzuziehen.

Geoffrey, der so sehr auf eine schnelle Rückkehr nach England bedacht gewesen war und mittlerweile ganz genesen zu sein schien, brachte immer wieder neue Gründe dafür vor, warum wir in Regensburg verweilen sollten. Eines Tages gelang es mir, mit ihm allein zu reden.

»Dieser Reichstag könnte noch das ganze Jahr dauern«,

sagte ich. »Warum sollen wir bleiben? Wir spielen hier keine Rolle. Wir müssen nach Dartford zurückkehren.«

Geoffrey berichtete mir, dass der Bischof es abgelehnt hatte, mir die Rückreise in seiner – Geoffreys – Gesellschaft zu gestatten; nicht einmal in Begleitung Bediensteter wollte er uns gemeinsam reisen lassen, aus Gründen der Schicklichkeit.

»Der Bischof hat mir nicht zu befehlen!«, rief ich zornig.

»Vielleicht nicht«, meinte Geoffrey. »Aber du weißt, dass es mir nicht gelungen ist, John Chekes Geld zurückzubekommen, und ich verfüge nicht über die nötigen Mittel für die Reise. Ich brauche Gardiners Hilfe.« Der pfälzische Kurfürst war zwar empört gewesen über die Untaten Arnulfs und von Seckenburgs, doch des gestohlenen Geldes hatte er nicht habhaft werden können. Die beiden waren spurlos verschwunden.

»Wir haben keine Wahl, wir müssen bleiben. Bischof Gardiner hat sich bereit erklärt, mir die notwendigen Mittel vorzustrecken, wenn ich allein reisen möchte, doch es würde mir niemals einfallen, dich allein hier zurückzulassen, Joanna. Ich habe ein ungutes Gefühl. Ein sehr ungutes Gefühl.«

Kapitel 37

Ich verlor mein Amt als königliche Tapisseriemeisterin. So stand es in einem Schreiben, das ich nicht lesen durfte.

Das Schreiben, das das Siegel König Heinrichs VIII. trug, traf im Juni ein, ein umfangreiches Schriftstück mit Anweisungen aller Art an Bischof Gardiner, darunter der Auftrag, mir mitzuteilen, dass ich in Zukunft nicht mehr für die königliche Tapisserie-Kollektion zuständig sei.

»Aber warum?«, fragte ich, gleichermaßen gekränkt und erleichtert. Ich brauchte nicht an den königlichen Hof überzusiedeln. Mein Leben gehörte wieder mir, ich konnte in Dartford bleiben, sicher vor aller Gefahr und von Freunden umgeben. Der Gedanke beglückte mich. Trotzdem trauerte ich meinem Amt, das mich mit einem gewissen Stolz erfüllt hatte, und der herrlichen Tapisseriesammlung des Königs ein wenig nach.

»Das Schreiben ist an mich gerichtet, und ich habe Euch den Teil zur Kenntnis gebracht, der Euch betrifft«, blaffte mich der Bischof an und verließ das Zimmer. Mit den wachsenden Spannungen unter den Teilnehmern des Reichstags wurde auch Gardiners Stimmung immer gereizter.

Edmund war unglücklich. »Wegen deiner Suche nach mir hast du ein ehrenvolles Amt verloren, das gerade deiner großen Begabung für die Bildwirkerei entgegenkam – oh, Joanna, ich wollte, ich könnte das irgendwie rückgängig machen.«

Ich versicherte Edmund, dass ich glücklich und zufrieden

sei. »Viel ernster ist doch die Frage, wie sich die Verhandlungen hier entwickeln.«

Das konnte er nicht bestreiten. Die Auseinandersetzungen unter den Teilnehmern des Reichstags wurden zunehmend erbitterter, die gegensätzlichen Positionen verhärteten sich immer mehr. Und eines Tages berichtete mir Edmund, dass alle Bemühungen fehlgeschlagen waren – der Kaiser hatte höchstselbst die Protestanten beschworen, den umstrittenen Artikeln zuzustimmen, doch sie hatten abgelehnt. Daraufhin verweigerte die katholische Seite jegliches Zugeständnis in der Frage der Transsubstantiation, unserer Überzeugung, dass sich bei der heiligen Messe Brot und Wein in den Leib Christi wandeln.

»Das wird zweifellos zum Krieg führen«, sagte Edmund tief enttäuscht. »Hier, in den deutschen Gebieten ebenso wie in den Niederlanden und in Frankreich. Solche Auseinandersetzungen um die wahre Religion könnten die gesamte Christenheit ins Verderben stürzen. England wird seinen Abstieg in die Ketzerei fortsetzen. Und dabei waren wir so nahe, dass ich wirklich geglaubt habe, wir könnten Einigkeit erzielen.«

In mir erwachte die alte Angst um Edmund. Würde er in seiner Erschütterung die innere Festigkeit verlieren und erneut zum Opium greifen, wie ich das früher bei ihm erlebt hatte? Doch noch während wir weiter über das Scheitern des Reichstages sprachen, erkannte ich, dass Edmund ein anderer geworden war. Vielleicht hatten die beschwerliche Fußwanderung durch wildes Land nach dem Vorbild des heiligen Dominikus und sein leidenschaftliches Bemühen, die religiöse Spaltung zu überwinden, diese Wandlung bewirkt. Edmund hatte endlich zu einer festen inneren Haltung gefunden.

Mit Bischof Gardiner war es anders. Er schloss sich im Studierzimmer seiner Residenz ein und verweigerte alle

Nahrung. Es dauerte lang, bevor Edmund und ich ihn dazu bewegen konnten, uns einzulassen.

Seine Augen waren rot und geschwollen vom Weinen, wie ich erschrocken sah. Ich hatte den Bischof von Winchester gegen alle inneren Stürme gefeit geglaubt.

»Gottes Pläne sind mir unbegreiflich«, bekannte er. »Ich dachte, endlich würde uns vergeben – würde mir vergeben werden.« Seine Stimme brach. Ich musste an meine erste Begegnung mit ihm im Tower of London denken, als er mir sagte, dass er mit seinem Juristenverstand die Strategie entwickelt habe, die König Heinrich für eine Scheidung von Katharina von Aragón brauchte; die Strategie, die schließlich zum Bruch mit Rom geführt hatte, wodurch wiederum Kräfte entfesselt worden waren, die er nicht beherrschen konnte.

»Aber Ihr habt doch alles getan, was in Eurer Macht stand«, sagte ich.

»Ihr werdet gerade jetzt mehr denn je gebraucht, Bischof, um die Seelen derer in England zu beschützen, die sich von der Gnade Gottes entfernt haben«, beschwor ihn Edmund.

Gardiner schwieg lange. Ich glaubte schon, wir wären umsonst gekommen, als er endlich aufstand und nickte. »Ihr habt mir beide wertvolle Unterstützung geleistet«, sagte er, »die ich, weiß Gott, nicht verdient habe, nach allem, was ich Euch« – er wandte sich mir zu – »in der Vergangenheit angetan habe. Ich werde Wiedergutmachung leisten. Das wenigstens steht in meiner Macht.«

Ich hätte mich darüber freuen müssen, dass die Beziehung zwischen dem Bischof und mir nach Jahren der Konflikte sich nun offenbar entspannt hatte; doch ich traute dem Frieden nicht. Ich war mir nicht sicher, ob Gardiners Vorstellungen von Wiedergutmachung mir gefallen würden.

Später, als wir wieder allein waren, fragte Edmund: »Was wirst du tun, wenn wir nach England zurückkehren, Joanna?«

»Nun, da ich jetzt nicht mehr im Dienst des Königs stehe, werde ich wohl mein Leben in Dartford wiederaufnehmen und mich meiner Tapisseriewerkstatt widmen.« Ich überlegte einen Moment. »Und ich werde nochmals versuchen, Arthur zu mir zurückzuholen.«

Ich sah Edmund an, der tief in Gedanken zu sein schien. »Du wirst wohl in den Diensten des Bischofs bleiben?«, fragte ich. »Er hat ja keinen Zweifel daran gelassen, wie sehr er dich schätzt.«

»Ja«, antwortete Edmund, »so sieht es aus.«

Seltsam, mir jetzt ins Gedächtnis zu rufen, dass ich damals, bei unserem Spaziergang an der Donau, gefürchtet hatte, Edmund lebe in der Vergangenheit. Jetzt war er derjenige, der vorwärts schritt, der Zukunft entgegen, während ich in das Leben zurückkehrte, das ich geführt hatte, bevor mich, vor mehr als einem Jahr, die Ladung aus Whitehall erreicht hatte.

Es war spät, und es war still im Haus, Zeit sich zurückzuziehen. Doch Edmund machte keine Anstalten, sich für die Nacht zu empfehlen.

Er stand einen Moment unschlüssig, dann räusperte er sich und sagte: »Ich weiß, dass ich dein Vertrauen verloren habe, Joanna, aber wenn du mir Gelegenheit gäbst, mich zu bewähren, wenn ich wüsste, dass wir Freunde sein können …«

»Wir werden immer Freunde sein, Edmund«, versicherte ich. Die Hoffnung, die in seinen Augen aufblitzte, machte mich glücklich und traurig zugleich. Wir würden niemals heiraten können, ohne gegen das Gesetz des Königs zu verstoßen. Aber wollte ich denn noch Edmunds Frau werden? Ich war mir nicht sicher. Eines jedoch wusste ich mit Sicherheit – Geoffrey wünschte sich eine gemeinsame Zukunft mit mir und dem stand kein gesetzliches Hindernis entgegen. Aber war es recht, ihn zu heiraten, wenn ich noch immer mit

Wehmut an Edmund dachte? Es schien mir beiden gegenüber nicht ehrlich zu sein.

Die Rückreise nach England war schwierig für uns alle drei, nicht wegen äußerer Beschwerlichkeiten, sondern wegen meiner Unschlüssigkeit und inneren Verwirrtheit. Jeden Tag sah ich die beiden Männer, und jeden Tag suchte ich vergebens, meine Gefühle für sie zu begreifen. Liebte ich beide? Oder keinen von ihnen? War ich überhaupt der Liebe zu einem Mann fähig? Sollte ich überhaupt heiraten? Ich wusste es nicht.

Zudem versetzten mich zwei Gespräche, die ich unterwegs führte, in Sorge. Das erste fand zwischen Bischof Gardiner und mir statt, auf meine Veranlassung. Ich wollte wissen, wie die Dinge am englischen Hof standen. Ich dachte viel an Catherine Howard, von der ich so lange nichts gehört hatte. Sie hatte sicherlich erfahren, dass ich mich in Regensburg aufhielt und hätte mir über Gardiner Nachricht zukommen lassen können, doch das hatte sie nicht getan. Sie war die Königin von England, die erste Frau im Staat, verhätschelt und verehrt. Es war albern zu glauben, meine Freundschaft könnte ihr gefehlt haben. Doch wenn ich daran dachte, dass sie Tisch und Bett mit Heinrich VIII. teilte, befiel mich jedes Mal eine dumpfe Angst. Ich musste mich vergewissern, dass es ihr gut ging.

»Der König ist sehr glücklich mit Königin Catherine«, versicherte mir der Bischof.

»Mein Cousin, der Graf von Surrey, sagte bei der Hochzeit, sie habe ihm die Jugend zurückgegeben«, bemerkte ich.

Der Bischof runzelte die Stirn. »Ja, unbestreitbar, in den ersten Wochen. Aber seine Majestät ist kein Jüngling mehr. Er hat in diesem Jahr so manchen schweren gesundheitlichen Rückschlag erlitten. Einmal schickte er die Königin sogar fort. Ich glaube, er konnte es nicht ertragen, dass sie ihn in diesem Zustand sah. Königin Catherine hat es nicht immer leicht. Und ihr Haushalt ist leider nicht der bestgeführte.«

Ich drang auf eine Erklärung. Offenbar hatte Norfolk sämtliche seiner Verwandten im Haushalt der Königin untergebracht, ob sie nun für ihren jeweiligen Posten geeignet waren oder nicht, und über alle führte Lady Rochford das Regiment.

»Hat Catherine denn überhaupt etwas zu sagen bei Hofe?«, fragte ich. »Hat sie Einfluss auf den König?«

»Sie bemüht sich«, antwortete Gardiner. »Sie hat sich sehr für Margaret Pole eingesetzt, die betagte Cousine des Königs, die immer noch im Tower gefangen war.«

Ich war beeindruckt von Catherines Mut. Margaret Pole, die Herzogin von Salisbury, war die Mutter von Reginald Pole, einem der größten Feinde des Königs, und von Henry Pole, Lord Montague, der wegen Hochverrats enthauptet worden war.

Doch dann bemerkte ich Gardiners bedrücktes Gesicht. »Was ist?«, fragte ich. »Hat der König ihr das übel genommen?«

»Die Königin dauerte es vor allem, dass die Gräfin im vergangenen Winter sehr unter der Kälte im Tower litt. Sie ließ ihr Decken und warme Kleidung bringen.« Gardiner schwieg einen Moment. »Dennoch blieb der König überzeugt, dass Margaret Pole eine gefährliche Verräterin sei und ließ sie im Mai enthaupten.«

Ich war entsetzt. »Aber die Gräfin war siebzig Jahre alt. Gab es denn irgendwelche Beweise für ihre Schuld?«

Der Bischof schüttelte den Kopf und schloss die Augen. Wir wussten beide, dass Margaret Poles einziges Verbrechen darin bestanden hatte, dass zu viel königliches Blut in ihren Adern floss.

»Aber meines Wissens ist jetzt alles ruhig«, erklärte Gardiner so nachdrücklich, als müsste er sich vor allem selbst überzeugen. »Der König und die Königin sind diesen Sommer zu Besuch nach Nordengland gereist – wir werden wahrscheinlich vor ihrer Rückkehr wieder in London sein. Wie ich höre, ist die Reise ein großer Erfolg. Alle sind von Catherine begeistert, und der König versichert jedem, er habe die ideale Frau gefunden.«

Catherine genoss also offenbar hohes Ansehen. Dennoch wusste ich, dass ich keine Ruhe finden würde, solange ich sie nicht selbst gesehen hatte. Ich brauchte nur einen Vorwand für einen Besuch, und ich hatte auch schon eine Idee: Ich würde den Niobe-Teppich vollenden, in dem ihr Gesicht verewigt sein sollte. Das war mein Geschenk an sie und würde hoffentlich das Eis zwischen uns schmelzen.

Gleichermaßen beunruhigend war eine Geschichte, die Edmund mir über seinen Aufenthalt im Schwarzwald erzählte. Bei unserem Spaziergang an der Donau hatte er von dieser Episode nichts gesagt, möglicherweise weil er mich nicht damit belasten wollte, vielleicht aber auch, weil es ihn selbst zu sehr aufgewühlt hätte.

Der Abt des Klosters in Freiburg hatte Edmund gebeten, ein Dorf im Schwarzwald aufzusuchen, dessen Bewohner in Angst und Schrecken lebten, seit unter ihnen ein Mann gestorben war, der Verbindung zu finsteren Mächten gepflogen hatte und mit den Geheimnissen der Nekromantie vertraut gewesen war. Sie hatten ihn ordnungsgemäß begraben, doch sein Leichnam fand keine Ruhe in der Erde. Da die Dominikaner für ihren Mut im Angesicht von Ketzerei bekannt waren, meinte der Abt, Edmund könne die Gemüter im Dorf beruhigen.

»Als ich dort ankam, hörte ich, dass der Mann nicht etwa ein umherziehender Schelm und Scharlatan gewesen war, sondern ein deutscher Professor namens Johann Georg Faust, der die Astrologie und die Alchemie praktizierte.«

»Von diesem Mann habe ich gehört«, sagte ich.

»Ja, er war berüchtigt. Das Schlimmste, was über ihn gesagt wurde, war, dass er seine Seele an den Teufel verkauft habe, um geheimes Wissen zu erlangen.«

Ich bekreuzigte mich, Edmund tat es mir nach.

»Faust starb bei einem seiner alchemistischen Experimente in der Nähe des Dorfes. Offenbar infolge irgendeiner schweren Explosion. In der Vergangenheit hatte er angeblich an den Höfen von Fürsten und Königen verkehrt und war sogar von Kaiser Karl empfangen worden.«

»Vom Kaiser?«, wiederholte ich erschrocken.

»Der Kaiser und seine engsten Vertrauten haben großes Interesse an Sehern und Zauberern, obwohl man bei Karl nie weiß, ob er ihren Worten und Gaukeleien glauben oder sie kurzerhand der Inquisition übergeben wird. Es ist wahrscheinlich nur ein Gerücht, aber im Dorf hörte ich, dass der Kaiser Faust gesagt habe, der Mann aus der Geschichte, dem er am liebsten einmal begegnen würde, sei Alexander der Große. Da habe Faust den makedonischen König tatsächlich heraufbeschworen.«

Ich bekreuzigte mich noch einmal. »Edmund, glaubst *du*, dass diese Schwarzkünstler Tote beschwören können?«

»Ich weiß es nicht. Ich weiß nur, dass die Dorfbewohner mir berichteten, Faust sei mit dem Gesicht zum Himmel begraben worden, doch als später irgendwelche Unruhestifter den Leichnam ausgruben, hätten diese erzählt, sein Gesicht sei nach unten gewendet gewesen, der Hölle zu.«

Tiefes Entsetzen ergriff mich jetzt. Edmund entschuldigte sich erschrocken. »Joanna, die Sache stimmte nicht. Um die Angst der Dorfbewohner zu beruhigen, habe ich selbst die Exhumierung des Toten überwacht. Die Geschichte entsprach nicht der Wahrheit. Der Mann lag mit dem Gesicht nach oben. Ich sprach ein Gebet bei der zweiten Bestattung Fausts und sprengte Weihwasser auf die Erde.«

Ich konnte es nicht dabei belassen. »Edmund, glaubst du, dass man auf andere Weise als durch Gebete zu Gott Kräfte beschwören kann, die das Verhalten und Handeln von Menschen beherrschen können?«

Edmund runzelte die Stirn. »Du meinst, ob es Zauberei gibt wie Cornelius Agrippa sie beschrieben hat?«, fragte er.

Ich bemühte mich, ruhig zu bleiben, als ich den Namen hörte, den ich am meisten fürchtete.

»Wenn man in die tiefsten Nischen der Vergangenheit eintaucht, droht die Gefahr, dass man sich in den uralten Schriften verliert – zumal, wenn heidnische Bräuche in ihnen verwoben sind«, sagte er. »Selbst Paracelsus ließ sich von dieser Mixtur verführen und geriet bei seinen Überlegungen immer wieder in die Nähe der Ketzerei. Aber ich glaube nicht, Joanna, dass der Geist eines Menschen ernsthaft in die Irre geführt oder beschädigt werden kann, wenn nicht von Anfang an eine Schwäche vorhanden ist. Und letztlich können uns nur die sanften Wunder Christi retten.«

War das die Erklärung? Sir Walter Hungerford war ohne Zweifel ein unmoralischer Mensch gewesen. Doch mein Cousin, der Graf von Surrey, war nichts Schlimmeres als leichtsinnig und eitel, und Thomas Culpeper – welches war seine Schwäche? Was hatte ihn verändert? Ich versuchte alles, was ich in England und hier, auf dem Kontinent, gelernt hatte, zusammenzubringen, und gewann doch keine Gewissheit.

Als wir im September 1541 wieder englischen Boden betraten, eilte Bischof Gardiner unverzüglich an den königlichen Hof. Edmund nahm er mit, wie ich erwartet hatte. Geoffrey verschwand in seinem Haus in Dartford und tauchte, zur Freude aller, die ihn vermisst hatten, als Constable der Gemeinde wieder auf. Ich wartete darauf, dass er mich aufsuchen würde, aber er kam nicht. Ich war erleichtert und bekümmert zugleich. Wann immer ich ihn sah, begegnete er mir mit großer Herzlichkeit. Doch die Nähe, die einmal zwischen uns bestanden hatte, gab es nicht mehr.

Ich versuchte, wieder in meinem Leben Fuß zu fassen. Ich schrieb meinem Cousin, Henry Stafford, und bat ihn von neuem, Arthur zu mir nach Dartford zurückzuschicken. Ich besuchte Agatha und Oliver Gwinn und hörte, dass die Bauern in diesem Jahr mit einer reichen Ernte gesegnet waren. Die Katastrophe des vergangenen Jahres hatte sich nicht wiederholt. Bei meinem Besuch bei Schwester Eleanor und den anderen Nonnen aus Kloster Dartford sah ich endlich meinen Bildteppich *Der Gram der Niobe,* vollendet bis auf das Antlitz der unglücklichen Königin, das noch ein leerer Fleck war. Froh, eine Aufgabe zu haben, ging ich daran, das Werk zu Ende zu bringen. Hans Holbeins Zeichnung von Catherines schönem Gesicht würde mich leiten.

Eines Morgens in der ersten Novemberwoche erwachte ich früher als sonst. Die Luft war kühl, doch keine Wolke trübte das Sonnenlicht, das durch das Vorderfenster in meinen Arbeitsraum strömte. Das Bildnis auf dem Webstuhl wurde von einem Spannungsbogen zusammengehalten, der sich von der ausgestreckten Hand eines zornigen Gottes in der linken oberen Ecke der Komposition zu den flehend erhobenen Händen Niobes in der rechten unteren Ecke zog. Der Schimmer ihres Gewandes stumpfte dort, wo ihrer Beine und Füße hätten sein müssen, zum glanzlosen Grau von Stein ab. Ich hatte mir lange Sorgen gemacht, dass es unmöglich sein würde, Catherines heiteres Gesicht in die unheilvolle Szene einzufügen. Doch es gelang mir, ihre Züge einzufangen, ohne etwas von der tragischen Stimmung opfern zu müssen.

Am frühen Nachmittag hatte ich die Arbeit vollendet und wollte sie vom Webstuhl nehmen, als laut an meine Tür gehämmert wurde.

»Joanna, Joanna – lasst mich ein!«

Es war Surreys Stimme, heiser vor Angst. Schwer atmend stand er vor mir, seine Kleider staubbedeckt von einem harten Ritt. Zwei verwirrt dreinblickende Diener warteten hinter ihm.

»Ihr müsst ihnen helfen!«, rief er. »Ihr seid die Einzige, die die Klugheit und die Kraft besitzt, um ihnen zu helfen.«

»Was – wem soll ich helfen?« Ich winkte ihn ins Haus.

Kaum war die Tür hinter ihm zugefallen, sagte er: »Der Königin. Catherine. Sie ist in höchster Gefahr. Der König hat eine Untersuchung gegen sie angeordnet.«

Zunächst traf es mich wie ein Schlag, bis ich erkannte, dass ich seit Monaten voller Furcht auf diesen Moment gewartet hatte. Früher oder später wendete sich Heinrich VIII. gegen jeden: seine Familie, seine Minister, seine Ehefrauen.

»Hat man sie in den Tower gebracht?«, fragte ich angstvoll.

»Noch nicht. Sie ist in Hampton Court unter Hausarrest.«

»Was wird ihr vorgeworfen?«

»Unzucht vor ihrer Eheschließung.«

»Soll das ein Scherz von Euch sein?«, fragte ich aufgebracht. »Alle Welt weiß, dass sie schon vor der Eheschließung die Mätresse des Königs war.«

»Nicht mit dem König. Mit einem anderen. Das würde die Thronfolge in Frage stellen, sollte die Königin ein Kind bekommen.« Surrey kniff die Augen zusammen. »Augenblick. Ihr wusstet davon, nicht wahr?«

Ich hätte es unsinnig gefunden, Catherines Geheimnis zu bewahren, jetzt, da es darauf ankam, unsere Kräfte zu bündeln, um sie zu retten. »Ich wusste, dass es einen Mann gab, aber ich weiß nicht, wer es ist. Wie kann diese Geschichte Gegenstand einer Untersuchung sein? Sie ist lange her.«

Surrey erklärte mir, dass es um die Frage ging, ob Catherine auch nach ihrer Heirat mit dem König noch Beziehungen zu dem Mann unterhalten hatte. »Es ist ihr Privatsekretär, Francis Dereham. Der König bekam einen Brief, in dem behauptet wurde, sie habe Dereham gekannt, als sie noch sehr jung gewesen sei und habe im Haus der Herzoginwitwe von Norfolk unzüchtige Handlungen mit ihm vollzogen.«

»Nein«, sagte ich heftig. »Ich kann nicht glauben, dass Catherine nach ihrer Heirat Ehebruch begangen hat, ganz gleich, mit wem.«

»Nein«, schrie Surrey, »mit Dereham nicht! Der Mann ist ein elender Schuft. Er hat sie genötigt, ihm ein Amt zu geben.«

»Ist denn nicht Euer Vater bereit, sie zu verteidigen?«, fragte ich. »Der Herzog von Norfolk kann dem König doch alles erklären.«

Surrey schloss einen Moment gequält die Augen. »Er hat sie beim ersten Anzeichen der Krise im Stich gelassen.«

»Wer hat denn dem König diese Anschuldigungen zur Kenntnis gebracht?«, fragte ich scharf. »Wer betreibt Catherines Sturz?«

»Erzbischof Cranmer ließ dem König ein Schreiben zukommen, in dem ihre vergangenen moralischen Verfehlungen in aller Einzelheit aufgeführt waren.«

Ah, jetzt zeigte also der stets so gütig wirkende Erzbischof sein wahres Gesicht. Ich holte tief Atem. »Dann müssen wir tun, was in unserer Macht steht, damit der König die Wahrheit erfährt. Ich bin bereit, zu ihm zu gehen, wenn Ihr deswegen gekommen seid. Ich bin bereit, für Catherine einzutreten.«

»Er ist nicht mehr in Hampton Court. Er hat sich ganz zurückgezogen und ist nur für Mitglieder des Kronrats zu sprechen«, erklärte Surrey. »Er wird Euch ganz gewiss nicht empfangen. Und die Wachen lassen niemanden zu Catherine vor.«

»Was können wir dann tun?«, fragte ich. »Ihr müsst einen Plan haben.«

»Wegen eines Plans bin ich zu Euch gekommen, Joanna«, sagte Surrey.

Ich ging im Zimmer hin und her und versuchte zu überlegen.

»Als Ihr vorhin hereinkamt, batet Ihr ›Helft ihnen‹. Wen meint Ihr damit? Catherine und den König?«

»Nein.« Surreys Kopfschütteln drückte weniger Verneinung aus als Fassungslosigkeit.

»Was ist, Cousin? Sagt es mir.«

»Es gibt vielleicht doch einen Mann, mit dem sie Ehebruch begangen hat. Thomas Culpeper.«

Ich trat erschrocken zurück, stolperte und wäre beinahe gefallen.

Er hob eine Hand. »Ich weiß es nicht mit Sicherheit. Niemand weiß etwas Gewisses. Aber es wäre möglich. Es gibt Gerüchte.«

Ich musste an Catherines Geständnis im Park von Winchester House denken. Sie hatte sich in Culpeper verliebt, bevor man sie gezwungen hatte, den König zu umgarnen. Dass er sie zurückgewiesen hatte, hatte sie tief verletzt – vielleicht hatte es sogar dazu beigetragen, dass sie die Mätresse des Königs geworden war. Vielleicht hatte sie gehofft, Culpeper damit zu provozieren. Er hatte sich in der Zeit, in der ich in Whitehall gewesen war, stets von ihr ferngehalten, aber was war geschehen, nachdem sie Königin geworden war?

»Ist Culpeper festgenommen worden?«

»Nein.« Surrey schluckte. »Noch nicht.«

»Habt Ihr mit ihm gesprochen?«

Surrey erklärte, seit dem Tag von Cromwells Hinrichtung, als er mit mir über Culpepers unbegreifliches Verhalten gesprochen hatte, habe sich nichts verändert. Culpeper benehme sich weiterhin wie ein sittenloser Schurke und er sei gefährlich. Über seine Versuche, ihn zu zügeln, habe Culpeper nur gelacht.

»Wo ist er jetzt?«, fragte ich.

»In Hampton Court – wo alle sind«, antwortete Surrey.

»Ich muss Euch so schnell wie möglich dorthin bringen. Nehmt mit, was Ihr braucht. Ich weiß nicht, wie lange das dauern wird. Ich weiß nicht einmal, was wir tun können, aber etwas müssen wir tun.«

Ich raffte ein paar Kleider zusammen und nahm ein Gebetbuch vom Tisch. »Wenn es mir nur gelungen wäre«, sagte Surrey mit einem Blick darauf, »das vierte Buch von Cornelius Agrippa aufzutreiben. Dann hätte es vielleicht Hoffnung für Culpeper gegeben. Es muss Leute geben, die den Text auslegen können – Priester vielleicht. Dann hätten wir den Fluch oder Zauber oder was auch immer ihn so schrecklich verwandelt hat, vielleicht rückgängig machen können. Ich habe es versucht, Joanna, aber ich hatte kein Glück bei meiner Suche.«

Ich war schon fast an der Tür, als es mir wie Schuppen von den Augen fiel. »Aber natürlich«, sagte ich unwillkürlich. Königin Maria, die Statthalterin der Niederlande, hatte mir erzählt, dass Chapuys der Pate eines der Söhne von Agrippa war, dass die beiden Männer befreundet gewesen waren. Und Edmund hatte gesagt, *der Kaiser und seine engsten Vertrauten haben großes Interesse an Sehern und Zauberern.*

Ich drehte mich nach Surrey um. »Ich bin ziemlich sicher, dass Botschafter Chapuys die Bücher Agrippas besitzt.«

»Chapuys?«, fragte Surrey erstaunt. »Ja, ja, Ihr werdet recht haben. Er ist ein hochgelehrter Mann, wie ich gehört habe, und hat seine Erziehung im selben Teil der Welt genossen wie Agrippa. Aber warum habt Ihr mir das nicht unverzüglich geschrieben?«

»Es ist mir gerade erst klar geworden.«

Surrey rief aufgeregt: »Ich weiß, wo Chapuys in London wohnt!«

»Dann müssen wir ihn aufsuchen, bevor wir irgendetwas anderes unternehmen. Es muss einen Weg geben, seine Bibliothek zu besichtigen, ob wir ihn nun antreffen oder nicht.«

Wild entschlossen riss ich die Tür auf – und vor mir stand Geoffrey Scovill.

»Wohin willst du, Joanna?«, fragte er.

»Ich nehme sie mit nach Hampton Court, Constable«, versetzte Surrey kurz und drängte schon an Geoffrey vorbei.

»Das ist unklug«, sagte Geoffrey.

»Niemand hat Euch um Eure Meinung gebeten«, gab Surrey zurück und ließ sich sein Pferd bringen. Er befahl einem seiner Männer, mir sein Pferd zu überlassen und sich um eine andere Reisegelegenheit nach London zu kümmern.

»Joanna, hör mir zu. Wenn ich sage –«, begann Geoffrey.

»Dafür haben wir jetzt keine Zeit«, unterbrach Surrey. »Ich verstehe nicht, wieso dieser Mann sich einbildet, das Recht zu haben, Euch zu raten und weiterhin Eure Nähe zu suchen, Joanna, zumal angesichts von Bischof Gardiners Plänen.«

Ich wirbelte herum. »Was für Pläne?«

»Der Bischof bemüht sich, für seinen Sekretär, Edmund Sommerville eine Ausnahmegenehmigung zu erwirken, die es ihm erlaubt, eine Ehe einzugehen, obwohl er Ordensbruder war. Ihr könnt doch noch seine Frau werden.«

Kapitel 38

Ich weiß nichts von dieser Ausnahmegenehmigung, das musst du mir glauben«, versicherte ich Geoffrey, der mich ansah, ohne ein Wort zu sagen.

Ehe ich noch etwas hinzufügen konnte, packte mich Surrey und hob mich kurzerhand in den Sattel des Pferdes, das sein Diener bereitgestellt hatte. »Wenn wir nicht sofort aufbrechen, erreichen wir London nicht vor Einbruch der Nacht«, herrschte er mich an.

»Lasst mich nur einen Moment mit Geoffrey reden«, bat ich.

»Es geht um Catherines *Leben.*« Damit saß er auf, gab seinem Pferd die Sporen und preschte los; mein Tier jagte hinterher wie an einer Schnur gezogen. Verzweifelt drehte ich den Kopf, versuchte, mich irgendwie nach Geoffrey umzublicken, ohne dabei vom Pferd zu fallen. Er hatte sich nicht von der Stelle gerührt, stand nur da und sah uns nach. Diesmal würde er mir nicht folgen.

Surrey legte ein so scharfes Tempo vor, dass ich Mühe hatte mitzuhalten. Er war wie besessen – Angst und Schuld vereinten sich zu einem mächtigen Antrieb. Ich hingegen war hin- und hergerissen. Ich war bereit, alles daran zu setzen, um Catherine Howard und Thomas Culpeper zu helfen; gleichzeitig tat es mir in der Seele weh, dass Geoffrey auf so grausame Art hatte erfahren müssen, dass Edmund mich heiraten wollte. Und ich war wütend, dass niemand es für nötig gehalten hatte, mich davon in Kenntnis zu setzen. Wie konnten Edmund und Bischof Gardiner es wagen, über meinen Kopf hinweg meine Zukunft zu planen?

Während wir auf unseren vor Erschöpfung zitternden Pferden darauf warteten, die London Bridge überqueren zu können, fragte ich Surrey, ob er glaube, dass wir Botschafter Chapuys zu Hause antreffen würden. Es wäre vielleicht einfacher, meinte ich, uns unter einem plausiblen Vorwand Zutritt zu seinem Haus zu verschaffen, darum zu bitten, einen Blick in die Bibliothek werfen zu dürfen und dann unter Entschuldigungen zu verschwinden, bevor der Botschafter heimkehrte. Ich hatte keine Ahnung, wie wir uns das Buch beschaffen sollten. Wir konnten natürlich fragen, ob wir es ausleihen dürften. Aber unter den gegebenen Umständen wäre ich nicht einmal vor Diebstahl zurückgeschreckt.

»Chapuys ist wahrscheinlich noch bei Hof«, meinte Surrey, »und wartet auf Nachricht vom Kronrat. Der Rat befasst sich in tagelangen Sitzungen mit den Ergebnissen der Untersuchung gegen Catherine und der Vorbereitung einer Scheidung – und anderer Möglichkeiten.« Surrey verzog das Gesicht, als litte er Schmerzen. »Der König selbst nimmt nie an diesen Beratungen teil. Ich sagte Euch ja, er hat sich völlig zurückgezogen. Wenn die Dinge dieses Stadium erreicht haben, hält er es stets mit Heinrich II. ›Will denn niemand mich von dieser Frau befreien?‹.«

Ein heftiger Schwindel überfiel mich. Ich fürchtete beinahe, ohnmächtig zu werden, als die nächste Erkenntnis mich traf.

Seit Geoffrey mir erklärt hatte, dass die Komödianten, die in London das Stück über den tragischen Konflikt zwischen Heinrich II. und Thomas Becket aufgeführt hatten, von den Hintermännern des Komplotts gegen mich gedungen worden waren, hatte ich mich immer wieder gefragt, warum man gerade diese historische Begebenheit gewählt hatte. Und jedes Mal war ich zu dem erschreckenden Schluss gelangt, dass es eine Anspielung auf die Nacht sein musste, in der Edmund und ich uns mit einer Gruppe Ordensbrüder zusammengetan hatten, um die Gebeine des Heiligen, die in der Kathedrale von Canterbury bewahrt wurden, vor der Zerstörung durch die Beauftragten des Königs zu retten. Jetzt jedoch zeigte sich mir noch eine andere, weit erschreckendere Möglichkeit. Konnte es sein, dass meine Feinde, geradeso wie die vier Ritter, die Becket töteten, um einem unentschlossenen König einen Gefallen zu tun, jemandem gefällig sein wollten, der mich vernichten wollte, jedoch den Befehl nicht geben konnte?

Die Brückenwärter gaben das Signal, Surrey und ich ritten auf der schmalen Spur, die zwischen Häusern und Läden über die steinerne Brücke führte, hinüber zum anderen Ufer. Nur wenige Menschen waren noch unterwegs; es war fast dunkel. Wir schlugen den Weg zu Chapuys' Haus ein.

Und da spürte ich es – dieses seltsame Kribbeln, als berührte etwas meine Schulter und meinen Hinterkopf. Ich drehte mich um, doch ich erkannte niemanden.

»Was ist, Joanna?«, fragte Surrey.

»Nichts«, antwortete ich, obwohl ich jetzt überzeugt war, dass das Haus des Botschafters der letzte Ort auf Erden war, dem ich mich nähern sollte.

Aber Catherine und Culpeper?

Ich betrachtete meinen Cousin mit forschendem Blick. Er war der Erbe eines Herzogtums, ein angesehener Hofmann und ein gefeierter Poet. Und er war Soldat, im Kampf erprobt. Niemand würde es wagen, mir zu nahe zu kommen, solange er bei mir war. Und sich das Buch zu beschaffen, würde eine Sache von wenigen Minuten sein. Ich würde ganz einfach Surrey nicht von der Seite weichen.

In Chapuys' Haus war nur wenig Lichtschein zu sehen. Das war ein gutes Zeichen. Der Botschafter war offenbar nicht zu Hause. Wir klopften an und erklärten dem jungen

Bediensteten, der uns öffnete, wir wollten Chapuys unsere Aufwartung machen.

»Ich sehe nach«, sagte der junge Mann.

Nachdem er uns in einen kleinen Salon im Erdgeschoss geführt hatte, in dem nicht ein einziges Buch zu sehen war, verschwand er. Das würde doch schwieriger werden, als ich gedacht hatte. Wir konnten nicht einfach durch das Haus des Botschafters marschieren und uns umsehen.

»Seid mir gegrüßt Graf von Surrey – und Miss Stafford.« Ich erkannte die Stimme sofort. Señor Hantaras stand lächelnd an der Tür zum Salon. »Es ist mir eine große Freude, Euch hier zu sehen. Mein Herr, der Botschafter, ist nicht zu Hause. Möchtet Ihr warten?«

Wir bejahten mit der gleichen lächelnden Freundlichkeit, wobei die Surreys durchaus echt war, meine hingegen reine Heuchelei. Mich packte stets das Grausen, wenn ich Hantaras sah.

»Der Botschafter besitzt einen hervorragenden Weinkeller – darf ich den Herrschaften eine Erfrischung anbieten?«

Surrey stimmte, wie ich gefürchtet hatte, erfreut zu. Dies war kein gesellschaftliches Stelldichein. Wir durften auf keinen Fall unser Ziel, die Bibliothek zu finden, aus den Augen verlieren.

»Wir können nicht gleich mit der Tür ins Haus fallen«, flüsterte Surrey. »Es ist natürlicher, wenn wir erst ein wenig Konversation machen und dann nach der Bibliothek fragen.«

Hantaras blieb eine ganze Weile aus. Dann erschien er mit einer Flasche und schenkte uns ein. Als er sich vorbeugte, um meinen Becher zu füllen, bemerkte ich, dass sein Nacken feucht war. Er musste eine schwere Anstrengung hinter sich haben, wenn er an einem so kühlen Abend ins Schwitzen geraten war.

Ich rührte den Wein nicht an. Den Blick zum Fenster hinaus gerichtet, hörte ich mit halbem Ohr dem Gespräch zwischen Surrey und Hantaras zu und fragte mich, wann Chapuys eintreffen würde.

»Wenn man bedenkt, wie genau und wohlwollend –« Mein Cousin brach mitten im Satz ab und öffnete einen Knopf seines Wamses.

»Verzeiht«, murmelte er. »Mir ist … so warm … entsetzlich heiß … ich bedauere, dass …« Er riss die Augen auf und hustete, dann glitt er ohnmächtig von seinem Sessel zu Boden.

Ich war sofort an seiner Seite und schob meine Hände unter seinen Kopf. Er atmete, doch seine Augen waren geschlossen, er schien in einen tiefen Schlaf gefallen zu sein. »Was ist denn?«, rief ich. »Ihr habt doch nur ein Glas Wein getrunken. Wie kann das sein?«

Ich blickte zu Hantaras hinüber. Die Hand in die Hüfte gestemmt, stand er auf der anderen Seite des Zimmers, als ginge ihn das alles nichts an.

»Der Graf von Surrey braucht Hilfe – seht Ihr das nicht?«, rief ich ärgerlich. »Worauf wartet Ihr?«

Doch das bewirkte nichts. Er stand nur da und fixierte mich. Surrey beachtete er gar nicht. Sein Blick galt allein mir, und während wir einander anstarrten, fiel alle falsche Freundlichkeit von ihm ab, und es blieb nichts als blanker Hass.

Ich hörte eine Holzdiele knarren, dann eine zweite und eine dritte. Jemand kam draußen die Treppe herunter. Kein schwerer Mensch, jemand, der sich leichtfüßig und anmutig bewegte, jedoch zielstrebig. War Botschafter Chapuys doch zu Hause? Hatte man uns getäuscht? Heftiger Zorn flammte in mir auf darüber, dass sie es gewagt hatten, Surrey und mich zum Narren zu halten.

Hantaras drehte den Kopf nach dem Geräusch auf der Treppe und nickte jemandem zu, den ich nicht sehen konnte. Doch mir genügte das, ich wusste augenblicklich, wen ich zu erwarten hatte.

Jacquard Rolin sagte mit einem breiten Lächeln: »Nach allem, was wir auf uns genommen haben, nach all dem Warten und Lauern, nach all dem Hoffen und Bangen, nach all unseren fehlgeschlagenen Bemühungen läuft sie mir am Ende direkt in die Arme wie eine Geliebte.« Er legte eine Hand auf die Brust. »Es ist ja so rührend.«

Das Wichtigste war, kühlen Kopf zu bewahren. Das hatte ja ausgerechnet Jacquard mich gelehrt. Keinesfalls durfte ich jetzt die Angst die Oberhand gewinnen lassen. Das Zimmer hatte nur eine Tür, und Hantaras stand dicht bei ihr. Doch es musste einen anderen Ausweg geben.

»Ich wollte meinen Augen nicht trauen, als ich sie auf ihren Pferden zum Strand reiten und dann hier, vor dem Haus, anhalten sah«, sagte Hantaras. »Ich musste durch das Hinterfenster einsteigen, um ihnen zum Empfang durch das Haus entgegenkommen zu können.«

Ich blickte hinunter zu Surreys schlaffem Gesicht. »Ihr habt ihn betäubt.«

»Ich hätte auch Euch betäubt, dann hätte ich Euch nicht mehr sehen müssen«, versetzte Hantaras. »Aber Ihr habt den Wein nicht angerührt, verfluchte Hexe. Ich danke Gott, dass ich nach dem heutigen Tag nichts mehr mit Euch zu tun haben muss.«

Da wusste ich es.

»Ihr wart es«, sagte ich zu Hantaras. »Ihr habt mich beobachtet. Jedes Mal wart Ihr es.«

»Entweder ich oder jemand in meinem Auftrag. Und jede Minute war mir ein Gräuel«, zischte Hantaras. »Die Mühen und Ausgaben, um Euch zu fassen, waren ungeheuer.«

»In London, im Torhaus von Whitehall, auf dem Tower Hill, das wart immer Ihr«, sagte ich und begann, ohne den Blick von ihm zu wenden, vorsichtig, in winzigen Etappen, Surreys Kopf von meinem Schoß zu schieben. Wenn ich diesen beiden Männern entkommen wollte, musste ich sie überrumpeln. Bis dahin kam es darauf an, sie auf irgendeine Weise abzulenken. »Und Ihr, Jacquard, seid heimlich nach England gereist?«, fragte ich.

»Erst im letzten Monat.« Er kam um den Tisch herum und trat näher zu mir. »Hantaras und ich haben unsere Pläne zu Eurer Entführung zunächst auf brieflichem Weg entwickelt. Er sollte Leute dingen, die Euch irgendwo außerhalb von London festhalten sollten, bis ich einen Vorwand fand, nach England zu kommen, um endlich und endgültig mit Euch abzurechnen.«

»Aber Chapuys hat es verboten«, sagte ich. »Mir durfte kein Schaden zugefügt werden.«

Aus dem Augenwinkel bemerkte ich, wie Hantaras sichtlich unbehaglich von einem Fuß auf den anderen trat. Das konnte nur eines bedeuten.

»Der Botschafter weiß nichts von dem, was gerade hier vorgeht«, sagte ich.

Jacquard zuckte mit den Schultern. »Der Erlass des Kaisers wurde ihm zugestellt, nachdem Ihr uns verraten und das Leben Eures Königs gerettet hattet. ›Kein Schaden soll der Frau in Dartford geschehen.‹ Wie lange haben wir an diesem Satz herumgerätselt. Wollte er damit sagen, Euch dürfe überhaupt kein Schaden zugefügt werden? Oder solltet Ihr nur verschont bleiben, solange Ihr Euch in Dartford aufhieltet? Schließlich kamen wir zu dem Schluss, dass der Kaiser das Letztere meinte. Dass Ihr also fern von Dartford keinen Schutz genießen solltet.«

Dort solltet Ihr bleiben, hatte der Kaiser in Regensburg zu mir gesagt. Er kannte die Leute, die in seinen Diensten standen, daher hatte er gewusst, dass Dartford der einzige sichere Ort für mich war.

Ich musste die beiden weiterhin zum Reden bringen, sie durften nicht merken, was ich vorhatte. »Wenn Ihr so sehr von der Richtigkeit Eurer Interpretation überzeugt wart, warum habt Ihr dann nicht Botschafter Chapuys eingeweiht?«, fragte ich, mich Hantaras zuwendend.

Der antwortete mir gar nicht, sondern schrie nur Jacquard an. »Bringt sie endlich hier weg!«

Jacquard kam noch einen Schritt näher. Seine Lippen glänzten feucht. »Es ist zu früh. Es sind noch Menschen auf der Straße, denen ungewöhnliche Geschehnisse vor der Residenz des Botschafters womöglich auffallen würden. Chapuys wird frühestens in einer Stunde zurück sein. In einer Stunde kann ich einiges veranstalten.«

Ich kämpfte gegen die Übelkeit, die mich zu übermannen drohte. »Chapuys muss eine Bemerkung darüber gemacht haben, dass er mich gern los wäre, und Ihr fandet, mehr brauchtet Ihr nicht. ›Will denn keiner mich von diesem lästigen Priester befreien?‹ War es so? Ich vermute ja, sonst hättet Ihr nicht dieses kleine Theaterstück in London inszeniert. Die Vorstellung, mir eine indirekte Botschaft zukommen zu lassen, muss Euch sehr gereizt haben.«

Jacquard lächelte erfreut. »Seht Ihr, wie klug sie ist? Das ist ja der Jammer. Sie war meine beste Schülerin. Aber es ist mir nicht gelungen, ihren Willen zu brechen. Und wenn es nicht gelingt, ein Pferd zuzureiten, muss es getötet werden.«

Er kam noch näher, war jetzt höchstens noch sechs Schritte von mir entfernt.

Ich sagte hastig: »Ihr habt mich gelehrt, immer alles gründlich zu durchdenken, Jacquard, und stets das Unvorhergesehene einzuplanen. Ich glaube, Ihr habt diese Sache nicht gründlich durchdacht.« Ich wandte mich Hantaras zu. »Ihr hättet Euch nicht von Jacquard überreden lassen sollen, uns hier festzuhalten. Ihr hättet mit einem Angriff warten sollen, bis ich allein bin. Was wollt Ihr tun, wenn der Graf von Surrey wach wird? Und habt Ihr an seinen Diener gedacht, der draußen vor dem Haus steht? Es wird Aufsehen erregen, wenn ich plötzlich verschwinde und der Graf im Haus des

Botschafters von einer unerklärlichen Krankheit befallen wird. Señor Hantaras, Ihr habt Eurem Herrn und Meister heute Abend wahrlich keinen Dienst erwiesen.«

»Schafft sie weg!«, schrie Hantaras auf Spanisch. »Schafft sie weg!«

Ich ließ Surreys Kopf behutsam auf den Boden gleiten und sprang auf. Ich rannte zum Fenster. Ich würde schreien wie eine Wahnsinnige und mit den Fäusten auf das Glas trommeln. Das Fenster war dicht an der Straße – die Aufmerksamkeit, die sie fürchteten, würde ganz sicher nicht ausbleiben.

Ich war schon fast am Fenster, öffnete den Mund, um zu schreien, als eine kräftige Hand mich um die Taille packte und nach rückwärts schleuderte. Ich spürte einen heftigen Schmerz seitlich am Hals, wie vom Schlag einer Handkante, dann versank alles in Dunkelheit.

Als ich erwachte, hatte ich Schmerzen an den Handgelenken und bekam kaum Luft. Irgendetwas steckte in meinem Mund. Meine Beine waren frei, doch meine Hände waren irgendwo festgebunden, meine Arme weit gespreizt. Kerzenlicht erhellte den Raum, und als ich nach oben blickte, sah ich über mir einen Betthimmel.

Ich roch Jacquard, noch bevor ich ihn sehen konnte; diesen schwülen Duft aus Moschus und Ambra, der ihn immer umgab.

Ein Strick legte sich fester um mein linkes Handgelenk, mein Arm wurde hoch über meinen Kopf gezogen. Mit Mühe gelang es mir, ein wenig den Kopf zu heben. Jacquard hielt ein Messer zwischen den Zähnen, während er den Strick um mein Handgelenk anzog. Er fesselte mich an das Kopfbrett eines Bettes. Ich wollte schreien, doch das Tuch, das er mir in den Mund gestopft hatte, ließ keinen Laut zu.

Als Jacquard den Strick verknotet hatte, nahm er das Messer aus dem Mund. »Ihr seht, Joanna Stafford, wir lernen aus

Erfahrung. Ich habe in Gent gelernt, dass ich Euch binden muss, bevor der Spaß beginnen kann. Dass ich das damals versäumt habe, war einer der größten Fehler meiner ganzen Laufbahn.«

Er legte den Kopf leicht zur Seite, während er mich betrachtete.

»Ihr hättet mich in Regensburg nicht reizen sollen. Nur deswegen bin ich hierhergekommen, um diese Sache ein für alle Mal zu beenden.«

Einen Moment war es unheimlich still, dann warf Jacquard sich auf mich. Mit einer Hand drückte er meine Schenkel nieder, sodass ich nicht nach ihm treten konnte, und mit der anderen riss er mir das Tuch aus dem Mund.

»Eins interessiert mich, und ich fürchte, nach unserem kleinen Intermezzo heute Abend werdet Ihr nicht mehr fähig sein, Fragen zu beantworten. Doch ich muss es wissen. Was habt Ihr mit unserem Mann auf dem Schiff angestellt? Oder sollte ich besser sagen, mit unserer Frau – unserer großartigen Blinden?«

Ich hustete, dann sagte ich: »Als er mich an Deck mit einem Messer angriff, habe ich ihm meine Finger in die Augen gestoßen. Er ist über Bord gesprungen.«

Jacquard lachte. »Was seid Ihr doch für eine gelehrige Schülerin.«

Plötzlich erschien Hantaras an der Tür, außer sich vor Wut. »Was tut Ihr mit ihr auf dem Bett des Botschafters?«

»Keine Sorge, ich werde sie nicht auf dem Bett töten«, antwortete Jacquard kurz, verärgert darüber, ins Verhör genommen zu werden. »Und jetzt verschwindet. Es sei denn, Ihr habt Lust zuzusehen. Wogegen ich nie etwas einzuwenden habe.«

»Ich hätte das nicht zulassen sollen – Ihr habt alle Beherrschung verloren, Jacquard. Das Ganze war ein Fehler!«, rief Hantaras mit hasserfülltem Blick.

Jacquard sprang vom Bett, schlug die Tür zu und kehrte zu mir zurück. Er setzte sich neben mich und tätschelte mir die Wange wie ein liebevoller Vater. Ich schreckte vor der Berührung zurück, unfähig meinen Ekel zu beherrschen.

»Es ist schwerer als ich dachte«, sagte er nachdenklich. »Ich hasse Euch schon so lange, ich habe davon geträumt, Euch zu töten. Der Gedanke an meine Rache hat mich nachts warm gehalten – ich brauchte kaum eine Frau. Aber gleichzeitig seid Ihr mein Meisterwerk. Wie Ihr es zuwege gebracht habt, am Leben zu bleiben, das ist bemerkenswert. Und die Entscheidung, die Flucht durch das Fenster zu versuchen und nicht durch die Tür – *magnifique.*«

Er ließ seine Hand über meinen Körper gleiten bis hinunter zu meinem Fuß. Mit der anderen Hand zog er ein Stück Strick aus seiner Tasche und schickte sich an, meinen linken Fuß an den Bettpfosten zu fesseln.

Ich wusste, dass mein Ende nahe war, und ich kämpfte Abscheu und Ekel nieder, um zu Gott zu beten und um Erlösung zu bitten.

»Vergib mir, Vater, und nimm mich in Gnaden bei dir auf«, sagte ich. »Und vergib diesem Menschen, was er zu tun gedenkt.«

»Betet nicht für mich«, befahl Jacquard. »Von Euren Gebeten habe ich für den Rest meines Lebens genug.«

»Ihr könnt mich nicht daran hindern«, entgegnete ich. »Ihr könnt mir den Mund verbinden, Ihr könnt mich auf die gemeinste Art erniedrigen, Ihr könnt mir die Kehle durchschneiden. Doch mein letzter Gedanke wird Eurem Seelenheil gelten, Jacquard.«

Jetzt lachte er nicht mehr. Ihn seiner grausamen Lust an meiner Demütigung zu berauben, war das einzige Mittel, das ich noch gegen ihn in der Hand hatte. Er beugte sich über mich, das Messer gezückt. Mir blieb jetzt nicht mehr als ein Augenblick.

Wir hörten beide die lauten Stimmen von unten. Ich erkannte die des Botschafters.

Jacquard stürzte zum Kopfende des Betts, grapschte nach dem Tuch, doch bevor er es mir wieder in den Mund schieben konnte, begann ich, aus Leibeskräften zu schreien.

Ich hörte die polternden Schritte, und nur einen Moment später flog die Tür auf. »Was um alles in der Welt«, rief Botschafter Chapuys mit donnernder Stimme, »habt Ihr hier zu suchen, und was habt Ihr Miss Stafford angetan?«

»Sie hat sich uns widersetzt – sie hat uns verraten, und dafür muss sie sterben«, erklärte Jacquard kalt. »Ich werde vor dem Kaiser die Verantwortung dafür übernehmen.«

»Ihr seid wahnsinnig geworden!«, rief Chapuys. »Ich habe immer gefürchtet, dass es einmal so weit kommt.«

»Und Ihr seid ein Feigling«, gab Jacquard zurück. »Ihr hättet schon letztes Jahr ihren Tod befehlen sollen. Ihr wolltet ihn doch, gebt es zu.«

»Sie wird nicht sterben.«

Jacquard lachte. »O doch, das wird sie. Bei allem, was sie jetzt weiß? Ihr könnt nicht riskieren, dass sie redet. Und was für ein Licht würde das auf den Kaiser werfen?«

Der Botschafter sah mich an und schüttelte den Kopf. Er schien entsetzt über das, was Jaquard mir hatte antun wollen, und ohne Verständnis für seinen Hass und seinen Abscheu. »Bisher hat sie nicht ein Wort gesagt«, erklärte er. »Sonst wüsste ich es.«

»Ihr könnt mich nicht hindern!«, kreischte Jacquard völlig außer sich, als durch eine Seitentür Hantaras ins Zimmer stürzte, der offenbar Weisung erhalten hatte, den rechten Moment abzuwarten. Er überwältigte Jacquard und schleuderte ihn zu Boden. Immer wieder schlug er ihm mit der Faust ins Gesicht, bis der erste Spion des Kaisers sich nicht mehr rührte.

Ich wollte das nicht länger mitansehen. Botschafter Chapuys löste die Stricke, die mich gefangen hielten, und half mir die Treppe hinunter. Nachdem Hantaras Jacquard Rolin mit eben dem Strick gebunden hatte, den dieser verwendet hatte, um mich zu fesseln, kam er zu uns hinunter, und gemeinsam bemühten wir uns, den Grafen von Surrey aus seiner Bewusstlosigkeit zu wecken.

Er übergab sich zweimal und sah äußerst elend aus, aber er hatte keinen ernsten Schaden genommen.

»Tut mir leid, Joanna«, murmelte er. »Ich kann gar nicht verstehen, wie ein so kleiner Schluck Wein derartig wirken konnte.«

Botschafter Chapuys erklärte mit Nachdruck, der Wein sei offensichtlich schlecht gewesen, und versprach Entschädigung. »Aber darf ich fragen, wie ich überhaupt zu der Ehre Eures heutigen Besuchs komme?«, fragte er dann ehrlich verwundert.

»Wir wollten Eure Bibliothek besichtigen«, antwortete Surrey.

»Meine Bibliothek?«

Ich antwortete an Surreys Stelle. »Wie ich hörte, wart Ihr mit Cornelius Agrippa befreundet. Besitzt Ihr zufällig seine Bücher?«

Zu meiner Überraschung lächelte der Botschafter. »Aber natürlich«, sagte er und sandte den jungen Bediensteten, der uns früher am Abend empfangen hatte, in die Bibliothek. Surrey und ich tauschten einen Blick. Gleich würden wir das begehrte Buch in den Händen halten, das einzige Mittel, um Thomas Culpepers Seele zu retten.

Einen Augenblick später überreichte der Diener Chapuys ein Buch mit der Aufschrift *Vom Adel und Vorrang des weiblichen Geschlechts*.

»Ist das alles?«, fragte Surrey enttäuscht. »Agrippa hat doch noch andere Bücher geschrieben, Werke über die Zauberei.«

»Ah, ja, ich weiß, welche Ihr meint«, sagte Chapuys. »Es

waren drei, interessante Texte, allerdings sehr umstritten. Es gibt kaum noch Exemplare davon. Vielleicht wird ein anderer Verleger sein Glück versuchen.«

Surrey konnte sich nicht zurückhalten. »Aber es gibt doch noch ein viertes. Ein Grimoire, eine Art Sammlung von Zauberformeln, Bannsprüchen und Beschwörungen.«

Der Botschafter wedelte wegwerfend mit der Hand. »Damit hatte Agrippa nichts zu tun, glaubt mir. Nichts. Irgendein Scharlatan hat da ein Buch mit unsinnigem Zeug vollgestopft und Agrippas Namen darauf gesetzt. Ich weiß das, denn ich kannte ihn besser als jeder andere. Es gibt kein viertes Buch von Agrippas Hand. Das schwöre ich bei meinem Leben.«

Kapitel 39

Nachdem Surrey verstört hinausgestürmt war, um auf der Straße nach seinem Diener zu sehen, setzte sich Chapuys zu mir. »Ihr habt von Jacquard Rolin nichts mehr zu fürchten«, versicherte er. »Er wird seine Strafe bekommen, und sie wird streng ausfallen. Auch Hantaras wird zur Verantwortung gezogen werden. Er hat sich zwar bis zu einem gewissen Grad rehabilitiert, indem er auf meine Anordnung hin gegen Jacquard vorging, aber einem Mann, der hinter meinem Rücken Verschwörungen anzettelt, kann ich nicht mehr trauen.«

Er hielt einen Moment inne, dann sagte er: »Ich bitte Euch, mir zu verzeihen, Juana, so schwer Euch das sicherlich fallen wird. Nicht nur für das, was heute Abend hier passiert ist, sondern dafür, dass ich Euch von Beginn an in dieses Komplott hineingezogen habe. Ich war überzeugt, es sei vor Gott und dem Kaiser gerechtfertigt, doch jetzt weiß ich, dass das, was wir getan, was ich getan habe, unrecht war.«

»Ich verstehe«, sagte ich.

»Wenn ich Euch noch irgendeinen Dienst erweisen kann«, fuhr er fort, »so braucht Ihr es nur zu sagen.«

Die Gelegenheit ergab sich bald.

Nur eine Woche später verhafteten die Beauftragten des Königs Thomas Culpeper unter dem Verdacht, unzüchtige Beziehungen zur Königin unterhalten zu haben. Er hatte nicht gestanden – so wenig wie Catherine –, doch ehemalige Bedienstete der Königin berichteten den Ermittlern des Königs von geheimen Briefen und heimlichen Treffen. Einzig darauf bedacht, die eigene Haut zu retten, zögerten diese Leute nicht, Catherine und Culpeper zu denunzieren, schreckten möglicherweise nicht einmal davor zurück, ihre Geschichten noch auszuschmücken. Lady Rochford wusste am meisten von den angeblichen Rendezvous der Königin zu berichten, doch in ihrem rücksichtslosen Bestreben, sich der Gunst des Königs zu versichern, erzählte sie so viele Geschichten, in denen sie eine wesentliche Rolle spielte, dass sie selbst in den Verdacht des Verrats geriet und verhaftet wurde.

Ich wollte unbedingt noch einmal mit Thomas Culpeper sprechen, und mit Hilfe von Bestechung gelang es Chapuys tatsächlich, mir eine Besuchserlaubnis zu beschaffen. Ich hatte kein Zauberbuch, das hätte helfen können. Das Einzige, was ich Thomas Culpeper mitbringen konnte, waren Freundschaft und Gebet.

»Ihr solltet nicht allein mit diesem Gefangenen in einer Zelle sein«, sagte Sir John Gage, der den hinfälligen Sir William Kingston als Gouverneur des Towers von London abgelöst hatte.

»Aber so ist es vereinbart«, entgegnete ich. »Ganz gleich, was geschieht, ich gebe Euch mein Wort, dass man Euch keinen Vorwurf machen wird.«

Endlich öffnete sich die Tür, und ich trat in die finstere, stinkende Zelle, in der mein Freund Thomas Culpeper gefangen gehalten wurde.

»Ich will Euch hier nicht sehen.« Die heisere Stimme kam aus der dunkelsten Ecke des Verlieses.

Ich ergriff die brennende Kerze, die auf einem Tisch neben der Tür stand, und ging der Stimme entgegen. Thomas Culpeper hockte gekrümmt in einem Haufen schmutzigen Strohs. Im Kerzenschein erkannte ich das geschundene und verschwollene Gesicht, in dem die Augen nur noch Schlitze waren, kaum wieder. Auch seine Handgelenke waren geschwollen und voller verkrusteter Blutflecken.

»Man hat Euch gefoltert«, sagte ich und hatte Mühe, ruhig zu bleiben.

»Natürlich.«

Ich kniete auf dem Boden nieder und schlug mein Gebetbuch auf.

»Miss Stafford, tut mir das nicht an«, sagte er.

Ich begann zu beten:

»Verbirg dein Antlitz nicht vor mir und verstoße nicht im Zorn deinen Knecht; denn du bist meine Hilfe.

Lass mich nicht und tue nicht von mir die Hand ab, Gott, mein Heil.

Denn mein Vater und meine Mutter verlassen mich; aber der Herr nimmt mich auf.

Herr, weise mir deinen Weg und leite mich auf richtiger Bahn um meiner Feinde willen.

Ich glaube aber doch, dass ich sehen werde das Gute des Herrn im Lande der Lebendigen.

Harre des Herrn! Sei getrost und unverzagt und harre des Herrn.«

Ich betete immer weiter und versuchte, ihm mit Psalmen und Worten der Ermutigung Beistand zu leisten.

Es dauerte lange, bevor Culpeper sein Schweigen brach. Eine Stunde. Vielleicht auch zwei. Aber als ich zwischen zwei Gebeten innehielt, vernahm ich ein seltsames heiseres Stöhnen aus dem Stroh. Er schlug beide Hände vor sein Gesicht und schluchzte.

Ich kniete mich neben ihn. »Ich weiß von Eurem Bund«, sagte ich. »Ich weiß alles.«

»Von Surrey?«

»Einiges, ja«, antwortete ich. »Einiges habe ich mir selbst zusammengereimt.«

Culpeper lachte, doch es klang mehr wie ein ersticktes Schluchzen. »Immer die kluge Joanna Stafford.« Er schwieg. »Ich dachte, wenn jemand mich besuchte, würde es der Graf von Surrey sein.«

»Er ist nach East Anglia zu seinem Vater gereist«, sagte ich niedergedrückt. »Er wollte nicht – er versuchte, sich seinem Vater zu widersetzen, so erbittert, wie ich es noch nie bei ihm erlebt habe. Doch am Ende unterwirft er sich immer, und sein Vater hat sich von Catherine und allen, die ihr nahestehen, losgesagt. Er hat beschlossen, diese Krise auf seiner Festung in Norfolk auszusitzen.«

Culpeper sagte nichts.

»Bitte sagt mir, was Euch widerfahren ist«, drängte ich. »Ich möchte Euch helfen.«

Culpeper räusperte sich, dann erzählte er seine Geschichte.

»Nach Hungerfords Verhaftung war ich am Ende«, berichtete er. »Ich glaubte, man würde jeden Moment kommen und mich holen. Ich würde verhaftet, gefoltert und getötet werden. Wochenlang in solcher Angst zu leben, macht einen Menschen mürbe. Ich begann, Wein zu trinken, von Tag zu Tag mehr, und ich ließ mich mit diesen ehrlosen Leuten ein, die ständig meine Gesellschaft suchten, seit ich in das Amt eines königlichen Kammerherrn berufen worden war – allen voran mein Bruder. Als dann Hungerford hingerichtet wurde und mit ihm Cromwell, wähnte ich mich in Sicherheit. Ich sagte mir, das ist das Opfer, das er gebracht hat, das wir alle gebracht haben, um Cromwell zu stürzen. Aber der König änderte sich danach nicht. Er wurde nach Cromwells Tod nicht menschlicher. Er ließ mehr Menschen umbringen denn je zuvor, von protestantischen Geistlichen bis zu alten Katholiken, ja, nicht einmal eine siebzig Jahre alte Frau, der nichts vorzuwerfen war, verschonte er. Und ich hasste ihn. Ich hasste ihn jeden Moment des Tages, wenn ich ihm beim Ankleiden half, wenn ich mit ihm am Spieltisch saß, wenn ich seine Besorgungen erledigte und wenn ich mit ihm lachte. Ich dachte, ich würde darüber den Verstand verlieren.«

Culpeper hielt den Blick zum strohbedeckten Boden seiner Zelle gesenkt, nicht bereit, mir in die Augen zu sehen. »Eines Tages musste ich der Königin eine Botschaft überbringen, und da merkte ich, dass sie mich immer noch liebte. Ich beschloss, mich durch sie an ihm dafür zu rächen, dass er mir das Leben zur Hölle gemacht hatte.«

»Glaubt Ihr, dass Eure geheime Zusammenkunft in jener Nacht zum ersten Mai Euch so verändert hat?«, fragte ich.

Culpeper antwortete nach einigem Zögern. »Ich weiß nicht, was in der Nacht geschah – ich kann nichts mit Sicherheit sagen. Hat Orobas' schwarze Magie bewirkt, dass sich der König von Cromwell abwendete? Oder ist der König einfach ein Mensch, der tötet, wessen er überdrüssig ist, und ich war nur zu blind, das zu erkennen?«

Es fiel mir schwer, Culpeper das anzutun, doch ich sagte ihm rundheraus, was ich erfahren hatte: dass Agrippa das vierte Buch höchstwahrscheinlich nie geschrieben hatte; dass dieses sogenannte Grimoire nichts enthielt als unsinniges Geschwätz und dass Agrippa mit den gotteslästerlichen Beschwörungsformeln darin nichts zu tun hatte.

Culpeper liefen wieder Tränen über die Wangen. »Wir Narren, alle drei! Surrey und Hungerford holten mich in ihren Bund, aber ich war auch ganz erpicht darauf, mich ihnen anzuschließen, und bereit, jede Sünde für das zu begehen, was ich für Ruhm und Ehre hielt. Selbst wenn wir in dieser Nacht nicht der schwarzen Magie huldigten, wenn wir nicht die Mächte des Bösen beschworen, so bin ich dennoch verdammt. Ich habe viel Schlechtes getan, doch zum Schlimmsten gehört das, was ich Catherine angetan habe. Von keinem außer mir hätte sie sich dazu hinreißen lassen, den König zu verraten.«

»Habt Ihr sie geliebt?«, fragte ich.

»Ich habe nie jemanden geliebt«, antwortete er verzweifelt. »Ich glaube, es ist mir nicht gegeben zu lieben. Wer sich vom Glanz des Hofes Heinrichs locken lässt, ist im Innersten ein schwacher Mensch, und ich bin der schwächste von allen.«

»Da bin ich anderer Meinung«, entgegnete ich. »Ihr habt mir geholfen, obwohl es für Euch nichts dabei zu gewinnen gab. Ihr habt ein gütiges Herz. Ihr seid nicht von Gottes Liebe ausgeschlossen, dessen bin ich gewiss.«

Er holte tief Atem. »Dennoch verdiene ich den Tod«, sagte er. »Aber Catherine hat ihn nicht verdient. Gibt es denn nicht irgendetwas, was Ihr für sie tun – wie Ihr ihr helfen könnt? Das Letzte, was ich hörte, war, dass der König sie möglicherweise in ein Kloster verbannen wird.«

Es gibt keine Klöster mehr in England. Doch das brachte mich auf einen Gedanken.

»Ich verspreche Euch, dass ich versuchen werde, ihr zu helfen«, versicherte ich ihm.

Nach einem letzten Gebet nahm ich Abschied und ging.

Thomas Culpeper wurde am 10. Dezember in Tyburn hingerichtet. Der König hatte ihn zur Höchststrafe verurteilt, er sollte gehängt, gevierteilt und ausgeweidet werden. Im letzten Augenblick wurde die Strafe umgewandelt, und er fand einen schnellen Tod durch Enthauptung.

Ich blieb der Hinrichtung fern.

Jetzt gab es nur noch eine Hoffnung für Catherine Howard, und wenn ich versuchen wollte, ihr zu helfen, würde ich mich in höchste Gefahr begeben müssen.

Kapitel 40

Obwohl Catherine nie besonders gläubig gewesen war und die Verfehlungen, die ihr vorgeworfen wurden, Sitte und Moral betrafen, befahl der König, als er sie des Ehebruchs schuldig wusste, sie in das ehemalige Kloster Syon zu bringen und nicht in den Tower of London. Niemand konnte sagen, welches Schicksal sie erwartete, doch die meisten nahmen an, dass sie ihrer Cousine Anne Boleyn auf den Richtblock folgen würde. Aber im Fall von Königin Anne war die Entscheidung schnell gefallen, sie war nur siebzehn Tage nach ihrer Gefangensetzung enthauptet worden. Bei Catherine war es anders. Manche behaupteten, der König könne sich in seinem Schmerz zu keiner Entscheidung durchringen. Andere waren überzeugt, er habe sich geschworen, Catherine einer langen Marter auszusetzen. Und wieder andere meinten, er sei damit beschäftigt zu überlegen, wer seine sechste Ehefrau werden solle.

König Heinrich kehrte nach Hampton Court zurück, als seine Frau den Palast verlassen hatte. Ich sandte zwei Schreiben an Sir Thomas Heanage, den Sekretär des Königs, und bat um eine Audienz beim König. Ich wusste nicht, wer jetzt an der Macht war. Norfolk war geflohen, und der Einfluss seines Verbündeten, Bischof Gardiner, war geschwächt. Einige Leute behaupteten, der Stern der Brüder Seymour sei im Aufgehen begriffen. Andere setzten auf Wriothesley. Doch wer auch die Kombattanten in dem erbitterten Ringen um einen Sitz im Kronrat sein mochten, ich vermutete, dass

Heanages Wort weiterhin großes Gewicht beim König besaß. Und wirklich, wenige Tage nach Culpepers Hinrichtung erhielt ich eine Nachricht, die mir eine Audienz zusagte. Dieser eine Monat in Whitehall hatte mich genug gelehrt.

Der erste Schnee fiel auf die roten Backsteintürme und die Gärten von Hampton Court, als ich eingelassen und von einem jungen Pagen in den Audienzsaal geführt wurde. So hübsch und anmutig musste auch Thomas Culpeper damals gewesen sein, als er voll Eifer in den Dienst des Königs getreten war.

Der Glanz prächtiger Tapisserien begleitete unseren Weg – mir fremde Werke, die ich nicht in Whitehall begutachtet und katalogisiert hatte. Während ich wartete, um von Heanage gemeldet zu werden, fiel mein Blick auf einen Teppich, der an der Wand gegenüber hing. Es war die Herakles-Tapisserie, die ich in Brüssel besichtigt und zu deren Ankauf ich geraten hatte. Hier war er nun, der Halbgott und Vollbringer kühner Taten.

Heinrich VIII. thronte unter seinem Baldachin, das kranke Bein hochgelegt. Niemand außer Heanage war bei ihm. Ich hatte ihn das letzte Mal vor anderthalb Jahren gesehen, doch er wirkte um mindestens ein Jahrzehnt gealtert. Das pelzverbrämte purpurrote Gewand und die funkelnden Diamanten an seinen Fingern konnten ihm die jugendliche Frische nicht zurückgeben. Er sah grau aus, das aufgequollene Gesicht faltig und fahl, die Haare mehr grau als rot.

Als ich in einem tiefen Hofknicks versank, stieg in mir eine Empfindung auf, die ich niemals erwartet hätte und die mir wenig willkommen war: Mitleid.

»Ich danke Euer Majestät, dass Ihr mir diese Audienz gewährt, obwohl ich, wie ich weiß, gefehlt habe«, sagte ich. »Ich bin meinen Pflichten als Tapisseriemeisterin nicht zu Eurer Zufriedenheit nachgekommen.«

»Ja, Ihr wart uns eine Enttäuschung«, sagte er gleichgültig.

»Ich würde das gern wiedergutmachen, indem ich mich für ein neues Amt zur Verfügung stelle«, erklärte ich.

Er zog nur eine Augenbraue hoch.

Ich holte tief Atem und fuhr fort. »Ich habe in einem Kloster gelebt, ich besitze Erfahrung. Gebt Catherine Wohnung in einem Kloster, das Ihr gründet, und ich werde es für Euch führen und dafür sorgen, dass alles so geschieht, wie Ihr es wünscht. Ihr könnt Gnade walten lassen, wenn Ihr wisst, dass ich, Eure Verwandte, darauf sehe, dass sie der Welt fern bleibt.«

Heinrichs Gesicht lief rot an. Mit schriller Stimme rief er: »Wisst Ihr nicht, dass es in unserem Königreich Gesetze gibt und sie das Gesetz gebrochen hat? Sie hat Hochverrat begangen!«

Ich trat einen Schritt näher und kniete mit gesenktem Kopf nieder.

»Ihr seid das Gesetz«, sagte ich. »Ihr seid unser gesalbter König und das Oberhaupt der Kirche von England.«

Ich wartete. Entweder würde er sich jetzt bereitfinden, meinen Vorschlag in Betracht zu ziehen, oder er würde mich grausam dafür bestrafen, ihn geäußert zu haben.

Doch Heinrich tat nichts dergleichen.

»Glaubt Ihr, ich weiß nicht, wie sie über mich lachen?«, fragte er, und seine Stimme klang jetzt heiser vor Schmerz und Gram. »Wie verlassen ich jedem in England erscheine? Wenn ich Catherine am Leben lasse, bin ich nicht mehr Herrscher dieses Landes.« Er sprach jetzt von sich, nicht von Heinrich, dem König.

Ich konnte nur sagen: »Aber sie ist erst neunzehn. Könnt Ihr es nicht übers Herz bringen, Erbarmen zu zeigen?«

Es war still, während ich, immer noch auf Knien, zum polierten Boden hinunterblickte und Gott anflehte, er möge das Herz des Königs erweichen. Der üble Geruch von seinem kranken Bein wehte mir entgegen wie Todesgestank.

»Wenn ich sie verschone, verliere ich vielleicht den Thron.«

Jetzt verstand ich. So viele Jahre hatte ich ihn gefürchtet wie wir alle ihn fürchteten. Doch hinter der Pracht von Kronen und Juwelen, Pelzen und seidenen Gewändern, hinter den grandiosen Tapisserien und Malereien verbarg sich ein geängstigter Mensch. Die Grausamkeiten, die er beging, entsprangen seiner Furcht, nicht seiner Stärke. Culpeper hatte gesagt, es seien schwache Menschen, die sich zum Hof hingezogen fühlten. Der Mann, der den Hof verkörperte, war der schwächste von allen.

»Ihr könnt Euch von ihr verabschieden«, sagte Heinrich endlich. »Mehr kann ich nicht tun.«

Ich erhob mich und knickste ein letztes Mal, während mir schon die Tränen in die Augen sprangen. »Ich danke Euch, Majestät«, sagte ich erstickt.

Sir Thomas Heanage geleitete mich hinaus und gab Anweisung, mich nach Syon zu bringen.

Als ich durch den Raum schritt, der einst von Nonnen und Novizinnen bewohnt gewesen war und jetzt allein Catherine gehörte, sah ich vor mir eine Frau, die sich so sehr verändert hatte wie ihr Mann. Sie hatte all die hübsche, dralle, unbeschwerte Mädchenhaftigkeit verloren. Die verbannte Königin, die steif in ihrem Sessel saß, war eine bleiche Schönheit mit eingefallenen Wangen und tiefernstem Blick geworden.

»Joanna«, sagte sie nur, die Hände im Schoß.

»Man hat mir gesagt, dass ich nur einen Moment bleiben darf«, sagte ich.

»Wollen wir zusammen beten?«, fragte sie.

»Wenn Ihr es wünscht«, erwiderte ich, »aber ich glaube, ich sollte Euch von meinem Besuch bei Thomas Culpeper erzählen.«

Ihr Gesicht leuchtete auf. »Ihr habt ihn gesehen? Ich dachte, niemand dürfe zu ihm.«

Ich berichtete ihr, dass ich mit Culpeper gebetet und mit

ihm gesprochen hatte. »Ich weiß, dass Ihr Thomas Culpeper sehr geliebt habt.«

Sie senkte den Kopf. »Ich habe mich nach Kräften bemüht, eine gute Ehefrau zu sein, die Königin zu sein, die Heinrich sich wünschte und die Erwartungen meines Onkels, des Herzogs von Norfolk, zu erfüllen.« Sie hielt einen Moment inne. »In vieler Hinsicht ist mein Gemahl nicht das Ungeheuer, für das viele ihn halten, Joanna. Doch in mancher Hinsicht ist er viel schlimmer.« Ihr Gesicht wurde hart wie unter einer schlimmen Erinnerung. »Aber ich habe ihn verraten, und jetzt tritt niemand für mich ein oder wagt es, mich zu besuchen. Außer Euch.«

»Es tut mir so leid«, sagte ich.

»An manchen Tagen bin ich mutig, wie heute, aber an anderen Tagen habe ich so große Angst, Joanna.« Ihre Stimme zitterte. »Könnt Ihr mir irgendetwas berichten, was Thomas gesagt hat und was mir helfen würde durchzustehen, was, wie wir beide wissen, kommen wird?«

»Er sagte, am meisten bereue er, Euch wehgetan zu haben; diese Sünde begangen zu haben«, antwortete ich.

Zunächst schien sie das zu trösten, aber dann trübte sich ihr Gesicht wieder. »Nichts sonst, Joanna?«, fragte sie verzweifelt. »Nichts, um mir zu helfen?«

Mit einem tiefen Atemzug bat ich Gott im Stillen um Vergebung. Ich würde für sie beten, jetzt, an ihrer Seite, und am Altar jeder Kirche, die ich in Zukunft betreten würde. Es gab etwas, was ich heute für sie tun konnte, um ihr Leiden zu lindern, auch wenn ich damit eine Sünde auf mich lud.

Ich sagte: »Thomas sagte, Ihr seid der einzige Mensch, den er je in seinem Leben geliebt hat.«

Catherine warf sich mir in die Arme. »Danke, danke«, flüsterte sie immer wieder. Die letzten Worte, die sie mir sagte, klangen mir noch Tage und Wochen später in den Ohren: »Ihr wart immer meine liebste Freundin.«

Kapitel 41

In der Woche vor Weihnachten kehrte ich für immer nach Dartford zurück. Nie wieder wollte ich etwas mit dem Hof Heinrichs VIII. zu tun haben. Und niemals würde ich den *Gram der Niobe* verkaufen. Ich würde den Bildteppich für immer behalten. Vor meiner Abreise aus London hatte ich gehört, dass der König die Vernichtung aller Bilder von Catherine Howard befohlen hatte, der Werke Hans Holbeins und jedes anderen Malers. Ihr Bildnis würde vielleicht einzig in meiner Tapisserie überleben.

Ich bestellte eine neue Vorlage aus Brüssel. Ich würde keine königlichen Aufträge mehr bekommen, aber es gab andere Interessenten in England, die bereit waren, für einen schönen Bildteppich gut zu zahlen.

Bis zum Eintreffen der neuen Vorlage würde ich mich über Untätigkeit nicht beklagen können. Ich hatte Nachricht aus Stafford Castle erhalten – mein Cousin Henry war endlich damit einverstanden, Arthur wieder zu mir nach Dartford zu schicken. Seine Sinneswandlung war dem Grafen von Surrey zu verdanken, der offenbar beim Besuch auf Stafford Castle ein flammendes Plädoyer für mich gehalten hatte. Und da er ein halber Stafford war, hatte man auf ihn gehört. Was für ein leidenschaftlicher, unerschrockener Mensch doch mein Cousin war. Er hatte also doch zugehört, als ich ihm in Whitehall erzählte, wie sehr ich mich nach Arthur sehnte. Und er hatte nun, so viele Monate später, beschlossen, mir zu helfen. Ich vermutete, dass sein schlechtes

Gewissen dabei eine Rolle spielte, aber solange mir das Arthur zurückbrachte, war es mir egal.

Meine Werkstatt, Arthur, Freunde. Das war alles, was ich mir wünschte. Doch bald kam Neues hinzu.

Am Tag vor Weihnachten trat Edmund wieder in mein Leben. Unvermutet sah ich ihn die High Street hinaufgehen, die vertraute Gestalt, das hellblonde Haar, das in der Wintersonne glänzte. Ich eilte nach Hause und überlegte, was ich tun sollte. Nachdem ich eine Stunde lang unschlüssig im Haus auf und ab gelaufen war, machte ich mich auf den Weg in die Richtung, die er genommen hatte.

Mit klopfendem Herzen eilte ich die Straße hinauf, an den Menschen vorüber, die mir mit der Zeit vertraut geworden waren. Gregory, unser ehemaliger Pförtner, stand mit seiner kleinen Tochter auf dem Arm vor seiner Haustür und winkte mir zu, und ich zwang mich, den Gruß lächelnd zu erwidern.

Ja, Edmund war in das kleine Hospital zurückgekehrt, das er einmal geleitet hatte. Es hatte leer gestanden, nur die einfachen Möbelstücke waren noch da, während Arzneien und Kräuter längst verkauft worden waren. Er hatte einen Kasten mit frischen Tinkturen mitgebracht und räumte jetzt die Regale neu ein.

»Oh, Joanna, du bist hier«, sagte er lächelnd, als ich eintrat.

»Bist du nicht mehr in Bischof Gardiners Diensten?«, fragte ich.

»Nein«, antwortete Edmund. »Es war nicht länger möglich.«

Er habe sein Amt als Sekretär des Bischofs aufgegeben, erklärte er, weil es ihm unmöglich gewesen sei, weiter an der Begründung und Ausarbeitung des Gesetzes mitzuwirken, das vom Parlament angenommen werden musste, um die Hinrichtung Catherine Howards zu rechtfertigen. »Eine Annullierung wäre eindeutig das Gerechtere gewesen, denn ihre intime Beziehung zu Francis Dereham kann als zeitlich vorrangiger Ehevertrag gesehen werden«, erklärte Edmund. »Und meiner Ansicht nach hätte der König sich überzeugen lassen, aber Bischof Gardiner wollte einen Versuch nicht wagen.«

»Nein, natürlich nicht«, sagte ich bitter.

»Letztendlich«, fuhr Edmund fort, »lief es für mich auf die Frage hinaus, wie weit ich meine Seele, mein Gewissen für etwas opfern wollte, was der Bischof ein höheres Ziel nannte. Er würde alles tun, um sich selbst – und dieses Königreich – diesem Ziel nahezubringen.«

»So war er doch immer.«

»Der Bischof fürchtet, dass ein Kampf um Catherines Leben ihn allzu sehr schwächen würde. Seiner Meinung nach ist der Kampf für die Sache der Religion in England weit wichtiger.« Er schauderte. »Ich könnte damit nicht leben, mit solchen Unterlassungssünden, wo es um das Leben der Königin geht. Ich konnte ihm nicht folgen.«

»Er muss dir das sehr übel nehmen«, meinte ich.

»Er war enttäuscht«, sagte Edmund ruhig.

»Und jetzt«, sagte ich mit einem Blick zu den teilweise aufgefüllten Regalen, »willst du also all die Fähigkeiten, die du dir in der Diplomatie und in der Kunst zu verhandeln angeeignet hast, dein theologisches Studium, hier in Dartford einsetzen?«

Edmund legte eine Hand auf einen Kasten mit getrockneten grünlich-braunen Kräutern. »Paracelsus hat mich gelehrt, dass sich uns der Sinn der Schöpfung, des Lebens, das Gott schenkt, in den Eigenschaften der niedrigsten Pflanze offenbart.« Sein Blick trübte sich. »Paracelsus ist Ende September gestorben. Ich habe die Nachricht gerade erhalten.«

Einen Moment schwiegen wir beide.

»Es ist Zeit für mich, meinen eigenen Weg zu gehen. Ich habe zu lange Lehrer gesucht, um mich von ihnen führen zu lassen: meine Äbte, als ich noch Ordensbruder war; Bischof

Gardiner, ja, auch Paracelsus.« Er sah zum Fenster hinaus, dann kehrte sein Blick zu mir zurück. »Der Bischof sagte, er werde sich weiterhin für die Ausnahmegenehmigung einsetzen, die mir erlauben würde zu heiraten. Ich werde den Rest meines Lebens ein Apothekarius sein. Mein Ordensgelübde kann auf Dauer außer Kraft gesetzt werden.«

Ich setzte mich an seinen Arbeitstisch und strich mit den Fingern über die vertrauten Rillen im Holz.

»Und du willst das wirklich, Edmund?«, fragte ich.

»Ja.«

Ich sah ihn lange an. Erst als ich meiner Sache ganz sicher war, nahm ich den Brief heraus, den ich mitgenommen hatte. John Cheke hatte ihn mir mit einigen Begleitzeilen geschickt. »Ich habe Euch einmal einen Brief gezeigt, um etwas zu bewirken. Nun vertraue ich Euch einen zweiten Brief an, und ich glaube, Ihr werdet verstehen, warum.«

Ich legte den Brief auf den Tisch. »Diesen Brief hast du John Cheke aus Regensburg geschrieben, bevor ich dort ankam«, sagte ich. »Du hast darin begeistert berichtet, dass du auf dem Reichstag jemandem begegnet bist, der von der Gründung eines neuen Ordens gesprochen hat, und dass du erwägst, ihm beizutreten.«

Edmund starrte zu dem Schreiben hinunter. »Ja«, sagte er. »Der Papst gab Ignatius von Loyola im vergangenen Jahr die Erlaubnis, eine Gesellschaft Jesu zu gründen, um die katholische Kirche zu stärken und zu reinigen.« Er hob den Blick zu mir. »Aber der Orden hat seinen Sitz in Rom. Und die Männer, die ihm beitreten, müssen ordinierte Priester sein.«

»Das weiß ich«, sagte ich.

Edmunds Gesicht verriet seine widerstreitenden Gefühle. »Aber Joanna«, sagte er so leise, dass ich es kaum hörte, »ich möchte dich nicht wieder verlassen.«

»Es führt kein Weg zurück. Für uns beide nicht«, sagte ich. »Wir müssen neue Wege finden und vorwärts gehen. Ich kenne einen Maler am Hof des Königs. Er heißt Hans Holbein. Er hat mit mir über die Notwendigkeit der Verwandlung gesprochen. Bis heute war ich nicht sicher, was er damit meinte.«

Edmund nickte. Er schloss die Augen.

»Das Leben ist verwirrend, es ist voller Gefahren und Schmerz«, sagte ich. »Aber es schenkt uns auch Möglichkeiten. Ich weiß, dass deine Hoffnung für unsere Kirche dein Kraftquell ist. Du musst dieser Hoffnung folgen.«

Er öffnete die Augen. »Du bist die einzige Frau, die ich je geliebt habe und die einzige, die ich jemals lieben werde.«

Ich stand auf und nahm Abschied von Edmund Sommerville.

Ich musste drei verschiedene Leute nach Geoffrey Scovills Haus fragen. Erst der Gerber konnte mir klare Auskunft geben. In der Wintersonne, die auf der schmalen Straße aus dem Ort hinaus den Schnee zu Matsch aufweichte, begab ich mich auf den Weg. Als ich das kleine Bauernhaus erreichte, war mein Rocksaum feucht und schmutzig.

Geoffrey war hinter seinem Haus beim Holzhacken. Ich rief ihn, als die Axt in den Holzblock schlug. Ich wusste, dass mein Kommen ihn überraschen würde und wollte nicht, dass ihm die Axt aus der Hand fiel.

»Kann ich mit dir reden?«, fragte ich.

Er sah mich lange an, ein Lächeln blühte auf und verschwand, ehe er sagte: »Sicher, aber morgen ist Weihnachten, und ich habe noch viel zu tun.«

In seiner Küche schenkte er mir einen Becher süßen Wein ein und machte Feuer. Dann setzte er sich mir gegenüber. »Bedrückt dich etwas, Joanna?«, fragte er.

»Einiges«, antwortete ich. »Ich hoffe, du kannst mir helfen.«

Er nickte resigniert. »Dann lass hören.«

»Es bedrückt mich«, sagte ich, »dass du nicht da bist. Dass

ich nicht mit dir reden, nicht mit dir lachen und nicht mit dir streiten kann. Dass ich keine Pläne mit dir machen kann.«

Geoffrey zeigte keine Reaktion.

Ich hatte einen Fehler gemacht.

Mein Herz begann wie wild zu hämmern. »Du hast wahrscheinlich recht – wir vertragen uns nicht.«

»Das stimmt«, sagte Geoffrey. Er kam um den Tisch herum, zog mich hoch und küsste mich, während er mir die Haube abstreifte, um seine Hände in meine Haare zu schieben.

»Du bist gekommen«, sagte er und küsste meinen Hals. »Du bist endlich gekommen.«

»Ich wusste nicht, ob du es willst«, sagte ich. »Wir sind seit drei Monaten hier, in Dartford, und du hast kein Wort gesagt.«

»Ich habe einen Pakt mit mir geschlossen, Joanna. Ich habe mir geschworen, dass ich dich nicht bedrängen oder zu irgendetwas zu überreden suchen würde. Wenn wir heirateten, solltest du es wirklich wollen. Es gibt wenige Frauen, die zu einem Mann gehen würden, um ihm zu sagen, was sie empfinden. Aber du bist eben keine typische Frau, Joanna. Ich musste nur warten.«

Ich küsste Geoffrey, küsste ihn auf eine Art, von der ich wusste, dass sie all seine Zweifel an mir auflösen würde. Das Feuer knisterte und knackte und brannte herunter, bevor wir voneinander ließen.

»Geoffrey«, flüsterte ich. »Fröhliche Weihnachten.«

Und wir lachten zusammen, und dann küsste ich ihn wieder und bat ihn, das Feuer zu schüren.

Danksagung

Für dieses Buch habe ich viel in der New York Public Library im Stephen A. Schwarzman Building recherchiert und geschrieben. In diesem großartigen historischen Bau hatte ich meinen festen Arbeitsplatz im Wertheim Study, einem Arbeitsraum, den Barbara Tuchman zukünftigen Wissenschaftlern und Autoren gestiftet hat. Ich bin Jay Barksdale sehr dankbar, dass er meine Karte verlängert hat, sodass ich weiterhin die weltberühmte Sammlung der New York Public Library nutzen und mich von der Schönheit des Gebäudes begeistern lassen konnte.

Die anderen hervorragenden New Yorker Einrichtungen, bei denen ich mir Inspiration holte, waren das Cloisters Museum and Gardens, das zum Metropolitan Museum of Arts gehört, und die Cathedral of Saint John the Divine. In beiden sind spektakuläre Bildteppiche des 15., 16. und 17. Jahrhunderts zu besichtigen, beide bieten reiche Informationen zur Gestaltung und Herstellung von Bildteppichen.

Touchstone Books hat meine drei Romane in Nordamerika herausgebracht, und ich kann mich glücklich preisen, mit einem solchen Team arbeiten zu können. *Der Gobelin des Königs* wurde von der großartigen Cheflektorin Heather Lazare erworben, die schon die Veröffentlichung von *Die letzte Nonne* und *Die Prophezeiung der Nonne* betreute. Lauren Spiegel bearbeitete den Text, und ich bin dankbar für ihr Talent, ihren Kenntnisreichtum und ihren Humor, der ja in jeder Situation hilft. Bei diesen drei Büchern hatte ich das

Glück, mit der Leiterin der Presseabteilung, Jessica Roth, und der Vertriebsleiterin Maredith Vilarello zusammenarbeiten zu dürfen. Ich danke der Artdirectorin Cherlynne Li, der Herstellungsleiterin Martha Schwarz, der Redakteurin Anne Cherry und der Lektoratsassistentin Etinosa Agbonlahor.

Ohne meine Literaturagentin Heide Lange von Sanford J. Greenburger und ihre großartigen Assistentinnen Rachel Mosner und Stephanie Delman gäbe es den *Gobelin des Königs* nicht. Ohne solche Hilfe wäre ich verloren. Ich danke auch den Mitarbeitern der HSG-Agentur in New York und der Abner-Stein-Agentur in London.

Wenn ein Autor sich entschließt, in die Geschichte des 16. Jahrhunderts einzutauchen, hat er ohne Expertenhilfe keine Chance auf Erfolg. Ich danke Mike Still, dem stellvertretenden Direktor des Dartford Museums, der mir mit seinen reichen Kenntnissen über das Dartford der Vergangenheit eine große Hilfe war. Hans van Felius und Jochen Schenck gaben wertvolle Hilfestellung, das 16. Jahrhundert in Antwerpen, Brüssel und Deutschland lebendig werden zu lassen. Schwester Mary Catharine Perry, Nonne im Dominikanerkloster Our Lady of the Rosary, war so freundlich, mein Buch auf Fehler zu prüfen. Ich hatte immer Freude an den theologischen Diskussionen mit meiner Schwester Amy Bilyeau.

Wie bei meinen zwei ersten Romanen hat mich auch diesmal wieder der Autor und Lehrer Russell Rowland in die rechten Erzählbahnen gelenkt. Ich danke ganz herzlich meinen Lesern und bitte um Verzeihung dafür, dass ich ihnen ein Kapitel nach dem anderen per E-Mail zusandte, um ihre Reaktionen zu erfahren. Ich weiß, dass sie mein Manuskript manchmal zu ungelegenen Zeiten lesen mussten. Mein Dank gilt auch Emily Naymark und Harriet Sharrard, dafür dass sie den *Gobelin des Königs* gelesen haben, sowie Kris Waldherr und Judith Starkston für ihre Beiträge.

Ich muss auch meiner Familie beim DuJour Magazine danken: Jason und Haley Bin, Chefredakteurin Nicole Vecchiarelli, Stephanie Jones und all den anderen, die zu unserem hochbegabten Mitarbeiterstab gehören. Ein besonderer Dank an James Cohen, Präsident und Geschäftsführer von Hudson Media Inc.

Und noch viele andere haben mir bei dieser Reise geholfen: Rosemarie Santini, Max Adams, M. J. Rose, Bret Watson, Bruce Fretts, Max McDonnell, Ellen Levine, Donna Bulseco, Megan Deem, Lorraine Glennon, Jessica Branch, Daryl Chen, Christi LeBlanc, Sophie Perinot und die Autoren von Book Pregnant, Christopher Gortner, Amy Bruno, Debra Brown und die gleichgesinnten Freunde auf Twitter. Ein besonderer Dank an Sue Trowbridge, Website-Designerin.

Schließlich danke ich meinem Mann und meinen zwei Kindern für die Geduld, die sie mit mir hatten, während ich in den Tiefen des 16. Jahrhunderts vergraben war. Ich liebe euch von ganzem Herzen.